FRIEDRICH GERSTÄCKER

GOLD!

EIN KALIFORNISCHES LEBENSBILD

ROMAN

Then ho! boys ho!
To California go.
There's plenty of gold so I been told
On the banks of the Sacramento.

Ausgabe in modernisierter Rechtschreibung
©Transmedia Publishing 2012
ISBN 978-3-942961233
Cover Design by Transmedia
Satz und Layout: Mike Straub
Herausgeber: Klaus Happel
www.tmp-distribution.de
Erstausgabe Jena 1858

FRIEDRICH GERSTÄCKER

GOLD!

EIN KALIFORNISCHES LEBENSBILD

ROMAN

Das Buch

1849. Goldrausch in Kalifornien. Fast täglich erreichen Schiffe mit Auswanderern, Glücksrittern und Abenteurern aus der Alten Welt, aber auch aus dem amerikanischen Westen und von der Ostküste den Hafen von San Francisco. Ihre Passagiere wurden angelockt von den Nachrichten über die sensationellen und unermesslichen Goldfunde in Kalifornien. Sie alle träumen von Reichtum, den sie mühelos zu erwerben hoffen. Doch bevor sie auch nur eine Unze Gold finden können, gehen viele von ihnen Falschspielern und skrupellosen Glücksrittern auf den Leim. In den Minen herrscht das Faustrecht. Mit Mord, Totschlag und Brandstiftung wird das Glück herbei gezwungen. Menschen aus aller Herren Länder begegnen sich am Golden Gate. Schließlich finden sich einige ehrliche Leute zusammen und beschließen, unter der Führung des entschlossenen Sheriffs Hale und des integren Alkalden Hetson den Banditen und Spielern entgegenzutreten und ihren Machenschaften ein Ende zu bereiten.

Der Autor

Friedrich Gerstäcker (1816-1872) war der Sohn eines bekannten Opernsängers in Hamburg. 1837, animiert von "Robinson Crusoe" und anderen Abenteuererzählungen seiner Zeit, ging er nach Amerika und bereiste einen großen Teil der Vereinigten Staaten. In dieser Zeit arbeitete er in den verschiedensten Berufen und nahm jede Arbeit an, die er bekommen konnte, u.a. als Feuerwehrmann auf einem Dampfer, als Decksmann, als Farmer, Silberschmied und Händler. Er verbrachte einige Zeit als Jäger und Fallensteller im Indianer-Territorium und führte ein Hotel in Louisiana. Nach sechs Jahren kehrte er 1843 nach Deutschland zurück.
Während seiner Reisen hatte er Tagebuch geführt und diese Tagebücher regelmäßig nach Hause geschickt. Seine Mutter hatte seine Abenteuerbeschreibungen einem Verleger gezeigt. Als Gerstäcker nach Deutschland zurückkehrte fand er sich dort als berühmter Autor. 1845 erschien sein erster Roman, die *Regulatoren in Arkansas*. Wenige Jahre später brach er erneut zur einen großen Reise auf, reiste auf einem Walfänger, wanderte durch Australien und erlebte den Goldrausch in Kalifornien. Sein Werk umfasst 44 Bände und wurde von vielen anderen Autoren imitiert oder adaptiert, darunter auch Karl May. Auch Theater und Film bedienten sich bei ihm. Bekannt sind außer den Regulatoren vor allem die *Flusspiraten des Mississippi* und *Gold*.

Inhalt

1. Ho! Kalifornien!

»Land! – Land!«
Über die blaue, leise wogende See schallte der jubelnde Ruf von der Mastspitze herunter. »Land! Land!« schrie es überall wie ein Echo zurück, aus der Kajüte wie aus dem Zwischendeck heraus, von einem Ende des Decks zum anderen.

Noch dämmerte kaum der Morgen, aber dieser erste lichte Streifen, der den östlichen Horizont erhellte, hatte auch die noch ferne gezackte Küste dem vom Top ausschauenden Steuermann verraten. Schon vor Tag war es ihm während der Wache einmal so gewesen, als hätte er dumpfes Brandungsrauschen vernommen. Deshalb stieg er nach oben, und der dämmernde Morgen zeigte ihm, dass er sich nicht geirrt hatte. Der Jubel über diese frohe Kunde kannte keine Grenzen, und auch der alte Seemann freute sich über die willkommene Abwechslung, wenn auch aus anderem Grund als die Passagiere.

»Gott sei Dank«, murmelte er vor sich hin, als er langsam an der Want des Fockmastes wieder an Deck herunterkam. »Jetzt werden wir die verwünschten Landlubbers, das Passagierpack, endlich los. Wie die Kerle grölen, weil sie bald wieder Schlamm treten können! Das weiß ich aber gewiss, das war die letzte Fahrt, die ich mit einem Passagierschiff gemacht habe! Lieber auf einem alten Walfischfänger Blubber (Tran) auskochen, als sich noch einmal mit so einem Gesindel abzuplagen. Hallo – da kommen sie ja alle! Jetzt sieh einer diese blinden Maulwürfe!«

Er lachte grimmig vor sich hin, blieb aber noch in der Want und sah auf das Deck hinunter, wo gerade die Zwischendeckspassagiere aus der Vorderluke herauf drängten. Für den Seemann musste es auch ein komischer Anblick sein, wie die verschlafenen Gesichter der Leute, noch nicht recht munter, verdutzt umher sahen. Viele blickten nach oben, als wollten sie einen hohen, ganz nahen Berg betrachten. Die wenigsten von ihnen wussten auch, in welche Himmelsrichtung sie sehen mussten. Als dann aber endlich die glänzende Sonne dem Meer entstieg, ließ sich das schwarz abzeichnende Land nicht mehr verkennen. Leider war die Brise nicht günstig, um die Küste anzulaufen. Die Brigg ›Leontine‹ musste schräg dazu hinhalten, um dann durch Segelmanöver langsam näher zu kommen. Gegen Mittag frischte der Wind dann etwas auf, und der Bug der ›Leontine‹ konnte sich mehr der Küste zuwenden. Die Brise blieb aber sehr schwach, und das Schiff rückte trotz der ausgeblähten Segel nur langsam von der Stelle.

Den Passagieren durfte man es nicht verdenken, dass sie der Erlösung von dem engen Schiffsleben entgegenjubelten. Die ›Leontine‹, eine deutsche Brigg, hatte seit ihrem Auslaufen aus Hamburg eine fast sechsmonatige Reise hinter sich. Unterbrochen war die Fahrt nur von einem einwöchigen Aufenthalt in Rio de Janeiro und Valparaíso. Das war allerdings nur eine kurze Abwechslung gewesen, und alle befürchteten außerdem, viel zu versäumen. Diese ersten Auswanderer nach Kalifornien, die gerade erst in Deutschland die fabelhaftesten Berichte über die Goldfunde gehört hatten, hatten alle noch den Kopf voll goldener Hoffnungen und Träume. Nach den Gerüchten fand man in den Minen eine Unze Gold täglich. Wenn man diese nur zu zwanzig Talern taxierte, konnte man sich gut ausrechnen, was man mit jeder Woche nutzlosem Warten verlor.

Endlich, endlich war das so heiß ersehnte Ufer am Horizont in Sicht, und die Leute drängten jetzt hastig durcheinander, um so rasch wie möglich ihre Vorbereitungen zum Landen zu treffen. Dabei wollte keiner noch unnötige Zeit versäumen.

Die Passagiere aus der Kajüte und vom Zwischendeck hatten sich bislang ziemlich streng voneinander getrennt gehalten. Der Kapitän des Schiffes erlaubte es auch nie, dass die Zwischendeckspassagiere das Hinterdeck betraten. Natürlich konnte er umgekehrt den Kajütpassagieren nicht verbieten, sich dann und wann unter die weniger begünstigten Passagiere zu mischen. Aber von dieser Möglichkeit hatten sie nur wenig Gebrauch gemacht. Jetzt allerdings wurde durch die Nähe des Landes jede Form aufgehoben. Es war so, als würden die Leute ahnen, dass sie doch bald alle in einen Topf geworfen wurden. Alles drängte jetzt nach vorn zur Back, dem Überbau des Vorkastells am Bugspriet. Von dort wollte man einen möglichst vollen Überblick zur Küste gewinnen.

Wie fast überall auf den Passagierschiffen, so glaubten auch hier die Reisenden, dass sie, kaum dass man Land gesichtet hatte, auch bald aussteigen könnten. Zur Freude der Matrosen putzten sich viele auch bereits für den Landgang heraus, um sich dann am Abend wieder umzuziehen. So standen auch jetzt auf der Back der ›Leontine‹ viele Menschen in den phantastischsten Trachten. Einige hatten nur ein einfaches Hemd übergezogen, einige dünne Jacken, andere dagegen trugen die langen Jacken der Städter oder sogar einen Frack, dazu Stöcke in der Hand und hohe, schwarze Hüte auf den Köpfen. Besonders auffallend unter ihnen war ein Mann, den man an Bord bis dahin kaum bemerkt hatte. Er trug einen erbsgelben, allerdings stark mitgenommenen Mantel, der zahlreiche Kragen verschiedener Breite aufwies. Der Mantel reichte bis auf die Knöchel herunter, wo er ein Paar schwere, mit Nägeln beschlagene Stiefel sichtbar werden ließ. Auf dem Kopf trug die Erscheinung einen schmalrandigen, abgeschabten Hut, in der Hand einen hellgrünen Baumwollregenschirm. Ob unter dein Hut überhaupt ein Kopf steckte, war nicht zu erkennen.

Neben ihm stand ein junger, sehr sorgfältig gekleideter Mann. Er hatte frisch frisierte und geölte Haare, seine Stiefel glänzten hell geputzt. Neugierig betrachtete er mehr seinen Nachbarn als das nahe Land. Es kam ihm sonderbar vor, fast ein halbes Jahr lang mit all diesen Leuten auf dem enggedrängten

Schiff zusammen gewesen zu sein und jetzt plötzlich jemand zu entdecken, der ihm völlig fremd war. Hufner, wie der junge Mann hieß, war aber zu schüchtern, um ihn einfach anzusprechen. Doch ein Kaufmann, von dem man erzählte, dass er Hamburg wegen schlechter Geschäfte verlassen musste, um in Kalifornien bessere zu machen, kannte keine Hemmungen. Er zog den gelben Mantelkragen ungeniert zurück und rief dann erstaunt aus:

»Ballenstedt! Hol's der Henker, Junge, wie siehst du denn aus?«

»Wie soll ich denn aussehen, Herr Lamberg?« sagte der junge Mann sehr ruhig, während seine Nachbarschaft in lautes Lachen ausbrach. »Man darf doch wohl seinen Mantel anziehen?«

»Natürlich darf man«, lachte der Hamburger, der sich selbst noch nicht umgezogen hatte. »Aber wenn du jetzt nicht gerade sehr frierst, hättest du dir deinen gewaltigen Überzug noch sparen können. Oder willst du gleich an Land?«

»Sowie wir anlegen!« war die entschiedene Antwort.

»Und wo ist dein übriges Gepäck?«

»Hier!« antwortete Ballenstedt. Dabei zeigte er ein rotes Baumwolltaschentuch unter dem Mantel, in das er seine Habseligkeiten verpackt hatte. Auch eine Schaufel kam zum Vorschein, die er jedoch schnell wieder unter dem Mantel verbarg, als er die Fröhlichkeit seiner Mitreisenden bemerkte. Aber die hatten doch viel zu sehr mit sich zu tun, um sich weiter noch um den merkwürdigen Menschen zu kümmern. Jetzt sprangen auch die Matrosen nach vorn, um den Anker klar zu machen, und damit wurde die Unterhaltung völlig unterbrochen. Der Ort musste geräumt werden, und die Passagiere verstreuten sich wieder über das Deck. Über die Schanzkleidung des Schiffes sahen sie weiter sehnsüchtig zum Land hinüber.

Auffallend unter ihnen war auch ein älterer Herr, der schon für den Landgang völlig gerüstet war. Eine lange Pfeife im Mund, die rechte Hand auf dem Rücken, ging er ernst auf und ab. Dabei summte er ständig eine Melodie völlig falsch vor sich hin.

»Na, Justizrat, sind Sie auch schon fertig?« redete ihn da ein kleiner Mann in einem grauen Rock an. Er saß auf der Nagelbank des Fockmastes und hatte den Justizrat schon eine Weile lächelnd beobachtet. Er war Apotheker aus Hannover, ein drolliger, aber netter Mensch.

»Ich? – Ja!« sagte der Justizrat und drehte sich rasch um. »Habe das verwünschte Schiffsleben satt – machen, dass ich an Land komme – daran gedenken – hol's der Teufel!«

Der Mann sprach außerordentlich schnell, musste aber noch rascher denken, denn er verschluckte immer die Hälfte seiner Worte. Die andere Hälfte polterte er so barsch heraus, dass es sich ständig anhörte, als würde er mit allen nur schimpfen. Ohlers, der Apotheker, kannte ihn aber schon und war auch nicht der Mann, sich leicht einschüchtern zu lassen. »Der Herr Justizrat scheint mit der Behandlung nicht ganz zufrieden zu sein!« sagte er und lachte leise.

»Hundeleben!« bezeichnete der Justizrat kurz seine augenblickliche Situation. »Wollen's Kapitän aber schon anstreichen – Kriminalprozess!«

»Na, herzlichen Glückwunsch! Der arme Kapitän!« sagte Ohlers.

»Ach, Justizrat, auch schon gestiefelt und gespornt?« näselte in diesem Augenblick ein langer junger Mann, ein Kajütpassagier. Es hieß, dass seine Eltern ihn zu ihrem eigenen Besten nach Kalifornien geschickt hatten, um ihn in Hamburg loszuwerden. Er hatte die Hände in den Taschen vergraben und lehnte sich jetzt an einen Hühnerkasten auf Deck, als ob er seinen Beinen das Gewicht seines dürren Körpers nicht weiter anvertrauen wollte.

»Jawohl, Herr Binderhof!« brummte der Angeredete, stieß eine dicke Tabakswolke aus und sah den Kajütpassagier nur über die Schulter an. »Ihnen besser gefällt – können hierbleiben!«

»Danke Ihnen, Justizrat«, lachte der Lange. »Es sei denn, Sie schenken mir weiter Ihre Gesellschaft!«

»Unausstehlicher Mensch!« brummte der Justizrat in den Bart, qualmte noch stärker als vorher und lief auf die andere Seite des Decks.

»Verrückter Kerl«, entgegnete der Lange. »Was erzählte er Ihnen denn eben, Ohlers?«

»Oh, bloß von Ihnen, Herr Binderhof«, sagte der Apotheker.

»Von mir?«

»Ja, Herr Binderhof, er erzählte mir, wie glücklich Ihre Eltern waren, dass Sie unbedingt nach Kalifornien wollten!«

»Holzkopf!« brummte Binderhof, verließ den Hühnerkasten und schlenderte ärgerlich zur Kajüte zurück. Ohlers sah ihm amüsiert hinterher, als Herr Hufner an ihm vorüberkam. Die Gelegenheit war zu verlockend, um nicht ein Gespräch mit ihm anzuknüpfen.

»Herr Hufner, Herr Hufner, Sie scheinen auf bösen Wegen zu sein!« drohte er ihm lächelnd mit dem Finger.

»Ich? Aber Herr Ohlers, ich wüsste nicht, weshalb? Ist etwas passiert?« rief der junge Mann bestürzt ans.

»Noch nicht!« sagte Ohlers ernst. »Aber Sie haben sich so herausgeputzt, als ob Sie in San Francisco auf Eroberung ausgehen wollen, und dabei sitzt Ihre Verlobte zu Hause und weint Ihnen nach!«

»Wirklich nicht, da tun Sie mir aber unrecht, Herr Ohlers!« rief Hufner und errötete dabei tatsächlich.

»Na, na, ich hätte größte Lust, Ihrer armen Verlobten mit der nächsten Post ein paar Zeilen zu schicken und sie zu warnen!«

»Um Gottes willen, machen Sie keine Witze!« rief Hufner erschrocken. »Sie haben keine Ahnung, wie eifersüchtig sie ist, und sie würde den Spaß sofort ernst nehmen! Glücklicherweise hat ja unsere Trennung nun die längste Zeit gedauert!«

»Was? Wollen Sie gleich wieder umkehren?« rief Ohlers erstaunt.

»Nein, das nicht«, sagte Hufner vergnügt. »Aber es ist abgemacht, dass sie mir in drei Monaten, von meiner Abreise gerechnet, nachkommen soll. Sie kann also schon jetzt in Rio de Janeiro sein.«

»Aber was um Gottes willen wollen Sie mit Ihrer Verlobten hier in Kalifornien machen?« Ohlers schüttelte den Kopf. »Sie wissen ja selbst noch nicht einmal, was aus Ihnen wird! Hat sie denn Geld?«

»Meine Verlobte? Nein, aber da drüben liegt doch Kalifornien!« antwortete Hufner und lächelte vergnügt.

»Sooo?« sagte Ohlers gedehnt. »Und das ist alles?«

»Na, ist das nicht genug?« lächelte Hufner zuversichtlich. »Ich habe volle drei Monate Zeit, mir ein Vermögen zu erwerben. Als Kaufmannsgehilfe kann ich da natürlich nicht arbeiten, selbst wenn ich drei- bis viertausend Dollar Gehalt bekäme. Für drei Monate wären das nur höchstens tausend Dollar, und damit kann man noch nicht viel beginnen. Aber ich gehe jetzt in die Minen. Eine Unze Gold ist mir täglich sicher. Drei Monate, den Monat nur zu siebenundzwanzig Arbeitstagen gerechnet, liefern doch immerhin ein kleines Kapital von wenigstens 1620 Talern. Dabei habe ich einige glückliche Tage, die gar nicht ausbleiben können, noch nicht gerechnet. Ich weiß aus zuverlässiger Quelle, dass Goldwäscher an manchen Tagen fünf- bis sechshundert Dollar gefunden haben.«

»Und nur auf solche Meldungen hin lassen Sie Ihre Verlobte nachkommen?«

»Wieso nicht?« wiederholte Hufner erstaunt. »Als ob das nicht Sicherheit genug wäre! Fragen Sie einmal Frau Siebert, oder lassen Sie sich einmal die Briefe zeigen, die ihr Mann aus San Francisco geschrieben hat! In drei Tagen haben zwei Mann aus einer alten Schlucht für viertausend Dollar blankes Gold heraus gegraben. In drei Tagen, sage ich Ihnen!«

»Da haben die beiden allerdings ein gutes Geschäft gemacht!« meinte Ohlers. »Wie viele mögen aber da oben in den Bergen hocken und hacken und schaufeln, ohne mehr zu finden, als sie täglich für das Leben brauchen? Und wie teuer wird da oben der Proviant inzwischen sein? Nein, Hufner, wo ein Viergroschenbrot fünf spanische Dollar kostet, hört die Gemütlichkeit auf.«

»Aber weshalb sind Sie denn nach Kalifornien gegangen?« Hufner sah Ohlers lächelnd an. Er war sich sicher, dass er ihn nun gefangen hatte.

»Also wirklich nicht, um da oben in den alten, faulen Bergen nach Gold zu buddeln!« rief aber der Apotheker. »Kranke Menschen wird es genug in San Francisco geben. Leichtsinniges Gesindel, das sich in den Minen so lange herumgetrieben hat, bis es die Knochen nicht mehr regen kann. Die fallen mir nachher in die Hände, und dass ich die auspressen will, bis sie auch kein Korn Gold mehr hergeben, darauf können Sie sich verlassen!«

Ihr Gespräch wurde hier unterbrochen, weil zwei andere Personen den Gang heraufkamen. Sie gingen an die Larbord-Schanzkleidung und sahen zum Land hinüber. Es handelte sich dabei um die gerade erwähnte Frau Siebert und den Assessor Möhler, den gefälligsten, bescheidensten, aber auch wunderlichsten Menschen unter der Sonne.

Siebert, ein leichtsinniger Abenteurer, war nach Amerika gegangen, um sein Glück zu suchen. Frau und Kinder hatte er in Deutschland zurückgelassen und jahrelang nichts von sich hören lassen. Aber fast noch mit der ersten Kunde von Goldfunden in Kalifornien traf auch ein Brief von ihm ein. Siebert war mit anderen Deutschen bei einem Trupp Freiwilliger, die von den Vereinigten Staaten nach Kalifornien geschickt wurden. Sie sollten von dem Land Besitz ergreifen. Die bunt zusammengewürfelte Schar der Abenteurer hielt zunächst gut zusammen und besetzte ein entsprechendes Gebiet, in dem sie sich aufhielten. Kaum drang aber die Kunde der neuentdeckten Goldminen zu ihnen, als sie auch schon fast alle desertierten, um selbst nach Gold zu graben.

Es war eigentümlich, aber diesen Leuten fielen gleich zu Beginn die reichsten Stellen zu. Einige von ihnen gruben in wenigen Tagen den Goldwert von Tausenden von Dollars aus den Bergschluchten. Zu ihnen gehörte auch Siebert, der trotz seines wilden Lebens ein gutes Herz hatte und jetzt sofort an seine Familie schrieb. Seine Beschreibung der kalifornischen Schätze lief sofort durch die Nachbarschaft und verleitete viele, die Heimat zu verlassen und ebenfalls nach den Schätzen zu suchen. Niemand war glücklicher als Frau Siebert, die von Haus zu Haus lief und den Brief ihres Mannes vorzeigte. Wie sie dabei beneidet wurde, lässt sich denken. Sie verlor aber auch keine Zeit, um sich für die Reise zu rüsten. Das Geld für die Überfahrt hatte ihr Mann nach Hamburg überwiesen. Das erste Schiff, das nach San Francisco ging, nahm sie und ihre Kinder an Bord.

Unterwegs wurde die Frau, die so lange Zeit ärmlich gelebt hatte, mit besonderer Ehrfurcht behandelt. Ging sie doch in Kalifornien keiner unsicheren Zukunft entgegen, und ihr Mann gehörte zu den wenigen Glücklichen, die gleich zu Anfang die Schätze des Landes ausbeuten konnten. Sie hatten den Rahm abgeschöpft, und die Frau traf jetzt nur noch dort ein, um die Früchte der leichten Arbeit zu genießen. Sicherlich kannte ihr Mann die besten und reichsten Stellen in den Bergen und konnte allen die beste Anleitung geben – wenn er nur wollte. Jedermann behandelte deshalb seine Frau besonders achtungsvoll und tat alles Mögliche, um ihr nur zu gefallen. Vielleicht legte sie dann bei ihrem Mann ein gutes Wort ein!

Dieses ehrfurchtsvolle Benehmen der Leute an Bord verwöhnte sie aber. Nach dem Brief ihres Mannes musste sie sich für eine reiche Frau halten. Das bislang unbekannte Gefühl, jemanden fördern zu können, kam dazu. So schüchtern sie an Bord gegangen war, so zuversichtlich wurde sie nach und nach, und ihre Einbildungskraft half ihr dabei, sich das Leben in Kalifornien in den glühendsten, lebendigsten Farben auszumalen.

Assessor Möhler war ganz das Gegenteil von ihr. Er hatte bereits das 50. Lebensjahr erreicht, sprach aber nie über seine früheren Verhältnisse. Einige an Bord schienen ihn aber von früher her zu kennen, und so erfuhren auch die anderen bald, dass er doch in ganz guten Verhältnissen in Deutschland gelebt hatte. Es waren seine beiden verheirateten Töchter, die ihn nach Kalifornien getrieben hatten. Alles hatte er für seine Kinder getan, musste aber doch bald erkennen, dass er ihnen überall im Wege stand. Seine Kinder zeigten ihm das auch ständig, und der gutmütige Mann suchte die Schuld für das schlechte Verhältnis zu ihnen nur bei sich selbst. Allen Mitreisenden gegenüber war er liebenswürdig und gefällig, trotz häufiger Neckereien. Kein Messer wurde an Bord geschliffen, zu dem er nicht den Stein drehte, kein Knopf angenäht, den er nicht aus einem großen Vorrat zusammen mit Nadel und Faden lieferte. Sein Kochgeschirr wanderte von Hand zu Hand. Oft kam es verbeult und beschädigt zurück, und er schwor sich, nichts mehr auszuleihen. Doch dieser Vorsatz hielt nie länger als bis zur erneuten Bitte eines Reisegefährten – denn eine Bitte konnte er nun einmal nicht abschlagen.

Schon in Deutschland hatte er sich sehr gern mit kleinen Kindern beschäftigt. Die einzigen, die er an Bord vorfand, gehörten Frau Siebert. Die kleinen Wesen merkten schnell, wie freundlich er zu ihnen war. Wo er sich aufhielt, hingen sie sich an ihn, und er wurde es nicht müde, sich mit ihnen zu beschäftigen, sie zu säubern und sogar umzuziehen. Eine Menge Spiele kannte er und fertigte Bilder an, schnitt ihnen Figuren und Häuser aus Papier aus und war mit einem Wort der gute Geist der drei Kinder an Bord. Frau Siebert hatte zunächst sehr dankbar auf seine Bemühungen reagiert. Nach und nach überließ sie aber die ganze Kinderarbeit dem Assessor und kümmerte sich dafür um seine Wäsche. Von Rio ab aber fand sie, dass eigentlich alles selbstverständlich war, und als der Assessor wieder einmal den Waschkübel hervorholte, tat sie so, als würde sie es nicht bemerken.

Von da an war der Assessor seine eigene Waschfrau, kümmerte sich aber nach wie vor um die Kinder. Frau Siebert bedankte sich nicht mehr bei ihm, hatte sich aber vorgenommen, dass ihr Mann ihm dafür eine gute Stelle nennen müsste. Das versprach sie dem Assessor auch von sich aus, und der gutmütige, einfache Mann freute sich aufrichtig. Kalifornien kam ihm jetzt nicht mehr so fremd und öde vor, er würde ja dort einen Freund vorfinden, der ihn mit Rat und Tat unterstützen könnte. Mit diesen Gefühlen sah er, das jüngste Kind der Sieberts auf dem Arm, zum Land hinüber. Er zeigte dem dreijährigen Jungen die Berge, hinter denen sein Vater wohnte.

»Die Frau ist versorgt«, sagte jetzt Herr Hufner mit unterdrückter Stimme zum Apotheker, »der Mann hat ein Heidenglück gehabt!«

»Wer? Der Assessor?«

»Pst, nicht so laut! Nein, ich meine Siebert. Ich weiß nicht, wieviel tausend Dollar er mit seinen Kameraden regelrecht aus der Erde geschaufelt hat. Aber solche Stellen gibt es noch mehr, und die Matrosen kennen ein gutes Sprichwort: ›Es sind noch so viele gute Fische im Meer, wie sie herauskommen!‹«

»Ja, ich kenne da auch ein gutes«, sagte Ohlers, »nämlich: ›Schuster, bleib bei deinem Leisten!‹«

»Wieso?« erkundigte sich Ohlers erstaunt.

»Ach, ich meine nur. Ich bin aber sicher, dass die, die jetzt noch am liebsten mit der Schaufel und der Spitzhacke spazieren gehen, bald merken werden, dass das keine sehr angenehme Unterhaltung ist, die sie sich ausgesucht haben. Aber – der Geschmack ist verschieden. Wenn ich mich nicht irre, kommt da unser verrückter Amerikaner angeschlichen. Bin neugierig, was der eigentlich in Kalifornien verloren hat und was er da mit seiner Frau will!«

Der Passagier, von dem er sprach, war ein noch junger, schlanker und blasser Mann. Er war Amerikaner und wurde auf dem Schiff aufgrund seines merkwürdigen Verhaltens nur kurz ›der Verrückte‹ genannt. Schiffspassagiere sind sehr schnell mit solchen Beinamen zur Hand. Er war erst in Valparaíso mit seiner jungen, sehr liebenswürdigen Frau an Bord gekommen. Er konnte tagelang auf dem Quarterdeck sitzen, ohne ein Wort mit jemand zu reden. Dabei starrte er nur auf das Meer hinaus, in die Richtung, in der er Kalifornien vermutete. Die Zwischendeckspassagiere vermuteten, dass er sich nur einen Platz im Wasser aussuchte, wo er demnächst hineinspringen wollte.

Während der ersten Tage war er auf dem Schiff umhergewandert und musterte die Reisenden genau. Er sah sie starr und aufmerksam an, ohne einen anzusprechen. Fast schien es so, als suchte er jemand unter ihnen. Am ersten Tag hatte er sich auch die Passagierliste geben lassen und aufmerksam durchgesehen. Ob er aber einen Bekannten zu finden hoffte oder sich davor fürchtete, wusste niemand. So war es verständlich, dass sich die Passagiere über sein merkwürdiges Verhalten die merkwürdigsten Geschichten erzählten. Aber er hielt sich still zurück, und endlich wurde man es auch leid, sich mit ihm zu beschäftigen. Er wurde kurzerhand mit seinem Beinamen abgefertigt.

Seine Frau war kaum achtzehn oder neunzehn Jahre alt. Wenn sie an Deck erschien, wich sie nie von seiner Seite. Er war ihr gegenüber stets zärtlich und sehr aufmerksam, ja, er konnte dann sogar heiter sein. Nur wenn sie ihn verließ, kam wieder der düstere, unheimliche Geist über ihn. Aber heute schien selbst ihre Gegenwart den sonst beruhigenden Einfluss auf ihn verloren zu haben. Mit dem Land in Sicht überkam ihn eine seltsame Unruhe. Immer wieder lief er über das ganze Deck bis zum Bugspriet, starrte zur Küste hinüber, als ob er damit ihre Ankunft dort beschleunigen könnte, und kehrte dann wieder auf das Quarterdeck zurück.

Ein weiterer Kajütpassagier befand sich noch an Bord. Es war ein alter Arzt, der nur ›der Doktor‹ genannt wurde. Er hatte die Nachbarkabine des Amerikaners und war der einzige, mit dem er sich einmal unterhielt. Dann klagte er über Schmerzen im Kopf und über Beklemmungen in der Brust und ließ sich von dem Arzt leichte Medikamente verschreiben. Er nahm sie zwar gehorsam ein, aber das Übel besserte sich nicht. Doktor Rascher bemerkte bald, dass es sich um eine Gemütskrankheit handelte, die tiefere Ursachen hatte. Alle Anspielungen darauf blieben jedoch erfolglos. Der Patient leugnete hartnäckig, irgendetwas in dieser Richtung zu kennen, und wich jeder Andeutung aus. Er schien entschlossen, den fremden Arzt nicht ins Vertrauen zu ziehen, und der konnte deshalb seinen Zustand auch nicht bessern.

Hetson, der Amerikaner, hatte wieder eine Weile über Bord gesehen, während Ohlers ihn schweigend und kopfschüttelnd beobachtete. Endlich richtete er sich auf, hob gegen Süden, von wo aus sie gekommen waren, seine Faust drohend und murmelte einige englische Worte. die weder der Apotheker noch Hufner verstanden. Dann drehte er sich wieder um, um auf das Quarterdeck zu gehen. Die nebenstehenden Zwischendeckspassagiere würdigte er mit keinem Blick.

»Ob sie wohl Irrenhäuser in San Francisco haben?« sagte Ohlers, der ihm nachsah. »Es ist vielleicht keine schlechte Spekulation, ein großzügiges Institut da drüben anzulegen. Eigentlich und genau genommen ist schon die Hälfte von denen, die jetzt hinüberfahren, schon halb verrückt. Dass es bei den meisten dort drüben zum Ausbruch kommt, ist fast sicher. Ich muss mir die Sache noch einmal gründlich überlegen.«

Hetson ging inzwischen auf dem Quarterdeck auf und ab. Seine Frau ging zu ihm und legte ihren Arm in seinen, und das schien ihn zu beruhigen. Jedenfalls verließ er jetzt das Deck und ging in seine Kajüte hinunter.

Mittag rückte heran, und der Kapitän hatte sich mit dem Steuermann auf dem Deck eingefunden. Sie trugen ihre Geräte, um die Schiffsposition zu bestimmen. Leider versteckte sich aber die Sonne gerade gegen zwölf Uhr. Wenn auch die Seeleute versuchten, wenigstens einen Schein von ihr zu bekommen, blieb es doch vergebliche Mühe. Auf offener See hat das nicht viel zu sagen, das Schiff hält seinen Kurs, und ein heller Tag gleicht alles wieder aus. Hier aber, dicht vor einer fremden Küste, deren Landmarken keiner von ihnen kannte, war eine Sonnenobservation wichtig. Nur so konnten sie die genaue Breite bestimmen. Bei der günstiger wehenden Brise trieben sie jetzt aber auch dem Land immer näher. Sie hofften darauf, ein anderes Schiff zu treffen, das ihnen die unbekannte Einfahrt in die Bucht von San Francisco zeigen konnte.

Mehr und mehr traten jetzt auch die schroffen, felsigen und vollkommen kahlen Küstenberge des Festlandes hervor. Deutlich konnten sie in ihrer Nähe einige Segel erkennen. Aber dadurch ließ sich nicht erkennen, wo die Einfahrt lag. denn einige fuhren südlich, andere nach Norden hinauf. Andere änderten ihren Kurs völlig und fielen vor der Küste wieder ab. Es war klar, dass diese Schiffe die Einfahrt ebenso wenig kannten wie sie selbst.

So musste die ›Leontine‹ ihren Kurs wieder ändern, um den Uferklippen nicht zu nahe zu kommen. Die Passagiere wussten allerdings nicht, was sie davon halten sollten. Auf offener See waren sie gezwungen, die Führung des Schiffes dem Kapitän zu überlassen. Sie hatten keinen Anhaltspunkt, wo sie sich befanden, und dafür waren ja die Seeleute auch zuständig. Hier aber wurde das ganz anders. Hier sahen sie das Land hell und klar mit all seinen Einschnitten und Kuppen, seinen Bergen und Tälern liegen. Dass der Kapitän da nicht geradezu drauflosfuhr und Anker warf, kam ihnen unverantwortlich vor. Man betrog sie um weitere kostbare Stunden! Die Gefahr, die ihnen vor einer fremden Küste bei plötzlich auftretendem Sturm drohte, kannten sie nicht.

Mr. Hetson war ebenfalls wieder an Deck gekommen. Der Anblick der fremden Schiffe schien ihn erneut aufzuregen. Er lief zu dem Kapitän und verlangte von ihm zu erfahren, was das für Fahrzeuge wären und wo sie herkämen. Da jedoch keines beflaggt war, ließ sich das nicht bestimmen. Nur die Stellung ihrer Segel konnte Vermutungen darüber erlauben, ob es sich um Engländer, Franzosen oder Deutsche handelte.

Die Sonne neigte sich zum Horizont, und die ›Leontine‹ brasste ihre Segel um und hielt von der Küste ab, anstatt ihren Anker auszuwerfen. Die Passagiere, die sich für den Landgang vorbereitet hatten, waren erbost. Erst mit Dunkelheit war der junge Amerikaner in seine Kajüte gegangen. Auch die meisten anderen Passagiere gingen trotz des wunderbar warmen Abends in die Hauptkajüte, um mit Kartenspielen und einer Bowle den ›hoffentlich letzten‹ Abend an Bord zu feiern. Nur der Doktor ging mit dem Steuermann eine Weile auf dem Deck auf und ab. Als der Seemann nach vorn musste, blieb der Doktor allein stehen, lehnte sich über das Deck hinaus und sah nach dem Steuerruder hinunter, das in der leicht bewegten See einen Feuerstrudel zog und in tausend Funken blitzte und glitzerte.

»Doktor!« flüsterte da eine leise, ängstliche Stimme an seiner Seite.

Rasch fuhr er empor, denn an der Stimme hatte er Mrs. Hetson erkannt.

Die junge Dame stand in ihren Schal gehüllt neben ihm.

»Mrs. Hetson? Was treibt Sie denn in der feuchten Nachtluft allein an Deck? Wo ist Ihr Mann?«

»Er schläft, Doktor«, antwortete die Frau. sichtlich erregt. »Ich habe den Augenblick genutzt, um Sie einmal allein zu sprechen. Ich fürchte, dass wir später an Land dazu keine Gelegenheit mehr haben werden. Ich... ich weiß nur nicht, ob Sie die Geduld haben, mir eine Viertelstunde zuzuhören.«

»Aber Mrs. Hetson, selbst wenn ich kein Arzt wäre, wäre dieser Zweifel ungerecht. Sie wollen mit mir über Ihren Mann sprechen?«

12

»Ja«, sagte die junge Frau leise und sah sich um, ob auch niemand in der Nähe wäre. Nur der steuernde Matrose lehnte an den Speichen des Rades, konnte aber von der mit unterdrückter Stimme und in englischer Sprache geführten Unterhaltung nichts verstehen. Der Steuermann war wieder auf das Quarterdeck gekommen und stand an einer Treppe zum Mitteldeck, um den Gang des Schiffes zu beobachten.

»Ich dachte es mir«, sagte der Arzt, »und habe mir lange gewünscht, dass Sie oder er offen zu mir wären. Ich hätte Ihnen dann vielleicht Hoffnung auf seine Heilung geben können. Sein Leiden scheint mir tief und schwer zu sein. So leicht man aber äußere Krankheiten nach ihrem Erscheinungsbild beurteilen kann, so schwer sind die Seelenleiden eines Patienten herauszufinden, wenn er dem Arzt dabei nicht hilft. Und ein seelisches Leiden ist es mit Sicherheit, unter dem Ihr Mann leidet.«

»Sie haben recht«, antwortete sie leise. »Ich habe ihn schon oft gebeten, mit Ihnen zu sprechen. Er hat mir sogar streng verboten, mit jemand überhaupt darüber zu sprechen. Aber ich fühle, dass ich nur zu seinem Besten handele, wenn ich mich darüber hinwegsetze. Ich muss auch meinethalben reden, wenn mich nicht die Sorge um ihn schließlich aufreiben soll.«

»Fassen Sie sich«, bat der alte Mann die erregte Frau und zeigte zu dem aufmerksam gewordenen Matrosen hinüber. »Die Leute verstehen fast alle etwas Englisch, und wir brauchen keinen weiteren Zeugen.«

»Ja, das ist richtig«, sagte die junge Frau jetzt völlig ruhig und gesammelt. »Seien Sie mir bitte nicht böse, wenn ich etwas weiter aushole. Ich will mich dabei so kurz wie möglich fassen.«

»Gut, kommen Sie hier herüber zur Schanzkleidung. Auf die See hinaus gesprochen, verhallen die Worte, und niemand an Deck kann hören, über was wir sprechen.«

Die Frau trat zu ihm, lehnte sich mit ihrem Arm auf das breite Holz und sagte dann ruhig: »Ich will Ihnen alles ersparen, was mich selbst betrifft. Nur soviel müssen Sie aber wissen, dass ich vor etwa zwei Jahren mit einem Landsmann von mir, einem Engländer, in meiner Heimat verlobt wurde und ihn auch liebte. Er war Seemann und wollte nur noch eine Reise nach Ostindien machen, nach seiner Rückkehr wollten wir heiraten. Wenige Tage später traf die Schreckensnachricht bei uns ein. Sein Schiff war gleich beim Auslaufen aus der Themse auf den Goodwin Sands verunglückt und mit der gesamten Mannschaft untergegangen. Nur ein einziger Matrose sei wie durch ein Wunder gerettet worden und wieder an die englische Küste gebracht. Mich warf der Schmerz um, und lange Zeit lag ich krank im Bett. Mein Vater nahm mich deshalb um so lieber mit, als man ihm eine amtliche Sendung nach Buenos Aires anbot. Luft- und Ortsveränderung sollten mich von meinem Kummer heilen. Wir reisten ab, und schon unterwegs erholte ich mich völlig. Unser Aufenthalt in der Argentinischen Republik dauerte nicht lange. Die politischen Verhältnisse in dem unruhigen Land zwangen meinen Vater, dem allmächtigen Diktator Rosas aus dem Weg zu gehen. Wir schifften uns nach Chile ein, und in Valparaíso lernte ich meinen jetzigen Mann, Mr. Hetson, kennen. Er hatte meinem Vater in aufopfernder Weise viele Dienste erwiesen. Dabei lernten wir ihn als einen aufrichtigen und edlen Mann kennen und gewannen ihn lieb. Als er mich bat, ihn zu heiraten, willigte ich ein. Er war unendlich glücklich und trägt mich bis heute auf den Händen. Unser Hochzeitstag kam heran. Wir sollten im Hause des amerikanischen Konsuls getraut werden und waren gerade im Begriff, dorthin zu fahren. Da trafen mehrere Depeschen für meinen Vater aus Europa ein, die er natürlich bis nach dem Schluss der feierlichen Handlung liegenließ.«

Mrs. Hetson schwieg einen Augenblick, als ob sie erst Kräfte sammeln müsse, um die Erinnerung an diese Zeit noch einmal durchzustehen. Als sie der Arzt aber mit keinem Wort unterbrach, fuhr sie endlich nach kurzer Pause langsam fort.

»Als wir nach Haus zurückkehrten, wo meine Eltern ein kleines Fest für uns arrangiert hatten, fand ich auch einen Brief für mich vor. Schon beim Anblick der Aufschrift durchlief mich ein Zittern. Ich will Sie aber nicht ermüden, sondern Ihnen einfach die Tatsachen mitteilen. Der Brief war von Charles...«

»Von wem?«

»Von meinem früheren Verlobten«, flüsterte die Frau. »Nach dem Schiffbruch seines eigenen Fahrzeugs wurde er von einem amerikanischen Schoner gerettet. In der Nacht und am nächsten Tag tobte ein Nordoststurm und hinderte das Schiff daran, an Land zu setzen. So ließen sie Europa hinter sich, und Charles war gezwungen, die Reise nach Brasilien mitzumachen. Da aber warf ihn ein starkes Fieber monatelang auf das Krankenlager. Schon bewusstlos brachte man ihn an Land und in das Spital. Als er wieder zu sich kam und an uns nach England schrieb, erhielt er von dort keine Antwort mehr. Wir waren abgereist und hatten sogar eine volle Woche in derselben Stadt, Rio de Janeiro, zugebracht, ohne etwas von ihm zu wissen. Sowie er sich aber wieder erholt hatte, reiste er nach England, erfuhr unseren Aufenthaltsort und schrieb uns nach Buenos Aires. Aber auch der Brief verfehlte uns, da wir inzwischen nach Valparaíso verzogen waren. Als er endlich unseren neuen Wohnort erfahren hatte, schrieb er von England erneut, schrieb von seinen Erlebnissen und seiner Liebe zu mir und dass er dem Brief auf dem Fuß folgen würde.«

»Weiß Ihr Mann von diesem Brief?« erkundigte sich der Arzt.

»Ja«, antwortete die Frau. »Ich war schließlich verheiratet und fühlte, dass ich kein derartiges Geheimnis vor ihm haben dürfte, wenn nicht unser ganzes künftiges Glück gefährdet sein sollte. Eine Verbindung mit Charles war ja völlig unmöglich geworden, und ich hoffte, dass mein Mann mir genug vertrauen würde, meinen Versicherungen zu glauben. An diesem Abend konnte ich allerdings den Mut dazu noch nicht aufbringen. Aber am nächsten Morgen erzählte ich ihm alles, zeigte ihm den Brief und versicherte ihm, dass ich zwar Charles früher geliebt hätte, jetzt aber entschlossen wäre, jede Verbindung mit ihm abzubrechen. Das nächste Postschiff sollte meinen Brief an ihn mitnehmen, in dem ich ihm das Geschehene auseinandersetzte und ihn bat, sich mit der unabänderlichen Situation abzufinden.«

»Und wie nahm Ihr Mann das Geständnis auf?« fragte der Arzt leise.

»Am Anfang so ruhig und vernünftig, wie ich nur hoffen und erwarten konnte«, erwiderte die Frau. »Er dankte mir herzlich für das Vertrauen und bedauerte den Unglücklichen, der durch eine Verkettung solcher Unglücksfälle um mich gebracht wurde. Er bat mich auch, ihm so rasch wie möglich zu schreiben, denn nur wenn er alles wusste, konnte er auch verstehen, wie es dazu gekommen war. Ich schrieb also den Brief, den ich meinem Mann zu lesen gab. Er war vollkommen damit einverstanden, und die nächste Post nahm ihn nach England mit. Von diesem Tag an wurde mein Mann unruhig. Immer wieder las er Charles' Brief, in dem ja stand, dass er keine Antwort erwarte, sondern gleich selbst kommen würde. Vergeblich versicherte ich ihm, dass ich Charles nicht sehen wollte, selbst wenn er nach Valparaíso käme. Ich war fest überzeugt, dass er sofort zurückreisen würde, wenn er erführe, was inzwischen geschehen war. Es blieb alles umsonst. Tag und Nacht ließ es ihm keine Ruhe. Der Gedanke, dass Charles kommen und mich zurückfordern würde – so unwahrscheinlich das war –, setzte sich immer fester in ihn. In einem Ausbruch der Verzweiflung bat er mich schließlich, mit ihm in ein anderes Land zu fliehen. Er sei nicht mehr imstande, diese aufreibende Angst zu ertragen. Ich willigte ein. Meinem Vater hatte ich alles berichtet. Er redete mir selbst zu, den Wunsch meines Mannes zu erfüllen. Da legte gerade Ihr Schiff, das nach San Francisco weitergehen sollte, an. Mein Mann entschloss sich, diese Gelegenheit sofort zu nutzen. Unsere Vorbereitungen waren schnell getroffen. Allerdings sah ich nicht ein, weshalb sie mein Mann so heimlich betrieb. Da gestand er mir, dass er fürchte, dass mein früherer Verlobter uns auch nach Kalifornien folgen würde. Er habe deshalb beschlossen, ihn von unserer Fährte abzubringen. Im Hafen lag nämlich noch ein anderes Schiff, das nach Australien gehen sollte. Es blieb ein Brief für Charles zurück mit der Meldung, dass wir uns nach Neuholland eingeschifft hätten.

Vergeblich bat ich meinen Mann, doch bei der Wahrheit zu bleiben und sich fest darauf zu verlassen, dass Charles unsere Ruhe nicht stören würde. Schon diese Bitte weckte sein Misstrauen, seine Eifersucht. Er begann zu glauben, dass mir daran läge, ein Zeichen zu hinterlassen, und überwachte jeden meiner Schritte, solange wir uns noch an Land befanden. Meine Eltern beschwor er bei allem, was ihnen heilig sei, Charles nicht unseren wirklichen Aufenthaltsort zu verraten. Dabei befand er sich ständig in einer furchtbaren Erregung. Ich sehnte den Tag herbei, an dem wir endlich Chile verlassen konnten.

15

Ich hoffte, dass sich seine Unruhe legen würde, wenn wir erst einmal an Bord waren.«

»Aber das hat sich nicht erfüllt?« sagte teilnahmsvoll der Arzt.

»Nein, im Gegenteil, seit wir das Land in Sicht haben, ist es noch stärker wieder ausgebrochen. Schon in den ersten Tagen unserer Reise hatte er die fixe Idee, dass sich Charles heimlich mit an Bord geschlichen habe. Erst als er sich fest vom Gegenteil überzeugt hatte, wurde er ruhiger. Jetzt, mit dem Land vor uns und den vielen fremden Schiffen, scheint die alte Angst noch stärker zurückzukommen. Auf jedem Fahrzeug, das den Eingang zur San-Francisco-Bai sucht, fürchtet er den Mann, den er für seinen Nebenbuhler hält. Er zittert sogar schon vor dem Betreten des fremden Bodens, weil Charles vielleicht schon eher da sein könnte. Ich bin über seinen Zustand, der schon an Wahnsinn grenzt, verzweifelt. Deshalb drängte es mich auch, einmal mein Herz jemand ausschütten zu können. Wem hätte ich besser vertrauen können als gerade Ihnen?«

»Ihr Vertrauen soll auch nicht enttäuscht werden, verehrte Frau«, sagte der alte Mann gerührt. »Aber ich weiß nicht, wie ich Ihnen da beistehen kann. Ihr Mann hat diese unglückliche, fixe Idee, und da ist mit äußeren Mitteln nichts zu bessern.«

»Wenn man ihm nur die Nachricht bringen könnte, dass Charles wirklich nach Australien gegangen ist!«

»Um Gottes willen, nicht!« rief der Arzt schnell. »Dann hätte er doch erst die Gewissheit, dass er Sie wirklich verfolgt, und findet nie wieder im Leben Ruhe. Wie ich hörte, kommen von Australien auch sehr oft Schiffe nach San Francisco, und jedes würde seiner Unruhe neue Nahrung geben.«

»Aber was soll, was kann ich tun? Wie soll das enden, wenn diese fixe Idee mehr und mehr überhandnimmt? Schon jetzt hält sein Körper diese ständige Aufregung kaum durch.«

»Vor allen Dingen sollten Sie weiterhin aufrichtig zu Ihrem Mann sein. Der geringste Widerspruch, den er findet, würde sein Leiden nur noch verschlimmern. Geben Sie ihm keinen Anlass zum Verdacht, und hört er auch nichts mehr von dem vermeintlichen Nebenbuhler, so ist die Zeit sein bester Arzt und wird ihn bald wieder vollkommen herstellen.«

»Aber wenn nicht?« fragte die Frau und faltete ängstlich ihre Hände. »Wenn in dem fremden Land die entsetzlichen Träume stärker und stärker werden?«

»Vertrauen Sie auf Gott«, unterbrach sie ernst der alte Mann. »Bedenken Sie vor allen Dingen, dass Sie durch solche ängstlichen Phantasien auch Ihre eigene Gesundheit mutwillig untergraben. Seien Sie stark, das neue, aufregende Leben da drüben wird den besten und heilsamsten Einfluss auf Ihren Mann haben. Jetzt ist er noch auf dem engen Schiff eingeschlossen und Tag für Tag ohne jede Beschäftigung. Da ist es kein Wunder, wenn er sich um so stärker seiner unglücklichen Idee hingibt. Erst einmal in dem praktischen kaliforni-

16

schen Leben, von all dem Drängen und Ringen nach Gold und Schätzen erfasst, wird er auch nach und nach seine trüben Gedanken vergessen.«

»Ich will es hoffen«, seufzte die Frau aus tiefstem Herzen. »Ich selber will gern alles tun, was in meinen Kräften steht, um ihn aufzuheitern und zu zerstreuen – wenn nur sein Geist nicht schon gelitten hat!«

»Das befürchte ich nicht«, sagte freundlich der Arzt. »Geben Sie sich aber nicht selber solchen gefährlichen Träumen hin, darin wird schon alles gut werden. Ich kenne ja nun sein Leiden, und sollten Sie in San Francisco meine Hilfe benötigen, so werde ich Ihnen jederzeit zur Seite stehen.«

»Das lohne Ihnen Gott«, sagte die Frau und ergriff zitternd seine Hand. Der alte Herr bot ihr freundlich seinen Arm und geleitete sie zu der in die Kajüte hinab führenden Treppe. Dort verließ er sie, um an Deck zurückzukehren.

2. Das goldene Tor

Sonnenlicht und klar brach der nächste Morgen an. Kaum warf aber der erste Dämmerschein seinen mattgrauen Strahl über die ruhig wogende See, als das Deck der ›Leontine‹ schon von Passagieren wimmelte. »Da liegt das Land! Da ist Kalifornien!« schoss der Ruf wie ein Lauffeuer durch das ganze Zwischendeck.

Der Kapitän hatte die erste Hälfte der Nacht so weit wie möglich vom Land abgehalten, nach acht Glasen aber (um Mitternacht) ließ er die oberen Segel abnehmen, um nicht zu viel Fortgang zu machen. Dann segelte er gerade wieder auf die Küste zu, um bei vollem Tag nahe genug zu sein. Bei dem ruhigen Wetter hatte er auch nichts für sein Schiff zu befürchten. Mit anbrechendem Morgen lag er kaum zwei englische Meilen von der Küste entfernt. Jetzt, bei guter Sicht der Brandung, lief er nach Norden auf.

Acht verschiedene Fahrzeuge konnten sie um sich zählen. Einige waren noch weiter südlich, andere weiter oben im Norden, einzelne noch draußen in See. Keines von ihnen schien aber die Einfahrt zu kennen.

»Hallo!« schrie da plötzlich der Obersteuermann, der in das Marssegel geklettert war, um einen besseren Überblick zu haben. Er deutete mit dem Arm nach der schroffen Felsküste hinüber. »Was ist das da drüben?«

»Wo? Was gibt es dort?« rief der Kapitän, der mit dem Fernglas in der Hand auf dem Quarterdeck stand. Er zog das Teleskop auseinander und sah hinüber.

»Ein Segel, so wahr ich lebe, das gerade aus dem Felsen herauskommt«, rief der Seemann fröhlich zurück. »Da muss die Einfahrt sein! Sehen Sie da drüben den flachen Felsenkegel, Kapitän, mit scharf ausgezackter Wand daneben?«

»Ich hab's!« rief der Kapitän zurück, und der Steuermann ergriff ein neben ihm hängendes Seil, um blitzschnell an Deck zu gleiten. Langes Ausschauen war nicht mehr nötig. Der Kapitän hatte mit seinem guten Fernrohr die schmale Felsschlucht ermittelt, aus der gerade jetzt das helle Segel sichtbar wurde. Im Nu flogen die Rahen herum, und der Bug strebte der ersehnten und lange gesuchten Einfahrt entgegen. Auch die anderen Fahrzeuge hatten aufgepasst. Als sie die plötzliche Kursänderung der ›Leontine‹ bemerkten, änderten sie auch alle ihren Kurs. Vielleicht hatten sie auch schon das Segel entdeckt und dort die Einfahrt vermutet. Je näher man jetzt der Küste kam, um so deutlicher erkannte man, dass sich dort die schroffen Felsen trennten und einen schmalen, kanalartigen Eingang bildeten. Gerade in diesem Augenblick kam noch eine amerikanische Brigg heraus, und sie wussten nun, dass sie wirklich vor dem Golden Gate, dem Goldenen Tor, Kaliforniens lagen.

Das war ein Jubel an Bord, als sich die Passagiere plötzlich ihrem Ziel so nahe sahen! Alles drängte nach vorn, das so lange ersehnte Ufer endlich begrüßen zu können oder um wenigstens zu den hohen, kahlen Felsen zu starren, die rechts und links die Einfahrt bezeichneten. Zwischen den Passagieren, die überall im Wege standen, pressten und schoben fluchend die Matrosen. Wo das nicht genügte, machten sie ohne weiteres von ihren Fäusten Gebrauch, bis sie genug Raum für ihre notwendigen Arbeiten hatten.

Jetzt, wie mit einem Zauberschlag, klafften die beiden schroffen Felsenwände zurück. Das Fahrzeug schoss, von Wind und Flut begünstigt, rasch durch die enge Straße. Weit voraus öffnete sich das herrliche, großartige Wasserbecken der Bai von San Francisco. An der rechten Seite konnten sie, von einer vorspringenden Landzunge geschützt, den Mastenwald der dort ankernden Schiffe erkennen. Das war ein Drängen und Fragen und Jubeln und Laufen an Bord! Immer mehr entfaltete sich das Leben der Bai vor ihren Augen, aber zum Antworten hatte niemand mehr Lust oder Zeit. Jeder wollte nur sehen und genießen. Gerade voraus enthüllte sich mit jeder Schiffslänge mehr das eigentliche Ziel der langen Fahrt, die Hauptstadt ihrer goldenen Träume, San Francisco.

Noch konnten sie erst einzelne, verstreute Häuser und Zelte auf den nächsten Hügeln erkennen. Plötzlich aber, als sie die Spitze der Landzunge umfuhren, lag die merkwürdigste Stadt der Erde in ihrer ganzen Ausdehnung vor ihnen. Im Vordergrund lagen Hunderte von abgetakelten Schiffen, den Hintergrund bildeten kahle Berge. Der niederrasselnde Anker – die herrlichste Musik nach so langer Fahrt – brachte sie auch erst wieder richtig zu sich und verkündete ihnen, dass ihr passives Leben, das sie fast ein halbes Jahr geführt hatten, jetzt einem abwechslungsreichen Platz machen müsse.

Der Anker fasste – das Hinterteil ihres Fahrzeugs schwang herum, den Bug jetzt wieder der Einfahrt zugekehrt. Zu gleicher Zeit fielen die Rahen und flatterten die gelösten Segel. Die Matrosen kletterten nach oben, um die in der scharfen Brise wehende Leinwand zu beschlagen. Das Manöver, das sonst die volle Aufmerksamkeit der Passagiere hatte, blieb jetzt völlig unbeachtet. Da draußen war mehr zu sehen, als ihnen ihr eigenes Schiff und die Besatzung bieten konnten. Wer nicht gerade damit beschäftigt war, sein eigenes Gepäck zusammenzuraffen, stand an der Schanzkleidung und sah zu dem lärmenden Leben und Treiben der Bai hinüber.

Vielleicht zweihundert Schritt von der ›Leontine‹ lag eine Bremer Barke, die ebenfalls gerade erst eingelaufen war. Sie hatte ein flaches Boot längsseits, in das die Seeleute die Gepäckstücke der Passagiere hinabließen. Das Fahrzeug war geräumig genug, um eine ziemlich schwere Last und eine Anzahl von Menschen zu fassen. Kisten und Kästen, Ballen, Fässer, Koffer und Hutschachteln standen schon in großer Menge weggestaut. Die bunt zusammengewürfelte menschliche Fracht hütete ihr Eigentum und wartete auf den Moment des Abstoßens.

Fast alle waren bis an die Zähne bewaffnet mit Flinten, Pistolen, Säbeln und Dolchen. Ganze Bündel Spaten, Spitzhacken und Brecheisen lagen ebenfalls in dem Boot aufgeschichtet. Ein paar matrosenähnliche Burschen mit roten, chinesischen Schärpen und Strohhüten auf, aber unbewaffnet, schienen die Führer des kalifornischen Bootes zu sein.

»Alle an Bord?« rief jetzt der Steuermann der Bremer Barke vom Deck hinunter.

»Alle – Gott sei Dank, dass wir dieses nichtsnutzige Schiff hinter uns haben!« schrie einer der Passagiere.

»Ihr werdet froh sein, wenn ihr hier trockenes Brot zu kauen habt!« rief der Kapitän vom Quarterdeck.

»Und das wird uns schmecken, wenn wir Ihre Fratze dabei nicht mehr sehen müssen, Kapitän Meier!« lautete die wenig schmeichelhafte Antwort.

»Werft die Falle da los!« tönte der Ruf des Steuermanns über Deck. »Na, was soll das? Was schleppt ihr das Boot noch weiter nach vorn? Hinunter mit den Tauen!«

»Jawoll, Stürmann!« lachte einer der Matrosen. »Alles in Ordnung – soll gleich besorgt sein!«

»Halt! Was werft ihr da noch hinunter?« schrie der Steuermann plötzlich, als sechs oder acht weißleinene, festgeschnürte Säcke in das Boot hinab flogen. »Was ist das? Was geht da vor?«

»Nichts, mein Herzchen, nur unsere Garderobe«, lautete die Antwort des Matrosen zurück. Wie die Katzen folgten ebenso viele Seeleute ihrem vorangegangenen Eigentum in das Boot.

»Halt, Donnerwetter, das wird zu viel! Wir sinken!« riefen die beiden Eigentümer.

»Gottbewahre, Kameraden. Stoßt ab! Ahoi!« Damit stemmten sie sich gegen die Außenwand ihres Schiffes und schoben das vierkantige Fahrzeug ein

Stück in das offene Wasser hinaus. »Ihr dürft nicht abstoßen! Bleibt hier! Halt! Meine Jolle hinunter!« schrie und tobte der Kapitän auf seinem Deck herum. Die Flucht seiner Leute direkt vor seinen Augen war für ihn kein Spaß. Die Bootsführer kümmerten sich aber wenig um seine Ausrufe. Sie bekamen von jedem Kopf, den sie mehr hinüberbrachten, einen Dollar extra, und dann waren sie selbst weggelaufene Matrosen, die andere Kameraden nicht so leicht im Stich ließen. Sie führten zwar nur zwei Ruder, und das Boot ging so schwer im Wasser, dass sie entsetzlich langsam damit fortrücken konnten. Aber das Land war auch nicht weit entfernt. Das erst erreicht, und alle Kapitäne der Bai hätten sie nicht wieder holen können.

Kapitän Meier dachte nicht daran, sie erst bis ans Land zu lassen. Er hoffte immer noch, genug Autorität über seine Leute zu besitzen, um sie vorher zurückzuholen.

Rasch sank seine schon bereitgehaltene Jolle auf das Wasser. Mit seinen beiden Steuerleuten, dem Zimmermann und dem Koch setzte er den Flüchtlingen nach, die er auch bald eingeholt hatte. Das viereckige, kastenartige Fahrzeug war gerade vor dem Bug der ›Leontine‹ vorübergefahren, und zwar so dicht, dass das eine Ruder die angespannte Ankerkette streifte. Da schoss die leichtgebaute Jolle heran, und der Kapitän beorderte seine Leute barsch zu sich an Bord herüber. Sein Empfang war aber nicht ermunternd.

»Komm herüber und hol uns, Schatz!« riefen ihm die Matrosen höhnend zu. Die Passagiere überhäuften ihren Schiffsführer mit Schmähungen. Alle nur denkbaren Schimpfwörter wurden gegen ihn geschleudert. Dabei blieb es nicht, denn Stückchen mit hartem Zwieback flogen gegen ihn, und mit den Blechbechern schöpften einige Wasser und gossen es nach ihm.

Kapitän Meier sah ein, dass da mit Gewalt nichts zu machen war. Er ließ den Bug des Schiffes herumwerfen und hielt, so schnell es ging, auf die nächste Landung zu. Wahrscheinlich wollte er dort gerichtliche Hilfe in Anspruch nehmen. Wenn das seine Absicht war, kam er jedenfalls zu spät, denn das Lichterboot gelangte bald darauf an eine Stelle, wo die Matrosen bequem an Land konnten. Sie schulterten ihre Säcke, zahlten ihr Überfahrtsgeld und waren im nächsten Augenblick im Gewühl am Ufer verschwunden. Das Boot ruderte jetzt langsam dem gewöhnlichen Landungsplatz entgegen.

Es schien so, als wollte der Kapitän der ›Leontine‹ seinem Kollegen zu Hilfe eilen. Er besann sich dann jedoch und mischte sich nicht in die Auseinandersetzung, denn ein günstiger Ausgang wäre sehr zweifelhaft gewesen.

Die Passagiere und besonders die Matrosen hatten dieser Szene mit großem Interesse zugeschaut. Wie auf Verabredung stockten alle Arbeiten. Der Kapitän selbst vergaß ganz, dass sich die eigenen Leute vielleicht daran ein Beispiel nehmen könnten. Als die Deserteure mit Jubel den Abhang hinunterliefen, rief er seine Mannschaft mit lauter und barscher Stimme an die Arbeit zurück. Dadurch wurden auch die Passagiere gemahnt, ihre Zeit nicht nutzlos zu vergeuden. Dort drüben lag Kalifornien, und alles drängte und schrie durcheinander nach einem Boot, um das Schiff so schnell wie möglich zu verlassen. Die Auswanderer nach Nordamerika oder Australien scheuen sich, ihr Schiff gleich am ersten Tag der Ankunft zu verlassen. Sie wollen sich doch erst einmal umsehen und den Boden kennenlernen, auf dem sie ihre neue Heimat gründen wollen. Aber hier suchte sich alles rücksichtslos eine Gelegenheit, schnell an Land zu kommen, Boden zu gewinnen, den man mit Spaten und Spitzhacke bearbeiten konnte. Dass dort Gold lag, verstand sich von selbst. In diesem Drängen konnte sich natürlich keiner um den anderen kümmern. So geschah es denn auch, dass Frau Siebert, der man bis dahin jede Freundlichkeit erwiesen hatte, allein und unbeachtet mit ihren drei Kindern an Deck stand. Mit klopfendem Herzen sah sie auf die Bai, von wo sie jeden Augenblick das Boot ihres Mannes erwartete. Das geankerte Schiff zeigte schon lange die Hamburger Flagge, er wusste, dass sie von dort um diese Zeit eintreffen musste, und hatte sicher schon seit Wochen auf sie und die Kinder gewartet. Er hatte ja auch in seinem Brief versprochen, sie gleich von Bord abzuholen – aber er kam nicht.

Nur der alte Assessor Möhler war bei ihr geblieben. Er sorgte sich um das jüngste Kind, das in der allgemeinen Verwirrung an Deck vielleicht zu Schaden kommen könnte. Dann sagte ihm auch ein nicht gerade ermutigendes Gefühl, dass er immer noch früh genug das fabelhafte Land betreten würde. So gab er der Frau Schutz und suchte zugleich auch bei ihr Schutz. Er glaubte auch, dass er unter keinen günstigeren Umständen die Bekanntschaft des reichen Kaliforniers machen konnte.

Eine große Anzahl der kleinen Boote kreuzte herüber und hinüber zwischen den verschiedenen Schiffen und dem Land, oft dicht auch an ihrem Schiff vorbei. Wenn sie angerufen wurden, schüttelten sie den Kopf oder antworteten nicht, sie hatten ein anderes Ziel. Was kümmerten sie die Neuangekommenen, denen Schiff auf Schiff folgte. Nur ein paar leere Boote, von einzelnen Männern gerudert, legten längsseits, um Passagiere mit hinüberzunehmen. Es waren Amerikaner, die sich mit ihren eigenen Booten auf diese Weise ihren Lebensunterhalt verdienten. Die Passagiere wunderten sich darüber, solche Leute noch hier zu finden. Warum waren die nicht oben in den Minen und gruben Gold?

Mr. Hetson hatte seit dem Passieren des Goldenen Tores das Deck noch keinen Augenblick verlassen. Er rief jetzt eines der Boote heran und mietete es für einen enormen Preis für seine Frau und sein Gepäck. Andere Boote wurden von den übrigen Kajütpassagieren in Beschlag genommen. Mehrere Stunden mochten vergangen sein, als das viereckige, kastenähnliche Fahrzeug, das den Matrosen der Bremer Barke zur Flucht verholfen hatte, zwischen den Schiffen sichtbar wurde und auf sie zuhielt.

Der Kapitän der ›Leontine‹ war inzwischen schon lange mit seiner eigenen Jolle an Land gefahren, und der Steuermann wollte das gut gemerkte Fahrzeug nicht anlegen lassen. Den Passagieren brannte aber das Deck unter den Füßen, und sie drohten dem Seemann, ihn über Bord zu werfen, wenn er ihnen verbieten wolle, das Schiff zu verlassen. Das leichte Boot nahm übrigens keinerlei Notiz von den drohend hinübergerufenen Worten des Offiziers. Einige Passagiere warfen Taue hinunter, und die Matrosen sahen tatenlos zu. Alle, die ihr Gepäck schon bereit hatten, reichten Koffer und Kisten hinunter. Dann kletterten sie, so schnell sie konnten, hinterher. Von dem Treiben völlig unberührt, stand Frau Siebert an Bord und hatte nur Augen für die vom Land abstoßenden Boote, um dann immer wieder enttäuscht zu werden. Der alte Assessor sprach ihr ständig Mut zu und bat sie, nicht ungeduldig zu werden. In dem Wirrwarr an Land hätte Herr Siebert die Ankunft ihres Schiffes übersehen können. Wenn er aber darauf gewartet habe, dann hätte er auch die ihnen folgende Flotte bemerken müssen. Noch eine Hamburger und eine Bremer Flagge wehten von deren Masten, und es wäre doch möglich, dass er zuerst zu den falschen Schiffen gefahren sei. Die Frau nickte schweigend. So zuversichtlich sie bislang aufgetreten war, so beengend war jetzt das Gefühl, das sie, eingenommen hatte. Sie kam sich einsam und verlassen in dem fremden Land vor. Natürlich wusste sie, dass das ja nur für ein paar Stunden dauern musste, aber sie hatte sich den Empfang doch anders ausgemalt. Sie hatte gehofft, dass ihr Mann an Bord springen würde, solange noch alle Passagiere versammelt waren, um sie dann im Triumph an Land zu bringen. Und jetzt — ein Boot nach dem anderen glitt an ihnen vorüber, und in keinem war der so heiß Erwartete.

Der Eigentümer des viereckigen Lichterboots war mit an Bord gekommen und lehnte an der Schanzkleidung. um das Einladen der Fracht zu überwachen. Was sonst an Bord vorging, schien ihn überhaupt nicht zu interessieren, denn er hatte nur Augen für die auf seinem Boot eingestauten Güter. Der Assessor stand kaum zwei Schritt von ihm entfernt, aber der Bootsmann drehte ihm den Rücken zu und überhörte auch ein paar höflich an ihn gerichtete Fragen des alten Mannes. Wer von ihm etwas erfahren wollte, musste laut sprechen.

»Heda, Hans!« rief er da plötzlich in deutscher Sprache einem der Männer im Boot zu. »Donnerslag, pack nich alles da hinüber nach Stürbord. Du willst uns woll den Kasten umdrehn?«

»Aber die Passagiere...?« rief der Mann zurück.

»Die sollen sehen, wo sie Platz finden!« lautete die Antwort. »Hinüber damit, Junge, wir können ja sonst das eine Ruder nicht führen!«

»Verzeihen Sie«, fasste sich der Assessor jetzt ein Herz, als er den Mann deutsch sprechen hörte. Er klopfte ihm leicht auf die Schulter.

»Ja?« sagte der Seemann und drehte den Kopf nach ihm um.

»Kennen Sie einen Herrn Siebert hier in Kalifornien?« erkundigte sich der Assessor. Er war jetzt fest entschlossen, die Sache aufzuklären. Die Frau horchte auf, als sie den Namen hörte.

»Ja, guter Mann, Kalifornien ist groß, und da mögen schon einige Siebert herumlaufen. Einen Gottlieb Siebert habe ich allerdings gekannt, wenn es der sein soll?« antwortete der Bootseigentümer und sah wieder aufmerksam zu seinem Fahrzeug.

»Gottlieb heißt mein Mann!« rief da die Frau und trat rasch auf den Bootsführer zu. »Kennen Sie den, guter Freund, und ist er in San Francisco?«

»Hm«, sagte der Mann und drehte sich nach ihr um. »Sie sind seine Frau? Ja, ich weiß, er hat sie von Deutschland erwartet.«

»Ist er in San Francisco?« bat die Frau.

»Jedenfalls nicht weit davon«, murmelte der Deutsche leise vor sich hin und spuckte seinen Tabaksaft über Bord. »Tut mir leid, Madame, den... haben wir vorgestern begraben.«

»Begraben?« schrie die Frau und fasste in Todesangst den Arm des Mannes, der ihr die furchtbare Nachricht übermittelt hatte. Selbst der Assessor setzte das kleine Kind, das er bislang auf dem Arm hatte, auf das Deck, denn er befürchtete, dass er es fallen ließe. Der Schreck war ihm in die Glieder gefahren. Der Deutsche nickte und sagte:

»Ja, tut mir leid, aber... Sie hätten es ja doch erfahren müssen, und so ist es vielleicht besser, Sie hören es gleich von Anfang an. Er ist an einer Art Ruhr gestorben, und die Sache muss entsetzlich schnell gegangen sein. Abends waren wir noch zusammen, am anderen Morgen lag er tot in seinem Bett.«

Frau Siebert war in die Knie gesunken und bedeckte ihr Gesicht mit den Händen. Ein paar Passagiere kamen näher, um zu erfahren, was passiert sei.

»Siebert ist tot!« ging da die Nachricht von Mund zu Mund. »Na, das ist eine schöne Geschichte – die arme Frau, die sitzt jetzt da. Was ist aus seinem Gold geworden?«

Der Deutsche zuckte die Achseln.

»Es sind böse Zustände hier in Kalifornien«, meinte er. »Es sollte mir lieb sein, wenn seine Frau noch etwas davon fände, aber... es sind schon zwei Tage vergangen. Na, jetzt fragt mal in Nergels deutschem Boarding-Haus nach. Halt, da, Hans... nimm nichts mehr ein – wir haben genug! Was jetzt nicht mitkann, muss bis zur nächsten Fuhre warten. Runter mit euch, wer mitfahren will, wir stoßen jetzt ab, und wer nicht drin ist, bleibt zurück!«

Der Mann schwang sich dabei auf die Schanzkleidung und hinüber. Er wollte eben nach unten gleiten, als der Assessor noch einmal seinen Arm ergriff.

»Wie hieß das Haus, das Sie uns nannten? Wo hat Siebert gewohnt?« fragte er rasch und ängstlich.

»Nergels Boarding-Haus«, lautete die kurze Antwort. »In der Pacific Street.«

Im nächsten Augenblick war er unten bei seinen Leuten. Ihm drängten die

Passagiere nach, die ihre Sachen bereits im Boot hatten. Andere winkten ein ähnliches Boot heran, das gerade vorüberfuhr und dem Ruf folgte. Schließlich fuhren sie in der Bucht nur umher, um Passagiere und Güter von den frisch eingelaufenen Schiffen an Land zu befördern. Um die Frau kümmerte sich niemand mehr, auch wenn sie der Meinung waren, dass es wohl schlimm für sie wäre, ohne Mann allein in Kalifornien zu sitzen. Aber sie hatten alle viel zuviel mit sich selbst zu tun und konnten ja doch nichts an ihrer Lage ändern. Nur der alte Assessor war zurückgeblieben. Als das zweite Lichterboot von Bord abstieß, kauerte Frau Siebert immer noch auf dem Deck, das Gesicht hinter ihren Händen versteckt. Der alte Mann stand neben ihr, hielt das jüngste Kind auf dem Arm und zeigte ihm die lebendige Bai. Das Herz blutete ihm, als er dem Kind das rege, lustige Treiben da drüben zeigte, um es abzulenken.

3. Auf kalifornischem Boden

Während einer so langen Seereise auf engem Raum zusammengedrängt, gewöhnen sich natürlich die Passagiere aneinander. Man isst aus einem Topf, schläft unter einem Deck zusammen und ist so daran gewöhnt, die gleichen Gesichter jeden Tag zu begrüßen, dass einem etwas fehlt, wenn man am nächsten Tag die alten Gefährten nicht wieder begrüßt. Unterwegs werden oft Pläne gemacht, dass man nach der Landung zusammenhalten oder sich zumindest später schreiben will. Was geschieht nach der Landung?
Wenn man einen Tropfen Quecksilber auf den glatten Boden wirft, so hat man einen guten Vergleich zu einer Schiffsgesellschaft an Land. Der erste Schritt im Goldland trennt alle Bande, löst alle Versprechungen und verstreut die einzelnen wie Spreu im Wind.
Schon auf dem Überfahrtsboot existierte keine Gemeinschaft mehr. Jeder musste auf sein eigenes Gepäck aufpassen und seine in verschiedene Ecken geworfenen Sachen zusammensuchen. Sowie das Boot festen Grund berührte, keuchte alles den ziemlich steilen, staubigen Hang hinauf, um so schnell wie möglich in das neue Leben einzutauchen. Wer dachte hier noch daran, sich von den Reisegefährten zu verabschieden? Fand man sich später wieder zusammen, um so besser. Falls nicht – nun, hier war Kalifornien, und jeder musste sehen, wie er durchkam.
Mr. Hetson hatte mit seiner Frau die Landung schon viel früher erreicht. Ein leerer Karren, der Waren an den Strand brachte, stand zufällig bereit. Er wurde sofort gemietet, um ihr Gepäck in irgendein Hotel zu bringen. Es ging eine Weile durch die bunten Straßen dieser wunderlichen Stadt, die eine Mischung aus Zelten und Schuppen bildete. Dann hielt er vor einem typischen Gebäu-

de, halb Zelt, halb Hütte. Die Wand neben der Tür bestand aus übereinander genagelten Brettern, die andere Seite aus Segeltuch. Über dem Eingang stand mit großen, schwarzen Buchstaben der Name »Union Hotel«. Kein Zweifel, man hatte ein Hotel erreicht!

»Union Hotel« – der Verschlag sah eher einer Jahrmarktsbude ähnlich, in der man für wenig Eintrittsgeld Kuriositäten sehen konnte. Aber lieber Gott, in solch einem ›neuen‹ Lande durfte man auch nicht hoffen, die Bequemlichkeiten des alten Vaterlandes wiederzufinden. Vielleicht hielt auch das Innere mehr, als das Äußere versprach. Hetson wollte jedenfalls erfahren, ob er hier ein eigenes Zimmer für sich und seine Frau bekommen konnte.

Auf den Ruf des Karrenführers war eine Art Kellner in der Tür erschienen. Ohne weiteres griff er einen Koffer und eine Hutschachtel auf und wollte damit wieder im Inneren verschwinden.

»Halt!« rief ihm Hetson nach. »Kann ich hier ein eigenes Zimmer bekommen?«

»Eigenes Zimmer? Natürlich!« sagte der Kellner. »Nr. 7.« Damit tauchte er wieder hinter der Leinwand unter. Hetson blieb nichts anderes übrig, als ihm zu folgen, um den Platz näher zu betrachten. Aber selbst die bescheidensten Anforderungen fand er hier nicht erfüllt. Ein ›eigenes Zimmer‹ zeigte ihm der Kellner, aber es war nur ein kleiner Verschlag, eine Art Zeltabteilung, die einfach durch ein Stück blaues Kattun hergestellt war. Das ganze Hotel bestand aus acht oder zehn solcher Abteilungen, die nach oben offen ein gemeinsames Dach hatten. Sie erinnerten ihn an die Abteilungen, in denen man sich in Badeanstalten umziehen konnte.

Das konnte vielleicht eine Weile für Männer als Aufenthaltsort ausreichen. Man konnte jedenfalls darin existieren und es als eine Art Biwak betrachten. Aber eine Dame konnte hier auf keinen Fall einquartiert werden.

Der Karrenführer hatte inzwischen schon den größten Teil des Gepäcks heruntergegeben. Da erklärte Mr. Hetson, dass er hier unter keinen Umständen bleiben wollte. Ein passender Platz wäre wohl noch zu finden, ein schlechterer konnte es kaum werden.

Rasch ging er deshalb wieder zu dem Karren hinaus, um ihn als Transportmittel zu sichern. Ziemlich ratlos sah er auf die Menschenmenge, die die Straße hinauf und hinunter wogte. Da blieb ein Mann vor ihm stehen, betrachtete ihn einen Augenblick aufmerksam und rief dann aus: »Hetson! Bei allem, was lebt! Kamerad, welcher glückliche Wind hat dich nach Kalifornien getrieben?« Der Mann war eine so auffallende Persönlichkeit, dass jeder, der ihn einmal gesehen hatte, ihn nicht wieder vergessen konnte. Trotzdem konnte ihn Hetson, als er ihn überrascht ansah, nicht erkennen.

Um die große, kräftige Gestalt hing eine bunte, mexikanische Serape. Er trug sie in der Art der Spanier und Kalifornier, über die linke Schulter geschlagen. Seinen Kopf bedeckte ein breitrandiger, brauner Filzhut, unter dem die kleinen, stechenden, schwarzen Augen aus einem Wald von Kopf- und Barthaaren hervor sahen. Seine Beine steckten in Hosen aus schwarzem Samt, an der Seite offen und reich mit silbernen Knöpfen verziert. An den Schuhen klirrten schwere mexikanische Sporen aus polierter Bronze. An seiner weißen, fast zarten Hand funkelten fünf oder sechs Ringe mit Steinen, als er sie dem jungen Amerikaner entgegenhielt. Aber wer war der Mann?

»Entschuldigen Sie vielmals, Sie scheinen mich zu kennen, aber ich kann mich nicht erinnern, wo...«, sagte Hetson etwas verlegen.

»Hahahaha!« unterbrach ihn da lachend der Bärtige. »Habe ich mich so verändert, das mich selbst ein alter Kommilitone nicht erkennt? Du erinnerst dich wohl nicht mehr an Bill Siftly, he?«

»Siftly? Ist das möglich?« rief Hetson jetzt erfreut und ergriff seine Hand. »Das ist allerdings ein tolles Zusammentreffen. Du musst mir später erzählen, wie du hierhergekommen bist. Jetzt möchte ich dir meine Frau vorstellen.«

»Deine Frau!« rief der neugefundene Freund erstaunt aus und drehte sich rasch nach der Dame um.

»Gentlemen!« unterbrach da der Karrenführer die Unterhaltung. »Ich kann mir wohl denken, dass es schön sein muss, in diesem blutigen, verbrannten Land einen alten Bekannten zu treffen. Die Geschichte geht mich aber nichts an, und ich kann hier nicht stundenlang halten und meine Zeit versäumen. Zeit ist hier Geld, und wenn Sie mich nicht mehr benötigen, so bezahlen Sie mich.«

»Was ist, kommst du gerade erst an?« erkundigte sich Siftly rasch.

»Ja, und ich suche ein Hotel, wo ich mit meiner Frau wohnen kann. In dem Nest hier ist es unmöglich.«

»Das kann ich mir denken«, lachte Siftly. »Aber ich kenne ein besseres. Dreh den Karren um und fahr zum Parkerhaus!«

»Kein Platz mehr«, brummte der Fuhrmann. »War schon vorhin mit einer anderen Ladung dort.«

»Ich mache euch Platz«, sagte Siftly zuversichtlich. »Komm mit mir, Hetson, und ich garantiere dir, dass sie dich aufnehmen. Lade alles wieder auf, was da liegt, wir sind gleich dort.«

Der Mann gehorchte mit ziemlich mürrischem Gesicht.

»Fehlen noch zwei Stück, die der Kellner in das Haus getragen hat«, sagte er dann.

»Ach ja, ein Koffer und eine Hutschachtel«, rief Hetson. »Bitte, Kellner, bringen Sie die beiden Stücke wieder heraus.«

»Mit dem größten Vergnügen«, erwiderte der Angesprochene, ohne sich jedoch von der Stelle zu rühren. »Sobald Sie mir die fünf Dollar Miete für den heutigen Tag bezahlt haben.«

»Die Miete für den heutigen Tag?« rief der junge Amerikaner erstaunt aus. »Ich habe noch gar nicht daran gedacht, mich hier einzumieten!«

26

»Sie haben von dem Zimmer mit Ihrem Gepäck Besitz ergriffen«, sagte achselzuckend der Kellner. »Ich hätte es in der Zwischenzeit schon dreimal wieder vermieten können. Wenn Ihnen unser Hotel nicht gut genug ist, zahlen Sie, was Sie schuldig sind, oder Sie bekommen Ihr Gepäck nicht eher wieder.«

»Das ist doch ein starkes Stück!« rief Hetson wütend. »Ich will doch einmal sehen, ob...«

»Zahle, um Gottes willen!« beschwichtigte ihn jedoch Siftly. »Lass die Gerichte in Frieden, wenn du nicht hundert Dollar für deine fünf loswerden willst. Du kannst noch froh sein, dass der junge Herr mit der weißen Schürze nicht unverschämt war und zwanzig forderte. Ich werde Sie empfehlen, Jack!« wandte er sich dann an den Kellner. »Jetzt aber die Sachen heraus, denn unser Fuhrmann wird ungeduldig. Sie bekommen das Geld.«

Der Bursche nickte nur kurz mit dem Kopf, verschwand in der Tür und kam nach wenigen Minuten mit dem Gepäck zurück. Es wurde auf den Karren geworfen, Hetson zahlte und bot seiner Frau den Arm. Wenige Minuten später erreichten sie den Hauptplatz der Stadt, die sogenannte Plaza, und damit das Parkerhaus, ein mehrstöckiges hölzernes Gebäude.

Siftly hielt Wort. Der Wirt räumte dem Ehepaar eine kleine Stube. Mrs. Hetson konnte sich bald wenn auch nicht wohnlich, so wenigstens erträglich einrichten. Hetson hatte seinen so zufällig gefundenen Universitätsfreund gebeten, unten auf ihn zu warten. Siftly wollte ihn im Schenk- und Spielsalon des Hauses treffen. Nachdem die wichtigsten Sachen ausgepackt waren, stieg Hetson die schmale Treppe wieder hinab. Auf dem ersten Gang traf er auf Doktor Rascher von der ›Leontine‹, der eben seine Zimmertür hinter sich abschloss.

»Ah, sieh da, Mr. Hetson!« begrüßte er ihn erfreut. »Haben Sie sich ebenfalls hier einquartiert? Das Haus ist wie ein Bienenstock, und Ihre Frau wird nicht viel zur Ruhe kommen.«

Hetson drückte ihm die Hand. »Ich freue mich, wenigstens Sie in der Nähe zu haben, Doktor. Wollen Sie in San Francisco bleiben?«

»Zunächst ja«, erwiderte der alte Mann. »Später werde ich aber hinauf in die Berge ziehen, um mir das Leben dort einmal mit anzusehen.«

»Und Gold zu graben?«

»Nein, das nicht«, lächelte der Doktor gutmütig. »Dazu reichen meine Kräfte wohl nicht aus. Der Hauptzweck meiner Reise ist, die Flora des Landes zu untersuchen. Ich will nicht im Mineralreich, sondern in der Pflanzenwelt meine Schätze sammeln. Ich glaube kaum, dass ich dabei einen Missgriff machen werde. Und Sie, Mr. Hetson, werden sich wohl auch eine andere Beschäftigung suchen als mit der Spitzhacke und Schaufel?«

»Wer weiß?« sagte der junge Mann und lächelte dabei düster vor sich hin. »In den Bergen... wenn sie so sind, wie ich sie mir denke... entgeht man vielleicht mancher unangenehmen, unerwünschten Gesellschaft, die uns hier in der Stadt doch aufgedrungen wird. Ich habe große Lust, in die Minen zu gehen.«

»Mit Ihrer Frau?«

»Warum nicht? Den Zeitungen habe ich entnommen, dass gar nicht so wenig Frauen in den Bergen sind, und während der Sommermonate muss der Aufenthalt sogar reizend sein.«

»Das sollten Sie sich aber vorher noch einmal reiflich überlegen, Mr. Hetson«, sagte der alte Mann und schüttelte bedenklich mit dem Kopf. »Für einen einzelnen Mann mag es noch gehen, aber eine so zarte Frau wie Ihre hielte es nicht lange aus. Sie machen sich später bittere Vorwürfe! Gold ist schon eine gute Sache, und wir brauchen es zu unserem Leben. Aber wir dürfen dagegen doch nichts noch Kostbareres einsetzen, sonst bleiben wir immer die Verlierer, selbst wenn wir noch so viel erbeuten!«

»Keine Sorge, Doktor«, sagte Hetson. »Das Gold hat mich nicht nach Kalifornien geführt, und es wird mich auch nicht verleiten, einen dummen Streich zu begehen. Also, auf Wiedersehen, Doktor. Sie würden mir einen Gefallen tun, wenn Sie nachher einmal nach meiner Frau sehen könnten, Nr. 37. Ich bleibe vielleicht eine Stunde weg, und sie klagte vorhin über heftige Kopfschmerzen.«

»Es wird mir ein Vergnügen sein, Ihre Frau auf festem Land zu begrüßen.«

Mit einer freundlichen Handbewegung sprang Hetson die Treppen hinunter, um seinen Gefährten zu suchen. Der Doktor folgte ihm langsam. Er wollte noch einige Änderungen in seinem Zimmer verlangen. Die kalifornische Lebensart war ihm noch zu fremd, die deutschen Gasthöfe hatte er noch nicht vergessen. Außerdem sehnte er sich wieder einmal nach einer kräftigen Mahlzeit mit grünem Gemüse und frischem Fleisch. Das musste man auf einer langen Seereise entbehren und vermisst es schließlich schmerzlich.

Der Speisesaal war ein großer, mit einer Menge Tische ausgestatteter Saal, zu dieser Tageszeit allerdings noch ziemlich leer. Zwischen Mittag und Abend war immer stille Zeit, die von den geschäftig hin und her eilenden Kellnern dazu benutzt wurde, die Tische für das Souper wieder in Ordnung zu bringen. Der Doktor war noch in Gedanken mit dem Schicksal der Hetsons befasst und achtete kaum auf seine Umgebung.

Der Oberkellner dieses Hauses war eine dürre, vertrocknete Gestalt. Wie alle anderen hatte er nur ein weißes Hemd und eine weiße Hose an. Sein Halstuch wurde mit einer Granattuchnadel gehalten. Sein echt französisches, sonnengebräuntes Gesicht war dem neuen Gast zugewandt, und gleich darauf sandte er einen seiner dienstbaren Geister zu ihm. Der Kellner war ein schlanker, junger Mann mit blondem Haar und blauen Augen. Sein Gesicht wies eine für einen Kellner unpassende tiefe Narbe in der Wange auf. Mit dem Speisezettel in der Hand trat er zu dem Gast, die Serviette über dem Arm.

»Anything you want, Sir?«

Der Doktor sah langsam, noch ganz in Gedanken vertieft, auf und starrte verwundert in das lächelnde Gesicht des Kellners.

»Was bringt Sie denn nach Kalifornien, Doktor?« lachte er da plötzlich und streckte dem Doktor die Hand entgegen.

»Baron Lanzot?« rief der Doktor und sprang erstaunt auf. »Liebe Güte, spielen Sie eine Komödie?«

»Wenn Sie wollen, ja«, lautete die Antwort des jungen Edelmannes. Er ergriff die Hand des Doktors und schüttelte sie. »Für zweihundert Dollar im Monat spiel ich für eine kurze Zeit Komödie, anstatt einem Phantom in den Minen nachzulaufen – dem Phantom des Millionärs.«

»Aber, um Gottes willen, Baron, wenn das Ihre Eltern erfahren... Ihre Mutter würde sich zu Tode grämen!«

»Ich halte sie für eine vernünftigere Frau, Doktor. Sie wird lieber sehen, dass ich hier mein Brot ehrlich verdiene, als dass ich müßig herumlungere und Schulden mache. Alle, die das Schicksal an diese Küste geworfen hat, arbeiten für ihr Leben. Während ich hier einigen als Kellner serviere, lasse ich mir als Gentleman von anderen das Gold aus den Minen graben. Ob das nun direkt oder indirekt in meine Taschen kommt, bleibt sich gleich – wenn es nur den Weg dahin findet!«

»Sie sind Philosoph, Baron!«

»Bitte um Verzeihung, ich bin Kellner«, lachte der junge Mann. »Und wenn Sie nicht bald etwas bestellen, werde ich von meinem französischen Vorgesetzten dahinten wahrscheinlich Ärger bekommen.«

»Aber ich kann mich doch nicht von Ihnen bedienen lassen!« rief der Doktor verlegen aus.

»Sie werden zufrieden mit mir sein«, unterbrach ihn der Kellner und überreichte ihm die Speisekarte. »Bitte, wählen Sie: Beefsteak, Roastbeef, Mutton Chops, Eier, Kartoffeln, Bohnen – mehr Auswahl können Sie nicht verlangen. Unsere Weine sind vortrefflich und alle geschmuggelt.«

Der Doktor nahm den Speisezettel, schob ihn aber wieder von sich und rief:

»Also wirklich, Baron, die ganze Geschichte kommt mir wie ein toller Spuk vor. Ich sehe Sie zuletzt in der Soiree des Fürsten Lichtenstein ordensgeschmückt mit der Fürstin tanzen und jetzt mit der Serviette unter dem Arm und den Speisezettel in der Hand – gehen Sie, Sie halten mich doch zum besten!«

Der junge Mann lächelte. »Da ich sehe, dass Sie Ihre in Kalifornien sehr kostbare Zeit mit vollkommen nutzlosen Ausrufen verschwenden, werde ich mich Ihrer annehmen und Ihnen selber etwas zu essen bestellen. Ich hoffe, Sie sind damit zufrieden. Wenn Sie nachher die Preise erfahren, werden Sie merken, dass wir hier keineswegs spaßen, sondern bitteren Ernst machen.«

Der junge Mann ging lachend zum Buffet zurück. Der Doktor saß noch immer stumm und starr vor Staunen an seinem Tisch, denn so hatte er sich Kalifornien doch eigentlich nicht gedacht.

Baron Lanzot – oder besser Emil mit seinem Kellnernamen – kam bald wieder zurück, servierte sehr geschickt und blieb dann an der anderen Seite des Tisches vor dem Gast stehen.

»Aber, bester Baron...«

»Emil, wenn ich bitten darf...«

»Es geht nicht, Baron, es geht wirklich nicht!« rief aber der alte Mann verzweifelt aus. »Bedenken Sie, ich bin noch kein Kalifornier.«

»Das entschuldigt allerdings vieles«, erwiderte Emil. »Ich kann Ihnen übrigens versichern, dass Sie da noch manches erleben werden, wovon Sie im Augenblick nicht zu träumen wagen. Hier in Kalifornien sind alle Bande des gesellschaftlichen Lebens, die wir im alten Vaterland nur zu oft für unumgänglich nötig für jede Existenz halten, gelöst. Jeder lebt für sich, so gut oder so schlecht er kann – der Nebenmann kennt ihn nicht oder kümmert sich nicht um ihn. Wenn er oben schwimmt. hat er es nur allein sich selbst zu verdanken. Wir leben zwar unter den Gesetzen einer zivilisierten Nation, aber auch nur dem Namen nach. Keine Kraft ist ausreichend, um sie aufrechtzuerhalten. Deshalb blüht das Faustrecht wieder so wunderbar und herrlich hier wie bei uns daheim im Mittelalter.«

»Aber weshalb sind Sie nach Kalifornien gegangen?«

»Fragen Sie das Jahr 1848«, sagte achselzuckend der junge Mann. »Es gibt nichts Entsetzlicheres als einen Bürgerkrieg, und da ich die Wahl hatte, zog ich diese Verhältnisse vor. Ob sie mir auch auf Dauer zusagen werden, ist eine andere Sache, über die ich mir aber noch nicht den Kopf zerbreche. Jetzt bin ich in Kalifornien, und mit den Wölfen – Sie kennen wohl das Sprichwort. Wohnen Sie hier im Hause?«

Der Doktor nickte nur und arbeitete sich in die ihm vorgesetzten Speisen hinein. Dabei schüttelte er aber ständig den Kopf und schmeckte gar nicht, was er aß. Emil wurde in diesem Augenblick abgerufen, und das Gespräch war zunächst unterbrochen.

Hetson ging inzwischen in den Spielsalon, wohin ihn Siftly bestellt hatte. Als er den interessanten Raum betrat, vergaß er einen Augenblick, was ihn hergebracht hatte.

Es war ein nicht sehr hoher, aber wohl fünfzig bis sechzig Schritt langer und vierzig Schritt breiter Saal. Die Wände ziemlich kahl und nur hier und da mit schlechten Ölgemälden bedeckt. Man darf wohl kaum sagen ›geschmeckt‹, denn sie waren schlecht in der Motivwahl wie in der Ausführung. Sie sollten auch nicht dem Schönheitssinn der Besucher dienen, sondern ihre Sinne reizen und sie einige Zeit fesseln, und das erreichten sie auch.

Rechts war ein Buffet angebracht für alkoholische Getränke, im Hintergrund ein ziemlich rohes Gerüst aufgebaut, auf dem eine Anzahl Individuen saß und Musik machte. Sie bildeten zusammen zwar eine Art Orchester, und die entsprechenden Instrumente waren alle vertreten. In ihrem Zusammenspiel blieb aber immer mehr guter Wille als wirkliche Kunst erkennbar. Wenn man ihnen wenige Minuten zuhörte, fand man bald, dass sie sich über ein bestimmtes Stück geeinigt hatten und nun jeder nach Gehör seinen Einsatz gab. Wer dann zufällig aus dem Takt kam, wartete nur einen Augenblick, bis er die anderen wieder ›erwischen‹ konnte. Nachdem sie die verschiedenen Stücke auf diese Weise drei-, viermal durchgearbeitet hatten, ließ sich ganz gut unterscheiden, was sie eigentlich spielen wollten.

Es kam aber hier auch nicht darauf an, ordentlich zu musizieren. Es sollte nur Musik gemacht werden. Die wenigen amerikanischen Lieblingslieder und Nationalmelodien, die im Lande überall bekannt waren, lernte das Orchester auch bald spielen. Dazu gehörte vor allem der ›Yankee-doodle‹, dann ›Washingtons Marsch‹, das ›Sternenbanner‹ und ein sehr mittelmäßiger Marsch, den sie merkwürdigerweise ›Napoleons Rückzug‹ nennen. Diese Melodien sang und stampfte das Publikum hier und da mit. Dabei war es bescheiden genug, sie wieder und wieder anzuhören, ob sie nun auf einem wirklich kunstvollen Instrument oder auf einer Maultrommel vorgetragen wurden. Die Musik lockte die Vorbeigehenden in den Saal, die Bilder hielten sie dort, damit sie ihr Geld am Trinkstand ausgaben und an den Spieltischen versuchten. War das eigentliche Hasardspiel erst einmal versucht, waren Musik und Bilder nicht mehr nötig, um sie zu halten. Diese Spieltische bildeten auch deshalb das Zentrum des Saales. Hetson blieb überrascht auf der Schwelle stehen, denn in dieser Ausdehnung hatte er sich die ›Spielhöllen‹, von denen er früher schon soviel gehört und gelesen, doch nicht gedacht.

Etwa dreißig verschiedene Tische standen ungeordnet, wie es der Raum zwischen den Säulen gestattete, bunt durcheinander. Dazwischen war gerade genug Platz für die hindurchführenden Passagen. Jeder Tisch verfolgte seine eigenen Interessen, hatte sein eigenes Kapital und spielte auch oft sein eigenes Spiel.

Zwischen den Tischen drängten sich die Müßiggänger der Stadt hindurch, von denen es selbst in San Francisco genügend gab. Amerikaner und Deutsche, Franzosen und Engländer, Mexikaner und Kalifornier, alles in buntem Gemisch. Einzelne waren elegant gekleidet, andere in zerlumpter, abgerissener Minerkleidung, mit zerknickten Hüten und schiefgetretenen Schuhen. Wer aber achtete auf die Kleidung? Das Gold, das auf den Tischen lag, ebnete alles. Und wenn die abgerissenen Burschen, was oft der Fall war, nur tüchtige Lederbeutel mit Goldstaub unter den zerrissenen Hemden trugen, war hier niemand, der ihre Gesellschaft beanstandete. Karten, Würfel, Roulette und alles, was sonst Glücksspiel heißt, fand sich hier vertreten. Bedeutende Summen wechselten ständig von einer Hand in die andere, ohne eine Äußerung der Leidenschaft hervorzurufen – einen leise gemurmelten Fluch manchmal ausgenommen.

Zuviel Neues wurde Hetson hier geboten, und er wäre noch eine Stunde dort stehengeblieben, wenn ihn nicht Siftly aus seinen Träumen geweckt hätte. »Na, bist du da?« lachte er. »Hier kannst du nun auch gleich die Quintessenz kalifornischen Lebens und Treibens kennenlernen. Hier konzentriert sich das ganze wunderbare Schaffen in den Bergen draußen. Diese Tische hier sind unser Barometer in San Francisco, wie der Reichtum im Landesinneren steigt und fällt. Sind die Tische schlecht besetzt, dann darfst du auch sicher sein, dass die Ausbeute in den Minen ungünstig ausfiel, durch welche Umstände auch immer. Drängt sich aber auch am Tage alles herein, wie das heute geschieht, so haben die Leute ›vortrefflich ausgemacht‹, wie sie sagen, und das Gold wandert lustig von Hand zu Hand. Hast du dein Glück schon an einem der Tische probiert?«

»Ich spiele nie«, sagte Hetson ruhig.

»Pah, das darf man hier in Kalifornien nicht sagen«, lachte sein Freund. »Dass du selber Gold graben willst, kann ich mir nicht denken, und dem Glück muss man selber ein Pförtchen öffnen, wenn es uns nicht ganz im Stich lassen soll. Ich zum Beispiel habe mir alles, was ich eigentlich besitze, an den Tischen da geholt, und mit einiger Vorsicht denke ich mir auf diese Art ein kleines Vermögen zusammenzulegen und dann nach den Staaten als reicher Mann zurückzukehren.«

»Und wenn du wieder verlierst, was du gewonnen hast?«

»Dem Kühnen lächelt das Glück, Freund!« rief der Amerikaner und warf den Kopf trotzig zurück. »Ja, es gibt sogar Mittel, das Glück zu zwingen, uns zu gehorchen. Wenn du Lust hast, unterrichte ich dich vielleicht einmal in dieser Kunst. Jetzt aber wollen wir unsere Zeit hier nicht nutzlos versäumen, sondern einmal einen Gang durch den Saal machen. Ich muss dir doch Kalifornien erst vorstellen.«

Ohne auch weiter eine Antwort abzuwarten, zog er Hetsons Arm in seinen und schlenderte mit ihm in einen der Gänge hinein, die zwischen den Tischen hinführten. Einzelne waren eben unbesetzt, d. h., es standen keine Fremden daran, denn zwei Spieler sitzen an jedem einander gegenüber. Zwischen ihnen war ein größerer oder kleiner Haufen Silberdollar, Goldstücke und Goldstaub in kleinen Lederbeuteln oder einzelnen ›Klumpen‹ aufgehäuft. Die müßigen Spieler mischten dann meistens ihre Karten, hoben ab und probierten mögliche Erfolge, bis ein Vorbeikommender auf eine der Karten setzte und dann auch meistens andere nach sich zog.

An verschiedenen Tischen standen dagegen die Spieler und Zuschauer so dichtgedrängt, dass man kaum vorüberkommen konnte. Das war dann ein sicheres Zeichen, dass hohe Einsätze das Interesse der Leute erregt hatten.

Kopf an Kopf drängte sich über- und nebeneinander, und nicht selten standen dort sehr bedeutende Summen auf dem Spiel.

An einem der gerade nicht benutzten Tische saßen sich zwei Leute kartenmischend und stumm gegenüber. Vielleicht erregten sie durch ihren Kontrast Hetsons Aufmerksamkeit. Der eine von ihnen war ein kleiner, rotbäckiger, dicker Mann mit ein paar entsetzlichen Vatermördern, die ihm selbst die Ohren halb bedeckten. Wenn er den Kopf zur Seite drehte, konnte er gerade über diesen Kragen hinwegsehen. Der andere war das Gegenteil. Lang und knochendürr, zeigte er nicht eine Spur frischer Wäsche, die sonst im amerikanischen Anzug eine Hauptrolle spielt. Der enganliegende braune Rock war so fest zugeknöpft, wie er seine schmalen Lippen geschlossen und die kleinen braunen Augen zusammengekniffen hielt. Auch den hohen schwarzen Hut, den er selbst im Saal trug, hatte er sich tief in die Stirn gedrückt. Es sah so aus, als wollte der Mann so wenig wie möglich von seiner Person sehen lassen.

»Ein paar merkwürdige Gestalten«, flüsterte Hetson seinem Begleiter zu und deutete auf die beiden. »Welch verschiedene Menschen doch das Schicksal zusammenführt!«

»Nicht wahr?« antwortete Siftly und lächelte. »Komm, wir wollen einmal an ihren Tisch treten, ich habe den beiden übrigens schon manchen Dollar abgewonnen. Ich glaube fast, es sind nicht eben die durchtriebensten Spieler im Saal, scheinen auch gerade keine besonderen Geschäfte zu machen!« Ohne weiter die Zustimmung des Freundes abzuwarten, blieb er neben dem Tisch stehen, nahm eine Handvoll Dollars aus seiner Tasche und setzte sie auf die nächste Karte. Kein weiteres Wort wurde dabei gewechselt, die Spieler zogen die Karten ab – und Siftly hatte gewonnen.

»Versuch du es jetzt einmal, Hetson«, ermunterte er ihn. »Wer weiß, was dir in Kalifornien noch für ein Glück blüht, und den ersten Tag im Land sollte man nicht ungenutzt vorübergehen lassen.«

Hetson zögerte. Er hatte bis dahin wirklich noch nie gespielt. Aber das viele Geld überall auf den Tischen, das lockende Klingen der Münzen, der rasche Gewinn des Freundes – das alles reizte ihn. Er nahm einen halben Adler – ein Fünfdollarstück – aus der Tasche, setzte es und – gewann.

»Lass es stehen, die Sache geht...«, flüsterte sein Gefährte.

Es wurde wieder abgezogen, aber diesmal verlor die Karte.

»Ich würde auf das As setzen«, sagte Siftly.

»Ich habe zu der Sieben mehr Vertrauen«, meinte Hetson und setzte jetzt zehn Dollar auf diese Karte. Wieder und wieder verlor er aber, und fünfzig Dollar waren in wenigen Augenblicken aus seinem Besitz in den der beiden Spieler übergegangen.

»Das weiß der Henker«, flüsterte Siftly mit einem noch kräftigeren Fluch. »Ich glaube, die beiden Halunken betrügen doch; aber warte, ich werde ihnen auf die Finger sehen. Setz jetzt fünfzig auf den Reiter – der hat dreimal hintereinander verloren und muss gewinnen.«

»Ich danke«, erwiderte aber ruhig der junge Mann. »Ich habe dir jetzt den Gefallen getan und für mich genug Lehrgeld bezahlt. Den beiden Herren gönne ich meine fünfzig Dollar, aber mehr Geld habe ich nicht für sie und werde auch nicht mehr spielen.«

»Unsinn! Du wirst ihnen doch nicht wirklich die fünfzig Dollar lassen, ohne wenigstens einen Versuch zu machen, sie wiederzubekommen?« rief aber Siftly empört.

»O doch«, erwiderte Hetson und drehte sich vom Tisch ab. »Denn der Versuch könnte mich mehr als das kosten. Aber was ist das für ein wunderbarer Ton, der auf einmal den Saal erfüllt? Eben noch dieses schauderhafte Lärmen mit allen möglichen Blas- und Streichinstrumenten und jetzt plötzlich diese himmlische Melodie. Wie kommt diese Musik in eine Spielhölle?«

Siftly hatte, von Hetson unbemerkt, mit dem hageren Spieler einen raschen, verstohlenen Blick gewechselt. Jetzt brummte er nur kurz und klimperte verdrießlich mit seinen Silberdollars in der Tasche. »Das ist das spanische Mädchen, das hier täglich zwei Stunden spielt – eine Stunde Nachmittags und eine Stunde Abends. Sie heißt, glaube ich, Manuela. Mir behagt ihr Gefiedel nicht besonders, und auch unsere Landsleute machen sich nichts daraus. Die Señores sind aber wie toll dahinter her. Sowie sie anfängt, wird der Saal gleich bunt von ihren farbigen Zarapen. Siehst du, wie sie dort schon hereinkommen? Ihnen zuliebe lässt man es sich schon eine kurze Zeit gefallen, denn die Burschen haben alle Gold und sind alle leidenschaftliche Spieler.«

Hetson blieb wie gebannt auf seiner Stelle, so mächtig ergriff ihn das Spiel des spanischen Mädchens, das er jetzt oben auf der Tribüne mit einer Violine stehen sah. Die anderen ›Musiker‹ fühlten wohl auch, dass ihre Instrumente nicht würdig waren, dieses seelenvolle Spiel zu begleiten. Lautlos horchten sie den Tönen, die wie aus den Saiten einer Äolsharfe in der Luft zitterten. Aber auch nur die in der unmittelbaren Nähe der Künstlerin konnten einen Genuss davon haben, denn unten im Saal wogte die Menschenmasse genauso laut und lärmend durcheinander wie vorher. Was kümmerte sie die fremde Melodie! Und wenn es Engelsharfen gewesen wären – das Klimpern des Goldes hatte für sie einen besseren Klang.

»Hetson«, sagte da endlich ungeduldig der Amerikaner, »ich dachte, du wolltest mir etwas sagen. Ich habe weder Lust noch Zeit, dem Gefiedel da oben zu lauschen. Wenn du nicht einmal mehr spielen willst, so rück heraus mit dem, was du hast, oder ich gehe meiner Wege.«

»Du hast recht«, sagte Hetson rasch, griff seinen Arm und zog ihn zum Eingang. »Ich war ein Narr, mich so lange den fremden Eindrücken hinzugeben. Komm mit mir ins Freie, und du sollst alles wissen.«

»Hoho, hast du schon Geheimnisse, kaum dass du den Fuß auf unseren Boden gesetzt hast?« erkundigte sich Siftly lachend.

»Geheimnisse nicht gerade, wenn ich dich auch bitten werde, mit niemand weiter darüber zu sprechen«, antwortete Hetson. Mit einiger Mühe drängte er zur Tür und erreichte endlich das Freie. »Aber ich brauche deinen Rat, und den wirst du mir wohl geben.«

Die beiden Männer hatten jetzt die Plaza wieder betreten und schritten Arm in Arm über den offenen Platz. Das ärgste Gedränge der hier auf und ab wogenden Menschen ließen sie dabei hinter sich. Als sie etwa die Mitte des Platzes erreicht hatten, blieb Hetson stehen und sagte:

»Existiert hier eine Stelle, wo man die Fremdenlisten einsehen kann?«

»Fremdenlisten?« wiederholte Siftly erstaunt. »Was willst du denn damit? Wer kümmert sich denn hier um die, die kommen oder gehen?«

»Werden überhaupt Fremdenlisten geführt?«

»Ich glaube, ja. Wenn man auch die Leute selber nicht mit Fragen belästigt, müssen die Kapitäne doch ihre Passagierlisten einreichen, soweit ich gehört habe. Nur über die Tausende, die aus den Staaten über die Berge kommen, wird aus dem einfachen Grund keine Kontrolle geführt, weil das unmöglich wäre.«

»Die Schiffslisten genügen, wo kann ich sie einsehen?« sagte Hetson rasch.

»Ich glaube, im Court House, wo ein Fremdenbüro eingerichtet ist. Aber du hast doch wohl keine Angst vor einem Gläubiger? Hahaha, der müsste viel Geld mitbringen, wenn er in dieser Zeit eine Klage gegen einen Amerikaner durchsetzen will. Ja, wenn du ein Fremder wärst! Außerdem bist du, soviel ich weiß, Anwalt, und...«

»Es ist kein Gläubiger«, unterbrach Hetson finster den Redenden. »Die Sache, in der ich dich um deinen Rat bitten wollte, betrifft weder Geld noch Gut, sondern die Ruhe meines ganzen Lebens.«

»Was hast du?« rief Siftly erstaunt. »Du bist ja ganz außer dir! Wen erwartest – oder wen fürchtest du?«

»Fürchten – du hast das richtige Wort genannt«, rief Hetson rasch, ergriff den Arm des Mannes und sah scheu über seine Schulter, ob das gefürchtete Schreckensbild schon vor ihm auftauchte.

»Ach was, fürchten!« zischte aber der Amerikaner verächtlich zwischen den Zähnen hindurch. »Wenn es ein Wesen ist, dem man mit Pulver und Blei oder kaltem Stahl beikommen kann, was hast du da zu fürchten? Ich fürchte den Teufel nicht!«

Hetson sah wild und stier in seine Augen. Es war, als ob in ihm ein Hoffnungsstrahl dämmerte.

»Na, wer ist es?« erkundigte sich Siftly mit ruhiger Stimme, während das verächtliche Lächeln noch immer um seine Lippen spielte.

»Der Bräutigam meiner Frau!« flüsterte Hetson.

»Hahaha, das ist allerdings eine herrliche Verwandtschaft. Bist du denn der nicht selbst gewesen?«

»Hör mir zu«, sagte Hetson mit vor Aufregung fast heiserer Stimme. »Meine Frau war verlobt, ehe sie mich kennenlernte. Sie hielt ihren Verlobten für tot, heiratete mich und erhielt erst nach unserer Trauung die Nachricht, dass er noch lebe und sie aufsuchen wolle.«

»Und woher weißt du das?«

»Sie hat es mir selber gesagt und den Brief gezeigt.«

»Sie selbst? Hm, dann ist die Sache auch nicht so gefährlich. Sie will dann jedenfalls von ihm nichts mehr wissen.«

»Ich fürchte, sie liebt ihn heißer als je zuvor!« flüsterte aber Hetson. »Sie tut nur das, was sie für ihre Pflicht hält!«

»Und weiß er, wo sie ist?«

»Ich hoffe, nein. Ich habe ihn jedenfalls auf eine falsche Fährte gesetzt, falls er nachforschen sollte. Aber wenn er nun doch...«

»Du quälst dich mit einem Hirngespinst«, sagte kopfschüttelnd der Amerikaner. »Wozu die vielen ›Wenn‹ und ›Aber‹? Lass ihn doch erst kommen, nachher ist immer noch Zeit, ihn beiseite zu schaffen, falls er gefährlich werden sollte. Ist er ein Landsmann?«

»Nein, Engländer.«

»Ein Engländer? Puh – und dafür so viel Aufhebens!« lachte der Mann und machte sich von Hetson los. »Ich hätte dich für vernünftiger gehalten. Ist er klug, so folgt er euch nicht nach. Kommt er wirklich, wollen wir es ihm austreiben, im fremden Revier zu jagen. Aber jetzt sag mir doch mal, was dir überhaupt eingefallen ist, mit einer Frau nach Kalifornien zu kommen! Was um Gottes willen willst du hier mit ihr tun, und wo willst du bleiben? In der Stadt?«

»Ich weiß es selbst noch nicht«, sagte Hetson. »Ich wollte nur weg – fort aus der Gegend, wo ich jeden Augenblick befürchten musste, auf meinen Nebenbuhler zu treffen. Da war Kalifornien...«

»Das unglücklichste Land der Welt, das du dir aussuchen konntest!« unterbrach ihn Siftly. »Später mag es möglich sein, dass Frauen und Familien hierherkommen, aber jetzt ist das ganze Land nur ein rauer Staat für Männer. Du könntest deine Frau wie eine Fürstin in jedem anderen Land leben lassen von dem Geld, das ihr hier nur für die nötigsten Dinge braucht. Aber das ist deine Sache, die du mit dir selbst abmachen musst. Ach, wie heißt eigentlich jener englische Herr, vor dem du so einen Respekt hast? Nur für den Fall, dass ich einmal mit ihm zusammentreffen sollte.«

»Golway – Charles Golway.«

»Gut, ich werde mir den Namen merken«, nickte Siftly.

»Und was soll ich jetzt tun?«

»Du? Nichts. Warte ab, bis er wirklich kommt, dann erkläre ihm ganz einfach, dass du ihm ohne weitere Warnung eine Kugel in den Kopf schießt, sowie er nur ein einziges Wort mit deiner Frau wechselt. Nachher machst du deine Drohung wahr. Die Gesetze brauchst du nicht zu fürchten. Sie schützen dich, wo du so auffallend in deinem Recht bist, und täten sie es nicht, sind wir selber Manns genug, um das zu besorgen. Jetzt aber muss ich fort, ich habe viel zu lange hier mit dir geplaudert. Heute Abend findest du mich wieder im Saal des Parkerhauses.«

»Aber das Court House?«

»Ist das lange Gebäude dort drüben«, sagte Siftly. Er deutete mit dem Arm über die Plaza, nickte Hetson zu und schritt rasch die zur Bai führende Straße hinab.

4. Die Plaza von San Francisco

Die Plaza oder der Hauptplatz von San Francisco, jetzt ein mit prachtvollen und massiven Gebäuden umgebener Platz, zeigte im Sommer des Jahres 1849 noch eine bunte Ansammlung von Holzbaracken und Zelten, wie sie die ersten Einwanderer nur schnell aufgeschlagen hatten.

Die obere Front nahm das alte Gerichtsgebäude ein. Es war aus ungebrannten Backsteinen, sogenannten ›adobes‹, unter mexikanischer Herrschaft erbaut worden. Sonst war aber in den wenigen Monaten seit der Entdeckung des Goldes der spanische Charakter der Stadt schon ganz verschwunden. Dafür war ein Stadtteil entstanden, der in seiner merkwürdigen Mischung mit keinem anderen Ort der Welt vergleichbar war. Nur an der unteren Front, dem Court House gerade gegenüber, stand ein einzelnes, mehrstöckiges Holzgebäude. Es war das schon erwähnte Parkerhaus, das ein Amerikaner namens Parker aufgebaut hatte. Jetzt erzielte er durch die Spieltische, die Wirtschaft und die Gästezimmer eine enorme Miete.

Dicht daneben befand sich das ›El Dorado‹, später eine der prachtvollsten Spielhöllen der Welt – damals nur ein großes, weitgedehntes Zelt. Rechts und links reihten sich andere kleinere Zelte und Holzschuppen an, in denen fast nur gespielt und getrunken wurde. Sie hatten auch keinen anderen Zweck, als ihren Insassen ein Dach zu bieten. Die Plaza bildete den eigentlichen Mittelpunkt der Stadt. Während sie von den Hauptstraßen gekreuzt wurde, konzentrierte sich hier der eigentliche Verkehr San Franciscos. Wer von den Fremden in die Stadt kam, suchte vor allen Dingen diesen Ort auf oder wurde von den Menschenmassen dorthin gedrängt. Sämtliche Hausierer glaubten auch, hier den besten Platz zum Ausstellen ihrer Waren zu finden. Sie boten sie teilweise in tragbaren Körben, aber auch auf rasch hingestellten und beweglichen Tischen an. Eine Kontrolle über diese Leute fand natürlich noch nicht statt. Wer etwas verkaufen wollte, suchte sich den Platz dafür selbst aus. War er dabei dem freien Verkehr im Wege, drängte ihn die Menschenmasse schon selber beiseite. Der Hauptstrom dieser Menge wogte aber an den Häusern dahin. Die meisten schlenderten nur von einem Spielzelt in das andere, oder sie gingen auf der dort vorüberführenden Straße ihren Geschäften nach. Auf der Plaza sammelten sich nur hier und da kleine Gruppen, oder einzelne kamen quer herüber, um den Weg nach einer der Wasserstraßen abzukürzen.

Dort hatte Siftly seinen wiedergefundenen Freund verlassen. Hetson blieb, als die bunte Zarape des Amerikaners schon lange in dem Gedränge der Fußgänger verschwunden war, noch immer wie träumend auf derselben Stelle stehen und starrte vor sich nieder. Die Trostgründe, die Siftly für ihn gehabt hatte, schienen seine Unruhe eher vermehrt als vermindert zu haben. Hatte er nicht ziemlich fest angenommen, dass der gefürchtete Nebenbuhler ihm folgen würde? Schon der Gedanke daran trieb ihm das Blut rasend schnell durch die Adern und ließ sein Herz stärker klopfen. Es war der Gedanke an den möglichen Verlust seiner Frau. Er durfte ihn nicht weiter verfolgen, wollte er nicht wahnsinnig werden. Vergeblich kämpfte er auch selbst mit allen Vernunftsgründen dagegen an, vergeblich sagte und wiederholte er sich, dass ihn Jenny liebe, dass sie ihn nicht wieder verlassen würde. Ein tückischer Geist flüsterte ihm wieder und wieder ins Ohr, dass die erste Liebe das Herz eines Menschen nie verlasse. Seine krankhaft erregte Einbildungskraft malte ihm dabei den Nebenbuhler mit allen Vorzügen aus. Er brauchte nur zu erscheinen, um Jennys Herz wieder ganz zu gewinnen.

Über die Plaza kam eine wunderliche, uns nicht unbekannte Gestalt. Selbst die an Ungewöhnliches gewöhnten Amerikaner blieben vereinzelt stehen und sahen ihr kopfschüttelnd nach. Es war Ballenstedt mit seinem erbsengelben Kragenmantel, die Hose hochgekrempelt, die Stiefel frisch geschmiert, den Hut etwas nach hinten auf den Kopf gedrückt, in der linken Hand ein Bündel und unter den linken Arm den grünbaumwollenen Regenschirm geklemmt. In der rechten Hand hielt er eine Schaufel. Langsam und bedächtig kam er über die Plaza und schien sich nicht ganz einig, welche abzweigende Straße er eigentlich wählen sollte. Er blieb manchmal stehen, sah in die verschiedenen Himmelsrichtungen und konnte dabei zu keinem rechten Resultat gelangen.

Endlich hatte er die Stelle erreicht, an der Hetson noch immer verloren stand. Er ging auf ihn zu, berührte sachte mit dem Griff des Spatens seinen Ellbogen und sagte:

»Hören Sie einmal, können Sie mir nicht sagen, wo ich hier am schnellsten in die Minen komme?«

Hetson drehte sich rasch und fast erschrocken nach dem Mann um. Als der jedoch seinen Reisegefährten erkannte, fuhr er enttäuscht und ziemlich unbekümmert, ob er ihn verstand oder nicht, fort:

»Ach, herrje, Sie sind ja auch von uns, ja, da werden Sie auch noch nichts wissen. Na, nehmen Sie's mir nicht übel. Gehen Sie auch in die Minen?«

Hetson schüttelte unwillig mit dem Kopf zum Zeichen, dass er nicht verstand, was der Fremde sagte. Er erkannte ihn noch nicht einmal in dem entsetzlich weiten Mantel. Dann drehte er sich rasch von ihm ab und schritt jetzt entschlossen dem Courthouse entgegen, um in die Fremdenlisten Einblick zu nehmen.

»Na, der ist grob!« brummte Ballenstedt mürrisch vor sich hin. »Trag du meinetwegen die Nase so hoch, wie du willst, in vier Wochen tausch ich nicht mehr mit dir. Soviel weiß ich!« Damit packte er seinen Spaten wieder fester und wollte eben seinen Weg fortsetzen, als er von ein paar lauten Stimmen angerufen wurde.

»Ballenstedt, he, hallo, Ballenstedt!«

Er blieb stehen und drehte sich nach den Rufern um. Es war ihm allerdings wenig daran gelegen, von alten Schiffsgenossen angesprochen und aufgehalten zu werden. Er hatte keine Zeit mehr zu vertrödeln, und je eher er in die Minen kam, desto besser. Wohin er wanderte, brauchte außerdem niemand zu wissen.

»Ballenstedt, Junge!« rief jetzt einer der Männer, die auf den Reisegefährten zueilten und lachend bei ihm stehenblieben. »Donnerwetter, wo soll die Reise nun hingehen? Doch nicht zum Buddeln?«

Es war Lamberg, der offensichtlich der Flasche ein wenig zugesprochen hatte und den Hufner begleitete.

»Soll ich mich etwa erst noch hier einmieten und Geld ausgeben?« sagte aber Ballenstedt, der eine weitere Begrüßung für unnötig hielt. »Ich habe keine Zeit übrig, denn ich muss in zehn Monaten wieder in Deutschland sein.«

»In zehn Monaten?« sagte lachend Lamberg. »Da wirst du aber verwünscht wenig da oben heraus schaufeln können, denn fünf musst du für die Rückreise rechnen!«

»Das schadet nichts«, erwiderte aber Ballenstedt ruhig. »Ich brauche auch nur zwanzigtausend Taler.«

»Zwanzigtausend Taler? So? Mehr nicht?« rief Lamberg verwundert. »Und das sagt der Mensch da mit einer Ruhe, als ob er das Papier in der Tasche hätte und nur auf die Bank zu gehen brauchte, um es ausgezahlt zu bekommen. Und was willst du mit der kleinen Summe machen, Alterchen?«

»Den neuen Hof in Hesselbach kaufen«, sagte Ballenstedt, »der kostet gerade soviel.«

Glauben Sie denn wirklich, dass Sie in der kurzen Zeit so viel Gold heraus graben können, Herr Ballenstedt?« erkundigte sich da Hufner, dem die Zuversicht des Mannes imponierte.

»Ob ich das wirklich glaube?« antwortete Ballenstedt verwundert. »Na, wenn ich das nicht sicher wüsste, weshalb wäre ich denn da die vielen tausend Meilen hier nach Kalifornium gekommen, he?«

Lamberg lachte laut auf. »Ballenstedt ist göttlich!« Aber Hufner wurde durch Zeit und Summe wegen seiner eigenen Zwecke außerordentlich angesprochen. Er sah wohl auch nebenbei in den derben Fäusten des Burschen eine Garantie für die Erdarbeit, der er sich doch nicht so recht gewachsen fühlte. Deshalb sagte er:

»Wenn das so sicher ist, Herr Ballenstedt, dann hätte ich große Lust, gleich mit Ihnen zu gehen. Zu zweit arbeitet es sich auch immer besser als allein, und Morgen früh wollte ich sowieso aufbrechen. Haben Sie einen Augenblick Zeit?«

»Wer? Ich? Nein!« sagte Ballenstedt.

»Ich meine, nur höchstens zehn Minuten«, drängte aber Hufner. »Das können Sie mir schon aus alter Kameradschaft zuliebe tun. Meine Sachen sind bereits zusammengeschnürt, und ich brauche sie nur da drüben in der Stadt abzuholen. Nicht wahr, Sie warten einen Augenblick auf mich?«

»Sie sind wohl nicht klug?« rief da Lamberg, dem dieser rasche Entschluss dann doch zu weit ging. »Ballenstedt kennt doch auch die Stellen nicht, wo das Gold liegt!«

»Nicht wahr, Sie bleiben hier einen Augenblick?« rief aber Hufner noch einmal. Ein unbestimmtes Gefühl sagte ihm, dass er einen glücklichen Moment erwischt hatte, den er beim Schopf fassen müsse. Ohne eine Antwort Ballenstedts abzuwarten, lief er über die Plaza in die Kearney Street. Lamberg, der ihm den Entschluss noch ausreden wollte, folgte ihm, so rasch er konnte.

»So?« brummte aber Ballenstedt leise vor sich hin. »Mitgehen, nicht wahr? Auf dem Schiff hat sich der Herr den Henker um mich gekümmert. Jetzt, wo ihm das Gold in die Nase sticht, bin ich auf einmal gut genug. Na, ich will ihm nur wünschen, dass er mich wiederfindet.« Kaum sah er die beiden um die nächste Ecke biegen, als er auch in eine andere Straße einbog und sich nicht wieder blicken ließ.

Eine gute Viertelstunde mochte vergangen sein, als von der Bai herauf ein Karren mit Gütern kam. Hinter ihm ging mit gebücktem Kopf eine Frau, an jeder Hand ein Kind. Neben ihr ging ein älterer, gut gekleideter Herr, der ein drittes Kind auf dem Arm trug. Er schien sich aber in dieser Situation nicht besonders behaglich zu fühlen. Trotz des neuen Bildes um ihn herum sah er weder nach rechts noch links, als ob er damit die Aufmerksamkeit der Entgegenkommenden von sich ablenken könnte. Das half ihm jedoch nur wenig, denn gerade als der kleine Zug die Mitte der Plaza erreicht hatte, rief ihn eine bekannte Stimme an:

»Assessor – Donnerwetter, wo wollen Sie hin?«

Assessor Möhler drehte etwas scheu den Kopf zu der Seite, von der die Stimme kam, und erkannte seinen alten Schiffskameraden, den Justizrat. Er hatte wie stets die lange Pfeife im Mund und kam hinter ihnen her.

»Ah, Herr Justizrat«, sagte der Assessor freundlich. »Ist mir sehr angenehm, Sie auf festem Land begrüßen zu können. Wie Sie sehen, gehe ich mit der armen Frau Siebert in die Stadt hinauf, in das Gasthaus, in dem ihr Mann gestorben ist.«

»Hm ja, hab's gehört, tut mir leid. Eigentlich verfluchte Geschichte«, brummte der Mann des Gerichts in einem leisen Anflug von Mitgefühl. »Na, schadet weiter nichts«, setzte er dann aber auch gleich, gewissermaßen als Trost, hinzu. »Können dann Erbschaft gleich antreten und mit nächstem Schiff wieder umkehren. Heilloses Land, das Kalifornien, fordern einem für ein Pfund schlechten Knaster sieben Dollar ab – noch gar nicht dagewesen. Wie kann eine Frau da existieren?«

Die arme Frau antwortete keine Silbe. Der Schmerz und Schreck hatte sie niedergebrochen. So zuversichtlich und selbstbewusst, wie sie an Bord dem Leben in Kalifornien entgegengesehen hatte, so niedergedrückt und unempfindlich für alles um sie herum war sie jetzt. Der Justizrat nahm weiter keine Notiz von ihr und erkundigte sich bei dem Assessor nach dem Gasthof. Er hatte selbst das Schiff nur verlassen, um sich einen Wohnplatz auszusuchen, ehe er sein Gepäck an Land schaffte. Da er seine Worte in der gewöhnlichen, barschen Art heraus polterte und dabei dicht neben dem Assessor ging, fing das kleine Kind wieder an zu schreien und wollte sich nicht beruhigen lassen. Den Justizrat konnte das allerdings nur wenig davon abhalten, in seinen Meinungsäußerungen über das Land, von dem er eigentlich noch gar nichts gesehen hatte, fortzufahren. Der kleine Einwanderer schien aber entschlossen zu sein, das Wort zu behalten. Je lauter der Justizrat sprach, desto mehr schrie das Kind, und die Leute auf der Straße blieben schon stehen und sahen ihnen nach. War doch selbst ein kleines Kind etwas Ungewöhnliches in Kalifornien. Besonders dem armen Assessor war seine Lage jetzt sehr peinlich. Einige Male warf er einen halbverzweifelten Blick auf den neben ihnen fahrenden Güterkarren, ob er nicht vielleicht dort seine kleine, unruhige Last absetzen könne. Das ging aber doch nicht an, die Mutter nahm nicht die geringste Notiz von ihrem Kind, das sie gut aufgehoben wusste, und dem Mann blieb so nichts anderes übrig, als eben auszuharren.

Die Umstehenden hätten sich vielleicht noch mehr mit dieser wunderlichen kleinen Karawane beschäftigt, hätte nicht San Francisco zu dieser Zeit ständig Neues und Sonderbares geboten. Die Aufmerksamkeit der Leute wurde jetzt auch auf einen anderen Trupp gelenkt, der sie allerdings auch mehr verdiente. Die Gerüchte, die damals im Ausland über Kalifornien verbreitet wurden, schilderten das Land kaum besser als eine Art großer Räuberhöhle, in der man ständig mit gespannter Pistole seinen Sack voll Gold und sein Leben schützen musste. Dass in einem noch so wilden Land zuweilen ungesetzliche Handlungen vorfielen, ließ sich allerdings nicht leugnen. Die ganzen Zustände waren ungesetzlich – wenn auch nicht in dem Maße, in dem sie geschildert wurden. Deshalb hatten sich auch die meisten Einwanderer, die sich ein Land ohne Polizei nicht denken konnten, mit allen möglichen, tragbaren Waffen ausgerüstet. Gewehre, Dolche und Pistolen spielten bei dem Minengepäck eine bedeutende Rolle. Das Nonplusultra dieser fast krankhaften Selbstschutzmanie bot aber ein kleiner Trupp von Leuten, die in diesem Augenblick über die Plaza zogen.

Die kleine Gesellschaft bestand aus fünf Personen. Ihr Anführer hatte eine fast riesengroße Gestalt, trug einen krausen, schwarzen Bart, mächtige Schultern und schritt gravitätisch voran. Der Mann, der sicher seine sieben Fuß maß, trug einen breitrandigen weißen Filzhut, ein grünes Hemd und helle Hosen. Um den Körper in einem etwa zehn Zentimeter breiten, weißen Ledergurt hing ein riesiger Degen, der hinter ihm klirrend den trockenen Staub aufwühlte. Neben dem Degen hing aber noch ein mächtiger Hirschfänger mit Hirschhorngriff, wahrscheinlich für ein engeres Handgemenge bestimmt. Daneben wieder ein etwa dreißig Zentimeter langer ›Nickfänger‹ zum Zusammenklappen, ebenfalls in einer Scheide. Rechts im Gürtel steckte außerdem ein Dolch mit Pistolenläufen daran, und zwei doppelläufige Pistolen füllten den vorderen Raum aus. Zugleich hing ihm über der Schulter eine leichte Vogelflinte mit enormem Kaliber. Trotzdem passte zu dieser wirklich verzweifelten Ausrüstung das Gesicht des Mannes keineswegs. Mit seinen roten Backen und seinen treuherzigen, blauen Augen sah er gutmütig und freundlich aus und schien ein wenig erstaunt sich umzusehen. Möglich, dass er geglaubt hatte, er müsste bei seiner Landung jeden Zollbreit des Bodens mit der blanken Waffe erkämpfen. Nun schien er überrascht zu sein, nirgends auch nur auf den geringsten Widerstand zu stoßen. Komisch wurde aber sein Erscheinen durch die vier Begleiter. Dazu hatte er sich vielleicht sogar absichtlich den kleinsten Menschenschlag herausgesucht. Die vier kleinen Burschen, die ihm folgten, trugen die gleichen Bärte und Bekleidung wie er. Allerdings fehlte ihnen der Degen, ihre Bewaffnung begann bei dem Hirschfänger, der auch besser zu ihrer Statur passte. Sonst waren sie auch reichlich mit Dolchen und Pistolen versehen und zogen dabei einen kleinen, vierrädrigen Handkarren, auf dem wahrscheinlich ihr Gepäck lag. Es standen nämlich vier kleine und ein großer Koffer darauf; daneben lagen Schaufeln, Spitzhacken, Blechpfannen, Kochgeschirr und Regenschirme. Die vier kleinen Riesen, von denen wohl immer zwei abwechselnd den Karren zogen und die anderen als Wache mitgingen, folgten dem großen vertrauensvoll, wohin er sie führen würde.

Es waren übrigens unverkennbar Deutsche. Schon die baumwollenen Regenschirme verrieten das, wenn nicht schon ihre Gesichter oder ihre Kleidung.

Schweigend und ohne sich um jemand zu kümmern, schritten sie über die Plaza und verschwanden bald in einer der nach Westen führenden Straßen.

In diesem Augenblick erschien Hufner wieder auf dem Schauplatz, schweißgebadet und sich ängstlich nach Ballenstedt umsehend. Der war aber nirgends mehr zu finden. Auf einige in mittelmäßigem Englisch vorgetragene Fragen an Vorübergehende schickte man den bestürzten jungen Mann rasch hinter dem kleinen Trupp der Bewaffneten her. Hier erkannte Hufner allerdings bald, dass er sich geirrt hatte. Ballenstedt war aber in diesem Menschengewirr nicht mehr aufzufinden, und die Deutschen, an die er sich wandte, konnten ihm auch keine Auskunft geben. Der Schaden ließ sich jedoch leicht ersetzen, ja, vielleicht konnte er seine Aussichten sogar noch verbessern, wenn er sich dieser Karawane anschloss. Dadurch würde er auch sein schweres Bündel, das ihm schon so Mühe machte, auf einen Karren bringen. Ohne weiteres wandte er sich deshalb auch an den Führer des kleinen Trupps.

»Hört einmal, Landsleute, ich habe eben meinen Kameraden verloren, mit dem ich in die Minen wollte. Wenn es euch recht ist, so bleibe ich bei euch, und wir können dann ›da oben‹ zusammenarbeiten.«

»Und wo haben Sie Ihre Waffen?« erkundigte sich da der Riese, der zu Hufners Erstaunen eine ganz merkwürdig feine und weiche Stimme hatte.

»Meine Waffen?« sagte er deshalb etwas verblüfft. »Waffen habe ich keine, mein Brotmesser ausgenommen und eine kleine Pistole. Sie ist aber nicht geladen, denn ich fürchte, dass sie mir einmal in der Tasche losgeht. In Bremen ist neulich so ein Unglück passiert.«

»Keine Waffen?« rief da der Riese und drehte sich vor lauter Erstaunen ganz zu ihm herum. »Womit wollen Sie sich denn da verteidigen?«

»Ja...«, stotterte Hufner, »ist es... ist es denn so gefährlich in den Minen da oben? Ich dachte...«

»Gefährlich?« wiederholte der Riese mit einem fast mitleidigen Achselzucken. »Sehen Sie uns einmal an. Glauben Sie, wir hätten uns bis an die Zähne bewaffnet, wenn es nicht gefährlich wäre?«

»Aber Ballenstedt hat nur einen Regenschirm und eine Schaufel bei sich«, sagte Hufner bestürzt.

»Armer Mann«, seufzte leise der Riese. »Wer weiß, unter welchem Baum seine Knochen in den nächsten Tagen bleichen werden. Wir werden uns jeden Abend richtig verschanzen. In ein paar Stunden können wir fünf schon einen richtigen Wall aufwerfen. Wir sind auch bereit, noch mehr tüchtige Besatzung zu uns stoßen zu lassen, aber wehrhafte Männer müssen wir haben. Mit dem Schirm können Sie sich nicht verteidigen, und selbst Ihr Terzerol ist nicht ausreichend. Unter diesen Umständen tut es mir also leid, Sie nicht meiner kleinen Schar einverleiben zu dürfen, es ist gegen unsere Vorschriften.«

»Aber da kann ich doch nicht ganz allein...«

43

»Bedaure sehr«, unterbrach ihn der Gewaltige. »Hier in Kalifornien muss jeder selbst für sich sorgen. Achtung, Leute! Ordnung beibehalten – vorwärts – marsch!« Damit hob er freundlich und huldvoll zu Hufner die linke Hand, machte eine militärische Schwenkung, warf den rechten Arm in die Höhe und stellte sich wieder an die Spitze des Zuges, der im nächsten Augenblick seinen unterbrochenen Weg fortsetzte.

Unschlüssig blieb Hufner noch an derselben Stelle stehen. Er hatte den Gedanken, ihnen zu folgen und sich wenigstens den Schutz ihrer Nähe zu sichern. Seine angeborene Bescheidenheit hinderte ihn aber, und er kehrte schließlich in sein altes Quartier zurück. Unter diesen Umständen konnte er es natürlich nicht wagen, allein in die Minen zu wandern. Es blieb ihm jetzt nichts anderes übrig, als sich Waffen anzuschaffen und sich dann einer anderen Gesellschaft anzuschließen.

Obwohl sich die Sonne mehr und mehr dem Horizont zuneigte und ihre rote Scheibe schon hinter dem Rand der Küstenberge verschwand, ließ das geschäftige Treiben auf der Plaza noch nicht nach. Von allen Seiten wogten die Menschen herüber und hinüber, und schwerbeladene Karren kamen ununterbrochen vom Ufer herauf. Sie brachten das Passagiergepäck in die verschiedenen Gasthäuser – oder vielmehr Gastzelte. Gerade zu dieser Zeit war die Einwanderung beträchtlich. Die Nachrichten vom Reichtum der Goldfelder hatten in der ganzen Welt gewirkt. Aus allen Erdteilen kamen die Abenteurer herbeigeströmt, um die fabelhaften, in ihrer Einbildung noch gesteigerten Schätze zu heben. Zehn bis zwölf Schiffe pro Tag waren völlig normal. Behinderte der Wind einmal ihre Einfahrt, stieg die Anzahl am nächsten Tag gleich über zwanzig. Die Mehrzahl sah aber San Francisco nur als ersten Landungsplatz an, wo sie keine bleibende Unterkunft suchten. Die Berge waren ihr Ziel, dem sie so schnell wie möglich entgegen strebten. Sie hätten vielleicht noch nicht einmal die erste Nacht in einem Gasthof geschlafen, vor dessen hohen Preisen sie sich fürchteten. Aber das eigene Gepäck war ihnen im Wege. Wohin damit? Ihre Koffer und Kästen konnten sie nicht mit in die Minen schleppen, und sie mussten deswegen schon irgendwo einen Unterschlupf finden. So waren die meisten Passagiere der ›Leontine‹ den ganzen Nachmittag herumgelaufen, um eine sichere Aufbewahrung für ihr Gepäck zu finden, aber ohne Erfolg. Die Wirte erklärten sich allerdings bereit, das Gepäck aufzuheben, aber mehr als Schutz vor Regen konnten sie nicht bieten. Eine Aufsicht war unmöglich, trotzdem betrug die Lagermiete einen Dollar für den Koffer pro Monat, zwei Dollar für eine Kiste.

Es half aber nichts. Die Leute hatten sich zu Hause von Verwandten und Freunden und allem losgerissen, an dem ihr Herz hing. So konnten sie sich hier nicht von einem Koffer oder einer Kiste festhalten lassen! Deshalb wurde das Gepäck in irgendeinen angewiesenen Verschlag aus Leinwand oder Brettern geschleppt, der Wirt stellte einen Zettel aus, dass er das Stück erhalten habe, aber weiter nicht dafür hafte. Dann zogen die Goldlustigen in die Minen, ohne sich um ihr Gepäck weiter zu kümmern – und in wie wenig Fällen sahen sie es wieder.

»In die Minen!« hieß der allgemeine Ruf. Die wenigen in San Francisco noch erscheinenden Zeitungen steigerten die Hast täglich neu durch immer tollere Berichte von frisch entdeckten Schätzen. Jede Stunde, die die ›Goldwäscher‹ hier noch ausharren mussten, hielten sie für verloren. In rastloser Ungeduld durchstreiften sie die Stadt, als ob sie damit die Zeit betrügen könnten. Gerade diese Tausende, die so ohne Beschäftigung in San Francisco waren und am nächsten Tag bereits durch andere ersetzt wurden, füllten die zahlreichen Spielsäle. Einmal konnten sie sich dort die Zeit am besten verkürzen, dann blieb es zugleich ein Beginn des Goldlandes, ein Probierstück, wie günstig ihnen das Glück in den Minen sein würde. »Jedenfalls müsste man Fortuna einmal die Tür öffnen und ihr Gelegenheit geben hereinzukommen«, hieß es allgemein. So opferte fast jeder fünfzehn bis zwanzig Dollar oder sogar mehr an den Spieltischen. Dass dort falsch gespielt wurde, wollte natürlich niemand wahrhaben. Die Leute sahen so ehrlich aus, das Spiel ging einen so geregelten Gang, ein Betrug konnte da ja kaum vorkommen! Und doch verschwand ihr Geld. »Es hat nicht sein sollen«, trösteten sie sich dann, und wohl ihnen, wenn sie damit aufgaben.

5. Ein Abend in San Francisco

Die Nacht brach an. So wie sich hier gleich nach Sonnenuntergang die Dunkelheit rasch und fast plötzlich auf die Erde legt, so unterbrach sie auch hier das geschäftige Treiben der Menge. Die Karren verschwanden, die Lastträger, die meistens mit ihrem eigenen Gepäck durch die Straßen gekeucht waren, brachten ihre Bürden unter. so gut das in der Eile ging. Die hell erleuchteten Spielsalons der Plaza sandten jetzt ihren vollen, strahlenden Glanz durch die geöffneten Türen ins Freie. Lockten sie doch damit mehr Menschen heran als bei hellem Tageslicht, wo die meisten außerdem andere Beschäftigung hatten. Jetzt war fast jeder frei, und in die zurückgeschlagenen Zelte und geöffneten Pforten strömten die Menschenscharen.

Das Parkerhaus, das damals den größten und bestdekoriertesten Saal aufwies, strahlte besonders in heller Pracht. Um die Spieltische, von denen jeder eine enorme Pacht zahlen musste, drängten sich Leute. Hier galten weder Rang noch Stand – nur Gold.

Wieder kreischten dazu oben auf dem Orchester die Violinen, schmetterten die Trompeten und donnerten die Pauken. Durch den weiten, menschengefüllten Saal lief das dumpfe Murmeln der Menge, klang der Laut der springenden Münzen und tönte manchmal der gellende Jubelschrei eines glücklichen Spielers oder der Fluch eines Verlierers. Manchmal knallte auch ein Champagnerkorken dazwischen. Leicht gewonnenes Geld musste auch leicht vergeudet werden, und die Gläser der Zecher klirrten zusammen. Aber den Gang des Spieles konnte das nicht unterbrechen. Für die alten, abgefeimten Spieler war das sogar ein angenehmer Ton. Die Leute, die dort ihr Geld verprassten, glaubten, sie hätten es gewonnen. Tatsächlich war es nur geborgt, denn in einer Stunde brachten sie es, mit dem Alkohol im Blut, sicher mit Zins und Zinseszins an die Bank zurück.

Mitten durch die Menge drängte sich ein Mann, ohne die Tische nur mit einem Blick zu würdigen. Schon seine Hast fiel auf, da es hier keiner eilig hatte. Man war hier eben hereingekommen, um den Abend zu verbringen. Schritt für Schritt, alle Augenblicke an der einen oder anderen Stelle haltmachend, so wogte der Menschenschwarm auf und ab im Saal. Wer da schneller vorwärts kommen wollte als die übrigen, musste natürlich die ganze Ordnung stören.

»Hallo!« brummte ein Mann in einem blauen Hemd, den der Eilige etwas derb zur Seite geschoben hatte. Er sah sich mehr erstaunt als ärgerlich nach ihm um. »Na, du wirst dein Geld doch in diesem verbrannten Nest noch früh genug loswerden! Warum der Narr so läuft?«

»Hat sich sicher neuen Geldvorrat geholt«, lachte ein anderer, ein Bursche, der einem Strauchdieb ähnlicher sah als einem ehrlichen Menschen. »Wenn er zurückkommt, geht er langsamer – er ist noch grün.«

»Je früher sie ihm dann die Flaumfedern ausrupfen, desto besser«, sagte der erste, drehte sich wieder dem nächsten Spieltisch zu, um das Spiel zu beobachten.

Der Fremde hörte wahrscheinlich diese Bemerkungen gar nicht oder achtete nicht darauf. Unaufhaltsam drängte er vorwärts, und sein ängstlicher Blick schien jemand im Saal zu suchen.

»Hier, Sir, hier ist der Platz, um Ihre Taschen mit Gold zu füllen!« rief ihm da oder dort ein gerade nicht beschäftigter Spieler zu. Aber er konnte ihn damit nicht aufhalten, bis er plötzlich den Gesuchten an einer Säule entdeckte und sich nun rasch zu ihm hinarbeitete.

»Siftly'!« rief er dabei, als er die Schulter des Mannes berührte. »Ich habe ihn gefunden!«

»Heda, Hetson!« sagte der Amerikaner, als er sich langsam umdrehte. »Mensch, was hast du? Du siehst ja leichenblass aus!«

»Er ist da!« war die einzige Antwort, die er bekam. Der junge Mann drehte den Kopf, als ob das gefürchtete Schreckbild ihm schon auf den Fersen folgen würde.

»Er? – Wer?« erkundigte sich sein Freund ruhig. Er hatte andere Sachen im Kopf und die Mitteilung des Mannes schon wieder vergessen.

»Charles Golway!« flüsterte da Hetson in sein Ohr und sah ihn mit einem Blick an, als ob er sein Todesurteil von ihm erwarte.

»Charles Golway?« wiederholte erstaunt der Amerikaner. »Ah – der frühere Verlobte!«

»Pst! Um Gottes willen!« bat Hetson und drückte seinen Arm.

»Ach, Unsinn«, lachte der aber. »Wer kennt hier den Burschen oder deine fixe Idee. Und wenn man sie kennen würde, wer kümmerte sich darum? Komm, Lass den sein, wo er will. Hier, dieser Tisch hat heute Abend nur Unglück, und ich glaube, du hättest keine bessere Stunde wählen können, um dich für heute Nachmittag zu revanchieren.«

»Lass mich um Gottes willen in Ruhe mit deinem Spiel«, bat aber Hetson und ergriff seinen Arm nur fester. »Was soll ich tun? Gib mir deinen Rat!«

»Und wenn ich ihn dir gebe, befolgst du ihn doch nicht.«

»Versuch's!«

»Gut, aber das ist auch mein letztes Wort in dieser langweiligen Geschichte. Lass ihn laufen und kümmere dich so wenig um Charles Golway in San Francisco oder in Kalifornien, als ob Charles Golway auf dem Mond säße.«

»Du weißt nicht...«

»Ich weiß genug, um dich ernsthaft zu bitten, dir diese fixe Idee aus dem Kopf zu schlagen. Kommt er dir in den Weg und merkst du, dass er mit deiner Frau anbändeln will, so schieß ihn über den Haufen. Weshalb läuft er der Frau eines anderen Mannes hinterher? Ist er aber nur durch Zufall hierhergekommen...«

»Durch Zufall?« unterbrach ihn rasch und bitter der Unglückliche. »Er ist uns von Valparaíso aus direkt gefolgt!«

»Von Valparaíso aus? Ich dachte, du hättest ihn auf eine australische Fährte gesetzt?«

»Er muss wohl die Wahrheit erfahren haben«, stöhnte Hetson. »Schon diese Hast bestätigt meinen schlimmsten Verdacht. Das Schiff, mit dem er angekommen ist, ist drei Tage später von Valparaíso ausgelaufen als wir selbst, aber schon vorgestern, also zwei Tage früher als wir, hier eingetroffen.«

»Sein Schiff wird eben besser gesegelt sein als euers«, brummte der Amerikaner. »Aber wir vergeuden die kostbare Zeit hier mit reinem Unsinn. Willst du spielen?«

»Lass mich mit deinem Spiel zufrieden. Ich habe es nie gemocht und bin jetzt nicht in der Stimmung, es zu beginnen. Hilf mir lieber, den Mann hier in diesem Gewirr einer Stadt aufzufinden.«

»Ich bin doch nicht verrückt!« lachte Siftly. »Wenn du keine bessere Beschäftigung hast, kann dir das keiner verwehren. Erlaube mir aber, meine Zeit besser zu verbringen.« Damit drehte er dem Freund den Rücken zu und wandte sich einem der anderen Tische zu. Hetson blieb allein zurück. Hier hatte er aber keine Ruhe, warf einen scheuen Blick über seine nächste Umgebung und drängte dann der hinteren Saaltüre zu, um seine Frau im oberen Teil des Hauses aufzusuchen.

Er fand sie allein in dem noch dunklen Zimmer mit gefalteten Händen auf ihrem Bett sitzen. Wusste sie, dass ihr früherer Verlobter angekommen war? Hatte sie ihn vielleicht schon gesehen oder gesprochen? Hetson wagte den Gedanken nicht auszudenken, trat nach kurzer Begrüßung an das Fenster und sah auf den dunklen Platz hinunter.

»Hetson«, sagte da seine Frau mit leiser Stimme. »Fehlt dir etwas?«

»Mir? Nein – warum?«

»Du bist so still. Ist dir etwas Unangenehmes passiert?«

»Nicht dass ich wüsste«, sagte Hetson, dessen Herz zum Zerspringen voll war. »Aber du bist noch im Dunkeln? Warst du allein?«

»Unser Schiffsarzt, der alte Doktor Rascher, war am Nachmittag kurze Zeit bei mir«, sagte seine Frau. Sie ging zum Tisch und zündete eine Kerze an. »Ich freue mich, dass wir ihn im Hause haben. Hier in dem wilden, fremden Leben hat ein Freund den doppelten Wert.«

»Du fühlst dich nicht wohl hier?«

»Wohl?« antwortete seine Frau und seufzte. Sie warf einen wehmütig lächelnden Blick in dem kleinen Zimmer umher, in dem ihr Gepäck noch wild und unordentlich umhergestreut stand. Es befand sich noch nicht einmal ein Möbel darin, um nur das Notwendigste unterzubringen. Ein großes Bett, ein Tisch und zwei Stühle bildeten die Möblierung. Alles schien aus neuen, kaum gehobelten Brettern gerade erst schnell zusammengefügt zu sein. Von Tapeten keine Spur, nicht einmal die Fensterrahmen oder Türen waren gestrichen. Decke, Fußboden und Wände bestanden nur aus nacktem Tannenholz, gegen das der Mahagonitisch und die beiden Kirschbaumstühle nicht gerade freundlich abstachen.

»Wie kann man sich hier wohl fühlen, Frank? Dazu der ständige wilde Lärm, das ewige Türenschlagen, bei dem jedes Mal das ganze Haus zittert und die Fensterscheiben klirren, das Rennen der Leute in den Gängen, als ob ein Unglück sie in Bewegung hielte. Ich wollte, wir wären nicht nach Kalifornien gegangen.«

Der Mann erwiderte kein Wort. Er war zum Tisch getreten und hielt Stirn und Augen mit seiner rechten Hand bedeckt. Als seine Frau zu ihm aufsah, entging ihr nicht, wie blass er geworden war. In plötzlicher Angst ergriff sie seinen Arm und rief:

»O Gott, Frank! Du bist krank, dein Gesicht ist totenblass! Was ist passiert?«

»Nichts, mein Herz«, antwortete er leise. »Ich bin nur müde vom vielen Umherlaufen. Aber du hast natürlich recht, der Aufenthalt in diesem eingezwängten, ungemütlichen Raum muss für dich unerträglich sein. Er scheint noch schlimmer zu sein als an Bord, und dabei befinden wir uns im größten und

wohnlichsten Gebäude der ganzen Stadt. Je eher wir also San Francisco verlassen, desto besser. Ich will gleich Morgen die Vorbereitungen dafür treffen.«
Sie hatte kaum auf seine Worte geachtet, denn ihr Blick hing noch immer an seinem vor Aufregung zerfurchten Gesicht.

»Sag mir, was du hast, Frank«, flüsterte sie und schmiegte sich an ihn. »Dir ist etwas passiert, du kannst es leugnen, wie du willst. Ich merke es an deinem ganzen Wesen, am Zittern deiner Hände. Vertraue es mir an, bei meiner Liebe zu dir beschwöre ich dich! Oder soll ich annehmen, dass ich in dieser freudlosen Außenwelt auch noch dein Vertrauen verscherzt habe?«

Hetson ließ seine Hand langsam sinken und blickte einen Moment scharf und forschend in die Augen seiner Frau. So treu und unschuldig sah sie ihn an, sie konnte nicht falsch sein. Sie konnte jetzt noch nichts von der Nähe des früheren Verlobten wissen. Aber sollte er es ihr jetzt selbst sagen, dass er angekommen war? War es nicht möglich, dass sie ihm doch noch entkommen konnten, die sicheren Berge erreichten, ehe der Verfolger auf ihre Spur kam?

»Frank, was hast du?« bat erneut seine Frau. »Sind es die alten Träume und Sorgen, die dich bedrücken? Ich hoffe, nicht! Habe ich nicht alles getan, um dir zu beweisen, dass die Vergangenheit tot für mich ist? Dass ich nur dir gehöre? Bin ich dir nicht selbst in dieses abgelegene Land gefolgt, und verlangst du einen stärkeren Beweis meiner Liebe?«

»Abgelegen?« flüsterte Hetson verstört vor sich hin. »Nicht abgelegen genug, als dass dieser Unglückselige nicht hierher finden würde.«

»Glaub doch das nicht!« bat sie tröstend. »So wie ich Charles kenne, kann ich überzeugt sein, dass er jeden Versuch aufgeben wird, mich wiederzusehen, wenn er erfährt, dass ich mit einem anderen verheiratet bin.«

»Charles!« zischte Hetson durch die zusammengebissenen Zähne.

»Stört dich der Name, Frank?« Sie legte ihren Kopf an seine Schulter. »Denk daran, wie lange ich an ihn nur unter diesem Namen gedacht habe, so dass der andere mir fast fremd geworden ist. Aber auch das will ich vermeiden, und gebe Gott, dass nicht einmal Mr. Golway mehr zwischen uns genannt zu werden braucht.«

»Ich glaube dir – ich glaube dir«, flüsterte erregt der Mann. »Aber wird er selbst dafür sorgen, dass das nicht geschieht? Du traust ihm zu viel Edelmut, zu viel Entsagungskraft zu.«

»Nein, Frank, bestimmt nicht«, sagte sie zuversichtlich. »Wenn du doch bloß einmal diese trüben Gedanken vergessen könntest, dann würdest du auch wieder froh und heiter werden. Mutwilliger hat sich noch niemand das Leben verbittert als du selbst, und während du...«

»Mutwilliger?« unterbrach er sie. »Mutwilliger, sagst du? Glaubst du, dass das Schreckgespenst, das mich während der langen Reise quält, nur Phantasie ist? Dass es nur zu meiner kranken, überspannten Einbildungskraft gehört, wie du mir immer weismachen willst? Er ist hier!«

»Wer, Frank, um Gottes willen, wer?« rief sie erschrocken aus.

»Wer? Dein Charles, wenn du wirklich noch nichts von seiner Anwesenheit weißt. Er ist dir gefolgt, und warum? Um dich zurückzuholen!«

»Das ist nicht möglich!« hauchte seine Frau. Blass trat sie einen Schritt zurück.

»Nicht möglich?« wiederholte Hetson mit fest aufeinandergebissenen Zähnen. »Ich kann dir das Schiff nennen, mit dem er drei Tage später als wir von Valparaíso uns nachgefahren ist. Er hat sich nicht einmal die Zeit genommen, in Chile von der langen Reise zu rasten und die erste Gelegenheit benutzt, um seine Pläne durchzusetzen.«

Hetsons Frau erwiderte kein Wort. Erschüttert verbarg sie ihr Gesicht für einen Augenblick in den Händen. Es war aber auch nur ein Augenblick, dann richtete sie sich rasch wieder auf und rief:

»Und wenn er hier wäre, Frank, hast du so wenig Vertrauen zu deiner Frau, dass du dir solche Sorgen, solchen Kummer machst?«

»Er war deine erste Liebe«, flüsterte Hetson scheu. »Nur wenige Stunden lagen dazwischen, und er hätte dich noch frei gefunden, frei für den, zu dem dich dein Herz zog. Ich selbst bin dir nur aufgedrungen, durch blinden Zufall verheiratet. Ich weiß, dass ich etwas halte, was mir nicht gehört. Aber ich bin nicht imstande, es wieder aufzugeben.«

Der Mann war außer sich, und in dem Gefühl des furchtbaren Schmerzes, der ihm durch die Brust zuckte, warf er sich auf das Bett und verbarg sein Gesicht in den Kissen.

Seine Frau war starr und regungslos in ihrer Stellung geblieben, folgte ihm nur mit den Augen. Vor ihrem inneren Blick glitten jetzt die alten Bilder vorüber, die er leichtsinnig wieder zu neuem Leben weckte. Ja, sie hatte den ersten Jugendfreund geliebt, geliebt mit aller Kraft. Der Augenblick, in dem sie erfuhr, dass er doch noch lebte und dass er für sie nur durch die Hochzeit für immer verloren war, stand in diesem Moment überdeutlich vor ihr. Aber Hetson war ihr Mann, freiwillig hatte sie ihn geheiratet, sie wusste, mit welcher innigen Liebe er an ihr hing. Als sie die Hand fest und krampfhaft auf ihr Herz drückte, drängte sie auch den letzten Gedanken zurück, der vielleicht noch zwischen ihr und ihrem Mann gestanden hatte. Behutsam, als fürchtete sie sich vor dem Geräusch ihrer Schritte, trat sie zu dem Bett und legte den Arm um seinen Nacken.

»Frank!« flüsterte sie.

Er antwortete nicht, aber sein Zittern verstärkte sich.

»Frank«, wiederholte sie. Das Wort war nur wie ein Hauch, der sein Ohr kaum streifte, aber doch bis in sein Innerstes drang. »Frank, sei ein Mann. Wenn mein Herz auch früher an dem anderen hing, das ist doch jetzt vorbei. Ich bin deine Frau, und bei allem, was dir und mir heilig ist, schwöre ich, dass ich keinen Gedanken mehr an ihn verschwende. Alles, was früher war, existiert nicht mehr. Seitdem wir verheiratet sind, hat für mich ein neues Dasein begonnen. Glaubst du mir jetzt?«

»Jenny, süße, liebe Jenny!« rief er aus und drückte sie an sich.

»Es ist gut, dass wir uns ausgesprochen haben«, fuhr sie fort. »Der innere Gram hätte dir sonst noch den Lebenswillen zernagt, ohne dass ich dir hätte helfen können. Jetzt, wo du alles gesagt hast, was dich bedrückt, kann ich auch frei mit dir reden. Alles wird gut werden.«

»Und... Charles?« flüsterte Hetson so scheu, als ob er selbst sich vor dem Namen fürchtete.

»Wenn er uns wirklich begegnen sollte, wird er wohl die Stellung achten, in der er mich jetzt findet. Er muss sie achten, oder er verdient nicht einmal den Schatten der Gefühle, die ich früher für ihn empfand. Bist du nun ruhig?«

Hetson drückte sie fester. Als sie sich über ihn bog und ihre Lippen seine Stirn berührten, löste sich der starre Schmerz des Mannes in Tränen auf. Er weinte, wie er nur als Kind geweint hatte. Seine Frau hatte sich über ihn gebeugt und hielt ihn in ihrem Arm.

Unten im Saal wirbelten die Pauken, schmetterten die Trompeten und drängten sich die Spieler um die Tische. Das war ein wildes, wüstes Treiben im Saal, ganz zu dem Leben passend, das die Leute gezwungenermaßen im El Dorado führten. Wer von ihnen hatte denn eine Heimat hier in Kalifornien? Wer hatte Familie, ein Kind, wurde zu Hause erwartet? Niemand von den Tausenden, die draußen an den Spielhöllen auf und ab gingen oder sich durch die Säle schoben, um ihr Glück hier oder dort zu erproben. Eine notdürftige Matratze in irgendeiner Zeltecke war ihr Lager für die Nacht. Die erreichten sie noch früh genug, selbst bei Morgengrauen. Hier war Licht und Leben und vor allem der Klang des Goldes, der ihren Zustand für kurze Zeit vergessen ließ. Jede offene Tür bot ihnen Abwechslung, blinkende Flaschen mit Alkohol lockten zu doppeltem Genuss. Dort klirrten die Gläser, klangen die Goldmünzen, spielte die Musik ihre heimischen Tänze. Weshalb sollten sie sich da mit Sorgen plagen oder trüben Gedanken nachhängen und auf feuchter Erde im kalten Zelt liegen? Dorthinein drängten sie, und der nächste Morgen fand sie vielleicht mit leeren Taschen und mit schwerem Kopf aus einem Rausch erwachend. Aber was kümmerte sie der nächste Morgen?

Hier rollten die Würfel, rasselte das ›Rouge et Noir‹, glitten die Karten durch die geübten und schnellen Finger der Spieler. Fielen sie, starrten glanzlose Augen in gieriger Erwartung auf die bunten, verhängnisvollen Blätter.

In der Mitte des Saales, über einen der Tische gebeugt, stand eine eigentümliche, malerische Gestalt. Es war ein alter Mann mit so ausdrucksvollen, auffallenden Gesichtszügen, dass man ihn wohl nicht mehr vergaß, wenn man ihn einmal gesehen hatte. In seinen Adern floss spanisches Blut, vielleicht sogar edles. Die kühne Stirn, die leicht gebogene Nase, das rabendunkle, blitzende Auge strahlten so viel Feuer aus, als wäre er gerade erst ein Mittzwanziger.

Die Oberlippe beschattete ein voller, schwarzer Schnurrbart, mit nur wenigen grauen Haaren. Über seiner Kleidung trug er eine besonders feine, mit Goldfäden durchsetzte und schön gefärbte Zarape. Seinen schwarzen, weichen, breiten Filzhut hielt er zusammengedrückt in der rechten Hand. Damit stützte er sich auf einen Tisch und beobachtete das Spiel. Auf einem der Finger blitzte ein Diamantring.

»Verloren, Señor«, lachte da ein Spieler und zog einen kleinen Haufen Goldstücke in die Mitte zu den anderen Münzen und dem Goldstaub. »Sie spielen heute wieder mit viel Unglück und sollten aufgeben!«

»Caramba«, murmelte der Spanier zwischen den Zähnen. »Ich weiß wohl selbst, wann ich aufhören muss. Drei halbe Adler noch auf die Fünf.«

Sein Englisch klang gebrochen, und er zischte auch die Worte mehr, als er sie sprach.

»Verloren!« lautete die eintönige Antwort. »Mehr?«

»Wieder auf die Fünf zwei halbe!«

»Verloren! Mehr?«

Der Spanier schwieg und starrte auf die Karte.

»Das waren meine letzten Stück heute«, flüsterte er. »Aber Morgen bekommt meine Tochter wieder Honorar...«

»Tut mir leid, Señor«, sagte achselzuckend der Spieler. »Wir haben ein Bargeschäft und muten auch niemand zu, uns zu borgen. Setzen Sie den Ring da, und bestimmen Sie den Preis. Die Spielerei gefällt mir.«

»Den Ring? Nein!« rief der Mann erschrocken und trat einen Schritt zurück. Der Spieler zuckte bloß die Schultern. Andere, die schon lange darauf gewartet hatten, näher an den Tisch zu kommen, drängten herbei und schoben den alten Spanier ziemlich rücksichtslos zur Seite. Er hatte doch kein Geld mehr, weshalb sollte er ihnen den Platz verstellen.

Oben auf dem Orchester, wo die Musiker mit entsetzlichen Märschen und Tänzen ihre Instrumente Misshandelten, stand eine schlanke, zarte Frauengestalt an der Balustrade. Sie war fest in eine schwarze, seidene Mantille gewickelt und sah mit starrem Blick auf das Treiben unter sich. Der neben ihr sitzende Violinspieler, ein junger Franzose, versuchte mehrfach, ein Gespräch mit ihr anzuknüpfen, aber sie hörte nicht auf seine Worte. Vielmehr drehte sie sich noch zur Seite, damit er die Tränen nicht bemerkte, die an ihren Wimpern hingen. Die Musik schwieg. Ein kleiner, dicker Mann, offensichtlich ein Deutscher, trat zu dem Mädchen. Es war der Kapellmeister, dem der Schweiß von der anstrengenden Arbeit, dieses Orchester zusammenzuhalten, von der Stirn lief. Leise und fast ehrfurchtsvoll sagte er:

»Señorita!«

Sie antwortete und regte sich nicht. Ihr Blick hing fest und unverwandt an der Gestalt ihres Vaters unten.

»Señorita«, sagte da der kleine Mann wieder, lauter als vorher. »Die Musik hat aufgehört, und Ihre Zeit zum Spielen ist gekommen. Darf ich Sie darum bitten?«

»Ja, ja, mein Herr!« flüsterte das Mädchen und riss sich gewaltsam zusammen. Sie warf die Mantille so geschickt ab, dass sie damit auch die Tränen aus den Wimpern wischte. Sie hatte wieder ihre frühere Ruhe gewonnen, trat mit leichtem Schritt zum Notenpult und ergriff ihr Instrument. Dann stimmte sie es und begann ihr seelenvolles Spiel. Aber was kümmerte es die Leute da unten? Am Nachmittag hatte man ihr zugehört. Da bestand die Mehrzahl der Spieler aus Mexikanern oder Kaliforniern, die stets Sinn für Musik haben. Jetzt aber war der Saal überwiegend mit trinkenden und spielenden Amerikanern gefüllt, und nicht einer lauschte den weichen, melodischen Lauten.

»Na, warum hat denn jetzt die Musik aufgehört?« erkundigte sich einer der Männer. Es war ein kleiner, bleicher Mann mit der Ruine eines Strohhuts auf dem wirren, vielleicht seit Wochen nicht gekämmten Haar.

»Da oben fiedelt ja noch jemand«, antwortete ihm sein Nachbar, ohne jedoch den Blick von den Karten zu heben.

»Einer!« wiederholte der Kleine verächtlich. »Und die ganze andere Bande sitzt daneben und faulenzt. Wozu sind die Kerle denn da?«

Sein Freund hielt es nicht für notwendig, darauf zu antworten. Er hatte mit dem Kartenspiel Wichtigeres zu tun. Das war ein Summen und Wogen in dem Saal. wie Ebbe und Flut, herüber und hinüber. Die Leute drängten ein und aus wie in einem Bienenkorb. Auch auf andere Weise hatte der Saal damit Ähnlichkeit. Draußen in den Bergen scharrten und hackten und gruben und wuschen die Leute ihren Honig, das Gold, mühsam zusammen, um es hier einzutragen. Und wie wenige trugen es wieder hinaus! Die Spieler schlossen es in ihre Zellen, um es später wieder genauso zu vergeuden, wie sie es gewonnen hatten.

Stunde um Stunde verging. Wenn Hunderte den Platz verließen, um an anderen Tischen ihr Glück zu versuchen, strömten genauso viele Müßiggänger wieder herein. Das Gedränge im Parkerhaus-Salon dauerte bis fast eine Stunde nach Mitternacht. Von da an bemerkte man aber eine Abnahme der Gäste. Wenn auch der Saal noch immer gefüllt blieb und sich erst gegen zwei Uhr hier und da leere Stellen zeigten. Nur um einzelne Tische, auf denen besonders hoch gespielt wurde, drängten sich die Leute. Überall hingen auf den Stühlen oder sogar auf dem Fußboden Betrunkene, die ihren Rausch ausschliefen.

An einer der Säulen stand der alte Spanier, den Kopf auf die Brust gesenkt, die Arme fest übereinandergeschlagen. Man hätte fast glauben können, er schliefe, so still und regungslos lehnte er an seinem Platz. Nur hin und wieder blitzte sein dunkles Auge unter dem breitrandigen Hut hervor und verriet ihn.

Da glitt eine schlanke, ganz in Schwarz gekleidete weibliche Gestalt scheu an der einen Wand des Saales entlang. Mit verhülltem Gesicht versuchte sie den Männern auszuweichen. Aber niemand achtete auf sie, denn ein Streit an einem der Tische lenkte gerade jetzt die Aufmerksamkeit auf sich. Unbemerkt hatte sie den Mann an der Säule erreicht, berührte leise seine Schulter und flüsterte:

»Vater!«

»Ha, Manuela!« rief der Spanier aufschreckend. »Du hier, mein Kind? Du spielst heute nicht mehr, nicht wahr?«

Das Mädchen verneinte und warf einen scheuen Blick um sich. »Aber komm, Lass uns jetzt gehen! Ich sehne mich aus diesem furchtbaren Saal und habe auch Hunger.«

Der Spanier zuckte bei diesen Worten zusammen. Fast mechanisch griff seine Hand in die Tasche. Doch vergeblich hatte er schon in der letzten Stunde alles durchgewühlt. Nicht ein einziges Geldstück war zu finden. Er suchte es allerdings nicht für sein Kind, sondern es wäre am nächsten Spieltisch den anderen gefolgt.

Das Mädchen sah seine Bewegung und wurde blass. Aber sie bezwang sich und flüsterte: »Du hast meinen Lohn für diesen Abend noch nicht einkassiert? Aber das macht nichts, dort drüben sitzt der Herr des Saales, er zahlt ja pünktlich.«

Der Vater schwieg und strich sich nur mit der flachen Hand über die kalte, schweißbedeckte Stirn.

»Komm, Vater. Die Zeit vergeht, und der Boden brennt mir hier unter den Füßen. Hätten wir doch dieses unglückselige Land nie betreten! Lass uns das Geld holen.«

Der Mann rührte sich noch immer nicht. Sein unsteter Blick irrte im Saal umher, als suche er dort Hilfe. Hilfe von da – großer Gott, nur der Gedanke war schon halber Wahnsinn. Er merkte das wohl auch, riss sich gewaltsam zusammen, ergriff die Hand seiner Tochter und flüsterte:

»Komm!«

»Aber das Geld, Vater!«

»Der Wirt kennt mich«, sagte der Spanier mit tonloser, heiserer Stimme. »Er wird uns zu essen geben.«

»Er hat uns doch gestern abgewiesen. Er will keinem Menschen auch nur für eine Stunde etwas borgen!« erwiderte das Mädchen mit zitternder, ängstlicher Hast.

»Der Kellner borgt uns«, sagte der Vater und versuchte, sich von der Hand der Tochter loszumachen.

»Vater!« bat sie, und der Schmerz einer Welt lag in den wenigen Silben. »Du weißt, dass er das nur meinetwegen macht. Hol das Geld.«

»Ich habe es schon geholt«, hauchte der Mann, den Kopf zur Seite gedreht. »Ich habe es geholt und wollte das Glück zwingen, uns die Mittel zu geben, um dich aus dieser unwürdigen Lage zu befreien. Es ist Misslungen. Die verräterischen Karten waren mir ungünstiger als sonst, und ich habe alles verspielt.«

Das Mädchen erwiderte keine Silbe. Sie stand mit gesenktem Kopf und zitternd neben ihm. Schwer hob und senkte sich nur ihre Brust.

»Sorge dich nicht, mein Kind«, hat der Vater, der sich jetzt ängstigte. »Morgen schon kann, wird sich alles wieder besseren.«

»Du willst wieder spielen?«

»Soll ich den Schurken dein sauer verdientes Geld freiwillig überlassen?« sagte der alte Mann zürnend.

»Aber du weißt, dass sie falsch spielen!« klagte Manuela. »Lass ihnen, was sie haben, Lass ihnen alles, auch den Triumph, dich betrogen zu haben. Aber vertraue diesem falschen Glück nicht mehr. In wenigen Wochen verdiene ich ja, was wir brauchen, um dieses entsetzliche Land wieder zu verlassen, und dann...«

»In wenigen Wochen?« zischte der Alte ingrimmig vor sich hin. »Wochenlang soll ich dich noch allem aussetzen, was du jetzt erduldest? Wochenlang, wo es in meiner Macht und in einem einzigen glücklichen Wurf liegt, dich in einer kurzen Stunde frei zu machen?«

»Vater!«

»Lass mich, das verstehst du nicht. Hab ich nicht bisher für dich gesorgt? So vertraue dich auch jetzt mir an, und ich will alles aufbieten, um dich dem Leben zurückzugeben, dem du entrissen wurdest. Jetzt komm mit mir in das Restaurant. Don Emilio weiß, dass ich mein Wort halte. Er wird uns das Essen nicht verweigern.«

»Du bist es ihm noch von früheren Tagen schuldig!«

»Ach was, eine Bagatelle. Er soll sein Geld erhalten, jetzt komm, die Leute werden schon aufmerksam.«

»Ja, ich will mit dir gehen, Vater«, sagte da das Mädchen ernst und entschlossen. »Aber nicht um erneut der Schuldner des Fremden zu werden, so freundlich und achtungsvoll er sich auch verhält. Ich... ich habe keinen Hunger heute Abend, es war nur ein Vorwand, um dich hier wegzubringen. Ich bin müde und habe Kopfschmerzen, Lass uns schlafen gehen.«

»Aber du musst hungrig sein«, drängte der Vater sie. »Seit heute Morgen hast du nichts mehr gegessen.«

»Glaub mir, Vater, ich bin nicht imstande, auch nur einen Bissen heute Abend über die Lippen zu bringen. Ich möchte nur ausruhen, schlafen. Willst du nicht mitkommen?«

»So komm«, sagte der Vater, warf den Zipfel seiner Zarape über die linke Schulter und ging, von seiner Tochter dicht gefolgt, zur Hintertüre des Saales.

Unterwegs kamen sie an einigen Spielergruppen vorbei. Ein paar von ihnen versuchten ein Gespräch mit dem Mädchen anzuknüpfen, aber Manuela sah nicht auf. Den Kopf gebeugt, das Gesicht bis unter die Augen mit der schwarzen Mantille bedeckt, glitt sie an ihnen vorüber. Mit ihrem Vater verschwand sie in dem schmalen Gang, der in den oberen Teil des Hauses führte.

Die Gäste des Parkerhauses zerstreuten sich immer mehr. Der größte Teil der Tische war schon leer, ein Teil der Spieler hatte sein Geld und die Karten zusammengepackt, um den eigenen Schlafplatz aufzusuchen. Selbst das Orchester war geräumt, die Diener des Hauses gingen herum, um die unnötigen Lampen auszulöschen. Nur hier und da stand noch eine kleine Gruppe und sah mit schlaftrunkenen Augen auf die nachlässig geworfenen Karten. Die Spieler selbst hatten keine Lust mehr an der Sache. Wo den ganzen Abend Hunderte, oft Tausende auf dem Spiele standen, konnte sie ein Satz mit wenigen Dollars nicht aufregen, um den Schlaf zu vertreiben.

Ihre Zarapen oder kalifornischen Ponchos um sich geschlagen, den schweren Geldsack im Arm, gingen die meisten jetzt mit einem knappen Gruß aus dem Saal. Nur wenige schlossen das Geld in eine unter dem Tisch stehende Kiste, wickelten sich dann in ihre Decke und streckten sich auf ein paar zusammengeschobenen Stühlen aus, um dort die Nacht zu verträumen. Hier lagen sie genauso gut wie in ihrem Zelt und – sicherer.

Jetzt hatten die letzten Gäste den Saal verlassen, fast alle Lampen waren ausgelöscht. Nur zwei für die Nachtbeleuchtung warfen noch ihren düsteren Schein über den veröderten, unheimlichen Platz. Aus verschiedenen Ecken tönte schon das regelmäßige Schnarchen der Schläfer herüber. Nur an einem Tisch, ziemlich in der Mitte des Saales, saßen noch drei Männer. Aber sie spielten nicht mehr, sondern zwei packten die Kasse zusammen, und der dritte, Siftly, saß rittlings auf einem Stuhl. Beide Arme auf die Lehne gestützt, sah er den anderen zu.

»Verdammt schlechte Geschäfte habt ihr heute gemacht«, sagte er kopfschüttelnd. »Da ist ja kaum mehr als die Pacht herausgekommen. Warum habt ihr denn den verdammten Kerl mit der zerlumpten Zarape und dem Sack voll Gold so ungerupft ziehen lassen? Sie müssen doch gewusst haben, Brown, dass die Acht oben lag, ich sah es von hier!«

»Das hab ich auch«, brummte Brown, der kleine, dicke Spieler mit dem unbequemen Stehkragen. »Ganz genau wusste ich es. Der schmutzige Halunke wusste es aber auch und sah mit seinen Katzenaugen so auf meine Finger, dass ich nichts riskieren durfte. Ihnen hätte es doch am wenigsten gefallen, wenn wir hier am Tisch Theater hätten!«

»War denn mit dem Fremden nichts weiter zu machen, den Sie uns heute Nachmittag gebracht hatten?« erkundigte sich der lange Smith.

»Nichts«, erwiderte Siftly verdrießlich. »Er will nicht mehr spielen und ist eigentlich auch ein alter Freund von mir, mit dem ich nicht zu hart sein wollte.«

»Freund!« wiederholte Smith verächtlich. Er nahm eines der Kartenspiele auf und mischte es unwillkürlich. »Freund! Was geht uns hier in Kalifornien ein Freund an? Und wenn mein Bruder herüberkäme und grün wäre, müsste er für sich selbst die Augen offenhalten!«

»Ich gehe jetzt schlafen!« sagte Brown. Mit einiger Mühe erhob er sich von seinem Stuhl und griff nach einem alten, hinter ihm liegenden Tuchmantel. »Kommen Sie mit, Siftly? Smith hat heute die Wache.«

»Ich habe hier nichts weiter zu tun. Sie wohnen aber unten am Wasser, und ich schlafe heute oben in der Stadt. Mein Quartier ist mir heute gekündigt worden, und ich muss tagsüber mich nach einem neuen umsehen.«

»So? Na, das ist etwas anderes. Dann gute Nacht. Vor zehn Uhr brauche ich ja Morgen früh nicht wieder hier zu sein«, sagte der kleine, dicke Mann.

»Wohl kaum!« antwortete Siftly. »Morgenstunde hat bei uns kein Gold im Munde – gute Nacht!«

Smith sagte nichts, sondern nickte seinem kleinen Kameraden nur zu. Er mischte weiter, und eine Weile saßen sich die beiden stumm gegenüber.

Nachdem Siftly einen Blick über die Schulter geworfen hatte, brach er endlich das Schweigen.

»Der Bursche wird mit jedem Tag ungeschickter!«

»Weiß Gott!« bestätigte Smith. Wie in Gedanken zog er die Karten ab und legte sie aus. »Ich wollte, wir wären ihn auf gute Weise los. Wenn wir nur auf seine Kapitaleinlage verzichten könnten!«

Siftly erwiderte nichts. Wieder saßen sich die beiden eine Zeitlang stumm gegenüber, jeder mit seinen Gedanken beschäftigt.

»Wenn in diesem Nest aus Zelten und Holzdächern einmal ein Feuer ausbrechen würde!« sagte da plötzlich Siftly, noch leiser als vorher. »Ich glaube, in zehn Minuten stände die ganze Plaza in lichten Flammen!«

Smith sah den Sprecher rasch fragend an. Doch der erhob seinen Kopf nicht und schien aufmerksam die ausgebreiteten Karten anzusehen.

»Ein Feuer?« wiederholte der Lange bedächtig.

»Pst! Nicht so laut!« warnte ihn Siftly. »Das Wort hat einen eigentümlichen Klang, und man hört es bis in die entferntesten Ecken eines Raumes. Ja, fast ist es so, als könnte man es fühlen. Der Bursche da drüben hat gleich aufgehört zu schnarchen.«

»Pah, der schläft so fest wie immer«, sagte Smith, der einen forschenden Blick hinübergeworfen hatte. »Er hat sich nur auf die Seite gewälzt. Hm, ein Feuer wäre eine wunderbare Neuigkeit, auf die eigentlich noch kein Mensch vorbereitet ist. Was täten wir zum Beispiel, wenn es in dieser Nacht plötzlich brennen sollte?«

»Weiß ich auch nicht«, sagte Siftly. »Man müsste natürlich vor allen Dingen das Geld retten, und das wäre sehr schwer. Wenn hier Feuer ausbricht, hätte jeder nur noch Zeit, sein nacktes Leben zu retten. Ehe Brown vom Wasser hier heraufkommen könnte...«

»Der arme Brown«, sagte der Lange mit mitleidigem Ton, ohne jedoch eine Miene dabei zu verziehen. »Er würde sein ganzes Vermögen verlieren.«

»Und unser Nachbar, dessen Geldkasten unter unserer Aufsicht steht, ebenfalls«, sagte Siftly. »Es ist doch sehr leichtsinnig von dem Mann, sein Geld hier zurückzulassen.«

»Sie meinen den Deutschen Ottens? Ja, dabei ist er sonst ein ganz guter, ehrlicher Bursche, der sich sein bisschen Geld sauer genug verdient hat. Ich würde alles versuchen, um es in Sicherheit zu bringen. Freilich, das eigene Leben geht allem anderen vor.«

Wieder schwieg Siftly und sah starr eine Weile vor sich nieder. Endlich flüsterte er:

»Und wo finden wir beide uns später wieder?«

»Wir beide?« sagte Smith erstaunt. »Hier! Wo sonst? Sollten wir etwa einen ungerechten Verdacht gegen uns erwecken? Ich würde retten, was zu retten ist, bis zum letzten Augenblick.«

Die beiden würdigen Freunde wechselten dabei nur einen einzigen Blick, aber der war vollkommen genügend zur Verständigung.

»Würden Sie es vorziehen, einige Tage nach dem Feuer noch in San Francisco zu bleiben oder nach so schweren Verlusten Ihr Glück lieber einmal in den Minen zu versuchen?« erkundigte sich Siftly. »Es ist nicht außergewöhnlich und keineswegs unmöglich, dass dort ein glücklicher Arbeiter in wenigen Tagen ein Vermögen ausgraben könnte.«

»Davon habe ich auch gehört«, sagte Smith, »und in einem solchen Falle würde ich dort auch mein Glück auf ehrliche Weise mit Spitzhacke und Schaufel versuchen; auch wenn die Aussicht auf Erfolg noch so gering ist.«

»Und in welchen Minen?«

»Die Zeitungen rühmen seit einigen Tagen die neuen Diggings am Yuba als besonders ergiebig«, erwiderte der Lange. »Sie heißen dort in der Umgebung nur die reichen Diggings.«

»Hm – vielleicht entscheide ich mich für den gleichen Platz«, sagte Siftly. »Ich würde mich sehr freuen, in Yuba City wieder mit einem alten Bekannten zusammenzutreffen. Einer allein kann auch nicht mit Erfolg graben, zwei sind wenigstens nötig, um die Maschine zu bedienen.«

»Und haben Sie wirklich Sorge, dass ein Feuer in San Francisco ausbrechen könnte?« sagte Smith nach einer kleinen Pause.

»Man muss für alle Fälle gerüstet sein«, erwiderte vorsichtig Siftly. »Wissen Sie, dass Potters Holzhaus gleich hier oben an der Ecke noch leer steht und erst übermorgen bezogen werden soll? Das Haus liegt noch voll Sägespäne und Latten. Als ich nach Dunkelwerden vorbeiging, brannte aber ein Licht darin.«

»Ein Licht? Also wohnt jemand dort?«

»Nein, der Besitzer sah sich nur einmal um. Ich war einen Augenblick im Inneren und sah nach den Fenstern.«

»Die Sie doch hoffentlich wieder gut verschlossen haben?«

»Versteht sich, Zugluft wäre besonders schlimm, wenn gerade dort ein Feuer ausbricht. Der Wind weht übrigens heute Abend gerade von dort herüber, und die geteerten Zeltdächer zwischen dem Gebäude und unserem müssten das Parkerhaus sofort in eine Flammensäule einhüllen. Es wäre schrecklich.«

Der Lange sah nach der Uhr, es war halb drei.

»Wir haben nicht mehr lange Zeit bis zur Morgendämmerung«, sagte er. »Ich denke, wir legen uns am besten noch etwas hin.«

»Ja, ich will auch ins Bett gehen«, erwiderte Siftly.

»Oben in der Stadt?«

»Nein, ich habe es mir anders überlegt. Ich werde mich hier bei Ihnen für die Nacht einquartieren, will aber nur erst noch einmal draußen nach dem Wetter sehen. Ich bin gleich wieder da.«

»Aber Vorsicht! Es schleicht jetzt allerlei Gesindel auf den Straßen umher!« flüsterte Smith.

»Keine Sorge um mich!« nickte der andere. »Ich hin hier bekannt.« Damit warf er seine Zarape über einen der Stühle, verließ langsam den Saal und ging in die dunkle Nacht hinaus, die auf der Plaza lagerte.

Oben in der Pacific Street standen einige von Deutschen bewohnte Häuser – wenn aus Brettern und Latten und mit einem Leinwanddach errichtete Gestelle überhaupt den Namen verdienen. Die Eigentümer hielten es für zweckmäßig, ein großes Schild aufzuhängen, auf dem in englischer und deutscher Sprache den Vorübergehenden die überraschende Nachricht mitgeteilt wurde, dass das eine das California-, das andere das El-Dorado-Hotel sei.

Eines dieser luftigen Gebäude prunkte sogar mit einem ›zweiten Stock‹, zu dem eine hühnerstiegähnliche Treppe hinaufführte. Zollstarke Bretter auf querliegende Latten genagelt, bildeten den Boden und gleichzeitig die Decke des unteren Zimmers. Durch ihr Schwanken warnten sie aber auch die glücklichen Bewohner, ihnen nicht mehr anzuvertrauen, als unbedingt nötig war.

Das zweite Hotel bestand nur aus dem unteren Raum. Es war ein Zwitter aus Zelt und Bude. Rings an den Wänden befanden sich hölzerne Kojen, immer drei übereinander, wie im Zwischendeck eines Schiffes. Andere Zelte und Holzbaracken schlossen sich teils an der Seite, teils im Rücken an. Eine Ordnung beim Aufstellen der Behausungen gab es bislang noch nicht. Nur die abgesteckten Straßen mussten freigelassen werden. Sonst überließ man es den Einwanderern, sich ihren vorläufigen Wohnsitz da zu nehmen, wo sie gerade

Platz fanden. Wie sie dann später mit dem wirklichen oder angeblichen Eigentümer des Grundstücks auskamen, war ihre eigene Sache.

Angelockt von den Schildern, hatten sich einige der Passagiere der ›Leontine‹ dort einquartiert. Lamberg, der Hamburger, ebenso Binderhof und der Apotheker Ohlers. Auch Hufner hatte sich hier wieder eingefunden, und Frau Siebert logierte mit ihren drei Kindern ebenfalls in einem kleinen Verschlag des California-Hotels. Assessor Möhler hatte die nächste Koje als Schutz und Schirm bezogen.

Sie alle waren in den verschiedenen Räumen der Häuser, so gut es eben gehen wollte, untergebracht. Das gemeinsame Abendessen wurde an einem großen, nackten Holztisch eingenommen. Dann zerstreuten sich die meisten wieder in die Stadt, um noch die verschiedenen Spielhäuser und sonstigen Sehenswürdigkeiten der Stadt zu betrachten. Nach elf Uhr fanden sich aber die meisten wieder in ihrer Wohnung ein, suchten ihren Schlafplatz auf und legten sich hin. Von Bord aus waren sie daran gewöhnt, früh ins Bett zu gehen.

Endlich war alles still. Draußen auf den Straßen konnte man hier und da noch Schritte hören. Einmal fiel auch in einem anderen Stadtteil ein Schuss, aber niemand kümmerte sich darum – was gingen sie andere Leute an. Mehr interessiert waren die Schläfer jedoch bei einem der Mitgäste, der entsetzlich schnarchte. Einzelne, halbunterdrückte Flüche machten schon hier und da dem Herzen eines Nachbarn Luft, aber der Bursche hörte nicht auf. Als das Schnarchen noch schlimmer wurde, rief eine Stimme:

»Gebt doch dem verdammten Bohrkäfer einen Rippenstoß! Donnerwetter, hat der Kerl eine Lunge! Nicht mal beim Atemausstoßen kann man sich erholen, seine Säge ist auf beiden Seiten scharf!«

Die Stimme des Sprechers kam aus der oberen Etage des ›El-Dorado-Hotels‹.

»Er liegt ja gar nicht bei uns!« kam eine Stimme aus der unteren Etage. »Das ist nebenan im ›California-Hotel‹!«

»Der Justizrat ist's!« sagte da vom ›California-Hotel‹ ein anderer. »Hallo, Herr Ohlers, schlafen Sie da oben?«

»Wenn Sie das schlafen nennen, Herr Hufner, allerdings!« erwiderte der Angeredete. »Ich dachte, Sie wären schon über alle Berge und säßen bereits achtzehn bis zwanzig Fuß tief unter der Erde in irgendeinem gemütlichen Goldschacht bei einer Blendlaterne. Darf ich Sie bitten, dem Justizrat einmal in die Rippen zu stoßen? Nur seinetwegen, denn er könnte sich sonst wirklich etwas tun!«

»Damit er uns einen Prozess an den Hals wirft, was?« näselte da Binderhof aus einer anderen Koje heraus.

»Ah, Herr Binderhof aus Hamburg«, rief Ohlers wieder zurück. »Ich freue mich wirklich über Ihre Nachbarschaft. Alle Wetter, da fängt auch das Kind noch an zu schreien. Das hat der Justizrat auf dem Gewissen.«

»Bitte, meine Herren, seien Sie ruhig«, bat da Assessor Möhler in freundlichem Ton. »Die arme Frau Siebert kann nicht schlafen, und der Kleine ist ebenfalls wieder munter geworden.«

»Bitte, Herr Assessor, gehen Sie doch mit dem Wurm etwas auf und ab. Er wird sich gleich wieder beruhigen!« rief da eine andere Stimme, die aus dem Haus rechts vom ›California-Hotel‹ zu kommen schien.

»Ist das nicht der Herr Lamberg?« erkundigte sich Ohlers.

»Zu Diensten, Herr Ohlers!« antwortete der. »Pacific Street Nr. 17, Parterre. Sie haben Nr. 19, wenn ich mich nicht irre.«

»Hab mir die Hausnummer noch nicht angesehen«, erwiderte Ohlers. »Sie wohnen im ›California-Hotel‹?«

»Bitte um Verzeihung, noch ein Haus weiter, aber gerade daneben. Ich bin in einer Privatfamilie untergekommen, bei einem verwitweten Hutmacher. Übrigens möchte ich auch den Antrag an das ›California-Hotel‹ unterstützen, den Justizrat zum Schweigen zu bringen. Es ist gegen alles Völkerrecht.«

»Wenn der Assessor nur das Kind beruhigen wollte, wozu ist er denn da?« näselte da wieder Binderhof aus dem Parterre des ›El-Dorado-Hotels‹.

»Herr Binderhof, ich verbitte mir alle Anzüglichkeiten!« sagte aber der Assessor. Ohlers unterbrach ihn jedoch und rief in seine Parterrewohnung hinunter:

»Wenn Sie das alles so genau wissen, Herr Binderhof, dann können Sie uns vielleicht auch mitteilen, wozu Sie eigentlich da sind. Ich habe mir darüber schon während der ganzen sechsmonatigen Reise den Kopf zerbrochen.«

Aus allen drei Häusern erscholl gleichzeitig lautes Gelächter und erstickte die Antwort. Andere Schläfer, die von dem Lärm geweckt wurden, protestierten jetzt gegen einen solchen Lärm in der Nacht und verlangten Ruhe. Besonders eifrig dabei war der eben erwachte Justizrat, der lospolterte:

»Donnerwetter – Skandal – Flegel – andere Leute schlafen lassen!«

Die meisten wussten aber, dass er gerade der Schnarcher gewesen war, und jetzt fielen alle über ihn her und lachten und tobten, bis sogar die Nachbarn vom anderen Ende der Straße Ruhe verlangten. Endlich legte sich der Lärm etwas, die Leute wurden müde. Nur das Kind schrie noch, das der Assessor wirklich im Zimmer herumtragen musste. Auch das schlief endlich ein, der Justizrat lag wahrscheinlich auf der Seite, denn er schnarchte nicht mehr. So still wurde es in der Stadt, dass man drüben von den Küstenbergen herüber deutlich die Kojoten und die großen braunen Wölfe heulen hören konnte.

Es war Mitternacht. Jetzt stieß einer der alten braunen Burschen einen langgezogenen, kläglich tönenden Schrei aus, und die vielen kleinen grauen Präriewölfe oder Kojoten fielen in wildem Geheul mit ein. Es wurde von verschiedenen Seiten beantwortet und klang wild und unheimlich zu dem fernen Rauschen der Meeresbrandung. Auch das Geheul der Wölfe, die sich in die Missionsberge verzogen hatten, verstummte endlich. Der Mond war schon

61

lange untergegangen, und tiefe, dunkle Nacht lag auf der stillen, schlummernden Stadt.

6. Der erste Brand

»Feuer! Feuer!« Wie ein einziger Schrei hallte der Schreckensruf durch die stillen und öden Straßen der Stadt und trieb die schlaftrunkenen Bewohner jäh von ihren harten Lagern.

»Feuer!«

Noch konnte niemand die wirklich entsetzliche Bedeutung dieses Rufes erfassen, noch fehlte ihnen der Maßstab für die Gewalt, mit der sich das einmal losgelassene Element die Bahn im Mark und Leben der Bevölkerung fressen würde. Aber in unbestimmten Bildern von Gefahr standen allen die sonnengedörrten Bretterbuden, die geteerten Zelte, die Stoffwände vor Augen und damit auch die Ahnung des Unheils, das über sie hereinbrechen sollte.

»Feuer!« Was ist das für ein unheimlicher Ruf, unter allen Verhältnissen. Die Sinne noch vom kaum abgeschüttelten Schlaf gelähmt, mit der Gewissheit einer drohenden Gefahr, noch nicht imstande, dagegen einzuschreiten. Mit dem Lärm um uns her, mit Trommeln, Hörnerblasen, hastigen Glockenschlägen, mit dem dumpfen Rollen der Räder schwerer Feuerspritzen, die über das Pflaster rasseln, mit den raschen Schritten laufender Menschen. Und dann hoch am Himmel der Feuerschein, der lohend flammt und zuckt und weiterfrisst.

Hat man sich erst einmal überzeugt, wo es eigentlich brennt, und fühlt man sich außer Gefahr, so sucht der daran gewöhnte Städter wohl auch sein Lager wieder auf und tröstet sich damit, dass er doch nicht helfen könnte – es werden schon mehr als genug Leute dort am Platz sein. Ja, er ärgert sich vielleicht sogar über das andauernde Stürmen, über die häufigeren Schläge der Glocken, die das Ausbreiten des Feuers ankündigen. Das Leben selbst lehrt uns nur zu oft, im Leben unsere eigene, selbstsüchtige Bahn zu gehen, gleichgültig, wer dabei links oder rechts vom Wege fällt oder vor und hinter uns versinkt.

»Feuer!« Ganz anders schallte aber der Ruf durch die Zeltstraßen von San Francisco. »Feuer!« Der Schrei fand ein Echo in jedem Schuppen, in jedem Kattunverschlag des weiten Platzes. Blitzschnell stand fast die ganze Bevölkerung, die überwiegend angekleidet auf ihrem harten Lager gelegen hatte, auf der offenen Straße und sah sich verwundert, staunend um.

Kein Feuerschein am Himmel zeigte die Richtung der Gefahr. Keine rollende Spritze, kein Glockenschlag, kein Trommelschall, kein Lärmsignal wird laut. Totenstille herrschte jetzt unter den Tausenden, die alle verstört und scheu einmal nach rechts, dann nach links sehen, um die Bestätigung des Gehörten zu finden.

»Wo brennt es denn?« flüsterte jetzt leise einer dem anderen zu. Da – mit einem Schlag, als ob ein gehemmter Krater plötzlich seine Flammensäule dem Himmel trotzig entgegen schleudert, brach sich die rote Lohe prasselnd Bahn. »Feuer!« gellte der Angstschrei fast aus jeder Kehle, denn die ganze Stadt schien in dem Moment in Flammen zu stehen. »Feuer!« Fort stürmten alle mit dem unbestimmten Gefühl, etwas zu retten, zum Brandort.

»Zur Plaza, zur Plaza!« ertönte ein Ruf, der von Mund zu Mund flog. Die Menschenmenge wogte zur Plaza, dem Glutmeer, das aus dem Boden zu kommen schien, entgegen. Schon jetzt kamen sie zu spät, um den freien Platz noch zu erreichen. Obwohl die Dauer des Feuers erst wenige Sekunden erreicht haben konnte, wälzte sich die üppig genährte Flamme schon über die dort einmündenden Straßen hinüber und tanzte lustig über zischende Teer- und Bretterflächen hin. Retten! Ja, wer konnte retten, wo eine Welt im Feuer stand? In dem Augenblick, wo die Glut ein Zelt berührte, stand es von oben bis unten in Flammen, brennende Funken und zischende Fetzen auf die Flüchtenden werfend. Lustig blies dabei der Wind mit vollen Backen in die züngelnden Flammen hinein und wirbelte lodernde Lappen hoch empor und weit hinaus, noch weiteren Stellen entgegen. Unter den sprühenden, flackernden Feuergarben flohen entsetzte Menschenkinder, hier ihre in Hast aufgegriffene Habe bergend, dort nur mit dem nackten Leben dem Flammentod entgangen. Ihnen entgegen strömte die Schar der Neugierigen, die das furchtbare Schauspiel vor sich noch immer nicht fassen konnten – sonst wären sie dort nicht stehengeblieben.

»Hilfe – Hilfe!« kreischte hier und da eine einzelne Stimme über den dumpf wogenden Lärm. Die knisternde, mächtige Flammensäule, vom Wind gepeitscht, verursachte ein Geräusch wie das Schlagen eines schweren Segels bei Windstille. »Hilfe!« Ja – wer konnte da Hilfe bringen? Der Schrei erstickte wieder, wie er entstanden war. Durch die plötzlich eintretende Stille gellte der Schreckensruf:

»Oben in der Pacific Street brennt's – unten an der Werft fangen die Häuser Flammen! Die ganze Stadt ist verloren!«

Hui – stoben die Menschen wieder auseinander. Alles, was da oben wohnte, flüchtete, um die eigenen Habseligkeiten, so schnell es ging, in Sicherheit zu bringen. Wenn aber Tausende davon strömten, strömten andere Tausende von den entferntesten Teilen der Stadt ebenso schnell wieder nach. Der praktische Sinn der Amerikaner hatte bald in dieser allgemeinen Gefahr richtig entschieden. Das Feuer war nicht zu löschen, das sahen alle. Aber man konnte es doch in gewisse Grenzen bannen und nicht weiter ausdehnen lassen. Glücklicherweise ließ der Wind gerade jetzt etwas nach. Wäre das nicht geschehen, so wäre die ganze Stadt ein Raub der Flammen geworden. So bildeten sich nun rechts und links Gruppen mit Äxten und Tauen. Durch Niederreißen der Zelte und Holzbaracken wollten sie das Ausbreiten des Feuers verhindern.

Einige griffen, rücksichtslos auf eventuelle Bewohner, mit ihren scharfen Äxten noch völlig vom Brand unberührte Gebäude an und hieben die Eckpfosten ein. Hunderte von Armen warfen die langen, starken Taue um die Bauten, um sie im nächsten Augenblick dem Boden gleichzumachen. Aber selbst das half nicht immer. Die flammenden Stücke der Zelte flogen wie feurige böse Geister über sie hin. Die wenigen Spritzen in San Francisco kamen dem eigentlichen Feuer gar nicht nahe, sondern hatten vollauf zu tun, die Gefahr von den noch nicht erfassten Straßen abzuhalten. Die Aufregung und Angst der Bewohner stieg dadurch natürlich. Jedes neu vom Feuer ergriffene Haus vermehrte die Not, und erste Gerüchte von Brandstiftern gingen von Mund zu Mund.

Die ganze Seite der Plaza mit den eigentlichen Spielhöllen und dem Parkerhaus in der Mitte war in kaum einer Viertelstunde völlig niedergebrannt. Nur die rauchenden Trümmer sandten noch ihren Qualm und Funkenregen sprühend empor. Hoch auf, wie eine einzige Feuersäule, loderte das von der Sonne vollkommen ausgedörrte, aus dünnen Brettern und Balken bestehende Parkerhaus. Es war zudem noch mit geteerten Holzschindeln gedeckt. Die Bewohner hatten keine Zeit gehabt, ihr nacktes Leben zu retten, kaum dass der erste Feuerschrei erklungen war.

»Feuer!« Durch das ganze Gebäude zitterte der Ruf, bis unter das Dach hinauf. Die dort Zimmer an Zimmer einquartierten Bewohner eilten, aus dem Schlaf empor geschreckt, zitternd an die Fenster. Aber nur einen Blick warfen sie hinaus auf die drohende Gefahr. Dann griffen sie auf, was ihnen in die Hände kam, und stürmten alle zur schmalen, hölzernen Treppe. Sie wollten das Freie erreichen, ehe ihnen dieser einzige Rückweg abgeschnitten wurde.

Hetson, der mit seiner jungen Frau ebenfalls im oberen Stock des Parkerhauses einquartiert war, gehörte keineswegs zu den schwachen Naturen, die bei einer wirklichen Gefahr im Schreck gebannt sind. Die Nähe der Gefahr weckte im Gegenteil alle Lebensgeister zu voller Tätigkeit. Mit einem Blick seine Lage überschauend, sagte er rasch:

»Jenny, dieses Haus ist verloren! Ganz Francisco selbst könnte es nicht mehr retten, aber unser Geld und die notwendigsten Kleider muss ich in Sicherheit bringen, wenn wir hier in dem fremden Land nicht verderben wollen.«

»Ich gehe mit dir!« rief die junge Frau, zu Tode erschrocken. Der Feuerschein dicht vor ihrem Fenster, der schon die Funken bis über ihr Dach wirbelte, das

Schreien und Heulen der Menschen, das Zittern des leichten Gebäudes selber ließen sie fast ohnmächtig werden.

»Halt, noch nicht!« rief aber Hetson. Völlig kaltblütig hatte er seine Kassette aufgeschlossen und das Geld zu sich gesteckt. Er warf nur einen kurzen Blick durch die geöffnete Tür. »Die Treppe ist voller Menschen, die rücksichtslos hinausdrängen. Lass erst die Bahn frei werden, so lange haben wir noch Zeit, und ich will inzwischen versuchen, deinen Koffer hinunterzubringen.«

»Ich vergehe hier aber vor Angst!« klagte seine Frau.

»Dann komm mit«, sagte Hetson nach kurzem Überlegen. »Versuch wenigstens, den Reisesack zu tragen. Vielleicht ist es auch besser so. Du bleibst dann unten bei den Sachen, und ich gehe noch einmal hinauf, um zu retten, was zu retten ist.«

»Oh, dann komm«, bat sie. »Um Gottes willen, sieh, wie die Flamme in den wenigen Sekunden gewachsen ist! Sie lodert schon am Haus empor. Wenn sie die Treppe erfasst, sind wir verloren!«

»Noch nicht, mein Herz!« lachte da Hetson, der in der Gefahr seine ganze Energie wiedergewonnen hatte. »Halte dich dicht hinter mir, und wenn dir der Reisesack zu schwer wird, wirf ihn fort. Was er enthält, lässt sich schon immer wieder anschaffen. So, ans Werk, kommen wir glücklich die Treppe hinunter, sind wir auch gerettet.«

Rasch hob er sich den Koffer auf die Schulter, der einen Teil von Jennys Wäsche und Kleidern enthielt, stieß die Tür ganz auf und ging auf den Gang hinaus. Aus allen Türen strömten die Menschen. Jenny folgte dicht hinter ihm, ihre linke Hand fest in seiner. Mit der anderen versuchte sie, den Reisesack festzuhalten. Das war aber nicht möglich, in wenigen Sekunden war er von Nachdrängenden zur Seite geschoben und unter die Füße getreten. Jenny behielt gerade noch Zeit genug, ihn wieder an sich zu reißen und über das Treppengeländer nach unten zu werfen.

»Die Treppe bricht!« schrie da eine helle Stimme ängstlich herauf. Erschrocken drängten alle zurück, wo noch Raum dazu war.

Das half den anderen. Hetson, der wusste, dass sie rettungslos verloren waren, wenn das eintraf, riss seine Frau zu den ächzenden, engen Stufen und floh mit ihr hinab, so rasch es seine Last erlaubte.

Jetzt aber half ihnen das Feuer über eine Stelle, die ihnen sonst vielleicht verhängnisvoll geworden wäre. Gerade wo sich die Treppe herumbog, war ein Teil des Treppengeländers durch die herab drängende Menge abgerissen worden. Die davor emporlodernde Flamme verriet jedoch den Flüchtlingen die Gefahr, und glücklich kamen sie ins untere Haus. Aber selbst hier schienen sie noch nicht gerettet. So wie die Menge aus dem Haus ins Freie drängte, drängte eine andere Menge hinein. Zum Teil wohl aus Neugierde, zum Teil zum Retten oder sogar Stehlen wollten viele in das Parkerhaus. Eine Tür war noch verschlossen – sie führte in den Saal. Die Eingeschlossenen untersuchten nicht lange, ob sie von innen oder von außen verschlossen war. Sie warfen sich gegen die dünne Wand und schleuderten die schwache Tür in Stücken in den Saal. Über Tische und Stühle suchten sie sich ihren Weg zum Ausgang. Rücksichtslos wurde alles unter die Füße getreten, nur zum Ausgang, zur Freiheit!

»Hetson!« rief da plötzlich eine laute, raue Stimme. »Alle Wetter, du hast einen hübschen Anfang in Kalifornien!«

»Siftly! Dich führt mein guter Stern hierher!« rief erfreut der junge Mann. »Nimm dich meiner Frau an, damit ich zurück kann, um unsere Sachen zu retten.«

»Tut mir leid, Kamerad!« rief aber der Spieler achselzuckend. »Das, was auf dieser Welt mir gehört, brennt ebenfalls lichterloh, und ich muss sehen, was ich noch retten kann.«

»Aber meine Frau...«

»Geh mit ihr rüber zum Court House. Da ist der einzige Platz, wo ihr vorläufig sicher seid. Wie lange, weiß freilich der Teufel!« brummte er in den Bart. »Es scheint wirklich so, als ob alle bösen Geister losgelassen wurden, um dieses Nest hier niederzusengen.«

Hetson hörte aber schon nicht mehr seine Worte. Er floh jetzt mit seiner Frau, so schnell er konnte, zum Ausgang, um quer über den Platz der unmittelbaren Gefahr zu entkommen. Dort hatte sich aber eine große Masse Neugieriger versammelt. Große Gepäckhaufen waren aufgeschichtet, und Hetson ging deshalb dem Wind entgegen zur linken Seite der Plaza, um dort vielleicht für den Moment Unterkunft für seine Frau zu finden.

Diese Seite schien auch tatsächlich außerhalb jeder Gefahr zu liegen, denn der Wind trug die Flammen und Funken zur entgegengesetzten Seite. Hier hatte ein englischer Arzt einen sogenannten Shop. Das Schild war von der Glut hell erleuchtet. Hetson besann sich nicht lange und sprach ihn um Hilfe an. Sie wurde ihm auch zugesagt, soweit es in diesem Wirrwarr überhaupt möglich war. Allerdings riet ihm der Besitzer des kleinen Ladens, lieber einen entfernteren Schutzort aufzusuchen. Die Plaza war im Augenblick wirklich kein Aufenthalt für eine zarte Frau. Hetson wollte aber unbedingt noch einmal in das Parkerhaus zurückkehren, um wenigstens noch etwas von seiner Bekleidung zu retten. Er bat deshalb Jenny hastig, hier einen Moment zu warten, und eilte dann, so rasch ihn seine Füße trugen, zu dem schon in Flammen eingehüllten Parkerhaus zurück. Hastig vorwärts drängend, erreichte er auch die Schwelle wieder, aber ein Betreten war nicht mehr möglich. An ihm vorbei stürmten ein paar rauchgeschwärzte Gestalten. Er glaubte, in einer von ihnen Siftly zu erkennen. Aber ihm blieb keine Zeit, sich nach ihm umzudrehen. Prasselnd und krachend brach in diesem Augenblick der Dachstuhl des Parkerhauses zusammen, schlug durch die leichte, schon vom Feuer angegriffene Saaldecke und füllte im nächsten Moment die noch stehenden Außenwände mit einer einzigen Flammensäule an. Turmhoch wirbelte dabei ein wahrer Schauer von glühenden Funken und brennenden Holzstücken in die Nacht hinein. Aber die Richtung des Windes hatte sich in diesem Augenblick gedreht. Die lodernde Glut zog nicht mehr in die Straße hinein, sondern gerade über die Plaza auf die andere Häuserreihe zu. Ein glühender, verderblicher Regen ging dort nieder.

Furchtbare Verwirrung entstand dadurch auf der Plaza, wo man alle geretteten Güter und Habseligkeiten aufgeschichtet hatte. Mitten hinein fielen die lodernden Brände, und ein Haufen übereinandergeworfener Kleider fing zuerst Feuer. Die daneben Stehenden pressten sie nicht zusammen, um die Glut zu ersticken, sondern rissen sie auseinander und fachten damit den Brand nur rascher an. In wenigen Sekunden hatten sich die nächsten Gegenstände ebenfalls entzündet, und nur Minuten später loderte alles, was man dort sicher und gerettet geglaubt, lustig und hoch empor und gefährdete damit die nächste Häuserreihe. Das Entsetzen unter den Bewohnern San Franciscos hatte den höchsten Grad erreicht. Zugleich stieg damit auch die Wut und Rachgier gegen die Missetäter. Dass das Feuer böswillig angelegt war, bezweifelte niemand mehr.

Flüche und Verwünschungen strömten von tausend Lippen. Da es kein Ziel für die erste Wut gab, steigerte sie sich nur immer mehr. Durch das Umschlagen des Windes war die ganze Stadt bedroht. Schon fingen die bis jetzt verschonten und nur von der Hitze gedörrten Häuser an zu brennen, sowie nur die ersten Funken darauf fielen. Zwei Spritzen kamen gerade jetzt herüber, und von der Bai herauf holten die Karrenleute unablässig Wasser. Aber wie konnten sie hoffen, das zornige, übermächtige Element zu besiegen?

Hetson sah sofort, dass jeder weitere Versuch, in das Haus einzudringen, Wahnsinn gewesen wäre. Jetzt wollte er nur so rasch wie möglich zu seiner Frau zurückkehren. Aber selbst das ging nicht so schnell. Mit Entsetzen bemerkte er, wie auch dort schon die Flammen aufstiegen, während das Gewirr und Gedränge von Menschen auf der Plaza selber seinen Höhepunkt erreicht hatte. Durch dieses Knäuel der hin und her wogenden Masse, durch die vom Feuer inzwischen erfassten Güter schien es für den einzelnen unmöglich, einer bestimmten Richtung zu folgen.

Unter den Eifrigsten, die so viel wie möglich Eigentum retten wollten oder, als das nicht ging, dem Feuer wenigstens Einhalt zu gebieten, war ein großer, breitschultriger Farbiger, ein freier Neger aus den Vereinigten Staaten. Er kam jetzt herbeigeeilt, um seine Hilfe bei der neuen Gefahr der Plaza anzubieten. Hier aber sah er bald, dass die Leute bei ihrem Bemühen, die aufgeschichteten Güter auseinanderzureißen, das Übel noch verschlimmerten. Dabei hätten sie durch das Einreißen der meistbedrohten Stellen die Flammen noch auf einen gewissen Raum begrenzen können. Von Schweiß triefend, hingen ihm seine Kleider in Fetzen vom Körper. Trotzdem war er unermüdlich und sprang zwischen die bestürzte Menge, als Hetson sich dort gerade Bahn brechen wollte. Die von Panik erfasste Menge vergeudete ihre Kräfte unnötig, und deshalb schrie er dazwischen:

»Lasst doch den Plunder brennen, was bedeuten schon die paar Kisten und Stühle? Da drüben...«

»Zum Teufel!« schrien einige dazwischen, deren ganzes Eigentum vielleicht gerade hier lag. »Plunder brennen lassen? Die schwarze Kanaille freut sich wohl noch über das Feuer?«

»Aber ich sage euch...«, rief der Schwarze in das Toben hinein und versuchte vergeblich, sich verständlich zu machen. »Ihr seid da drüben nötiger! Wenn das Feuer...«

»Der gehört wohl zu den verdammten Brandstiftern, die sich noch freuen, dass unser Eigentum hier verbrennt!« rief eine Stimme.

»Was ist da los? Wen haben sie? Einen von den Brandstiftern? Nieder mit dem Hund! Schlagt ihn zu Boden! Reißt ihm das Herz aus dem Leibe!« tobten die Leute, die weiter weg standen und nicht deutlich gehört hatten, was da vorging.

»Zurück da, seid ihr wahnsinnig?« rief der Neger lachend aus und versuchte, sich Bahn zu machen. Er sprang über einige der dort aufgeschichteten Gegenstände.

»Da ist er, haltet ihn, Lasst ihn nicht fort!« gellte da ein wilder Schrei. »Werft ihn in die Flammen und Lasst ihn braten!«

»Wo ist der Brandstifter?« brüllten jetzt auch die Umstehenden, die glaubten, dass man irgendwo anders einen der Missetäter erwischt hätte. »Wo ist der Hund?«

»Da springt er – Lasst ihn nicht laufen! Zum Feuer mit ihm!« brüllte die Menge, die jetzt ein Ziel vor Augen hatte, an dem sie ihre Wut auslassen konnte.

Der Neger wusste wohl von den Vereinigten Staaten her, dass ein Farbiger einem Haufen aufgeregter Weißer gegenüber nicht viel Schonung erwarten durfte, mochte sein Gewissen so rein und weiß sein, wie es wollte. Er versuchte, den ärgsten Schreiern auszuweichen. Erst einmal aus ihrem Bereich, brauchte er nicht zu fürchten, weiter belästigt zu werden. Aber eine Kiste, auf die er sprang, hatte an der Seite keine Unterlage und schlug mit ihm über. Als er sich vor einem Fall retten wollte und zur Seite sprang, knickte er in die Knie.

»Das ist er! Haltet ihn! Nieder mit ihm, zum Feuer mit der schwarzen, brandstifterischen Kanaille!« heulte die Schar in rasender Wut.

»Aber Gentlemen!« schrie der arme Teufel jetzt wirklich erschrocken und versuchte, die nächsten von sich abzuhalten. »Ich habe gerettet, was ich konnte, und bin kein Brandstifter!«

Was halfen die Worte in dem Wutgebrüll der Tobenden, die in ihrer ganzen gewichtigen Masse gegen ihn drückten und ihn zu Boden rissen. Der Neger fühlte jetzt auch, dass sein Leben nur durch ein tolles Missverständnis bedroht war. Er versuchte, sich mit seiner ganzen riesigen Kraft Bahn zu brechen. Was er mit seinen kräftigen Fäusten packte, schrie laut auf vor Schmerz – aber retten konnte ihn das nicht.

»Nieder mit dem Hund, nieder mit ihm!« jauchzten die Rasenden. Von den hinteren Menschen gepresst, stürmten die vermeintlichen Rächer über ihn. Wie er ohne Waffen unter ihren Füßen lag, blieben ihm nur seine Arme und Zähne, und in grimmiger Verzweiflung griff er damit an, was er erreichen konnte – umsonst. Über ihn wälzte sich die Menschenmenge. Die, die ihn nicht mehr erreichen und ihn zum Feuer schleppen konnten, traten ihn mit scharfen Hacken und zermalmten ihn unter ihren Füßen. Die Wütenden glichen dabei einer Schar losgelassener Dämonen, schauerlich von dem flammenden Feuer beleuchtet. Aber sie fühlten sich im Recht, als sie jauchzend und heulend ein unschuldiges Menschenleben unter ihren Füßen zerstampften. Wer wollte hier, in diesem Augenblick der ringsum lodernden Gefahr, in Ruhe die Untersuchung einer Anschuldigung hören? Das unglückliche Wort, das ihn zum Brandstifter stempelte, ob Missverstanden, ob absichtlich entstellt, war gefallen. Die gereizte Menge tobte, und das Opfer, das sich ihnen so unerwartet bot, wurde vernichtet.

Den leblosen, verstümmelten Körper schleppten die Wütenden nachher noch in die Flammen – vielleicht in einem unbestimmten Gefühl, den Beweis dieser Asche so bald wie möglich aus dem Weg zu haben. Von Mund zu Mund, bis in die entferntesten Straßen der Stadt, flog der Jubelruf:

»Das Feuer war angesteckt, und einen der Brandstifter haben sie erwischt und in die Flammen geworfen!«

Hetson schauderte zusammen, als er als unfreiwilliger Zeuge der furchtbar schnellen Volksjustiz mitten im Haufen der Wütenden über den zu Boden getretenen Neger gedrängt wurde. Er war nicht imstande, sich aus diesem Menschenknäuel herauszuwinden. Kaum sah er sich jedoch frei, als er auch schon so schnell wie möglich zu der jetzt ebenfalls brennenden Häuserreihe lief, in der er seine Frau zurückgelassen hatte. Aber auch hier Verderben, wohin sich das Feuer wandte. In den schon von der Hitze verkohlten Fronten konnte er noch nicht einmal das früher aufgesuchte Haus erkennen.

So ruhig und kaltblütig Hetson aber bis jetzt der Gefahr begegnet war , so unerwartet und bis ins tiefste Mark traf ihn dieser neue Schlag. Wie rasend stürmte er, ohne auf die herabfallenden Bretter und Balken zu achten, an der Häuserreihe entlang. Er rief Jennys Namen und verfluchte seinen Leichtsinn, sie in der Gefahr allein gelassen zu haben. Vergeblich suchte er Haus für Haus ab, bis er nach vielen gefährlichen Situationen endlich den ›Doktor-Shop‹ wieder erreicht hatte. Er erkannte den Platz an den umgeworfenen Regalen und den verstreuten Gläsern und Büchsen. Aber von den früheren Bewohnern war keine Spur mehr zu entdecken. Sie hatten sich durch die Hintergebäude und über niedergerissene Planken vor dem Feuer gerettet. Die Spritzen waren gerade am Eckhaus, einem niedrigen Lehmgebäude noch aus der spanischen Zeit. Sie wollten es schützen und dadurch dem Feuer nach dieser Richtung Einhalt gebieten.

Todmatt fühlte Hetson dennoch die Erschöpfung vor Angst um seine Frau nicht. Einen Augenblick hielt er atemlos inne, um sich zu sammeln und zu Überlegen, wo er jetzt suchen sollte. Überlegen – guter Gott, das Gehirn brannte ihm wilder als die Glut, die da draußen an den Gebäuden leckte. Er musste sich auf das Rad eines dort haltenden Wasserkarrens stützen, um nicht umzusinken.

»Mr. Hetson!« rief ihn da eine bekannte Stimme an. Als er fast mechanisch den Kopf dorthin wandte, sah er den alten Doktor Rascher. Der trug keuchend eine schwere, messingbeschlagene Kiste und war neben ihm stehengeblieben. »Das ist ein trauriger Tag für uns und ein schlimmer Anfang in Kalifornien!«

»Doktor!« stöhnte da der junge Mann, als er ihn erkannte. »Haben Sie meine Frau nicht in diesem Menschengewirr gesehen?«

»Mrs. Hetson? Gewiss!« rief der Doktor rasch. »Eben, als ich zurücklief, um noch diese Kiste zu holen, sah ich sie in der Begleitung eines Herrn die nächste Straße dort hinauflaufen. Lieber Gott, das helle Kleid einer Frau ist ein so seltener Anblick an diesem wilden Ort, dass es unwillkürlich die Augen anzieht. Ich glaubte aber, Sie wären bei ihr, und war auch viel zu sehr mit meinem eigenen Verlust beschäftigt, um weiter darauf zu achten.«

»Mit einem Herrn? Mit einem Fremden?« stöhnte Hetson, vor dessen innerem Blick sich die furchtbaren Schreckensbilder der letzten Zeit erneut sammelten. »Mit ihm?«

»Aber Mr. Hetson!« sagte der alte Mann bestürzt. Doch der Unglückliche hörte nichts weiter.

»Charles Golway«, murmelte er leise vor sich hin und brach bewusstlos, wo er stand, zusammen.

Das war nun kein Augenblick und kein Ort, um sich um einen anderen, einen Fremden zu kümmern, und die Amerikaner liefen auch unbekümmert an ihm vorbei, kaum einen Blick auf den Ohnmächtigen werfend. Der alte, wackere Arzt aber vernachlässigte seine Medizinkiste und dachte gar nicht daran, den armen Mann hier ohne Hilfe zu lassen. Aber wohin mit ihm? Der angstvolle Blick, den er umher warf, zeigte ihm nichts als Trümmer und Verwirrung. Und doch schien es fast, als ob die Menschen hier die Herrschaft über das Feuer gewonnen hätten. Der Wind, der nur für kurze Zeit geschwankt hatte, hatte sich nämlich wieder in seine vorige Richtung gewandt, und das allein rettete den Stadtteil zur California Street hin, der sonst ebenfalls verloren gewesen wäre. Von den kaum erfassten Gebäuden schlug die Flamme wieder der offenen Plaza zu. Durch Niederreißen der nächsten Baracken und volles

Spritzen auf das Eckhaus gelang es den angestrengten Bemühungen der Massen, die Glut zurückzudrängen. Als der alte Mann noch unschlüssig stand, sah er in dem letzten Gebäude die Flamme verlöschen. Selbst die Wände mit einem Teil des Daches blieben stehen und waren gerettet. Menschen eilten dort sogar schon wieder mit Lampen hin und her, und zu diesem geschützten Platz wollte er den Kranken tragen.

Obwohl schon hoch in den Jahren, war der alte Doktor doch noch ein rüstiger und kräftiger Mann. Mit einiger Schwierigkeit hob er den Körper des Ohnmächtigen auf und zog ihn zum Eckhaus. Hier wurde er bald von anderen unterstützt, die vermuteten, dass hier die Leiche eines von Balken Erschlagenen aus dem Weg geschafft werden sollte. So erreichten sie bald das Eckhaus, dessen Bewohner entweder nicht geflüchtet oder schon wieder zurückgekehrt waren. Der Besitzer des Eckladens, der bis dahin alkoholische Getränke ausgeschenkt hatte, war selbst unter den noch rauchenden und hier und da glühenden Trümmern damit beschäftigt, neue Lampen aufzuhängen und zu entzünden sowie Gläser und Flaschen wieder herbeizuschaffen. Es war doch die beste Gelegenheit, die Ware zu guten Preisen an den Mann zu bringen. Der Bursche selbst war zu sehr Yankee, um sich diese Gelegenheit entgehen zu lassen.

Der Doktor nahm sich nicht die Zeit, dem Treiben des Mannes noch eigentlich mitten im Feuer zuzusehen. Kaum hatte er den Ohnmächtigen, so gut es ging, in eine Ecke gebettet, eilte er zurück auf die Straße, um seine Medizinkiste ebenfalls hereinzuholen. Wie aber hatte sich der ›Grogshop‹ verändert, als er kaum zehn Minuten später mit der noch glücklich gefundenen Kiste zurückkehrte!

Rechts und links waren Lampen und Laternen angezündet, die den Platz mit der von der anderen Seite noch herüber flammenden Lohe hell beleuchteten. Hinter dem nur notdürftig vom Schutt gereinigten Ladentisch, dessen eine Ecke auch noch angebrannt war, standen zwei junge Männer, die den jetzt hereinströmenden Gästen die Gläser füllten. An der halbdurchgebrochenen Rückwand, unter dem Sternenhimmel, der sich als Decke darüber spannte, und angesichts des noch tobenden Elements, das Tausende von Menschen um ihr Eigentum und Obdach brachte, standen auf einem großen weißen Papierbogen frisch mit Kohle die frevelhaften Worte geschrieben.

»Go ahead young California! Who, the hell, cares for a fire!« (Vorwärts, junges Kalifornien! Wer, zur Hölle, kümmert sich um ein Feuer!)

Das war der wirkliche Geist des kalifornischen Volkes, der aus den Worten sprach. Jetzt sollten sie erstmalig ja auch beweisen, zu welchen Leistungen sie im Unglück fähig waren.

Drüben über der Plaza stiegen noch rotleuchtende Flammen- und Rauchsäulen zum dunklen Nachthimmel empor. Hier aber war man mit Hilfe des Windes Herr über das Feuer geworden. Noch unter verkohlten Balken und qualmendem Schutt, während der Arbeiten der Spritzen und dem Zischen der Flammen hatte die Industrie schon wieder ihre Werkstätte aufgeschlagen und ein eigenes Motto gefunden.

»Who cares! (Wen kümmert's!)« könnte das Motto für ganz Kalifornien sein.

Der alte Doktor Rascher hatte schon manches in seinem bewegten Leben gesehen und erfahren, dieser Übermut eines kecken Menschenvolkes gegenüber dem losgelassenen Element ließ ihn aber doch erstaunen. Aber es war kein Traum, es war nackte, wahre Wirklichkeit, die ihn umgab. Draußen brannte noch die Stadt, und hier klebte der Besitzer diese Herausforderung an das Schicksal an eine verkohlte Wand. »Who, the hell, cares for a fire!«

Doktor Rascher musste noch nach seinem Patienten sehen und schleppte deshalb seine ziemlich schwere Kiste unbekümmert vom Lärm der Zecher in die Ecke zu Hetson. Der war aber schon ohne seine Mittel erwacht und sah sich zuerst wohl etwas erstaunt in dem fremden Raum um. Dann kam aber die Erinnerung an die durchlebten Szenen, an seinen furchtbaren Verlust zurück, und rasch richtete er sich erschrocken von seinem harten, schmutzigen Lager auf. Da eilte der freundliche alte Mann wieder zu ihm.

»Hallo!« riefen ein paar amerikanische Backwoodsmen, die durch die Steppen und über die Felsengebirge Kalifornien erreicht hatten, erstaunt aus, als sie das Erwachen des Totgeglaubten bemerkten. »Da ist ja noch Leben genug, um einem Glas Brandy gefährlich zu werden! Hier, Alterchen, trink das, das wird dir verdammt schnell wieder auf die Strümpfe helfen!« Mit ihrer rauen Gutmütigkeit boten sie dem jungen Mann ein bis zum Rand mit dem scharfen Getränk gefülltes Glas an.

Hetson trank sonst eigentlich nie Alkohol. In diesem Augenblick fühlte er aber doch, dass er etwas brauchte, was ihn irgendwie anregte. Mit dankbarem Kopfnicken nahm er deshalb das Glas und leerte es fast zur Hälfte.

»Hinunter damit, Kamerad!« lachte aber der Mann. »Der Stoff ist prächtig und geht wie Feuer durch die Adern. Wo fehlt's eigentlich? Irgendeinen verkehrten Balken auf den Kopf bekommen? Ja, das kann keiner so gut vertragen!«

»Vielen Dank, Freund!« sagte aber Hetson und wies das schon wieder angebotene Glas zurück. »Es hat mir schon gutgetan. Doktor, Sie kommen zu mir wie ein Engel in der Not. Haben Sie sie gefunden?«

»Lieber Mr. Hetson«, sagte der alte Mann kopfschüttelnd und sah sich etwas ängstlich in dem gedrängt vollen Raum um. »Wir wollen doch erst einmal froh sein, dass Sie wieder auf den Füßen stehen. Das andere findet sich alles Morgen.«

»Morgen?« flüsterte Hetson und sprang auf die Füße. Mit eisernen Fingern ergriff er die Hand des Doktors. »Glauben Sie, dass ich bis Morgen ruhig warten könnte, ohne wahnsinnig zu werden? Ich muss fort!«

»Aber was um Gottes willen wollen Sie jetzt in Ihrem Zustand da draußen tun oder ausrichten?« bat ihn der alte Mann und versuchte, ihn zurückzuhalten.

»Warten Sie nur wenigstens das Tageslicht ab, und ich will dann selber gern und mit Freuden...«

»Lassen Sie mich los, Doktor!« rief der junge Mann und befreite seinen Arm. »Ich weiß, Sie meinen es gut, aber Morgen – Morgen? Nein, eine Ewigkeit liegt dazwischen!«

Ehe ihn der alte Arzt daran hindern konnte, drängte er die nächsten Leute zur Seite und floh aus der Tür ins Freie.

Die Gäste hatten sich schon lange nicht mehr um ihn gekümmert. Wenn sie auch seine Aufregung bemerkten, so war sie doch bei den Ereignissen verständlich. Jemand, der vielleicht sein ganzes Vermögen gerade verloren hatte, konnte schließlich nicht so ruhig sein wie sie. Das störte sie aber nicht beim Trinken. Wenn auch ein Teil von ihnen wieder davon stürmte, um weiter zu helfen, füllten andere den kleinen Raum im selben Augenblick.

Der Wirt hatte mit seinem Plakat richtig kalkuliert. Dieser freche Mut war nach dem Geschmack der Leute, und er verdiente mehr Geld in den wenigen Stunden als sonst in einer Woche.

7. Nach dem Brand

Etwa gegen zehn Uhr morgens hatte man das Feuer so weit unter Kontrolle, dass davon keine weitere Gefahr zu befürchten war. Viele Häuser und Zelte mussten allerdings eingerissen werden. Teilweise wurden die Spritzen darum postiert und löschten die Funken. Wo keine Spritzen zu haben waren, halfen sich die Bürger selbst, zerrten die brennenden Balken auseinander, warfen Sand darauf und taten ihr Bestes, um die weitere Gefahr von der Stadt abzuwenden.

Während aber der äußere Rand des Feuers so von einem Damm schützender und wehrender Arme umgeben wurde, waren im Mittelpunkt des betroffenen und vollständig niedergebrannten Stadtteils schon andere wieder emsig beschäftigt, die Brandstätte aufzuräumen und die Grenzen wiederzufinden, auf denen ihre Wohnungen gestanden hatten.

Noch während des Feuers hatte der Eigentümer des Parkerhauses schon einen Akkordvertrag mit einem Baumeister geschlossen. Darin verpflichtete der sich, ihm ein ähnliches und genauso geräumiges Gebäude innerhalb von sechzehn Tagen so weit aufzubauen, dass es bezogen werden konnte. Um ein Uhr rief ein neuer Feueralarm die Spritzen auf die Plaza, um das schon dort wieder aufgefahrene Bauholz zu löschen, das sich auf dem heißen Untergrund entzündet hatte.

Hier zeigte sich die Lebenskraft dieser Schar von Abenteurern, die der Durst nach Gold und die Hoffnung, Schätze zu sammeln, an diese Küste geworfen hatten. Da wurde keine Klage, kein Jammern über das Verlorene laut. Da stand kein trauernder Familienvater an der rauchenden Brandstätte, unter der seine Heimat begraben lag. Wie der Jäger draußen in der Wildnis, dem ein Waldbrand oder Sturm seine Hütte zerstört hatte, frisch darangeht, sich eine neue aufzubauen, und an die alte mit keiner Silbe mehr denkt, so verschwendete auch keiner der Männer hier einen Gedanken an die Verluste der letzten Nacht. Sie waren eben zum zweiten Mal an die nackte Küste geworfen, aber die Küste hieß Kalifornien, und sie glaubten fest, nicht mehr als vier Wochen zu benötigen, um die Verluste wieder einzubringen.

Nur eines durften sie nicht versäumen: Zeit. Jede Stunde, die sie jetzt nach dem Brand müßig verträumten, war unwiederbringlich verloren. Alles wetteiferte miteinander, um zuerst wieder gerüstet, zuerst wieder zu einem neuen Anlauf bereit zu sein.

Alle Karren, die nur aufzutreiben waren, fuhren schon um die Mittagsstunde die Trümmer des Brandes vor die Stadt. Noch glühende und glimmende Balken wurden mit Ketten umschlungen und mit Maultieren, Pferden, Eseln oder selbst von Menschenhänden fortgeschleift, um Platz für das neue Bauholz zu geben und ihm nicht wieder gefährlich zu werden. Noch vor dem Abend stiegen dann wieder Gerüste, mit dünnen Planken gedielt, mit Segeltuch überdeckt, an der gleichen Stelle auf, die noch vor wenigen Stunden in hellen Flammen stand. Aus den rauchenden Trümmern heraus, die noch nicht alle beseitigt werden konnten, tönte schon wieder die kreischende Geige und der gellende Trompetenstoß, um das Volk zu den rasch aufgestellten Spieltischen zu locken.

Wie Pilze über Nacht zu ihrer natürlichen Größe emporwachsen, so stiegen hier in kürzerer Zeit Häuser und Zelte aus dem noch heißen Boden. In manchen musste sogar ständig Wasser ausgegossen werden, um die dünnen Balken vor dem Anbrennen zu schützen.

Allerdings mussten die Eigentümer dieser luftigen Gebäude einen enormen Tageslohn für die Arbeiter zahlen. Selbst das leichte Lattenholz stand entsetzlich hoch im Preis – aber was machte das? Die Pacht eines einzigen Abends nur von den Spieltischen zahlte fast den ganzen Bau. Jetzt galt es, den Moment zu nutzen, wo die Konkurrenz noch nicht wieder Spielhölle neben Spielhölle errichtet hatte.

Noch vor Einbruch der Nacht hatte man mit dem Aufbau des Parkerhauses begonnen. Während mehr als fünfzig Leute eifrig damit beschäftigt waren, die Löcher für die Pfosten und Säulen der Außenwände auszuheben und sie einzusetzen, hatte der Eigentümer auf dem kostbaren Platz ein großes, niedriges Zelt aufgeschlagen.

Den Boden bildete aber nur die bloße, mit Wasser gekühlte und hartgestampfte Erde. Trotzdem füllte die eine Ecke schon wieder ein kleines Orchester, in der anderen war ein Buffet aufgebaut. An vorläufig eingerammten

Pfählen hingen die Lampen, in der Mitte standen die Spieltische und zahlreiche Stühle umher, und im Hintergrund, jeden Zollbreit ausnutzend, stand eine lange Speisetafel. Sie wurde aus einem dahinter errichteten Küchenschuppen versorgt.

Zwar stand das freche Motto des Yankees – ›Who, the hell, cares for a fire‹ – hier nicht als Gotteslästerung an der Wand, aber jeder eingetriebene Pfosten, jeder schmetternde Trompetenstoß, jede ausgespielte Karte rief dasselbe Motto laut in die Welt hinaus, und mit der Verwüstung und den Schlacken um sich wucherten die Spielhöllen üppig empor. Schon im neuen Keim zeigten sie, zu welcher Höhe sie, von Lug und Trug genährt, auf diesem günstigen Boden wachsen könnten.

Das waren die Elemente, die nur hier, in der Hauptstadt des Landes, im Zentrum des ganzen Verkehrs, ihre eigentliche Pflege und Nahrung fanden. Die konnte ein Feuer wohl vom Boden brennen, aber nicht die Wurzel verletzen, aus der frisch und rasch die neuen giftigen Schösslinge wucherten. Die Glücksritter und Abenteurer, die eigentlichen Goldwäscher, die San Francisco nur als ihren Ruheplatz betrachteten, fühlten sich nach dem Feuer hier nicht mehr sicher und behaglich. Für sie war San Francisco der Punkt, von dem aus sie in das wirkliche kalifornische Leben, das Leben in den Bergen, hineinspringen konnten. Noch am selben Tag zogen sie deshalb in Scharen hinaus, um den Platz zu verlassen, auf dem sich vielleicht in der nächsten Nacht dieselbe Szene wiederholte. Besonders eilig hatten es die Deutschen, denn die Amerikaner waren an ein bewegteres, von Gefahren begleitetes Leben gewöhnt. Der Deutsche fand jetzt hier plötzlich alles über den Haufen geworfen, was für ihn bislang unumgänglich notwendig war für seine bürgerliche Existenz: Ruhe und Sicherheit! Doch das Unglück hatte nur verhältnismäßig wenige von ihnen getroffen, da die billigeren Herbergen, in denen sie sich einquartiert hatten, mehr in den Außenstraßen lagen und diesmal verschont blieben. Diese Warnung, was ihnen hier in der Stadt passieren konnte, war aber nur für wenige vergeblich. Alle, die nicht durch besondere Geschäfte an die Stadt selbst gefesselt waren, schnürten ihre Bündel und machten sich, so rasch sie nur konnten, auf den Weg in die Berge.

Der Brand war erstickt und gelöscht worden, ehe er die Pacific Street erreichte. Die beiden deutschen ›Hotels‹ kamen diesmal noch mit dem Schrecken davon. Ihre Bewohner gehörten aber größtenteils zu denen, denen der Ort auf einmal ›zu warm‹ wurde. Selbst der Justizrat hatte sich entschlossen, sofort aufzubrechen. Das schien bei ihm ungewöhnlich, denn seine sonstigen Entschlüsse bedurften immer einer gewissen Reife, ehe er nur daran dachte, sie auszuführen. Er war das aus seiner Heimat und von seiner Tätigkeit auch gar nicht anders gewohnt gewesen und konnte deshalb auch das ›ad acta‹ noch immer nicht vergessen. In dieser Nacht hatte er schon mehr von dem amerikanischen Leben und dessen rücksichtslosem Treiben gesehen und erfahren, als ihm lieb sein konnte. Ohne dass die Polizei einschritt, schlug ihm ein baumlanger Kerl die lange Pfeife aus dem Mund, mit der er sich das Feuer ansehen wollte. Dann wurde er in das Gedränge hineingerissen und auf der Plaza unfreiwilliger und entsetzter Zuschauer des Negermordes, bei dem man hinterher so tat, als ob es eine Selbstverständlichkeit gewesen sei. Nach diesem Vorfall ging er so rasch wie möglich nach Hause, sprach dort mit niemand über die Ereignisse und äußerte nicht die geringste selbständige Meinung. Hätte es dem entsetzlichen Volk nicht auch einfallen können, ihn genauso zu behandeln? Er konnte kaum den nächsten Tag erwarten, um San Francisco ebenfalls zu verlassen. Sobald man aber diese Stadt verließ, blieb einem zu dieser Zeit gar nichts anderes übrig, als eben in die Minen zu gehen. So machte der Justizrat dem darüber etwas erstaunten Assessor den Vorschlag, ihn in die Berge zu begleiten.

So großen Respekt der gutmütige, stets rücksichtsvolle Assessor Möhler aber auch vor dem Justizrat hatte, der ihm schon durch sein ganzes Wesen imponierte, so wies er doch dieses ›ihn ehrende Anerbieten‹, wie er sich ausdrückte, freundlich, aber entschieden ab. Er konnte die arme Frau Sichert jetzt nicht in ihrem schweren Kummer allein lassen. Er habe ihr das, wie er sagte, auch versprochen und müsse jetzt sein Wort halten, so gern er sich auch einem Zug von Landsleuten anschließen möchte. Der Justizrat zuckte bloß die Achseln, und die Sache war abgemacht. Diesen Tag brauchten die Leute aber noch zum Packen. Sie waren entschlossen, gemeinsam aufzubrechen. Neben dem Justizrat wollten Lamberg, Binderhof und Hufner gemeinsam aufbrechen. Die drei waren auch schon bald mit dem Packen fertig. Einer der kleinen Dampfer, die damals die Bai befuhren, sollte sie nach Stockton bringen, von dort aus wollten sie ihr Glück in den südlichen Minen versuchen. Der Justizrat hatte aber bis Mittag noch keine Zeit gefunden und nur eine Pfeife nach der anderen geraucht und hing seinen Gedanken über dieses ›Dorado‹ nach. Als die anderen ihn trieben und ihm erklärten, dass sie am nächsten Morgen auch nicht einen Augenblick auf ihn warten würden, machte er sich endlich an die Arbeit. Dabei war er so ungeschickt, dass der in solchen Dingen peinlich ordentliche Assessor Möhler es nicht mehr mit ansehen konnte. Er erbot sich, dem Justizrat alles zusammenzupacken, wenn der ihm alles bereitlege und ihn nicht mehr stören würde. Dem Justizrat kam das sehr recht, und er ließ den Assessor gern gewähren.

Um zwei Uhr begann der Assessor mit seiner Arbeit, die nur hin und wieder für kurze Zeit durch die Aufsicht über die Kinder unterbrochen wurde. Er packte einen Ballen, der ohne die geringste Gefahr eine Reise um die ganze Erde hätte machen können. Dann suchte er sich ein altes Stück festes Leinen zum Verpacken, nahm Packnadel und Faden aus seinem Vorrat und stand noch lange nach Dunkelwerden auf der Straße bei seiner Beschäftigung. Mit

Erstaunen sahen die Vorübergehenden zu, wie er die große Nadel gegen den Mond hielt und sie wieder einfädelte.

Der Justizrat ging dabei auf und ab und rauchte. Er zeigte aber keine Ungeduld und sagte nur, als der hilfreiche Mann endlich fertig war:

»Danke, rollen Sie den Ballen ins Zelt.« Dann ging er mit der Pfeife die Straße hinunter, um sich noch einmal auf der Plaza umzusehen. Unterwegs traf er an einer der dunklen Ecken der Stadt drei Männer, die sich lebhaft in englischer Sprache unterhielten. Es erschien ihm fast so, als würden feindliche Worte gewechselt. Als der Fremde aber näher kam, schwiegen sie, warfen ihm einen flüchtigen Blick zu und ließen ihn vorbei.

»Abend!« sagte der Justizrat in seiner barschen, diesmal aber höflich gemeinten Art. Er traute den dreien nicht recht und warf ihnen den halbabgebissenen Gruß wie eine Beschwichtigung hin. Keiner der drei antwortete ihm aber, obwohl sie die Köpfe zu ihm umdrehten. Kaum war er außer Hörweite, begann ein kleiner, dicker Mann das Gespräch wieder.

»Und wo habt ihr beide bis jetzt gesteckt, dass ich euch den ganzen Tag nirgends finden konnte und in Todesangst in der Stadt umherlaufen musste? Wo wolltet ihr jetzt zusammen hin? Zu mir? He? Das soll ich jetzt auch noch glauben?«

»Allerdings wollten wir das!« antwortete eine lange, hagere Gestalt. »Wenn Sie einen Augenblick vernünftig zuhören würden, Brown, so würden Sie alles erfahren!«

»Wie Sie es zusammen abgekartet haben, nicht wahr?« rief der Kleine mit einem verächtlichen Blick auf den Sprecher.

»Ich hoffe, Brown, dass Sie mich nicht für fähig hatten, einen Freund zu betrügen!« rief da der dritte. »Zum Teufel, leide ich denn weniger unter dem Verlust als Sie, und wäre mir Smith nicht ebenso Rechenschaft schuldig wie Ihnen?«

»Rechenschaft? Worüber?« rief Smith. »Kann ich das Feuer bändigen, wenn es beinahe mit einem Schlag in den Saal dringt und den ganzen Raum mit Rauch und Flammen füllt? Wie ist es dem armen Jacobs ergangen? Bei dem Versuch, nur seinen Geldkasten ins Freie zu schleppen, verbrannte er! Und doch habe ich das mir Anvertraute nicht im Stich gelassen und wäre auch sicher damit entkommen, wenn mich nicht der herabstürzende Balken an der Flucht gehindert hätte. Ich sage Ihnen, da war Not am Mann! Wenn ich nicht alles im Stich gelassen hätte, läge ich jetzt auch mit ausgebrannten Knochen bei dem Schutt draußen!«

»Und wo ist das Gold geblieben?« erkundigte sich Brown wieder. »Sie werden zugeben, Siftly, dass Gold und Silber nicht wie Papier verbrennen kann und wenigstens ein geschmolzener Klumpen übrigbleiben musste.«

»Wo ist das andere hin?« rief Smith dazwischen. »Überwachen Sie doch mal eine solche Schar Menschen, wie sie sich da zum Retten auf die Feuerstelle warfen! Ich hatte mir die Stelle, wo ich den Kasten fallen lassen musste, genau gemerkt. Heute Morgen habe ich zwei volle Stunden danach gesucht, aber vergeblich. Von dem Gold war keine Spur mehr zu finden, und wir können jetzt von vorn beginnen, wie wir vor vier Monaten gemeinsam angefangen haben.«

»Wenn Sie nicht so ein Hasenherz wären, Smith, hätten Sie das Gold in Sicherheit bringen müssen!« sagte Siftly finster. »Warum haben Folkers und Bright ihr ganzes Vermögen gerettet?«

»Weil die dicht am Ausgang saßen!« rief Smith. »So ist's richtig, mir auch noch Vorwürfe machen, weil ich keine übermenschlichen Kräfte besitze und kein Salamander bin, der im Feuer leben kann!«

»Sie haben wirklich nichts, gar nichts von unserer gemeinsamen Kasse gerettet?« erkundigte sich Brown, der die beiden anderen mit finsteren Blicken gemustert hatte.

»Nicht einen Cent, so wahr mir Gott helfe!« sagte Smith. »Selbst meinen Mantel hab ich auf der Flucht vor den Flammen im Stich gelassen, und ich will den heiligsten Eid darauf ablegen...«

»Sparen Sie sich den«, unterbrach ihn ruhig sein bisheriger Kamerad. »Was Ihnen ein Eid wert ist, weiß ich aus Erfahrung, denn wir kennen uns beide leider zu gut.«

»Aber Brown!«

»Lassen Sie mich ausreden. Ich sehe ein, dass ich nicht in der Lage bin, euch etwas zu beweisen, egal, welchen Verdacht ich habe. Die Sache vor Gericht zu bringen wäre ebenfalls Wahnsinn und nur Futter für die Anwälte. Das Feuer von San Francisco hängt über der Sache und ist ein Mantel, unter dem sich noch mancher verstecken wird. Soweit habt ihr die Sache ganz schlau angefangen, aber...«

»So glauben Sie vielleicht sogar, ich hätte Ihr Geld gestohlen?« rief Smith laut und heftig.

»Jawohl, so ist es!« entgegnete ihm Brown mit vollkommen ruhiger Stimme. »Und mehr noch, mehr, als ich im Augenblick sagen will. Nehmt euch in acht! Wenn ich jemals die Gewissheit für euren Betrug bekomme, dann Gnade euch Gott!«

»Erbärmlicher Schuft!« schrie da Smith mit vor Wut heiserer Stimme und griff blitzschnell nach dem in der Weste versteckten Revolver. Siftlys Hand lag aber wie Eisen auf seinem Arm. Sie durften auf keinen Fall mit der Polizei zu tun bekommen. Deshalb trat er zwischen die beiden, um sie zu trennen.

»Brown«, sagte er dabei mit ernster und beschwichtigender Stimme, »ich glaube, dass Sie Smith unrecht tun, und jedenfalls ist die Art...«

»Glauben Sie, was Sie wollen«, unterbrach ihn aber kurz der kleine, äußerst gereizte Mann. »Wenn Sie mich wegen meiner Worte zur Rede stellen wollen, wissen Sie, wo ich wohne.« Damit drehte er sich auf dem Absatz um, würdigte keinen mehr eines Blickes und ging rasch die Straße hinunter.

Smith machte eine Bewegung, als wolle er ihm folgen, aber Siftly ließ seinen Arm nicht los. Er zog ihn in die entgegengesetzte Richtung und flüsterte leise: »Lass ihn laufen! Wenn er nicht ganz auf den Kopf gefallen ist, musste er etwas merken. Jetzt hat er sich ausgesprochen, und die Sache ist viel leichter und schneller vergessen. Er weiß genauso gut wie wir, dass er nichts machen kann. Ich denke, die paar Worte können wir uns wohl von ihm gefallen lassen. Er hat sie teuer genug bezahlen müssen.«

»Er wird uns aber weiter nachspüren«, sagte Smith. »Wenn du mich nicht gehalten hättest, wäre er jetzt unschädlich gemacht!«

»Und wir vielleicht in den Händen einiger freundlicher Konstabler, die sich genauer nach unseren Verhältnissen erkunden möchten, als uns wahrscheinlich lieb wäre«, sagte lachend Siftly. »Nein, Kamerad, nicht hier in der Stadt, die wir doch Morgen verlassen. Sollte er aber wahnsinnig genug sein, uns zu folgen, dann überlässt du mir die Sache. Ich hoffe, du wirst dann mit der Erledigung zufrieden sein. Aber jetzt Schluss mit dem Unsinn und zu den Geschäften. Ich war leider nicht in der Lage, dich nach dem Feuer wiederzufinden. Unser Zusammentreffen würde ich auch zufällig nennen, wenn ich nicht wüsste, dass wir beide mit stärkeren Banden aneinander gefesselt sind. Ist das Gold in Sicherheit?«

»Ja«, erwiderte Smith.

»Außerhalb der Stadt?«

»Natürlich. Hier wusste ich keinen sicheren Platz und wollte uns auch keiner Entdeckung aussetzen.«

»Natürlich nicht. Und wann brechen wir auf?«

»Morgen früh, denke ich, aber nach dem, was eben zwischen uns und dem Burschen vorgefallen ist, nicht zusammen. Wir treffen uns lieber an einem anderen Ort, am besten in den Minen.«

Siftly warf einen raschen, forschenden Blick auf das Gesicht seines Kameraden. Im Schatten der Häuser, in dem sie gemeinsam gingen, ließen sich jedoch seine Züge nicht mehr erkennen.

»Und wie willst du das Gold wegbringen?« erkundigte sich Siftly nach einigem Überlegen.

»Auf einem Dampfboot bis Sacramento natürlich«, sagte Smith. »Dort kaufe ich ein Maultier und packe es in die Satteltasche.«

»Und wo ist es jetzt?«

»Das Gold? In Sausalita. Ich war heute Morgen drüben. Am besten, du nimmst den Landweg um die Bai nach Sacramento, auch wenn der etwas weiter und mühsamer ist. Wir treffen uns dann nicht in Sacramento City, wohin Brown auch kommen könnte, sondern in Yuba City. Dort spürt uns kein Teufel auf, soviel ist sicher.«

Siftly überlegte kurz. »Nein, das wohl nicht, aber – ich habe mir die Sache doch anders überlegt und denke, wir machen die Reise lieber zusammen. Wenn uns Brown wirklich nachspüren wollte und uns zusammen trifft – was weiter? Dass er uns nicht schaden kann, dafür will ich schon sorgen!«

»Meinetwegen, wenn du mir nicht traust!« sagte Smith finster.

»Davon ist jetzt keine Rede«, erwiderte Siftly ruhig. »Ich weiß, dass du mich kennst, und deshalb mache ich mir keine Sorgen. Also, um wie viel Uhr geht das Sausalita-Boot Morgen früh ab?«

»Um sechs.«

»Und das Sacramento-Boot?«

»Um sieben. Es legt aber auch in Sausalita an.«

»Gut, dann gehst du Morgen früh mit dem ersten Boot hinüber, und ich komme mit dem zweiten nach. An der Landestelle wartest du mit dem Gold auf mich, und wir reisen zusammen. Bist du einverstanden?«

»Von Herzen gern, wenn nur Brown uns keinen Streich spielt!«

»Genug, das ist besprochen. Wohin gehst du jetzt?«

»Ins Parkerhaus oder vielmehr Parkerzelt«, lachte Smith. »Der Betrieb hat sich ja etwas reduziert. Gehst du mit?«

»Klar!« erwiderte Siftly. »Wenn wir jetzt auch keine freie Hand mehr im Spiel haben können, bin ich das Leben doch zu sehr gewohnt und vermisse es. Ich will heute Abend sehen, ob ich selbst Glück habe.«

In der Pacific Street stand ein kleines, einzelnes Haus aus Sparrbalken und mit blauem, von der Sonne schon gebleichtem Kattun bespannt. In eine Ecke hatte man auf die bloße Erde eine Matratze geschoben, und dort lag, von einer Decke zugedeckt, ein Kranker. Er schlief fest, aber unruhig.

Neben dem Lager stand eine junge, bleiche, aber bildschöne Frau. Ein alter Mann mit weißen Haaren hatte sich gerade über den Fieberkranken gebeugt und fühlte mit vorsichtigem Finger seinen Puls. Die Frau schaute mit ängstlich gefalteten Händen und besorgtem Blick zu. Als der alte Arzt nachdenklich den Kopf schüttelte, ergriff sie seinen Arm und führte ihn zur Tür.

»Sie sind mit seinem Zustand nicht zufrieden, Doktor?« erkundigte sie sich mit zitternder Stimme. »Verhehlen Sie mir bitte nichts, die UnGewissheit und Angst sind für mich viel schlimmer als die Wahrheit!«

»Sie müssen nichts befürchten, Mrs. Hetson«, sagte der alte Mann freundlich. »Sein Puls gefällt mir allerdings nicht, aber er hat gerade starkes Fieber, und ich hoffe, dass aus der ganzen Sache nichts weiter wird als eben ein Fieber, das wir schon wieder beheben können. Es wäre aber für Sie beide wünschenswert, wenn Sie eine freundlichere Umgebung bekämen als diese alte Kattunbude. Der erste starke Regen würde sie doch zusammenwaschen!«

»Denken Sie nicht an mich, Doktor«, bat die Frau. »Schaffen Sie mir nur die Beruhigung, dass mein armer Frank wiederhergestellt wird, und ich will Ihre Kunst segnen!«

Der Arzt zuckte die Achseln. »Beste Mrs. Hetson, ich befürchte fast, dass das eigentliche Übel außerhalb des Bereiches meiner Kunst liegt und mehr in seinem Geist, vielleicht in seiner Einbildung beruht. Sie wissen, weshalb er in diesem Zustand ist?«

»Nein, ich habe keine Ahnung.«

»Wo haben Sie ihn gefunden?«

»Der Arzt fand ihn, ein Gentleman aus England. Wir waren in sein Haus geflüchtet, ehe die Flamme auch dort hinüberschlug und uns zur Flucht zwang. Hetson war zum Parkerhaus geeilt, um noch etwas von unseren Sachen zu retten. Der Arzt fand ihn bewusstlos auf der Straße liegen. Er erkannte ihn und ließ ihn in dieses kleine Haus bringen, das ihm ebenfalls gehört. Ich war in der Wohnung seines Bruders und kam dann auch hierher. Jetzt ist er gegangen, um Medizin zu besorgen. Ich danke nur Gott, dass er Ihre Schritte hierher gelenkt hat. Aber wie erfuhren Sie, dass wir uns hier befanden?«

»Nur durch einen Zufall«, sagte der alte Mann, »der hier das kalifornische Schicksal zu vertreten scheint, wenn wir in unserem wunderbaren Leben überhaupt einen Zufall gelten lassen wollen. Von Mitpassagieren hörte ich, dass Mr. Hetson, der einigen auf der Straße begegnet war, seine Frau verloren habe und ganz außer sich geraten sei. Einer der Leute hatte glücklicherweise geholfen, ihn in dieses Haus zu tragen, und war so freundlich, mich hierherzuführen.«

»Aber wie kann um Gottes willen diese Krankheit nur in seiner Einbildung verwurzeln?« sagte die Frau.

»Vielleicht bin ich selbst schuld«, antwortete Doktor Rascher. »Ich sah Sie während des Feuers in Begleitung des englischen Arztes, den ich natürlich nicht kannte. Ich nahm an, Ihr Mann wäre bei Ihnen. Als ich ihn dann suchend traf, sagte ich ihm, dass ich Sie unter dem Schutz eines fremden Mannes getroffen hätte. Ich fürchte, dass er ihn für seinen Nebenbuhler hielt. Nach dem, was Sie mir berichtet haben, könnte das seinen Zustand erklären.«

Jenny schwieg, sie war fast noch blasser geworden und sah ernst zu Boden.

»Armer, armer Frank!« flüsterte sie dann leise. »Was glauben Sie, Doktor, kann ihn von diesem unglücklichen Wahn befreien, ihn gründlich heilen?«

»Gründliche Heilung«, sagte der alte Mann, »ist nur durch ein persönliches Begegnen und Aussprechen der beiden Männer möglich. Aber es ist auch ein gefährliches Mittel. Jetzt quält er sich ab in der Angst um ein Schattenbild, ein Phantom, das ihm überall droht und doch nicht erreichbar ist. Wenn er ihm erst einmal Auge in Auge gegenübersteht...«

»Befürchten Sie nicht, dass das seinen Zustand verschlimmern könnte, Doktor?«

»Ehrlich gesagt, nein. Allerdings lässt sich die Entwicklung solcher Seelenzustände unmöglich vorherbestimmen. Wissen Sie, wo dieser Mann sich aufhält?«

»Ich habe davon keine Ahnung. Erst durch Frank habe ich gestern erfahren, dass er in Kalifornien ist, und selbst das kann noch eine Namenstäuschung sein. Ich befürchte für ihn aber das Schlimmste, sogar für sein Leben, wenn er in diesem Zustand ihm begegnet.«

»Dann bleibt Ihnen nichts anderes übrig, als entweder Kalifornien mit dem ersten besten Schiff wieder zu verlassen, und das wäre für Sie beide, insbesondere für Sie, Mrs. Hetson, das allerbeste. Oder Sie machen, wenn Ihr Mann einverstanden ist, eine Reise in die Gebirge, sobald er in der Lage ist, das ohne Gefahr auf sich zu nehmen. Die frische Bergluft und das Gefühl der Sicherheit oben in der Wildnis werden dazu beitragen, seine alte Kraft und Gesundheit zurückzubringen. Dann wird er sich auch die früheren, hässlichen Träume fernhalten.«

»Doktor!« flüsterte in diesem Augenblick der Kranke und erhob sich mühsam von seinem Lager. »Doktor! Sie sind dort die Straße hinauf geflohen! Wenn Sie ein Pferd nehmen, können Sie ihn noch einholen! Jenny! Jenny!«

»Frank – mein Frank!« rief die Frau, stürzte an sein Lager und nahm ihn in die Arme. »Ich bin doch bei dir und werde dich nie wieder verlassen! Kennst du deine Jenny nicht mehr?«

»Die Straße hinauf, Doktor!« rief aber der Unglückliche, den die Stimme nicht erreicht hatte. »Dort drüben! O Gott, jetzt sind sie um die Ecke, und in dem Menschengewirr werden Sie die Spur verlieren!«

»Frank, lieber Frank, komm zu dir! Ich bin doch hier, bei dir, sieh mich an!«

Der Kranke lauschte einen Augenblick, dann stöhnte er: »Siftly! Wo ist Siftly? Rufen Sie ihn, Doktor. Ich muss ihn sprechen, aber schnell! Er kennt alle Winkel und Wege dieser irren Stadt – er hat mir auch ein Mittel genannt, um Ruhe und zu finden! Siftly – Siftly... kann mir... helfen!« Erschöpft, mit geschlossenen Augen sank der Kranke zurück in die Arme seiner Frau, wo er ruhig liegenblieb.

»Nach wem ruft er da?« fragte der Arzt mit unterdrückter Stimme, als er wieder nach dem Puls fasste.

»Ein Jugendfreund meines Mannes, den er hier zufällig getroffen hat«, erwiderte Mrs. Hetson.

»Da er nach ihm ruft, wäre es vielleicht gut, ihn herzubringen. Vielleicht kann seine Nähe die wilden Träume zerstören. Wissen Sie, wo er zu finden ist?«

»Soviel ich weiß, wohnte er im Parkerhaus. Zumindest kennt man ihn dort, denn trotz der Überfüllung des Hauses verschaffte er uns noch ein Zimmer. Aber sein Aussehen ist nicht gerade eine Empfehlung. Ich kann mich irren, aber ich glaube kaum, dass ich mich in seiner Nähe wohl fühlen würde.«

»Liebe Mrs. Hetson«, sagte achselzuckend der Arzt und legte den Arm des Kranken wieder auf die Decke. »Nach dem, was ich bislang von dem Land und seinen Bewohnern gesehen habe, scheint es mir, als könnte man nicht immer nach dem Äußeren gehen. Oft steckt hier in der unscheinbarsten Hülle ein ganz hervorragendes Exemplar eines Menschen. Ich habe selbst ein merkwürdiges Beispiel davon erlebt, was ich Ihnen vielleicht später einmal erzähle. Von dem ersten Eindruck müssen wir hier absehen. Jedenfalls will ich nach dem Mann im Parkerhaus sehen. Wenn wir von seiner Anwesenheit eine Besserung für unseren Kranken erwarten können, bringe ich ihn hierher. Sind Sie damit einverstanden?«

»Mit allem, was Sie anordnen!« sagte sie und ergriff seine Hand. »Sie haben sich schon an Bord als so guter, ehrlicher Freund erwiesen, dass ich...«

»Aber, Mrs. Hetson, ich wollte, ich könnte wirklich etwas Wesentliches für Sie tun. Bis das geschehen ist, sparen Sie sich den Dank!« sagte der alte Mann abwehrend und lächelte.

»Was soll ich jetzt mit dem Kranken tun? Die ganze Nacht allein ohne Hilfe vergehe ich ja vor Angst!«

»Allein dürfen Sie auch nicht bleiben, man weiß nie, was passiert. Ich habe deshalb schon daran gedacht, Ihnen eine Frau herüberzuschicken, und zwar die, die die Schiffsreise mit uns gemacht hat. Es ist zwar eine Deutsche, aber ich weiß, dass Sie sich auch in meiner Sprache verständlich machen können. Sie wohnt nur ein paar Häuser weiter und hat ihre Kinder unter der Aufsicht eines Reisegefährten. Sie kann immer einmal hier hereinsehen und wird meine Bitte bestimmt nicht abschlagen. Ich bin ihr unterwegs auch immer gefällig gewesen und habe das jüngste Kind von einer Krankheit geheilt. Der englische Arzt wird Ihnen wahrscheinlich ein Beruhigungsmittel für Ihren Mann bringen, denn ein anderes Mittel können wir kaum anwenden, ehe wir die Krankheit nicht genau kennen. Jedenfalls sehe ich selbst in einer Stunde noch einmal nach und bringe dann hoffentlich gleich die versprochene Frau und einige Medikamente mit.«

Jenny Hetson wollte ihm danken, aber der Arzt schüttelte freundlich seinen Kopf, ergriff den Hut und verließ rasch das Haus. Er wollte zuerst mit Frau Siebert sprechen und dann zum Parkerzelt gehen.

Der Abend brach an, und im hell erleuchteten Parkerzelt herrschte bereits wildes Leben. Allerdings fehlten die anregenden, frivolen Bilder, und die rauen, eingerammten Pfosten mit den Lampen gaben dem Platz nichts von seiner früheren Eleganz. Aber der innere Raum war hell erleuchtet. Aus rohen Brettern hatte man ein Orchesterpodium errichtet, von dem die rauschende Musik wirbelte. Um die mit grünen Tüchern gedeckten Tische scharten sich die Spieler, soviel nur Platz fanden. Schon die Neugierde hatte viele Fremde hergebracht, die den Betrieb wieder eingerichtet sehen wollten, wo noch vor wenigen Stunden Flammen zum Himmel schlugen. Andere Spielhäuser waren ja auch vorübergehend zur Untätigkeit verurteilt, weil ihnen die Mittel für den schnellen Aufbau fehlten. Aber spielen mussten die Leute, womit sollten sie sonst den langen Abend verbringen. Was nur Platz finden konnte, drängte herbei.

Wie erwähnt, war der hintere Raum des Zeltes für die Speisetafel freigehalten und durch eine hölzerne Barriere, die am Abend noch einen Zeltvorhang erhielt, getrennt. Der Ertrag deckte zwar kaum die Kosten der Einrichtung, aber hier galt es, die Leute festzuhalten, die ihr Geld verspielen wollten. Sie sollten nicht außer Haus ihr Abendessen suchen und dann vielleicht nicht mehr zurückkehren. Auch der Champagner floss dort reichlich. Da sich der Wirt die Flasche mit fünf Dollar bezahlen ließ, ersetzte ihm das etwas von dem geringen Verdienst, den das Essen brachte. Die gedeckten Plätze waren fast alle belegt. Stand hier oder dort einmal einer auf, nahm sofort ein anderer seinen Sitz ein, und die Kellner wurden ständig in Atem gehalten. Erst mit einbrechender Dunkelheit verloren sich die Gäste immer mehr, um in der benachbarten Abteilung ihr Glück zu versuchen. In der Zeit zwischen Mittagessen und Abendbrot kamen nur wenige herein, die rasch abgefertigt wurden.

Unser alter Bekannter, der Kellner Emil, war ebenfalls den ganzen Tag außerordentlich beschäftigt gewesen. Erst jetzt, als sich die Zahl der Esslustigen verminderte, fand er die Zeit, an sein eigenes Mittagessen zu denken. Das holte er sich selbst aus der Küche an einen gerade unbesetzten Teil des Tisches, schenkte sich ein Glas Wein ein und aß in aller Ruhe. Dabei warf er aber doch hin und wieder einen Blick zum Eingang, ob nicht noch eine größere Anzahl Gäste eintrat. Da hob Doktor Rascher die Leinwand auf, und Emil sprang mit einem Satz von seinem Stuhl auf.

»Hallo, Doktor, wie geht es Ihnen? Haben Sie bei dem Brand viel von Ihren Sachen verloren?«

»Vor allen Dingen bleiben Sie sitzen, und essen Sie Ihr Abendbrot, Herr Baron!« sagte der alte Arzt und schüttelte die Hand des jungen Mannes.

»Wenn Sie mich doch bloß nicht mehr ›Baron‹ nennen würden!« sagte er lächelnd und setzte sich wieder. »Sie werden doch wohl zustimmen, dass der Titel und meine Beschäftigung nicht zusammenpassen – wenigstens nach unseren europäischen Ansichten. Nennen Sie mich Emil, und wenn es nur wegen der anderen Leute ist. Wenn wir uns später einmal wieder zu Hause treffen, was hoffentlich der Fall ist, dann können Sie mich wieder nennen, wie Sie wollen.«

»Wenn Sie es nicht anders haben wollen, meinetwegen.«

»Ist Ihnen in der vergangenen Nacht viel verbrannt?«

»Gott sei Dank, nein. Meine Apparate befanden sich zum Glück noch an Bord. Nur meine kleine Medizinkiste und etwas Wäsche hatte ich an Land und konnte das glücklicherweise retten.«

»Es freut mich, das zu hören«, sagte Emil. »Jetzt aber erlauben Sie mir, Sie zu bedienen. Sie wollen doch essen? Bitte, keine Umstände, ich hoffe, wir verstehen uns doch?«

Der alte Mann lächelte.

»Sie müssen es einem eingefleischten Deutschen schon verzeihen, dass er sich von seinen alten Vorurteilen nicht so rasch losreißen kann. Aber Sie wünschen es so, lieber Emil, und so will ich mich fügen. Ja, ich möchte gern nachher etwas essen, denn ich bin fast noch nüchtern. Aber zuerst möchte ich Sie um Auskunft bitten. Es handelt sich um einen Mann, wohl einen Amerikaner, der im Parkerhaus wohnt oder sich vor dem Brand dort sehr häufig aufgehalten hat.«

»Mit dem größten Vergnügen, wenn ich ihn kenne. Haben Sie seinen Namen, oder können Sie ihn mir beschreiben?«

»Ich weiß nur, dass er Siftly heißt.«

»Siftly?« sagte der Kellner erstaunt. »Was haben Sie denn mit dem zu tun?«

»Sie kennen ihn?«

»Allerdings. Er gehört zu der nichtsnutzigen Sorte amerikanischer Spieler, die schon jetzt der Fluch des Landes geworden sind. Er ist nicht ungebildet, aber schon in seinem Gesicht erkennt man seinen Hang zu allen Lastern der Welt. Er ist rücksichtslos bei der Verfolgung seines Zieles, viel Gold zu bekommen. Diese Küste wird er nur als reicher Mann wieder verlassen, und wenn er dazu rauben und morden muss.«

»Sie schildern ihn ja in sehr schwarzen Farben!«

»Ich schildere Ihnen aber nicht nur einen, sondern leider eine ganze Klasse von solchen Menschen, deren Repräsentant Siftly ist. Wenn Sie meinem Rat und meiner kalifornischen Erfahrung etwas glauben wollen, dann lassen Sie sich mit dem Mann in nichts ein, wozu Sie einen ehrlichen Menschen brauchen.«

»Kalifornische Erfahrung«, lächelte der Arzt gutmütig. »Wie lange sind Sie denn schon eigentlich im Lande?«

»Drei Monate«, lautete die Antwort. »Sie müssen aber wissen, dass unser Jahr hier nur einen Monat hat oder dass sich in Kalifornien die Erlebnisse eines Jahres in diese Zeit zusammendrängen. Wir leben hier entsetzlich schnell, und selbst die Zinsen werden nicht nach Jahren, sondern nur nach Monaten gerechnet. Kaufleute zahlen jetzt nicht selten schon zehn oder zwölf Prozent monatliche Zinsen für das Kapital, und sechs Prozent per Monat ist der niedrigste Zinsstand. Vermögen wird hier ja auch in Monaten oder sogar Wochen gewonnen und oft in Tagen oder Stunden verloren. Wer einmal fünf Jahre in diesem Land verbracht hat, kann sich einen Greis an Erfahrung nennen!«

»Sie mögen vielleicht recht haben«, stimmte ihm der alte Arzt zu. »Was ich schon den vierundzwanzig Stunden meines Aufenthaltes erlebt und gesehen habe, bestätigt das vollkommen. Um Sie aber zu beruhigen, ich habe selbst nichts mit diesem Siftly zu tun. Einer meiner Reisegefährten ist aber sehr krank und verlangt nach ihm. Wenn er aber eine solche Persönlichkeit ist, wie Sie ihn beschrieben haben, will ich ihn auch nicht belästigen, sehen möchte ich ihn aber doch. Ist er hier im Zelt?«

»Gewiss, denn die Spieltische sind das Element, in dem er lebt. Er könnte genausowenig ohne das grüne Tuch und die Karten existieren wie ein Fisch ohne Wasser. Er kommt aber auch zum Essen hierher, weil er bei uns abonniert und vorausgezahlt hat. Wenn Sie noch etwas warten wollen, können Sie ihn nachher beobachten. Sonst gehe ich aber auch einmal mit Ihnen in das Spielzelt und suche ihn, nur ist das Gedränge eben sehr arg.«

»Noch habe ich Zeit«, sagte der Arzt. »Da ich auch etwas genießen muss, kann ich gleich beides verbinden. Bitte, lieber... Emil, bestellen Sie mir etwas zu essen.« Der junge Mann verbeugte sich lächelnd, rückte dem Gast Teller, Messer, Gabel und Glas zurecht und verließ dann das Zelt, um sein Abendbrot zu besorgen.

Das Orchester war von der Speisetafel nur durch die dünne Leinwand getrennt. Es hatte ununterbrochen wüsten Lärm gemacht, den man allerdings nach einiger Zeit nicht mehr hörte. Betrat man erst den Raum, so klang es wie das schwere Klappern und Rauschen einer Mühle, das uns zuerst betäubt. Dann aber härtet sich das Gehör so dagegen ab, dass man keinen bestimmten Eindruck mehr davon wahrnimmt. Ja, man gewöhnt sich so stark daran, dass man nur lauter spricht, um von einem anderen gehört zu werden. Den Lärm vergisst man dabei ganz – bis er plötzlich schweigt.

So ging es Doktor Rascher. Er saß an dem Tisch und wartete auf sein Essen. Dabei dachte er an seinen Patienten Hetson, während dieses Chaos von wilden, schwirrenden und schmetternden Tönen sein Ohr erfüllte und betäubte, als die ›Musik‹ ganz plötzlich und wie abgeschnitten schwieg. Erschrocken zuckte er von seinem Stuhl hoch und fühlte erst jetzt das Unangenehme des früheren Tobens.

»Gott sei Dank, dass es vorüber ist«, murmelte er leise vor sich hin. »Jetzt werden sie mich doch die paar Bissen ruhig essen lassen.«

Der leise zitternde Ton einer Violine antwortete ihm darauf. Er setzte fast so unmittelbar ein, wie die übrigen Instrumente schwiegen, und der Doktor rückte sich unwillig auf seinem Stuhl zurecht. Dieser Unwille in seinem Gesicht wich aber bald einem angenehmen Erstaunen, mit dem er dem Fortgang der Töne lauschte. Immer seelenvoller und mächtiger schwollen sie an, er hörte und sah nichts weiter um sich her und beachtete noch nicht einmal, dass Emil das Essen vor ihn hingestellt hatte und hinter seinem Stuhl stehenblieb. Das war auch ohne das leiseste Geräusch geschehen, und der Kellner schien selbst ganz verloren den schwermütigen Klängen des wunderbaren Instrumentes zu lauschen. Andere Gäste hatten inzwischen das Zelt betreten und Platz genommen – er bemerkte es gar nicht. Regungslos lauschten die beiden der süßen Melodie.

»Emil! Zum Henker, Emil!« weckte ihn da eine raue Stimme aus seinen Wachträumen. »Sind Sie durch das Gefiedel da draußen so müde geworden, dass Sie im Stehen Ihren Mittagsschlaf halten? Was gibt's heute zu essen? Ich habe einen Hunger wie ein Wolf und den ganzen Tag noch keinen ordentlichen Bissen über die Lippen gebracht!«

Emil schrak auf, wie von einer Nadel gestochen. Er warf einen zornigen Blick auf den Störer, doch der bemerkte ihn nicht. Er war völlig in den vor ihm liegenden Speisezettel vertieft. Dann war er wohl zu einem Resultat gekommen, schob ihn zur Seite und rief: »Eine Portion Roastbeef und Kartoffeln. Nachher will ich einmal einen Schnitt von dem Grizzlybären versuchen – aber ein bisschen rasch, wenn's gefällig ist, ich habe nicht viel Zeit.«

Auch der Doktor war durch die raue Störung wieder zu sich selbst gekommen und betrachtete den eben eingetretenen Mann. Der hatte seine Zarape über die Stuhllehne geworfen, den Hut weiter nach hinten geschoben und dann beide Hände abwartend gegen den Tisch gestemmt.

»Das ist Siftly«, flüsterte Emil hinter ihm. Dann wandte er sich ab, um seiner Pflicht als Kellner nachzukommen.

»Der also?« murmelte Rascher leise vor sich hin und vergaß dabei sogar die weiche Melodie. »Ja, da haben der Baron und Mrs. Hetson allerdings recht. Das Gesicht gefällt mir auch nicht. Der große Bart steht ihm zwar, aber diese kleinen, schwarzen Augen blicken tückisch unter den dunklen Augenbrauen. Entschlossen sieht er auch aus und wird sich seinen Weg in diesem wilden Land bahnen. Ob der aber der richtige Arzt für meinen Kranken ist, möchte ich bezweifeln.«

Siftly bemerkte den unter einer Lampe sitzenden Fremden nicht oder beachtete ihn nicht. Er nickte Emil zu, der eben mit dem Essen kam, ergriff Messer und Gabel und schien jetzt für nichts anderes mehr Sinn zu haben als für seine Mahlzeit. Die Violine war draußen verstummt, und Emil trat wieder zum Stuhl des Doktors.

»Na, wie gefällt er Ihnen?« erkundigte er sich leise.

»Gar nicht«, erwiderte er rasch. »Sie haben vollkommen recht, der Mensch hat ein gefährliches Gesicht und kann wohl einem anderen nicht frei ins Auge sehen. Aber sagen Sie doch mal, wer ist dieser wunderbare Violinspieler, der sein Instrument so meisterhaft beherrscht, und welcher unglückliche Stern hat ihn in eine der schlimmsten Spielhöllen von San Francisco geführt?«

»Ja, ein unglücklicher Stern«, seufzte da Emil viel ernster, als er bislang war. »Das trifft besonders zu, weil die Violine durch ein Mädchen gespielt wird.«

»Ein Mädchen?« rief der Doktor und drehte sich rasch zu ihm um.

»Eine Spanierin«, bestätigte Emil, »deren Vater der besten Klasse seines Landes anzugehören scheint, so edel sind sein Äußeres und sein Benehmen, wenn – wenn nicht das Spiel ihn zu dem gemacht hätte, was er jetzt ist – ein unglücklicher, verlorener Spieler, der sich und sein Kind rettungslos zum nahen Abgrund des Verderbens zieht.«

»Sie machen mich neugierig, sie zu sehen«, sagte der Doktor.

»Da kommen sie«, flüsterte Emil. Wäre Doktor Rascher im Moment nicht mit den Personen beschäftigt gewesen, so hätte ihm die Veränderung im Gesicht seines jungen Freundes nicht entgehen können. So aber sah er nur rasch zum Einschnitt im Segeltuch, der als Tür diente. Manuela, wie immer in Schwarz gekleidet, das bleiche, wunderschöne Gesicht halb verhüllt, betrat, schüchtern an ihren Vater gelehnt, den Raum.

»Hallo, Don Ronez!« rief ihm da Siftly ungeniert zu. Er hatte sich ein paar spanische Worte gemerkt und gebrauchte sie zumeist falsch. »Sta bueno – aqui – aqui esta... Damn it, wie heißt das nun auf Spanisch... he! Hier ist Platz, setzen Sie sich hierher mit der Señorita!«

Don Ronez schien die Einladung nicht gehört zu haben oder beachtete sie nicht. Er neigte nur leicht den Kopf zu dem Amerikaner, den Manuela überhaupt nicht ansah. Dann ließ er sich mit seiner Tochter an der anderen Seite des Tisches nieder. Siftly schien aber die Unterhaltung noch nicht aufgeben zu wollen. Mit dem wenigen Spanisch, das er radebrechte, versuchte er ein Gespräch mit dem jungen Mädchen anzuknüpfen und versuchte ihr Spiel zu loben. Manuela gab ihm aber keine Antwort und sah auch nicht von ihrem Teller auf. So wies sie hartnäckig jede Annäherung zurück, bis der Amerikaner ihr einen nicht gerade freundlichen Blick zuwarf, seine Unterlippe zwischen die Zähne kniff und mit dem Messer sein Brot zerstieß.

Emil war jetzt an den Tisch getreten, und die Wangen des jungen Mädchens röteten sich leicht. Gewaltsam bezwang sie jede aufsteigende Regung und wandte sich ihm zu. Mit leiser, aber weich und herzlich klingender Stimme sagte sie in ihrer Muttersprache:

»Señor, Sie haben uns in den letzten Tagen einige Male sehr geholfen und meinem Vater das Essen ohne Barzahlung überlassen.«

»Señorita!« erwiderte der Kellner, dem das Blut ins Gesicht schoss. »Das ist... das ist eine Sache, die allein meinen Chef betrifft.«

Das Mädchen sah ihn groß und forschend an. Es war das erste Mal, dass sie die langen, dunklen Wimpern hob, seitdem sie den Raum betreten hatte. Dann sagte sie und schüttelte dabei leise den Kopf:

»Ich weiß, dass Monsieur Rigault keinem Menschen borgt. Wenn deshalb einer seiner Leute Essen ohne Bezahlung herausgibt, so ist es auf dessen Gefahr. Wir müssen Ihnen deshalb dankbar sein. Diese kleine Summe wird das gerade decken. Bitte, nehmen Sie!«

»Señorita!« bat Emil verwirrt, ohne die Hand nach dem Geld auszustrecken. Das junge Mädchen sah ihn aber so ernst und erstaunt an, dass er sich nicht länger weigern konnte. Er nahm das Geld und sagte zögernd:

»Ich hoffe nicht, dass diese wenigen Dollars Sie bedrückt haben, Señorita. Sie müssen mir glauben, dass ich Ihnen gern für kurze Zeit geholfen habe.«

Das Mädchen erwiderte nichts, verneigte sich nur leicht zu ihm und nahm ihren Sitz wieder ein. Inzwischen hatte ein anderer Kellner die von Emil bestellten Speisen für Señor Ronez und seine Tochter gebracht. Schweigend verzehrten die beiden ihr Mahl. Doktor Rascher behielt dabei Zeit, um die Züge des jungen Mädchens zu beobachten. Er musste sich gestehen, in seinem ganzen Leben kein schöneres, edleres Gesicht gesehen zu haben. Dabei konnte die junge Frau höchstens siebzehn Jahre alt sein. Wie furchtbar musste sie da ihre Lage empfinden, hier, unter den Spielern, als Lockvogel die Opfer an die Spieltische zu rufen. Aber vielleicht fühlte sie das nicht in seiner ganzen Schärfe, überredete sich der gute, alte Mann. Dann ertrug sie ihr Los viel leichter. Er konnte ja nichts von den heißen Tränen wissen, die die Unglückliche jede Nacht vergoss.

Fast unwillkürlich schweifte sein Blick zu dem ihr gegenübersitzenden Amerikaner. Es war nicht möglich, eine größere Verschiedenheit in zwei menschliche Gesichter zu legen, als es diese beiden hatten. Der Gedanke an Margarete und Mephisto aus dem Faust drängte sich ihm auf. Auf der einen Seite die verkörperte Unschuld, auf der anderen die wilde, ungezähmte Leidenschaft. Fühlte Siftly etwas Ähnliches, weil er so stier auf das Mädchen sah? Nein, in seinem Gesicht lag keine Reue über begangene Missetaten, über ein verworfenes Leben. Wenn der Ausdruck etwas verriet, dann war es wilde Lust und Verlangen nach dem Mädchen. Das Anstarren des schönen, kalten Frauenbildes schien aber dann doch zu langweilen. Er bog sich plötzlich noch einmal über den Tisch und sagte:

»Manuelita!«

Trotzdem erwiderte das Mädchen keine Silbe, aß schweigend weiter und sah still vor sich nieder. Don Alonso, wie ihr Vater meistens genannt wurde, war aufgestanden und an die Kasse gegangen, um ihr Essen zu bezahlen. Mit einem leise gemurmelten Fluch stand da der Yankee auf, und Doktor Rascher folgte ihm ängstlich mit den Augen. Siftly ging nämlich um den Tisch herum direkt auf das jetzt allein sitzende Mädchen zu. Ihr war die Bewegung auch nicht entgangen, und scheu blinzelte sie unter den langen Augenwimpern zu der sich nähernden Gestalt, ohne sich jedoch zu rühren. Jetzt war der Amerikaner dicht hinter ihr, bog sich herunter, legte seine Hand um ihre Taille, lachte und sagte in englischer Sprache, von der er wusste, dass sie wenigstens etwas verstand:

»Komm, mein sprödes Täubchen, das hilft dir alles nichts! Wir gehören einmal zusammen zum Handwerk... du spielst oben und ich unten, und...«

»Señor!« rief das Mädchen aufspringend und riss die Hand weg. Sie warf ihm einen Blick tödlichen Hasses zu. Dadurch war der zudringliche Bursche aber nicht abgeschreckt, vielleicht schämte er sich auch vor den gerade eintretenden Bekannten. Rasch ergriff er sie wieder mit seiner eisernen Hand und zog sie trotz ihres Sträubens an sich. Lachend rief er aus:

»So will ich doch sehen, ob ich von dieser kalten, schwarzen Nachtigall nicht wenigstens einen Kuss...«

Er kam durch eine ebenso eigentümliche wie gewaltsame Unterbrechung nicht weiter. Der Kellner Emil hatte gerade in diesem Augenblick einige leere Teller vom Tisch genommen, als Siftly das Mädchen umschlang. Blitzschnell drehte er sich zu ihm um und schlug ihm mit aller Kraft die nicht gerade leichten Teller auf den Kopf. Sie sprangen in tausend Stücke, und der Getroffene ließ seine Beute los und taumelte zurück. Hätte der Filzhut den Schlag nicht etwas gemildert, wer weiß, ob er ihm nicht gefährlich geworden wäre.

»Bestie!« zischte der Getroffene zwischen den zusammengebissenen Zähnen hindurch und riss den verborgenen Revolver heraus. Gleichzeitig floh alles, was hinter oder dicht neben dem jungen Deutschen stand, zur Seite. Rücksichtslos abgefeuerte Schüsse aus einer solchen Waffe hatten in den letzten Wochen schon mehrere Unschuldige getroffen. Niemand wollte deshalb aus Versehen zu einer Schusswunde kommen. Nur Emil blieb stehen und riss unter der Weste eine gleiche Waffe heraus. Er trat einen Schritt von Manuela weg, um sie aus der möglichen Schussrichtung zu bringen. Unter anderen Umständen hätte er nicht so lange auf den Schuss seines Gegners gewartet, denn Siftly war nicht der Mann, eine Beleidigung ohne tödliche Antwort hinzunehmen. Im Nu aber zuckte dem Spieler der Gedanke an seinen Kameraden durchs Hirn. Wurde er nach dem Schuss nur einen Tag hier festgehalten, so wusste er recht gut, dass der mit dem Geld verschwunden wäre. Hatte er ihn doch schon jetzt im Verdacht, dass er etwas Ähnliches beabsichtigte. Seine Rache musste er deshalb auf eine andere, günstigere Zeit verschieben, und der Bursche lief ihm nicht weg. So steckte er den Revolver wieder ein und sagte drohend zu Emil:

»Sir, Sie haben die Frechheit gehabt, nach mir zu schlagen, als ich Ihnen den Rücken zudrehte. Das tut nur ein Feigling. Ich hoffe, Sie werden mir Rechenschaft geben, wenn ich sie verlange.«

»Mit Vergnügen!« lachte trotzig der junge Mann, der nicht einen Zoll zur Seite wich. »Den Schlag mit dem Teller würde ich allerdings nur als Strafe für Ihr nichtswürdiges Überfallen der jungen Dame ansehen, aber das Wort ›Feigling‹ verdient eine besondere Bestrafung. Bestimmen Sie mir für Morgen früh eine Zeit, zu der ich Sie Ihnen erteilen kann!«

Siftly knirschte mit den Zähnen und griff unwillkürlich wieder zur Waffe. Aber er fühlte auch seine Hände gebunden, denn das Gold, für das er alles gewagt hatte, durfte er nicht aufs Spiel setzen.

»Keine Angst!« flüsterte er deshalb seinem Gegner zu. »Ich werde Ihnen eine Zeit bestimmen, darauf können Sie sich verlassen, und vielleicht früher, als Ihnen lieb ist. Und Sie, Señorita«, damit wandte er sich barsch an das junge Mädchen, das zitternd Zeuge dieses Auftritts war, »wenn Sie denn so entsetzlich kalt und vornehm sind und unter dem hohen Schutz eines Kellners stehen, dann veranlassen Sie doch bitte einmal, dass Ihr Vater auf der Stelle die sechs Unzen zahlt, die er mir seit heute Morgen schuldet.«

»Was sagt er?« erkundigte sich Don Alonso, der gleich nach dem Angriff zu seiner Tochter getreten war und seinen linken Arm um sie gelegt hatte. Manuela war todbleich geworden. Sie schmiegte sich an ihn und fragte mit zitternder, angsterfüllter Stimme:

»Um Gottes willen, Vater, sagt der Mensch die Wahrheit? Schuldest du ihm Geld?«

Der Spanier antwortete nicht, aber tiefes Rot färbte seine Stirn. Er trat gegen den Amerikaner vor und sagte:

»Sie sollen bezahlt werden, Señor – ich gebe Ihnen mein Wort. Aber bis Morgen Abend müssen Sie sich gedulden.«

»Tut mir leid!« brummte Siftly, der nur das Wort ›manana‹, Morgen, verstanden hatte. »Spielschulden sollen nie über Nacht stehenbleiben. Da ich sehe, dass meine Gefälligkeit nicht anerkannt wird, sehe ich auch nicht ein, warum ich eine Ausnahme machen soll.«

»Bitte, Sir, kommen Sie mit an den Zahltisch!« unterbrach Emil da den Spieler. »Sie werden dort Ihr Geld erhalten. Ich schulde Don Alonso etwa die gleiche Summe und glaube, dass es ihm recht ist, auf diese Weise von Ihnen loszukommen!«

Siftly warf ihm einen tückischen Blick zu, erwiderte aber gleich darauf lachend:

»Ich will nur das Geld, egal aus welcher Tasche und von wem!«

»Vater, erlaube es nicht!« flüsterte da Manuela. »Der Fremde zahlt für dich das Geld! Er sagte nicht die Wahrheit, als er behauptete, es dir zu schulden!«

Der alte Spanier blieb wie an seine Stelle gebannt. So stolz und edel er sich sonst gefühlt haben mochte, das Spiel und mit ihm die Gier nach Gold hatte alles in ihm getötet oder betäubt. Leise tröstete er seine Tochter:

»Keine Sorge, mein Herz! Morgen zahle ich dem Mann die Schuld zurück, und viel lieber ihm als dem Schuft, den Gottes Zorn treffen möge!«

Emil war inzwischen mit dem Mann, den er jetzt als seinen Todfeind betrachtete, an den Zahltisch des Wirtes getreten. Der weigerte sich nicht, dem Fremden die Summe sofort auszuzahlen, denn sein Kellner hatte noch viel mehr bei ihm gut. Siftly nahm das Geld, besah es flüchtig, schob es in die Tasche, ging zu seinem Stuhl, nahm die Zarape auf und verließ das Speisezelt, ohne sich auch nur einmal umzudrehen.

»Monsieur Emil!« sagte der Wirt zu dem jungen Mann, mit dem er stets französisch sprach. »Sie fangen an, dumme Streiche zu machen. Anstatt meine Teller und Gäste zu schonen, schlagen Sie die einen den anderen auf den Kopf und werfen dann auch noch, wie ich befürchte, Ihr Geld sehr nutzlos auf die Straße!«

»Mon capitaine!« lachte der junge Mann leichtherzig. »Gast und Teller waren nicht wertvoll, denn beiden fehlte die Glasur, und was mein Geld betrifft, so glaube ich, dass ich noch nie hundert Dollar besser angelegt habe!«

»Sehr schön, das ist Ihre Sache«, sagte der kleine Franzose und schrieb die Summe auf Emils Konto. »Wenn Sie übrigens, was ich nicht glaube, einem guten Rat folgen wollen, dann nehmen Sie sich vor diesem Spieler in acht. Von Vergessen oder Vergeben ist bei dieser Art Leuten nie die Rede. Statt dass er Ihnen dankbar für das Geld ist, das er sonst nie im Leben bekommen hätte, fürchte ich, dass er Ihnen noch einmal einen bösen Streich spielt – was mir leid tun würde.«

»Ich fürchte ihn nicht«, sagte Emil lachend.

»Um so schlimmer für Sie!« sagte der Franzose. »Dieses Gesindel ist immer gefährlich, noch dazu, wo die Amerikaner hier die Herren sind und uns als Eindringlinge ansehen. Aber ich habe Sie gewarnt, tun Sie nun, was Sie nicht lassen können.«

Emil verneigte sich lächelnd zu ihm und ging jetzt zu dem Doktor zurück, der ein stummer, aber aufmerksamer Zuschauer gewesen war. Ehe er ihn erreichte, trat ihm jedoch der Spanier entgegen. Er ergriff seine Hand und sagte:

»Señor, ich danke Ihnen für Ihre Gefälligkeit. Ich werde Ihnen diesen Dienst nie vergessen. Ich versichere ihnen, dass Ihr Geld nicht verloren ist. Ich wollte nur, ich könnte Ihnen beweisen, wie sehr ich fühle, was ich Ihnen schulde.«

»Das können Sie, werter Herr!« sagte da Emil mit viel mehr Herzlichkeit, als er bis jetzt gezeigt hatte. »Und noch dazu ohne große Mühe.«

»Aber wie?« erkundigte sich Don Alonso erstaunt.

»Wenn Sie nicht mehr spielen!« sagte der junge Deutsche.

»Mein Herr... Sie wissen nicht...«

»Ich weiß, dass Sie gegen diese Schurken nicht mit den gleichen Waffen kämpfen«, unterbrach ihn aber der junge Mann. »Gegen falsche Karten und falsches Spiel, gegen die abgefeimten Kunstgriffe können Sie nichts ausrichten, und das Geld, das Sie auf den Tisch legen, ist rettungslos verloren.«

»Ich danke Ihnen«, lächelte der Spanier. »Ich werde Ihrem Rat insofern folgen, dass ich von jetzt an aufmerksamer spiele.«

»Aber doch spielen?«

Don Alonso erwiderte nichts darauf, nickte ihm aber grüßend zu. Dann verließ er mit seiner Tochter das Zelt, um sie zum Orchester zu bringen.

»Sagen Sie einmal, lieber Baron«, rief dem jungen Mann jetzt der Arzt entgegen, »Sie erlauben mir wohl heute, Sie wieder so zu nennen, denn als Kellner sind Sie zu sehr aus der Rolle gefallen. Pflegen Sie Ihre Gäste immer so zu behandeln? Dann werde ich mich wohl nach einem anderen Restaurant umsehen müssen.«

Emil wurde rot. Nach einem Augenblick antwortete er verlegen:

»Sie haben recht. Ich hätte mich nicht an diesem Burschen vergreifen sollen, denn das ist nicht ehrenvoll. Aber mir lief die Galle über, und ich vergaß mich für einen Augenblick. Die Lektion kann ihm aber nichts schaden, und er hatte sie tausendfach verdient.«

»Schön, sehr schön«, erwiderte nickend der Arzt. »Das also sind die Früchte Ihrer dreimonatigen Erfahrungen in Kalifornien? Sie geben Ihr Leben in die Hände eines Raufbolds und Ihr Geld in die eines Spielers. Da bleibt Ihnen dann nichts übrig als Ihr Herz. Darf man fragen, wo Sie das inzwischen deponiert haben? Doch jedenfalls auch an einem ganz zweckentsprechenden Platz, nicht wahr?«

Emil wurde feuerrot und wollte dem Doktor eben etwas erwidern, als Monsieur Rigault seinen Namen rief.

Dem Ruf musste der Kellner folgen und hatte das vielleicht nie lieber getan. Der Doktor stand auf, bezahlte bei einem anderen Kellner seine Zeche und verließ kopfschüttelnd das Zelt, um zu seinem Kranken zurückzukehren.

1

8. Eine Vogelperspektive

Am anderen Morgen stieß bei Tagesanbruch ein kleiner Dampfer, der ›Goldfisch‹, mit einer Anzahl Passagieren vom sogenannten langen Werft[1] in San Francisco ab.

Es war ein etwas langsames Boot, deshalb hatte man die frühe Abfahrtsstunde gewählt, um den anderen Fahrzeugen die eiligsten Passagiere wegzunehmen. Dass sie dabei angeführt wurden, merkten sie meistens erst dann, wenn sie von dem nächsten Dampfer unterwegs überholt wurden. Kaum räumte es den Platz, als der nach Stockton am San Joaquin bestimmte Dampfer ›The Golden Gate‹ dort anlegte und mit rauchenden Schornsteinen seine Glocke läutete.

Ein hagerer, langer Mann, der ein ziemlich schweres Gewicht unter seinem fadenscheinigen Mantel zu tragen schien, kam mit raschen Schritten die Werft entlang. Er blieb an der Planke des Dampfers stehen und sah forschend über die lange, schmale Werft zurück. Dann ging er eilig an Bord. Wenige Minuten später läutete die letzte Glocke, und das Boot wollte eben abstoßen, als ein kleiner Trupp Deutscher die Werft entlanglief. Schon von weitem winkten sie mit den Tüchern und gaben Zeichen, um noch an Bord zu kommen.

---

[1] Diese Werft bestand aus starken, eingerammten Pfählen, vielleicht fünfzehn Schritt breit, und einem schon damals über eine halbe englische Meile langen Bohlenweg, der sich in die Bai hinaus dehnte und es ermöglichte, dass schwerere Fahrzeuge unmittelbar an Land ihre Waren löschen konnten

Es waren Leute verschiedenen Alters, aber alle in großer Eile. Nur einer schien sie nicht zu teilen. Mit weit langsameren Schritten, eine lange Pfeife im Mund, folgte er den anderen. Dabei sah er sich so sicher und selbstgefällig um, als ob er fest davon überzeugt war, dass das Boot auf ihn warten musste.

Der Kapitän des Dampfers hielt natürlich, um sich den Verdienst nicht entgehen zu lassen. Die sechzehn bis zwanzig Stunden dauernde Überfahrt nach Stockton kostete damals nämlich noch ohne Verpflegung dreißig Dollar pro Kopf, und diese sechs Passagiere bezahlten demnach die Kosten der ganzen Reise.

Die ersten waren schon lange an Bord gesprungen. Selbst der Neger, der ihr Gepäck auf einem Handkarren führte, war in raschem Trab mit seinem leichten Fuhrwerk über die Planken gerollt. Nur der letzte Passagier beeilte sich nicht. Wenn er seinen Schritt auch etwas beschleunigte, so geschah das doch in der Angst, sich ja nichts zu vergeben – ein Herr läuft nicht!

»Justizrat, Sie werden wirklich zurückgelassen!« schrie ihm Hufner ängstlich zu. Der Justizrat antwortete nicht, sah nach rechts und links hinüber und blies die blauen Dampfwolken seines deutschen Knasters wohlgefällig in die klare, reine Morgenluft.

»Stoßt ab!« rief da der Kapitän seinen Leuten zu. »Wenn der Bursche da soviel Zeit hat, wollen wir ihm den Spaß nicht verderben... Aber halt!« unterbrach er sich da plötzlich. »Dahinten kommt noch jemand, der in größter Eile ist. Schade, ich hätte den mit der langen Pfeife gern sitzengelassen.«

Hinter dem Justizrat kam ein Mann in einer kalifornischen Zarape, der schon von weitem mit der Hand winkte. Als er nahe genug gekommen war, um das vorn aushängende Schild ›Nach Stockton‹ zu lesen, mäßigte er seinen Schritt.

»Nun, Sir, mit in die Minen?« rief ihm der Kapitän zu.

»Legen Sie in Sausalita an?«

Der Kapitän schüttelte mit dem Kopf und gab seinen Leuten das Zeichen, um das Boot frei zu machen. Der Justizrat war eben an Bord getreten.

»Da drüben geht das Sausalita-Boot«, rief der Kapitän zurück.

»Teufel, ich dachte, um sechs geht das erste Boot!« schrie der mit der Zarape.

»Um halb sechs das erste nach Sacramento. Stoßt ab!« antwortete der Kapitän.

Der in der Zarape stand unschlüssig und stampfte nur wütend mit dem Fuß.

»Wollen Sie nach Sausalita?« rief da ein kleiner Junge. »Da drüben die ›Jenny Lind‹ fährt in zehn Minuten ab und holt den ›Goldfisch‹ noch ein, ehe er seine Flossen am Land reibt.«

»Danke dir, mein Junge!« rief der Fremde und warf ihm einen Dollar zu, den der Junge mit einem Schlenkern des rechten Beines, das wahrscheinlich seinen Dank ausdrücken sollte, in die Tasche steckte. Im selben Augenblick schob das ›Golden Gate‹ vom Ufer ab, und aus einem der kleinen Kajütfenster, sein Gesicht durch den vorgehaltenen Arm so weit verdeckt, dass nur die kleinen zusammengekniffenen Augen sehen konnten, blickte Mr. Smith mit boshaftem Lächeln zu seinem Kameraden und Helfershelfer Siftly. Sowie der Platz an der Landung frei wurde, dampfte dann auch das kleine Boot, die ›Jenny Lind‹, heran. Als sie zum dritten Mal geläutet hatte, folgte sie dem ›Goldfisch‹ nach Sausalita.

Drüben in den östlichen Bergen, dem Sehnsuchtsziel all der Tausende, die hier gelandet waren, war die Sonne aufgegangen. Sie goss ihr volles Licht auf die blitzende, mit zahllosen Booten belebte Bai nieder. Welch ein Unterschied lag zwischen diesem Augenblick und einem einzigen Jahr! Welcher riesenhafte Fortschritt sollte in den nächsten zwölf Monaten hier einziehen!

Noch vor einem Jahr stand hier ein kleines, dürftig belebtes Städtchen, gebaut aus ungebranntem Lehm. Es war kaum mehr als ein großes Dorf. Der Handel bestand aus der Ausfuhr von etwas Talg und Häuten. Einlaufende Walfänger wurden mit frischem Wasser und Fleisch versorgt. Und jetzt? Dicht gedrängt, einem Jahrmarkt ähnlich, Zelt an Zelt, Bude an Bude, nur hier und da von einem Holzhaus überragt. Das war die aus dem Boden gewachsene ›Stadt der Einwanderer‹, San Francisco. Sie dehnte sich über das ganze sichelförmige Ufer der Bai aus und wurde von kahlen Küstenhügeln eingeschlossen. Rings um ihren Rand, wohin das Auge auch sah, flatterte die Leinwand neuer Zelte, hämmerten Leute und rammten Pfosten ein, setzten Zelle an Zelle zu diesem merkwürdigen Bau.

Schon jetzt genügte ihnen der Raum nicht mehr. An den steilen Hängen kletterte das ungeduldige Menschenvolk hinauf, riss mit Hacke und Brechstange Stück für Stück von dem alten Berg los, um ebene Fläche für ein Zelt zu bekommen. Auf der anderen Seite baute man in die Bai hinein, mit langen, werftähnlichen Brücken. Festverankerte Schiffe wurden in Magazine und Warenhäuser verwandelt, die plötzlich, nur ein einziges Jahr später, mitten in den Straßen der zu ihnen hinaus gebauten Stadt lagen.

Überall wurde gearbeitet, auf dem Wasser, auf dem Land, mit Handwerkszeug und Rudern. Wie die kleinen, winzigen Gestalten da drüben am Ufer so geschäftig hin und her liefen und mit schwerbeladenen Karren Güter – Futter für das nächste Feuer – in ihr Zeltnest schleppten! Und wo ist denn die Brandstelle von dem Feuer, das vor kaum vierundzwanzig Stunden erst einen Teil der Stadt in Asche legte? Du kannst sie deutlich noch erkennen, Freund – es ist der ganze weite Raum, auf dem die weißeren Zelte und helleren Häuser stehen. Die Leute hatten ja volle vierundzwanzig Stunden Zeit, und fast alles ist schon wieder aufgebaut.

Mast an Mast bedeckt die ganze Reede unserer neuen Stadt. Mast an Mast, so dicht sich die Schiffe nur legen durften, um bei dem Herumschwenken durch Ebbe und Flut von ihren Ankern nicht gefährdet zu werden. Hier ein Dreimaster, der mit vollgedrängtem Deck und flatternden, losgeworfenen Segeln um Clarks Point herum schießt und, fast erschrocken über die zahlreiche Gesellschaft, rasselnd seinen Anker fallen lässt. Mit der einsetzenden Flut schwenkt er vor seiner Kette herum, als wollte er den Platz so schnell wie möglich wieder verlassen. Dort eine Brigg, die ihre Ladung mit teuer gemieteten Leuten löscht, denn die Matrosen sind ihr lange davongelaufen. Da drüben ein Schoner, der eben mit frischem Gemüse und einer ganzen Ladung goldhungriger Insulaner von den Sandwichinseln herüberkommt. Auf all diesen Fahrzeugen ist aber doch noch Leben und Bewegung, sie passen zu dem Bild um sie her. Der Kern dieses fest am Anker liegenden Mastenwaldes aber sieht aus, als wäre die Pest ausgebrochen und hätte die Mannschaft in ihr kühles Grab gebracht.

Kein Segel mehr an den Rahen, keine Wache an Deck, kein niet- und nagelloses Stück flattert. Leer und öde liegen die Schiffe auf dem stillen, unbewegten Wasser der Bai. Ihre kahlen Masten schauen vergeblich nach der Mannschaft aus, die schon lange mit Spitzhacke und Schaufel in die Berge gezogen ist.

Matrosen sind ein leichtsinniges Volk, das nur für den Augenblick lebt. Vielleicht bringt ihnen doch schon die nächste Reise den Tod! Dass sie nicht auf ihren Schiffen mit magerem Lohn aushalten, wo sie eine rasche Flucht und ein kurzer Marsch in den Bereich von fabelhaften Schätzen bringen, ließ sich denken. Alle desertierten, wo sich nur nach dem ersten Ankerwurf die Gelegenheit dazu bot. Was half es den Kapitänen, dass sie das bislang verdiente Geld, vielleicht sogar fünfzig oder hundert Dollar, zurückbehielten? Dort drüben fanden sie vielleicht in einer Schaufel so viel. Von manchen Fahrzeugen waren sogar die Kapitäne und Steuerleute dem Beispiel gefolgt und überließen das arme Schiff sich selbst. Was sollten sie auch jetzt mit diesen großen Segelschiffen machen? Wo hätten sie in diesem Taumel, der alle erfasste, Leute finden sollen, um wieder hier wegzufahren? Wer wollte jetzt Kalifornien verlassen?

Nur die kleinen Schoner mit geringem Tiefgang, die es gewagt hatten, Kap Horn zu umschiffen, wurden hier belohnt. Man brauchte sie, um Proviant, Bauholz, Werkzeuge und überhaupt alle Minenbedürfnisse den Sacramento und San Joaquin hinauf in die dort rasch aufblühenden Städte Sacramento und Stockton zu schaffen. So konnten sie auch ihren Leuten acht Dollar pro Tag zahlen, Fracht und Passage standen dazu im richtigen Verhältnis, und die Eigentümer wurden dabei reich.

Überall in der Bai baute man zugleich kleine Dampfer, um dem dringenden Bedürfnis nach diesen Fahrzeugen abzuhelfen. Dampfmaschinen waren an Bord größerer Schiffe von den spekulierenden Yankees schon mehrfach eingeführt. Kleine Kutter, ja selbst Walfischboote wurden dazu hergerichtet. Man verlängerte sie dazu teilweise und überbaute sie mit einem breiteren Deck, um die leichte Maschine zu tragen. Es kam ja nicht darauf an, wie lange sie hielten. Für zwei oder drei Fahrten waren sie wohl tauglich, und wenn sie dann zusammenbrachen – was tat's, sie hatten ihren Zweck erreicht und sich doppelt und dreifach bezahlt gemacht. Dass Menschenleben dabei in Gefahr kamen, konnte kein Gegenstand sein. Menschenleben waren das Billigste in ganz Kalifornien.

Und wie das Menschenleben dort wogt und schafft! Auf der Halbbai, die durch den sichelförmigen Uferboden San Franciscos gebildet wird, liegen große Mengen dieser kleinen Fahrzeuge. Sie haben längsseits an den großen Schiffen festgemacht, um dort ihre Ladung zu übernehmen, oder stehen durch Boote und kleine Kähne mit dem Land in Verbindung, um Fracht für die Minen so schnell wie möglich aufzunehmen. Und schnell geht es wirklich, denn die Arbeiter werden für ihr Tagewerk enorm bezahlt, aber sie leisten auch etwas dafür. Hier findet sich nicht der Schlendrian des Festlandes, der dem lieben Gott die Zeit stiehlt und mit schlechtem Feuerschwamm und schwer schließenden Schnupftabakdosen die Stunden hinbringt, indem sie stundenlang entweder mit dem Versuch beschäftigt sind, sich eine Zigarette anzuzünden oder aber eine Prise Tabak zu schnupfen. Jeder geht dem anderen zur Hand, und die tiefgeladenen Boote zischen mit schäumendem Bug durch die Flut, angetrieben von Rudern, die zum Zerspringen gebogen sind.

Das lebt und atmet wirklich mit den zahlreichen weißgespannten Segeln, die sich dem nördlichen Arm der Bai entgegen blähen. Schoner und kleine Briggs, die so geringen Tiefgang haben, dass sie die Sacramento-Barre passieren können, und zahllose offene, flache und Kielboote sind es, mit einem Schwarm von Minenlustigen besetzt. Links liegt der Arm, der sich dem ›Goldenen Tor‹ der See entgegenstreckt. Dort, wo sie hereinkommen, sehen sie wieder fünf, sechs verschiedene Schiffe kommen, alle mit Goldsuchern, alle mit Konkurrenten beladen. Aber die wollen ebenfalls in den Minen graben, deshalb müssen sie sich beeilen, um ihre paar Tage Vorsprung zu nutzen. Gingen ihnen doch schon so viele Tausende voran, dass sie nicht einmal wissen, ob sie noch einen Platz da oben finden!

Jetzt sind sie an dem Flussarm vorbeigekommen, unterstützt vom Wind und von den harten Rudern. Die Flut, die südlich nach dem Arm, wo San Francisco und weiter unten San Jose liegen, und östlich in die Carquines-Bai mündet, ihr Wasser wälzt, unterstützt sie dabei.

Wie wunderbar hier rings um sie die neue Welt ausgebreitet liegt! Rechts die kahlen, nur mit dürftigem Gras bewachsenen Berge, an denen zahlreiche Herden weiden. Links mehr baumbesetzte Ufer mit einzelnen freundlichen, bewaldeten Buchten und Einschnitten, die dem Verkehr noch nicht geöffnet und von der einströmenden Bevölkerung nicht übervölkert wurden. Was sollen die Leute auch dort? Da liegt kein Gold. Und doch sehen sie gern wieder einmal zu den grünen Waldschatten da drüben. Es ist gewissermaßen die Versicherung, dass nicht ganz Kalifornien eine so öde, trostlose Wüste ist wie die Küstenberge. Aber Naturschönheiten können hier nicht lange den Menschen fesseln. Was ist das da oben rechts, auf der hohen, bergartigen Uferkuppe, die den Horizont bis dort hinaufgeschoben hat? Dort wird plötzlich eine Gestalt sichtbar, die wie eine Erscheinung in der Luft hängt. Ein einzelner Reiter, klein und zierlich in der Entfernung, wie aus Elfenbein geschnitten. Die Konturen, die zarten Beine des Pferdes, der schöne, emporgeworfene Kopf, der wallende Poncho über den Schultern des Mannes, sind haarscharf gegen den blauen Himmel geprägt.

Es ist ein Kalifornier, der vielleicht seit Monaten zum ersten Mal wieder aus dem Landesinneren an die Küste kommt, um hier nach seinem wild weidenden Vieh zu sehen. Als er das letzte Mal hier war, verließ er eine öde Wildnis und findet jetzt das neuentdeckte Kalifornien wieder. Aber diesem Treiben will der wilde Sohn der Berge nicht lange aus der Ferne zusehen. Das muss er in der Nähe fassen und begreifen lernen. Er wirft sein Pferd herum und lässt dem fröhlich wiehernden Tier die Zügel. Als er im halsbrecherischen Ritt die weite Bai entlang schießt, verschwindet er für die Leute im Boot wie im Erdboden.

Drüben, am linken Ufer, zeigt sich bei der anwachsenden Flut nur noch ein schmaler Felsstreifen mit grünem Baumbewuchs. Dort spielt eine Schar Seehunde, wälzt sich im warmen Sonnenschein und springt dann plätschernd in die klare, salzige Flut. Hier und da versucht ein Boot, näher heranzukommen, und die stets bereitgehaltenen Gewehre senden hin und wieder einen heißen Bleigruss herüber, aber die Entfernung ist zu groß. Die munteren Tiere sehen neugierig die Kugeln auf das Wasser schlagen und versinken und spielen ruhig weiter, bis ein kecker Feind ihnen näher rückt. Blitzschnell sind sie dann im Wasser, schauen mit den bärtigen Gesichtern noch einmal, wie neckend, heraus und tauchen tief aus dem Gefahrenbereich.

Jetzt verengt sich die Bai und zieht sich zur Straße von Carquines zusammen. Aber das ist gut für die Fahrzeuge, die sie erreicht haben. Die Flut hat ihren höchsten Stand, und während sich das Wasser staut, können sie den Wind ausnutzen, der sie in die dort wieder breiter werdende Bai hineinträgt. Mit der bald zurückkehrenden Ebbe geht hier eine solche Strömung durch, dass die Segelschiffe nicht mehr dagegen ankommen.

Drei Schoner segeln hier nebeneinander durch die Straße, um das freie Wasser wiederzugewinnen. Sieh nur, wie ihre Decks vollgestopft mit Waren sind, mit Mehlsäcken und Fässern voll gepökeltem Fleisch, mit Brettern und Planken hochgetürmt, und dazwischen kauern die Passagiere.

Die Agenten versprachen ihnen alle mögliche Bequemlichkeit für unterwegs, als sie ihre Passage teuer genug bezahlten. Jetzt wird ihnen noch nicht einmal ein glatter Platz zum Schlafen geboten! Kein Schutz gegen den Nachttau, keine Ecke, an der sie ihr kaltes Essen verzehren können! Aber was tut's? »Das ist Kalifornien! Morgen oder übermorgen sind wir in den Bergen, und da liegt das Gold!«

Dicht am Ufer rudert ein kleines Boot mit vier Riemen. Eine riesige Gestalt mit einem Säbel zwischen den Knien und einer Doppelflinte neben sich sitzt am Steuer. Auch vorn im Bug des Bootes liegen vier geladene Flinten, und an den Seiten des Bootes sind Ledergriffe angebracht, in denen Messer und Pistolen zum sofortigen Gebrauch stecken.

Die Leute auf dem nächsten Schoner sehen neugierig in das schwerbewaffnete kleine Fahrzeug hinab. Haben freche Seeräuber das offene Meer verlassen, um hier glücklichen, aus den Minen zurückkehrenden Goldsuchern aufzulauern? – Es sind unsere biederen Landsleute, die Magdeburger, die harmlos wie die Kinder mit einem Waffenarsenal in die Minen steuern.

Hier erweitert sich die Bai wieder, aber es bleibt so lebendig wie vorher. Zwei kleine Städte liegen sich hier gegenüber, und der Atlantische Ozean sowie das Adriatische Meer mussten die Namen dazu geben: New York und Venedig, ein Spott auf beide!

Dort links Venedig – eine Karikatur der alten Dogenstadt, auf kahlem, nacktem, gelbem Strand mit hellgrünen Grasflächen dazwischen. Im Hintergrund ein kleines Weidendickicht und bunt zerstreut ein lächerliches Gemisch kleiner, viereckiger, weiß zusammengezimmerter Häuser. Es wirkt wie eine Schachtel mit Nürnberger Tand, dort ausgeschüttet und unordentlich wie auf den gelben und grünen Feldern einer Anzahl Lottokarten aufgestellt. Nicht einmal die Kirche mit dem abgebrochenen Kirchturm fehlt dem Ort.

Rechts dann New York – als hätte sich Venedig widergespiegelt.

Aber das ist alles nur der Beginn. Wie Samenkörner wurden die Häuser hier über den sandigen Boden ausgestreut. Da sie Wurzeln gefasst haben, wächst in einem Jahr die wirkliche Stadt rasch und sicher genug empor.

Ernst und schweigend, mit ihren vierkant gebrassten Rahen ankern aber dort drei amerikanische Kriegsschiffe. Der scharfe Bau, die akkurat verlegten Taue machen in jeder Spiere ihre Herkunft deutlich. Die Mannschaft wird gut genug bewacht, um ein Desertieren unmöglich zu machen. Fest und eisern liegen sie da und zeigen ihre Zähne. Über ihre Hängematten werfen die Matrosen manchen sehnsüchtigen Blick nach den vorbeischießenden Booten.

Überall hier niedrige, flache Ufer, nur im Hintergrund die grünen Berge. Dort nähern wir uns auch den gar nicht so weit auseinanderliegenden Mündungen der beiden Hauptströme Kaliforniens. Der Sacramento kommt von Norden durch waldiges Talland, der San Joaquin von Süden durch dichten Binsensumpf in die Bai. Den Sacramento schließen weiter oben Kiefern- und Zedern-, hier unten Eichenwälder ein. Wenn der San Joaquin die Berge verlässt, treibt er sich im Zickzack und in unzähligen Krümmungen durch den weiten Sumpf. Schon in großer Entfernung sieht man die kleine Zeltstadt Stockton vor sich liegen. Aber wie eine Schlange windet sich der schmale Fluss einmal rechts, dann wieder links ab, einmal gerade darauf zu, und dann sieht es so aus, als wolle er in die Berge zurückkehren. Er scheint von dort hierher gesprungen zu sein und sich verlaufen zu haben.

Wie belebt ist der Strom! Dampfboote begegnen sich oft an Stellen, wo sie in dem schmalen Fahrwasser kaum ausweichen können. Schoner und Kutter drängen mit geblähten Segeln dazwischen und versuchen mit Stangen und Tauen stromauf zu gelangen. Einige haben geankert, um die Flut abzuwarten. Nur die Boote werden rüstig weitergerudert, und die Leute legen sich stärker in die Ruder, um so viel Fahrzeuge wie möglich zu überholen.

Jetzt das neugebaute Stockton – die Familienähnlichkeit mit San Francisco lässt sich nicht leugnen, wenn es auch nur eine jüngere Schwester oder eigentlich Tochter ist. Zelte und Bretterbuden, womöglich noch leichter gebaut, sind bis unter das Dach mit Waren für die Minen vollgestaut. Wie das hier hetzt und jagt und weiterdrängt! Ja, wer hat hier Zeit, wo die Berge in einem Tagesmarsch zu erreichen sind?

Hier beginnt auch die Landpassage. Während San Francisco fast völlig auf seine Wasserwege angewiesen ist und ein schwerer Wagen eine Seltenheit ist, ist hier alles darauf berechnet, die Waren von den Booten so schnell wie möglich auf Achse oder Packsattel weiterzubefördern. Die schweren Überlandwagen der westlichen Farmer, die bis hierher gedrungen sind, werden hoch beladen. Mit vier oder auch sechs Ochsen bespannt, kehren sie wieder in die Minen zurück. Zahlreiche Maultiertrupps lagern überall, und Mexikaner sprengen durch die Straßen oder arbeiten schweißüberströmt mit Fässern und Säcken, um die Lasten ihren Packtieren aufzubürden.

Zug um Zug verlässt so die Stadt. Hier eine Karawane mit Goldwäschern, die sich einen Wagen für ihr Gepäck und Handwerkszeug genommen haben. Nur mit Hemd und Hose leicht bekleidet, marschieren sie singend und lachend nebenher. Dort ein Trupp Maultiertreiber mit bunten Zarapen über den Schultern, die Madrina mit der klingenden Glocke um den Hals. Hier keucht ein einzelner Goldwäscher unter seinem Packen, auf dem auch noch Schaufel, Hacke und Gewehr befestigt sind. Er hatte nicht genug Geld für die Fracht seiner wenigen Sachen und muss einsam und allein seine Bahn suchen. Dort sprengen ein paar Reiter, Händler oder Spieler, auf schäumenden Ponys die staubige Straße entlang.

Aber wohin man auch sieht, überall nur wilde, bärtige Männer, raue, in Wald und Wildnis zugehauene Burschen. Kein Kind und kein weibliches Wesen ist zu sehen. Erblickt man wirklich einmal ein langes, buntes Kleid, so kann man sicher sein, dass die Trägerin zu dem ältesten Gewerbe gehört. Das war auch damals kein Land für Frauen und Kinder, für die erst eine Heimat gegründet werden musste. Hier musste nicht nur erst dem Boden eine Existenz abgerungen werden, sondern auch das eigene Leben musste beschützt werden. In die Berge passte keine Frau.

In die Berge drängt und treibt das Volk. Wagen reiht sich an Wagen, Trupp an Trupp. Fast erstaunt sehen die eiligen Wanderer auf, wenn ein Mann sich die Mühe macht und Bäume am Weg fällt und Bretter anfährt. Aber der Mann hat dazu guten Grund: Die Amerikaner sind ein praktisches Volk, und wo sie spekulieren, geschieht das ohne jede Phantasie. Ein Amerikaner wird sich nie eine reizende Gegend als Wohnsitz aussuchen, wenn er nicht einen ganz besonderen Zweck damit verbindet. Er liebt den rauschenden Wald – wenn er seine Stämme zu Brettern und Pfosten benutzen kann. Er freut sich über die murmelnde Quelle, wenn sie stark genug ist, um eine Mühle zu treiben.

Es ist auch möglich, dass die, die sich am Weg niederlassen, schon ihr Glück in den Minen vergeblich versucht haben. Es ging damals das echt amerikanische Sprichwort herum, dass jeder erst ›den Elefanten sehen musste‹. Jedenfalls erkannten diese Leute, welchen Wert für später die feste Besitznahme passender Stellen bringen musste. Das nutzen sie jetzt aus. Es war gar nicht gesagt, dass sie hier auch wirklich wohnen wollten. Sobald ihm ein annehmbarer Preis geboten wurde, verließ er es mit dem größten Vergnügen, um woanders anzufangen, denn Kalifornien war groß. Sie wollten sich aber das Squatter- oder Preemption Right sichern, das dem Ansiedler Grund und Boden sicherte. Dass sie damit gut spekulierten, bewies die Zukunft.

Jetzt dunkelte es. Hinter den Küstenbergen sank die Sonne ins Meer, und fast unmittelbar folgte die Nacht. Wie still und leer die Straße plötzlich wird. Die Wagen sind zur Seite gefahren, um den noch folgenden den Weg nicht zu versperren. Das Vieh wurde ausgespannt, mit einer Glocke versehen oder auch gehobbelt und auf die nächste Weidemöglichkeit getrieben. Die Pferde ›hobbeln‹ ist ein deutsch-amerikanischer Ausdruck. Dabei werden ihnen die Vorderbeine so zusammengebunden, dass sie nur kurze Schritte machen können und ihren Weideplatz also in der Nacht nicht weit verlassen. Die Leute haben schon am nächsten Bach ein Feuer angezündet und Holz für die Nacht gesammelt.

Die mexikanischen Maultiertreiber haben ihre Tiere abgeladen, die Waren in der Mitte aufgetürmt und aus den hohen Packsätteln eine Barrikade im Kreis errichtet. Jetzt backen sie auf dünner Blechplatte ihr Weizenbrot. Hier und dort funkelt ein rotes, züngelndes Feuer durch die Büsche. Dunkle Gestalten bewegen sich darum herum und strecken sich endlich neben den glühenden Kohlen auf dem Boden aus. Die Leute brauchen kein Wirtshaus. Sie wussten vorher, dass sie unterwegs keins finden würden, und haben sich mitgebracht, was sie benötigen. Etwas zu essen und eine Decke, manchmal auch ein Zelt, in den Minen geht es ihnen auch nicht besser.

Jetzt sind die Feuer heruntergebrannt. Vom Himmel funkeln die Sterne auf das ruhig schlummernde Land mit all seinen Hoffnungen und Träumen.

9. Das Paradies

Wie schon erwähnt, sind die beiden Hauptströme Kaliforniens, an deren Ausläufern das Gold gefunden wird, der Sacramento und der San Joaquin. Der erste kommt vom Norden herunter, der andere vom Süden herauf, beide laufen am Fuß des Gebirgsrückens entlang, der im Westen die dritte und niedrigste Bergreihe Amerikas bildet. Es ist gewissermaßen das Rückgrat der Gebirge, die im Norden Felsengebirge, in Mittelamerika Anden und in Südamerika Kordilleren genannt werden. Von diesem Bergrücken laufen eine große Zahl kleiner Bäche und Bergströme von Osten nach Westen in dieses Tal und in die Hauptströme hinab. Gerade an diesen kleinen Bächen hatten sich die Uferbänke und Betten als sehr goldhaltig erwiesen. Schon jetzt arbeiteten Tausende von geschäftigen Händen daran, sie umzuwühlen und ihnen die lang bewahrten Schätze zu entreißen.

Oben im Norden waren die wichtigsten dieser Ströme der Feather River, Yuba und Bear Creek mit dem American Fork und manchen anderen, kleineren. Im Süden hatten dagegen der Calaveres, Macalome und Stanislaus den besten Namen.

Zwischen dem Stanislaus und Calaveres floss ein kleiner, klarer Bergbach dem Stanislaus zu. Ihm hatten die Indianer in ihrer bilderreichen Sprache den Namen ›Himmelsauge‹ gegeben. Später eintreffende Amerikaner gaben ihm aus irgendeiner Laune heraus den Namen ›Teufelswasser‹.

Sie hatten beide recht. War der Bergquell mit seiner klaren, unter Blumen spielenden Flut früher ein Himmelsauge gewesen – jetzt mit seinem durchwühlten Bett, mit der durch Maschinen getrübten Flut, mit seinen umgegrabenen und durcheinander gestürzten Uferbäumen war er wirklich zum Teufelswasser geworden. Die vertriebenen Nymphen des Misshandelten Stromes hätten sich nicht besser rächen können als eben durch das Gold.

Ziemlich weit oben sprang das ›Teufelswasser‹ aus einer herrlichen, von steilen Wänden eingedämmten Kluft und bildete ein breites, kesselartiges Tal mit völlig flachem Boden. Weiter unten floss es wieder durch eine ähnliche Kluft ab. Es war erkennbar, dass sich in früheren Jahrhunderten das Wasser hier zu einem See gesammelt hatte. In gewisser Tiefe zeigte der Boden überall klaren Kies und kleine Muscheln. Als das Wasser zu stark anschwoll, hatte es sich wieder einen Ablauf gesucht und dadurch den See wieder trockengelegt. Das

Tal wurde dadurch zu einer sogenannten Flat, wie sie hier in den Bergen häufig vorkommt. Nach einigen Missglückten Versuchen erwies sich gerade diese Flat als so reichhaltig mit dem edlen Metall, dass sie den Namen der ›reichen Diggings‹ erhielt. Nicht nur aus den Städten, sondern auch aus den benachbarten Minen kamen zahlreiche Goldwäscher hierher, um ihr Glück erneut zu erproben. Händler brachten gleichzeitig ihre Waren herauf, Proviant, Kleider, Handwerkszeug und Branntwein. Wenige Wochen später stand in der Flat, in deren weichem Boden die Spuren des grauen Bären noch nicht einmal wieder durch neuen Regen verwischt waren, eine kleine Zeltstadt, einer abgerissenen Ecke San Franciscos nicht unähnlich.

Der Ort, der von Tag zu Tag größer wurde und durch Laubhütten, Schindeldächer und blaue und weiße Zelte immer neue Auswüchse erhielt, musste einen Namen erhalten. Viele Vorschläge wurden dazu gemacht. Zuletzt entschied ein Zufall den Streit. Ziemlich in der Mitte der Flat stand ein einzelner knorriger Eichenbaum, der mit dem darum liegenden Terrain für die reichste Stelle gehalten wurde. Er war schon von einer amerikanischen Gesellschaft in Beschlag genommen, ehe die Miner hierherkamen. Jetzt verweigerten sie den anderen die Erlaubnis, in der Nähe nach Gold zu suchen, obwohl sie selbst den Platz nicht bearbeiteten, denn sie hatten noch einen anderen in Arbeit. Sie waren auch zahlreich genug, um ihre Rechte verteidigen zu können. Niemand wagte es deshalb, ihnen zu trotzen. Es gab auch genug Stellen in der Nachbarschaft, die sich ebenfalls als sehr reich herausstellten. So wurde der Platz mit dem Baum bald nur noch ›der verbotene‹ genannt, die Stadt selbst bald im Scherz das ›Paradies‹. Soviel Mühe sich auch ein gewisser Mr. Brown gab, der hier das erste Zelt aufgebaut hatte und den Ort Browntown nennen wollte, seine Versuche scheiterten trotz etlicher Brandyflaschen. Das Paradies mit dem ›verbotenen Baum‹ stand für ewige Zeiten – oder doch so lange, wie dieses Tal Gold hatte – am Teufelsbach.

Vom Namen einmal abgesehen, bot das Paradies aber sehr wenig Anspruchsvolles. Die ganze kleine Stadt bestand aus einer einzigen etwa vierhundert Schritt langen Straße, an der sich alle Kaufzelte gesammelt hatten. Die ›Vorstädte‹ wurden durch einzelne unordentlich in der Nachbarschaft stehende Zelte und Buschhütten gebildet. Trotzdem war dieser kleine Staat hier in der Bergwildnis bereits organisiert. Ein Friedensrichter und ein Sheriff waren gewählt. Vor dem Zelt des Richters wehte als Zeichen seiner Würde lustig das Sternen- und Streifenbanner der Vereinigten Staaten. Sonst trieb natürlich jeder, was ihn erfreute. Steuern und Abgaben existierten nicht. Der Friedensrichter oder, wie man ihn kalifornisch nannte, der Alkalde, musste sehen, wie er sein Gehalt durch allerlei Amtsgebühren und andere zufällige Einkünfte herausschlug.

Das ›Paradies‹ bildete so nur den Mittelpunkt der hier plötzlich an allen Stellen in Angriff genommenen Minen, den Ort, an dem sich nur ein Teil der wirklichen Goldwäscher für den Augenblick niedergelassen hatte. Von hier aus konnten auch die benachbarten Miner ihre Lebensmittel beziehen, solange sie es für gut hielten, in der Nachbarschaft zu bleiben. Sonst war niemand an den Boden einer solchen ›Stadt‹ gefesselt. Selbst die wenigen Händler, die hier Bretterbuden für ihr Lager aufschlugen, konnten durch die Nachricht von einem reicheren Platz bewogen werden, sofort zusammenzupacken und dorthin aufzubrechen – ein Fall, der fast jede Woche in den verschiedenen Minen vorkam.

Trotz des weiten, ebenen Tales war die Gegend sehr malerisch. Die Berge waren mit Kiefern, Zedern und Eichen bewaldet, und die grüne Flat bot einen reizenden Ruhepunkt für das Auge. Ja, die bunten, unter den einzelnen Baumgruppen verstreuten Zelte dienten nur dazu, das Bild lebendiger zu machen. Wohin der Blick auch fiel, traf er an den Hängen auf die hellen Leinwandhäuser, vor denen abends die Lagerfeuer flammten und abenteuerlich und wild gegen die düsteren Schatten der Felswände abstachen. Es war doch auch ein abenteuerliches und wildes Leben, das die Bewohner dort führten. Jetzt aber schien die Sonne hell und klar auf die grüne Waldung, auf das freundliche, menschenbelebte Tal. Wer plötzlich von den umliegenden Bergen dahinunter gegangen wäre, ohne zu wissen, was sie da unten trieben, wer nur das hübsche, von den grünen Hängen eingeschlossene und scheinbar von der Welt abgeschiedene Fleckchen Erde vor sich gesehen hätte, hätte vielleicht dasselbe ausgerufen: Ein Paradies!

Ja, Gottes Welt ist schön und die Natur überall zu bewundern, wenn nur nicht die Leidenschaft der Menschen überall eingriffe! Ein entweihtes Heiligtum war auch dieses Tal, dem die Natur nichts versagt hatte, um ein wirkliches Paradies zu werden – aber die Menschen darin gruben nach Gold!

Das war ein Leben und Treiben überall! Aus allen Tälern und Bachbetten heraus tönte das klappernde, rasselnde Geräusch der sogenannten Wiegen oder Waschmaschinen. Wo man hinuntersah, standen Gruppen von Männern, die schweren Spitzhacken in den starken Fäusten, um den harten Boden damit aufzureißen. Und hin und wider zogen die Scharen der Kommenden und Gehenden! So viele durch das Gerücht von reichen Minen hierhergelockt sein mochten, so viele wurden auch enttäuscht, sie fanden nicht das, was sie erhofft hatten. Andere Märchen, von den Nachbarminen in Umlauf gesetzt, machten die Runde, und viele schnürten wieder ihr Bündel, um dorthin zu wandern. Damals gingen bis heute unbestimmte Sagen von einem Goldsee oben in den Bergen herum, den wenige Glückliche zufällig gefunden hätten und der unermessliche Schätze bergen sollte.

Der Weg wand sich an ziemlich rauen Felsen das Tal hinauf. Er wurde aber trotzdem von den derben und schweren Auswandererwagen der Amerikaner befahren. Eben kam eine neue Karawane anmarschiert. Sie gingen neben dem Wagen, der ihr Gepäck transportierte. Die Gesellschaft schien bunt zusammengewürfelt und verdankte auch ihre Vereinigung nicht einer freiwilligen Wahl. Allein das Gewicht ihres Gepäcks hatte sie für die kurze Zeit der Reise aneinandergebunden. In Stockton fanden nämlich viele dieser Fuhrwerke eine außerordentlich einträgliche Beschäftigung mit dem Transport des Gepäcks in die Minen. War die Gesellschaft groß genug, um einen besonderen Wagen zu füllen, dann gab es weiter keine Schwierigkeit, und sie konnten sofort aufbrechen. Bestand sie aber nur aus wenigen Mitgliedern, dann mussten sie so lange warten, bis sich noch andere fanden, die in die gleiche Richtung oder zumindest in die Nachbarschaft wollten. Da die zukünftigen Goldwäscher selten ein genaues Ziel hatten und sie ihr Glück an dem einen Platz genauso gut versuchen konnten wie an einem anderen, schlossen sie sich häufig solchen reisefertigen Wagen an. Sobald der Fuhrmann seine Ladung voll hatte, brach er auf.

Auf diese Weise hatte sich auch hier nur zum Transport des Gepäcks eine gemischte Gesellschaft aller möglichen Nationen zusammengefunden. Sie trugen fast alle nur ihre Hemden und hatten die Jacken und Röcke auf den Wagen geworfen. Lachend und plaudernd gingen sie daneben her, blieben dann und wann stehen, um die in der Nähe des Weges arbeitenden Gruppen zu beobachten. Das war doch für sie ein Bild ihres künftigen Lebens.

Merkwürdig genug sahen diese Gruppen aus. Hier, gleich am Weg, der um einen Felsenvorsprung bog, arbeiteten drei Neger und ein Mulatte zusammen in der Nähe des Flusses. Sie hatten ein tiefes Loch in das Ufer gehackt, aus dem sie die goldhaltige Erde zum Wasser schleppten. Etwa hundert Schritt weiter oben wühlten sich drei Weiße, offensichtlich Iren, in den harten Boden hinein. Über ihnen arbeiteten Mexikaner mit ihren flachen Holzschüsseln und kurzen Brechstangen, und noch weiter oben dämmte eine größere Gesellschaft von Amerikanern den ganzen Bergstrom zur Seite. Für eine kurze Strecke gab man ihm ein anderes Bett, um in dem alten nach seinen Schätzen zu suchen.

Auch das ›himmlische Reich‹, China, hatte seine Söhne herüber gesandt, um die kalifornische Erde aufzuwühlen. Noch etwas weiter oben, wo sich das Tal verengte und der Bergstrom so nach seinem rechten Ufer hinüber drängte, dass ihn der Weg hier kreuzen musste, arbeitete ein kleiner Trupp von Chinesen in ihren blauen, baumwollenen geräumigen Jacken und kurzen weißen Hosen.

Einer unterschied sich von allen anderen, nicht nur durch die Kleidung, sondern durch sein ganzes Wesen. Er schien der Anführer der Schar zu sein. Er war ungewöhnlich groß und kräftig für diesen sonst eher kleinen und schmächtigen Menschenschlag. Er trug einen wunderschönen schwarzen langen Zopf, der ihn aber bei der Arbeit behinderte. Deshalb hatte er das untere Ende zusammengewickelt und trug ihn in der linken Jackentasche. Gerade als der Wagen vorbeifuhr, war er ihm einmal herausgerutscht. Er legte seine

Spitzhacke hin, wusch sich erst die Hände und brachte dann dieses Heiligtum der Chinesen wieder sorgfältig an seinen früheren Platz zurück.

»Donnerwetter, Justizrat«, sagte da einer der Wanderer, der sich die Chinesen mit besonderer Neugier angesehen hatte. »Was der Bursche für einen Schopf hat!«

»Hm ja!« stieß der Justizrat heraus. Mit seiner ewig langen Pfeife war er am Wegrand stehengeblieben und schien fest entschlossen, sich in Kalifornien über nichts mehr zu wundern, so außergewöhnlich und neu es ihm auch sonst wohl erscheinen mochte. »Aber nichts Besonderes, wir Haare wachsen lassen – ebenso lang!«

»Na, das wäre was, nehmen Sie mir's nicht übel!« rief der andere erstaunt.

»Nein, nehmen Sie es ihm lieber nicht übel, Herr Hufner«, näselte der dritte, der eben herankam und bei seinen Reisegefährten stehengeblieben war. »Dass dem Herrn Justizrat hier die Zöpfe nicht so groß vorkommen, ist wohl leicht erklärbar. Zu Haus in seinem Büro hat er sie bestimmt größer gesehen und für sich selbst ein Prachtexemplar mitgebracht.«

»Unausstehlicher Mensch, dieser Binderhof«, brummte der Justizrat vor sich hin, zog an seiner Pfeife und drehte sich, ohne ein Wort auf die boshafte Bemerkung zu erwidern, rasch ab, um den Wagen wieder einzuholen.

»Aber, lieber Herr Binderhof, was haben Sie denn ständig mit dem armen Justizrat?« sagte Hufner freundlich vorwurfsvoll.

»Gar nichts«, lachte der Lange, »nur meinen Spaß.«

»Sie werden ihn noch richtig böse machen!«

»Das sollte mir leid tun, denn er allein bestreitet meine Unterhaltung hier in dem langweiligen Land«, sagte der Lange. »Hören Sie mal, Hufner, die Geschichte scheint mir hier faul zu sein, denn wenn ich solche Löcher in die Erde hinein kratzen soll wie die Leute hier, dann werde ich wohl sehr wenig Gold finden.«

»Hm ja«, meinte Hufner etwas kleinlaut. »Sie haben da nicht so unrecht, Herr Binderhof. Was ich so von den Minen gehört habe, sollten die Arbeiten ganz anders gehen. Man kratzte da bloß das Gold mit dem Messer aus den Felsspalten heraus.«

»Nicht wahr, das habe ich auch gehört. Aber was tut's, wir wollen schon unser Gold finden, und wenn wir andere für uns graben lassen müssen. Hallo, was ist da vorn los? Sehen Sie einmal, das muss ein Deutscher sein.«

Vor dem Wagen hielt ein Mann mit einer schwerbeladenen Eselin. Er wollte offensichtlich ebenfalls in die Minen. An das Tier schmiegte sich ständig ein wenige Wochen altes Eselchen an, so dass es nicht sehr rasch von der Stelle kam. Die alte Eselin hatte wohl auch zu viel aufgepackt bekommen, und das Gehen fiel ihr schwer, während ihr Herr ständig mit einem dicken Stock auf sie einschlug. Der Wagen konnte jetzt eben vorüberfahren, und die Eselin ging ein paar Schritte nach vorn, aber das Junge drängte sich wieder vor sie, und erneut blieben alle stehen.

Der Mann war jedenfalls ein Deutscher. Er trug lange Wasserstiefel, eine Mütze und über der Schulter ein einläufiges Jagdgewehr an einem Riemen. Er stieß ständig fürchterliche Flüche aus, weil er das Tier nicht von der Stelle brachte. Dabei trat er das arme Füllen so mit seinen schweren Stiefeln in die Seite, dass es stürzte.

»Na, das ist grausam!« brummte der Justizrat, der jetzt gerade neben dem fremden Landsmann war. »Donnerwetter, Tierquälerei!«

»Donnerwetter!« fluchte aber, dadurch gereizt, auch der Eseltreiber. »Das ist mein Vieh, und mit meinem Vieh kann ich machen, was ich will. Das Biest hat mich lange genug aufgehalten, und ich habe es satt.«

Mit diesen Worten warf er seinen Stock hin und riss die Büchse von der Schulter. Ehe einer der Leute ahnte, was er vorhatte, erschoss er das kleine Eselfüllen, das eben wieder aufgestanden war und bei der Mutter Schutz suchte. Dann griff er seinen Stock auf, und hieb unbarmherzig auf die Eselin ein, um sie von dem toten Jungen wegzutreiben. Das Tier leckte das Füllen und stieß es mit der Schnauze an.

Die Tat war zu roh, um nicht die gerechte Entrüstung aller Zeugen hervorzurufen. Der Wagen hielt, und besonders der Justizrat war so außer sich, dass er selbst die Pfeife ausgehen ließ.

»Kümmert euch um euch selbst!« schrie aber der Deutsche. »Das Tier ist mein Eigentum, und ich kann damit machen, was ich will. Wenn ich zu spät in die Minen komme, gibt mir keiner von euch etwas dazu!«

»Was sagt er?« erkundigte sich der Wagenführer, ein baumlanger Mann aus Tennessee. Er musterte dabei den Mann von oben bis unten mit nicht gerade freundlichem Blick.

Hufner, der etwas Englisch mit sehr gezwungenem Dialekt sprach, übersetzte dem Langen die Worte. Kaum war er damit fertig, als der seine Peitsche ergriff und ausrief: »So, mein Lieber, das Eselfüllen gehört dir, und du kannst damit machen, was du willst? Sieh dir mal die Peitsche an; die gehört mir, und ich, habe die gleichen Grundsätze!« Dabei hieb er dem frechen Burschen aus voller Kraft eine Anzahl Streiche über Kopf und Schultern.

Der Deutsche fasste in blinder Wut nach seiner abgeschossenen Büchse und riss dann sein Messer aus der Tasche. »Bravo, bravo!« schrien die Amerikaner und seine Landsleute, die sich ihm alle drohend entgegenstellten. Gegen die Übermacht konnte er nichts ausrichten. Der Justizrat zählte inzwischen mit großer Genugtuung die verabreichten wohlverdienten Hiebe.

»Hm«, sagte er dann, als der Amerikaner aufhörte und wieder ruhig zu seinem Wagen ging. »Neun! Hätte fünfundzwanzig verdient! Pft! Lumpenkerl!«

Der Deutsche fluchte und schimpfte und schwur, er wolle den Fuhrmann über den Haufen schießen wie einen tollen Hund, sobald er wieder geladen hätte. Aber es kümmerte sich niemand um ihn, und als er allein war, durfte er ungestraft seine Wut an der armen Eselin auslassen.

Dieses kleine Intermezzo lenkte die Aufmerksamkeit der Reisenden für kurze Zeit von den Goldwäschern ab. Mit Entrüstung sprachen sie über die Brutalität des rohen Menschen. Die ›Passagiere‹ holten dabei ihre verschiedenen Flaschen heraus und tranken dem Fuhrmann zu, der dem Kerl doch mit seinen Peitschenhieben gezeigt hatte, wie sie über sein Verhalten dachten. Bald nahm aber wieder der Weg ihre Aufmerksamkeit in Anspruch, denn er führte einige Male hin und herüber durch den überall von Löchern durchwühlten Bergbach. An einigen Stellen wurde er so schmal, dass sich die Räder gerade noch so in der ausgefahrenen Spur halten konnten. Sie befanden sich jetzt auch an der Stelle, wo sich das Wasser des früheren Bergsees seine Bahn ins Freie und in das enge Tal gewaschen hatte. Hier vorüber, und alle Schwierigkeiten waren beseitigt.

Der Fuhrmann konnte übrigens hervorragend mit seinen vier Ochsen umgehen. Mit Wort und Peitsche dirigierte er sie genau auf die Fahrgleise, wie er sie haben wollte. Wenn die Eigentümer auch manchmal ängstlich ihr Gepäck auf dem Wagen musterten, so rollte der doch auch am äußersten Rand unter wegbröckelnden Wänden noch sicher dahin. Der Mann war aber auch mit diesem Wagen, allerdings mit anderen Tieren, über die Felsengebirge gekommen und dort an schlimmere Wege gewöhnt worden. Hier sah er weiter keine Gefahr als das mögliche Umwerfen der Fracht, an der er weiter kein Interesse hatte. Oben in den Bergen hing oft sein Leben und das der Tiere an einem einzigen falschen Schritt, an dem Rollen eines Steines.

Jetzt erreichten sie den oberen Pass, und dicht vor ihnen ausgebreitet lag in einer Entfernung von kaum hundert Schritt diese ganze wunderliche Welt. Der Justizrat betrachtete sie kopfschüttelnd. Dazu hatte er allerdings jetzt auch gerade Ursache. Selbst die Amerikaner, die an das wilde Treiben viel eher gewöhnt waren, sahen überrascht hinab und konnten sich nicht erklären, was der wilde Lärm zu bedeuten hatte. Die ganze Flat schien in Aufruhr zu sein. Von allen Seiten sprangen die Miner kreischend, jauchzend, hüpfend und lachend herbei. Alle in dem Städtchen benahmen sich so ausgelassen wie zu Fasching oder einem anderen, tollen Fest. Hier stand ein Mann, der auf einem chinesischen Gong herumhämmerte. Die scharfen, ohrenzerreißenden Töne schmetterten weit über die Berge hinaus und suchten da ihr Echo. Dort stand ein anderer mit einer kleinen Kindertrompete. Sein Gesicht war zinnoberrot, seine Backen zum Zerspringen aufgeblasen, als er dem Instrument schrille Töne entlockte. Da wirbelte jemand auf einer Trommel, dort schlug man ein paar Becken zusammen, während ein Fünfter mit aller Kraft eine alte, zersprungene Glocke läutete. Den Leuten schien es nur darauf anzukommen, soviel Lärm wie irgend möglich zu machen. Während die Goldwäscher von allen Seiten herbeiströmten, sah es fast so aus, als ob hier zu irgendeinem Zweck Sturm geläutet wurde.

»Was um Himmels willen ist denn hier los?« erkundigte sich der eine Amerikaner bei einem schnell vorbeispringenden Landsmann. »Brennt's irgendwo?«
»Brennen?« rief der lachend zurück. »Nein, nur in der Küche. Aber Hunger haben wir, und das sind die verschiedenen Signale, damit jeder von uns weiß, wohin er gehört. Ihr kommt gerade zur richtigen Zeit.« Damit sprang er vorüber.

Der Mann hatte ihnen die Wahrheit gesagt. Viele der Kaufzelte hielten es für vorteilhaft, ihren Kunden für zwei Dollar auch ein Essen zu bieten. Die verschiedenen Alarmzeichen dienten also dazu, den Gästen anzuzeigen, dass das Essen fertig war. Da es nicht genug Glocken gab und es dadurch auch nur Verwirrung gegeben hätte, hatte jedes Esszelt ein anderes Instrument. Die gerade Angekommenen konnten aber davon noch keinen Gebrauch machen, denn sie mussten erst ihr Gepäck abladen und dann auch im Auge behalten, bis es an einer sicheren Stelle, im Zelt oder Bretterverschlag, untergebracht werden konnte.

Nur der Justizrat nahm darauf keine Rücksicht. Er hatte die Überzeugung, dass seine Reisegefährten stillschweigend die moralische Verpflichtung übernommen hatten, nicht nur auf ihr Gepäck zu achten, sondern auch auf seins. Ohne sich deshalb darum zu kümmern, wanderte er zum nächsten Zelt, als er erfahren hatte, was die Signale bedeuteten. Er trat ein, legte die lange Pfeife und seinen Hut in die Ecke und nahm am gedeckten Tisch Platz.

Das Zeltinnere war nicht vielversprechend. Eine ungehobelte lange Tafel aus Zederbrettern mit Bänken in gleicher Art stand in der Mitte. Nur an einigen Stellen lagen kurze und schon öfter benutzte Tischtücher. Messer, Gabel und Teller gab es allerdings und auch ein großes Salzfaß, vielleicht aus Zinn, denn der darauf liegende Staub ließ es nicht richtig erkennen. Aber zwei riesige Flaschen mit sogenannten Pickles, kleinen, eingelegten Gurken in Essig und spanischem Pfeffer, bildeten den eigentlichen Anlockungspunkt für diese Mahlzeiten. Es war etwas Pikantes für die Zungen, die sich das ewige frische Fleisch und Weizenbrot schon übergegessen hatten. Die Leute bezahlten auch gern einen ziemlich hohen Preis dafür. Das Essen konnten sie sich auch in ihrem Zelt zubereiten, aber die sauren und gepfefferten Pickles gab es nur hier.

Eine Menge Gäste strömten jetzt herein und hatten schon Platz genommen. Der Justizrat erwartete jetzt ein richtiges Menü, wurde aber natürlich enttäuscht. Das ganze Essen bestand aus einem Stück etwas zähem Rindfleisch, Kartoffeln mit Schale und Weizenbrot. Er versuchte auch die Pickles, musste aber schon nach dem ersten Bissen so furchtbar husten, dass er kaum wieder zu sich kommen konnte. Dafür durfte er zwei Dollar bezahlen. Als er voller Entrüstung über solche ›Prellerei‹ das Zelt wieder verlassen wollte, musste er feststellen, dass inzwischen jemand seinen guten, breitrandigen Filzhut von der Pfeife weggenommen und statt dessen einen alten Strohdeckel darüber gestülpt hatte. Seine Nachforschungen waren vergeblich. Er konnte sich im Englischen auch nur schwer verständlich machen, und die Leute lachten ihn auch noch aus. Es blieb ihm schließlich nichts anderes übrig, als zu seinen Leuten zurückzukehren und den Hut aufzugeben.

»Sieh mal an«, empfing ihn dort der ihm verhasste Binderhof mit vergnügtem Lächeln. »Solche Eitelkeit hätte ich dem Justizrat nicht zugetraut! Ist er doch gleich in die Stadt gegangen und hat sich einen neuen Hut gekauft!«

»Verdammter Deckel!« fluchte der ärgerliche Mann, der den alten Strohhut in Gedanken aufgesetzt hatte. Er riss ihn herunter, knüllte ihn zusammen und warf ihn auf den Boden. »Nichtsnutzige Bande hier – wo ist meine Mütze?«

Lamberg war der einzige praktische Mensch in der kleinen Gesellschaft, hatte aber vor der Arbeit den gleichen Widerwillen wie der Justizrat. Vor dem besaß er allerdings den Vorteil, dass er wenigstens sagen konnte, wie etwas gemacht wurde. Zur Ausführung benutzte er dann Hufner, der mit großer Gutmütigkeit und Gefälligkeit nie jemand gern eine Bitte abschlug. Außerdem achtete Hufner den Justizrat besonders – wegen seines Titels.

Vor allen Dingen war es jetzt erforderlich, dass sie ihr mitgebrachtes Zelt an einem passenden Ort aufschlugen. Den Platz suchte Lamberg aus und zeigte die Stellen, wo die Löcher für die Zeltstangen gegraben werden mussten. Binderhof musste dann die Stangen halten, während Hufner im Schweiße seines Angesichts die ersten Spitzhackenschläge in kalifornischen Boden tat.

Das Zelt stand endlich, und die mitgebrachten Gegenstände wurden – diesmal gemeinsam von allen – hineingetragen. Hufner blieb als Wache zurück, weil die anderen sich erst einmal den Ort ansehen wollten. Er hätte allerdings selbst gern so einen Spaziergang gemacht. Der Justizrat war aber nach der Unterbringung seines Gepäcks mit seiner wieder gestopften Pfeife losgegangen. Binderhof steckte beide Hände in die Taschen und schlenderte ihm nach. Lamberg hielt es für erforderlich, Gegend und Gelegenheit für die nächsten Arbeiten zu untersuchen. So blieb dann natürlich niemand außer Hufner übrig, um die Sachen im Auge zu behalten.

10. Der indianische Häuptling

Es mochte etwa fünf Uhr nachmittags sein, als die neu eingetroffenen Deutschen ihre wichtigsten Vorbereitungen beendet hatten. Die Goldwäscher waren alle wieder bei ihrer Beschäftigung, teilweise in der Flat selbst, teilweise an den einzelnen kleinen Bächen. Das ›Paradies‹ lag ziemlich still und öde mit seinen weißen Leinwandwänden im heißen Sonnenschein.

Die Hauptstraße war völlig menschenleer, abgesehen von einem Indianer. Er war mit einem zerlumpten Hemd bekleidet und kam mit einer Holzladung auf dein Rücken gerade aus dem Wald, um es in ein Speisezelt zu bringen. Die Weißen gaben ihm dann ein Stück Brot und, die Hauptsache, einen Schluck Branntwein dafür. Um seine Gesundheit damit zu zerstören, strengte der rote Sohn der Berge vielleicht zum ersten Mal in seinem Leben seinen Körper an. Da klapperten rasche Hufe auf der harten Straße, die von den Bergen herunter führte. Der ungewohnte Laut veranlasste selbst einige der faulen Händler, die Köpfe aus dem Zelt herauszustrecken, nur um zu sehen, wer wohl kam. Diesmal bereuten sie ihre Neugier nicht, denn der Anblick lohnte die kleine Mühe.

Fünf nicht sehr große, aber kräftige braune Ponys kamen in vollem Galopp den Weg entlang. Auf den sattellosen Rücken der Tiere hingen Indianer. Der Führer des Trupps war ein etwa sechsundzwanzigjähriger Mann. Er war ganz europäisch gekleidet, was sehr selten war. Er trug helle Hosen, eine kurze, mit vielen Knöpfen besetzte Jacke und einen Strohhut. Darunter flatterte lustig sein langes, rabenschwarzes Haar. Schuhe trug er jedoch nicht. Über der linken Schulter hing eine lange, einläufige Schrotflinte, und in einem roten, seidenen, chinesischen Gürtel steckte ein langes spanisches Messer.

Die kalifornischen Indianer reiten eigentlich nie und haben auch keine Pferde. Der Mann ritt aber wie mit seinem Tier verwachsen und lenkte es mehr durch den Druck seiner Schenkel als mit dem leichten Zaumzeug. Er hatte auch nichts von dem scheuen, verschlossenen Wesen an sich, das sonst bei dieser Rasse wegen der Übergriffe der mächtigen Weißen zu finden ist. Wie er da so leicht und trotzig auf seinem weit ausgreifenden Renner saß, nickte er sogar hier und da in eines der Zelte zu einem bekannten Gesicht hinüber. Aber kein freundliches Lächeln huschte über sein ernstes Gesicht, das strenge, aber doch edle und schöne Zöge aufwies. Der junge und mächtige Indianerhäuptling Kesos, der große Gewalt über alle benachbarten Stämme der Berge hatte, war den Händlern hier schon bekannt. Wo ein Streit geschlichtet werden musste oder gestohlene Waren gesucht wurden, wandte man sich an ihn. Sie konnten sicher sein, dass er ihnen zu ihrem Recht verhalf. Das größte Interesse galt jedoch eben den beiden Reiterinnen, die ihm folgten. Es war ein faszinierendes Bild, wie diese beiden wilden Mädchen auf den schnaubenden Pferden vorüberjagten.

Die Kleidung der Wildnis, einen Schurz aus gegerbter Hirschhaut, mit Stroh umflochten und Fruchtschalen verziert, hatten sie abgelegt. Dafür trugen sie die buntfarbigen Stoffe der Weißen als lange, bis auf den Knöchel reichende Kleider. Es waren sehr schöne Mädchen, ihre großen, dunklen Augen bei dem wilden Ritt blitzend und funkelnd. Die vollen, schwarzen Haare wurden nur von einem roten Perlmuttschmuck zusammengehalten und flatterten dadurch im Wind. Die üppige Figur der einen wurde von einem weiten, brennend roten Kleid umschlossen, das am Hals eng anlag und in der Taille durch eine gleichfarbige chinesische Schärpe zusammengehalten wurde. Ein schwefelgelbes Kleid mit roter Schärpe trug die andere. Hals, Arme und Füße der beiden waren unbedeckt. Sie ritten wie die Männer ebenfalls ohne Sattel, und ihre leichten Kleider flatterten so bei dem schnellen Ritt, dass ihre schönen Beine ständig zu sehen waren.

Hinter ihnen, auf nur mittelmäßigen Ponys, die ihren niedrigen Rang deutlich zeigten, ritten zwei indianische Jungen, vielleicht vierzehn bis sechzehn Jahre alt. Auch sie hatten den Versuch gemacht, sich europäisch zu bekleiden. Sie hatten Jacke und Hose – aber geteilt. Der mit der Hose hatte einen freien Oberkörper, der mit der Jacke trug einen Lederlendenschurz. Sie waren wohl die Diener oder Reitknechte des Häuptlings.

Im gestreckten Galopp sprengte der junge Häuptling die Straße herunter und überholte jetzt den Indianer, der das Holz trug. Sein schwankender Gang unter der leichten Last verriet deutlich, welchen Lohn er für seine Arbeit immer erhielt. Im Nu riss er sein Pferd zur Seite, das sich auf den Hinterbeinen herumwarf. Während die beiden Mädchen rechts und links auswichen, zügelte der junge Häuptling sein schnaubendes, dampfendes Tier und sah finster auf den erschrockenen Stammesgenossen.

»Kesos! Capitano!« stammelte der Holzträger erschrocken und sah scheu zur Seite, als ob er schnell flüchten wollte.

»Schämst du dich nicht?« sagte Kesos mit leiser, unwillig gedämpfter Stimme. »Schämst du dich nicht, Tibuka? Du trinkst das Gift der Bleichgesichter, du Krieger der Cayota trägst den Fremden Holz zum Feuer? Soll ich dir Weiberkleider schicken?«

Der Indianer stammelte einige entschuldigende Worte vor sich hin, aber der junge Häuptling erwiderte keine Silbe darauf. Er sah ihn nur verächtlich an. Der Holzträger sah nicht zu ihm auf, aber er fühlte trotzdem den Blick und senkte den Kopf tiefer.

»Soll ich dir einen Weiberrock schicken?« flüsterte der Häuptling noch einmal. Der Indianer war nicht mehr imstande, den Hohn zu ertragen. Er warf seine Holzlast mitten auf die Straße und lief, so schnell ihn seine Füße trugen, die Straße hinauf, wieder in die Berge.

Ein verächtliches, aber bitteres Lächeln zuckte für einen Augenblick um die Lippen des jungen Reiters. Er drehte aber nicht den Kopf nach dem Flüchtling um. Er warf sein Pferd wieder herum und setzte seinen Weg so schnell wie vorher fort. Die beiden Reiterinnen lenkten zur Seite und flogen mit ihren munteren Tieren über den Holzhaufen. Gleich darauf stieß der kleine Trupp noch auf ein Hindernis. Es bestand in der Person des deutschen, plötzlich nach Kalifornien versetzten Justizrates. Er hatte mit seiner langen Pfeife und einer kleinen grauen Mütze eben seinen Spaziergang angetreten, um die ›Stadt‹ etwas in Augenschein zu nehmen. Der Justizrat hörte zwar die galoppierenden Pferde, hatte aber soviel damit zu tun, in die rechts und links liegenden Zelte zu sehen, dass er nicht weiter darauf achtete. Jetzt flog Kesos so dicht an ihm vorüber, dass er ihm mit der Spitze des rechten Fußes den Ärmel streifte. Im Nu prallte er zur Seite, um aber dem Mädchen mit dem feuerroten Kleid in den Weg zu springen. Hätte sie nicht so rasch ihr Tier herüber gerissen, so wäre der Mann gleich bei seinem Mineneintritt über den Haufen geritten worden. So kam er mit dem Schreck davon. Die beiden nachfolgenden Burschen hatten Zeit genug gehabt, um ihm auszuweichen. In der nächsten Sekunde waren sie schon vorbeigebraust.

»Donnerwetter!« sagte der Justizrat und hob die heruntergefallene Mütze auf. »Auch eine Art? Schwarze Heiden – Lumpenpack!« Ohne sich weiter um die Indianer zu kümmern, setzte er damit seinen Weg fort.

Der Häuptling zügelte sein Pferd vor dem Zelt des Alkalden unter der matt wehenden amerikanischen Flagge. Er sprang herunter und übergab den Zügel einem der rasch abspringenden Jungen. Den Mädchen rief er ein paar Worte zu. Sie nickten und ritten dann langsam weiter, bis sie die Stadt hinter sich und eine kleine Anhöhe zwischen verstreuten Zelten erreicht hatten. Dort hielten sie, um die weiteren Befehle ihres Herrn abzuwarten.

»Buenos Dias!« grüßte inzwischen der junge Häuptling. Er hatte ohne weiteres den Zelteingang zurückgeschlagen und war eingetreten. Der Alkalde lag gerade in einer etwas verlängerten Siesta auf seinem Bett in der Ecke des Zeltes ausgestreckt und fuhr überrascht von seinem Lager auf. Als er aber den Häuptling erkannte, blieb er auf dem Rand seines Lagers sitzen, streckte sich etwas und erwiderte dann freundlich nickend:

»Buenos Dias, Kesos!« Damit hatte er aber auch schon fast seinen ganzen Vorrat spanischer Wörter erschöpft und setzte ohne Umschweife auf Englisch hinzu: »Was willst du?«

»Mit dir sprechen, Richter!« erwiderte der Indianer in gebrochenem, aber verständlichem Englisch. »Aber nicht in deiner Sprache, die schwer und ängstlich auf meiner Zunge liegt. Lass deinen Dolmetscher holen, denn ich habe dir viel zu sagen.«

»Hm«, brummte der sogenannte Alkalde, ein kleiner, ziemlich fetter Amerikaner. Er wurde von seinen Landsleuten – Gott weiß warum – Major genannt. »Viel zu sagen? Wäre mir nicht gerade angenehm, denn ich habe mehr zu tun, als deine indianischen Scherereien anzuhören. Was hast du wieder?«

»Wo ist Sheriff?« erkundigte sich der Häuptling, ohne die Frage zu beantworten.

»Wo ist Sheriff?« wiederholte der Alkalde ärgerlich. »Ja, wo ist Sheriff – was geht mich Sheriff an? Sheriff wird schlafen oder Gold waschen oder spazierengehen oder sonstwas tun, was ihm gefällt. Muss ich mich um den Sheriff kümmern oder er sich um mich?«

»Hol ihn!« sagte lakonisch der Indianer.

»Hol ihn?« rief jetzt der Friedensrichter erstaunt über den Ton. »Das ist nicht schlecht, hol ihn! Als ob ich sein Stiefelputzer bin! Hol ihn selbst, wenn du was von ihm willst, ich brauche ihn nicht.«

»Gut!« sagte Kesos, drehte sich herum und verließ ohne Gruß das Zelt, um den Sheriff, den er kannte, selbst aufzusuchen.

Major Ryoth blieb in einer unbehaglichen Stimmung zurück. Wenn er irgendetwas auf der Welt hasste, so waren das Geschäfte, mit denen ihn der Sheriff ohnehin schon genug plagte. Außerdem kannte er den Einfluss, den der indianische Oberhäuptling auf die verschiedenen Stämme ausübte. Er wusste, dass etwas Außergewöhnliches vorgefallen sein musste, sonst hätte er keinen Dolmetscher verlangt, um seine Verhandlung zu führen. Und war von den Indianern jemals Geld für ihre Klagen zu bekommen? Nicht einen Krümel! Ja, wenn es ein Landsmann oder ein Fremder gewesen wäre, der den Schutz der amerikanischen Gesetze verlangt hätte! Dann konnte er gut zwei bis drei Unzen oder mehr fordern und tunkte keine Feder ein, ehe er nicht das Gold sicher hatte. Aber mit den Indianern war das eine sehr unerquickliche Sache, die selten oder nie etwas einbrachte. Und doch musste sie erledigt werden, wenn er nicht von dem Alkalden des Distrikt Courts zur Rechenschaft gezogen werden wollte.

Einige Bewohner des Städtchens hatten sich inzwischen vor dem Zelt eingefunden, um den seltenen Besuch anzustaunen. Der Häuptling war überall als ein weit über seine Verhältnisse gebildeter, eigentlich schon halbzivilisierter Indianer bekannt. Die benachbarten Stämme sahen mit fast abgöttischer Verehrung zu ihm auf und erfüllten seine Befehle ohne Widerrede. So zog er, während er eigentlich bei den Calaveres-Indianern sein Hauptquartier hatte, von Stamm zu Stamm, um ihre Streitigkeiten zu schlichten und ihre Beschwerden zu hören. Leider gab es in dieser Zeit mehr als genug davon. Waren nicht die Bleichgesichter in ihr Land eingefallen wie ein Strom, der alle Dämme bricht, um gierig nach dem gelben Metall zu suchen? Hatten sie nicht ihre Eichenhaine gefällt, ihre Fischereien zerstört, ihr Wild getötet oder vertrieben, und waren sie nicht selbst aus ihren Jagdrevieren wie die Tiere des Waldes verjagt worden? Wo sie zusammentrafen, erlaubten sich die weißen Eindringlinge Übergriffe. Die geringste Vergeltung, die sie übten, zog die Rache von Tausenden über diese sonst so harmlosen Söhne der Wildnis herauf. Weiter und weiter wurden sie zurückgedrängt, höher und höher hinauf, nicht nur in den tiefen Schnee der Gebirge, sondern auch in Gebiete feindlicher Stämme. Und noch immer steckten die Bleichgesichter keine Grenzen, immer noch mehr Land beanspruchten sie als ihr Recht und Eigentum. Wie sollte das enden? Wo sollte endlich die Grenze zwischen dem roten und dem weißen Mann gezogen werden?

Die Mehrzahl der Indianer kannte allerdings nicht die Tragweite dieses Überfalles, den sie nur für vorübergehend hielten. Sie wussten, die Weißen waren herübergekommen, um nach dem gelben Metall zu suchen, und dachten, sie würden wieder gehen, wenn sie alles ausgegraben hätten. Kesos sah weiter. Er war schon selbst in San Francisco gewesen, hatte die Schiffe gesehen, die dort mit Häusern und Werkzeugen einliefen, und erkannte bald zu seinem Schreck, dass dieser Einbruch der verhassten Fremden mehr als nur ein vorübergehender Besuch war. Überall zäunten sie schon große Stücke Land ein und ackerten es um. Auf den Missionen hatte er gelernt, was das bedeutete: Saat hatten sie dort in die Erde getan, von der sie später ernten wollten. Die Häuser, die sie bauten, sahen für den Wilden nicht danach aus, als ob sie nur für den milden Winter einer einzigen Jahreszeit errichtet wurden. Als die Missionare herüberkamen und ihre Missionsgebäude aufgestellt hatten, dachten sie nicht daran, das Land wieder zu verlassen. Sie wollten auch nur mehr und immer mehr Boden gewinnen. Diese neuen Ankommenden würden es nicht anders machen. Er hatte auch die furchtbare Zahl der Fremden gesehen. Er kannte die Gewalt ihrer Feuerwaffen und wusste, welches Übergewicht sie ihnen über seine armen, nackten und nur mit schwachen Bogen und Pfeilen bewaffneten Landsleute geben musste. Er fühlte das Verzweifelte ihres Kampfes, ihres Widerstandes gegen diesen Koloss, und sein Herz blutete. Aber er war auch entschlossen, ihnen Schritt für Schritt streitig zu machen. Er war entschlossen, sich nicht einschüchtern zu lassen. Eine Hoffnung blieb ihm dabei: dass die Weißen untereinander nicht einig waren.

Er hatte genug von fremden Sprachen bei seinem häufigen Besuch der katholischen Missionare gelernt, um einen Unterschied zwischen Americanos, Mexikanern und Franzosen zu machen. Es konnte ihm dabei nicht entgehen, dass die in Masse einströmenden Abkommen der spanischen Rasse eher mit den Franzosen und anderen Fremden zusammenhielten, den Amerikanern aber bitter feind waren. Hatten die ihnen doch auch den ihnen sonst gehörenden Küstenstrich mit Waffengewalt geraubt! Mit der Hilfe der einen Gruppe hoffte er die andere zu besiegen. – Armer Indianer, du hattest deine Hoffnung auf einen schwachen und morschen Anker, auf eine feige, entnervte Nation gestützt und kanntest die allmächtige Gewalt des Goldes nicht! Was half es dir, wenn sich selbst die Mexikaner ermannt und den Amerikanern Widerstand geboten hätten – etwas, wozu sie nicht einmal den Mut und die Kraft besaßen, als es galt, ihren eigenen Herd gegen den einbrechenden Feind zu verteidigen. – Die Berge, in denen deine Heimat lag, waren goldhaltig, und wer auch immer Sieger geblieben wäre – für dich und deine Leute waren und blieben sie für immer verloren.

Aber Kesos, trotz seines jugendlichen Alters in den höchsten Hang erhoben, den ein Kind seines Stammes erreichen konnte, sah die Zukunft noch nicht so schwarz und düster vor sich liegen. Er wollte nicht glauben, was ihn selbst manchmal wie eine Ahnung in trüben Stunden beschlich. Die Hoffnung, dieses Kind des Himmels, für uns arme Sterbliche ein Trost, hielt ihn aufrecht.

Solange der Mensch noch hofft, lebt er auch – nehmt ihm die letzte Hoffnung, und er wird, er muss zum Selbstmörder werden.

Die Hände in den Taschen, schlenderten inzwischen einige der Yankee-Storekeeper, der Händler, die Straße hinab, genau dorthin, wo die beiden wilden Mädchen mit den Pferden hielten. Dank ihrer Auffassungsgabe hatten sie auch von der Sprache der Indianer so viel gelernt, dass ›Walle-Walle‹ (Freund-Freund) der Gruß der Indianer war. Dieses ›Walle-Walle‹ war bei ihnen allerdings wenig mehr als der abgebrochene Henkel eines Topfes in ihren Händen, denn jede begonnene Konversation war damit auch wieder abgeschnitten. Nichtsdestotrotz und im Gefühl ihres Wertes als Weiße und Amerikaner, ja als Herren des Landes, gingen die langen, schlaksigen Burschen ziemlich zuversichtlich auf die beiden Schönen zu und brachten ihren Gruß an. Dann blieben sie abwartend vor ihnen stehen.

Die beiden Mädchen hatten sie schon von weitem kommen sehen und beobachtet, ohne ihre Stellung auch nur gering zu verändern. Sie waren abgestiegen und standen dicht beieinander auf einer kleinen Anhöhe, während die beiden Jungen die fünf Pferde hielten. Von hier aus konnten sie das ganze Zeltstädtchen bis zu seiner entferntesten Grenze übersehen. Es war derselbe Hügel, auf dem die Deutschen ihr Zelt errichtet hatten.

»Walle-Walle!« sagten die Yankees und sahen die beiden Mädchen freundlich lächelnd an.

»Walle-Walle!« antworteten sie, aber nur mit dem Mund. Ihre Augen schweiften zu der Stelle, an der der Häuptling jetzt gerade wieder aus dem Zelt des Alkalden trat, um den Sheriff zu suchen und ihn zum Alkalden zu bringen.

»Hm, verdammt nette Mädchen!« meinte einer der Amerikaner zum anderen. »Besonders die Rote, und die braune Haut steht ihr nicht übel. Der Indianerlump hat einen guten Geschmack!«

»Und gleich zwei!« sagte der andere.

Die Mädchen wechselten rasch ein paar Worte, ohne sich dabei anzusehen. Um die Lippen des Mädchens im roten Kleid spielte ein spöttisches Lächeln.

»Wenn man nur ihr verdammtes Kauderwelsch verstehen könnte!« sagte der erste Sprecher wieder. »Die Worte klingen aber alle, als ob sie kurz gehackt und in einem eisernen Mörser gestoßen worden wären. Ich glaube, ich könnt's nicht lernen, und wenn ich zehn Jahre in Kalifornien wäre.«

»Walle-Walle!« versuchte der zweite, das Gespräch noch einmal anzuknüpfen. Wieder verzog ein Lächeln die etwas aufgeworfenen Lippen der Schönen, aber keine erwiderte den erneuten Gruß. Für sie waren die Höflichkeiten erledigt, und sie wollten mit den Fremden weiter nichts zu tun haben.

»Zum Henker, vielleicht verstehen sie Amerikanisch!« rief der erste wieder. »Deutlicher klingt's auf jeden Fall, und ich denke, man müsste es den Worten gleich anhören, was sie meinen. Na, Mädels, wie geht's? Immer munter? Hübschen Spazierritt gemacht, he?« Dabei streckte er die Hand aus, um dem

Mädchen im roten Kleid unter das Kinn zu greifen. Aber es blieb bei dem Versuch. Ohne ihn auch nur eines Blickes zu würdigen, warf die Indianerin den langsam ausgestreckten Arm mit ihrer rasch emporgehobenen Hand beiseite. Dabei drückte ihr wirklich schönes Gesicht mehr Verachtung und Ekel als nur bloßen Unwillen aus.

»Nu, nu!« sagte der Yankee etwas bestürzt und wie beschwichtigend. »Ich beiße nicht etwa!« Er drehte sich damit halb der anderen Indianerin zu, als ob er dort den hier verunglückten Versuch erneuern wollte. Der Blick, der ihn hier traf, ermutigte ihn nicht besonders. Er steckte die Hand wieder in die Tasche, drehte sich auf dem Absatz um und sagte zu seinem Gefährten:

»Komm, Bill, hol der Teufel die verdammten Weiber. Sie sind wie die wilden Katzen und so bissig wie roter Pfeffer. Gegen unsere grünen Bergmädchen kommen sie doch nicht an.« Damit schlenderte er wieder langsam, von dem anderen gefolgt, in die Stadt zurück.

Hufner hatte vom Zelt aus, wo er als Posten zurückgelassen worden war, das rege Leben in dem vor ihm liegenden Städtchen beobachtet. Auch die Indianermädchen entgingen ihm nicht, die hier dicht vor seiner Behausung auf jemand zu warten schienen. Einerseits wurde ihm die Zeit schon entsetzlich lang, und dann hielt er es aber auch für erforderlich, den braunen Damen wenigstens guten Tag zu sagen. Als die Amerikaner fort waren, kam er langsam aus seinem Zelt heraus. Er ging aber aus angeborener Schüchternheit nicht gerade auf die Mädchen zu, sondern tat so, als wollte er an ihnen vorüber. Sie konnten ja auch nicht wissen, dass er von seinem Zelt gar nicht fort durfte. Erst als er dicht vor ihnen war, zog er höflich seinen Hut und sagte auf Englisch, denn den indianischen Gruß kannte er gar nicht:

»Good evening, Ladies!«

Die beiden Mädchen hatten einen flüchtigen Blick auf ihn geworfen und betrachteten ihn dabei nicht anders als die eben abgewiesenen, zudringlichen Amerikaner. Bei dem für sie aber merkwürdigen Gruß erhellte ein leichtes Lächeln ihre Züge, und sie drehten einander den Kopf zu, öffneten jedoch nicht die Lippen und wandten sich im nächsten Moment wieder ruhig ab.

»Hm, die haben dich nicht verstanden«, dachte Hufner und wurde bis hinter die Ohren rot. Eine weitere Annäherung wagte er aber nicht, nahm jedoch sein Taschentuch heraus und wischte sich die Stirn ab, als ob er nur deshalb den Hut gezogen habe, setzte ihn wieder auf und ging in einem weiten Bogen zu seinem Zelt zurück, in dem er gleich darauf verschwand.

Unten vor dem Zelt des Alkalden versammelte sich inzwischen eine größere Menge, darunter viele Amerikaner. Der Sheriff hatte einigen mitgeteilt, dass ihnen der junge Häuptling etwas anzuzeigen hatte. Manche der Händler kamen näher, um zuzuhören. Hier und da kehrten auch schon Goldwäscher aus der Flat oder der Nachbarschaft zurück und wollten sehen, was da vorging. Ein Dolmetscher war ebenfalls bald gefunden. Es war ein Deutscher, der lange in Chile gelebt hatte. Er sprach Spanisch fast ebenso perfekt wie Englisch. Er kannte außerdem den jungen Häuptling. Kaum hatte ihn Kesos gesehen, bot er ihm freundlich die Hand und schüttelte sie derb. Dabei sagte er:

»Das ist gut, dass ich dich finde, Compañero. Komm mit hinein, du sollst mir Recht verschaffen bei den Amerikanern.«

»Hast du Gold?« erkundigte sich der Deutsche lächelnd.

»Gold?« rief der junge Häuptling entrüstet. »Brauche ich Gold, wenn ich Gerechtigkeit verlange? Nimmt Kesos Gold von denen, denen er sie gibt?«

Der Deutsche zuckte mit den Achseln und schob die Spitzen seiner beiden Hände in den Gürtel.

»Der alte Major da drin«, sagte er dabei, »will aber gewöhnlich erst den blanken Stoff sehen, ehe er den Mund auftut, und nachher möchte man ihn lieber gleich noch einmal bezahlen, damit er nur wieder ruhig wird.«

»Aber der Sheriff...«

»Ist ein Ehrenmann, das muss man ihm lassen«, sagte der Dolmetscher. »Vor dem fürchtet sich auch unser Alter da drin. Wenn der ihm nicht manchmal den Daumen aufs Auge hielte, wäre bald der Teufel los. Na, komm, wir wollen sehen, was zu machen ist. Hat unser beschäftigter Alkalde heute Nachmittag ordentlich ausgeschlafen, so ist er vielleicht auch guter Laune und tut einmal sein Bestes.«

Der Sheriff, ein Amerikaner natürlich, und zugleich der Fleischer des Ortes, hieß Hale. Er war inzwischen in das Zelt des Alkalden getreten und fand hier den Major in keinesfalls so guter Laune, wie der Deutsche gehofft hatte.

»Da ist dieser rotfellige Landstreicher wieder, und so geschäftig wie eine Biene!« rief er dem Sheriff entgegen. »Wahrscheinlich wieder mit einer Klage gegen einen Weißen, als ob sich die Lumpen überhaupt zu beklagen hätten. Gottes Erbarmen ist es allein, dass wir sie noch am Leben lassen, die roten diebischen Schufte, die das Maultier eines Menschen nicht sehen können, ohne es zu stehlen!«

Dem Richter war nämlich vor etwa vierzehn Tagen ein Maultier abhanden gekommen.

»Ich glaube, wir stehlen ihnen mehr als sie uns, Major«, sagte der Sheriff trocken. »Es hilft auch nichts, sie müssen die Klage annehmen, denn unsere Gesetze sind da ziemlich klar: Klagen können vor einem Friedensrichter durch Weiße oder Indianer vorgebracht werden.«

»Auf keinen Fall aber«, rief der Friedensrichter, »soll ein weißer Mann irgendeines Vergehens auf die Aussage eines Indianers hin überführt werden können! Nun machen Sie mal was! Ich werde auch den Teufel tun, mir wegen einer solchen Rothaut hier unsere Goldwäscher auf den Hals zu ziehen. Kann mich der Staat schützen, wenn sie mir einmal über kurz oder lang eine Kugel durch den Kopf schießen?«[2]

»Pah«, sagte der Sheriff verächtlich. »So viel Gewalt haben wir auch noch, um das übermütige Gesindel im Zaum zu halten. Hören müssen Sie den Burschen jedenfalls. Wer weiß denn, was er hat und was vorgefallen ist.«

»Meinetwegen«, brummte der Richter verdrießlich. »Anhören kann man's, aber einlassen werde ich mich nicht weiter mit dem braunen Lump. Er ist mit allem unzufrieden und hetzt sein Gesindel mit jedem Tag mehr gegen uns auf. Wie lange wird's dauern, dass uns die Kerle sogar hier überfallen und zu plündern anfangen? Unverschämt genug sind sie jedenfalls dazu. Rufen Sie ihn herein, aber da ist er ja schon selbst. Dieses Volk lässt sich nicht lange bitten.«

Noch während der Richter sprach, betrat der junge Häuptling das Zelt. Der Deutsche folgte ihm. Ungeniert kamen auch sechs oder acht der Nachbarn herein, die wissen wollten, um was es sich handelte. Der Richter nahm verdrießlich an einem Tisch Platz, der Sheriff stellte sich neben ihn. Dann wurde, wie üblich, der Dolmetscher vereidigt, und der Major rief:

»Im Namen des Teufels, fangt endlich an. Was ist wieder vorgefallen, und wo brennt's? Wieder einmal wahrscheinlich eine Dummheit, die einer von euch gemacht hat und die jetzt ein Weißer ausbaden soll. Was habt ihr überhaupt hier in der Nachbarschaft zu tun? Macht, dass ihr weiter hinauf in die Berge kommt, dort stört euch niemand, und dort kommt auch keiner von uns hin, und Wild ist da ebenfalls genug. Hier seid ihr uns doch nur überall im Wege!«

Der Indianer hatte die englische Anrede wohl verstanden, denn sein Auge blitzte, und als der Dolmetscher Fischer sie ihm lachend übersetzen wollte, winkte er mit der Hand ab.

»Ich könnte dir darauf antworten, Richter«, sagte er dabei in seinem gebrochenen Englisch. »Aber wenn du noch etwas Schamgefühl in deinem Herzen hättest, würdest du mich, den Häuptling der eigentlichen Herren dieses Landes, nicht fragen, was wir hier zu tun haben. Wer hat euch gerufen? Aber genug davon«, setzte er hinzu und streckte die Hand wie zur Abwehr vor, als der Richter einen roten Kopf bekam und etwas erwidern wollte. »Nicht darüber wollten wir sprechen. So höre, was ich dir zu sagen habe.«

---

[2] Das Gesetz, Abschnitt VI, lautet wörtlich: »Klagen können vor einem Friedensrichter durch Weiße oder Indianer vorgebracht werden, in keinem Fall aber soll ein weißer Mann irgendeines Vergehens auf das Zeugnis eines oder mehrerer Indianer überwiesen werden können. In allen solchen Fällen soll es der Diskretion des Richters und der Jury überlassen bleiben, nachdem sie die Klage eines Indianers angehört haben.« Abschnitt XII: »In allen Fällen zwischen Weißen und Indianern können beide Parteien eine Jury beanspruchen.«

»Hol's der Teufel, Sheriff«, rief aber der Major. »Wenn mir der Kerl noch einmal solche Sachen ins Gesicht sagt, lasse ich ihn aus der Court werfen!«
Statt einer Antwort schüttelte der Sheriff nur ungeduldig mit dem Kopf und nickte dem Häuptling zu.
In der spanischen Sprache, die ihm völlig geläufig war und in der er sich deutlicher und verständlicher ausdrücken konnte, begann der Häuptling jetzt:
»Gestern Abend ist ein Weißer in unser Lager gekommen, während die jungen Leute auf der Jagd waren, und hat gegen die Weisung eines alten Mannes, der ihn fortschickte, die Frauen im Lager geärgert und beleidigt. Sogar an meine Hütte wagte er sich heran, deren innerer Raum geheiligt ist, überfiel meine Frauen und musste von ihnen mit Gewalt vertrieben werden.«
»Was sagt er?« erkundigte sich der Richter, der jetzt neugierig wurde. Als ihm aber Fischer die Worte übersetzte, schüttelte er ärgerlich mit dem Kopf und rief:
»Unsinn! Das fehlte auch noch, dass wir uns mit solchen Lappalien befassen sollen! Was geht mich das an? Ich soll jetzt wohl auch noch die indianischen Weiber hüten?«
»Halt!« rief aber der Häuptling und streckte stolz die Hand gegen ihn aus. »Die hüten sich selber, und sind wir in der Nähe, so tun es unsere Arme. Leider«, setzte er dann in spanischer Sprache hinzu, »kam ich zu spät zurück. Als der weiße Schurke sah, dass ihn die Frauen mit Verachtung zurückwiesen, schlug er einen alten Mann zu Boden, der ihnen helfen wollte. Einen anderen verwundete er mit dem Messer und floh erst, als er fürchten musste, dass der gellende Schrei der Frau einen der jungen Leute herbeirufen würde. Sein Pferd hatte er in der Nähe angebunden, ein ihm nachgeschossener Pfeil erreichte ihn nicht mehr.«
»So?« sagte der Richter, als ihm die Anklage übersetzt war. »Das ist nicht übel. Ihr schießt mit Pfeilen nach einem Weißen und verlangt dann am Ende auch noch, dass wir ihn dafür bestrafen sollen?«
»Lieber Freund«, ergriff da der Sheriff das Wort, ohne sich weiter um seinen Vorgesetzten zu kümmern, »das ist alles schön und gut, ich denke auch, ihr hattet das Recht, die zu vertreiben, die euch überfallen wollten...«
»Aber nicht mit Pfeilen nach ihnen zu schießen«, unterbrach ihn heftig der Major.
»Und warum nicht?« sagte der Sheriff ruhig. »Wenn der Bursche sein Messer gezogen und einen der Leute verwundet hat, so muss er auch damit rechnen, dass eine andere Waffe gegen ihn verwendet wird. Sie haben ja weiter keine Wehr als ihre schwachen Bogen und Pfeile. Davon abgesehen – kennen Sie den Namen des Schuldigen?«
»Was geht uns der Name an?« unterbrach ihn erneut der Richter, der sich jetzt über den Sheriff ärgerte. »Ich will seinen Namen gar nicht wissen, denn er hat

Narrenstreiche gemacht! Ein Holzkopf, sich mit den Braunfellen einzulassen, dafür haben sie auf ihn geschossen, und die Sache ist abgemacht!«

»Die Sache ist nicht abgemacht!« rief, trotzig sich emporrichtend, der Wilde. »Er hat das Blut eines meiner Männer vergossen, das Blut eines Greises, der jetzt mit einer schweren Wunde leidet. Ich bin zu dir, dem Alkalden dieses Reviers, gekommen, um die Bestrafung des Weißen zu verlangen, ebenso wie du sicher sein kannst, dass von meinen Leuten die bestraft werden, die sich gegen einen der Fremden vergeben!«

»So?« rief der Richter mit einem boshaften Blick auf den Indianer. »Hast du auch etwa die spitzbübischen Kanaillen bestraft, die mir vor vierzehn Tagen mein Maultier gestohlen haben, he? Habe ich mein Tier etwa wiederbekommen?«

»Es ist von keinem meiner Leute gestohlen worden«, sagte der Indianer ruhig. »Wer weiß, wohin es gelaufen ist oder wer von deinen eigenen Freunden es mitgenommen hat. Ich bin nicht da, um deine Maultiere zu hüten.«

»Und ich nicht deine Frauen!« rief der Major ärgerlich und doch froh dabei, endlich einen Grund für seinen Zorn zu haben. Der Sheriff schien nicht gesonnen zu sein, die Sache so oberflächlich abgemacht zu sehen. Er konnte sich zwar denken, dass von Seiten des Majors kaum ein Gerichtsverfahren gegen einen Weißen eingeleitet würde, der noch dazu nur indianische Zeugen gegen sich hatte, aber trotzdem wollte er für sich mehr von der Sache wissen.

»Aber Sie sind gar nicht dabei gewesen, als der Weiße in euer Lager einbrach«, redete er jetzt den jungen Häuptling wieder an. »Sie wissen nicht einmal, ob es ein Amerikaner, Franzose, Mexikaner oder Deutscher gewesen ist, und was nützt da eine Klage?«

»Es war ein Amerikaner«, sagte der Indianer bestimmt.

»Ein Amerikaner?« brummte der Sheriff, noch immer ungläubig.

»Wir erkennen euch Amerikaner aus allen anderen heraus«, rief da Kesos finster. »Er sprach auch englisch und war ein langer, hagerer Mann, das Gesicht eingefallen, die Augen klein und grau. Seine Jacke war bis unter den Hals zugeknöpft, seine blaue Zarape anders, als sie die Mexikaner und Kalifornier tragen.«

»Und wohin ist er geflüchtet?«

»Hier in diesen Ort. Bis hierher, bis in den glattgetretenen Pfad eurer Straße bin ich seinen Spuren Schritt für Schritt gefolgt. Sein Pferd, ein starkes, schweres Tier, hat aus dem Hufeisen des linken Hinterbeines zwei Nägel verloren und schont sein Bein vermutlich wegen des lockeren Eisens.«

»Das geht uns alles nichts an!« rief der Richter ärgerlich dazwischen. »Der Mann hat kein Verbrechen begangen, und da...«

»Allerdings, Major«, sagte aber der Sheriff ernst. »Wenn er in die Zelte der Eingeborenen brach und die Frauen überfiel, einen Mann sogar mit seinem Messer verwundete, so ist das allerdings ein Verbrechen. Sie als Friedensrichter sind jedenfalls verpflichtet, auf eine solche Klage hin eine Jury zusammen-zurufen.«

»Ich will verdammt sein, wenn ich's tue!« sagte der Richter.

»Dann kann der Indianer an das County Court gehen, und Sie werden ge-zwungen, ihn wenigstens anzuhören.«

»Ach, zum Teufel auch«, rief da der Richter, in die Enge getrieben. »So soll er uns den Burschen herschaffen, der den Alten verwundet hat. Dann wollen wir hören, was der dagegen zu sagen weiß. Wenn diese Rothäute einem Wei-ßen mit ihren verwünschten Glasspitzen an den Pfeilen zu nahe kommen, soll er sich nicht wenigstens mit seinem Messer verteidigen dürfen?«

»Ja, Sheriff, da hat der Major recht!« riefen jetzt auch einige der herbei ge-schlenderten Händler. »Den Friedensrichter oder Sheriff möchte ich sehen, der mir verweigern wollte, mich meiner eigenen Haut zu wehren, wenn ich angegriffen werde.«

»Bah, redet nicht solchen Unsinn!« rief Hale ärgerlich. »Davon spricht ja nie-mand! Soviel ist aber sicher: Wenn uns Kesos, der sich stets als ordentlicher und redlicher Indianer betragen hat, die Person zeigen und angeben kann, die den Frieden seines Lagers gebrochen hat, so haben wir allerdings Gesetze, die ihm zu seinem Recht verhelfen. Das Blut eines Eingeborenen darf nicht ohne wichtigen Grund vergossen werden.«

»Ordentlicher und redlicher Indianer, ja!« brummte einer der Händler. »An-statt seine Indianer zum Arbeiten anzuhalten, damit sie sich ihr Brot auf nütz-liche Weise verdienen und nicht hier bettelnd und vagabundierend herumlau-fen, jagt er sie fort und schickt sie wieder in die Berge, wie noch vor kaum einer halben Stunde. Einer der Rothäute, die ich in den Wald geschickt habe, um für mich Holz zu holen, kam mit einer Ladung zurück und musste sie mitten auf der Straße abwerfen, als er dem Herrn da begegnete!«

»Allerdings!« rief der Häuptling trotzig, in seinem schlechten Englisch direkt antwortend. »Aber weshalb? Weil Sie ihm statt Gold oder Brot nur das giftige Feuerwasser geben. Eure Gesetze verbieten euch, einem Indianer Branntwein zu geben, und drohen mit harter Strafe. Aber haltet ihr euch an die Gesetze? Fürchtet ihr, für eine Übertretung jemals bestraft zu werden? Nein, natürlich nicht. Fragt euren Alkalden, ob er das Zeugnis eines Indianers, und wenn ich es selber wäre, annehmen würde, und von euch Bleichgesichtern verrät keiner den anderen, ihr habt doch alle einen Nutzen dabei!«

»Der Kerl hat doch ein echtes Schandmaul!« sagte der Major. »Werft ihn hin-aus, Sheriff, wir sind fertig mit ihm und wollen seine Vorwürfe hier nicht län-ger mit anhören.«

Der Sheriff antwortete nicht auf den Befehl, sondern zündete sich langsam eine Zigarre mit dem auf dem Tisch stehenden Feuerzeug an. Da wurde plötzlich draußen ein wilder, jubelnder Schrei laut.

»Hallo, was ist das?« sagte der Richter erstaunt.

»Das kann ich euch sagen!« rief Kesos mit leuchtendem Blick und eilte zum Zelteingang. »Melangaju hat den Weißen, der uns überfallen hat, unter euren Leuten entdeckt. Einen Namen könnt ihr ihm jetzt selbst geben!« Mit diesen Worten riss er die Zeltleinwand zur Seite und sprang ins Freie.

»Der Kerl hat den Teufel im Leib!« sagte der Major, ohne sich jedoch von der Stelle zu rühren, während der Sheriff mit den anderen rasch dem Indianer folgte.

Draußen auf dem Hügel hatten inzwischen die beiden jungen Mädchen regungslos neben den Pferden ausgeharrt. Ihre Augen fixierten scharf die verschiedenen Gestalten der Fremden, die in ihren Bereich kamen. Die beiden indianischen Jungen plauderten dabei miteinander und zeigten sich hier und da eine mehr oder weniger auffallende Persönlichkeit, über die sie dann lachten. Kam aber derjenige in ihre Nähe oder sogar an ihnen vorbei, so waren sie plötzlich ganz still und ernst und sahen schweigend vor sich nieder – bis er vorüber war. Dann ließen sie sich wieder gehen. Das hinderte sie jedoch nicht daran, mit ihren scharfen Adleraugen umherzuspähen. Nichts in ihrem Gesichtskreis entging ihnen. Besonders scharf beobachteten sie die aus der Flat heimkehrenden Arbeiter, bis ihre Aufmerksamkeit auf einen einzelnen Mann gelenkt wurde, der auf der Straße vorüberging. Sein Gesicht konnten sie nicht erkennen, denn er hielt es von ihnen abgewandt. Nach ein paar rasch miteinander geflüsterten Worten nahm aber der eine von ihnen die Zügel aller Tiere in die Hand, während der andere wie eine Schlange den Hügel hinunterglitt und dem Fremden folgte. Doch noch ehe er ihn überholte, hatte er sich schon Gewissheit verschafft. Der lange Bursche hörte nämlich die leichten Schritte dicht hinter sich und drehte sich um. Kaum hatte aber der junge Indianer nur einen flüchtigen Blick auf sein Gesicht geworfen, als er, wie von einem Schlag getroffen, in die Knie einknickte.

Der Lange zog die Brauen finster zusammen und verfolgte, ohne weiter auf den Burschen zu achten, seinen Weg. Der Knabe deutete mit ausgestrecktem Arm auf ihn, und dieses Zeichen wirkte eigenartig auf die Mädchen am Hügel.

›Melangaju‹, ›die Wespe‹, wie sie der junge Häuptling genannt hatte, zuckte empor, raffte ihr langes, rotes Kleid zusammen und war mit einem Sprung bei ihrem Pferd. Kaum hatte der kleine Bursche Zeit, den Zügel loszulassen, so riss sie ihn schon über den Nacken des Tieres, griff mit der linken Hand in die zottige Mähne, schwang sich auf seinen Rücken und flog im nächsten Augenblick schon in toller Hast den Hügel abwärts. Kaum zwei Minuten später hatte sie den breiten Weg erreicht. Die Weißen konnten ihr kaum, lachend und fluchend, schnell genug Platz machen, da hatte sie auch schon den Fremden erreicht, den sie nicht für einen Moment aus den Augen verloren hatte.

Als der die Hufe auf dem harten Weg hörte, drehte er sich um und wollte aus dem Weg springen. In dem Augenblick hatte Melangaju auch schon ihr Pony herumgeworfen, presste ihm die Hacken in die Flanken und hob es zum Sprung. Es flog über den Weg, dicht vor dem Erschrockenen vorbei. Dabei stieß sie ihren triumphierenden Schrei aus, der den Häuptling alarmieren musste.

»Hast du ihn, Mädchen?« rief er ihr auch schon von weitem zu, als er nur die Szene erblickte.

»Das ist er!« jauchzte sie ihm zu. »Sieh nur, wie bleich er geworden ist! Das sind die Zeichen meiner Nägel, die ich ihm in die Stirn und die Wange gegraben habe!«

»So nah ist er dir gewesen?« zischte der Indianer zwischen den Zähnen hindurch und warf einen Blick voll tödlichem Hass auf den Amerikaner. »Da, Sheriff, ist das einer Ihrer Landsleute oder nicht?« sagte er dann zu dem Mann, der ihm eilig nachgekommen war. »Ich denke, sein Vaterland steht ihm deutlich genug auf der Stirn.«

»Das wäre eine verdammt schlechte Empfehlung!« brummte der Sheriff leise in den Bart. Es blieb ihm keine Zeit für lange Betrachtungen. Der Gestellte hatte sich von der ersten Überraschung erholt und rief jetzt ziemlich barsch, was das zu bedeuten habe. Gleichzeitig zog er seinen Revolver und sah den Sheriff wie den Indianer trotzig an.

Der Sheriff war nicht der Mann, der sich von einer gezogenen Waffe einschüchtern ließ. Im Gegenteil stimmte ihn das noch eher zugunsten des Indianers ein, an dessen Klage er keinen Augenblick zweifelte.

»Stecken Sie bitte den Revolver wieder ein«, sagte er deshalb ruhig. »Sie haben keinen Überfall zu befürchten, denn ich bin der Sheriff hier.«

»Und was habe ich mit dem Sheriff zu tun?« sagte der Lange, der jedoch der Aufforderung Folge leistete und seine Waffe in eine Seitentasche zurückschob.

»Das werden Sie gleich hören. Wie ist Ihr Name?«

»Smith.«

»Gut, Mr. Smith. Sie halten sich hier im Paradies auf?«

»Wie Sie sehen, ja.«

»Wo schlafen Sie?«

»In Dolkins Zelt.«

»Gut. Der Indianer hier hat eine Klage gegen Sie eingebracht. Sie sollen in sein Lager eingebrochen sein und einen alten Mann seines Stammes mit dem Messer verwundet haben.«

»Der Bursche träumt«, sagte der Lange finster. »Seit ich in Kalifornien bin, habe ich kein Lager dieser braunen Schufte betreten.«

»Du lügst, Weißer!« rief ihm der Häuptling entgegen, und wieder zuckte die Hand des Amerikaners nach der Waffe. Rasch trat der Sheriff zwischen die beiden und sagte ernst:

»Auf offener Straße kann die Sache nicht abgemacht werden. Sie werden sich Morgen im Zelt des Majors Ryoth einfinden.«

»Wegen der Aussage eines Indianers?« lachte Smith höhnisch. »Seit wann gelten diese Gesetze in den Vereinigten Staaten?«

»Sie werden sich nicht weigern, sich einer Jury zustellen«, sagte der Sheriff finster.

»Bestimmt nicht«, lachte der Amerikaner, »aber natürlich nur einer Jury von weißen Männern, falls Sie etwa eine andere Absicht hätten.«

»Es ist gut«, erwiderte der Sheriff, ohne auf die höhnische Bemerkung weiter ein Wort zu entgegnen. »Es wird meine Sorge sein, dass Sie Morgen um die bestimmte Zeit noch hier an Ort und Stelle sind.«

»Ich werde mich der edlen Gerichtsbarkeit nicht entziehen!« lachte Smith und schritt langsam durch die angesammelte Menge die Straße hinab.

»Lassen sie den Mörder gehen?« rief erstaunt das junge Mädchen dem Häuptling zu.

Der Indianer biss seine Zähne fest aufeinander und drehte sich, um zum Hügel zu gehen, auf dem die Pferde standen.

»Kommt Morgen rechtzeitig in die Stadt, Kesos!« rief ihn da der Sheriff an. »Wenn es irgend möglich ist, bringt den Verwundeten mit!«

»Glauben Sie, dass mich Ihr Stock von einem Richter überhaupt hören wird?« fragte der Indianer finster.

»Er kann es nicht verweigern«, erwiderte der Sheriff. »Viel Erfolg kann ich Ihnen allerdings nicht versprechen, auch wenn Sie das Recht auf Ihrer Seite haben. Wenn Sie nur einen Weißen als Zeugen hätten! Aber kommt trotzdem, mir liegt viel daran, dass der rauflustigen, vor nichts zurückschreckenden Menschenklasse wenigstens bewiesen wird, dass das Gesetz die Indianer unter ihren Schutz stellt. Sie müssen dann weniger befürchten, weiter belästigt zu werden.«

»Ich werde kommen!« sagte der Häuptling, ergriff den Zügel des neben ihm reitenden Mädchens und schritt langsam mit ihr zu dem nahen Hügel zurück. Wenige Minuten später sprengte der kleine Trupp wieder in voller Flucht, die Stadt umreitend, den Bergen zu.

11. Ein Abend im Paradies

Die neu angekommenen Deutschen waren inzwischen in dem kleinen Zeltstädtchen herumgeschlendert, ohne sich viel um die erwähnten Ereignisse zu kümmern. Sie verstanden ja auch die spanische Sprache gar nicht, die englische nur wenig und wussten deshalb nicht, was dort verhandelt wurde. Sie hatten nur ihre Freude an den beiden wilden Mädchen. Wie fest die auf ihren Pferden saßen und wie keck sie über gefällte Baumstämme und selbst ausgeworfene Gruben hinwegsetzten!

Aber auch das fesselte ihre Aufmerksamkeit nur kurze Zeit. Hauptsächlich wollten sie Landsleute finden, die sich hier auskannten und von denen sie Einzelheiten über die Minen, die Art der Arbeit und besonders den Gewinn erfahren konnten. Mit einem Wort verlangten sie jetzt an Ort und Stelle sehnsüchtig nach der Bestätigung ihrer wilden, goldenen Träume. Ehe sie die nicht erhielten, fühlten sie sich auch nicht behaglich.

Endlich ging die Sonne unter. Von allen Seiten kamen die Goldwäscher von der Arbeit und sammelten sich teilweise um die Feuer vor ihren eigenen Zelten, um ihr Abendbrot zu bereiten. Andere gingen gleich in die verschiedenen Trink- und Eßbuden, um dort ihre Mahlzeit zu halten.

Von unseren Freunden Lamberg, Binderhof und dem Justizrat hätte nun eigentlich einer ›nach Haus‹ gemusst, um den armen Hufner abzulösen, der gern ebenfalls etwas von dem neuen Minerleben zu sehen wünschte. Daran dachte aber keiner von ihnen. Hufner saß da oben gut, und Morgen bekam er Zeit genug, um einen Spaziergang durch die Stadt zu machen.

Lamberg und Binderhof gingen zusammen, weil der Justizrat Binderhof nicht leiden konnte. Sie waren vor einem der auch hier schon etablierten Spielzelte stehengeblieben, als sie sich angesprochen fühlten.

»How d'you do miteinander«, sagte ein Bursche. Er trug ein rotes Wollhemd und hatte eine abgegriffene Mütze fast ganz auf dem rechten Ohr sitzen. Beide Hände steckten fest in den von einem Fettrand umzogenen Hosentaschen.

»Hallo«, sagte Lamberg. »Wen haben wir da? Einen Landsmann? Woher, Kamerad?«

»Leipzig«, antwortete der Deutsche, dessen dickes, rotes Gesicht sich zu einer Art Lächeln zusammenzog. Schon das eine singend gezogene Wort verriet den Sachsen.

Binderhof, der aus besseren Verhältnissen stammte, maß den unsauber aussehenden Gesellen von Kopf bis Fuß und schien keine besondere Lust zu haben, sich mit ihm einzulassen. Der praktischere Lamberg konnte sich besser in die hiesigen Verhältnisse versetzen. Erkundigungen mussten sie ohnehin einziehen, und was von dem einen nicht herauszubekommen war, ließ sich vielleicht der andere im Gespräch entschlüpfen – nämlich die Andeutung, wo es eine gute Stelle zum Goldwaschen gab.

»So? Von Leipzig also? Schon eine Weile hier in den Minen?«

»Yes!« sagte der Sachse so breit wie möglich.

»Und was gefunden?«

Der Deutsche hob die Achseln so hoch, dass sie ihm bis an die Ohrläppchen stießen. »Faul!« war das einzige Wort, das er sprach.

»Faul?« rief aber jetzt auch Binderhof, mit dessen Hoffnungen diese Auskunft keineswegs übereinstimmte. »Warum nennt man dann diese Minen reich? Und den Ort das Paradies?«

»Die store keepers werden reich, yes«, sagte der Leipziger. »Aber die miners, die in der Erde worken und mit ihren cradlen schukkeln, blasen Trübsal! Puh – Namen! Solche Orte nennt man so, um viel people herzukriegen!«

»Mein Gott, spricht der ein Deutsch!« flüsterte Binderhof seinem Kameraden zu. »Verstehen Sie, was er sagt?«

»Zum Teil«, lachte der. »Darf ich Ihren Namen wissen?«

»Erbe – Louis Erbe!«

»Ah, sehr gut, Herr Erbe, dann können Sie uns vielleicht auch Auskunft geben, ob es hier noch andere Deutsche gibt und wo wir die finden können.«

»Oh, lots!« sagte Erbe.

»Was meinen Sie?«

»Nun, lots, eine ganze Menge, Deutsche gibt's everywhere hier oben.«

»Das wäre prima«, sagte Lamberg. »Wo könnte ich wohl einige von ihnen treffen? Haben Sie nicht eine Art Casino hier, einen Sommerklub, wo sie abends zusammenkommen? Im Belvedère oder irgendwo anders?«

»Stopp, Doktor, das reicht!« sagte Erbe trocken. »So Dinger, wie Sie da nennen, haben wir hier nicht, aber in dem Zelt von dem Frenchman da oben können Sie die meisten nach Dunkelwerden catchen.«

»Was?« sagte Binderhof erstaunt.

»Na, catchen, mein ich, antreffen, Herr Jäses, verstehen Sie denn kein Deutsch mehr?«

»Vortrefflich, lieber Freund«, rief aber Lamberg, dem der Mann Spaß machte. »Wären Sie da wohl so freundlich, uns hinzuführen, wenn Sie Zeit haben? Wenn Sie jetzt noch nicht dort sind, können wir wenigstens warten und vielleicht ein Glas zusammen trinken. Wir sind erst heute Nachmittag hier eingetroffen und möchten wenigstens so viel wie möglich von unseren Landsleuten kennenlernen.«

»Nicht die geringste objection«, entgegnete Erbe. Er hielt jede weitere Erklärung für überflüssig, drehte sich auf dem Absatz um und marschierte langsam die Straße hinauf, ohne sich nach den beiden umzudrehen.

»Das ist ein origineller Kauz«, lachte Lamberg leise, als sie ihm folgten.

»Wenn der Kerl nur nicht so schmierig aussehen würde!« sagte Binderhof.

»Du liebe Güte!« antwortete Lamberg. »Glacé-Handschuhe werden die Leute hier in den Minen nicht oft tragen!«

»Wer weiß, ob der nicht sogar welche anhat? Ich habe seine Hände nämlich noch nicht gesehen. Fast glaube ich, er hat sie in den Hosentaschen festgenäht. Der wird uns in eine schöne Kneipe führen!«

Zu weiteren Betrachtungen blieb ihnen keine Zeit, denn Erbe hatte in diesem Augenblick einen Bretterverschlag erreicht, der durch den Vorbau eines blauen Zeltes noch etwas vergrößert war. Am Eingang drehte er sich kurz um, um zu sehen, ob die beiden folgten. Dann verschwand er im Inneren.

Draußen im Freien hatten sie noch einen matten Dämmerschein gehabt. Hier im Inneren brannte aber schon Licht – einzelne Kerzen auf Blechleuchten – die den Raum nur notdürftig erhellen konnten. Für die Umgebung genügte aber die Beleuchtung.

Im Hintergrund stand ein langer, etwa meterhoher Schanktisch mit einer Tafel aus gehobelten Brettern. Bezogen war er mit dem gleichen blauen Stoff, aus dem ein Teil des ganzen Gebäudes hergestellt war. Hinter dem Schanktisch standen auf einem Bretterverschlag eine Anzahl verschiedener Flaschen. Dazwischen fehlte nicht einmal Champagner in einer bleiverschlossenen Flasche. Tische und Bänke waren aus Zedernholz und lagen auf Pfählen, die man in den Boden gerammt hatte – zur Bequemlichkeit der Gäste.

Einige hatten sich auch schon eingefunden, obwohl die Mehrzahl wohl noch beim Essen war und erst später kam. Lamberg und Binderhof staunten nicht schlecht, als sie an einem der Tische in aller Ruhe den Justizrat sitzen sahen. Vor ihm stand eine Flasche Rotwein, und er schien sich so behaglich zu fühlen wie noch nie auf der ganzen Reise. Nur als er Binderhof erblickte, verfinsterte sich sein Gesicht etwas und verschwand gleich darauf hinter einer undurchdringlichen Dampfwolke, die er von sich blies. Binderhof entging er aber dadurch nicht.

»Donnerwetter, Justizrat!« rief er ihn an. »Auch schon vor Anker gegangen? Ich dachte, Sie wollten Herrn Hufner oben ablösen, der noch immer beim Zelt als Wache steht!«

Diese Bemerkung war überflüssig, er bekam keine Antwort. Nur zu Lamberg wandte sich der Justizrat aus seiner Qualmwolke heraus:

»Famoser Wein – Flasche zweieinhalb Dollar, setzen sich hierher, Lamberg!« Er hatte Angst, dass Binderhof sonst an seine Seite kam. »Sind auch noch ein paar Landsleute hier... sehr gefreut – Donnerwetter, ist ganz hübsch in Kalifornien.«

Lamberg warf einen flüchtigen Blick auf die Flasche. Es fehlte erst etwa ein Glas, der Justizrat war also schon mindestens bei der zweiten. Lamberg wich aber nie einem vergnügten Abend aus. Den ersten Tag in den Minen hielt er für einen guten Grund, die Gelegenheit feierlich zu begehen. Der Justizrat war heute gesprächiger als sonst und stellte ihm noch zwei weitere Deutsche vor, die ebenfalls an dem Tisch saßen.

»Da, Lamberg – noch Landsleute. Herr Fischer aus Hamburg und Herr Korbel aus Meißen. Kollege von mir, der Herr Korbel, hm, hm.« Dabei hustete er kräftig. »Aktuar. Hat sein Gehalt, zwei Taler Federgeld, im Stich gelassen und nach Kalifornien gegangen. Leichtsinniger Mensch der, hm, hm, hm!«

Lamberg schüttelte den beiden zur Begrüßung die Hände. Fischer sah ihm über die Schulter und bemerkte Erbe, dem er zurief:

»Hallo, Doktor, auch da? Na, wie geht's, wo sind Sie denn die letzten Tage gewesen?«

»Umgesehen!« sagte Erbe, ohne auch nur seine Hände zu bewegen. Er hob das rechte Bein über die Bank, zog das linke nach und setzte sich gemütlich dicht neben den Justizrat.

»Doktor?« rief Lamberg erstaunt und nahm jetzt ihm gegenüber neben Fischer Platz. »Sind Sie Arzt?«

»Barbier!« antwortete aber Erbe und warf dabei einen flüchtigen Blick zu der noch fast vollen Flasche seines Nachbars. »Hier in den Minen callen sie mich aber Doktor.«

Der Wirt, ein Elsässer, war an den Tisch getreten, um die Wünsche seiner Gäste aufzunehmen. Der Justizrat musterte dabei etwas misstrauisch seinen Nachbarn.

»Schönes Land hier, wie?« nahm der Aktuar das Gespräch wieder auf. »Wirklich ein italienisches Klima. Lässt sich alles gut an, der Herr Justizrat wird sich freuen, wenn er erst einmal einen Blick in dieses Leben tut.«

»Na, wissen Sie, Herr Korbel, jeder managt, so gut er eben kann«, sagte da Erbe, nahm eines der auf den Tisch gestellten Gläser und schob es neben die Flasche des Justizrates. »Und sonst können wir immer noch ganz satisfied sein, und ich denke, dass es wohl noch schlechtere gibt.«

Der Justizrat sah seinen Nachbarn immer erstaunter an, und zwar wegen des vorgeschobenen Glases, nicht wegen der fremden Worte. Fischer befreite ihn aber aus der Lage, indem er aus seiner eigenen Flasche Erbe einschenkte. Darauf zog der seine rechte Hand aus der Tasche, trank das Glas in einem Zug leer und schob die Hand dann an die alte Stelle zurück.

»Und wie sieht's hier aus in den Minen? Was zu machen?« sagte jetzt Lamberg, der ebenfalls eine Flasche bestellt hatte und Binderhof einschenkte.

»Wie's kommt«, sagte der Aktuar. »Wenn Sie eine gute Stelle finden, kann es gut gehen, denn es liegt grobes Gold in der Nachbarschaft. Man kann aber auch lange herumgraben und waschen, ehe man was Gescheites findet.«

»Apropos waschen!« sagte der Justizrat, den das Gold noch wenig interessierte. Sie waren ja nun in den Minen, und wenn es hier nicht lag, wo sollte es sonst sein? »Können Sie mir nicht Waschfrau empfehlen? Muss Sachen abgeben!«

»Waschfrau, Herr Justizrat?« lachte Fischer. »Na, warum nicht? Wir haben hier alles, es sieht nur etwas anders aus als bei uns zu Hause. Wenn Sie etwas waschen lassen wollen, dann fragen Sie Morgen nach Old Tomlins – in jedem Zelt wird man Ihnen den Weg zeigen. Dort wird alles erledigt.«

»Danke!« sagte der Justizrat und schenkte sein Glas wieder voll, ohne jedoch das seines Nachbarn zu berücksichtigen.

»Aber es gibt doch bestimmt viele hier, die bedeutende Mengen Gold finden!« fuhr Lamberg fort, dem die gleichgültige Antwort über die Minen nicht recht behagte.

»Allerdings«, sagte Fischer. »Die Chinesen, die gleich unter der Flat arbeiten, sollen hervorragende Funde haben. Weiter oben haben auch Mexikaner schönes Gold gefunden. Auch in der Flat sind ein paar gute Plätze, aber Zufall bleibt es immer.«

»Ich will Ihnen etwas sagen«, nahm da Erbe das Wort. Er warf so begehrliche Blicke zu seinem leeren Glas hinüber, dass Lamberg diesmal nicht anders konnte und dem Wink folgte. Er hoffte doch auch, von dem Burschen, der sich wahrscheinlich schon eine ganze Weile in den Minen herumtrieb, etwas Ausführlicheres zu erfahren. Erbe tat, als bemerkte er es gar nicht, trank aber dann das eingeschenkte Glas sofort wieder aus und fuhr dann fort: »Unten in der Gulch, wie man den Bergbach nennt, ist das Gold feiner, aber mehr. Hier oben ist es viel grobkörniger. Und nun können Sie anfangen, wo Sie wollen.«

»So?« sagte Binderhof lachend. »Na, jetzt wissen wir es. Lamberg, das Glas des Doktors ist wieder leer.«

Lamberg tat, als hätte er die Bemerkung nicht gehört. Erbe schien aber den Erfolg nicht abwarten zu wollen. Erst als nichts weiter geschah, setzte er hinzu:

»Ja, und die ganze Golddiggerei kann ich Ihnen auch in wenigen Worten schildern. Sehen Sie, erst suchen Sie sich einen claim und graben ein hole, so tief, bis Sie auf den clay oder auf den ledge kommen. Well, und wenn Sie da sind, dann fangen Sie an zu cradlen. Finden Sie clay und gracel zusammen, um so besser, da steckt gewöhnlich was. Liegt der bloße ledge da, ist es meistens faul. Wo Sie anfangen wollen, ist ganz egal. Die ganze Geschichte ist Glückssache. Morgen früh schultern Sie Ihre Picke und crowbar, Ihren Spaten und eine Pfanne, die cradle können Sie nach dem dinner hinunterbringen, und dann diggen Sie ein, wo Sie gerade eine notion kriegen.«

»Eine was?« fuhr der Justizrat erstaunt auf und sah seinen Nachbarn ganz verwundert an.

»Wo Sie gerade glauben, dass ein passender Platz ist«, ergänzte Fischer, der sich an Erbes Erklärung und den verblüfften Gesichtern der Neueingewanderten ergötzte.

»Der Doktor hat seinen eigenen Dialekt, eine Art Rezeptsprache, an die Sie sich wohl erst noch gewöhnen müssen. Übrigens werden Sie alle diese Ausdrücke, wie ledge – Felsen, gravel – Kies, clay – Ton oder Lehm, und wie sie alle heißen, noch bis zum Überdruss kennenlernen. Der Doktor hat jedoch recht, einen Platz angeben kann Ihnen niemand. Denn wenn einer von uns eine Stelle wüsste, wo wirklich genug Gold läge, um eine reiche Ausbeute zu liefern, ginge er natürlich selber hin. Etwas Gold finden Sie überall, nur ob es die Arbeit bezahlt, ist die Frage. Jetzt tun Sie mir aber den Gefallen und lassen Sie uns von diesem verdammten Thema schweigen. Gold! Gold! Ewig Gold! Man hört hier nichts weiter den ganzen Tag in diesen nichtswürdigen Diggins, und ich versichere Ihnen, dass das Wort mir schon widerlich geworden ist.«

»Hallo, da kommt Johnny!« rief auf einmal der Aktuar und deutete auf den Eingang. Als alle sich umdrehten, kam eine so merkwürdige Persönlichkeit in die Tür, wie sie wirklich nur in diesem merkwürdigsten von allen Ländern ausgebrütet werden konnte.

Es war ein kleiner, hagerer Bursche, zwischen sechsundzwanzig und sechsunddreißig Jahren. Das Alter ließ sich nicht genau bestimmen, da er sein Gesicht in Falten zog und außerdem in den letzten acht Tagen wohl kaum mit Wasser in Berührung gekommen war. Er trug eine kurze, graue Baumwolljacke und eine Baumwollhose, die durch den langen Gebrauch schon sehr abgenutzt war. Seine Füße steckten ohne Strümpfe in den Schuhen. Eigentümlich war aber auch sein Hut. Es handelte sich um einen ganz gewöhnlichen, einmal schwarz gewesenen Filzhut mit breiter Krempe. An drei Seiten war der Rand nach oben geschlagen und festgenäht, und die eine Ecke wurde noch durch eine alte Bronzebrosche mit einem großen, blauen Glasstein geschmückt.

Die ganze Gestalt war kaum größer als 1,50 Meter. Das Gesicht in finstere, ernste Falten gelegt, trat er auf die Deutschen zu, als er sie am Tisch erblickte. Etwa drei Schritt vor ihnen blieb er stehen, schlug dabei die Arme über der Brust zusammen und sagte:

»So ist das Volk! Lebt in den Tag hinein, unbekümmert, was die nächste Stunde bringt, und unheildrohend hängt schon die Gewitterwolke über ihrem Kopf, um die Ahnungslosen zu verderben!«

»Meine Güte!« rief Binderhof erstaunt und verblüfft aus und drehte sich zu der Erscheinung um. »Wo ist der nun wieder ausgebrochen? Lamberg«, flüsterte er dann seinem Nachbarn zu, »wenn ich wieder nach Hause reise, lasse ich mir den und den Doktor abwaschen und ausstopfen und nehme sie für unser Museum mit!«

»Na, Napoleon!« sagte Fischer gutmütig. »Lass deine Schrullen und setz dich hier zu uns. Hier sind neue Landsleute eingetroffen, gib Pfötchen und sag ihnen guten Abend!«

»Ein schlechtes Willkommen gebe ich Ihnen in den Minen!« erwiderte der Mann mit den untergeschlagenen Armen. Dabei ließ er seine Augen, die unter den zusammengezogenen Brauen fast verschwanden, über die einzelnen Gäste schweifen. »Es wäre besser für sie, wenn sie das Land nie gesehen hätten!«

»Donnerwetter, was ist nun los?« sagte der Justizrat bestürzt und fuhr halb von seinem Sitz auf.

131

»Bleiben Sie ruhig sitzen«, beschwichtigte ihn aber Fischer. »Dies hier ist Napoleon, Johnny Napoleon, der manchmal ganz verrückte Einfälle hat. Wer weiß, was ihm heute wieder durch den Kopf geschossen ist!«

»Ich will dir was sagen, Fischer«, brach da Johnny plötzlich ab. Er ließ die Arme sinken und sprach völlig natürlich. »Mach erst mal Platz, dass ich da mit hin kann, und dann schenk mir ein Glas Wein ein, denn ich habe furchtbaren Durst. Zuletzt bitte ich dich dringend, nichts zu beurteilen, was du nicht verstehst. Guten Abend, meine Herren«, wandte er sich dann mit einer formellen Verbeugung an die übrigen Gäste, warf ein Bein über die Bank, um neben dem zur Seite rückenden Fischer Platz zu nehmen.

Fischer betrachtete ihn bei dieser Bewegung, bei der er ihm den Rücken zudrehte, lächelnd und sagte dann, als er ihm das Glas füllte:

»Johnny, Johnny, nimm dich in acht, du hast heute deinen Kragen wieder verkehrt geknöpft!«

»Fischer!« erwiderte Johnny ernst. »Guten Abend, Doktor – Lass mich mit solchen Lappalien zufrieden.«

»Da hast du das richtige Wort getroffen, Johnny«, lachte der andere. »Aber was gibt's denn wieder? Ist etwas vorgefallen?«

»Etwas?« rief Johnny und drehte sich feierlich zu ihm um. »Ein ganzer Haufen, wie der Doktor sagen würde.«

»Na, dann schieß mal los!« sagte Fischer. »Aber erst muss ich dich hier unseren Landsleuten vorstellen. Also, meine Herren, dies ist der große Goldwäscher Jean Stülbéng, eigentlich Johnny Stuhlbein, gewöhnlich Johnny genannt oder wegen seiner enormen Ähnlichkeit mit dem auf St. Helena verstorbenen Kaiser Napoleon genannt. Er ist marchand tailleur, zweiunddreißig Jahre alt, vollständig ausgewachsen und wurde vor etwa vier Monaten von uns am Mormongulch lebendig eingefangen. Jetzt scheint er völlig zahm zu sein, isst von einem Teller, trinkt aus einem Glas und hat sogar, trotz eines früheren Aufenthaltes in Frankreich, seine Muttersprache zum Teil wiedergelernt.«

»Bist du nun fertig?« sagte Johnny, der dieser Vorstellung zugehört hatte, ohne eine Miene seines ernsten Gesichtes zu verziehen.

»Vollkommen, Johnny.«

»Gut, dann erlaubst du wohl, dass ich auch etwas zu meiner Rechtfertigung sage. Herr Wirt! Bitte, bringen Sie uns doch drei Flaschen Champagner! Ich habe...«

»Bravo, Johnny!« rief Fischer lachend. »Das war schon vollkommen ausreichend und eine der besten Reden, die du je im Leben gehalten hast. Du brauchst jetzt kein Wort weiter zu sagen.«

»Bitte, unterbrich mich nicht. Ich muss leider gleich zu Beginn bei unseren neuen Landsleuten ein Vorurteil beseitigen, weil sie mich in solcher Gesellschaft antreffen. Ich hoffe aber, dass eine nähere Bekanntschaft das ändern wird und uns alle im richtigen Licht erscheinen lässt. Jetzt aber, Fischer, sei doch so gut und öffne eine von den Flaschen...«

»Mit dem größten Vergnügen, Johnny!«

»Zugleich aber«, fuhr Johnny fort, »habe ich Ihnen allen eine ernste Nachricht zu bringen, die Sie hoffentlich aus Ihrer Ruhe und Selbsttäuschung aufrütteln wird. Die Legislatur von Kalifornien hat nämlich ein Gesetz erlassen, nach dem alle Fremden in den Minen, d. h. alle Goldwäscher, denn die Händler sind ausgenommen, eine Gebühr von zwanzig Dollar bezahlen sollen!«

»Unsinn!« riefen die Deutschen, und Fischer und Korbel sprangen von ihren Sitzen auf. »Das ist ja nicht möglich!«

»Was gibt's?« riefen einige Franzosen, die an einem anderen Tisch saßen und wohl merkten, dass eine unschöne Neuigkeit mitgeteilt wurde. Der Wirt, der am Tisch stehengeblieben war, übersetzte ihnen auch die Nachricht, und ein einziger Schrei der Entrüstung lief durch das ganze Zelt. Nur die Neuangekommenen blieben ziemlich ruhig, weil sie die ganze Tragweite dieses unerwarteten Gesetzes noch nicht begreifen konnten.

Johnny drehte sich auf seiner Bank halb um und sprach so teilweise zu den Franzosen, teilweise zu den Deutschen. In einer verzweifelten Mischung aus Deutsch und Französisch begann er beiden Nationalitäten die eben durch einen direkt von San Francisco kommenden Amerikaner erhaltene Nachricht auseinanderzusetzen. Dabei sprach er seinen festen Entschluss aus, lieber zu sterben, als diese enorme Taxe zu bezahlen.

Alle Anwesenden im Zelt waren in helle Aufregung versetzt. Andere, jetzt eintretende Franzosen bestätigten die Nachricht. Es gab keinen Zweifel mehr, dass man den Fremden zugunsten der Amerikaner eine Last aufbürden wollte, die sie nicht tragen wollten. Die heißblütigen Franzosen machten auch schon allerlei Pläne, wie sie die Fremden um ihre Fahne vereinen konnten und den Amerikanern Widerstand leisten wollten. Das Resultat war im Augenblick nur für den Wirt günstig, weil die Leute in ihrer Aufregung Flasche auf Flasche forderten.

Immer mehr Gäste hatten sich versammelt, meistens Franzosen, die zusammen an den Tischen saßen und lebhaft über das neue Gesetz sprachen. Aber auch zwei Deutsche waren neu dazugekommen. Mit einem kurzen, aber höflichen »Guten Abend!« setzten sie sich zu ihren Landsleuten.

Einer von ihnen war noch ein junger Mann mit dunklen, gelockten Haaren. Auch er trug ein rotes Minerhemd, darunter offensichtlich aber noch ein anderes, schneeweiß und aus feinem Leinen. Auch seine Hose war nach neuestem Schnitt und aus feinem Stoff, wenn sie auch hier und da durch Dornen oder scharfe Steine beschädigt war. Ein Brillantring an seinem Finger passte aber nicht zu der ganzen übrigen Umgebung und verriet, dass der Träger eigentlich zu einer besseren Gesellschaft gehörte.

Die Erscheinung des anderen war in dieser Umgebung noch auffallender. So wie man in einer europäischen Abendgesellschaft erstaunt gewesen wäre, wenn jemand nur im Hemd hereingekommen wäre, so auffallend war es hier, wenn zwischen den rauen Goldgräbergestalten einer war, der kein buntes Baumwollhemd trug, sondern einen schwarzen Frack, einen runden, hohen Hut und dazu – Glacé-Handschuhe.

Selbst dem Justizrat fiel das auf, obwohl er sonst solche Sachen völlig übersah. Er drehte sich von dem Mann ab, zu seinem rechten Nachbarn, und wollte sich nach der ungewöhnlichen Erscheinung erkundigen. Hier sah er aber in Erbes dickes, vom ChampagnerGenuss strahlendes Gesicht und – gab jede weitere Frage in diese Richtung auf. Neben seinen Nachbarn, dem Aktuar gegenüber, hatte sich der Fremde gesetzt. So musste er seine Neugierde für den Augenblick unbefriedigt lassen.

»Ah, Sie haben Champagner!« lachte der junge Mann im roten Hemd. Er hing seinen Strohhut an eine der Zeltstützen, drehte seinen leichten, dunklen Schnurrbart ein wenig höher und nahm dann an dem Tisch Platz. »Johnny hat bestimmt wieder seinen spendablen Tag. Herr Wirt, für mich auch eine Flasche!«

»Halt!« rief da Johnny und streckte den Arm aus. »Sie müssen mit uns trinken, Graf Beckdorf!«

»Vielen Dank«, lachte der. »Heute Abend habe ich schon bestellt, ein anderes Mal!«

»Graf Beckdorf?« flüsterte der Justizrat erstaunt Erbe zu. Der aber hörte die Bemerkung nicht, sondern betrachtete mit breitem Grinsen den Mann im schwarzen Frack, der eben einen feingestrickten Wollschal vom Hals wickelte. Dann bog er sich zu ihm über den Tisch und sagte:

»Sie haben wohl einen cold gecatcht, Mister Bu... Bubli... – wie heißen Sie gleich?«

»Bublioni«, lachte der Mann im Frack, der Erbe schon kannte, und hustete leicht hinter der vorgehaltenen Hand. »Nein, Doktor, ich trage den Schal nur, damit ich keinen ›cold catche‹, wie Sie sagen. Wo haben Sie eigentlich Ihr prächtiges Deutsch gelernt?«

»Ich? In Leipzig, wo sonst?«

»Und sagt man da cold catchen, anstatt erkälten?«

»Na, of course... oder eigentlich in die States, aber das ist ja alles a like, Sie wissen ja doch, was ich meine.«

»Jawohl, lieber Doktor, jawohl!«

Binderhof und Lamberg waren inzwischen mit Korbel in ein Gespräch über die Minenarbeit vertieft. Von dem Wein erhitzt, wurde die Unterhaltung bald laut und lebhaft. Je weiter der Abend vorrückte, desto mehr Gäste versammelten sich, und die Tische waren fast vollständig besetzt. Da kamen noch zwei Deutsche herein, und zwar ein kleiner Bursche mit einem riesigen, feuerroten Bart und einer viereckigen Pelzmütze. Das war der Apotheker Kulitz. Hinter ihm kam der Mann mit den großen Wasserstiefeln, der heute Morgen dicht vor der Flat das junge Eselfüllen erschossen hatte.

»Guten Abend, Kulitz, wie geht's?« rief ihm Fischer entgegen. »Hierher, Mann, Sie kommen gerade rechtzeitig, um noch ein Glas Sprühgeist mitzutrinken. Wen haben Sie denn da, einen frischen Landsmann?«

»Ja, einen Schiffsgefährten«, sagte Kulitz und lächelte etwas verlegen. »Er war einige Zeit in San Francisco und will jetzt auch sein Glück in den Minen versuchen.«

»Dann soll er sich aber eine andere Gesellschaft suchen als unsere!« rief Binderhof und stand von seiner Bank auf. Die anderen sahen ihn erstaunt an.

»Donnerwetter, ja!« rief jetzt auch der Justizrat. »Ist ja der gleiche Kerl, der heute Schläge bekommen hat! Der Kutscher!«

»Ach, Lasst die alte Geschichte!« sagte Lamberg dazwischen. »Jeder soll vor seiner Türe fegen, was geht uns das an?«

»Was das uns angeht?« rief aber Binderhof. »Das geht mich so viel an, dass ich wenigstens mit dem Lump nicht an einem Tisch sitzen will!«

»Hallo, was ist denn da passiert?« riefen die Deutschen durcheinander. Der mit den Wasserstiefeln wartete aber eine weitere Erklärung nicht ab. »Geht zum Teufel!« brummte er zwischen den zusammengebissenen Zähnen hindurch, drehte sich auf dem Absatz um und verließ das Zelt. Binderhof erzählte jetzt mit kurzen Worten den heutigen Vorfall und die gemeine Grausamkeit des Mannes.

»Der Lump!« schrie da Fischer und schlug mit der Faust auf den Tisch, dass die Gläser in die Höhe sprangen. »Und der wagt es, noch zu Landsleuten in ein Zelt zu treten? Ein Hundsfott, wer mit dem Kerl umgeht, und man sollte einen solchen Schuft für vogelfrei erklären!«

»Nanu«, sagte Erbe, der sich alles nicht so schwarz vorstellen mochte. »Was ist denn da nu weiter, wenn er auch einen Esel gekilled hat?«

»Herr Erbe, wenn Sie sich mit ihm einlassen«, rief aber Fischer noch in gerechter Entrüstung über die rohe Tat, »dann war dies das letzte Glas, das Sie mit uns getrunken haben, darauf können Sie sich verlassen.«

Erbe schüttelte verwundert den Kopf, sagte aber kein Wort weiter, denn die Drohung war zu deutlich gewesen. Er wollte sich nicht weiter zur Verteidigung eines wildfremden Menschen auslassen.

Der einzige, der bei diesem Empfang des Fremden und der ganzen Aufregung vollkommen seine Ruhe behielt, war gerade der, der ihn als Bekannten vorgestellt hatte – der Apotheker Kulitz. Als ob ihn das alles nichts anginge, nahm er Platz, bestellte ein Glas Likör, holte dazu eine Tafel Schokolade und ein Stück Käse aus seiner Tasche und verknusperte beides, ohne nur ein Wort zu reden.

Zu dem Wirt trat inzwischen ein langer Amerikaner, ließ sich ein Glas Brandy und Wasser geben und flüsterte dann mit dem Wirt.

Der verstand wohl etwas Englisch, schien aber auf dessen Mitteilungen nicht eingehen zu wollen. Endlich zuckte er die Achseln und sagte:

»Meinetwegen, wenn Sie spielen wollen, habe ich nichts dagegen. Dort an dem Tisch ist noch eine Ecke frei.«

»Vielen Dank!« sagte der Amerikaner, drehte sich ab und ging zu dem Tisch. Mit einem höflichen Gruß setzte er sich bei den Deutschen hin.

»Hol's der Teufel«, flüsterte da Fischer dem neben ihm sitzenden Graf Beckdorf zu. »Das ist der Halunke, der neulich den Indianer verwundet oder sogar umgebracht hat, und hinter dem der Häuptling heute her war. Einer dieser nichtsnutzigen, betrügerischen amerikanischen Spieler – was will der an unserem Tisch?«

»Gentlemen«, wandte sich der Amerikaner an die Gruppe. »Wenn Sie nichts dagegen haben, können wir doch ein Spielchen machen? Die Abende sind lang, und man weiß wirklich oft nicht, wie man die Zeit totschlagen soll, denn im Dunkeln lässt sich nun leider kein Gold waschen.«

Mit diesen Worten nahm er ein Spiel spanischer Karten aus seiner Tasche, legte sie vor sich hin und hob dann einen ziemlich gewichtigen Beutel auf den Tisch.

»Ah, jetzt kommt Leben in die Sache!« sagte Johnny, der keine Karte sehen konnte, ohne sofort den Spielteufel zu fühlen.

»Das bezweifle ich, Napoleon«, sagte Fischer ruhig. »Denn wenn du dein Geld den Betrügern in den Rachen werfen willst, dann musst du wahrscheinlich woanders hingehen.«

»Woandershin? Und weshalb?« rief der Kleine. »Hier ist alles fix und fertig, und jetzt sollt ihr einmal sehen, wie ich dem Herrn da die Unzen aus dem Beutel ziehe.«

»Das sieht vielleicht ganz hübsch aus, Johnny«, erwiderte Fischer. »Aber wenn die anderen meiner Meinung sind, dann dulden wir hier kein Spiel. Ich denke, die Franzosen da drüben haben dieselbe Ansicht.«

»Hinaus mit dem Spieler!« rief auch Graf Beckdorf. »Diese Pest des Landes soll da bleiben. wo sie hingehört – bei den Amerikanern!«

Fischer hatte einige Worte mit dem nächsten Franzosen gewechselt. Diese stimmten ihm lebhaft zu. In diesem Zelt sollte nicht gespielt werden. Da gleich mehrere von ihnen aufstanden, glaubte Mr. Smith wahrscheinlich, dass sie jetzt zu ihm kommen und mitspielen wollten. Lächelnd mischte er seine Karten, ließ sie ein paarmal durch die Hände gleiten und schob dann das Spiel zu Erbe hinüber.

»Be so kind to cut, Sir – seien Sie so freundlich und heben Sie ab!«

»Cut yourself!« antwortete ihm aber Erbe, ohne seine Hände aus den Taschen zu ziehen. Seine Antwort war sehr doppeldeutig, denn ›to cut‹ heißt sowohl

›abheben‹ wie auch im Slang ›machen, dass man fortkommt‹ oder ›sich drücken‹.

Fischer ließ sich nicht weiter mit dem Spieler ein, sondern ging zum Wirt. Von den Franzosen unterstützt, sprach er ihren festen Entschluss aus, dass sie alle das Zelt verlassen und nicht wiederkommen würden, wenn er es zu einer Spielhölle machen würde. Der Wirt hätte es vielleicht ganz gern gesehen, wenn in seinem Zelt manchmal gespielt wurde, denn die Leute blieben so bis in die Nacht hinein sitzen und tranken mehr. Seine Gäste wollte er damit aber auch nicht vertreiben und ging deshalb zu dem Amerikaner, um ihm den Entschluss der Gäste mitzuteilen.

»Mister, die Herren wollen nicht spielen, packen Sie Ihre Karten wieder ein.«

»Wollen nicht spielen?« sagte Johnny auf Englisch. Er dachte gar nicht daran, seine Aussicht auf Gewinn aufzugeben. »Wer sagt das, Bockfeld? Natürlich will ich spielen!«

»Wer nicht spielen will, lässt es bleiben!« sagte der Amerikaner lächelnd und nickte Johnny zu. »Wir beide fangen inzwischen an. Hier, Sir, liegt die Drei und das As, hier fünf und neun – auf welche?«

»Es soll hier in diesem Zelt nicht gespielt werden, Sir!« mischte sich Fischer in das Gespräch. »Ich glaube, das war deutlich genug. Sie haben doch wohl verstanden?«

»Ist das Ihr Zelt, Sir?« erkundigte sich der Amerikaner trotzig.

»Die Sache geht dich gar nichts an, Fischer«, rief auch Johnny.

»Halt 's Maul, Napoleon!« sagte Fischer ganz ruhig. »Du bist überstimmt und kannst nichts machen. Das ist allerdings nicht mein Zelt, aber es gehört dem Mann, der Ihnen eben gesagt hat, dass hier nicht gespielt werden soll. Also seien Sie so gut und packen Sie Ihre Lockvögel wieder ein. Wir Ausländer haben mehr Verstand, als uns damit fangen zu lassen.«

»Sie sind der Dolmetscher von heute, nicht wahr?« sagte der Amerikaner und maß ihn mit einem boshaften Blick von oben bis unten.

»Ja, allerdings«, antwortete Fischer. »Wenn wir hier Recht und Gerechtigkeit in den Minen hätten oder einen anderen Richter als diesen Holzkopf von Major, so würden Sie jetzt fest im Eisen sitzen, anstatt hier mit einem Goldbeutel herumzulaufen.«

»Das ist Ihre Meinung von der Sache?« lachte der Amerikaner. »Schade, dass Sie nicht Alkalde sind!«

»Für Leute Ihres Schlages ein Glück«, brummte der Deutsche. »Und jetzt sind Sie so gut und räumen den Tisch hier. Wir brauchen den Platz für eine ehrlichere Unterhaltung – für Flaschen und Gläser.«

»Sir!« rief der Amerikaner mit kaum unterdrückter Wut.

»Weg mit den Karten – fort mit dem Gold!« schrien ihn aber auch jetzt die anderen Franzosen und Deutschen an. Johnny wollte noch einen letzten Versuch unternehmen und sprang mit dem Ruf »Messieurs – Messieurs!« auf die

Bank. Lachend und schreiend wurde er aber wieder heruntergezogen. Die Leute drängten sich jetzt so nahe um den Tisch, auf dem der Goldsack stand, dass es der Amerikaner doch für geraten hielt, sich zurückzuziehen. Er schob rasch die schon ausgebreiteten Karten zusammen und in seine Tasche, raffte seinen Beutel wieder auf und sagte:

»Gentlemen, ich will Ihnen dann nicht länger im Wege sein. Freuen Sie sich noch über die kurze Zeit, die man Ihnen erlaubt, in Kalifornien zu bleiben. Es wird ja nicht mehr so lange dauern.«

»Versucht's, uns hinauszutreiben!« rief einer der Franzosen, der Englisch verstand und sich zu ihm durchdrängen wollte. Die anderen hielten ihn aber zurück.

»Lass den Lump laufen, er ist ärgerlich, weil wir ihn heimschicken!«

Der Wirt hatte das größte Interesse daran, dass in seinem Zelt keine Gewalttätigkeiten ausbrachen, und sprang ebenfalls dazwischen. Er bat den Amerikaner, sich keinen weiteren Unannehmlichkeiten auszusetzen. Mr. Smith war auch keineswegs dazu geneigt. Als er den Eingang frei sah, schob er sein Gold unter den Arm und verließ rasch das Zelt.

Damit war aber Johnny noch nicht zufriedengestellt.

»Messieurs!« schrie er, sprang auf die Bank und drehte seinen Hut auf dem Kopf so weit herum, dass die Brosche mit dem blauen Stein hinten saß. »Wir sind hier in einem freien Land, wo jeder treiben kann, was er will und wozu er Lust hat!«

»Jawohl, Johnny – natürlich Napoleon!« sagte ein Teil der Leute lachend.

»Messieurs!« fuhr aber Johnny erbittert fort. »Sie haben den Mann hinaus gejagt, mit dem ich spielen wollte, dazu haben Sie kein Recht. Dieses Zelt ist ein Wirtshaus, daran bin ich Miteigentümer, solange ich meine Zeche bezahle, und wer mir in meine Rechte greift, greift mir an mein Leben, und das brauche ich mir nicht gefallen zu lassen.«

»Bravo, Johnny, bravo!« rief und lachte es von mehreren Seiten.

»Messieurs!« schrie aber der kleine Bursche, der dadurch nur noch erboster wurde. »Ich schüttele den Staub von meinen Füßen und werde nie an den Ort zurückkehren, wo ich Misshandelt worden bin.«

Damit fuhr der dreieckige Hut wieder herum, Johnny sprang von der Bank herunter und wollte ohne Abschied das Zelt verlassen. Der Wirt und Fischer versuchten, ihn zurückzuhalten, aber der kleine Bursche war ganz außer sich, riss sich von ihnen los und stürmte hinaus ins Freie.

Durch diesen Zwischenfall war die Gesellschaft in allgemeine Verwirrung geraten und selbst der Justizrat von seinem Platz aufgestanden. Nur Erbe blieb unbekümmert von dem ihn umwogenden Sturm ruhig sitzen. Er war sogar so zerstreut, dass er sich aus der Flasche seines Nachbarn ein Glas füllte und dann wieder, wie gewöhnlich, auf einen Zug leerte.

»Ach, lieber Herr Justizrat!« flüsterte da Korbel und fasste den würdigen Mann vertraulich unter den Arm. »Ich möchte Sie um etwas bitten.«

»Jawohl, recht gern!« erwiderte der, mit dem eben erlangten Resultat außerordentlich zufrieden und guter Laune. »Erst, bitte, antworten Sie mal Frage.«

»Sehr gern.«

»Wer ist der... der Herr da im Frack? Komische Idee das – hier in den Minen Frack.«

»Oh, das ist ein Tenor aus Deutschland«, lachte der Aktuar. »Er scheint seinen Urlaub verlängert zu haben, um mal in aller Geschwindigkeit in den Minen ein paar tausend Dollar auszugraben.«

»Tenor? Alle Wetter«, sagte der Justizrat erstaunt. »Hätte zu Hause bleiben sollen. Tenöre verdienen viel Geld bei uns – kriegen so viel wie Minister.«

»Ja nun«, sagte der Aktuar. »Es wird wohl keiner von den allerersten sein – nehme ich an. Aber, um was ich Sie bitten wollte. Ich bekomme heftige Zahnschmerzen und will lieber nach Hause gehen, habe aber ganz in Gedanken meinen Geldbeutel im Zelt liegengelassen. Sind Sie so freundlich und borgen mir bis Morgen früh eine halbe Unze, um damit meine Zeche zu bezahlen?«

»Halbe Unze?« sagte der Justizrat, dem das etwas viel vorkommen mochte. »Sind acht Dollar!«

»Ja, bloß acht Dollar«, sagte der Aktuar. »Ich möchte aber nicht gern, ohne zu bezahlen, gehen. Nur bis Morgen früh, wenn ich bitten darf.«

»Hm ja... jawohl... mit... mit Vergnügen!« erwiderte der Justizrat, zu gutmütig, um die Bitte abzuschlagen. Es war ja auch nur bis Morgen früh. Er griff deshalb in die Westentasche und gab dem Aktuar einen zur Vorsicht in Papier gewickelten ›halben Adler‹, wie man ein Fünfdollarstück nannte, und drei einzelne Silberdollar, die der einfach in die Tasche steckte.

»Danke schön, Herr Justizrat«, sagte er dabei. »Morgen habe ich sicher das Vergnügen, Sie wiederzusehen, und dann mache ich es mit Dank gut.«

»Bitte, gar keine Eile...«, brummte der Justizrat, während sich der Aktuar zu dem Wirt hindurch drängte, mit ihm ein paar Worte flüsterte und dann rasch das Zelt verließ. Fast unwillkürlich war ihm der Justizrat mit den Augen gefolgt, nicht aus Misstrauen, sondern aus Neugierde, um zu sehen, wie der junge Mann seine Zeche bezahlte. Er sah aber nichts Derartiges. Hatte er ihm das Geld vielleicht heimlich in die Hand gedrückt? Andere drängten sich jetzt zwischen ihn und den Wirt, und nur die Deutschen nahmen größtenteils wieder ihre Sitze ein.

»Kommen Sie, Herr Justizrat«, rief ihn da Fischer an. »Setzen Sie sich noch etwas zu uns.«

»Vielen Dank für heute. Müssen mich entschuldigen... verdammt Kopfweh... früh zu Bett gehen.«

»Bett? Glücklicher Mensch, hat der ein Bett?« rief Fischer. »Aber bleiben Sie nur da, wir singen jetzt noch ein paar Lieder. Können Sie mit anstimmen, Herr Binderhof?«

»Wenn ein zweiter Tenor fehlt...«

»Ah, herrlich, der fehlt immer, einen ersten haben wir schon, und für den zweiten Bass – Donnerwetter, wo ist denn der Komet hin? Ist der durchgebrannt?«

»Der Komet?« sagte Lamberg lachend. »Wen nennen Sie denn so?«

»Na, unseren Gerichtsmann, den Aktuar. In allen Minenstädten geht er nach einer Weile durch und hinterlässt einen ganzen Schwanz Schulden, deshalb hat er den Namen Komet bekommen. Was dem wohl heute durch den Kopf gegangen ist? Ob seine Zeit hier vielleicht auch schon um ist?«

»Vielleicht ist er mit Johnny zum Spielen gegangen!« sagte Graf Beckdorf.

»Ach was, dazu hat er kein Geld«, lachte Fischer. »Ja, wenn ihm noch jemand borgen würde, aber selbst Johnny hütet sich vor ihm!«

»Wohnt weit weg von hier?« sagte der Justizrat, dem die eben gehörten Neuigkeiten nicht gerade angenehm waren.

»Gar nicht, etwa fünfzig Schritt von hier steht das Zelt, wo er mit dem Apotheker Kulitz schläft. Donnerwetter, Kulitz, bei der wievielten Tafel Schokolade sind Sie jetzt eigentlich? Sie müssen ja eine ganze Kiste davon mitgebracht haben! – Also, Sie wollen wirklich nicht länger bleiben, Justizrat?«

»Danke – Hause gehn!« sagte der und trat zu dem Wirt. Er bezahlte seine Zeche, grüßte noch einmal im Vorbeigehen seine Landsleute durch ein einfaches Nicken, nahm die Mütze zu den Franzosen hin ab und verließ dann das Zelt, um sein eigenes Lager aufzusuchen.

Nun fehlte aber dem Justizrat der Orientierungssinn völlig. Er hatte auch jetzt keine bestimmte Vorstellung, in welcher Richtung sein Zelt eigentlich lag. Er wusste nur, dass sie es einige hundert Schritt von der ›Stadt‹ entfernt auf einem kleinen Hügel errichtet hatten. Vollständig unbekümmert schlenderte er die Straße aufwärts, statt abwärts, zwischen den noch meist beleuchteten Zelten hindurch.

Komet! Der Name gefiel ihm nicht, und er fühlte etwas Besorgnis für seine leichtsinnig geopferte halbe Unze. Der arme Teufel hatte doch aber fest versprochen, Morgen früh zu zahlen, und lag jetzt sicher mit heftigen Zahnschmerzen in seinem Zelt.

Unterwegs kam er an einer Trink- und Spielbude vorbei. Sie unterschied sich höchstens durch die Größe von den übrigen Wohnungen. Außerdem hing aber noch an dem vordersten Mittelpfosten, der das Zeltdach trug, ein obszönes Bild, das von einer Lampe hell beleuchtet wurde. Es erfüllte völlig seinen Zweck. Anständige Leute wollte man dort gar nicht haben, sondern nur solche, die dort spielten und tranken, und die freuten sich wohl auch noch über eine solche Sudelei.

140

Der Justizrat hatte nur einen flüchtigen Blick im Vorübergehen hineingeworfen, als er glaubte, die Stimme des Deutschen Johnny zu hören. Wahrscheinlich war der dem Spieler gefolgt und verlor hier sein Geld – oder gewann er vielleicht? Der Justizrat war neugierig geworden und wollte sich selbst überzeugen.

»Sauvolk!« brummte er vor sich hin, als er an dem Bild vorüberging. Mit einiger Mühe musste er sich dann durch die Menschen drängen, die müßig herumstanden, um einen Blick in das Innere zu bekommen.

Vier Tische standen hier, an denen gespielt wurde. An einem saß sogar eine Frau, eine jener mexikanischen Dirnen, die sich schon hier und da in den Minen herumtrieben und von irgendeinem der Spieler als Lockvogel bezahlt wurden. Der Blick des Justizrates wurde aber von dem linken Tisch gefesselt. Dort erkannte er nämlich den langen Amerikaner und Johnny. Und hinter Johnny stand – der Komet!

»Donnerwetter!« murmelte der Justizrat leise vor sich hin. »Dachte, hätte Zahnschmerzen.«

Johnny hatte ein rotes, erhitztes Gesicht und sah starr auf die Karten vor sich. Korbel, der im Augenblick nicht spielte, überflog ein paarmal die Umstehenden und war auf einmal spurlos, wie in den Boden hinein, verschwunden. Hatte er den Justizrat vielleicht erkannt? Der wusste es nicht, blieb eine Viertelstunde auf seiner Stelle stehen und ging dann durch das ganze Zelt, ohne den Kometen wiederzuentdecken. Er war fort und ließ sich nicht wieder blicken.

Dieses kleine Intermezzo verbesserte natürlich nicht die Laune des Justizrates. Ein unbestimmtes Gefühl sagte ihm, dass er jetzt mit zu dem Schweif des Kometen gehörte und vielleicht als Stern dritter oder vierter Größe darin prangte. Im Moment ließ sich aber doch nichts weiter tun, und er beschloß deshalb, jetzt so rasch wie möglich nach Hause zurückzukehren und Morgen auf Rückgabe des Geldes zu drängen oder – mit dem Gericht zu drohen.

Rasch setzte er seinen Weg auf der Zeltstraße fort, die hier an ihrem Ende viel stiller und öder wurde. Die Spiel- und Trinkzelte lagen fast alle in der Mitte der Straße, und die meisten Händler und Goldwäscher hatten schon ihr Lager aufgesucht und die Lampen verlöscht. Hier musste nach rechts der Hügel liegen, und der Justizrat bog dahin ein. Der Boden wollte aber nicht höher werden, und hier und da stolperte er sogar über einige aufgeworfene Erdhaufen. Ohne das matte Sternenlicht wäre er beinahe auch in eine der ziemlich tiefen Gruben gestürzt. Hier draußen war es auch still und öde, und dem etwas ängstlichen Justizrat wurde es unheimlich. Er war aber immer noch der festen Meinung, dass ihr Zelt hier in der Gegend war, und wollte nicht in die Stadt zurückkehren. Jetzt entdeckte er, etwa hundert Schritt weiter voraus, ein Lagerfeuer. Dort wollte er Erkundigungen einziehen.

Dorthin zu gelangen war immer noch mit einigen Schwierigkeiten verbunden, denn überall hatten die Goldwäscher versucht, Gold zu finden. Deshalb waren überall tiefe Löcher gegraben und dann der Platz wieder aufgegeben. Vorsichtig untersuchte er Schritt für Schritt den Boden und kam langsam dem Feuer näher, bis er eine davor auf und ab gehende Gestalt erkennen konnte. Es sah beinahe so aus, als ob da eine Wache stände. Trotzdem kam der Justizrat vollkommen unbemerkt an den Mann heran und sagte, als er vielleicht noch zwei Schritt von ihm entfernt war:

»Guten Abend! Können Sie...«

»Halt! Wer da?« schrie plötzlich der Posten mit lauter, fast kreischender Stimme und prallte ein paar Schritte zurück. Der Justizrat hörte ein doppeltes Knacken, als ob Gewehrhähne gespannt wurden.

»Na, beruhigen Sie sich!« sagte er abwehrend. »Setzen Sie verdammtes Gewehr ab. Gut Freund, wollte ich sagen!«

»Na ja, das is nicht übel«, sagte die Schildwache mit echt preußischem Dialekt. »Kommt der da bei Nacht und Nebel herangeschlichen wie eine Schlange, und dann sagt er ›Jut Freund‹!«

»Was gibt's, Schildwache?« rief da vom Feuer eine feine Stimme wie die eines kleinen Jungen.

»Ein Deutscher!« erwiderte die Wache, das Gewehr noch immer im Anschlag, »der an mich anjekrochen ist und ›jut Freund‹ sagt.«

»Festnehmen und ins Hauptquartier bringen«, lautete die Antwort.

»Stehenbleiben, oder ich schieße!« drohte deshalb die Wache und setzte dazu: »Gefangener vortreten! Achtung! Vorwärts – marsch – linke Schulter vor! Halt!«

»Aber Donnerwetter«, fluchte der Justizrat, der sich aus Furcht vor dem auf ihn gerichteten Gewehr dem Befehl ohne Widerrede unterzog. »Ich will ja nur...«

»Maul halten!« herrschte ihn aber der Posten an, ein kleiner, untersetzter Bursche mit dunkler Jacke und einem weißen Gürtel um die Taille. »Hier ist ein Graben – nüber springen – eins – zwei – drei!«

»Aber ich will ja nur...«

»Eins!« zählte der Posten noch einmal barsch und hob das Gewehr an die Wange. »Zwei...«

Der Justizrat machte einen Satz über den Graben und hielt sich drüben mit Händen und Füßen fest. Inzwischen hatte man trockenes Holz auf das Feuer geworfen und beleuchtete den Platz hell. Der Gefangene sah, dass er sich vor einer frisch aufgeworfenen Schanze befand, um die sich noch ein drei Fuß breiter Graben schlängelte. Die Erde aus dem Graben hatte man gleich für den Wall benutzt, in dessen innerem Baum sich ein einzelnes, weißes Zelt befand. Vor dem Zelt war das Feuer, an dem der Justizrat noch vier Bewaffnete erkennen konnte.

»Hinaufklettern!« lautete jetzt der Befehl der Wache. Noch immer hatte sie das Gewehr im Anschlag. »Eins!«

»Drei Teufels Namen!« schrie der Justizrat, jetzt ärgerlich gemacht. »Komme ja schon, jetzt hab ich meinen Pfeifenkopf verloren.«

»Zwei!«

»Verfluchter Kerl!« brummte er zwischen den Zähnen hindurch. Das angelegte Gewehr machte ihn aber behende. Mit einem wirklich verzweifelten Satz schwang er sich auf den Rand des Dammes und sah sich hier einem wirklichen Riesen gegenüber, der ihn ebenfalls mit dem Gewehr im Anschlag erwartete.

»Juten Abend!« sagte der Riese, und der Justizrat erkannte, dass die helle Stimme ihm gehörte. »Was wollen Sie hier eigentlich bei Nacht und Nebel?«

»Ich?« rief der Gefangene ärgerlich, denn ein unbestimmtes Gefühl sagte ihm, dass er hier wohl nichts zu befürchten hatte. »Kuriose Frage – fragen Sie Ihre Wache! Eins, zwei, drei! Auch Manier, auf Leute mit Gewehr zu zielen?«

»Die Wache hat nur ihre Pflicht getan«, sagte der Riese trocken, ebenfalls im preußischen Dialekt. »Zu wem wollen Sie?«

»In mein Zelt«, antwortete der Justizrat. »Dunkelheit verlaufen – weiß der Teufel, wo ich bin.«

»Wo steht Ihr Zelt?«

»Wenn ich's wüsste, wäre ich nicht hier«, brummte der Gefangene. »Heute erst gekommen.«

»Heute? So? Schultze!« sagte der Riese.

»Hier!« rief einer der Kleinen in seiner Begleitung.

»Vortreten.«

Schultze kam mit geschultertem Gewehr und zwei langen Schritten heran und stand stramm.

»Schultze, du bis heute auf Kundschaft ausgesandt jewesen. Weißt du, ob heute Landsleute hier eingetroffen sind?«

»Ja«, sagte Schultze. »Vier Stück, ein Stück und drei Stück.«

»Wir sind vier!« rief der Justizrat rasch.

»Wo steht das Zelt?«

»Auf der anderen Seite von 's Paradies, etwa zweihundert Schritt entfernt auf einem kleinen Hügel.«

»Auf der anderen Seite der Stadt?« rief der Justizrat. »Das ist ja gar nicht möglich!«

»Schultze, abtreten!« sagte der Riese lakonisch. Schultze machte rechtsum kehrt, ging zwei Schritte und stand dann wieder ›in Front‹.

Der Anführer sagte: »Sein Sie jetzt nun so jefällig und jehn Sie man den Weg wieder zurück, den Sie jekommen sind, dann werden Sie wohl Ihr Zelt finden.«

»Hm, hm, hm!« brummte der Justizrat vor sich hin und schüttelte den Kopf. Er konnte sich noch gar nicht denken, dass er sich am verkehrten Ende aufhielt. »Und auch noch Pfeifenkopf verloren!«

»Wo?« fragte der Anführer.

»Hier im Graben!«

»Schultze, vortreten! Nimm einmal einen Lichtstummel und such den Pfeifenkopf des Herrn!«

»Danke schön – guten Abend!«

»Juten Abend! Jewehr bei Fuß! Aus-einander!«

Die Garnison löste sich auf, während der Justizrat wieder in den Graben hinunterkletterte. Den weißen Pfeifenkopf fand er sofort und steckte ihn an.

»Haben Sie ihn?«

»Ja – danke – gute Nacht!«

»Schön Dank, mein Herr!«

»Gute Nacht, Wache!«

»Jute Nacht – halt – Parole!«

»Ach, geh zum Teufel!« sagte der Justizrat ärgerlich, warf einen wütenden Blick auf das Lager zurück und tappte jetzt wieder durch Nacht und Nebel den wenigen noch hellen Zelten der Stadt zu. Diesmal fand er auch seinen Weg und erreichte endlich, todmüde von der ungewohnten Anstrengung und Aufregung, sein Zelt. Es war aber auch inzwischen spät geworden, und die übrige Gesellschaft hatte bereits ihr Lager aufgesucht. Selbst Hufner schlief. Als der Verirrte aber in das Zelt hineintappte, dessen innere Einrichtung er noch nicht kannte, rief ihn Binderhof an:

»Sind Sie das, Justizrat?«

»Ja, wo ist mein Bett?«

»Ei, ei, ei, Justizrätchen«, sagte aber der Lange und drehte sich auf seinem Lager um, ohne die Frage zu beantworten. »Sie heimlicher Nachtschwärmer, Sie! Drückt sich weg und sagt, er will schlafen gehen, und schleicht in der Dunkelheit in der Stadt umher. Justizrätchen, Justizrätchen, bei Ihrer Jugend den Verführungen eines solchen Ortes nachzugeben...«

»Ach, Dummheiten! Wo ist mein Bett?«

»Ja, Dummheiten«, fuhr der unverwüstliche Binderhof fort. »Wer weiß, welches verliebte Abenteuer Sie inzwischen bestanden haben!«

»Gehn Sie zum Teufel! Wo ist mein Bett?«

»Warten Sie, Herr Justizrat«, sagte jetzt der munter gewordene Hufner, während Binderhof lachte. »Ich werde Ihnen gleich Licht machen.« Dabei suchte er im Dunkeln nach den Streichhölzern, die er endlich fand und eins anzündete.

»Morgen müssen Sie uns aber die Geschichte erzählen, Justizrat«, sagte Binderhof.

Der Justizrat murmelte einen Fluch zwischen den Zähnen hindurch. Dann zog er seine Stiefel und seine Jacke aus und kroch auf sein Lager, dass ihm Hufner ordentlich hergerichtet hatte.

»Soll ich das Licht wieder ausblasen, Herr Justizrat?«

»Wenn Sie nicht noch im Bett lesen wollen, Herr Hufner!« antwortete statt dessen Binderhof.

»Unausstehlicher Mensch!« murmelte der Justizrat.

Das Licht verlöschte, und wenige Minuten später lagen alle Bewohner des Zeltes in süßem Schlummer.

12. Der Alkalde

Der nächste Morgen brach an und zeigte nur die gewöhnliche Tätigkeit, die in diesen Minenorten in ganz Kalifornien zu dieser Tageszeit herrschte.

Spätestens mit der Morgendämmerung stehen die Goldwäscher auf, um bis zum vollen Tageslicht ihr Frühstück verzehrt zu haben und für ihre Arbeit gerüstet zu sein. Überall stieg deshalb der helle, wirbelnde Rauch in die klare Morgenluft empor. Rüstige, abgehärtete Gestalten waren eine Weile damit beschäftigt, bis sie mit ihrem Handwerkszeug auf den Schultern, die großen Blechpfannen unter dem Arm, nach allen Richtungen zu ihren ›Claims³ eilten. Manche suchten das Gold im Flussbett, andere an der Uferbank, wieder andere in der Flat, um dort vielleicht die richtige Ader zu treffen und reich zu werden. Niemand aber teilte seinem Nachbarn mit, ob oder was er gefunden hatte. Kein alter Miner erkundigte sich auch bei anderen, denn er wusste, es war doch vergeblich. Die Wahrheit erfuhr er nie.

Nur unsere erst eingetroffenen Landsleute waren noch vollkommen unschlüssig, wohin sie sich wenden sollten. Sie hatten übrigens mit Ausnahme des Justizrates beschlossen, ihr Glück erst einmal gemeinsam zu versuchen und an irgendeiner Stelle zusammen zu beginnen.

Der Justizrat selbst mochte schon wegen Binderhof nicht mit den anderen arbeiten. Außerdem schien es, als ob er auch nicht auf den sofortigen Verdienst angewiesen wäre wie die anderen. Er hatte nicht nur eine ganz hübsche Summe Bargeld bei sich, um sich das Leben in den Minen auch ohne einen reichen Fund einige Zeit mit anzusehen, sondern besaß auch in der Heimat

---

³ ‹*)Claim wird der Platz genannt, der – je nach Vereinbarung in den verschiedenen Minenplätzen – eine bestimmte Länge am Bergbach hinauf- oder hinabläuft und meistens abgesteckt oder gekennzeichnet wird.

ein nicht unbeträchtliches Vermögen. Die anderen zerbrachen sich deshalb auch den Kopf, weshalb er eigentlich nach Kalifornien gegangen war. Aber auf alle entsprechenden Fragen gab er keine oder nur ausweichende Antworten, und man musste ihn schon seinen eigenen Weg gehen lassen.

So waren die vier Deutschen nach Sonnenaufgang mit keinem bestimmten Ziel vor Augen an die Zubereitung des Frühstücks gegangen. Es mochte neun Uhr sein, als sie daran dachten, mit der Arbeit zu beginnen.

Die eigentliche goldhaltige Flat lag nun rechts von dem Städtchen, und zwar an beiden Ufern des Bergwassers, das dort durch den flachen Talgrund floss. Links vom Paradies war der Grund auch noch flach und bestand aus roter, harter Lehmerde. Er zog sich allmählich zu den ungefähr fünfhundert Meter weiter beginnenden Hügeln hinauf.

Dieser Teil schien aber kein Gold zu enthalten, denn es arbeitete kein Mensch dort. Nur hier und da befanden sich einige nicht sehr tiefe Löcher, die zeigten, dass hier schon einige ihr Glück versucht und wieder erfolglos aufgegeben hatten.

Nur seit ein paar Tagen waren wieder einige Amerikaner darangegangen, eine neue Grube auszuwerfen. Es war eine entsetzlich schwere Arbeit. Der Boden war nämlich so hart und trocken, dass sie mit den schwersten Spitzhacken nur immer kleine Stücken heraushauen konnten. So kamen sie nur entsetzlich langsam tiefer, ließen sich deshalb aber nicht verdrießen. Endlich hatten sie auch ein ziemlich tiefes, geräumiges Loch ausgehauen. Andere Arbeiter, die dort vorbei mussten, blieben dann auch manchmal bei ihnen stehen und sahen ihnen eine Weile zu. Dann gingen sie immer kopfschüttelnd wieder fort und ließen sich nicht verlocken, ebenfalls einen Versuch zu unternehmen. Dass er überhaupt gemacht wurde, war ihnen lieb, denn wenn die Leute dort wirklich etwas fanden, so war immer noch Zeit genug, ihrem Beispiel zu folgen und aus ihrer Erfahrung mit sicherer Aussicht auf Erfolg Nutzen zu ziehen.

Lamberg hatte sich gestern den Platz selbst angesehen. Da aber nur die eine Gruppe dort arbeitete, bekam er keine Lust, ebenfalls zu beginnen. So stand er unschlüssig vor dem Zelt und überlegte, wo wohl der beste Anfang zu machen wäre. Da bemerkte er, wie erst einzelne, dann immer mehr Leute auf dem Platz zusammendrängten. Sie standen eine Weile um die Grube, in der die Amerikaner arbeiteten, und begannen dann auf einmal überall in der Nachbarschaft zu graben.

»Hallo, Jungens!« rief er da seine Leute zusammen. »Da unten geht's los. Ich wette, die in dem Loch haben den Nagel auf den Kopf getroffen, und nun will jeder der erste in der Nachbarschaft sein. Das ist ein gutes Zeichen! Wollen wir ebenfalls dort anfangen?«

»Meinetwegen!« sagte Binderhof gleichgültig. »Mir ist es egal, wo wir zu kratzen anfangen. Jedenfalls liegt der Platz in bequemer Entfernung von unserem Zelt, das wir von da aus immer im Auge behalten können.«

»Also los!« sagte Lamberg. »Denn Zeit dürfen wir nicht versäumen, wenn wir noch einen guten Platz bekommen wollen. Wie ist es, Justizrat, gehen Sie mit?«

»Habe noch Zeit«, brummte der. »Können immer anfangen. Werde woanders versuchen.«

»Auch gut«, sagte Lamberg und nahm die Blechpfanne, den leichtesten Gegenstand, auf. »Binderhof, nehmen Sie doch bitte die beiden Schaufeln und Sie, Hufner, die beiden Spitzhacken, und nun, vorwärts marsch!« Ohne die Zustimmung seiner Kollegen abzuwarten, schritt er rasch den Hügel hinunter dem Platz zu.

Dort waren allerdings die Leute schon eifrig damit beschäftigt, mit ihren Spitzhacken etwa fünf Meter lange und vier Meter breite Claims zu kennzeichnen. Dann schlugen sie die Spitzhacke oder ein anderes Werkzeug in die Mitte hinein. Das galt nun als Zeichen, dass diese Stelle von jemand bereits beansprucht war, und kein anderer sie bearbeiten durfte.

Lamberg hatte, ohne viel zu fragen, die Leitung ihrer Gruppe übernommen. Er hatte auch bald einen Platz gefunden, der ihm geeignet erschien. Hier ließ er sie die Geräte abwerfen, schritt den Raum ab und bat dann Hufner, den Platz mit der Spitzhacke zu umreißen, wie das die Nachbarn taten. Er selbst ging dann mit Binderhof zu der Grube, in der die Amerikaner arbeiteten.

Noch immer standen dort etwa dreißig Neugierige. Jedenfalls konnte man dort Einzelheiten erfragen oder sogar etwas Besonderes sehen, und davon wollten sie sich erst einmal überzeugen.

Lamberg und auch Binderhof sprachen allerdings kein Englisch. Glücklicherweise trafen sie hier aber einen alten Bekannten, den Aktuar Korbel. Kaum hatte er sie erblickt, ergriff er Lamberg am Arm und rief:

»Schnell, holen Sie sich Ihr Handwerkszeug und fangen Sie hier an. Sie sind zum richtigen Moment ins Paradies gekommen. Ich habe mir auch schon einen Platz abgesteckt.«

»Ja, wir auch«, lachte Lamberg. »Aber was ist denn passiert? Weshalb sind denn die Leute alle so erpicht auf den harten Lehm? Gestern wollte noch kein Mensch anbeißen.«

»Ich denke aber, dass sie jetzt alle Ursache dazu haben!« sagte Korbel lachend. »Wissen Sie, dass die Amerikaner in ihrem Loch ein Stück Gold von über zwei Pfund Gewicht gefunden haben? Ein solches, massives Stück Gold, sage ich Ihnen, ohne eine Spur von Quarz darin. Ich habe es selbst gesehen.«

»Zwei Pfund Gold?« sagte Lamberg erstaunt. »In einem Stück! Das sind vierhundert Dollar!«

»Und wo das liegt, liegt auch mehr!« rief Korbel, ganz Feuer und Flamme für die neue Entdeckung. »Kommen Sie, Sie sollen es auch sehen. Was die Augen sehen, erfreut das Herz. Ich kenne die Leute, es sind arme Teufel, die schon lange hier gearbeitet haben und bis jetzt wenig oder gar nichts gefunden haben. Heute Abend sind sie vielleicht steinreich.«

Er drängte sich dabei zwischen den Leuten an der Grube durch. Bald standen sie an dem etwa zwei bis zweieinhalb Meter tiefen Loch. Es sah in dem harten Boden wie aus Felsen gehauen aus. Nach dem Goldklumpen brauchten sie sich aber nicht lange umzusehen. Einer der Männer am Grubenrand hielt ihn gerade in der Hand, und andere drängten sich um ihn, um das prächtige Stück ebenfalls zu sehen. Korbel, der ziemlich gut Englisch sprach, erbat ihn auch. Voller Ehrfurcht betrachteten die Deutschen dieses erste Exemplar des frisch aus dem Boden geholten Metalls.

Es war ein länglich-rundes Stück mit Erhöhungen, fast in Nierenform, dabei außerordentlich schwer und vollkommen rein und glänzend. Nur hier und da in den Vertiefungen sah man noch kleine Krumen der roten Erde, aus der sie es erst an diesem Morgen gerissen hatten. Wie viele tausend Jahre hatte es vielleicht hier in dem Boden gelegen!

In der Grube arbeiteten drei junge Leute. Einer war auch noch emsig mit der Spitzhacke beschäftigt, der zweite stocherte mit seinem Messer in der Seitenwand herum, und der dritte stand aufrecht darin, um sein Eigentum, das oben von Hand zu Hand ging, im Auge zu behalten.

»Gebt es wieder herunter!« rief er jetzt hinauf. »Ihr habt es lange genug betrachtet und greift mir sonst die Hälfte davon ab. Einen halben Dollar leichter wird es schon geworden sein!«

»Nur nicht so geizig, Bill!« rief ihm einer lachend zu. »Bei solch einem ›lump‹ kommt's auf einen halben Dollar auch nicht an!«

»Holt lieber eure Spitzhacken und grabt!« sagte aber der in der Grube. »Wer weiß, ob das das größte Stück ist, das hier noch herausgehauen sein will!«

Die Aufforderung wirkte. Korbel reichte ihm das Gold wieder in die Grube, und die meisten Leute zerstreuten sich. Einige begannen mit der Arbeit, andere wollten erst ihren abgesteckten Claim von dem Alkalden registrieren lassen, weil sie vielleicht noch andere Stellen bearbeiteten.

Das war die Haupteinnahme eines Alkalden in solchen Minenplätzen. Er registrierte diese Claims in einem besonderen Buch mit einer Nummer und erhielt dafür zwei Dollar. Der Platz brauchte dann nur noch mit einem Schild und der Nummer versehen zu werden, dann konnte man ihn monatelang ungefährdet liegenlassen.

In der letzten Zeit waren diese Einkünfte sehr dürftig ausgefallen, da die eigentliche Flat schon ihre Herren hatte und an den verschiedenen Bergwassern ein solches Registrieren nicht stattfand. Die Leute gruben heute hier, Morgen da, und keinem fiel es ein, einem anderen ins Gehege zu kommen. Es gab überall Raum genug. Hier dagegen war es etwas anderes. Wo sich alles auf einen Punkt zusammendrängte, um reichen Gewinn an einer Stelle zu finden, wurde eine Regelung und Sicherstellung der Plätze nötig. Keinem hätte deshalb dieser Fund erwünschter sein können als gerade dem Alkalden, der mit dem Einschreiben von ein paar hundert Namen und Nummern in wenigen Stunden doppelt so viel Dollars verdiente.

Wie ein Lauffeuer verbreitete sich inzwischen das Gerücht über die ganze Flat, bis in die entferntesten Stellen, dass im ›roten Boden‹, wie die Stelle genannt wurde, ein großer Goldklumpen gefunden wurde. Die Händler, denen daran lag, dass viele Goldwäscher hier zusammenströmten, feuerten ein paar Kanonenschläge ab, um zu zeigen, dass etwas Wichtiges vorgefallen wäre. Schon bald wurden aus den zwei Pfund Gold zwanzig. Solche Gerüchte waren für sie von großem Nutzen, denn sie brachten neue Einwanderer an die Plätze, und ihre Vorräte wurden schneller verkauft. Dass ein paar fulminante Artikel über den neuen Fund in die San-Francisco-Blätter kamen, dafür wurde ebenfalls gesorgt.

Kaum eine Stunde war vergangen, und der bis dahin so vernachlässigte ›rote Boden‹ sah plötzlich mit den zahlreichen, abgeteilten Vierecken wie ein Schachbrett aus. Die ganz Eifrigen schlugen schon die Spitzhacken ein und arbeiten im Schweiße ihres Angesichts, um so rasch wie möglich an die goldhaltige Erde zu kommen, wo sie solche Stücke erwarten durften.

Im Widerspruch mit der ganzen rastlos beschäftigten Welt stand der Justizrat, der sich nur wenig um den Goldklumpen oder weitere Aussicht auf ähnlichen Erfolg kümmerte, als ob er ruhig in Europa in seiner Stube säße und die Geschichte nur eben in der Zeitung gelesen hätte.

Überhaupt nie daran gewöhnt, sich zu irgendetwas rasch zu entschließen, glaubte er auch hier, noch genug Zeit zu haben. Gold musste ja außerdem überall herumliegen, wozu sich also abhetzen und ohne weiteres damit anfangen. Das Wichtigste war für ihn im Augenblick, eine Waschfrau zu finden, von der ihm Fischer erzählt hatte. Er packte deshalb seine schmutzige Wäsche eigenhändig zusammen, da noch nicht einmal Hufner zurückgeblieben war, um ihn zu unterstützen. Dann schlenderte er langsam in die Stadt hinab und verdeckte das Bündel dabei so gut wie möglich unter seiner Jacke.

Den Namen hatte er sich gemerkt und erkundigte sich jetzt nach ›Frau Tomlins‹ bei ein paar Amerikanern, die ihn jedoch zuerst nicht verstanden. Erst als er ihnen die Wäsche zeigte und den Namen wiederholte, begriffen sie, was er wollte. Die Waschfrau schien eine ausgebreitete Kundschaft zu haben. Sie zeigten ihm ein kleines Zelt, das zwischen den anderen stand.

Dort trat der Justizrat einfach ein, denn Anklopfen war unmöglich. Aber er blieb am Eingang stehen, als er die erwartete Frau da nicht bemerkte. Nur ein alter Neger saß an einem mitten im Zelt geschürten Feuer. Darüber hing ein großer Topf an zwei eingerammten Pfosten. Der Mann briet sich Kartoffeln in der heißen Asche. Er nahm von dem Justizrat kaum Notiz, hob bei dessen Gruß noch nicht einmal seinen Kopf, sondern murmelte nur ein paar unverständliche Worte vor sich hin. Dann nahm er eine Kartoffel heraus, wischte sie am Knie ab, brach sie auseinander, blies darauf und aß sie auf.

»Frau Tomlins nicht zu Hause?« sagte der Justizrat.

»Hm?« sagte der Neger, ohne aufzusehen.

»Frau Tomlins nicht zu Hause?« wiederholte fast schreiend der Deutsche. Er nahm an, dass der Neger schwerhörig sei, und wurde bereits ungeduldig.

»Me Tomlins!« sagte da der Alte und zeigte mit der gut riechenden Kartoffel auf seine Brust. »Me Tomlins – what you want?«

»Aber wo ist die Frau?« sagte der Justizrat, der nicht darauf kam, dass der Alte hier die Waschfrau selbst sein könne. »Frau, Woman?«

»Woman?« wiederholte der Alte erstaunt und sah zum ersten Mal zu dem Fremden auf. Fast sah es aus, als würde ein Lächeln durch die dunklen, in tausend Falten gelegten Züge blitzen. »Me no woman – me Tomlins – want washing?«

Das Wort ›washing‹ war dem Deutschen verständlich genug, wenn es auch dem Justizrat nicht in den Kopf wollte, dass das die einzige ›Waschfrau‹ sei, die er hier finden würde. Der Alte beseitigte aber selbst alle Zweifel. Er ließ sich sogar dazu herab, dein Fremden durch eine waschähnliche Bewegung seiner beiden Hände anzudeuten, was er meinte.

»Hm«, brummte da endlich der Justizrat vor sich hin. »Verwünscht verkehrtes Land. Denke, finde weiße Waschfrau – ist's ein schwarzer Neger. Einerlei, wenn er nur gut wäscht.« Dabei packte er seine mitgebrachten sieben Hemden aus gutem Leinen aus und zeigte sie dem Schwarzen.

»Put them dare«, sagte der, ohne die Wäsche auch nur eines Blickes zu würdigen. Dabei zeigte er mit der rechten Hand in die nächste Zeltecke, wo schon ein ganzer Haufen anderer Wäsche lag.

»Aber möchte sie sorgfältig behandelt haben«, sagte der Justizrat, dem dieses gemeinsame Verfahren nicht sehr gefiel.

»Put them dare«, war das einzige, was er aus dem alten, wortkargen Burschen herausbrachte. Er hatte sich schon viel zu lange mit seinem neuen Kunden beschäftigt. Nach einigen vergeblichen Versuchen, ihm deutlicher zu machen, was er eigentlich wollte, musste der Justizrat endlich aufgeben. Er war froh, seine Wäsche wenigstens untergebracht zu haben, und schnürte das halbgeöffnete Bündel wieder zusammen. Dann legte er es neben die übrige Wäsche in die Ecke. Völlig zufrieden mit seiner Morgenarbeit, ging er in das Elsässerzelt, um sich mit einem Glas Wein für die weiteren Anstrengungen zu stärken. Das Zelt des Alkalden schwärmte wie ein Bienenkorb von aus- und einströmenden Goldwäschern, von denen der Alkalde die zwei Dollar für das Registrieren jedes Claims kassierte. Er konnte kaum schnell genug auf seiner Goldwaage abwiegen und zur Seite legen, so groß war der Andrang. Da lenkte ein anderes Schauspiel die Aufmerksamkeit der Goldgräber ab. Ja, es veranlasste sie sogar für kurze Zeit, selbst ihre Aussichten auf die erhofften Schätze zu vergessen.

Von den Bergen ritt wieder der Häuptling Kesons mit langsamem Schritt die Hauptstraße hinunter, diesmal nur von einem Indianerjungen gefolgt. Vor sich, auf der Kruppe des Pferdes, hielt er die Leiche eines Indianers. Der Kopf des Toten mit den herunterhängenden, langen schwarzen Haaren ruhte in seinem rechten Arm, mit dem linken dirigierte er das schnaubende und keuchende Tier.

Diesmal ritt er jedoch nicht bis zum Zelt des Alkalden, sondern hielt vor dem des Sheriffs. Sein kleiner Begleiter sprang rasch von dem Rücken seines Ponys, um den Mann herauszurufen. Hale, der gerade vom Alkalden herübergekommen war, hatte ihn schon gesehen und ging hinaus, um ihn zu begrüßen.

»Ist der Mann gestorben, Kesos?« fragte er hier, als er neben das Pferd des Häuptlings trat und mit einem unbehaglichen Gefühl die starren Züge des Ermordeten betrachtete.

»Er ist tot«, sagte der junge Häuptling düster. »Armer, alter Mann, er konnte sich nicht verteidigen.«

»Und warum hast du ihn mit ins Tal gebracht?«

»Er soll zu den Herzen der Bleichgesichter sprechen«, flüsterte der Indianer mit leiser Stimme. »Auch wenn seine Lippen geschlossen sind – wenn die Bleichgesichter noch Herzen haben!«

Der Sheriff sah einen Augenblick nachdenklich vor sich nieder, dann aber rief er schnell:

»Es ist gut, du hast es richtig getan. Komm gleich mit, wir wollen ihn zu dem Alkalden bringen. Das wird ihn doch etwas aus seinem vergoldeten Phlegma aufrütteln. Hol ihn der Teufel!« brummte er dabei leise vor sich hin. »Ich bin doch neugierig, ob er die Sache jetzt noch abweisen wird.«

Ohne eine Antwort des Indianers abzuwarten, winkte er ihm nur und ging dann rasch voran zum Zelt des Alkalden, in dem er gleich darauf verschwand. Der Indianer folgte ihm, hielt auf dem Platz sein Pferd an, glitt auf den Boden und zog dann langsam die Leiche des alten Mannes nach. Dann nahm er sie auf seine und trug sie ebenfalls in das Zelt des Friedensrichters.

Major Ryoth saß an seinem großen, viereckigen, mit Papier bedeckten Tisch. Sein rundes, dickes Gesicht glänzte vor Freude, eine Flasche Brandy stand neben ihm. Zehn oder zwölf raue, sonnengebräunte Gestalten standen oder saßen im Raum. Einige hatten sich sogar auf das Bett gesetzt, andere auf die Ecken des Tisches. Sie alle wollten ihre Claims so rasch wie möglich registriert haben.

»Langsam«, rief er dabei. »Gentlemen, nur hübsch langsam. Sie sollen alle der Reihe nach bedient werden, wie Sie hier hereingekommen sind. Bless my soul, der Teufel scheint heute Morgen ja in das Paradies gefahren zu sein, so verrückt sind die Leute hinter den Plätzen her, die gestern niemand umsonst haben wollte. Was so ein einziger Klumpen Gold nicht alles ausmacht!«

»Der eine reicht freilich nicht aus!« lachte da einer der Burschen, ein langer Kentuckier. Er hatte eben seine zwei Dollar in Goldstaub aus einem kleinen Lederbeutel in die Waage geschüttet. »Wenn wir nicht hoffen würden, mehr zu finden, würden wir Sie nicht weiter stören. Die Fremden sind aber wie verrückt hinter den Plätzen her, und der ganze Ort wimmelt von ihnen. Sie sollten die besten Plätze gar nicht an Fremde weggeben!«

»Ja, lieber Freund!« sagte der Alkalde und stellte sein Bleigewicht auf die Waage. »Dagegen haben wir hier noch kein Gesetz, und wer mir hier seine zwei Dollar bringt und einen Claim verlangt, dem kann ich... an Ihrem Gold fehlt noch eine Kleinigkeit... dem kann ich das in meiner Stellung nicht verwehren!«

»Es fehlt noch was?« sagte der Kentuckier erstaunt. »Ich habe es doch eben selbst, und reichlich dazu, abgewogen!«

»Vielleicht haben Sie keine ordentlichen Gewichte!« lachte der Major.

»Messinggewichte, aus San Francisco selbst mitgebracht«, sagte der Mann.

»Ja, da kann ich Ihnen nicht helfen, meine sind genau, ich habe sie mir selber nach richtigem Gewicht geschnitten. Bringen Sie doch Ihre Gewichte mal herüber, damit wir sie vergleichen können. Ich zahle auch mit meinen alles, was ich zu bezahlen habe.«

»Na, auf ein paar Körner kommt's nicht an!« erwiderte der Mann. Er holte einen anderen, gut gefüllten Beutel mit Goldstaub heraus und schüttete eine Prise zu dem anderen. »Finde ich einen solchen Klumpen auch in meinem Claim, so zahle ich Ihnen die zwei Dollar noch einmal nach!«

»Ich nehme Sie beim Wort!« lachte der Major. »Wenn ihr mir Zeit lassen würdet, ginge ich selbst hinaus, um mir einen Platz auszusuchen. So aber Lasst ihr mir keinen Augenblick Ruhe, und wer am schlechtesten dabei wegkommt, bin ich.«

»Major«, sagte ein anderer Mann, der jetzt zum Tisch trat. »Ich möchte vier Claims haben.«

»Kann ich nicht geben, Freund, es ist gegen unsere Gesetze. Ich darf jedem einen eintragen, das wisst ihr alle genau.«

»Aber wir sind vier Mann in einer Kompanie. Hier hab ich die Namen – für jeden einen.«

»Das ist etwas anderes. Macht gerade eine halbe Unze – wo liegen sie?«

»Gleich hier hinter dem Zelt an der kleinen Zeder.«

»Na ja, bis dicht an mein eigenes Zelt habt ihr den Boden schon aufgekratzt. Demnächst erlebe ich es, dass einer hereinkommt und von mir verlangt, ihm meinen eigenen Zeltplatz zu registrieren. Wenn der aber aufgewühlt wird, dann will ich es selber machen. Das Gold, auf dem ich so lange geschlafen habe, gehört von Rechts wegen mir.«

»Hier sind die Namen, Major, welche Nummern bekomme ich?«

»102 bis 105. Hallo, Sheriff, wollen Sie sich auch einen Claim sichern?«

»Schönen Dank«, sagte der Sheriff trocken. »Wenn andere Leute verrückt genug sind, nach einem gezeigten Goldklumpen wie verrückt über den roten Steinboden herzufallen, hab ich nichts dagegen. Ich muss aber nicht bei jedem Unsinn dabei sein. Major, der Indianer ist wieder da.«

»Der Indianer?« rief der Alkalde und stand erstaunt von seiner Arbeit auf. »Der soll zum Teufel gehen. Sehen Sie denn nicht, dass ich hier bis über beide Ohren in Geschäften stecke? Habe ich jetzt Zeit, mich um diese Anklage zu kümmern?«

»Ich weiß nicht, was wichtiger ist«, sagte der Sheriff ruhig. »Aber da ist er selbst und bringt seinen Zeugen gleich mit. Für den werden Sie wohl auch einen Platz registrieren müssen.«

»Herr du mein Gott!« schrie der Friedensrichter und sprang erschrocken von seinem Stuhl auf. Die übrigen Amerikaner drängten sich herbei, um zu sehen, was hier vorging. Der Indianer schritt ruhig auf den Alkalden zu, der vor ihm fast unwillkürlich zurückwich. Dann legte er den Toten auf die Erde mitten im Zelt und sagte in seinem gebrochenen Englisch:

»Hier, Alkalde! Eine rote Haut wollen Sie nicht als Zeugen gegen einen Weißen auftreten lassen. Hier bringe ich einen Zeugen, durch dessen Haut Sie sehen können. Hier, unter der braunen Farbe hat er genauso rotes Fleisch und Blut wie Sie. Und das Fleisch und Blut soll jetzt um Rache schreien gegen den Mörder!«

Damit hatte er den dünnen Lederüberwurf zur Seite gelegt, mit der die abgemagerten Glieder der Leiche bedeckt waren. Mit dem ausgestreckten Finger zeigte er auf die breite, klaffende Wunde zwischen Schulter und Brust des Unglücklichen.

»Armer Teufel!« brummten die Goldwäscher untereinander. »Wer hat denn das getan?«

»Ein Spieler, der sich bei uns eingenistet hat«, antwortete der Sheriff. »Ein sogenannter Mr. Smith.«

»Hol der Teufel alle Spieler!« sagte der Kentuckier mit einem kräftigen Fluch. »Die Hunde spielen alle falsch und sind die wirklichen Aasgeier der Minen. Wo sie Gold wittern, da kommen sie angaloppiert und locken uns die paar sauer genug herausgeschlagenen Unzen mit ihren verfluchten Karten wieder aus dem Beutel.«

»Das Spielen sollte in den Minen verboten werden«, sagte ein anderer. »Wer sein Gold verlieren will, soll nach Stockton oder San Francisco gehen.«

»Verbieten? Wer soll's verbieten?« erwiderte der Sheriff. »Und glauben Sie, dass sich Leute dafür finden würden, einzelne Beamte, die offen gegen diese Horde antreten? Das fällt keinem ein. Aber jede Stadt hat das Recht, für sich selbst Gesetze zu machen, die sie für ihr Wohlbefinden für nützlich hält.

Wenn die Bürger gemeinsam etwas beschlossen haben, dann können sie es auch leicht durchführen. So haben sie es im vorigen Monat am Rich Gulch, nicht weit entfernt von Macalome, gemacht und die ganze Spielerbande mit Stumpf und Stiel ans ihren Diggings gejagt. So sollten wir es hier auch machen.«

»Heda, Alkalde, was haben Sie hier für ein Stück reinbringen lassen?« riefen andere Goldwäscher jetzt, die ebenfalls ins Zelt traten, um ihre Plätze registrieren zu lassen. »Was soll der tote Indianer, wollen Sie ihn ausstopfen lassen?«

»Sie sehen, Sheriff, dass ich jetzt keine Zeit habe, mich mit der unangenehmen Geschichte zu beschäftigen«, sagte da der Richter, der sich schon lange von seiner ersten unangenehmen Überraschung erholt hatte. »Tun Sie mir deshalb den Gefallen und sagen Sie dem Burschen, er solle Morgen oder übermorgen wiederkommen. Ich will dann sehen, was sich für ihn tun lässt. Wenn wir ihm ein paar Dollar oder ein paar Pfund Zwieback für die Verwandten des Kadavers da geben, dann wird er wohl zufrieden sein, denke ich.«

Die Worte waren mit unterdrückter Stimme und nur für den Sheriff gesprochen, aber das scharfe Ohr des Eingeborenen hatte sie verstanden. Finster erwiderte er:

»Gold? Glaubt ihr, dass wir uns das Blut unserer Kinder und Eltern mit Gold abkaufen lassen, weil ihr für das gelbe Blei alles macht? Ich will das Blut des Mörders, und ich fordere es von dir, Alkalde, im Namen dieses Toten!«

»Blut! Unsinn!« sagte der Alkalde. »Wir sollen wohl einen Bürger der Vereinigten Staaten wegen einer Rothaut hängen? Und dann ist noch nicht einmal bewiesen, dass er der Täter gewesen ist. Bring mir Zeugen, aber weiße Männer, keine Rotfelle, die die Sache gesehen haben. Dann wollen wir alles genau untersuchen, eher lasse ich mich auf nichts ein.«

»Weiße Männer?« rief der Häuptling rasch und heftig. »Muss ich dir noch einmal sagen, dass dieser Schurke der einzige weiße Mann im Lager war? Du weißt es bereits. Hier ist die Wunde, die er durch sein Messer bekommen hat. Miss die Breite seines Messers, ruf die zwanzig von unserem Stamm als Zeugen auf, die bei der Tat als Zeugen dabei waren, und jedes Gericht von Männern muss ihn verdammen!«

»Dein ganzer Stamm geht mich nichts an«, sagte der Alkalde ärgerlich. »Schaff mir die Leiche wieder aus dem Zelt. Ich begreife nicht, Sheriff, wie Sie das dulden können.«

»Das Gesetz sagt in Sektion XII«, erwiderte der Sheriff, »dass in allen Fällen zwischen Weißen und Indianern beide Parteien eine Jury beanspruchen können.«

»Das Gesetz sagt aber auch«, rief jetzt der Richter erbost, »dass es bei einer Klage eines Indianers gegen einen Weißen der Diskretion des Richters überlassen bleibt. Wollen Sie mich die Gesetze lehren?«

»Oder der Jury!« unterbrach ihn der Sheriff finster. »Aber der Schluss sagt: Nachdem sie die Klage eines Indianers angehört haben.«

»Und ich habe die Klage des Indianers gehört«, schrie jetzt der Major mit vor Wut förmlich angeschwollenem Gesicht. »Meiner Diskretion bleibt es also überlassen, und meine Diskretion sagt mir, dass ich keine Jury in diesem Fall brauche und gar nicht daran denke, einen der wilden Burschen zu verhaften, der mir Morgen vielleicht selber eine Kugel vor den Kopf schießt. So, Sheriff, wenn Sie mal Alkalde sind, dann können Sie tun, was Sie für richtig halten. Jetzt aber weise ich Sie im Namen des Gesetzes an, den Indianer und seinen Toten aus dem Zelt zu schaffen, in dem ich amtlich beschäftigt bin. Haben Sie mich verstanden?«

»Jawohl, Major«, sagte der Sheriff ganz ruhig. »Nur, was die amtliche Beschäftigung betrifft, habe ich meine Zweifel, und ich glaube, dass die Burschen die teilen werden, wenn sie erst einmal fünfzehn Fuß in den harten Boden hinein gehackt haben.«

»Was wollen Sie damit sagen?« fuhr der Richter, der sich schon wieder zu seinem Buch gesetzt hatte, rasch zu ihm herum.

»Dass mich die Sache weiter nichts angeht«, meinte der Sheriff trocken. »Komm, Kesos, ich will dir sagen, wie du dich mit deiner Klage an das County Court wenden kannst. Das wird dann untersuchen, ob unser Alkalde hier richtig oder falsch geurteilt hat.«

Der Alkalde wollte heftig gegen seinen meuternden Sheriff aufbrausen, aber der verließ einfach das Zelt und achtete nicht auf den Ruf seines Vorgesetzten. Er drehte noch nicht einmal den Kopf nach ihm um.

»Es ist gut«, murmelte da der junge Häuptling zwischen den Zähnen durch. Er bog sich zu der Leiche des alten Indianers und hob sie leicht empor. »Sie wollen dem Blut des roten Mannes nicht glauben. Ich werde dafür sorgen, dass Sie einen solchen Zeugen in Ihrer Farbe bekommen.«

»Ich glaube, der Kerl will auch noch drohen!« sagte der Richter und sah von seinem Buch auf. Der Indianer achtete nicht weiter auf ihn, sondern verließ ebenfalls mit seiner traurigen Last das Zelt.

»Sie hätten für den Indianer doch eine Jury einrufen sollen, Major«, sagte einer der Leute, als die Leinwand hinter ihm heruntergefallen war. »Und wenn es nur der Ordnung halber gewesen wäre.«

»Ich weiß selbst am besten, was ich zu tun habe«, knurrte der gereizte Richter. »Und nun Lasst mich mit der langweiligen Geschichte zufrieden. Auf welchen Namen wollen Sie Ihren Claim eingeschrieben haben?«

Diese Frage sprach zu direkt die Interessen der Anwesenden an, um jetzt noch an etwas anderes zu denken. Der Indianer hatte das Zelt mit der Leiche im Arm verlassen, und bald wurde von nichts anderem mehr gesprochen als von gefundenem oder erhofftem Gold und zu registrierenden Claims.

Draußen, vor dem Zelt, hatte der Sheriff den Indianer erwartet und riet ihm, sich an das County Court zu wenden. Fischer, der gerade vorüberkam, unterstützte ihn dabei lebhaft. Der Richter habe in diesem Fall ohne Zweifel dem Geist des Gesetzes widersprechend gehandelt und würde dafür bestraft werden.

»Ja – mit Gold!« sagte der junge Häuptling düster. »Der andere Gerichtshof der weißen Männer wird ihn vielleicht bestrafen, aber werde ich deshalb mein Recht bekommen? Schweig!« fuhr er ernst fort, als Fischer etwas sagen wollte. »Ich kenne die Amerikaner jetzt und weiß, was wir von ihnen erwarten können. Auf diese Art kann man nichts bei ihnen erreichen, ich werde ein anderes Mittel versuchen.«

»Aber der Sheriff ist auch ein Amerikaner und will, dass du recht bekommst!« sagte Fischer.

Der Indianer ergriff die Hand des Sheriffs, drückte sie und sagte leise:

»Ich danke dir für den guten Willen, den du gezeigt hast. Ich werde es nicht vergessen – wenn der Tag kommt.«

»Fischer!« rief der Sheriff fast ängstlich. »Ich glaube, der Bursche hat dumme Streiche vor. Tun Sie mir oder vielmehr ihm den Gefallen und reden Sie ihm das aus. Mit Gewalt können die armen Kerle nichts durchsetzen, denn wir erdrücken sie ja, wenn sie nur den ersten Bogen spannen. Die einzige Folge wäre, dass sie in die letzten Schneeberge verjagt würden, um dort unterzugehen.«

Der Indianer ließ sich aber auf kein weiteres Gespräch ein. Er hatte den Toten wieder auf sein Pferd gehoben. Ohne nach rechts oder links zu sehen, ritt er durch das Städtchen seinen Weg zurück.

13. Die rote Erde

Der Indianer war bald wieder vergessen, zumal sich nur wenige um ihn gekümmert hatten. Nur der Sheriff, ein ehrlicher und fest entschlossener Mann, der den Alkalden besser durchschaute, als dem lieb sein konnte, beruhigte sich noch nicht und hatte mit einigen angesehenen und ordentlichen Amerikanern im Paradies eine längere Unterredung. Zu ändern war aber für den Augenblick nichts mehr, denn wenn der Indianer nicht selbst sich an das nächste Gericht wenden wollte, dann mochte natürlich auch kein anderer an eine so heikle Sache. Ja, wenn ein Fremder den Mord verübt hätte! So aber war es ein Bürger der Vereinigten Staaten, wenn auch vielleicht eines der nichtsnutzigsten Subjekte. Die wilde Rasse der Western Men hing da wie die

Kletten zusammen und hasste und verachtete besonders noch von den Staaten her die Indianer als ihre Todfeinde. Das wusste auch der schlaue Alkalde recht gut und hütete sich deshalb, es auf einen Konflikt anzulegen.

Auf dem neu in Angriff genommenen Platz der ›roten Erde‹ wühlte und hackte es inzwischen ununterbrochen fort. Um die glücklichen Finder des ersten Klumpens kümmerte sich bald niemand mehr, denn jeder verfolgte seine eigenen Interessen. Sie schienen aber auch keine Lust mehr zu haben, ihr Gold vorzuzeigen. Einige, die sie später noch darum baten, wurden mit dem Vorwand abgewiesen, dass man es schon weggepackt hätte.

Der Alkalde registrierte inzwischen noch immer eifrig weiter. Das Gold floss ihm in Strömen zu, und er hatte den unangenehmen Auftritt von diesem Morgen schon lange vergessen. Der Sheriff war aber hinaus auf die neue Flat gegangen und stand einige Zeit an der Grube, die der Anlass für diese neue Goldsuche war. Dann kletterte er zu den Leuten hinunter, mit denen er sich dann sehr lange und sehr interessant unterhielt. Die drei Amerikaner ließen dabei ihre Spitzhacken völlig ruhen, und sangen, als er wieder nach oben kletterte, das echt kalifornische Lied ›O, Susannah, don't you cry for me‹ so laut und fröhlich, dass Arbeiter aus der Nachbarschaft kamen, um zu sehen, ob es einen neuen Fund gab.

Der Sheriff ging in sein Zelt zurück und rieb sich während des Weges vergnügt und außerordentlich selbstzufrieden die harten Hände.

Unsere drei deutschen Freunde Lamberg, Binderhof und Hufner hatten inzwischen ebenfalls sehr eifrig ihren so genannten Claim in Angriff genommen. Das war aber ein hartes Stück Arbeit, mit dem sie ihre Minenarbeit begannen. Ihre Hände waren eine solche Behandlung nicht gewohnt und durch die Seereise eher noch weicher geworden. Sie zogen bald Blasen und waren kaum noch in der Lage, die schweren Werkzeuge zu heben. Lamberg versuchte auch sein Bestes – um sich so viel wie möglich zu schonen. Wenn er damit auch bei Hufner durchgekommen wäre, duldete Binderhof das nicht. Leute, die nur sehr wenig und dann auch noch ungern arbeiten, können nie sehen, dass andere untätig dabei stehen, wenn sie selber wirklich einmal mit anfassen.

Selbst der Justizrat war von der allgemeinen Aufregung soweit angesteckt, dass er auch beschloss, zu arbeiten – aber allein. Er begann deshalb, ohne sich um einen Claim zu kümmern, ganz ruhig in einem der ersten besten der schon abgesteckten und nummerierten Plätze ein Loch zu graben. Etwa eine Stunde später kam der Eigentümer des Platzes zurück und wies ihn davon. Der Justizrat wollte gerade selbst gehen, denn die Erde schien ihm zu hart. Er wollte sich keineswegs anstrengen. Er nahm also seine sehr kleine und leichte Spitzhacke, Schaufel und Blechpfanne und stieg aufs Geratewohl den nächsten Hügel hinauf. Dabei wollte er sich die Gegend ansehen und auch Gold finden. Da lief ihm ein alter Bekannter, der Komet, über den Weg.

Im ersten Augenblick, als er seinen Gläubiger erkannte, hoffte der Aktuar, noch nicht gesehen zu sein. Der Justizrat hatte die Eigenart, sich beim Gehen immer die Wipfel der Bäume anzusehen. Unwillkürlich machte er deshalb eine Bewegung, um hinter einen benachbarten Busch zu gelangen und den Landsmann ungehindert vorüberzulassen. Dessen ›Morgen, Herr Aktuar!‹ belehrte ihn aber rasch eines Besseren. Er sah sich jetzt wie erstaunt nach ihm um und rief:

»Ach, tatsächlich, Herr Justizrat. Mit dem Handwerkszeug auf der Schulter habe ich Sie im ersten Augenblick gar nicht erkannt. Wollen Sie heute einmal Ihr Glück versuchen?«

»Hm, ja, verdammt harter Boden. Gestern gut nach Haus gekommen?«

»Wer? Ich? Ja, vielen Dank. Aber, lieber Justizrat, ich habe gestern noch richtiges Unglück gehabt.«

»Sie? Wieso? Gespielt? Warum spielen Sie?«

»Ich gespielt? Nein, wirklich nicht«, sagte der Aktuar. »Ich kenne gar keine Karten. Aber Sie erinnern sich doch, dass ich Ihnen sagte, ich hätte meinen Geldbeutel im Zelt vergessen?«

»Ja, und?«

»Stellen Sie sich vor, als ich nach Hause komme und ihn suche, ist er weg.«

»Wer? Der Geldbeutel?«

»Rein verschwunden. Jedenfalls von einem nichtsnutzen, diebischen Halunken gestohlen. Ich hatte etwa für zweihundert Dollar Gold darin, mein ganzer Verdienst des letzten Monats, und mit saurem Schweiß verdient!«

»Habe ich mir gedacht«, sagte der Justizrat.

»Gedacht? Das konnte kein Mensch denken, denn mir ist noch kein Fall bekanntgeworden, dass hier in Kalifornien aus einem Zelt etwas gestohlen wurde.«

»Und meine acht Dollar?« sagte der Justizrat, der ja etwas ganz anderes gemeint hatte.

»Stecken mit in dem Beutel«, versicherte der Aktuar. »Aber das schadet nichts. Seien Sie da ganz unbesorgt. Kalifornien ist glücklicherweise ein Land, wo man zweihundert Dollar fast ebenso schnell wiedergewinnen kann wie verlieren. Von dem nächsten Gold, das ich finde, zahle ich Sie auf Heller und Pfennig ehrlich aus. Ich habe einen guten Platz in Angriff genommen, einen der besten Plätze in der neuen Flat, wo ich in einem Stück meinen ganzen Verlust ersetzt bekommen kann.«

»Schön – will ich mir wünschen. Morgen!« sagte der Justizrat und setzte langsam seinen Weg fort.

»Guten Morgen, Herr Justizrat!« sagte der Aktuar und nahm höflich seinen Hut ab. Dann eilte er rasch in die Stadt hinunter. Er war offenbar sehr froh, dem unangenehmen Gespräch entkommen zu sein.

Im Paradies war von nichts anderem die Rede als von den neuen Reichtümern, die der ›rote Boden‹ bringen sollte. Drei, vier verschiedene, tüchtig ausgeschmückte Ankündigungen gingen als ›Berichte‹ an die Zeitungen in San Francisco ab. Sie konnten ihren Zweck nicht verfehlen, einen Teil der neueingetroffenen Goldwäscher auf diesen Platz aufmerksam zu machen und sie hierherzulocken. Ob sie dann ihre Erwartungen erfüllt sahen oder nicht, blieb vollkommen gleich. Solange sie sich hier aufhielten, verzehrten sie wenigstens ihr Geld.

Die Härte des Bodens verhinderte dabei, dass der wirkliche Goldreichtum der neuen Flat so bald erreicht werden konnte. Wo man in weichem Boden zwei, drei Tage brauchte, um auf die goldhaltige Erde zu stoßen, kamen die Arbeiter hier in einer vollen Woche trotz großer Anstrengung nicht so weit hinunter. Der ›rote Boden‹ bestand, wie schon erwähnt, aus einem steinhart gewordenen roten Ton, vermischt mit kleinen Kiesel- und Quarzstücken. Die schwerste Spitzhacke, von dem kräftigsten Arm geschwungen, konnte kaum einen Zoll tief in die Masse hineingeschlagen werden.

Aber was half's? Die Leute hatten das schwere Stück Gold gesehen, oder – noch schlimmer – es beschrieben bekommen. Jetzt waren sie wie versessen darauf, ähnliche Brocken herauszuholen, auch wenn sie im Schweiße ihres Angesichts danach graben mussten. Leicht war die Erdarbeit nirgends. Während sie an anderen Stellen nur auf gut Glück einschlagen mussten, waren sie sich ihres Erfolges nicht so sicher wie hier.

Fischer, der sich schon lange in den verschiedenen Minen herumgetrieben hatte, ließ sich nicht verleiten, sein Glück im ›roten Boden‹ zu versuchen. Er arbeitete mit Graf Beckdorf zusammen am oberen Teil des Teufelswassers. Sie machten nicht gerade brillante Geschäfte, hatten aber doch das, was man in den Minen einen ›recht guten Tageslohn‹ nannte. Das waren etwa fünf bis sechs Dollar pro Tag, Johnny war ebenfalls irgendwo in den Hügeln an einem Platz, den er geheim hielt. Da er sich aber an den nächsten Abenden nicht in den Trinkzelten sehen ließ, nahmen seine Bekannten an, dass er noch nicht viel gefunden haben könnte. Sie wussten nicht, dass er an dem Abend, als er dem Spieler folgte, sein ganzes erarbeitetes Vermögen an den verloren hatte – etwa siebenhundert Dollar.

Eine volle Woche war so verstrichen und weiter nichts Besonderes vorgefallen, als dass eine große Anzahl von Goldwäschern aus den benachbarten Minen eintrafen, um die neuentdeckten Schätze des Paradieses mit ausbeuten zu helfen. Auch von San Francisco trafen schon Gruppen ein, die von dem großen ›lump‹[4] gehört hatten. Sie hielten dessen Fundort ebenfalls für einen geeigneten Platz, um ihre Arbeit zu beginnen.

Zu gleicher Zeit lief aber ein anderes Gerücht durch die Minen. In der Nachbarschaft waren mehrere Morde begangen worden, und man vermutete die Täter unter den zahlreich anwesenden Mexikanern oder unter den englischen Deportierten. Die Amerikaner erzählten sich nämlich, dass von Sydney in Australien ein ganzes Schiff Deportierter nach San Francisco gekommen wäre. Die australischen Kolonisten hätten das Schiff mit den verbannten Verbrechern nicht landen lassen, und so wäre die Fracht jetzt über das ganze Land verteilt worden.

Schiffe aus Australien waren tatsächlich gelandet. Es lässt sich auch denken, dass mancher Reisende früher ein Deportierter war. Aber die Erzählung von dem Verbrecherschiff gehörte in den Bereich der Fabel. Trotzdem wurde sie von den Amerikanern fest geglaubt. Einzelne Versammlungen der Amerikaner in den kleinen Minenstädten beschäftigten sich schon ernsthaft mit dem Plan, die ›Ausländer‹ oder Fremden aus den Minen zu vertreiben oder sie zumindest zu entwaffnen und dadurch unschädlich zu machen.

In all diesen Versammlungen sprach sich dabei ein besonderer Hass gegen die Engländer, Iren und Mexikaner aus, denen man alle begangenen Untaten antastete. Nur die vollkommene Ruhe und Sicherheit, die im Paradies zu herrschen schien, hatte mit dem neuen Interesse für den ›roten Boden‹ die Amerikaner davon abgehalten, dem Beispiel einiger anderer Minenstädte, wie z. B. Sonora, zu folgen. Dort waren nämlich tatsächlich die Fremden entwaffnet und sämtliche Mexikaner aus dem Bereich der dortigen Minen vertrieben worden.

Der Alkalde nahm an den Verhandlungen keinen Anteil. Wie er auch als Amerikaner darüber denken mochte – er hatte als Friedensrichter gerade von den Fremden einen zu großen finanziellen Vorteil, um sich den leichtsinnig selbst zu verscherzen. Erstaunlich war nur, dass er sich mit den drei Amerikanern, die zuerst im ›roten Boden‹ das Gold gefunden hatten, offensichtlich verfeindet hatte. Dabei schien er früher mit ihnen gut befreundet zu sein. Er ging einige Male zu ihnen, und es war dann in dem tiefen Loch zu heftigen Debatten gekommen, die aber jedes Mal sofort abgebrochen wurden, wenn ein Fremder am oberen Rand gesehen wurde. Nach einem solchen Streit kehrte dann der Friedensrichter mit einem sehr dicken, roten Kopf in sein Zelt zurück, und die Amerikaner sangen mit lauter Stimme hinter ihm her:

»O, Susannah – don't you cry for me, I go to California, with a washbowl on my knee!«

---

[4] In Kalifornien bedeutet das Wort ›lump‹ das gleiche, was man in Australien unter ›nugget‹ versteht: einen großen Klumpen Gold.

Ihre Grube hatten sie jetzt auf gut dreieinhalb Meter ausgegraben, ohne dass etwas von einem weiteren Fund bekannt wurde. Das wunderte allerdings niemand, denn die Goldwäscher halten das fast immer sehr geheim. Was aber die Leute wunderte und stutzig machte, war, dass sie eines Morgens nicht mehr an ihrem Arbeitsplatz erschienen. Es lief plötzlich ein dumpfes Gerücht durch den ›roten Boden‹, dass sie an einem der benachbarten Bergwasser mit Graben begonnen hätten, anstatt ihre noch reservierten Claims links und rechts von ihrem Fundort in Angriff zu nehmen.

Erstmalig kam dabei den Goldsuchern in der ›roten Erde‹ der Gedanke, dass sie vielleicht irregeführt worden waren und sie den Goldklumpen gar nicht hier gefunden hatten. Die Fleißigsten waren schon über vier Meter tief in den Boden gedrungen, ohne irgendeinen großen Fund zu machen. Etwas Gold war schon da, aber das fand sich überall, wo man nur graben wollte. Es zahlte aber noch nicht einmal die Hälfte der Kosten, die man in der Zeit des Bodenaushubs gehabt hatte.

Als die Leute aber erst einmal auf den Gedanken gekommen waren, verarbeiteten sie ihn weiter. Sie begriffen nur nicht, welchen Nutzen die drei Amerikaner davon gehabt haben könnten, ihnen eine solche Unwahrheit glaubwürdig zu machen. Da brachte ihnen der Sheriff selbst die Aufklärung.

Zwölf Tage waren seit dem Morgen vergangen, an dem die ›rote Erde‹ zuerst von allen Goldwäschern in Angriff genommen wurde. Keiner der Arbeiter hatte seine Arbeit nur halb bezahlt bekommen, ja, viele hatten die Stelle schon wieder verzweifelt aufgegeben. Da kam mittags der Sheriff in das Esszelt eines Amerikaners, an dessen Tisch etwa dreißig seiner Landsleute eifrig beschäftigt saßen.

»Hallo, Hale!« rief ihm ein Bekannter zu. »Sind Sie Ihrem alten Boardinghouse untreu geworden? Hierher, Mann, hier ist noch ein Platz für Sie. Es gibt heute ein so zähes Stück Fleisch, wie Sie sich nur wünschen können!«

»Das hat uns Mac Karther nur vorgesetzt, damit wir nach dem ›roten Boden‹ nicht aus der Übung kommen!« sagte lachend ein anderer. »Wenn die Spitzhacke nicht geschärft ist, prallt sie von dem verdammten Zementboden so zurück, wie die Zähne hier vom Fleisch. Ich kaue jetzt schon eine Viertelstunde an dem Stück hier, und es wird immer dicker im Mund.«

»Verdamm den roten Boden!« schrie aber ein anderer. »Verdirb uns den Appetit nicht! Ich bin froh, dass ich den Platz nur einen Augenblick vergessen kann. Morgen ist aber der letzte Tag, an dem ich darin herumhacke. Wenn ich dann nicht auf die Klumpen treffe, will ich verbrannt werden, wenn ich auch nur noch einen Stein darin umdrehe.«

»Kommen Sie, Hale, setzen Sie sich, das Essen wird sonst ganz kalt.«

»Nein, vielen Dank, Briars, ich bin schon fertig mit dem Essen. Aber was habe ich Ihnen, Bowling, und Ihnen, Green, nicht damals gesagt, als ihr mit solcher Wut über die rote Flat hergefallen seid, he?«

»Ja, zum Donnerwetter, wenn man aber auch solch einen Klumpen aus dem Boden kommen sieht!« sagte Briars etwas verlegen.

»Haben Sie gesehen, wie er herausgeholt wurde?« erkundigte sich der Sheriff.

»Ich? Nein!« sagte der Mann und sah überrascht zu dem Frager auf.

»Hat es sonst jemand gesehen?« fragte der Sheriff weiter.

»Nicht dass ich wüsste!« rief Green. »Aber zum Teufel, man kann doch nicht glauben – Pest noch einmal, wenn ich sicher wüsste, dass uns die drei verdammten Kerle zum besten gehabt haben, ich würde hingehen und ihnen einzeln die Knochen zerschlagen!«

»Keine Sorge, sie werden ihrer Strafe nicht entgehen«, sagte der Sheriff lachend vor sich hin. »Der Alkalde selbst will sie verklagen.«

»Was?« riefen die Goldwäscher und sprangen von dem Tisch auf. »Also war die Geschichte ein Betrug?«

»Ja, und ihr dürft euch noch nicht einmal beklagen, denn dass ihr den ›roten Boden‹ so aufgebrochen habt, war eure eigene Schuld, eurer eigener, freier Wille. Kein Mensch hat euch dazu geraten, aber der arme Alkalde ist schlecht dabei weggekommen.«

»Der Alkalde? Der hat ja gar nicht gegraben. Was, zum Henker, haben Sie, Hale?« rief Green. »Sie feixen ständig da vor sich hin und halten doch etwas hinter dem Berge! Also, was ist es – schießen sie los!«

Der Tisch war fast ganz geräumt worden. Alle Goldwäscher fühlten sich zu sehr interessiert, um nicht Feuer und Flamme für etwas zu sein, was ihnen darüber Aufschluss gab. Hale schien auch wirklich noch etwas auf dem Herzen zu haben, und die Teilnahme für den Alkalden war das nicht. Alle Welt wusste, wie er mit ihm stand. Was es aber auch sein mochte, er schien sich außerordentlich darüber zu amüsieren, und sagte jetzt mit kaum verbissenem Lachen:

»Der gute, würdige Alkalde hat so das Beste für euch gewollt und war so besorgt, dass ihr hier in den Minen den Mut verliert. Jetzt so behandelt zu werden ist wirklich unschön.«

»Ja, aber wer hat ihn denn so behandelt?« rief Briars ärgerlich. »Der Teufel soll aus Ihrem Geschwätz klug werden!«

»Na, die drei Hoosiers«, sagte der Sheriff. »Er hatte ihnen den Klumpen Gold geborgt, der drüben am Macalome vor sechs oder acht Monaten gefunden wurde...«

»Den Klumpen geborgt?« riefen acht oder neun gleichzeitig.

»Das ist doch unmöglich!« schrie Briars. »Ich habe die rote Erde, die noch in den Ritzen stak, mit eigenen Augen gesehen!«

»Ja, das spricht natürlich für einen Fund in der ›roten Erde‹«, lachte der Sheriff. »Es wäre ein unumstößlicher Beweis, wenn sie das bisschen roten Staub nicht vielleicht doch mit der Hand hinein gerieben hätten. Wie dem auch sei, unser wackerer Major hat ihnen den Klumpen geborgt, und zwar völlig uneigennützig. Die paar hundert Dollar, die er für das Registrieren der Claims bekommen hat, können dabei nicht in Betracht kommen. Und jetzt wollen die nichtsnutzen Hoosiers das Gold nicht wieder herausgeben.«

»Nicht wieder herausgeben?« wiederholte einer.

»Nein«, sagte der Sheriff. »Sie meinen, er solle ihnen einmal beweisen, dass sie den Klumpen nicht gefunden hätten. Er selber hatte das doch allen, die ihn deshalb gefragt hatten, bestätigt. Außerdem hätten sie nur ihm zuliebe das Loch in den verdammt harten Boden gegraben und noch keine Viertelunze dabei gefunden – außer dem Klumpen.«

»Hahaha!« schrie Briars. »Das geschieht ihm recht! Das ist die richtige Strafe für den Lump, und unser Gold für das Registrieren der Claims muss er uns noch außerdem herausgeben.«

»Hm«, sagte der Sheriff trocken. »Euch kann ich nicht als Geschworene gebrauchen, denn es sieht so aus, als hättet ihr euch schon ein Urteil gebildet.«

»Geschworene?« rief Green. »Was wollen Sie mit Geschworenen? Wozu eine Jury?«

»Der Alkalde will die Hoosiers wirklich verklagen«, sagte der Sheriff. »Ich habe ihm den guten Rat gegeben, das Maul über die Sache zu halten und lieber die paar hundert Dollar in den Wind zu schreiben. Er ist aber so wütend auf die Burschen, dass er wirklich eine Jury zusammenrufen will.«

»Und er hat ihnen wirklich den Klumpen gegeben, um uns damit anzuführen?« schrie einer aus der Gruppe.

»Er ist bereit, das mit einem Eid zu belegen«, versicherte feierlich der Sheriff. »Er erwartet dabei von dem Gerechtigkeitssinn der Goldgräber, dass sie...«

»... ihm die Knochen entzweischlagen!« unterbrach ihn wütend Green. »So ein Schuft will Alkalde sein und schämt sich nicht, uns auszubeuten, wo wir ihn selbst gewählt haben?«

»Gentlemen!« sagte der Sheriff. »Sie sehen die Sache von einem falschen Gesichtspunkt. Das Wohl des Staates darf nicht dem des einzelnen untergeordnet werden. Die Maßnahme war nur zum Besten für das Paradies getroffen. Die Möglichkeit, dass Sie wirklich Gold in der ›roten Erde‹ gefunden hätten, ist doch nicht zu leugnen!«

»Wir wollen ihm das Beste gern anstreichen!« schrie aber Briars. »Ich gehe jetzt zu ihm, und wenn er mir meine zwei Dollar nicht wieder herausgibt, hol ich die ganze Flat zusammen.«

»Briars, fangen Sie um Gottes willen keinen Streit an!« rief der Sheriff hinter ihm her. Aber Briars war schon in wilder Hast aus dem Zelt gesprungen. In wenigen Augenblicken folgte ihm die ganze Gesellschaft in der gleichen Absicht. Der Sheriff blieb zurück, sah ihnen eine Weile nach, bis sie an der Biegung am Teufelswasser verschwanden. Dann schlug er eine andere Richtung ein und rieb sich vergnügt die Hände.

163

Sein Zweck war erreicht. Die Betrügerei des Alkalden, den er schon lange in Verdacht gehabt hatte, war aufgedeckt. Der Major musste jetzt selbst sehen, wie er mit den Burschen fertig wurde. Dass er sich für heute aus dem Weg halten musste, war alles, was er noch zu tun hatte. Das erreicht er am besten dadurch, dass er eben einmal einen Spaziergang in die Berge machte.

Sowie er das Städtchen verlassen hatte, bog er rechts zu den nächsten Hügeln ab. Hier kam er an der Verschanzung vorüber, an der der Justizrat damals festgenommen worden war.

Die fünf biederen Deutschen, die, durch grässliche Mordgeschichten verunsichert, den kalifornischen Boden betreten hatten, machten sich die Mühe, selbst am Wegrand jeden Abend in zwei, drei Stunden harter Arbeit eine kleine Schanze aufzuwerfen. Mit aufgestellter Wache und schussbereiten Waffen legten sie sich dann in die Mitte. Hier oben war ihre Festung noch viel besser organisiert worden, da sie sich länger aufhalten wollten. Deshalb hatten sie einen etwa einen Meter breiten und fast doppelt so tiefen Graben ausgehoben, der einen Raum von zehn mal zehn Schritt umfasste. Die aufgeworfene Erde bildete gleichzeitig den Damm. Dahinter lag das breite, niedrige Zelt, vor dem auch jetzt eine Wache auf- und abging.

Der kleine Bursche, der dort seine Schrotflinte schulterte, war in voller Uniform: Er trug eine grüne Bluse mit weißem Gürtel, einen weißen, breitrandigen Filzhut und einen Hirschfänger. Neben der Bewachung des Zeltes hatte er aber auch noch die Pflicht übertragen bekommen, für die im Flat arbeitende Mannschaft zu kochen. Er ging am Feuer auf und ab, hob von Zeit zu Zeit den Deckel von dem dort brodelnden Topf und kostete mit einem langen Holzlöffel vorsichtig die heiße Mischung.

Der Sheriff lachte, als er sich die martialisch friedliche Gestalt betrachtete. Ringsum lagen die Zelte der übrigen Goldwäscher vollkommen unbewacht. Sie wurden nur mit einer einfachen Schleife zugebunden, und die Eigentümer gingen sorglos ihrer Arbeit nach. Hatten diese Leute etwa besondere Schätze zu bewachen? Wohl kaum, sie waren erst kürzlich von San Francisco her eingetroffen. Er hatte die anderen Kameraden des Burschen an ihrer gleichen Bekleidung erkannt und sie schon mit Pistolen und Gewehren neben sich in der ›roten Erde‹ arbeiten sehen.

Da er im Moment keinen besonderen Zweck verfolgte und sich nur für ein paar Stunden aus der Nähe des Alkalden fernhalten wollte, trat er an die Verschanzung und rief der Wache einen ›guten Tag‹ hinüber. Der Gruß wurde sehr freundlich und in sehr schlechtem Englisch erwidert. Der Sheriff erkundigte sich weiter:

»Na, wie geht's? Nichts passiert?«

»Was sagen Sie?« fragte die Schildwache auf Deutsch zurück und lüftete höflichkeitshalber etwas den Hut.

Ein Gespräch war also mit dem Burschen nicht anzuknüpfen, und der Sheriff musste sich auf das beschränken, was er verstehen musste, wenn er nur einen Tag in den Minen verbracht hatte. Deshalb sagte er:

»Viel Gold gefunden?«

»Gold?« erwiderte aber die Wache achselzuckend. »Lieber Gott, not mutsch, bad hier, very bad, very harter Boden, goddam Califonium!«

Der Sheriff lachte und ging an der Schanze vorüber, durchschritt hier den schmalen Flat und folgte dem Lauf des Teufelswassers. Bald erreichte er die bewaldeten, reizenden Hügel, die das enge Tal umschlossen.

Es gibt wenig Länder auf der Erde, die reicher an Naturschönheiten sind als Kalifornien. Besonders mit dem prachtvollen Baumwuchs können sich nur wenige vergleichen. Ganz stattliche Eichen mit ihrer langen, ziemlich süßen Frucht standen auch hier schon am Fuß der Berge. Höher und höher hinauf wichen sie den schlankwüchsigen Zedern und Kiefern, Pinien und Zuckertannen, die ihre Riesenstämme dem blauen Himmel entgegenstreckten.

Einen wunderbaren Eindruck machten besonders die Zedern mit ihren rötlichen, wirklich riesigen Stämmen und den zierlichen Konturen ihres immergrünen, duftigen Laubes. Der Unterwuchs wurde von einer eigenen Buschart gebildet, die alle aufragenden Schösslinge aus einer einzigen Wurzel treiben und mit ihrem saftgrünen Laub und ihren zarten Blüten einem künstlich zusammengebundenen Strauß gleichen.

Der Sheriff hatte das nun schon oft genug gesehen, blieb aber doch von Zeit zu Zeit wieder stehen, um eine besondere Baumgruppe zu bewundern oder um die Fernsicht zu bewundern, die sich ihm hier durch das Grün der dichten Büsche in das Tal öffnete.

Endlich erreichte er eine kleine Waldblöße auf einer vorspringenden Bergspitze. Den unteren Rand bildete ein steil abfallender, mächtiger Felsenhang. Dadurch gewann man aber auch von hier aus einen vollen Überblick über den ganzen Talkessel des Teufelswassers mit dem kleinen Minenstädtchen und seinen zahlreichen Zelten. Das ganze Paradies lag verkleinert, wie durch ein umgedrehtes Fernglas betrachtet, zu Füßen des Beobachters. Durch die reine Luft zeichneten sich die Umrisse ganz scharf ab. Am Fuß einer Pinie warf sich der Sheriff ins weiche Gras, um den wundervollen Anblick in aller Ruhe zu genießen.

Es war nicht nur dem Namen nach ein Paradies, denn Gott hatte alles getan, um das kleine freundliche Tal mit seinen Reizen zu überschütten. Von nicht sehr hohen, aber scharf geschnittenen und dichtbewaldeten Bergen eingerahmt, lag der nicht breite Talkessel fest und warm in das Land hinein geschmiegt. Wo nicht die Spitzhacke des Goldwäschers den Boden aufgerissen hatte, stach das helle Grün freundlich gegen die viel dunklere Färbung der Zedern und Kiefern ab, die es umschlossen.

165

Wie hübsch die bunten, winzigen Zelte dort überall zerstreut lagen! Hier im Schatten einer einzelnen Eiche, dort auf dem offenen Hang zwischen Busch und Strauch heraus schimmernd. Der dünne blaue Rauch an anderen Stellen verriet ebenfalls den Aufenthalt von Menschen, die sich hier aus grünen Zweigen eine Hütte aufgeschlagen hatten. Wie belebt auch die Straße war, kleine, mit weißen Planen bespannte Wagen kamen von dort herauf, wo sich der Bergstrom seine Bahn gebrochen hatte. Unter dem dort überhängenden Felsen konnte man deutlich die kleinen, sich bewegenden und langsam vorrückenden Gestalten erkennen, auf die das Sonnenlicht fiel.

Überall herrschte reges Leben und Treiben. Kleine Trupps von Menschen kamen und gingen von und aus allen Richtungen, und in dem Städtchen selbst – der Sheriff fuhr empor und nahm rasch sein kleines Fernrohr aus der Tasche. Während er es auszog, wandte er nicht den Blick ab. Bald hatte er auch den Platz gefunden, den er suchte. Sein heimliches Lächeln, mit dem er hindurchsah, bewies das genügend.

»Jetzt ist die Bombe geplatzt!« schmunzelte er dabei leise vor sich hin. »Donnerwetter, sie werden ihm noch das Zelt über dem Kopf abreißen... und aus der roten Flat strömen sie nur so hinein. Briars hat sicher Lärm geschlagen. Prächtiger Kerl, der Briars! Wenn der Holzkopf klug gewesen wäre und sein Maul gehalten hätte, konnte ihm nichts bewiesen werden. Die Hoosiers sagen schon nichts, und sein Gold war er doch los. Dass ihm das keine Jury in den Minen wieder zugesprochen hätte, musste er wissen! Aber der Geizteufel stak ihm in den Knochen, und jetzt soll er die Geschichte ausbaden. Wohl bekomm's, würdiger Alkalde! Hahaha, wie der jetzt nach dem Sheriff schreien wird, um ›Ruhe und Ordnung‹ wiederherzustellen. ›Wo steckt der Hale, der Lump, wieder einmal!‹ Hahahaha, der besieht sich den Volksaufstand aus der Vogelperspektive, und wenn er zurückkommt, wird er eine Versammlung einberufen müssen, um einen neuen Alkalden zu wählen. Wenn wir ihn auf diese Weise nicht loswerden, behalten wir ihn für immer.«

Noch immer betrachtete er sich das rege Leben in der Stadt. Wenn sich auch die einzelnen Menschen deutlich erkennen ließen, so war das Glas doch nicht scharf genug, und die Entfernung zu groß, um bestimmte Persönlichkeiten unterscheiden zu können.

Vollkommen befriedigt schob er es endlich wieder zusammen, steckte es in die Tasche und streckte sich dann behaglich unter dem hohen Baum aus. Durch die Zweige sah er in den Himmel und blieb da so lange liegen, bis ihm die Augen schwer wurden und er in einen leichten Schlaf fiel.

Die Sonne neigte sich schon stark gegen Westen, als er endlich wieder erwachte. Er hatte Stimmen gehört, die vom Berghang gerade auf ihn zuzukommen schienen. Vielleicht waren es Goldwäscher, die sich einen neuen Platz für ihre Arbeit suchten. Vielleicht aber auch Indianer, von denen ein ganzer Stamm in der Nähe lagerte und selbst an dieser Stelle schon einmal

166

ihre Feuer entzündet hatten. Um seine Sicherheit brauchte er sich nicht zu sorgen, denn die Indianer waren vollkommen harmlos. Nur mit ihren kleinen, knapp 90 Zentimeter langen Bogen und Pfeilen bewaffnet, wussten sie recht gut, dass sie gegen die Überzahl der mit Gewehren bewaffneten Fremden nichts ausrichten konnten. Aber selbst gegen einzelne waren sie freundlich. Sie wichen ihm am liebsten aus, grüßten ihn jedoch, wenn sie ihm begegneten, und belästigten ihn nie.

Als er zum Paradies hinuntersah, schien dort wieder Frieden eingekehrt zu sein. Nur hier und da standen noch einzelne Gruppen zusammen. Die ›rote Erde‹ war aber ganz verlassen, nicht einen einzigen Arbeiter konnte er dort noch erkennen.

Die Stimmen kamen inzwischen näher. Nach dem scharf singenden Ton der Sprecher glaubte der Sheriff Mexikaner oder doch Südamerikaner unterscheiden zu können. Die Mexikaner standen nun in dieser Zeit nicht gerade im besten Ruf. Verschiedene Morde waren ihnen zur Last gelegt worden. Der Sheriff hatte aber seinen Revolver bei sich, ohne den er nie ausging, und kannte keine Furcht. Er blieb auch ruhig unter seinem Baum liegen, um die Nahenden erst abzuwarten.

In ihrer Abstammung hatte er sich auch nicht geirrt. Schon von weitem konnte er die bunten Zarapen, die über ihre Schulter hingen, durch die Büsche schimmern sehen.

Es waren tatsächlich Mexikaner, und zwar drei kräftige, hochgewachsene Burschen mit krausen Bärten und sonnengebräunten Gesichtern. Zwischen ihnen ging im eifrigen Gespräch ein alter Bekannter. Der Sheriff erschrak richtig, als er ihn in dieser Gesellschaft sah – Kesos, der indianische Häuptling. Er schien so in sein Gespräch vertieft, dass er noch nicht einmal den Weißen am Boden bemerkte.

An der offenen Stelle blieben sie stehen, ohne ihr Gespräch zu unterbrechen. Es wurde jedoch Spanisch gesprochen, und der Sheriff verstand kein Wort davon. Ehe er aber noch überlegen konnte, ob er sich aufrichten oder dort liegenbleiben sollte, um den kleinen Trupp vorüberzulassen, stieß der kleine Bursche, der zwei Pferde am Zügel führte, einen leisen Warnruf aus. Der Indianer sah sich rasch um und erblickte im nächsten Moment den Amerikaner. »Hallo, Kesos!« sagte der und richtete sich langsam auf. »Bist du noch hier in der Gegend? Ich dachte, du wärst schon lange zu deinem Stamm zurückgekehrt.«

Der Indianer antwortete ihm nicht. Fast war es, als ob er in den Augen des Weißen erst lesen wollte, ob er etwas von ihrer Unterhaltung verstanden hatte. Beruhigte er sich deswegen oder fiel ihm ein, dass der Sheriff die spanische Sprache nicht beherrschte? Jedenfalls nickte er ihm endlich freundlich zu und sagte:

»Noch nicht – Kesos ist ein großer Capitano und hat viele Stämme, die ihn anerkennen. Er wird Morgen zu den Witongs zurückkehren.«

Der Sheriff war jetzt aufgestanden, trat auf den Indianer zu und legte seine Hand auf dessen Schulter. Dabei sagte er freundlich:

»Das ist gut, Kesos. Ich würde etwas dafür geben, wenn ich wüsste, dass du es dir nicht anders überlegst. Wenn du aber meinem Rat folgen willst, dann Lass dich nicht zu sehr mit den Burschen da ein, mit denen du wohl schon gut bekannt bist.«

»Wie meinst du das?« erkundigte sich der Indianer vorsichtig.

»Du wirst schon verstehen, was ich meine«, sagte der Amerikaner gelassen. »Es ist feiges, nichtsnutzes Gesindel und sitzt locker auf der Scholle. Zu Dummheiten sind sie immer bereit und kümmern sich nicht darum, ob es gut geht oder nicht. Im schlimmsten Fall nehmen sie ihre Holzpfannen und Brechstangen und verschwinden bei Nacht und Nebel in den Bergen. Ihr Indianer habt aber eure Heimat hier und kommt dabei nur schlecht weg!«

»Ich verstehe dich nicht!« sagte der Indianer finster.

»Das tut mir leid für dich«, erwiderte Hale, nickte ihm zu und ging langsam wieder schräg den Hang hinunter, ohne auf die Mexikaner auch nur einen Blick zu werfen.

14. Die deutsche Gesellschaft

Während des Rückweges achtete Hale nicht mehr auf den herrlichen Baumwuchs, auf die malerischen Farben, mit denen der Sonnenuntergang die fernen Berge und das unter ihm liegende Tal übergoss. Sein Blick haftete wohl darauf, aber er konnte sich nicht mehr über die schöne Natur freuen. Die Begegnung mit dem gereizten Indianerhäuptling in Gegenwart der Mexikaner, das Warnungszeichen des Jungen, das plötzliche Schweigen der Männer, hatten andere Gedanken in ihm geweckt, die ihn jetzt beschäftigten.

Allerdings war Hale viel zu sehr Amerikaner, um sich um den amerikanischen Besitz des Landes zu sorgen. Auch wenn alle Fremden im Land mit einem Schlag sich gegen sie erhoben hätten – er kannte den Charakter der ohnehin schon genug gereizten und Misshandelten Indianer gut genug, um nicht auch an eine solche Allianz zu denken. Einzeln und auf sich selbst angewiesen, konnten sie nichts unternehmen und hätten es auch nicht gewagt. Aber von einer Bande nichtsnutziger Mexikaner unterstützt, denen es gar nicht darauf ankam, ihnen jede Hilfe zu versprechen und die ihre Bundesgenossen auch jederzeit wieder im Stich gelassen hätten, drohte ihnen eine andere, nicht zu verachtende Gefahr.

Überall in den Bergen hatten sich kleine Gruppen Amerikaner und auch Fremde niedergelassen oder durchstreiften die verschiedenen, abzweigenden Täler, um die Bäche nach Gold zu durchsuchen. Die meisten hatten zwar Waffen bei sich, aber auf einen indianischen Überfall war keiner vorbereitet.

Viel Blut Unschuldiger wäre in einem solchen Fall vergossen worden, ehe die Amerikaner sich hätten sammeln können, um gemeinsam den Feind zu vertreiben.

So viel hatte er allerdings schon von dem jungen Häuptling gesehen oder gehört, dass er ihn als ordentlichen Menschen einstufte. Aber es war doch ein Indianer, und deren verschlossenes und ernstes Wesen kann man nicht so ohne weiteres ergründen. Man wusste auch nicht, wozu er fähig war, wenn er sich etwas in den Kopf gesetzt hatte. Jedenfalls war er das Oberhaupt, die Stämme gehorchten seinem Befehl, wie der Sheriff wusste, aufs Wort, und er konnte sie deshalb in jede Richtung leiten.

»Recht hätte er«, murmelte der Sheriff, als er jetzt in gerader Richtung den steilen Hang hinunterstieg, um das Minenstädtchen noch vor Dunkelwerden zu erreichen. »Wenn ich an seiner Stelle wäre und sähe, wie die Fremden mir Stück für Stück meines Gebietes unter den Händen wegreißen, mein Wild töten oder verjagen, meine Fischereien zerstören – ich glaube, ich würde auch nicht geduldig abwarten. Wahrscheinlich würde ich so vielen die Hälse durchschneiden, wie ich erwischen könnte. Aber – die armen Teufel – was würde es ihnen helfen? Sie können nicht mehr dagegen ankämpfen und waren schon verloren, als das erste Goldkorn in ihren Tälern gefunden wurde. Eine merkwürdige Geschichte ist das mit dem Gold. Dass die Menschen so versessen darauf sind, dass sie alles in die Waagschale werfen, nur um eine Handvoll von den gelben Körnern zu gewinnen!«

Sein Selbstgespräch wurde hier durch einen lauten Anruf unterbrochen, der von einem Bekannten des Sheriffs kam.

»Oh, Hale!« schrie er. »Hale! Verdammt, Mann, wo haben Sie heute Nachmittag gesteckt? Sie wurden gesucht wie die Stecknadel im Heu!«

»Hallo, Nolten!« rief der Sheriff, blieb stehen und sah sich nach dem Mann um. »Wer hat mich denn gesucht? Weiß der Teufel, hier kann man auch nicht einen Augenblick für sich selbst beschäftigt sein, ohne dass gleich irgendwo etwas passiert. Was war's?«

Der Amerikaner, der eine lange Brechstange auf der Schulter trug, lachte.

»Sie sind wohl mit dem Revolver Goldsuchen gewesen, he? Hale, Sie möchte ich auch zum Sheriff haben, wenn ich Alkalde wäre – wovor mich übrigens Gottes Gnade schützen soll!«

»Wieso?« sagte der Sheriff, konnte es aber nicht verhindern, dass er etwas rot wurde. »Da draußen, wo Sie herkommen, haben Sie mich bestimmt nicht gesucht.«

»Nein, das nicht«, schmunzelte der Amerikaner. »Ich bin auch erst vor einer halben Stunde dort hinübergegangen, um die Brechstange zu holen, die ich gestern da drüben gelassen hatte. Ich war den ganzen Nachmittag in der Stadt. Den Lärm, den sie dort gemacht haben, hätten Sie auf der höchsten Bergspitze hören müssen.«

»Aber, was ist denn passiert?«

»Na, tun Sie nicht so unschuldig!« sagte Nolten. »Briars hat mir selbst erzählt, dass Sie ihm die Augen geöffnet haben!«

»Ich? Mit der Goldklumpengeschichte, meinen Sie? Da musste ich nichts öffnen, die Sache hat der Alkalde selbst an die große Glocke gehängt. Für Morgen früh soll ich eine Jury zusammentrommeln, um die Hoosiers wegen Diebstahl zu verklagen. Sie müssen aber auch in diese Jury, Nolten.«

»Die Jury wird nicht mehr nötig sein«, sagte. der Amerikaner. »Der Alkalde ist über alle Berge, und ich glaube kaum, dass er bis Morgen zurückkehrt.«

»Der Major ist weg?« schrie der Sheriff und musste sich Mühe geben, um nicht herauszulachen.

»Ja«, lautete die Antwort. »Die Goldklumpengeschichte hat dem Fass den Boden ausgeschlagen. Andere, noch viel schmutzigere Dinge kamen dadurch zum Vorschein. Der Lump kann übrigens Gott danken, dass er so davongekommen ist. Verdient hätte er Schlimmeres, als nur weggejagt zu werden.«

»Na, ich glaube, die Hoosiers haben ihn auch schwer genug geärgert.«

»Ach was!« rief Nolten. »Das Gold hat er bei seinem Registrieren wieder herausgeschlagen und dadurch keinen großen Verlust. Aber sie sind auch dahintergekommen, dass er falsche Gewichte gehabt hat, und das gab den Ausschlag.«

»Falsche Gewichte? Das ist nicht übel!« brummte der Sheriff. »Deshalb fehlte mir neulich auch eine halbe Unze an meinem Gold.«

»Jim, der lange Kentuckier, nahm seine Bleigewichte vom Tisch und ging damit zu Burtons Zelt, um sie untersuchen zu lassen. Dem folgte der ganze Schwarm, und der Major ahnte, was ihm bevorstand. Als sie zurückkamen, war er weg. Ohne dass es jemand wusste, hatte er schon sein Pferd gesattelt und nicht weit von seinem Zelt stehen. So war er weg, ohne jemand good-bye zu sagen. Ein paar Mann wollten ihm noch nach und ihm seinen Raub abjagen, aber wir ließen sie nicht und sind froh, dass wir ihn auf diese Art losgeworden sind. Jetzt sollen Sie Alkalde werden.«

»Ich?« sagte der Sheriff lachend. »Das wäre ein Fehler! Ja, wenn ich mit der Feder so gut umgehen könnte wie mit meinem Schlachtermesser, hätte ich nichts dagegen. Aber so sollen sie sich einen anderen wählen. Donnerwetter, da wird unser guter Major ja eine Stinkwut auf unser armes Paradies haben!«

»Aus dem er vertrieben wurde!« lachte Nolten. »Ich bin übrigens sehr froh darüber. Was müssen die Fremden von uns denken, wenn wir einen solchen Lump zum Alkalden wählen! Wenn wir nur einen tüchtigen Mann jetzt hätten, denn ich fürchte, dass wir hier nicht nur Ärger mit den Fremden bekommen, sondern auch mit unseren Landsleuten. Das Spielergesindel, dieser Auswurf der Menschheit, macht sich jeden Tag breiter. Früher oder später wachsen sie uns doch über den Kopf!«

»Ach was, mit denen werden wir schon fertig!« sagte der Sheriff und lachte wieder. »Wo wir den Major los sind, mache ich mir um die anderen keine Sorgen. Aber hier geht es ja heute Abend lustig her! Die Leute scheinen sich über die Trennung von ihrem Vorgesetzten schnell getröstet zu haben...«

Die beiden Männer waren während ihres Gespräches dem schmalen Pfad gefolgt, der zu dem Städtchen führte, und hatten es jetzt erreicht. In den Zelten herrschte wirklich reges Leben. Merkwürdigerweise waren es hier die drei Hoosiers, um die sich alle lachend und jubelnd versammelten.

Gerade sie hatten doch alle Goldgräber zum Besten gehalten und waren die Ursache gewesen, dass Hunderte von ihnen hier eine Woche und länger mit nutzloser Arbeit verbracht hatten. Da sie aber selbst die ganze Zeit mit in der Flat gegraben hatten und auch die Hoffnung hatten, noch etwas zu finden, und dann den Alkalden so hervorragend mit seinen eigenen Waffen geschlagen und um seinen Goldklumpen geprellt hatten, war ihnen alles vergeben. Wo sie sich nur sehen ließen, wurde ihnen von allen Seiten entgegengejubelt und zugetrunken.

An diesem Abend geschah nichts weiter, als dass die Leute ihr Geld in den Trinkzelten verschlemmten und sich die Einzelheiten dieses ereignisreichen Tages erzählten. Am nächsten Morgen hielt man es für nötig, einen neuen Alkalden zu wählen. Wie Nolten schon dem Sheriff angedeutet hatte, wurde er vorgeschlagen.

Hale war als redlicher und entschlossener Mann bekannt. Seine Wahl würde von allen, auch den Fremden, unterstützt und angenommen werden. Aber er weigerte sich ganz entschieden, eine Stellung anzunehmen, der er nicht gewachsen war. Er konnte nicht mit den verschiedenen Gesetzen umgehen, Lesen und Schreiben gehörte auch zu seinen schwachen Seiten, und er war zu gewissenhaft, um eine solche Verantwortung auf sich zu nehmen.

Die nächste Wahl fiel auf Nolten, einen ernsten, ruhigen und äußerst redlichen Mann. Aber auch der wollte damit nichts zu tun haben, und wollte sich vor allen Dingen nicht an diesen Minenplatz binden. Wurde er Alkalde im Paradies, musste er auch da aushalten, und dafür war er nicht nach Kalifornien gekommen.

Die Wähler gelangten zu keinem Resultat. Man beschloss endlich, ehe man wieder einen Missgriff machte, lieber noch zu warten und sich ohne Alkalden zu behelfen, bis sich eine passende Persönlichkeit gefunden hatte. Hale musste inzwischen die Geschäfte erledigen, und dagegen konnte er sich auch nicht gut weigern.

Wer sich um alle diese Wirren mit keinem Wort und keinem Gedanken kümmerte, waren die Deutschen. Sie waren nach Kalifornien in der Absicht gekommen, Gold zu graben. Was die Amerikaner trieben, ging sie gar nichts an, kümmerte sie auch nicht. Sie teilten nur den Grimm der anderen auf den Alkalden, weil er sie nicht nur an einen derartigen Ort geschickt, sondern auch noch jedem zwei Dollar für ihren wertlosen Claim aus der Tasche gezogen hatte.

Lamberg, Binderhof und Hufner, die in den acht Tagen mit Erschöpfung aller ihrer Kräfte etwa 1,50 Meter tief in den steinharten Boden gekommen waren, begannen auch ohne weiteres an einer anderen Stelle, wo sie zumindest ein leichteres Graben hatten. Der Justizrat, der sich nie länger als ein paar Stunden mit der ›roten Erde‹ befasst hatte, setzte seine Bemühungen auch weiterhin allein und an den unergiebigsten Plätzen fort.

Da nämlich die Goldwäscher in der tiefen Erde der roten Flat wenig oder gar kein Gold gefunden hatten, schloss er daraus, dass es noch gar nicht ins Tal hinab gewaschen war, sondern oben auf den Bergen läge. Er setzte die umherstreifenden Amerikaner im Verlauf von etwa drei Wochen durch eine Anzahl kleiner Löcher in Erstaunen, die er auf den verschiedenen Hügelrücken etwa sechzig bis neunzig Zentimeter tief grub und dann, ohne natürlich auch nur ein Korn Gold da oben zu finden, liegenließ. Die alten Goldwäscher blieben oft bei einem solchen rätselhaften Platz stehen und überlegten kopfschüttelnd, wozu in aller Welt jemand hier das kleine Loch ausgeworfen haben könnte. Ein paar trafen auch einmal den Justizrat gerade bei seiner Arbeit und erkundigten sich bei ihm, was er dort machen wolle, erhielten aber keine Antwort. Er sah sie dann nur grimmig von der Seite an und hackte weiter, und sie mussten unwissend wieder abziehen.

Aber auch aus einem anderen Grunde war der Justizrat mit seinem Minenleben nicht zufrieden. Ihm fehlten fast alle früher gewohnten Bequemlichkeiten. Zu Hause hatte er sich um gar nichts gekümmert, was nicht gerade unmittelbar seinen Beruf betraf. Dabei bekam er sein Gehalt monatlich ausgezahlt, und hier sollte er nicht nur sein Brot mit höchst unbequemen Werkzeugen verdienen, sondern auch noch kochen helfen, sein eigenes Bett machen — und das gefiel ihm nicht.

Auch mit seiner Wäsche hatte er viel Ärger. Es gab für ihn keine andere Zeiteinteilung als die, die ihm sein Magen oder der ermüdete Körper gaben. So gab er damals auch seine Wäsche dem alten Neger und kümmerte sich nicht weiter darum. Zu Hause wurde ihm ja die Wäsche, wenn sie fertig war, ins Haus gebracht. Hier, wo er den vierfachen Waschlohn zahlte, konnte er das doch noch viel eher verlangen! Der alte Tomlins kam aber nicht. Der Justizrat brauchte nach und nach alles auf, was er noch sauber mit in die Berge gebracht hatte. Endlich sah er sich genötigt, selbst nach seiner Wäsche zu fragen, denn niemand sonst sorgte dafür.

Damals war er zwar selbst bei dem Alten gewesen, aber ohne jeden Ortssinn hatte er keine Ahnung mehr, in welcher Richtung das Zelt eigentlich liegen könnte. Er wandte sich deshalb also wieder an die ersten Amerikaner, die ihm begegneten, und erkundigte sich nach dem ›Waschneger‹.

Ob sie ihn nicht verstanden oder nicht verstehen wollten, weil er die Miss-handelten englischen Worte auf seine gewöhnliche wunderliche Art heraus polterte – jedenfalls sahen sie ihn verwundert an, hielten ihn vielleicht für be-trunken und gingen weiter, ohne ihm zu antworten. Dass sich seine Laune dadurch nicht verbesserte, lässt sich denken. Er wollte schon eben wieder in sein Zelt zurückkehren, um abends Herrn Hufner danach loszuschicken, als ihm ein Mann begegnete, der wie ein Deutscher aussah. Die Gestalt kam ihm auch bekannt vor. Obwohl ein großer Wollschal das Gesicht halb verdeckte, erkannte er die Gestalt an ihrem schwarzen Frack wieder. Es war jedenfalls der Tenor, mit dem er am ersten Abend im Elsässerzelt zusammengetroffen war. Seit dieser Zeit hatte er ihn aus den Augen verloren. Der Mann schien sich aber inzwischen auch nicht verbessert zu haben. Seine Kleidung war stark mitgenommen und besonders der Frack kaum noch zu erkennen. Sein schwarzer Seidenhut war durch Regen, Nachttau und heiße Sonne zu einer rötlichen, formlosen Masse zusammengesunken und hing ihm trübselig auf dem Kopf. An der linken Hand – die rechte trug er in der Tasche – hingen nur noch die Trümmer eines einmal schwarz gewesenen Glacé-Handschuhs.

Das alles aber sah der Justizrat nicht. Er erinnerte sich nur, dass der Mann deutsch sprach. Deshalb ging er gerade auf ihn zu, blieb vor ihm stehen, und sagte mit einem seiner finsteren Blicke, mit denen er wohl früher armen Sün-dern einen Schrecken eingejagt hatte:

»Waschneger?«

»Verzeihung«, antwortete etwas verblüfft der arme Tenor. »Sie müssen sich irren... ich...«

»Hm«, antwortete der Justizrat. »Hemden holen – weiß nicht, wo verfluchte Neger wohnt.«

»Ah, den alten Tomlins suchen Sie?« rief der junge Mann gutmütig. »Wenn Sie wollen, bringe ich Sie zu ihm.«

Der Justizrat nickte nur mit dem Kopf, und der Tenor ging neben ihm die Straße entlang.

»Na, wie ist es Ihnen bis jetzt in den Minen ergangen?« sagte er dabei. »Ich erinnere mich, dass wir am ersten Abend zusammen waren, als Sie eben ein-trafen. Haben Sie viel Gold gefunden?«

»Ich?« sagte der Justizrat. In diesem Augenblick fiel ihm wahrscheinlich zum ersten Mal ein, dass er auch noch nicht ein einziges Korn in seiner Pfanne hatte. »Hm, nein, nicht viel. Verdammtes Land... lauter Lügen... lauter Flunke-reien... Gold... hm, soviel hätte ich bei Darmstadt auch gefunden.«

»Meinen Sie wirklich?« sagte Herr Bublioni und drehte sich erstaunt zu ihm um. »Gibt es in den Bergen dort tatsächlich...«

»Werde kein Narr sein und versuchen«, knurrte der Justizrat. »Haben Sie was gefunden?«

»Wenig – etwas allerdings«, lautete die bescheidene Antwort. Dabei hustete der Mann und hüllte sich noch ängstlicher in seinen Schal. »Das Klima sagt mir aber gar nicht zu, und ich befürchte, dass ich meine Stimme ganz verliere. Ich will jetzt auch mehr spekulieren als hart arbeiten.«

»Spekulieren?« sagte der Justizrat, der von solchen Dingen wenig hielt. »Hm, verdammt schlechtes Land dazu, Kalifornien.«

»Na, ich glaube doch nicht«, meinte Bublioni. »Allerdings konnte ich nur mit sehr wenig beginnen. Mein Kompagnon aber, der schon länger in Kalifornien ist, und mit dem ich einige Wochen gearbeitet habe, hat alles, was wir zusammen gefunden haben, genommen, um dafür Proviant in Stockton zu kaufen. Hier in den Minen werden wir ihn mit großem Aufschlag wieder verkaufen. Ich erwarte ihn täglich zurück. Allerdings wünsche ich mir, dass er bald zurückkommt, denn durch mein Rheuma bin ich in der letzten Woche verhindert gewesen und konnte nichts verdienen.«

»So?« sagte der Justizrat, dem die letzte Bemerkung nicht besonders gefiel. Es konnte die Einleitung zu einem erneuten Versuch sein, Geld zu borgen. Er hatte dabei schon zu bittere Erfahrungen gemacht. »Deutscher, der Kompagnon?«

»Ja«, sagte Bublioni. »Sie kennen ihn auch, der Aktuar Korbel.«

»Komet?« rief der Justizrat und blieb erschrocken stehen.

»Verzeihung, Korbel, aber das ist das Zelt, das sie suchten. Der alte Tomlins wohnt hier.«

»So? Danke«, sagte der Justizrat. »Na, will wünschen, gute Geschäfte machen.«

»Hoffentlich«, lächelte der Tenor. »Na ja, es ist ja ein erster Versuch, die erste Spekulation, bei dem das Publikum die einzige entscheidende Stimme hat. Ich empfehle mich Ihnen, Herr Justizrat.«

Der Mann war schon lange im Zelt verschwunden und hatte die letzten Worte nicht mehr gehört.

Das Zelt war richtig, denn gleich am Eingang fand der Justizrat diesmal den Neger. Der hatte ein Paar alte, schon oft geflickte Hosen vor sich auf den Knien und war emsig damit beschäftigt, einen neuen Flicken zu der bunten Sammlung hinzuzufügen. Wie beim ersten Mal stand er auch jetzt nicht auf oder hielt mit seiner Beschäftigung inne. Er nickte nur auf den kurzen Gruß des Deutschen mit dem Kopf und sagte:

»Want your washing?«

»Yes«, erwiderte der Justizrat. Er war sich seiner Sprachschwäche bewusst und machte deshalb mit beiden Händen eine heftige Bewegung, als hätte er ein Stück Wäsche dazwischen. Der Alte sah aber gar nicht von seiner Arbeit auf und deutete nur mit dem Daumen über die Schulter nach der einen Zeltecke, wo der Justizrat einen Haufen gewaschener, aber nicht gebügelter und zusammengelegter Hemden sah. Er versuchte dem Schwarzen verständlich zu machen, was er meinte. Der sah ihn aber nur einen Augenblick verwundert an und nähte dann ruhig weiter, ohne sich noch um den Fremden zu kümmern. Erst als der Justizrat eines der Hemden nahm, es ihm vorhielt und dann deutlich die Plättbewegungen machte, lachte der Alte verächtlich und sagte:

»Never you mind, you just put them so on – Das macht nichts, zieh sie so an.«

Der Justizrat hatte keine Ahnung, was der Mann meinte. Als der aber nicht reagierte, ging er zu der wild aufgetürmten Wäsche, um seine eigenen Hemden herauszusuchen. Das war übrigens vergeblich, er fand kein einziges Stück. Tomlins verweigerte jede weitere Unterhaltung in Deutsch, und der Justizrat lief endlich verzweifelt auf die Straße. Er musste einen Dolmetscher finden.

Er sah gerade Graf Beckdorf die Straße herabkommen, und an ihn wandte er sich.

»Ja, lieber Justizrat«, sagte der junge Mann, der schon von dem eigentümlichen Verhalten des Deutschen gehört hatte. »Mit dem größten Vergnügen. Will der Schwarze Ihre Wäsche nicht herausgeben?«

»Kerl versteht mich nicht«, sagte der Justizrat ärgerlich. »Holzkopf – spreche doch deutsch!«

»Das ist vielleicht die Ursache!« lachte der Graf. »Aber kommen Sie nur mit hinein, wir wollen sehen, wie die Sache steht.«

Tomlins rührte sich nicht, als die beiden in das Zelt traten. Auf Graf Beckdorfs Anfrage, wo die Wäsche des Herren zu finden sei, deutete er wieder zu dem vorhin schon umsonst durchwühlten Haufen. Dort lagen wohl dreißig verschiedene Baumwollhemden, darunter sehr zerschlissene.

»Aber sie sind nicht dabei!« rief der Deutsche ärgerlich.

»Tomlins, hast du keine andere Wäsche?« erkundigte sich der Dolmetscher.

Tomlins schüttelte den Kopf, zeigte aber trotzdem auf einen anderen Haufen schmutziger Wäsche, der in dem Winkel gegenüber lag.

»Das da drüben«, sagte er dabei, »ist die Woche gekommen und wird Morgen gewaschen. Das da ist alles, was noch von früher da ist.«

»Wann haben Sie Ihre Wäsche hierhergebracht, Herr Justizrat?«

»Vor drei Wochen!«

»Der Herr hier, Tomlins, hat seine Hemden vor drei Wochen an dich abgeliefert!«

Die Antwort war das wiederholte Deuten auf die saubere Wäsche, dann aber sagte der Alte:

»Lieber Gott – drei Wochen – ist eine lange Zeit. Das sind die Hemden, die ich seitdem gewaschen habe. Jeder Gentleman kommt und sucht sich seine Hemden heraus. Tomlins kümmert sich nicht weiter darum. Wieviel waren es?«

»Wieviel hatten Sie, Justizrat?«

»Sieben.«

»Sieben, Tomlins.«

»Gut, soll er sich sieben da aussuchen, und zahlt eindreiviertel Dollar. Wer zuerst kommt, kriegt immer die besten.«

»Da haben wir die Bescherung!« lachte der Graf. »Jetzt kann ich Ihnen die Sache erklären, lieber Justizrat. Der alte Wollkopf hier betrachtet die verschiedenen Wäschestücke als Vierteldollar, und jedes ist so gut wie das andere. Was er gewaschen hat, wirft er auf einen Haufen. Jeder erhält die gleiche Stückzahl, wie er abgegeben hat. Damit glaubt er, ist jeder zufrieden.«

»Aber meine Hemden sind nicht dabei.«

»Sie waren dabei, aber jemand kam früher und hat sie lieber als seine genommen!«

»Das glaube der Teufel!« rief der Justizrat ärgerlich. »War feines Leinen – Kerl muss sie bezahlen!«

»Liebe Güte, bei wem wollen Sie ihn hier verklagen? Wir haben im Moment noch nicht einmal einen Alkalden. Wenn Sie meinem Rat folgen, suchen Sie sich die besten aus dem Haufen heraus...«

»Von den Lumpen?«

»Zur Arbeit sind sie gut genug, und später machen Sie es so wie ich.«

»Wo lassen Sie denn waschen?«

»Ich wasche selbst«, sagte der junge Mann.

»Selbst?«

»Ja, hier muss man manches lernen, woran man früher nicht gedacht hat. Aber es wird spät, lieber Justizrat, und ich muss noch viel tun. Guten Morgen, guten Morgen, Tomlins.«

Der Justizrat grüßte höflich, der alte Neger nickte nur, und der junge Mann überließ es dem Justizrat, wie er in der sauberen Wäsche sich zurechtfand.

Lamberg, Binderhof und Hufner fanden allerdings dort, wo sie ihren zweiten Versuch machten, etwas Gold. Dadurch deckten sie wenigstens ihre Auslagen für Lebensmittel. Wo aber blieben die erhofften, ja erwarteten Schätze? Loch für Loch wurde gegraben, Maschine nach Maschine ausgewaschen, und immer waren das Resultat nur wenige Dollars. Ein einfacher Tagelohn für ihre harte, ungewohnte Arbeit.

Besonders Hufner war deswegen sehr niedergeschlagen, und er wurde es bald noch mehr, als er sah, dass ihr Beispiel keineswegs ein Einzelfall war. Die Preußen mit ihrem bewaffneten Lager hatten schon längst ihre Wache eingezogen und mit zur Arbeit eingeteilt. Dann wechselten sie ihren Lagerplatz, ohne wieder eine Schanze aufzuwerfen. Endlich, als sie nicht einmal genug Gold fanden, um ihre Unkosten zu bestreiten, trennten sie sich. Der Riese wanderte mit zwei Trabanten anderen Minen entgegen, um sein Glück noch einmal zu versuchen. Die beiden anderen verkauften ihre Waffen an einige Franzosen, um sich von dem Erlös noch einmal neuen Kredit zu verschaffen. Der Komet hatte in allen Zelten geborgt und bekam schließlich von keinem mehr auch nur einen Schluck Branntwein oder Fleisch ohne Geld. Deshalb war er eines Morgens spurlos aus dem Paradies verschwunden. Seinem Kompagnon hatte er zwar gesagt, dass er Proviant für ihre Spekulation kaufen wollte, aber im Paradies ließ er sich nicht wieder sehen. Was sollte er auch an einem Ort, wo ihn jeder kannte?

Trotz des nicht sehr günstigen Resultates, das die Goldwäscher in den ›reichen Minen‹ am Teufelswasser erzielten, strömten noch immer Einwanderer von San Francisco in das Paradies. Schon der Name klang verlockend, und die fabelhaften Berichte der Zeitungen wirkten noch immer und brachten wenigstens den Händlern Gewinn.

Selbst noch drei Wochen nach den geschilderten Ereignissen kamen noch neue Wagen mit Gepäck und Fußwanderer daneben schlendernd. Kisten und Kasten wurden im Paradies abgeladen. Viele der früher angekommenen Miner benutzten dann aber solche Gelegenheiten, um ihre wenigen Habseligkeiten zu packen und entweder nach San Francisco zurückzukehren oder auch andere Minen aufzusuchen. Entschieden sie sich für die erste Lösung, dann verkauften sie meistens ihr Zelt und das Handwerkszeug, das man dann spottbillig erwerben konnte.

An einem Abend spät im August saßen unsere vier deutschen Freunde in ziemlich guter Laune bei ihrem Abendessen. Der Justizrat war besonders heiter gestimmt. Er hatte heute zum ersten Mal die Berggrabungen aufgegeben und unten im Bach für einige Dollars Gold ausgewaschen.

Auch die drei anderen fanden erträgliche Tagesmengen, auch wenn Binderhof und Lamberg sich drückten, so gut es ging. Der Justizrat glaubte, sein erstes gefundenes Gold nicht besser anlegen zu können, als ein paar Flaschen Wein dafür zu kaufen. Sie wurden jetzt gemeinsam getrunken.

Vor einer Weile hatten sie wieder eine der jetzt doch seltener werdenden Karawanen den schmalen Weg heraufkommen sehen, aber nicht weiter darauf geachtet. Jetzt sahen sie unten einen Mann mit einer merkwürdig geformten Mütze stehen. Er erkundigte sich offensichtlich nach jemand und wurde von einem Amerikaner hinaufgewiesen.

»Donnerwetter«, sagte Lamberg und sprang plötzlich von seinem Sitz auf. »Der da unten sieht genauso aus wie der Assessor!«

»Ach, der kommt nicht in die Minen!« lachte Binderhof. »Dem gibt Frau Siebert keinen Urlaub.«

»Haben wirklich recht«, sagte auch in diesem Augenblick der Justizrat. »Ist der Assessor – hm – angenehm. Guter Kerl – kommt gerade recht.«

»Na, da haben wir ein neues Exemplar für die Minen«, lachte Binderhof. »Der und Sie, Justizrat, sollten eigentlich eine Gesellschaft gründen.«

»Wollen wir auch«, sagte der Justizrat bestimmt. Er hätte sich schon längst von seinen drei Zeltgefährten, oder zumindest von Binderhof getrennt, hätte er sich nicht so vor dem Kochen gefürchtet. Das konnte jetzt alles der Assessor besorgen, während er ihm seine Erfahrungen als vierwöchentlicher Goldwäscher entgegenbrachte. So war sein Entschluss gefasst.

Es war wirklich der Assessor, der jetzt langsam den Hügel hinaufkam. Unterwegs sah er sich einige Male unschlüssig um, als ein »Hallo, Assessor, hierher!« seine Schritte beschleunigte und zum Zelt lenkte. Die vier Deutschen, die ihm jetzt ihr ›Willkommen!‹ zujubelten, hatte er bald erreicht. Das Bergsteigen hatte ihn erhitzt, und die Brille war beschlagen. Er brauchte einige Zeit, bis er sie abgewischt hatte und die alten Reisegefährten erkannte. Dann zeigte sich seine Freude aber auch um so größer. Der gutmütige Mann war sogar so gerührt, dass ihm Tränen in die Augen kamen.

Jetzt musste er erzählen, wie es ihm ergangen war und was Frau Siebert machte. So bereit er war, von sich zu erzählen, so zurückhaltend war er in Bezug auf Frau Siebert. Er berichtete von ihr nur, dass es ihr gut ginge und sie viel Geld verdienen würde durch Waschen und Ausbessern.

»Und wie sind Sie hier heraufgekommen, Herr Assessor? Wie haben Sie uns eigentlich hier gefunden?« erkundigte sich Hufner.

»Oh«, sagte der Assessor. »Ich hatte schon lange von Ihren reichen Minen hier gehört und von den großen Stücken, die hier gefunden werden.«

»Ja«, lachte Binderhof. »Furchtbar große!«

»Na? Ist das nicht der Fall?« sagte der Assessor rasch.

»Erzählen Sie nur weiter«, sagte Lamberg. »Wie es hier steht, werden Sie in den ersten Tagen selbst herausbekommen. Mit wem sind Sie hergefahren? Denn allein hätten Sie den Weg nie im Leben gefunden!«

»Mit alten Reisegefährten und Schiffskameraden von uns«, erzählte der Assessor weiter. »Ich habe Sie... du liebe Güte, da hätte ich ja beinahe etwas vergessen. Ich habe einen Brief für Sie, Herr Hufner.«

»Für mich?« rief der junge Mann erstaunt. »Von San Francisco?«

Der Assessor bestätigte das und zog seine große Brieftasche aus der Brusttasche heraus. In den zahlreichen Fächern suchte er zwischen den Papieren.

»Eine... junge... Dame ist dort... ist dort... angekommen.«

»Eine junge Dame?« schrie Hufner und sprang erschrocken auf.

»Na, das ist eine Freude!« sagte Binderhof lachend. »Jetzt haben wir die Bescherung, die Braut ist eingetroffen. Ja, die müssen Sie nun schon mit in die Minen heraufholen.«

»Aber das ist doch unmöglich!« rief Hufner.

»Hier ist er, Gott sei Dank – ich dachte schon, ich hätte ihn verloren«, sagte der Assessor.

»Aber sie sollte doch erst drei Monate später...«

»Lesen Sie doch«, ermahnte ihn Binderhof, der schon selbst gespannt war. »Die Sache wird richtig interessant.«

Hufner riss mit zitternden Händen das Siegel auf. Aber mit dem Brief ging er ein Stück vom Zelt fort, um ihn ungestört lesen zu können. Inzwischen musste der Assessor mit seinem Reisebericht fortfahren.

»Also mit alten Schiffskameraden bin ich zusammengekommen, wie ich schon erwähnte. Ja, Herr Justizrat, anständige, liebe Leute, wie der Amerikaner Mr. Hetson...«

»Der Verrückte?« sagte Binderhof.

»Entschuldigung, er fühlte sich zwar kurze Zeit nicht wohl, wurde aber durch Doktor Rascher vollständig hergestellt. Der Doktor wollte sogar selbst in die Minen fahren. Aber die Vorbereitungen dauerten ihm wahrscheinlich zu lange, und so ist er schon ein paar Tage früher aufgebrochen. Er hat aber versprochen, dass wir uns in diesem Städtchen wiedertreffen.«

»Der alte Doktor will auch Gold waschen?« lachte Lamberg.

»Verzeihung, nein«, sagte der Assessor. »Er geht nur botanisieren und hat sich ein eigenes Maultier gekauft, um seine neue Sammlung transportieren zu können. Nach dem, was ich bislang von den Bergen und Tälern gesehen habe, muss er eine ganz reichhaltige Flora finden.«

»Und sonst war niemand von unserem Schiff dabei?«

»Von unserem Schiff? Nein – doch, ja, allerdings! Der Koch und der zweite Steuermann, die zusammen weggelaufen sind, und außerdem noch einige Fremde«, fuhr der Assessor fort. »Ein Spanier mit seiner liebenswürdigen Tochter. Wenn ich mich nicht irre, hatte sie Doktor Rascher der Frau Hetson als Begleitung empfohlen. Wir waren eine sehr hübsche Karawane, das muss ich sagen. Ich habe mich wirklich hervorragend unterwegs amüsiert.«

»Na, Hufner, wie ist es?« rief ihm jetzt Lamberg entgegen, als der zum Eßplatz zurückkehrte. »Richtig angekommen?«

»Herr du mein Gott, Lamberg«, rief der junge Mann, »geben Sie mir einen guten Rat, was ich tun soll. Sie ist wirklich in San Francisco angekommen.«

»Ihre Verlobte?«

»Ja, mit ihrer Mutter.«

»Herrlich! Die Schwiegermutter ist auch da! Na, da gratuliere ich aber!« rief Binderhof lachend.

»Ja, aber was soll ich tun?« klagte der arme Teufel. »Sie wissen ja alle, wie ich gearbeitet habe und wie fleißig ich gewesen bin. Aber mit den paar Dollars, die ich bis jetzt sparen konnte, kann ich doch nicht heiraten – und noch dazu hier in Kalifornien!«

»Aber ich denke, sie sollte erst drei Monate nach Ihrer Abreise segeln?« sagte Lamberg.

»Ja, aber vier Wochen früher ging eine mit ihr sehr befreundete Familie nach Valparaíso oder Chile, und da hielt sie die Gelegenheit für passend. Außer-

179

dem ist das Schiff unglück... glücklicherweise so schnell gesegelt, dass es nur fünfundneunzig Tage bis San Francisco brauchte.«

»Das ist Pech!« sagte Binderhof.

»Raten Sie mir, was ich tun soll.«

»Da ist nicht viel zu raten!« sagte Lamberg. »Was Sie tun sollen, kommt hier gar nicht in Frage, nur was Sie tun können, und das ist sehr einfach. Sie schreiben Ihrer Verlobten ganz aufrichtig, wie es hier aussieht, dass Sie bis jetzt noch kein Gold gefunden haben, aber eifrig arbeiten. Sie möchte sich deshalb etwas gedulden und ein klein wenig warten.«

»Aber was soll sie inzwischen in San Francisco machen?«

»Das ist Sache der beiden Frauen. Weshalb fährt sie vier Wochen zu früh von Deutschland ab?«

»Wovon leben?«

»Hat sie etwas gelernt?«

»Sie ist Modistin und kann Damenhüte herstellen.«

»Na, weshalb machen Sie sich denn da Sorgen?« rief Lamberg. »Dann wird sie sich in San Francisco schon durchbringen und vielleicht dort mehr Geld verdienen als Sie hier in den Minen.«

»Aber es sind doch gar keine Frauen in San Francisco!«

»O doch«, versicherte der Assessor. »Ich habe verschiedene gesehen, und mit den letzten Schiffen ist eine größere Anzahl eingetroffen!«

»Na, sehen Sie! Da machen Sie sich also keine Sorge. Wo Frauen sind, haben auch Modisten Arbeit. Schreiben Sie Ihrer Braut also – oder soll ich ihr schreiben?«

»Nein, um Himmels willen, das geht nicht. Ich muss schon selbst schreiben...«

»Na gut, dann schreiben Sie Ihrer Verlobten, was ich Ihnen gesagt habe. Wenn sie halbwegs vernünftig ist, wird sie einsehen, dass Sie recht haben. Morgen früh geht der monatliche Postbote nach San Francisco und sie haben die beste Gelegenheit, den Brief gleich abzusenden.«

»Grüßen Sie Ihre Verlobte herzlich von uns!« sagte Binderhof.

»Ja, Sie können noch spotten!« meinte Hufner niedergeschlagen. »Mir ist jetzt zumute, als ob man mir einen Zahn gezogen hätte.«

Lamberg und Binderhof lachten, Hufner ging in das Zelt, um sein Schreibzeug zu suchen. Der Assessor hatte dem Justizrat das Glas vollgeschenkt und wurde von ihm jetzt zur Seite geführt. Die beiden unterhielten sich dann lange und ausführlich.

15. Die beiden Spieler

Etwa zur gleichen Zeit, in der Hufner mit zitternder Hand den verhängnisvollen Brief nach San Francisco schrieb, lenkte ein Reiter sein müdes, abgetriebenes Pferd einen der schmalen Bergpfade hinab in das Paradies. Er hielt erst, als er das kleine, freundliche Tal von einer offenen Stelle aus überblicken konnte.

Nicht die reizende Szene und auch nicht das vom Abendnebel gemilderte Sonnenlicht, weder die malerischen Gebirgsrücken noch das prächtige Spiel von Licht und Schatten waren jedoch der Anlass dazu. Er sah das alles nicht, sondern hatte nur angehalten, um die Zelte zu zählen.

Es war eine wilde, abenteuerliche Gestalt, dieser finstere Reiter auf dem matten, schweißbedeckten Tier. Ein alter, brauner Filzhut bedeckte das wirre, struppige Haar. Aus dem dichten, dunklen Bart, der fast sein ganzes Gesicht versteckte, glühten ein paar kleine, dunkle Augen düster hervor. Sonst ließ sich von dem ganzen Mann nicht mehr erkennen als die Stiefel, deren Hacken klingende, mexikanische Sporen besaßen. Ein langer, kalifornischer, bunter Poncho hüllte ihn vom Hals bis zu den Stiefeln ein. In dieser Tracht glich er von weitem den Nachkommen der eingewanderten Spanier. Aber seine gemurmelten Worte klangen anders, und trotz des Bartes hätte er nie den Amerikaner verleugnen können.

»Hm«, brummte er jetzt vor sich hin, als er den kleinen, freundlichen Platz übersah. »Ein ganz ansehnliches Nest, und der Boden auch ziemlich aufgewühlt. Liegt auch hübsch versteckt in den Bergen, so dass man es vielleicht eine Woche da aushält. Es wird aber auch Zeit, dass ich wieder einen vernünftigen Platz erreiche. Da wird wohl wenigstens ein richtiger Schluck Brandy zu haben sein. Also los, die Kehle ist mir schon ausgetrocknet.«

Er hob dabei den Zügel seines hungrigen Tieres, das die kurze Rast benutzt hatte, um ein paar Grasbüschel abzunagen. Dadurch gehorchte es nicht sofort dem Befehl, und mit einem wilden Fluch stieß ihm der Reiter die scharfen Sporen in die Flanken, so dass es sich aufbäumte und dann in wilder Flucht den Hang hinunterlief.

Der Mann zügelte es nicht. Ein trotzig-verächtliches Lächeln spielte um seine Lippen, als er mitten durch den Wald seine oft halsbrecherische Bahn verfolgte. Dabei lenkte er den Lauf des schnaubenden, schweißtriefenden Tieres mit Zügel und Sporen.

Endlich erreichten sie die Ebene, in der überall Löcher aufgewühlt waren und Haufen ausgeworfener Erde lagen. Das Pferd musste hier Schritt gehen, um seine Bahn zwischen diesen Hindernissen zu suchen. So kam der Reiter nur langsam vorwärts, bis er die quer durch die Flat führende Straße erreichte. Er biss verdrießlich die Zähne zusammen und sah sich wütend um, ob er nicht seinen Zorn über diese Verzögerung auslassen konnte. Hier und da arbeiteten Goldwäscher an den verschiedenen Stellen. Er ritt aber ohne Gruß an ihnen vorbei, und sie beachteten den Fremden auch nicht weiter. Plötzlich, fast unwillkürlich, zügelte er sein Pferd wieder, warf es herum und ritt zu einer Gruppe zurück.

Hier saß ein einzelner Mann auf einem frischen Erdhaufen. Er hatte die Jacke abgelegt, seinen Strohhut nach hinten geschoben und rauchte eine Zigarre. Das Werkzeug neben ihm verriet, dass er gerade noch gearbeitet hatte. Als er den Reiter wieder zurückkommen hörte, sah er ihn fragend an. Er konnte nichts weiter von ihm wollen, als sich vielleicht nach jemand im Ort erkundigen.

»Na, Boyles, wie geht's?« sagte da der Fremde, als er neben ihm hielt. »Seit wann haben Sie denn angefangen, die Erde aufzukratzen? Geht's mit den Karten nicht mehr? Sie werden sich noch Ihre Finger hier verderben!«

Der Mann antwortete nicht. Er sah den Fremden erstaunt und wenig begeistert an.

Nach einer Weile sagte er:

»Sie sind mir gegenüber im Vorteil. Woher kennen Sie meinen Namen?«

»Das ist gut!« lachte der Reiter grimmig in sich hinein. »Woher ich Ihren Namen weiß? Soll ich Sie an die Nacht im Mississippi-Sumpf erinnern?«

»Zum Teufel, Siftly!« rief der Goldwäscher aus und sprang mit einem Satz in die Höhe. Er griff die Hand des Reiters und schüttelte sie kräftig. »Wo kommst du denn her? Ich freue mich, dich gesund zu sehen!«

»Vielen Dank, Boyles«, sagte der Spieler und nickte ihm zu. »Ich bin nur etwas im Land umhergeritten. Jetzt wollte ich einmal sehen, wie die Sache hier im Paradies steht. Aber im Ernst, hast du das Spielen aufgegeben, dass du dir die Hände mit der Spitzhacke verdirbst? Das Hacken und Graben ist doch ein mühseliges Brot, und unsereiner passt nicht richtig dazu!«

»Verdammt, wenn ich's freiwillig täte«, brummte der Miner. »Der verfluchte Kerl, der Smith, hat mich vor acht Tagen so ausgezogen, dass ich keinen Cent mehr in der Tasche habe. Aber Geduld, der Platz hier scheint nicht schlecht zu sein, und ich bin jetzt hinter seine Schliche gekommen. Das nächste Mal...«

»Was für ein Smith?« sagte Siftly ruhig. »Kenn ich ihn?«

»Du? Na, ich glaube schon, du hast doch in San Francisco mit ihm einen Tisch gehabt!«

»Der ist hier?« schrie, Siftly plötzlich, sprang von seinem Pferd und trat zu dem Mann. »Teufel, Boyles, das ist eine gute Nachricht, die du mir da gibst. Sie ist Gold wert. Kann ich dir mit ein paar Unzen aushelfen, sag es ehrlich. Hast du es später, zahlst du es mir wieder zurück.«

»Topp!« rief der andere und hielt ihm die Hand zum Einschlagen hin.

»Topp!« sagte Siftly und warf seinen Poncho zurück, um ihm die Hand kräftig zu drücken.

»Das kam rechtzeitig!« rief Boyles. »Ich will es dir mit Zinsen zurückzahlen. Wenn du mich für etwas brauchst, Siftly, ich bin dein Mann. Aber zum Henker, du hast ja Blut an der Hand!«

182

»Die verfluchten Dornen!« sagte Siftly. »Ich habe mir die Haut in Stücken vom Körper gerissen. Von Antonios her habe ich den Weg verpasst und bin die ganze Strecke durch den Wald gekommen.«

»Das ist ein böser Weg, ich kenne ihn«, sagte Boyles. »Hm, ich hätte dich gern gebeten, mir gegen Smith beizustehen, aber gegen einen alten Kameraden...«

»Wo kann ich ihn finden?« sagte Siftly, ohne auf die halbe Anfrage direkt zu antworten.

»Frag in Kentons Zelt nach, da steckt er jeden Abend.«

»Danke, und jetzt das Gold. Wieviel brauchst du?«

»Brauchen? Liebe Güte, das ist eine kuriose Frage. Du weißt ja ganz gut, dass man für einen neuen Spielanfang einiges haben muss. Aber kannst du mir erst mit vier Unzen helfen, ohne dass du sie selbst vermisst?«

»Ich glaube, ja. Du wirst nicht lange brauchen, um sie zurückzuzahlen.«

»Ich hoffe nicht.«

»Also, dann good-bye! Komm heute Abend in Kentons Zelt, da wiege ich es dir ab und kann dir da vielleicht noch einiges erzählen.«

Damit schwang er sich wieder in den Sattel, nickte dem anderen zu und ritt auf die Straße zu, die am Teufelswasser entlangführte. Hier stieg er jedoch noch einmal ab und ließ sein Pferd an den einzelnen Grasflecken weiden, während er seine Satteltasche herunternahm. Dann wusch er sich und säuberte seine Kleidung, so gut das hier ging. Er kämmte sogar Haare und Bart. Dann ritt er langsam durch die ganze Stadt, ohne an einem Zelt zu halten. Als er den Platz erreichte, an dem die Flagge der Vereinigten Staaten von einem glattgeschälten, schlanken Zedernbaum wehte, hielt er an. Er wusste genau, dass er hier den obersten Gesetzeshüter finden konnte.

Inzwischen brach der Abend an. Die Dämmerung ist in Nordamerika sehr kurz. Wenn die Sonne erst einmal am Horizont verschwindet, folgt fast unmittelbar die Nacht. Die Arbeiten im Freien waren fast alle beendet. Die meisten Leute hatten schon ihr Abendbrot gegessen. Viele schlenderten zwischen den Zelten herum, um den Abend zu genießen oder mit der Flasche oder den Karten die Zeit bis Mitternacht zu verbringen. Nur wenige legten sich schon so früh auf ihr Lager, um mit der Morgendämmerung wieder frisch an der Arbeit zu sein.

Ein großer Unterschied bestand in den verschiedenen Trinkzelten. Nur in den amerikanischen wurde gespielt, während die Franzosen und Deutschen das nicht erlaubten. Die Mexikaner hielten sich von den übrigen fern und blieben in ihren Lagern, die sie eine Strecke von der Stadt entfernt angelegt hatten. Sie tranken wenig Alkohol, und nur wenige von ihnen trieben sich in den Spielzelten herum, um gegen die Amerikaner mit ihrem eigenen Spiel, dem Monte, anzutreten.

Was sonst noch an Fremden in der Flat oder der Nachbarschaft hauste – Indianer, Neger, Chinesen und einige Insulaner von den Sandwichinseln –, kam nach dem Dunkelwerden nie in die Zeltstadt.

Einer der Hauptspielplätze im Paradies war Kentons Zelt, in das sich auch der Justizrat damals verirrt hatte. Hier hatte Smith mit seinem Partner Ruly seinen Stammsitz aufgeschlagen. Es gab noch drei weitere Spieltische, einer mit Mexikanern, die anderen von Amerikanern unterhalten. Roulette, Würfel und Karten sollten den Goldgräbern die Möglichkeiten zeigen, ihr Erworbenes zu verdoppeln. In Wahrheit wurde ihnen aber ihr sauer verdienter Arbeitslohn aus dem Beutel gelockt. Es ist nicht zu viel behauptet, wenn man sagt, dass bei all diesen Spielen betrogen wird. Alle Spieler haben falsche Karten. In den Vereinigten Staaten bestehen große Fabriken, die nur Karten für diesen Zweck herstellen. Für den Nichteingeweihten sind sie natürlich nicht von anderen zu unterscheiden. Sie haben auf der Rückseite in dem scheinbar zufälligen blauen oder roten Muster Punkte, Striche und Arabesken an der oberen Ecke. Ein geübter Blick erkennt die Karten rasch an der Rückseite. Der Spieler kann nicht nur die verschiedenen Farben, sondern auch den Wert der Karte ablesen. Seine geübte und schnelle Hand hat nichts weiter zu tun, als gefährliche Karten zu entfernen.

Trotzdem hatte Smith in der letzten Zeit mit wenig Glück gespielt. Jedenfalls glaubte er, dass seine Fähigkeiten höher lagen. Vor Verlusten bewahrte er sich aber und bemühte sich, seinen Partner in den freien Stunden noch besser einzuweisen. In ihrem Zusammenspiel lag der Verlauf des Spieles selbst.

Heute saß er aber allein an seinem Tisch. Es war noch früh, und die Hauptspiele begannen immer erst nach zehn Uhr. Die Sätze davor brachten nur wenig ein. Trotzdem sah er schon öfter ungeduldig zum Zelteingang. Sein sowieso nicht freundliches Gesicht hatte sich noch finsterer zusammengezogen und in Falten gelegt. Von San Francisco waren wieder mehrere Amerikaner und andere Fremde eingetroffen. Die Neuigkeiten machten die Runde, besonders der Bericht von einem erneuten Feuer. Es hatte fast ausschließlich denselben Stadtteil betroffen wie das frühere Feuer. Nach allgemeiner Meinung musste es genauso böswillig gelegt worden sein wie das erste.

In diesem Augenblick kam Ruly in das Zelt. Anstatt sich gegenüber zu setzen, kam er an Smith' Seite.

»Na, wo haben Sie sich den ganzen Abend herumgetrieben?« sagte Smith, ohne den Gruß seines Partners zu erwidern. »Zum Teufel, ich sitze hier...«

»Pst!« flüsterte Ruly, ohne auf den Vorwurf zu achten. »Ich möchte Sie etwas fragen, dass Sie selbst betrifft.«

»Und das wäre?« erkundigte sich finster der lange Spieler.

»Haben Sie mal Ärger mit einem gewissen Siftly gehabt?«

»Siftly!« sagte Smith rasch. »Was ist mit dem? Wie kommen Sie auf den?«

»Er ist hier.«

»Hier? Im Paradies?« rief Smith und sah sich hastig um, als wollte er bei Gefahr das Zelt schnell verlassen.

»Sie können nicht mehr unbemerkt weg«, flüsterte ihm aber Ruly rasch und ängstlich zu. »Ich habe ihn und den Sheriff schon vor dem Zelt gesehen.«

»Den Sheriff?« erkundigte sich Smith mit zusammengebissenen Zähnen.

»Siftly muss heute Abend angekommen sein. Er hielt sein Pferd vor dem Zelt des Sheriffs an und ging hinein. Der Name Smith wurde mehrfach genannt.«

»Und woher wissen Sie das?«

»Mein Zelt befindet sich genau neben dem von Hale. Durch die dünne Leinwand versteht man jedes Wort. Ich blieb ganz still im Dunkeln liegen, konnte aber nicht herausbekommen, um was es sich eigentlich handelte.«

»Vielen Dank«, sagte Smith, der sich inzwischen völlig gefasst hatte. Gleichgültig mischte er die Karten. »Es ist nichts weiter. Mit dem Smith ist wohl ein anderer gemeint. Wenn es übrigens der Siftly wäre, den ich aus San Francisco kenne, sollte es mich freuen, ihn hier wiederzutreffen. Er ist ein entschlossener Bursche, und solche Leute brauchen wir hier, um dem verdammten Fremdengesindel die Spitze zu bieten. Es wird höchste Zeit, dass wir einmal dazwischen aufräumen.«

»Also sind Sie sicher?«

»Setzen Sie sich nur auf Ihren Platz!«

Ruly war das unruhige Verhalten Smiths und sein unwillkürlicher Schreck bei der Namensnennung nicht entgangen. Er fand sich mit der angeblichen Ruhe seines Partners nicht ab. Trotzdem gehorchte er der Aufforderung und nahm seinen Platz ihm gegenüber wie immer ein, um ankommende Spieler zu erwarten.

Obwohl seine Hände das Spiel mechanisch mischten, dachte Smith an etwas völlig anderes. Ständig schweifte sein Blick wieder zum Zelteingang, wo er die Gestalt seines Verfolgers erwartete.

Jetzt hob sich die Leinwand wieder, und Siftlys bärtiges Gesicht tauchte da auf. Wenn Smith aber auch fühlte, dass er blass wurde, behielt er doch seine Ruhe. Sein Plan war schon gefasst. Er mischte sich jetzt mit lauter Stimme in das Gespräch der anderen.

»So ein Feuer ist in dem Zeltnest eine unangenehme Sache. Aber es ist auch ein böser Wind, der keinem Menschen Gutes zuweht.«

»So?« rief ein junger Amerikaner, der ihn wild ansah. »Wem kann ein solches Feuer Glück bringen? Dem Plünderer und Dieb vielleicht!«

»Oho!« rief ein anderer. »Haben nicht nachher viele hundert Leute Arbeit?«

»Alles, was ich zum Beispiel habe«, sagte Smith, ohne auf die Bemerkung einzugehen, »verdanke ich dem letzten Feuer. Ich weiß auch, dass es Brandstiftung war, und ich kenne sogar den Brandstifter!«

»Was? Er kennt ihn?« riefen alle Umstehenden durcheinander. »Und Sie haben ihn nicht angezeigt, nicht dem Volk übergeben, das ihn ins Feuer geworfen hätte?«

»Ja, wie soll man jemand preisgeben, der auf freien Füßen draußen in den Bergen eine Stunde Vorsprung hat?« lachte Smith auf seine heisere Art. Er wusste, dass Siftly in diesem Augenblick selbst hinter seinem Stuhl stand, während der Sheriff neben ihn trat. »Wenn er mir nicht einmal wieder zufällig über den Weg läuft, ist er sicher. Denn keiner außer mir hat Beweise in der Hand. Ich habe sein eigenes Gold, das er bei seiner Flucht im Stich lassen musste.«

»Das hätten Sie aber an die abliefern müssen, die durch das Feuer zu Schaden gekommen sind«, sagte jemand.

»Da müsste ich ja dumm sein«, lachte Smith. »Ich hatte selbst noch eine Rechnung offen, und bis die nicht beglichen ist, betrachte ich es als mein Eigentum und – habe auch ein Recht dazu!«

Der Sheriff warf einen fragenden Blick zu Siftly. Der schüttelte leise den Kopf und winkte ihm dann, ihm vor das Zelt zu folgen.

»Wie heißt der Schuft, dieser Mordbrenner?« rief ein langer Kentuckier. »Sein Name sollte doch wenigstens bekannt werden! Der Kerl soll vogelfrei sein, und jeder, der ihn antrifft, kann ihn über den Haufen schießen oder am nächsten Baum aufhängen!«

»Namen«, sagte Smith, dem die Bewegung des Sheriffs nicht entgangen war und sah den beiden mit verächtlichem Lächeln nach. »Wer kümmert sich um Namen. Wenn Sie mir jetzt sagen, dass Sie Brandon heißen, muss ich es Ihnen glauben.«

»Aber ich heiße auch so!« rief der junge Bursche, der aus Wut über den Zweifel rot wurde.

»Nun ja, ich streite es ja auch gar nicht ab«, sagte Smith ruhig, während die anderen lachten. »Sie können sich aber auch Johns oder Brown oder Philipps nennen, und wir alle wären deshalb nicht klüger!«

»Und Ihr Name ist Smith, was?« sagte der Kentuckier, den die Ruhe des Spielers ärgerte.

»Ich nenne mich so«, erwiderte lächelnd der Lange und ließ die Karten durch die Finger schnellen. »Aber jetzt, Gentlemen, hoffe ich, dass mir jemand die Freude macht, das Gold hier abzuholen, das er heute Abend gewinnen will. Es muss acht Uhr vorüber sein, und die Nächte sind viel zu kurz!«

Einige setzten sich an den Tisch, und es dauerte nicht lange, und alles andere war über dem Spiel vergessen.

Vom Sheriff gefolgt ging Siftly, der seinen Plan so plötzlich geändert hatte, langsam die Straße hinauf. Wenige Minuten später war Hale an seiner Seite.

»Na?« sagte der Sheriff und versuchte im Licht des hereinbrechenden Abends das Gesicht des Fremden zu erkennen. Hut und Bart beschatteten es aber völlig. »Meine Beschreibung passte doch aufs Haar, und jetzt haben Sie sich anders besonnen. War das nicht der Smith, den Sie meinten?«

»Nein«, sagte Siftly ruhig. »Es tut mir leid, dass ich Sie umsonst bemüht habe. Ich wollte, ich hätte mir den Mann selbst vorher angesehen. Aber es soll wenigstens für Sie nicht ganz umsonst gewesen sein, und wenn Sie…«

»Vielen Dank«, sagte Hale und schob kalt die Hand des Fremden zurück. »Es ist meine Pflicht, den ehrlichen Mann zu unterstützen und Verbrecher zu entlarven. Für geleistete Arbeit habe ich allerdings bestimmte Forderungen. Kennen Sie diesen Smith?«

Siftly zögerte einen Augenblick mit der Antwort. Dann sagte er:

»Ja, von den Staaten her. In San Francisco bin ich ihm nur einmal begegnet.«

»Wie war Ihr Name?«

»Siftly.«

»Also, gute Nacht, Mr. Siftly«, sagte der Sheriff. Er blieb stehen, um die Straße wieder zurück zu seinem eigenen Zelt zu gehen. »Wenn Sie sich den Mann noch einmal ansehen wollen und Ihre bisherige Meinung ändern, stehe ich Ihnen wieder zur Verfügung.«

»Gute Nacht, Sir«, sagte der Spieler, den diese Worte etwas stutzig machten. Er blieb ebenfalls stehen und sah dem Sheriff nach. Aber im nächsten Augenblick zuckte er mit einem leichten, spöttischen Lächeln die Schultern und ging zum nächsten Trinkzelt, um sich zu stärken.

Es war elf Uhr vorbei, als er erneut Kentons Zelt betrat, diesmal allein. Ohne mit jemand ein Wort zu wechseln, ohne Smith anzusehen, ging er zuerst zu Boyles an die Theke. Dann ließ er sich an Smith' Tisch nieder. Hier setzte er kleine, unbedeutende Summen auf die Karten, ohne auf das Spiel weiter zu achten.

Es wurde spät. Die meisten Goldwäscher hatten sich zurückgezogen. Nur einige hartnäckige saßen noch an den Tischen und machten den vergeblichen Versuch, ihr verlorenes Gold zurückzugewinnen. Endlich gaben auch sie verzweifelt auf. Nur Siftly setzte noch weiter, so niedrig wie immer. Als die letzten Goldwäscher das Zelt verlassen hatten, stand er ebenfalls auf.

Smith warf einen verstohlenen, lächelnden Blick auf seinen alten Kameraden und packte sein Geld zusammen. Ruly hatte er schon vor etwa einer Stunde ins Bett geschickt. Jetzt trat er vor das Zelt, wo er die dunkle Gestalt des Spielers mit untergeschlagenen Armen etwas abseits stehen sah. Er blickte sich um. Der Wirt war im Zelt mit dem Wegräumen der Gläser beschäftigt und leuchtete unter die Tische, ob sich nicht hier oder da ein Goldstück verirrt hatte – eine gute Beute für ihn. Die Straße selbst war menschenleer. Nur in wenigen Zelten brannte noch Licht. Smith ging auf den Mann zu, streckte ihm die Hand entgegen und sagte:

»Guten Abend, Siftly.«

Siftly drehte langsam den Kopf zu ihm, ohne den Gruß zu erwidern oder die ausgestreckte Hand zu nehmen, und sagte nur:

»Komm die Straße mit hinauf, wo die Zelte enden. Was wir zu besprechen haben, braucht sonst niemand zu hören.«

»Ich... habe Gold bei mir«, antwortete der Spieler zögernd.

»Wir sind beide Manns genug, um es zu verteidigen, falls ein Dritter danach gelüstet«, lautete die ruhige Antwort. »Die Hälfte gehört mir sowieso.«

Smith Augenbrauen zogen sich finster und drohend zusammen. Es war aber nur ein Moment, und im nächsten sagte er schon leise vor sich hin lachend:

»Sie scheinen unser Geschäft summarisch abmachen zu wollen. Meinetwegen, es ist jedenfalls besser so, als wenn wir den Sheriff dabei bemühen müssten. Wären Sie schlau gewesen, hätten Sie das gleich von Anfang an so gemacht.«

»Komm«, sagte Siftly ruhig und wandte sich ab, ohne seinen Begleiter aus den Augen zu lassen. Smith dachte aber gar nicht mehr daran, zu entfliehen. Er wusste recht gut, dass das jetzt unmöglich war. Die beiden Männer gingen schweigend eine kurze Strecke die Straße hinauf, bogen dann durch eine Lücke in den Zelten nach links ab und betraten gleich darauf die rote Flat. Hier folgten sie etwa hundert Schritte einem betretenen Pfad. Erst, als sie zu den Stellen kamen, wo der Boden überall aufgewühlt war und der Weg bei Nacht gefährlich wurde, hielt Siftly an. Er warf seinen Poncho zurück und setzte sich dann auf einen Erdhügel. Sein Begleiter stellte den ziemlich schweren Sack mit den Dollars und dem Gold auf den Boden und blieb daneben stehen. Noch immer hatten die beiden kein weiteres Wort gewechselt. Da Siftly auch jetzt noch schwieg, begann Smith endlich:

»Sie werden mir nicht glauben, wenn ich sage, dass ich mich freue, Sie hier zu treffen.«

»Nein«, erwiderte Siftly trocken.

»Das dachte ich mir«, sagte der Spieler lächelnd. »Aber es ist tatsächlich so.«

»Darum haben Sie sich auch so große Mühe gemacht, von mir wegzukommen, was?« sagte Siftly und nahm damit die höfliche Anrede wieder auf.

»Es war von Anfang an ein dummer Streich«, sagte Smith völlig ruhig. »Entweder musste ich Kalifornien verlassen, oder mich darauf gefasst machen, dass wir uns irgendwo einmal begegnen. Die Gelegenheit war damals aber zu verlockend. Hol's der Teufel, ich konnte noch nie im Leben eine Gelegenheit ungenutzt vorübergehen lassen.«

»Und doch wollten Sie mich heute dem Sheriff verraten und als Brandstifter anzeigen.«

»Natürlich, ehe ich mich selbst schnappen lasse! Was haben wir beide mit den Gerichten zu tun, dass einer von uns sie auch noch freiwillig aufsucht?«

»Und weshalb freuen Sie sich, mich wiederzusehen, wenn man fragen darf?«

»Weil ich eben einen Holzkopf als Mitspieler habe, mit dem nichts anzufangen ist. Wir beide dagegen könnten hier erfolgreich sein.«

»Sie glauben wirklich, dass ich nach dem, was zwischen uns beiden vorgefallen ist, noch Ihr Kompagnon werden will?«

»Was könnten Sie Besseres tun?« sagte Smith. »Sie wissen genau, dass Sie an meiner Stelle genauso gehandelt hätten. Ich brauche nur an unseren guten Brown zu erinnern, und deshalb müssen wir uns gar nichts vorwerfen. Ich bin in der Lage, den Schaden wieder wettzumachen, und der Sache steht kein weiteres Hindernis im Wege.«

Siftly schwieg und sah eine Weile nachdenklich vor sich hin. Smith hütete sich, ihn dabei zu stören. »Weshalb haben Sie Kalifornien nicht verlassen?« erkundigte sich Siftly.

»Weil ich mir noch bessere Erfolge von Kalifornien verspreche«, lachte Smith. »Für uns ist es ein kapitales Land. Wer es nicht benutzt und ausbeutet, ist ein Narr.«

»Sie wissen, dass Brown erschossen ist?«

»Brown? Unser würdiger, dicker Brown? Kein Wort!«

»Ein Franzose ertappte ihn beim Falschspiel und schoss ihm eine Kugel durch den Kopf.«

»Na ja, danebenschießen konnte er bei ihm nicht!« lachte Smith. »Es geschieht dem Tölpel recht, er war schon immer ungeschickt und täppisch. Desto besser, wir sind ihn los, und der Franzose hat uns beiden einen Gefallen getan. Apropos, Siftly, ich habe auch eine Neuigkeit für Sie, wenn Sie nicht sogar selbst mit ihnen angekommen sind. Ihr Freund aus San Francisco, der Anwalt, ist hier...«

»Wer? Hetson?«

»Ich glaube, so heißt er. Er ist heute mit seiner Frau angekommen, und wer ist noch bei ihm?«

»Keine Ahnung, was kümmert mich der Kerl!«

»Manuela mit dem Alten.«

»Die Spanierin? Donnerwetter! Was wollen die in den Minen?«

»Ich weiß nur, dass sie nicht Violine spielen will«, erwiderte Smith. »Ich habe nämlich schon unter der Hand bei dem Alten anfragen lassen. Sie ist, glaube ich, so eine Art Gesellschafterin für Hetsons Frau. Ist dieser Hetson zu gebrauchen?«

»Ein schwacher Mensch, wie ich ihn kenne. Aber wozu?«

»Wir müssten einen amerikanischen Alkalden hier haben«, sagte Smith, »der zu uns Spielern steht. Die verdammten Fremden und auch einige Amerikaner werden mit jedem Tag unverschämter und drohen schon, uns aus der Stadt zu vertreiben. Wenn das allerdings in einer Mine geschieht, bekommen wir überall Schwierigkeiten. Die Leute werden hier sowieso schon viel zu klug!«

»Ich weiß aber nicht, ob Hetson hierbleiben will.«

»Seine Sachen sind hier abgeladen, und der Wagen ist schon wieder fort. Vielleicht ist aber die Aussicht auf die Wahl ein Anlass für ihn, hierzubleiben.«

»Möglich«, sagte Siftly. »Jedenfalls wäre er der Mann dafür. Ich kenne ein Mittel, um ihn zu allem zu bringen, was ich erreichen will.«

»Um so besser, überlegen Sie sich die Sache. Sie finden hier übrigens manchen Bekannten, und da verschiedene Dinge passiert sind, die die Wahl eines Alkalden erfordern, ist es eine Kleinigkeit, die Stimmenmehrheit für ihn zu bekommen. Wenn er dann die Wahl nur annimmt!«

»Dafür will ich schon sorgen!« sagte Siftly.

»Um so besser – und nun gute Nacht, Siftly. Sie werden mir jetzt Ihre Hand nicht mehr verweigern.«

»Nein, wenn wir fertig miteinander sind.«

»Fertig?«

»Ich meine, wenn unsere Geldangelegenheit erledigt ist.«

»Hier im Dunkeln?«

»Das wäre unbequem. Sie haben doch hoffentlich ein Zelt und Licht darin. Ich bin überhaupt noch nirgends einquartiert.«

»Trauen Sie mir nicht?«

»Nicht über den Weg, und ich denke, ich habe Anlass dazu.«

Smith lachte wieder vor sich hin und schwieg einen Augenblick. Dann sagte er: »Meinetwegen. Es ist vielleicht wirklich am besten, wenn wir uns gleich klar gegenüberstehen. Das eigene Interesse wird uns dann fester zusammenbinden als alles andere.«

»Das ist das stärkste Bindemittel. Zeigen Sie mir, dass Ihr Interesse mit meinem übereinstimmt, und Sie sollen keinen treueren Freund haben als mich.«

»Aber ich habe in der Zeit mehr verdient, als ich von San Francisco mitgenommen habe«, sagte Smith. »In dem Kasten war nicht so viel, wie wir erwartet haben.«

»Das spielt keine Rolle. Das, was Sie verdient haben, geschah mit meinem, weiß der Teufel, gefährlich genug verdienten Geld. Sie sichern mir die Hälfte zu oder tragen die Folgen.«

»Und wenn ich nicht will?«

»Sie wollen, Smith, denn Sie wissen, dass Sie nicht anders können«, sagte Smith finster. »Und jetzt gehen Sie voran!« Er stand dabei auf, und als Smith sein Geld vom Boden genommen hatte, gingen die beiden schweigend in die kleine Zeltstadt zurück.

16. Die Entdeckung des Justizrates

Das ziemlich große Zelt, in dem der Alkalde früher gewohnt hatte, war sein Eigentum. Er hatte es an jenem Abend im Stich gelassen. Der Amerikaner Kenton hatte den Major über mehrere Monate hin mit Wein und Spirituosen versorgt, ohne Geld dafür zu bekommen. Er nahm deshalb jetzt das Zelt in seinen Besitz. Niemand machte ihm das streitig, und Kenton vermietete es an einen gerade eingetroffenen Franzosen. Das Gerücht von in der Nähe entdeckten reichen Minen, hatte ihn jedoch schon bald wieder aus dem Paradies vertrieben, und so stand das Zelt eine Woche leer. Heute fand sich ein Käufer dafür.

Smith hatte seinem ›Freund‹ Siftly richtig berichtet, dass Hetson mit seiner Frau und Begleitung in den Minen angekommen sei. Kaum hörte der junge Mann von einem Landsmann, dass dieser Wohnraum frei war, als er zu Kenton hinüberging und mit diesem bald darauf handelseinig wurde. Segeltuch hatte er außerdem mitgebracht, für den Fall, dass er keine Unterkunft finden würde. Daraus wurden jetzt Zwischenwände hergestellt, um das Innere aufzuteilen. Etwa eine Stunde nach Sonnenuntergang war schon alles vorbereitet. Die Lagerstätten aufzuschlagen brauchte auch nur kurze Zeit. Tisch und Stühle standen schon im Zelt und waren im Kaufpreis enthalten. Wenn der Platz auch keine besonderen Ansprüche erheben konnte, so war er doch unter diesen Verhältnissen eine ausreichende Unterkunft.

Hetson hatte zwei Seeleute engagiert, die mit ihm in die Minen gekommen waren. Sie machten die Segeltucharbeit, und er selbst kümmerte sich eifrig um alle Arbeiten, organisierte und half mit, wo er nur konnte. Aber eine gewisse Unruhe ließ sich in seinen Bewegungen nicht verkennen. Es schien so, als wollte er in der anstrengenden Arbeit seinen Gedanken entfliehen. Seine bleichen, abgemagerten Züge belebten sich, und die eingesunkenen Augen bekamen wieder Glanz. Hetson war sehr krank gewesen, und der Tod hatte schon ernsthaft an die schwache Hülle geklopft, die seine Seele noch umschlossen hielt – aber die Frucht schien noch nicht reif zu sein. Jennys treue Pflege und die aufopfernde Freundschaft des alten Arztes trieben das Fieber wieder aus den heißen, pochenden Adern und richteten den matten Körper wieder auf. Mit den neuerwachten Kräften fingen dann auch die drohenden Phantasiebilder an, sich abzuschwächen. Aber der sonst so freie, offene Mann war noch immer scheu und ängstlich, und deshalb befürchtete seine Frau noch immer einen Rückfall.

Besonders erfreut war sie deshalb, als Doktor Rascher ihr versprach, dass sie sich nicht völlig trennen würden. Wahrscheinlich würde man sich schon nach ganz kurzer Zeit wieder in den Bergen treffen und sehen, was sie in den Minen trieben. Für seine botanischen Studien war ihm ja jede Stelle im Land recht, wenn er nur neue und interessante Pflanzen fand. Sein Wirken war für beide wirklich ein Segen, besonders als er die Spanierin Manuela als Gesellschafterin engagierte. In einem Land, wo auf hundert Männer in dieser Zeit kaum eine Frau gerechnet werden konnte, hätte sich die einzelne Dame in den Bergen sehr unglücklich fühlen müssen. Durch seinen Freund Emil war Doktor Rascher auf die Spanierin aufmerksam geworden. Mrs. Hetson beherrschte ihre Sprache fließend. Die traurigen Verhältnisse, in die der Vater das arme Mädchen durch seine Spielleidenschaft gebracht hatte, der Abscheu, den das Mädchen vor diesen Spielhöllen empfand, ließen sie nicht lange überlegen, als das Angebot kam. Manuela ging dankbar auf den ersten Vorschlag ein. Hetson, der ein ziemliches Vermögen zu besitzen schien, löste sie aus ihrem Arbeitsverhältnis ab und erlaubte auch ihrem Vater, sie auf der Reise zu begleiten.

Don Alonso war in der Zwischenzeit sehr heruntergekommen. Sogar seine Kleidung verriet, wie sehr ihm die launische Göttin Fortuna mitgespielt hatte. Sein wertvoller Ring war vom Finger verschwunden, statt seiner kostbaren, mit Goldfäden durchwirkten mexikanischen Zarape hüllte ihn jetzt ein ganz ordinärer kalifornischer Poncho ein und verdeckte seinen schäbigen Anzug. Sein Hut war arg zerknittert, selbst seine Schuhe beschädigt. Die eingefallenen Wangen, die tiefliegenden, düsteren Augen verrieten die wilde Leidenschaft, die in ihm krankhaft nagte und arbeitete. Er war auch stiller und zurückhaltender als früher geworden. Die Tatsache, dass er nicht mehr spielen konnte, zehrte an seiner Gesundheit. Für alle, mit Ausnahme des alten Spielers, schien die Reise in die Berge eine Erholung zu sein. Selbst Hetson war viel lebendiger und frischer geworden. Mit der wundervollen Natur um sich und dem ungewohnten Leben und Treiben sowie der ungewohnten Tätigkeit für ihn selbst begann er wieder freier aufzuatmen. Er begann, sich selbständig zu bewegen und weniger den trüben Gedanken nachzuhängen, die in San Francisco sein Leben bedroht hatten. Aber diese Vorstellungen hatten ihn nicht völlig verlassen, nur sicherer fühlte er sich hier, abgeschiedener von der Welt und ihrem Verkehr. Wie eine feste Wand schienen diese waldigen Berge, die das Tal umschlossen, es vom Leben draußen abzuschneiden.

Eigentlich hatte er sich fest vorgenommen, Kalifornien schon in den nächsten Wochen wieder zu verlassen und zu den Sandwichinseln zu fahren. Aber er befürchtete auch, dass sein Verfolger die Spur leichter wiederfände, als wenn er erst für eine Weile von San Francisco verschwunden wäre. Hier oben wurde keine Kontrolle geführt. Jeder kam und ging, wie er wollte, ungefragt, unbemerkt. Was der Nachbar trieb, kümmerte keinen – wenn er nicht an seinen Arbeitsplatz kam, um ihm den Gewinn zu schmälern. Hier wollte Hetson selbst mitgraben und arbeiten. Doktor Rascher hatte ihm das besonders empfohlen. Er hoffte, dass die neue, ungewohnte Arbeit mit hartem körperlichem Einsatz ihm die Lust am Leben wiedergeben würde. Auf diese Weise würde er am schnellsten von seinen trüben Gedanken freikommen.

Mit der Morgendämmerung begannen überall die gewöhnlichen Arbeiten. Die Goldwäscher hatten sich mehr aus der Flat hinausgezogen und die einströmenden kleinen Bergbäche aufgesucht. Dort war die Arbeit nicht so mühsam und dadurch auch lohnender. Die Bachbetten führten hier überall Gold in ziemlich groben Körnern. Große Stücke kamen aber selten oder gar nicht vor. Aber das feinere Gold zahlte ihnen doch auch ihre Arbeit, und sie brauchten nicht so lange zu graben, bis sie die goldhaltige Erde erreichten.

Eine dieser Stellen hatte der Justizrat in Angriff genommen. Zum ersten Mal fand er dort auch wirklich Gold, und da begann die Sache ihn auch zu interessieren. Am Vorabend hatte er sich mit dem Assessor abgesprochen. Sie wollten nicht nur zusammen arbeiten, sondern auch ein gemeinsames Zelt beziehen. Kochgeräte hatte der Assessor noch aus Deutschland mitgebracht. Ein kleines Zelt kaufte der Justizrat von zurückkehrenden Franzosen. Gegen Mittag hatten sie alles soweit eingerichtet, dass sie nach dem Essen gleich an die Arbeit gehen konnten. Zuerst hatte der Justizrat beabsichtigt, sein Zelt dicht neben den früheren Kameraden aufzustellen. Binderhof ärgerte ihn aber an diesem Morgen wieder, als er von Lamberg verlangte, dass er den neuen Bund der beiden würdigen Männer einsegnen sollte. So beschloss er, den ewigen Neckereien zu entgehen und sich mehr von ihnen zu entfernen. Wenn sie dann einmal zusammenkommen wollten, konnte das ja immer geschehen. Das Zelt wurde deshalb etwa fünfhundert Schritt weiter am Fuß eines ziemlich hohen Hügels, der mit einigen Büschen bewachsen war, aufgeschlagen. Nicht weit davon quoll Wasser aus einem Felsen, Holz war von hier aus auch bequem zu bekommen, und die beiden neuen Partner versprachen sich von ihrem künftigen Leben nicht nur einige Bequemlichkeit, sondern auch reichlichen Gewinn.

Der Assessor war besonders glücklich über diese neue Tätigkeit. Dem Justizrat war er dafür so dankbar, dass er alle nötigen Arbeiten ganz allein erledigte, während sein würdiger Kompagnon mit der langen Pfeife ruhig daneben saß. Als sie am Nachmittag endlich zum Goldwaschen gingen, erzählte ihm der Assessor auch unter dem Siegel der Verschwiegenheit, warum er eigentlich Frau Siebert und die Kinder verlassen hatte und in die Minen gegangen war. Er tat das auch in dem Gefühl, sich unbedingt entschuldigen zu müssen, als ob er die arme, vom Schicksal schwer geschlagene Frau rücksichtslos sich selbst überlassen habe. »Aber es ging nicht mehr, Herr Justizrat, Sie dürfen es mir glauben!« sagte er. »Ich habe ja alles getan, aber das... das konnte ich nicht.«

»Was? – Unsinn«, sagte der Justizrat. »Was konnten Sie nicht?«

»Die Frau heiraten«, platzte der Assessor heraus. Dabei sah er sich scheu um, als ob er selbst hier fürchtete, dass sie ihn hörte.

Bis dahin hatte noch nie jemand den Justizrat richtig lachen gesehen. Der finstere, erhabene Ernst, den er, stets im Gesicht trug, wurde nur sehr selten durch einen heiteren Zug gestört. Kam ihm etwas komisch vor, verzog er sein Gesicht in derselben Art, als ob er aus Versehen in eine Zitrone gebissen hätte, und hustete dazu. Jetzt aber blieb er stehen und lachte, ein wirklich ordentliches, menschliches Lachen. Er lachte, dass ihm der Rauch seiner Pfeife in die Kehle kam und er drei-, viermal heftig husten musste. Dabei fluchte er mehrfach ein kräftiges »Donnerwetter« dazwischen. Plötzlich sah er wieder so ernst aus wie immer und sagte:

»Also Sie sollten die Frau Siebert heiraten, Assessor?«

»Verzeihung, Herr Justizrat«, sagte der etwas ängstliche Mann. »Sie... sie wollte mich heiraten. Sie erklärte mir eines Morgens, die Kinder hätten sich so an mich gewöhnt, und... und sie sich auch, wir wären aber schon in das Gerede der Leute gekommen, und da sei es besser, man verleide den Leuten das Reden durch... eine Heirat. Besonders Ohlers hörte nie auf, seine Witze über mich zu machen.«

»Und da sind Sie ausgerissen?«

»Ich habe zuerst versucht, sie auf mein Alter hinzuweisen und auf meine bescheidenen finanziellen Mittel, aber es half nichts. Sie verdiente gutes Geld und behauptete, dass sie mich auch in eine Beschäftigung hineinarbeiten könnte. Mit einem Wort – sie war entschlossen, mich zu heiraten.«

Der Justizrat hatte ihm gespannt zugehört. »Und dann?« fragte er endlich.

»Als ich merkte, dass meine Einwände nichts nutzten und ich mich in meinem Alter nicht mehr zu einer Heirat entschließen konnte... die Frau Siebert... ja, sie ist eine gute Frau, aber...«

»Und? Als alles nichts geholfen hat?«

»Da packte ich Abends meine Sachen zusammen...«

»Frau Siebert war nicht zu Hause?«

»Sie war drüben bei Frau Hetson.«

»Und Sie brannten durch?« rief der Justizrat, und sein Gesicht wurde vor Freude feuerrot.

»Ich bitte Sie... erzählen Sie es keinem weiter!« sagte der Assessor ängstlich.

»Und vielleicht selbst die Witwe heiraten?« rief der Justizrat in einem Anfall von Humor. »Donnerwetter, die Pfeife ist ausgegangen. Schlagen Sie Feuer, Assessor, ich habe mein Feuerzeug verloren.«

Der Assessor rauchte selbst nie, hatte aber immer Stahl und Schwamm bei sich, um anderen einen Gefallen tun zu können. Die Pfeife wurde also wieder in Brand gesetzt, und die beiden Männer setzten ihren Weg schweigend fort. Der Arbeitsplatz des Justizrats lag außerhalb des Städtchens, an einem kleinen Bergbach. Sie mussten etwa eine gute Viertelstunde gehen. Als sie den Platz erreichten, zeigte er seinem neuen Kompagnon die Stelle, wo er sein letztes Gold gefunden hatte – er hätte auch sagen können, sein erstes. Dort zeigte er ihm auch die Stelle, wo er weitergraben sollte.

Die etwas langweilige und ermüdende Beschäftigung überließ der wackere Mann seinem Partner. Er wollte noch einmal auf den Berg hinaufgehen, um sein letztes hohes Loch zu besichtigen. Er glaubte, dass er dort sein unentbehrliches Feuerzeug vergessen hatte. Da der Platz abseits von allen Wegen lag, konnte er hoffen, dass kein Vorübergehender es gefunden hatte. Gleichzeitig entging er damit für einige Stunden dem langweiligen Graben. Während sich also der Assessor mit der Leidenschaft eines neuen Goldwäschers über seine Arbeit machte, schlenderte unser Freund mit frisch gestopfter Pfeife gemächlich den nicht steilen Berg hinauf. Bei jedem fünften Schritt blies er den blauen Qualm von sich. Da er sich viel Zeit nahm, war er eine dreiviertel Stunde unterwegs, ehe er das kleine Zederndickicht erreichte, das er sich gemerkt hatte. Dort musste er nicht lange suchen, bis er die Spuren seiner erfolglosen Tätigkeit fand. Erstaunt blieb er aber an der Stelle stehen, denn eine merkwürdige Veränderung war an dem Platz geschehen.

Das kleine, kaum 1,20 Meter lange und vielleicht genauso tiefe Loch war zugeschüttet worden. Hatte noch ein anderer nach ihm dort gegraben und den Platz jetzt wieder zugeworfen, um später um so sicherer dort arbeiten zu können? War vielleicht doch Gold darin?

»Hm, verfluchte Geschichte«, murmelte der Justizrat vor sich hin, als er an der Stelle stehenblieb. »Soll doch nie Platz verlassen, ohne durchgegraben zu haben. Hm...« Er blies die Dampfwolken in dichten, rasch hintereinander folgenden Puffen von sich. »Nur meine Schaufel mitgenommen hätte!« Trotz seines Nachdenkens kam er zu keinem Entschluss, bis ihm plötzlich die Ursache einfiel, weshalb er noch einmal auf den Berg gekommen war – sein Feuerzeug. Er sah sich um und entdeckte bald die Stelle, wo er an dem Morgen sein mitgebrachtes Frühstück gegessen und sich nachher die Pfeife angezündet hatte. Dort war ein kleiner, runder Moosfleck gewesen, prächtig geeignet für eine kurze Siesta im Schatten eines dichtgezweigten, wilden Kaffeebusches. Den hatte er ausgiebig benutzt, um seine müden Glieder auszuruhen. Der Platz war auch noch da, der Kaffeestrauch ebenfalls, aber der Moosfleck war zerstampft, als wären Kühe darauf herumgelaufen. Er mochte sich nicht mehr dort hinsetzen.

Wer aber auch hier gewesen war, hatte sein Feuerzeug nicht gefunden. Es lag tatsächlich noch dicht neben der Wurzel des Busches, wohin er es gelegt hatte, um es immer gleich zur Hand zu haben.

»Das ist gut«, nickte jetzt vollkommen zufrieden der Justizrat und steckte das kleine Nickelbüchschen ein. »Fatal gewesen, ohne Feuerzeug hier im Walde. Nicht auszudenken ohne Rauchen.«

Sein Pfeifenkopf war etwas locker geworden, und er drückte ihn wieder fest auf. Dabei fühlte er etwas Klebriges an den Fingern, und als er den weißen Kopf ansah, bemerkte er einen Blutfleck daran.

»Auch nicht übel«, brummte er vor sich hin und betrachtete seine Finger. Dann rieb er den Blutfleck an der rauen Rinde des nächsten Baumes ab. »Finger gerissen – verfluchte Dornen... Malefizland doch eigentlich und viel klüger, zu Hause geblieben!«

Der Justizrat hatte jetzt, was er wollte, und war im Begriff, den Hügel wieder hinabzusteigen. Aber er musste noch einmal an seiner mit soviel Mühe ausgeworfenen Grube vorbei. Dabei ärgerte er sich darüber, dass er nicht erfahren sollte, ob der, der hier nach ihm gewesen war, etwas gefunden hatte oder nicht.

»Verfluchte Amerikaner«, murmelte er. Er blieb an dem Platz stehen und warf mit dem Fuß einige Erdschollen zur Seite. »Stochern überall herum... wo gar nichts zu tun haben... Lumpenpack... große Lust, Spaten zu holen... verdammt hoher Berg, zweimal an einem Tag... hm.«

Während er so, immer noch mit dem Verdacht, dass wirklich Gold in der Erde sein könnte, mit dem Fuß daran herumstöberte, kam es ihm plötzlich so vor, als würde er etwas im lehmigen Boden blitzen sehen. Rasch bückte er sich und fasste im nächsten Augenblick die untere Spitze einer mit Erde bedeckten Schaufel.

»Da haben wir's!« rief er erstaunt aus. »Richtig Gold darin, Amerikaner sein Werkzeug drin gelassen – wiederkommen. Esel ich, Grube aufzugeben. Hm, Teufel holen!«

Sein Gedanke war nicht unwahrscheinlich, wenn man überhaupt glaubte, hier auf der Spitze eines Hügels Gold zu finden. Das Zurücklassen eines Werkzeuges in einer Grube sicherte dem Eigentümer das Recht zu, sie für sich zu beanspruchen. Mit Erde war sie vielleicht nur bedeckt worden, um Vorübergehende nicht in Versuchung zu bringen, sie mitzunehmen. Wer hier aber graben wollte, musste sie sofort finden.

Der Justizrat war jetzt fest überzeugt, dass ein anderer hier Gold gefunden hatte. Er befand sich in einer höchst unangenehmen Situation, denn er wusste nicht, ob er noch das Recht hatte, seine verlassene Arbeit und dann auch noch mit dem Gerät des anderen wieder aufzunehmen, und ob er dabei Minengesetze übertrat. Zugleich war es aber für ihn auch ein Triumph, dass seine von Binderhof verhöhnten ›Bergarbeiten‹ doch noch Anerkennung fanden. Er hatte große Lust, den Platz trotz der Schaufel noch einmal in Angriff zu nehmen, aber seine fast angeborene Scheu vor jedem Gesetz gewann die Oberhand. Er hatte den Platz aufgegeben, ein anderer hatte nach ihm da gegraben und ein Werkzeug als Zeichen hinterlassen. Er selbst durfte deshalb keine Hand daran legen. In nicht gerade bester Laune verließ er den Ort und ging zurück in das Tal, um dem Assessor beizustehen. Den Spaten hatte er wieder auf die Grube gelegt und mit Erde verdeckt.

Der Assessor, der zum ersten Mal in seinem Leben schwere Arbeit verrichtete, hatte sich schon Blasen an den Händen gearbeitet. Er war deshalb sehr zufrieden, als seine Uhr endlich die Mittagszeit zeigte. Die beiden wanderten jetzt schneller, als sie am Morgen gekommen waren, zu ihrem Zelt zurück. Dem Justizrat ging der Gedanke nicht aus dem Kopf, seine Bergarbeiten wieder aufzunehmen. Seinem Begleiter erzählte er unterwegs die Geschichte mit dem begonnenen und jetzt von jemand in Besitz genommenen Loch, aber in einer Weise, als ob er durch diese Vernachlässigung ein paar tausend Dollar eingebüßt hätte.

Ihr Mittagessen war bald fertig und schnell gegessen. Beide hegten die Überzeugung, dass anstrengende Arbeit gleich nach dem Essen schädlich sei, und blieben deshalb wohl noch eine halbe Stunde sitzen, um zu verdauen. Der Justizrat rauchte, und der Assessor betrachtete sich seine Hände, mit denen er keineswegs zufrieden war. Wie sie noch still ihren Gedanken nachhingen, kam Graf Beckdorf mit Hacke und Schaufel auf der Schulter, die große Blechpfanne unter dem linken Arm, den Hügel herauf. Er wollte eben an den beiden Deutschen vorbeigehen, als er den Justizrat erkannte.

»Ah, sieh da!« rief er ihm zu. »Sie haben also Ihren Wohnsitz verändert. Sind Sie neulich mit dem alten Tomlins noch einig geworden?«

»Ah, Herr Graf«, sagte der Justizrat und zog seine Mütze vom Kopf. »Danke, schlecht, Lumpenhund, sieben Baumwollhemden und alle zerrissen.«

»Donnerwetter!« lachte der junge Mann. »Aber Sie haben sich Ihren Pfeifenkopf blutig gestoßen!«

»Pfeifenkopf? Hm ja, apropos, Graf, möchte Sie um was fragen.«

»Fragen Sie.«

»Wenn ich ein Loch gegraben habe und gehe fort – darf anderer hingehen und es nehmen?«

»Nein, solange Sie noch nicht damit fertig sind, auf keinen Fall. Nur wenn Sie es beendet haben und Ihr Handwerkszeug herausnehmen, hat jeder das Recht, sein Glück zu versuchen. Ich selbst habe schon ganz hübsches Gold in solchen aufgegebenen Plätzen gefunden.«

»Hm – verwünscht.«

»Ist Ihnen so etwas passiert?«

»Mir? Ja – habe oben auf dem Berg da großes Loch gegraben, fand nichts, fing woanders an, hatte mein Feuerzeug oben vergessen, ging hinauf suchen, das da...« Er nahm es dabei aus der Tasche und zeigte es dem jungen Mann.

»Das ist auch blutig!« sagte der Graf.

»Schweinerei«, brummte der Justizrat und wischte das Feuerzeug an einem Stück Papier ab. »Weiß gar nicht... glaube, mich gerissen zu haben, ist aber nicht wahr...«

»Und Ihr Arbeitsplatz?« sagte der junge Mann, der sich hier nicht so lange aufhalten wollte.

»Ja, so, kam oben wieder an die Stelle, wo ich Loch gegraben, war anderer dran gewesen...«

»Und hatte das Loch oben auf dem Berg tiefer gemacht?« fragte Graf Beckdorf ungläubig. Er kannte die schwache Seite des Justizrates und konnte sich nicht denken, dass noch jemand auf die Idee eingehen würde, an solch unmöglichen Stellen nach Gold zu graben.

»Nein«, sagte der Justizrat ärgerlich. »Zugeworfen bis obenhin, aber oben Schaufel drauf, mit Erde zugedeckt.«

»Die Schaufel?« sagte der Graf und wurde plötzlich aufmerksam.

»Versteht sich, jedenfalls verwünschte Amerikaner!«

»Und gruben Sie nach?«

»Nein, Schaufel drin – durfte nicht.«

»Und Ihr Feuerzeug?«

»Lag nicht weit davon unter Busch, wo ich gesessen hatte.«

»Aber das Blut?«

»Weiß der Henker, jemand Nasenbluten gehabt.«

»Ich will Ihnen etwas sagen, Herr Justizrat«, rief da Graf Beckdorf. »Da oben ist mehr geschehen, als dass nur jemand Nasenbluten hatte. Wir müssen sofort zum Sheriff, um ihm Anzeige zu machen.«

»Sheriff? Wieso, Sie meinen doch nicht...«

»Dass da oben ein Mord verübt wurde? Doch, das meine ich, und die Beweise werden wir in Ihrer Grube finden. Wie weit ist es von hier?«

»Keine halbe Stunde.«

»Gut, dann wollen wir keine Zeit versäumen. Ich gehe selbst mit Ihnen, um die Sache zu untersuchen.«

»Unsinn«, brummte, aber noch immer ungläubig, der verblüffte Mann. Es wollte ihm nicht in den Kopf, dass er als Justizrat nichts bemerkt hätte, wenn dort wirklich etwas passiert wäre. Schon sein Instinkt hätte ihn leiten müssen. Das Blut machte ihn aber doch stutzig, und jetzt fiel ihm auch ein, dass er auf dem zertretenen Moos ein paar dunkle Flecke gesehen hatte. Er weigerte sich nicht, mit zum Sheriff zu gehen, um die Anzeige zu machen.

Hale war glücklicherweise zu Hause und sofort bereit, auf den Verdacht hin den Platz zu untersuchen. Wenige Minuten später gingen die vier Männer die Straße zu den Bergen hinauf. Der Justizrat hatte den Assessor gebeten, als Zeuge mitzukommen.

Unterwegs begegnete ihnen Siftly. Er hatte den Poncho nach mexikanischer Art über die linke Schulter geworfen und nickte dem Sheriff freundlich zu. Der erwiderte aber kaum den Gruß. Als der kleine Trupp vorüber war, blieb der Spieler stehen und sah ihnen spöttisch lächelnd nach. Graf Beckdorf bemerkte es und ärgerte sich darüber. Aber ein Blick auf seine beiden würdigen Begleiter, den Justizrat und den Assessor, rechtfertigte auch wieder den Spott des Amerikaners. Der junge Mann sah ein, dass diese beiden Persönlichkeiten dem an andere Gesichter gewohnten Yankee auffallen mussten. Nur in Deutschland laufen sie zu häufig herum, um noch aufzufallen. Unsere beiden Freunde hatten mehr zu tun, als sich um andere Leute zu kümmern, die ihnen entgegenkamen. Der Sheriff ging so entsetzlich schnell, dass sie kaum Schritt halten konnten. Auf der Ebene ging das noch, aber kaum waren sie am Fuß des Hügels angelangt, als der Justizrat erklärte, dass er nicht daran dächte, die Schwindsucht zu bekommen. Er war eine solche Eile nicht gewohnt, und die anderen mussten sich fügen, da sie ohne ihn den Platz nicht finden würden.

An Ort und Stelle angekommen, ließ sich der Sheriff vor allen Dingen die Stelle zeigen, wo das Feuerzeug gelegen hatte. Für ihn genügte ein Blick, um festzustellen, dass hier eine Gewalttat stattgefunden hatte. Rasch ging er zur Grube, wühlte die versteckte Schaufel heraus und begann, die Erde auszuwerfen. Er musste nicht lange graben, kaum dreißig Zentimeter tief, kam er auf das Opfer des Verbrechens. Schaudernd half ihm Graf Beckdorf. Kaum eine halbe Stunde später hatten sie die Leiche eines Amerikaners ausgegraben. Spitzhacke und Blechpfanne des Unglücklichen lagen neben ihm. Jetzt ließ sich leicht erkennen, was hier geschehen war.

Am Kopf des Ermordeten fanden sie eine Schusswunde, an seinem Körper noch drei Stiche, die mit einem breiten Messer gegeben sein mussten. Sie konnten aber auch von einem Säbel stammen, wie ihn die Mexikaner oft als Bewaffnung trugen. Die Spuren eines Pferdes fanden sie in der Nähe. Der Mann hatte sich jedenfalls auf dem schattigen Moosfleck zum Schlafen hingelegt, als ihn der Mörder entdeckte und auf ihn schoss. Die Wunde schien aber nicht sofort tödlich gewesen zu sein, denn auf dem Moos waren die Spuren eines Kampfes zu erkennen. Die Stiche gaben ihm jedoch den Rest, und der Mörder hatte sein Opfer dann zu der für ihn sehr bequem gegrabenen Grube geschleppt, es hineingeworfen und zugeschüttet. Um das letzte Zeichen zu verbergen, legte er den Spaten oben drauf und konnte nun ziemlich sicher sein, dass der eingescharrte Körper dort lange liegen würde, ehe sich jemand wieder die Mühe machen würde, die Erde an solcher Stelle wieder aufzuwühlen.

Ein anderer als der Justizrat wäre wohl auch kaum auf die Idee gekommen, und so war es nicht einmal leichtsinnig, auf dieses Versteck zu vertrauen. Der Sheriff wollte auch nicht glauben, dass das Loch dort schon vorher gegraben worden war. Denn dass hier oben jemand Gold gesucht hatte, kam ihm verrückt vor. Graf Beckdorf bestätigte aber die Arbeiten des Justizrates und bot ihm an, Hale noch wenigstens zwölf weitere Stellen auf anderen Hügelrücken zu zeigen, die derselbe Mann mit dem gleichen Erfolg ausgehoben hatte.

»Dann ist er wirklich verrückt«, brummte der Sheriff. Glücklicherweise hatten ihn weder der Justizrat noch der Assessor verstanden. Dem Sheriff lag jetzt zunächst daran, die Leiche in das Städtchen zu schaffen, um zu sehen, ob jemand den Unglücklichen kannte. Er machte also den Vorschlag, den Toten abwechselnd zu zweit zu tragen. Aber das wiesen der Justizrat und der Assessor entrüstet ab.

»Sagen Sie ihm, er soll sich zwei Polizisten oder Gendarmen holen, werde Teufel tun, sollen andere schleppen.«

»Wir dürfen ihn auch gar nicht mitnehmen«, wandte der Assessor ängstlich ein. »Erst muss eine amerikanische Gerichtsperson dagewesen sein, um den völligen Tatbestand aufzunehmen. Dieser Mann schreibt sich ja gar nichts auf, was will er denn nachher zu den Akten geben, oder wo will er überhaupt Akten herbekommen?«

Der Sheriff lachte, als ihm Graf Beckdorf die Bedenken übersetzte. Dann meinte er:

»Na, wir beide können ihn nicht in das Tal schleppen, und vielleicht ist es auch gar nicht nötig. Die jungen Burschen können herauflaufen und sich den Mann ansehen, ob ihn jemand kennt. Hat er dann Bekannte, werden sie ihn rasch genug herunterholen. Hat er sie nicht, dann bleibt uns auch nichts anderes übrig, als ihm hier oben ein anständiges, langes Grab und nicht nur so ein kurzes Loch zu geben. Jedenfalls muss ich noch vor dem Abend mit ein paar Burschen und Äxten heraufkommen. Sie sollen den armen Teufel auf ein Gestell legen, damit die Wölfe nachts von ihm wegbleiben. Ob er noch Gold bei sich hat?«

»Wohl kaum«, sagte der Graf und schüttelte den Kopf. Seine rechte Tasche ist nach außen gedreht. Der Mörder hat ihn jedenfalls vorher geplündert.«

»Und wahrscheinlich nur wegen der paar Körner Gold den Mord begangen. Es ist doch ein verdammtes Gesindel, das sich hier in den Minen herumtreibt, und es wird wirklich Zeit, dass ernsthaft etwas geschieht.«

»Aber wie soll man sie fassen?«

»Es ist schwer, aber nicht unmöglich. Es gehört natürlich ein anderer Mann dazu als diese Schlafmütze von Major, die wir hier oben hatten.«

»Man lastet den Mexikanern fast alle Morde an«, sagte Graf Beckdorf. »Glauben Sie, Sheriff, dass auch diesen Unglücklichen ein Mexikaner ermordet hat?«

»Nein«, unterbrach ihn rasch der Sheriff. Unwillkürlich zuckte sein Blick dabei zu dem Justizrat hinüber. Aber es war nur ein Moment, wenn er einen Verdacht in dieser Richtung hatte. Als lächelte er über sich selbst, schüttelte er den Kopf. »Diesen nicht«, setzte er dann hinzu. »Den hat ein Weißer auf seinem Gewissen, ob Engländer oder Amerikaner, zeigt uns hoffentlich die Zukunft. Die Wunde ist zu breit für einen Säbel. Die Mexikaner haben auch nur selten Schusswaffen und können nicht richtig damit umgehen.«

»Die schlechte Schusswunde am Kopf würde dafür sprechen.«

»Ja, aber ich glaube es doch nicht. Eine besondere Art des Gesindels schiebt gern alles den Mexikanern zu, und sie schlagen damit zwei Fliegen mit einer Klappe. Aber wir wollen machen, dass wir hinunterkommen. Der Mord ist erst vor kurzer Zeit geschehen, kaum länger als gestern. Je rascher wir versuchen, den Verbrecher aufzuspüren, desto besser.«

17. Hetson und Siftly

Der Sheriff beabsichtigte zunächst, die beiden Freunde als Zeugen mit in das Städtchen zu nehmen. Dann nahm er jedoch davon wieder Abstand, weil er einsah, dass die beiden doch kein Englisch sprachen. Der Tote war ja auch Zeuge genug. Und außerdem wollten sie bis zum Abend dorthin kommen. Graf Beckdorf begleitete ihn aber, denn das Erlebte hatte ihm für heute die Lust zum Arbeiten genommen. So brachte er die Nachricht in die Stadt.

So ruhig sich dabei die Fremden verhielten, so empört waren die Amerikaner. Wieder hatte man es gewagt, die Hand an einen Bürger der Vereinigten Staaten zu legen! Im Nu lief die Nachricht von Arbeitsplatz zu Arbeitsplatz, und kaum eine Stunde später hatte sich schon ein Trupp junger Männer aufgemacht, um die Leiche herunterzuholen und unten auszustellen. Unter ihnen befand sich ein Mann namens James Cook, der den Ermordeten auf den ersten Blick erkannte. Cook war nämlich vor vierzehn Tagen nach Carltons Flat, einem anderen Minenplatz, gewandert. Dort hatte er einige Zeit mit diesem Unglücklichen zusammen gearbeitet und ging dann wieder zurück ins Paradies. Johns, wie der Ermordete hieß, hatte versprochen, ihm zu folgen. Cook beschrieb ihn als einen ruhigen, aufrichtigen Mann. Er war in Virginia geboren und wohnte später in Missouri. Von dort war er im vergangenen Jahr mit einer Karawane über die Felsengebirge gekommen und hatte durch Fleiß und Sparsamkeit ein kleines Vermögen gesammelt. Er war zwar nicht rauflustig, aber es war auch nicht wahrscheinlich, dass er in einem Kampf unterlegen wäre. Er musste im Schlaf überwältigt und meuchlings ermordet worden sein, um dann beraubt zu werden. Aber wer hatte das Verbrechen begangen? Die Mehrheit legte es den Mexikanern zur Last, was auch der Sheriff dagegen vorbringen mochte. Noch am selben Abend wurde eine Versammlung der Amerikaner zusammengerufen. Man wollte Schritte beraten, die jetzt getan werden mussten, um Leben und Eigentum der Bürger dieser Staaten vor ähnlichen Angriffen zu schützen. Das vergossene Blut schrie außerdem nach Rache und musste gesühnt werden.

Die Versammlung selbst fand in Kentons Zelt statt. Wenn den Fremden auch nicht der Eintritt verwehrt wurde, so schien man es auch nicht gern zu sehen, dass sie sich dazu einfanden. Trotzdem waren einige Deutsche und Franzosen anwesend, die die englische Sprache gut verstanden. Alles rief nach dem alten Nolten, um ihn zum Präsidenten zu wählen. Nolten war aber schon seit acht Tagen irgendwo draußen in den Bergen, um einen neuen Platz zu finden. An seiner Stelle wurde Briars gewählt, einer der wildesten Burschen, der immer bereit war, einen Streit anzufangen. Dadurch bekam die Versammlung gleich zu Beginn einen wilden und maßlosen Verlauf. Briars eröffnete sie gleich mit der Aufforderung, die Fremden ohne Unterschied zu entwaffnen und aus diesen Minen zu vertreiben. Von allen Seiten schrien und jauchzten die überdrehten Goldwäscher, meistens Backwoodsmen aus dem Westen Amerikas.

»Was haben wir von den Fremden?« schrie Briars. Durch die Stimmung aufgeregt, sprang er auf den nächsten Tisch und streckte beide Arme in die Luft. »Von England, von Frankreich, Deutschland und Mexiko kommen sie herüber, nur um unsere Minen zu plündern und mit dem Raub, so schnell sie können, wieder in ihre Heimat zurückzukehren. Fügen sie sich unseren Gesetzen, solange sie hier sind? Nein, nein, sag ich! Sie fallen die Bürger der Staaten, die ihnen bis jetzt Schutz gewährt haben, mit Dolchen und Pistolen an. Der Mord straft uns, weil wir nicht schon längst den Arm erhoben haben und sie vom kalifornischen Boden weggefegt haben. Unsere Väter haben ihr Blut für unsere Freiheit vergossen, und wir selber sind jederzeit bereit, unser Blut wieder für unseren Boden, für unsere Flagge...«

»Hipp, hipp, hurra!« schrie die Schar. »Three cheers for the glorious flag!« Mehrere Minuten dauerte das Hurrarufen, so dass der Sprecher abwarten musste.

»Ja, Boys«, schrie Briars, sowie sich der Lärm etwas gelegt hatte. »Wir sind wieder und jeden Augenblick bereit, unser Blut dafür zu verspritzen. Aber wir wollen uns nicht der Gefahr aussetzen, von Wegelagerern und europäischen Banditen von hinten angeschossen und ermordet zu werden!«

»Das ist die richtige Bezeichnung!« schrie ein langer Kentuckier, der auf einen anderen Tisch sprang und die Rede des Präsidenten unterbrach. »Europäische Banditen! England hat bis jetzt seine Verbrecher nach Australien in die Kolonien geschickt, aber die Australier wollen sich das nicht mehr gefallen lassen. Jetzt soll Kalifornien der Platz werden, auf den sie ihre Gefängnisse ausschütten. Jungens – das dulden wir nicht! Verdamm mich, wenn nicht erst vorige Woche eine ganze Ladung dieses Gesindels von Botany-Bai herüberkam. Ist die Regierung in San Francisco zu schwach und lässt sie an Land, und wenn sie da Schlafmützen als Richter haben, dann müssen wir uns das in den Minen nicht gefallen lassen. Wir sind freie Männer – unsere Vorväter haben dafür ihr Blut vergossen, dass wir...«

»Hipp – hipp – hurra!« unterbrach ihn wieder die wilde Menge.

»... dass wir unsere Freiheit bewahren sollen«, schrie der Kentuckier durch das Toben, »und wir wollen doch einmal sehen, ob wir uns das Gesindel, diese mexikanischen, englischen und irischen Verbrecher, nicht vom Halse schaffen können!«

»Bravo, Jim, bravo, mein Junge, give it to them!« jubelten die Leute, die inzwischen auch dem Alkohol kräftig zusprachen.

»Wir wollen ein Komitee wählen und Morgen früh die ganze Bande aus den Minen hinausjagen!«

»Gentlemen!« rief da Hale, der bis jetzt ein stiller, aufmerksamer Zeuge gewesen war. »Wollen Sie mir ein Wort erlauben?«

»Jawohl, Hale, stump it, old fellow! Hinauf auf den Tisch, du bist ein richtiger Kerl und aus richtigem amerikanischem Blut!«

»Vielen Dank«, sagte Hale und stieg auf den Tisch, den der letzte Sprecher eben geräumt hatte. Er wollte zur Theke gehen und seine trocken gewordene Kehle anfeuchten. »Wenn ihr mich meine Meinung frei sagen lassen wollt, so kann ich nur sagen, dass ihr hier – ihr Bürger der Vereinigten Staaten – Skandal genug macht, das muss euch der Neid lassen. Aber ihr bellt ganz entschieden unter einem falschen Baum, wie wir bei uns zu Hause sagen.«

»Hallo, Hale, was ist jetzt im Wind?« rief einer aus der Schar.

»Unsinn, Bursche!« antwortete der Sheriff, der sich nicht einschüchtern ließ. »Ihr wollt das Kind mit dem Bad ausschütten und habt dazu weder das Recht noch die Macht. Wir wissen auch noch gar nicht, von wem der Mord eigentlich verübt wurde, von einem Engländer, einem Mexikaner oder sogar von einem Amerikaner selber...«

»Hol's der Teufel, Hale!« schrie da Briars. »Die Amerikaner schneiden sich untereinander nicht die Hälse durch, und Sie sollten gerade der letzte sein, der für die Fremden eintritt. Das Blut, das unsere Vorväter...«

»Hört doch mit der alten Geschichte auf!« unterbrach ihn ungeduldig der Sheriff. »Ich halte soviel von meinem Vaterland wie jeder andere. Aber ich denke, es ist unnötig, immer wieder die alten Taten aufzuwärmen, um uns zu neuen anzuspornen. Wir wissen auch so, was wir zu tun haben. Gebt mir deshalb die Beweise, dass ein Fremder diesen Mord verübt hat, und seht zu, ob ich nicht mein eigenes Leben wage, um den Schuldigen aufzuspüren und an den Strick zu bringen. Bis wir aber nicht wissen, ob wir den Verbrecher nicht unter unseren Landsleuten suchen müssen, dürfen wir den Mord nicht den Fremden anlasten. Wir wären sonst unwürdig, freie Amerikaner zu sein.«

»Was ist mit der Botany-Bai-Gesellschaft, die nach Kalifornien gekommen ist?« rief der Kentuckier wieder.

»Soll sich hüten, dass wir sie hier auf keinem faulen Pferd erwischen«, entgegnete ruhig der Sheriff. »Sonst würden wir verdammt wenig Umstände mit ihnen machen. Aber erwischen müssen wir sie erst, ehe wir sie bestrafen können. Ich glaube doch nicht, dass einer unter euch ist, der einen Unschuldigen das büßen lassen will, was ein anderer begangen hat!«

»Gentlemen!« rief da eine Stimme aus der Menge. »Wollen Sie mir erlauben, einen vernünftigen Vorschlag zu machen?«

»Wenn es ein vernünftiger ist, natürlich, unvernünftige haben wir bis jetzt genug gehört«, sagte Hale.

»Schön«, sagte Siftly, der gerade gesprochen hatte. Er warf Hut und Poncho über einen Stuhl. »Ich werde Sie nicht lange behelligen. Sie werden zugeben, Gentlemen, dass es ein undankbares Geschäft ist, in diesem Zelt über den Mörder zu rätseln, ob es ein Fremder oder ein Amerikaner war. Die Mehrheit glaubt an einen fremden Täter, und mit den Beweisen, die wir in den Nachbarminen gegen Mexikaner und Botany-Bai-Burschen gesammelt haben, glaube ich auch nicht, dass wir uns irren.«

»Bravo, bravo!«

»Wir befinden uns aber in der unangenehmen Lage, gegen keinen gesetzliche Schritte unternehmen zu können, selbst wenn wir Beweise in der Hand hätten. Es fehlt in dieser Stadt das gesetzliche Oberhaupt, der Friedensrichter oder Alkalde. Deswegen geht mein Vorschlag dahin, Gentlemen, zuerst einmal einen von uns zu wählen, ehe wir weiter in dieser Sache gehen.«

Hale war erstaunt, gerade von diesem Fremden, von dem er seit dem ersten Abend keine besondere Meinung hatte, diesen Vorschlag zu hören. Er hatte etwas ganz anderes von ihm erwartet. Um so freudiger stimmte er ihm jetzt zu. Wenn sie auch in den letzten Wochen ganz gut an ihrem Minenplatz existieren konnten, ohne eine besondere Behörde zu haben, so änderte sich die Sache jetzt, wo sie entscheidende Maßnahmen ergreifen mussten. Die einzige Schwierigkeit bestand nur darin, einen geeigneten Mann zu finden – und daran war die Wahl ja bereits damals gescheitert. So leichtsinnig man wohl auch sonst solche Posten besetzte, so hatte doch das Verhalten des Majors dafür gesorgt, dass man hier vorsichtiger war. Die jungen Amerikaner hatten gleich ihre Vorschläge und nannten ihre Bekannten. Aber solche Kandidaten zeichneten sich meistens dadurch aus, dass sie gut boxen oder schießen konnten, und das schien vielen auch zu genügen. Hale, der davon eine andere Vorstellung hatte, erklärte, dass der Alkalde auch die Gesetze verstehen müsste, sonst könne er ihnen wenig oder gar nichts helfen.

»Gesetze!« rief Briars, der sich von der Versammlung einen ganz anderen Erfolg versprochen hatte. »Was, zum Teufel, sollen die hier nutzen? Können sie uns davor schützen, dass uns die verdammten Fremden meuchlings überfallen, he? Gibt es überhaupt jemand hier, der imstande ist, sie auszuüben und in Kraft zu halten? Pah – so viel für eure Gesetze und eure geschriebenen und gedruckten Wische hier im Wald. Sie sind nur als Flintenpfropfen tauglich. Wenn wir einen Alkalden haben sollen, dann gebt uns einen Mann – mehr wollen wir nicht, das andere können wir schon selbst besorgen!«

»Gentlemen!« rief Siftly noch einmal und stieg wieder auf den Stuhl. »Ich bin zwar noch ein Fremder bei euch im Paradies, aber kein Fremder in den Minen, wo ich mich schon seit sechs Monaten aufgehalten habe und mich also auskenne. Ich war auch bei den letzten Verhandlungen in Sonora dabei und gehörte mit zu dem Komitee, das die Fremden entwaffnete. Sie werden mir deshalb glauben, dass ich nicht für halbe Sachen bin. Wenn es aber paßt, dass wir das Gesetz auf unserer Seite haben und zugleich die Zügel der Regierung, die uns Amerikanern zusteht, fest in die Hand nehmen, dann ist das viel besser. Ich stimme deshalb unserem ehrenwerten Sheriff bei. Glücklicherweise befindet sich gerade ein Mann in unserer Mitte, wenn ich ihn hier auch nicht im Zelt sehe, der alle Eigenschaften vereinigt. Er hat einen festen, entschlossenen Charakter, ist geborener Amerikaner, natürlich aus dem Old Dominion (= Virginia), und auch ein ausgezeichneter Jurist. Er ist verheiratet und mit seiner Frau zu uns gekommen – ein Beweis, dass wir es mit keinem leichtsinnigen Schwindler zu tun haben. Wenn wir ihn dazu bringen könnten, die Stelle als Alkalde anzunehmen, dann glaube ich, nein, ich bin überzeugt, dass wir allen amerikanischen Parteien gerecht werden und auch allen amerikanischen Wünschen. Ich selbst gebe ihm mit vollem Herzen meine Stimme.«

»Sie meinen Mr. Hetson?« sagte der Sheriff.

»Allerdings«, sagte Siftly. »Wenn er auch erst kurze Zeit hier ist, so glaube ich nicht, dass das ein Hindernis wäre.«

»Mr. Hetson«, rief da Hale, »scheint nach allem, was ich von ihm weiß, ein sehr ehrenwerter, anständiger Mann zu sein. Wenn er wirklich Jurist ist, wie uns dieser Mann versichert, dann soll er meine Stimme gern haben!«

»Aber warum ist er nicht hier?« rief Briars dazwischen. »Zum Henker noch einmal! Bei einer solchen Gelegenheit gehören alle Amerikaner zusammen, und keiner sollte sich ausschließen!«

»Gentlemen!« nahm hier Mr. Smith Hetsons Partei. »Das ist wohl dadurch zu entschuldigen, dass er versucht, sein Zelt für seine Frau und ihr Mädchen noch etwas wohnlicher zu gestalten. Es ist wohl eine andere Sache, wenn wir in die Minen kommen und uns sofort zu Hause fühlen, wenn wir ein Dach gegen Sonne und Regen über uns haben, oder ob ein Mann mit Familie eintrifft, für die er erst einmal sorgen muss.«

Hale sah den Sprecher von der Seite an. Fast bereute er es schon, dem Fremden so schnell seine Stimme gegeben zu haben. In welcher Beziehung stand er zu ihnen? Welchen Nutzen konnten diese beiden Männer, von denen der eine ein bekannter Spieler war und auch der andere dieser Beschäftigung nachzugehen schien, von der Wahl des Fremden erwarten? Jedenfalls beschloss er, ihn genau zu beobachten. Einige der Amerikaner traten jetzt zu einer Beratung zusammen, und die eigentliche Ursache ihrer Zusammenkunft hatten sie für den Augenblick vergessen.

So wild und zügellos die Burschen auch sonst waren – eine Tatsache hatte bei ihnen Gewicht, nämlich dass der vorgeschlagene Kandidat verheiratet war und seine Frau mit in die Minen gebracht hatte. Das verlieh ihm in ihren Augen, so jung er auch war, ein besonderes Ansehen. So bedurfte es nur noch einiger Erklärungen Siftlys, dass er die Engländer mehr als den Teufel hasse, um die Versammlung blitzschnell für ihn zu interessieren. Briars selbst hatte jetzt nichts mehr gegen ihn einzuwenden, und nach schneller Abstimmung war das Ergebnis fast einstimmig ausgefallen.

Der Abend war schon zu weit vorgeschritten, um den neugewählten Alkalden noch heute mit seiner neuen Würde bekannt zu machen und seine Einwilligung dazu zu holen. Man durfte die Frauen so spät nicht mehr stören. Siftly übernahm es, ihm gleich Morgen früh die Neuigkeit zu überbringen. Zur Mittagszeit, wenn die Goldwäscher von der Arbeit zurückkamen, sollte dann das übrige besprochen werden. An dem Abend wurde auch keine weitere Resolu

tion verfasst. Briars versuchte noch einmal, die Leute zu einem Beschluss auf-
zureizen, um die Fremden gleich Morgen aus den Minen zu vertreiben. Man
sollte Plakate in französischer und spanischer Sprache schreiben, nach denen
sie die ›Diggings‹ sofort zu verlassen hätten. Die Mehrzahl wollte aber davon
im Moment nichts mehr wissen, und die ruhigeren der Amerikaner wollten
alles von einem vernünftigen Alkalden und vernünftigen Maßregeln erwarten.
So sollte alles aufgeschoben werden, bis sie mit einem Friedensrichter einen
Beschluss fassen konnten. So wurden die Tische wieder abgeräumt, um den
Abend wie gewohnt mit Trinken und Spielen zu verbringen.

Der nächste Morgen brach an, aber keiner der Amerikaner ging an seine ge-
wohnte Arbeit. An diesem Morgen sollte der Ermordete beerdigt werden.
Fast alle Amerikaner beteiligten sich dabei, und abwechselnd von sechs Mann
wurde der Tote in die ›rote Flat‹ hinausgetragen. An der Grenze des aufgewühlten Bodens sollte er seine letzte Ruhe finden. Nur Siftly hatte sich entschuldigt, um den künftigen Alkalden von seinem Amt zu unterrichten und
seine Einwilligung zu erreichen. Das Resultat wollte er dann den Männern,
wenn sie von der Beerdigung zurückkamen, in Kentons Zelt mitteilen.

Siftly hatte Hetson seit seiner Ankunft im Minenstädtchen noch nicht gesehen und ihn auch absichtlich vermieden, ohne dass er eigentlich wusste, weshalb. Diese Gelegenheit kam ihm aber doppelt recht, und er zweifelte keinen
Augenblick daran, dass Hetson diese Ehre sofort annehmen würde. So ging er
nach Sonnenaufgang zu dessen Zelt. Hetson hatte den vergangenen Tag gut
genutzt und seine Einrichtung erheblich verbessert. Nicht nur sein Zelt war
so wohnlich eingerichtet, wie es hier möglich war, sondern noch ein zweites,
kleines Zelt dicht hinter dem großen aufgebaut, das zum Aufbewahren der
Vorräte und des Kochgeschirrs diente. Der freie Platz dazwischen diente als
Küche und konnte bei Regen mit einem Zeltdach überspannt werden.

Das Hauptzelt wurde in eine größere und zwei kleinere Abteilungen unter-
teilt. Es bildete so ein gemeinsames Wohn- und zwei Schlafzimmer. Eines
war für Manuela eingerichtet, während ihr Vater in dem neu angebauten Zelt
schlief. Hier arbeitete das junge Mädchen tagsüber, denn sie hatte sich die
Küchenarbeit nicht nehmen lassen. Lebensfroh und heiter war sie jetzt, das
schöne Kind des Südens, das ein böses Geschick an diese wilde Küste geworfen hatte. In der Gesellschaft der jungen Frau begann für sie ein neues Leben.
Die furchtbare Zeit, in der sie ihr Talent verschwenden musste und als Lockvogel für unglückliche Opfer diente, lag hinter ihr. Nie mehr musste sie
Abends mit Todesangst am stieren Blick des Vater hängen, der wieder einmal
alles im Spiel verloren hatte. Wenn sich ihre zarten Hände auch erst an diese
Arbeit gewöhnen mussten, so war sie doch dankbar dafür. Auch heute war sie
wie immer mit dem Morgengrauen munter geworden, hatte das Feuer angezündet und arbeitete eifrig an dem kleinen Kochofen, um das Frühstück
rechtzeitig fertig zu haben. Sie hielt sich für völlig ungestört von dem Betrieb

auf der Hauptstraße. Die ›rote Erde‹, an die das Zelt grenzte, wurde seit dem verunglückten Versuch nicht mehr bearbeitet. Ganz mit der Arbeit beschäftigt und ein Lied summend, hatte sie die Kaffeekanne auf die Glut geschoben und sprang auf die Seite des Zeltes, um noch etwas trockenes Holz zu holen. Plötzlich fuhr sie erschrocken zurück und konnte einen Aufschrei nicht unterdrücken. Ein leichtes Frösteln lief ihr dabei über den ganzen Körper. Wie gebannt haftete ihr Blick auf der wie aus dem Boden auftauchenden Gestalt des Mannes, den sie am meisten fürchtete – auf Siftly.

Er hatte sie schon in San Francisco ständig verfolgt, und er war es auch, der ihren Vater immer wieder zum Spiel ermuntert hatte. Jetzt, wo sie glaubte, dass sie ihm entkommen war, wo sie die waldigen Berge segnete, die sie zwischen sich und diesem Mann glaubte, stand er plötzlich wieder vor ihr. Er war sehr bleich und lächelte dabei tückisch. Die kleinen, dunklen Augen waren fest und durchdringend auf sie gerichtet. Um seine Lippen spielte das höhnische Zucken, das mit dem Opfer spielt, um es dann um so sicherer zu vernichten.

Sie wollte fliehen, war aber nicht imstande, auch nur ein Glied zu rühren. Sie wollte die Arme abwehrend vorstrecken – sie hingen ihr wie Blei am Körper. Starr den Blick auf den gefürchteten Mann geheftet, stand sie da und schien ihn zu erwarten.

»Sieh da, mein spanisches Täubchen!« lachte Siftly, der das Entsetzen in ihrem Gesicht nicht zu bemerken schien. »Von San Francisco ausgeflogen, um den Ölzweig in das Paradies zu bringen? Hahaha, das ist herrlich, und ich freue mich wirklich, dich hier wiederzutreffen. Wie geht es dir?« Er streckte dabei dem Mädchen die Hand entgegen. So willenlos war sie durch den plötzlichen Schrecken, dass sie mechanisch ihre Hand hob, die der Amerikaner ergriff. Siftly hatte jetzt aber andere Pläne, als sich hier auf offenem Platz weiter mit dem Mädchen zu unterhalten. Er ließ sie deshalb wieder los und sagte in seinem gebrochenen Spanisch:

»Ist Señor Hetson zu Hause?«

»Ja«, nickte Manuela, noch nicht in der Lage, ein klares Wort über die Lippen zu bringen.

»Bueno, mein Herz«, lachte der Mann. »Dann sei so gut und sag ihm, dass ein alter Freund...«

»Siftly?« rief in diesem Augenblick Hetson, der die Stimme schon lange gehört und erkannt hatte. Er trat aus dem Zelt. »Du hier im Paradies?«

»Das ist doch ein Platz, alter Junge, wo wir früher oder später alle einmal hinkommen wollen«, lachte Siftly. »Je früher wir also da eintreffen, desto besser. Übrigens bringe ich dir eine gute Nachricht.«

»Du mir?« rief Hetson rasch, und das Blut stieg ihm ins Gesicht. »Aber nicht hier«, setzte er dann schnell hinzu. »Komm vorn herum, zu dem vorderen

Eingang des Zeltes. Ich mache dir da auf, und sowie ich mich angezogen habe, machen wir einen Spaziergang.«

»Es ist kein Geheimnis«, lachte Siftly. »Aber ich gehe vorn herum, da können wir dann alles besprechen.«

Er nickte Manuela zu und verschwand wieder hinter dem Zelt. Hetson betrat aufgeregt das Hauptzimmer, um seinen Jugendfreund dort zu begrüßen. Hatte er auch von dem wahren Charakter Siftlys keine Ahnung, so war es ihm doch irgendwie unangenehm, hier einen Menschen zu treffen, der ihn kannte. Er hatte gehofft, in diesen wilden, weit von der Zivilisation entfernten Bergen still und unbemerkt eine Zeitlang hausen zu können und dann wieder gekräftigt nach den Sandwichinseln fahren zu können. Vielleicht konnte er dann alles vergessen, was ihn in der letzten Zeit bedrückt hatte. Jetzt bestand die Möglichkeit, dass auch ein anderer ihn hier so leicht finden könnte. Seine ganze Hoffnung auf Sicherheit und Frieden drohte über ihm zusammenzubrechen.

»Guten Morgen, Hetson«, sagte Siftly, als er ihm den Eingang geöffnet hatte. Er war dabei so ruhig und unbefangen, als hätten sie sich erst gestern Abend getroffen und wären nicht nach vielen Wochen hier wieder zufällig zusammengetroffen. »Wie geht es dir hier oben? Du siehst immer noch blass und angegriffen aus. Na, die Bergluft wird dir bald wieder auf die Beine helfen. Herrliche Luft hier und ein gutes Klima in Kalifornien, das muss man ihm lassen. Wir haben da, wenn man noch an das Gold denkt, gar keinen so schlechten Handel mit Mexiko gemacht. Hahaha, die Señores werden jetzt fluchen, dass wir ihnen das Gold so vor der Nase weggefischt haben und sie hier so lange Jahre in dem Nest gesessen haben, ohne auch nur eine Spur davon zu bemerken.«

»Was wolltest du mir sagen, Siftly?«

»Donnerwetter, jetzt hätte ich die Hauptsache beinahe vergessen.«

»Betrifft es – ihn?« flüsterte Hetson leise und fasste krampfhaft den Arm des Mannes.

»Ihn...?« sagte Siftly wie erstaunt. »Ja, so, du meinst deinen...«

»Pst, nicht so laut, hier hört man jedes Wort.«

»Nein, sei unbesorgt, Mann!« lachte der Spieler. »Hör endlich mit deiner Furcht vor diesem Laffen auf. Und wenn er hierherkäme...«

»Du weißt also, wo er ist?« rief hastig, mit unterdrückter Stimme der junge Mann.

»Wo er dir im Moment nichts schaden kann«, sagte Siftly. Er wusste natürlich von Charles Golway genauso wenig wie Hetson selbst. Aber es gehörte zu seinem Plan, das Bild des Nebenbuhlers in der Seele des Unglücklichen festzuhalten. »Ich bin jedoch imstande, dir etwas anzubieten, was dir die Macht gibt, ihn sofort unschädlich zu machen, selbst wenn er in diesem Augenblick dein Zelt betreten würde. Ich hätte zu keiner glücklicheren Stunde in die Minen kommen können als gerade jetzt.«

»Was meinst du?«

»Du hast von dem Mord gehört, der vor einigen Tagen hier passiert ist?«

»Ja, allerdings. Die oft gerühmte Sicherheit in den Minen scheint sich nicht zu bestätigen.«

»Ach was«, lachte der Spieler. »In den zivilisierten Städten der Welt kommen solche Dinge vor, warum nicht hier in den Bergen, wo es von Indianern, Mexikanern und freigelassenen englischen Deportierten nur so wimmelt. Es ist ein Wunder, dass so etwas nicht noch öfter passiert und wir in den dünnen Zelten doch so sicher wohnen wie in festverschlossenen Backsteinhäusern. Trotzdem haben die guten Bürger dieser ›Stadt‹ beschlossen, diesem Übel in Zukunft vorzubeugen. Gestern Abend hatten wir eine Volksversammlung, an der du eigentlich hättest teilnehmen sollen. Als erster Schritt wurde da ein entschlossener Mann, ein Amerikaner natürlich, zum Alkalden gewählt.«

»Aber was geht mich das an?«

»Was dich das angeht?« lachte Siftly. »Mehr, als du vielleicht glaubst. Die Bürger des Paradieses sind nämlich vernünftig genug gewesen, nicht etwa einen dieser wilden Burschen zu wählen, von denen das Lager voll ist, sondern dich.«

»Mich?« rief Hetson erstaunt und sprang von seinem Stuhl auf. »Du träumst — wer kennt mich hier?«

»Ich kenne dich, alter Freund«, lachte Siftly. »Das war genug. Wer mit solchen Leuten nur etwas umgehen kann, kann sie zu allem bringen, was er möchte, zum Guten wie zum Bösen. Ich habe dich deshalb vorgeschlagen, und du bist einstimmig gewählt worden. Jetzt sind sie draußen, um den Kadaver zu begraben, den sie aus den Bergen heruntergeholt haben. Wenn sie wieder zurückkommen, sollst du deine feierliche Bestätigung erhalten.«

Hetson ging mit untergeschlagenen Armen im Zelt auf und ab. Dann blieb er plötzlich vor Siftly stehen, streckte ihm die Hand entgegen und sagte:

»Bill, ich danke dir für deine Freundschaft. Ich weiß, du hast geglaubt, dass du mir einen Gefallen tust, aber ich kann und werde diese Ehre nicht annehmen.«

»So? Und weshalb?«

»Weil ich... weil ich nicht weiß, wie lange ich hierbleiben werde. Wahrscheinlich werde ich schon in den nächsten Tagen weiterziehen. Ob ich zum Alkalden eines solchen Ortes tauge, ist eine andere Frage, aber die müssen wir nicht erörtern. Du kennst mich noch aus der Heimat. Ich bin seitdem rastloser, ungeduldiger und unsteter geworden. Ein Alkalde muss die gleichen Interessen wie die Leute haben und Freude an der Sache finden. Deshalb glaube ich nicht, dass den Minern mit einem Mann wie mir als Friedensrichter gedient ist.«

»Du willst wieder fort? Und wohin?«

»Ich weiß es selbst noch nicht«, seufzte Hetson. »Ich habe mir das Leben in den Bergen anders, ruhiger gedacht, als es ist. Hier ist das gleiche Drängen und Treiben wie in einer großen Stadt, nur etwas anders, nur auf diesen Punkt konzentriert. Mache ich mich selbst zum Zentrum, um das alles sich dreht und treibt und drängt – wie soll ich da finden, was ich hier gesucht habe?«

»Komm, nimm deinen Hut«, sagte Siftly, der ihm geduldig zugehört hatte. »Was ich dir noch zu sagen habe, erzähle ich besser im Freien. Ich sehe auch, dass euer Tisch schon gedeckt ist, und ich möchte deine Frau nicht gern bei ihrem Frühstück stören. Außerdem«, setzte er flüsternd hinzu, »sind hier die Wände zu dünn. Was ich dir noch zu sagen habe, braucht kein anderer zu hören.«

Hetson sah ihn ängstlich an, nahm dann aber rasch seinen Hut und folgte dem Spieler vor das Zelt. Dort nahm Siftly seinen Arm und führte ihn die Straße hinunter. Nur einzelne Menschen kamen ihnen entgegen, und Siftly fuhr fort:

»Du willst dich also noch weiter in die Berge zurückziehen?«

»Ja«, sagte Hetson nach einigem Zögern. »Wenn ich auch noch nicht weiß, in welche Richtung.«

»Glaubst du nicht, dass du da dem, dem du ausweichen willst, genauso leicht begegnen kannst?«

»So weißt du, wo er ist?« rief Hetson rasch und heftig.

»Pah«, erwiderte der Spieler ruhig. »Wer kann hier schon in den Minen von einem Menschen sagen, wo er sich aufhält. Die ganze Bevölkerung ist ständig auf den Beinen, um sich einen reicheren Arbeitsplatz zu suchen, besonders wenn einer dabei noch etwas anderes im Auge hat. Heute triffst du ihn dort, Morgen begegnest du ihm schon wieder, die Decke auf dem Rücken, mitten im Wald, wo er sich vielleicht für kurze Zeit einen neuen Aufenthalt sucht.«

»Und wenn er mich – wenn er Jenny hier findet?«

»So wärst du in die unangenehme Lage versetzt«, entgegnete Siftly weiterhin ruhig, »dass du ihm eine Kugel durch den Kopf schießen musst. Das könnte, wenn es auch keine ernsten Folgen hätte, doch zu unangenehmen Untersuchungen führen, wenn du hier nur als Privatmann lebst.«

»Und was könnte ich tun, wenn ich Alkalde wäre?« sagte Hetson kopfschüttelnd.

»Was?« rief Siftly. »Teufel auch, natürlich alles! Mit dem anderen Gesindel hältst du dir den Kerl auch vom Hals, und dass wir dir dabei beistehen werden, brauche ich dir doch wohl nicht erst noch zu sagen.«

»Du sprichst in Rätseln.«

»Weil du gestern nicht bei der Versammlung warst und nicht die Beschlüsse gehört hast, die dort gefasst wurden. Wir sind nämlich fest entschlossen, die Fremden, die die Berge unsicher machen, hier nicht länger zu dulden. Das sind besonders die Mexikaner, die Engländer und Iren, von denen die meisten aus Australien herübergeschickte oder entflohene Verbrecher sind. Dieser Charles... wie hieß der Kerl noch?«

»Charles Golway...«

»Gut, dieser Golway ist ebenfalls Engländer. Wäre er ein Ehrenmann, würde er nicht die Frau eines anderen verfolgen. Wenn er sich hier also nur blicken lässt – und ausfindig machen werden wir ihn schon bald –, bekommt er die Anweisung, den Platz zu verlassen. Gnade ihm Gott, wenn er nicht gehorcht. Wird ein anderer als Alkalde gewählt, wenn du wirklich hartnäckig bleibst, so garantiere ich für nichts. Mit Gold kann man hier in den Minen fast alles erreichen. Käme wieder einer wie der, den sie früher hier gehabt hatten, dann braucht dieser Golway nur ein paar Unzen bezahlen, und sein Aufenthalt ist hier gesichert. Die Leute sind zufrieden, wenn sie sich die Masse vom Leibe halten, und werden einen einzelnen, für den sich der Alkalde dann verbürgt, nicht belästigen.«

»Siftly... wenn ich wüsste...«

»Sei nicht albern«, lachte aber der Spieler. »Eine bessere Gelegenheit wird dir nicht geboten, um dir Frieden zu verschaffen. Und, zum Henker, du bist ja auch nicht an die Scholle gebunden. Wenn es dir in vierzehn Tagen oder vier Wochen einfällt, das Paradies zu verlassen, wer will dich dann halten? Wir sind hier freie Menschen, und jeder kann kommen und gehen, wie er will. Jeder Amerikaner wenigstens, denen der Boden eigentlich gehört.«

»Und wenn ich das Amt wirklich annähme?« sagte Hetson zögernd.

»Dann wirf auch deine Sorgen über Bord«, sagte der Spieler und lachte erneut. »Du hast dann nichts weiter zu tun, als hier in den Minen treu zu uns Amerikanern zu halten. Das versteht sich doch eigentlich von selbst. Wenn du Arme brauchst, die dich unterstützen sollen, dann kann ich dir versichern, dass wir dich auch nicht im Stich lassen.«

»Komm zurück in mein Zelt«, sagte Hetson. Er war plötzlich stehengeblieben, um den Rückweg anzutreten. »Du frühstückst mit uns, und dann – frage ich meine Frau, ob ihr die Berge hier so gefallen, dass wir uns einige Zeit hier aufhalten können.«

»Ich danke dir, ich habe schon gefrühstückt«, sagte Siftly. »Und was deine Frau betrifft, so könnte sie keine reizendere Umgebung als diese Berge in Kalifornien finden. Ich bin auf meinen Wanderungen durch die nördlichen und die südlichen Minen gekommen, aber selbst am Feather River habe ich kaum ein hübscheres Tal gefunden als dieses hier. Unsere Landsleute sind ja sonst mit Ortsbezeichnungen oft sehr ungeschickt. Aber diesem Platz hätten sie keinen besseren Namen geben können.«

»Dann begleite mich wenigstens...«

»Gern, aber erst müssen wir mit den dort zurückkommenden Leuten sprechen«, sagte Siftly. »Sie haben uns schon gesehen und wissen, dass ich heute

Morgen ihren Auftrag ausrichten wollte. Wenn wir jetzt in das Zelt gehen, wo sie gerade auf uns zukommen, so würde das so aussehen, als wollten wir uns aus dem Staub machen. Je kecker man diesen Burschen gleich von Anfang an entgegentritt, desto besser. Du kennst die Leute ja noch von den Staaten her.«

Hetson blieb unschlüssig stehen, denn er wusste in diesem Augenblick wirklich noch nicht, was er tun sollte. Siftly enthob ihn der Mühe, für sich selbst zu denken. Er schwenkte den Hut und rief den nicht mehr weit entfernten Amerikanern zu:

»Hallo, Boys, hierher, damit ich euch euren neuen Alkalden vorstellen kann!«

»Siftly, du zwingst mich hier zu etwas, was ich vielleicht später...«

»Nie bereuen werde«, unterbrach ihn lachend der Spieler. »Im Gegenteil, du wirst dich bei mir bedanken, und unser Paradies wird sich auch nicht schlechter dabei fühlen.«

Weitere Zeit zum Reden blieb ihnen nicht mehr. Die ersten aus der Schar, die von der Beerdigung zurückkehrte, waren nur noch wenige Schritt von ihnen entfernt und kamen jetzt gerade auf sie zu. Unter ihnen befand sich übrigens Hale. Er trat auf Hetson zu, schüttelte derb seine Hand und sagte:

»Mr. Hetson, ich freue mich, dass Sie die Wahl angenommen haben. Ein sehr ruhiges Leben werden Sie dadurch nicht bekommen, denn es ist ein unruhiges Volk, das sich hier in den Bergen herumtreibt und einem oft zu schaffen macht. Wenn wir aber alle fest zusammenhalten, brauchen wir nicht zu befürchten, unter Wasser zu kommen. Ich bin der Sheriff, und mein Name ist Hale.«

»Mr. Hale«, erwiderte Hetson, noch immer verlegen. »Die mir zugedachte Ehre hat mich als Fremden in Ihrer kleinen Stadt so überrascht, dass ich...«

»Bitte«, sagte Hale. »Ich glaube, Sie stellen sich die Sache anders vor, als sie eigentlich ist. Es ist verdammt wenig Ehre dabei zu holen, denn eine schlimmere Bande Lumpengesindel wird es woanders so schnell nicht geben. Das schadet aber nichts. Wir haben auch einige ordentliche Kerle dazwischen, Männer aus echtem amerikanischem Korn, und mit deren Hilfe wollen wir schon zusammen durchschwimmen.«

»Also, dann in Gottes Namen«, sagte Hetson und erwiderte den Händedruck herzlich. »Ich versichere Ihnen, Mr. Hale, dass ich dem in mich gesetzten Vertrauen Ehre machen werde.«

»So«, meinte Hale, »die Sache ist also abgemacht. Nachher, wenn Sie nichts dagegen haben, werde ich zu Ihnen ins Zelt kommen. Dann wollen wir die wenigen Papiere durchsehn, die unser alter Major in der Eile zurückgelassen hat. Zu schreiben bekommen Sie nicht viel, ausgenommen, Sie laden sich's selbst auf. Wir machen nämlich fast alles mündlich ab, und deshalb ist auch das Amt nicht so schwer. Die Meldung müssen wir aber gleich zum County Court hinüberschicken, damit wir die Bestätigung von dort erhalten. Dann haben wir die Arme frei.«

»Gut, Mr. Hale«, sagte der neue Alkalde. »Tun Sie, was Sie für richtig halten. Bedenken Sie, dass ich in der ersten Zeit noch sehr von Ihrer praktischen Erfahrung abhängig sein werde.«

»Wir werden uns schon vertragen«, sagte Hale treuherzig. »Das sind alles Nebensachen. Die Hauptsache ist, dass Sie etwas davon verstehen, was rechtens ist, und – das Herz auf dem richtigen Fleck haben.«

»Ich hoffe, Sie werden beides so finden, Mr. Hale.«

»Um so besser für uns alle«, erwiderte der Sheriff. Er nickte dem neuen Alkalden freundlich zu und ging dann die Straße zu seinem Zelt hinauf.

18. Die Chinesen

Nach seiner Zusammenkunft mit dem Sheriff und der Annahme des Amtes wollte Hetson eigentlich Siftly mit in sein Zelt nehmen, um dort noch einiges mit ihm zu besprechen. Dem lag aber daran, mit Smith etwas anderes zu bereden. Jetzt, wo er die Wahl durchgesetzt hatte, wollte er die Zeit nicht ungenutzt verstreichen lassen. Er wusste ja, dass der Alkalde Wachs in den Händen sein würde. Er wusste, dass ihn sein guter Stern zu keinem günstigeren Moment in diese Minen führen konnte als jetzt.

Hetson hatte einige freundliche Worte mit den anderen Amerikanern gewechselt und wurde dann von Briars völlig in Beschlag genommen. Er verlangte von ihm, dass die gestern vorgeschlagenen Maßregeln gegen die Fremden durchgeführt wurden. Hetson dachte aber gar nicht daran, sich noch einmal durch einen Überfall für etwas gewinnen zu lassen. Er wich dem jungen Hitzkopf dadurch aus, dass er ihm versicherte, er würde sofort eine Versammlung der Bürger der Vereinigten Staaten zusammenrufen, sobald er vom County Court seine Bestätigung als Alkalde erhalten hätte. Vorher könne und dürfe er keine Entscheidungen treffen. Außerdem werde er alle Schritte mit dem Sheriff beraten. Nur halb zufrieden mit sich und dem, was er an diesem Morgen getan hatte, kehrte er in sein Zelt zurück, wo er Jenny und Manuela fand. Die Spanierin war tränenüberströmt.

»Was ist passiert?« rief er besorgt. »Was ist vorgefallen, Jenny? Hat jemand...«

»Mach dir keine Sorgen, Frank«, lächelte die junge Frau. »Es handelt sich nur um eine Furcht dieses armen Kindes. Sie sorgt sich um ihren Vater, der wieder seiner Spielleidenschaft nachgehen könnte, von der wir ihn kaum erst mit Gewalt gerettet hatten.«

»Ich begreife nicht...«

»Sie hat heute Morgen ganz plötzlich den Mann wieder hier bei unserem Zelt gesehen, der ganz besonders ihren Vater zum Spiel verführt und ausgeplündert hat«, sagte die junge Frau.

»Hier bei unserem Zelt?«

»Er hat sich nach dir erkundigt und später selbst mit dir im Zelt gesprochen. Ich glaube, du bist sogar mit ihm fortgegangen.«

»Siftly?« rief Hetson erstaunt, fast erschrocken. »Aber das ist doch unmöglich!«

»Siftly heißt er«, bestätigte Manuela. »Von allen Männern, die die Gier nach Gold an diese Küste getrieben hat, unter allen, die nur vom falschen Spiel leben, ist Siftly der schlimmste.«

»Das ist unmöglich!« rief Hetson noch einmal, jetzt wirklich erschrocken. »Jenny, sie meint denselben Jugendfreund von mir, den wir in San Francisco in der ersten Stunde trafen und der uns bei der Wohnungssuche half!«

»Freund?« Manuela seufzte. »Der Mann kennt keinen anderen Freund als das Gold. Er allein ist schuld an unserem Unglück. Ich habe ihn auf den Knien gebeten, meinen Vater in Ruhe zulassen, bis er...« Sie wurde rot und versteckte ihr Gesicht in den Händen.

Hetson hatte sich auf einen Stuhl geworfen und sah nachdenklich vor sich hin. Vieles, was er bis dahin im Verhalten Siftlys nicht beachtet hatte, weil er zu sehr mit seinen Gedanken beschäftigt war, tauchte jetzt plötzlich wieder vor ihm auf. Und wenn Manuela recht hatte? Wenn dieser Mann – er sprang auf und ging im Zelt rasch auf und ab. Dann blieb er vor Manuela stehen und sagte freundlich:

»Sorgen Sie sich nicht, Manuela. Ich kann nicht glauben, dass Siftly so schwarz ist, wie Sie ihn malen.«

»Señor, ich hoffe, dass Sie es nie selbst erfahren werden!« sagte Manuela.

»Gut«, sagte Hetson freundlich. »Wir wollen wirklich annehmen, dass er spielt, ja, was noch schlimmer wäre, dass er ein wirklicher Spieler ist und Ihren Vater mehr und mehr verleitet hätte. Haben Sie aber keine Angst, dass das hier auch passiert. Bei dem ersten Versuch, den er machen würde, will ich selber mit ihm reden. Ich werde ihn bitten, den alten Mann in Ruhe zu lassen, wenn nicht Ihret-, dann meinetwegen. Ich glaube, ich habe genug Einfluss auf ihn, dass er mir diese einfache Bitte erfüllt. Sind Sie jetzt zufrieden?«

»Ich muss es sein«, sagte Manuela leise. »Ich habe mich hier so glücklich und froh gefühlt. Aber als ich ihn heute Morgen wieder gesehen habe, in seine tückischen Augen geblickt habe, bin ich wieder unruhig. Eine Ahnung einer entsetzlichen Gefahr durch seine Nähe lastet auf mir. Ob sie mir oder einem anderen droht, weiß ich nicht. Aber ich möchte fliehen, fliehen, so weit mich meine Füße tragen, um ihr – und ihm zu entgehen.«

»Hat er Ihnen heute Morgen etwas gesagt?«

»Nein, nur seinen Gruß. Aber er hat mich angesehen, und in diesem Blick lag alles, alles, wovor ich mich fürchte. Mir ist das Herz zu Eis erstarrt.«

»Und was denkst du von ihm, Frank?« erkundigte sich seine Frau leise.

»Ich weiß es wirklich nicht«, sagte Hetson freundlich. »Aber ich kann euch versichern, dass ihr, und besonders Sie, Manuela, nichts von ihm zu befürchten haben.«

»Ich bitte dich, meide ihn, Frank«, bat da Jenny. »Manuela würde nicht diese Anklage gegen ihn erheben, wenn sie nicht die Gewissheit hätte. Wenn dich nicht ein ganz besonderes Interesse an diesen Platz fesselt, dann Lass uns lieber weiterziehen, und wäre es nur wegen der Ruhe dieses armen Mädchens.«

Hetson schwieg, eine eigene Unruhe überkam ihn. Er hätte gern seiner Frau nachgegeben, aber er war durch sein Versprechen gebunden. Die Stelle fesselte ihn nicht für immer an diese Scholle. Aber was hätten seine Landsleute gesagt, wenn er nach dem heutigen Morgen den Platz so schnell verlassen würde? Er durfte nicht, konnte jetzt noch nicht gehen. Gerade das, was ihn hier hielt, konnte auch die Befürchtungen beschwichtigen, die seine Frau und Manuela hegten. Er bezwang sich gewaltsam und sagte lächelnd:

»Macht euch keine Sorgen, Kinder. Die Sache ist nicht so schlimm, wie sie aussieht. Wenn ich auch deinen Wunsch nicht sofort erfüllen kann, Jenny, so ist mir heute Morgen durch die Bürger die Macht gegeben worden, Unannehmlichkeiten von euch fernzuhalten. Ich bin nämlich zum Alkalden gewählt worden und habe die Stelle angenommen.«

»Stört dich das nicht bei deinem Vorhaben, hier die Ruhe und Einsamkeit zu genießen?« sagte seine Frau besorgt.

»Das schon, aber es gibt mir auch eine Beschäftigung. Auf die Dauer wäre vollständige Untätigkeit doch lästig geworden. Außerdem dreht sich die ganze Sorge eines Alkalden in den Minen doch wohl nur um einzelne, kleine und unbedeutende Streitigkeiten zwischen den Goldwäschern selbst, die ein ruhiger, leidenschaftsloser Mann bald beseitigen kann. In schwierigen Fällen wird eine Jury gewählt, und alle ersten Fälle, bei denen es um Leben und Tod geht, gehören vor das County Court und liegen außerhalb meiner Befehlsgewalt.«

»Und dieser Siftly?«

»Ich werde ein wachsames Auge auf ihn haben«, sagte Hetson nach einigem Zögern. »Ist er wirklich ein solcher Mensch, wie ihn Manuela schildert, dann hoffe ich, ihn im guten bewegen zu können, das Spiel zu lassen. Ich hoffe ja immer noch, dass Manuela in der Sorge um ihren Vater zu schwarz sieht. Siftly wird es auch tun, wenn er einsieht, dass er nicht anders kann«, setzte er finster und entschlossen hinzu.

»Ich fürchte mich jetzt selbst vor ihm«, sagte Mrs. Hetson.

»Das brauchst du wirklich nicht, Jenny«, antwortete ihr Mann. »Siftly hat sich lange Zeit im Westen unter dem rauen Volk umhergetrieben und vielleicht manches von ihren Sitten und von ihrem Wesen angenommen. Ich halte ihn aber nicht für schlecht, und die Zukunft wird uns hoffentlich zeigen, dass ich mich darin auch nicht geirrt habe.«

Das Gespräch wurde hier durch den Sheriff unterbrochen, der herüberkam, um Einzelheiten mit dem Alkalden zu besprechen. Die Frauen zogen sich in die abgetrennten Zeltabteilungen zurück.

Seit dem letzten Abend hatte sich die Aufregung fast völlig gelegt. Wer die Leute, die gestern wilde Reden gegen die Fremden gehalten hatten und sie mit Feuer und Schwert ausrotten wollten, heute mittag wieder so ruhig mit Schaufel und Spitzhacke graben sah, hätte diesen raschen Stimmungswechsel nicht für möglich gehalten. Das Gold ist aber ein mächtiger Hebel, und für den Augenblick waren alle durch die Wahl des Alkalden beruhigt. Er musste die nächsten Schritte unternehmen, und die Leute wollten nicht bei Tageslicht ihre kostbare Zeit nutzlos vergeuden. Selbst Briars, der wildeste der Burschen, war zu seinem Claim am Ausfluß des Teufelswassers aus der Flat zurückgekehrt. Er hatte am gestrigen Tag bis zur goldhaltigen Erde durchgegraben und war neugierig, was er wohl finden würde und ob sich die Mühe gelohnt hatte. Etwa zwanzig Schritt weiter von ihm entfernt arbeitete die chinesische Gesellschaft. Von ihr wurde gerüchteweise erzählt, dass sie sehr viel Gold da fände. Die Leute ließen sich aber mit niemand in ein Gespräch ein, verstanden auch wirklich die fremde Sprache nicht und wurden nicht verstanden. Nur ihr Anführer, der breitschultrige Chinese in der blauen Jacke mit dem prächtigen rabenschwarzen Zopf, schien ein paar Worte Englisch zu verstehen. Vielleicht hatte er in der Heimat etwas von den Seeleuten aufgeschnappt. Er besorgte auch die Einkäufe in den Zelten und war der einzige, der mit den Amerikanern dadurch in Verbindung trat. Was er kaufte, bezahlte er bar. An ihn gerichtete Fragen beantwortete er nur durch unverständliche Gaumenlaute. Er war anscheinend bereit, jede Auskunft zu geben, solange er zwischen den Amerikanern war. Wenn sie ihn nicht verstehen konnten, war es ihre eigene Schuld.

Nach seinem Gespräch mit Smith hatte Siftly eine Wanderung durch die Flat gemacht, um sich den Platz etwas näher anzusehen. Er war auch eine Zeitlang neben dem Arbeitsplatz der Chinesen, einer ziemlich tiefen Grube, stehengeblieben. Als er aber an den oberen Rand trat, wurde er bemerkt. Seinem scharfen, darin ziemlich geübten Blick entging es nicht, dass einer der Burschen, ein kleiner, schmutzig aussehender Geselle, ein Gefäß mit grobem Gold rasch unter seine weite Jacke steckte. Grund und Boden sah auch so aus, als ob hier die Chinesen auf die richtige Ader getroffen waren. Hier schien sich einiges von dem edlen Metall gesammelt zu haben, das vor unendlich langer Zeit aus den Bergen ins Tal gewaschen wurde. Die Hast, mit der sie das Goldgefäß versteckten, bestätigte nur noch den Verdacht des Amerikaners.

»Gute Geschäfte da unten, he?« rief Siftly in die Grube. Die Chinesen sahen zu ihm auf, aber keiner antwortete. Sie stocherten mit ihren kleinen Messern in den Wänden umher und schienen ihre Arbeit aufgegeben zu haben, bis der Weiße wieder ging.

»Na, könnt ihr die Mäuler nicht aufmachen, ihr langzöpfigen Halunken?« rief der Spieler wieder. Es half aber nichts, die Chinesen taten gar nicht, als ob er existiere, und stocherten ruhig weiter.

»Hunde!« zischte Siftly mit einem wilden Fluch zwischen den Zähnen hindurch. »Ich hoffe, ich erlebe noch die Zeit, in der man euch zum Reden bringen wird!« Er warf seinen Poncho um sich und verließ den Platz, um zum Lager zurückzugehen.

Ein kräftiger Fluch aus einer der nächsten Gruben lenkte seine Aufmerksamkeit dorthin. Als er näher kam, sah er noch, wie der hier arbeitende Briars seine Spitzhacke voller Wut von sich schleuderte und dabei seinem Herzen mit den wildesten Flüchen Luft machte.

»Hallo, halten Sie Ihr Morgengebet da unten?« rief der Spieler lachend, als er an dem Loch stehenblieb.

»Gott verdamm den Platz und die Flat und ganz Kalifornien und schlage das verdammte Land zehn Klafter tief in den Boden rein!« schrie der Mann, der durch das spöttische Lachen nur noch mehr gereizt wurde.

»Hahaha, das ist ein christlicher Wunsch«, lachte Siftly in aller Ruhe. »Was kann das Land dafür, dass Sie am falschen Ort graben?«

»Falschen Ort?« rief der Goldwäscher gereizt hinauf. »Sagen Sie mir, wo der richtige ist, wenn Sie so verdammt klug sind. Die Pest über ganz Kalifornien! Habe ich nicht in diesen verfluchten Boden Loch für Loch gegraben, eins immer tiefer als das andere, und kann ich etwa mehr als das erbärmliche Leben fristen mit dieser Quälerei?«

»Aber Sie machen es nicht richtig.«

»Geh zum Teufel!« fluchte der Gereizte. Er hatte keine Lust, in dieser Stimmung ein Gespräch anzufangen. »Ich habe Sie nicht um Ihren Rat gefragt. Wenn ich Sie brauche, werde ich Sie rufen lassen.«

»Vielen Dank«, erwiderte Siftly vollkommen ruhig. Dabei zuckte ein spöttisches Lächeln um die Mundwinkel. »Vielleicht brauchen Sie mich aber gerade jetzt?«

»Ich gebe Ihnen einen guten Rat, Fremder«, sagte da Briars mit kaum verbissenem Zorn. »Ich bin jetzt nicht bei Laune. Wenn Sie wissen, was für Sie selbst gut und nützlich ist, dann machen Sie, dass Sie hier wegkommen. Wenn Sie aber da oben stehenbleiben, dann lassen Sie mich mit dem Gewäsch in Ruhe, oder Sie sind damit an den Falschen gekommen!«

»Nichts für ungut, Kamerad!« lachte Siftly, der den Burschen in dieser Stimmung zu einem rasch entworfenen Plan am besten gebrauchen konnte. »Sie haben aber doch gestern eine so schöne Rede über das Blut gehalten, das unsere Vorfahren für ihr Vaterland vergossen haben.«

»Verdammt!« knirschte der wutentbrannte Goldwäscher zwischen den fest zusammengebissenen Zähnen hindurch. Mit einem Satz fuhr er hoch und fasste den Rand der Grube. Im nächsten Augenblick schwang er sich hinauf und stand kaum drei Sekunden später dem anderen kampfbereit gegenüber, der es gewagt hatte, ihn trotz der Warnung zu verspotten.

»Hol dich der Böse!« schrie er ihm entgegen. »Wenn du ein Mann bist, dann wehr dich, und ich will dir mit den Fäusten ins Gesicht schreiben, was ich von dir halte!«

»Sehr freundlich«, lachte Siftly. Er machte jedoch keine Bewegung. »Im Moment kann ich aber davon keinen Gebrauch machen. Bin auch gar nicht gekommen, um mich mit Ihnen herumzuschlagen, sondern nur, um meine Hilfe anzubieten. Ich glaube, ich verdiene damit etwas anderes als blaugeschlagene Augen.«

»Und wer hat Ihre Hilfe verlangt?« sagte der junge Amerikaner trotzig.

»Ach, zum Henker mit dem Unsinn«, sagte Siftly und schüttelte unwillig den Kopf. »Wir vertrödeln nur unsere schöne Zeit, und wir Amerikaner sollten die letzten sein, die miteinander Streit anfangen oder harte Worte wechseln.«

Briars musterte seinen vermeintlichen Gegner mit keineswegs freundlichen Blicken. Er wusste nicht recht, ob die Verweigerung des Kampfes Feigheit war oder einen anderen Grund hatte. Siftly ließ ihn aber nicht lange im Zweifel.

»Warum, zum Teufel, graben und hacken Sie hier, wo nichts ist, wofür es sich lohnt? Und die verdammten Fremden holen dicht daneben das Gold vor der Nase weg!«

»Ist das nicht meine Rede?« rief Briars ärgerlich. »Waren Sie denn nicht mit Ihrem Vorschlag schuld, dass wir das fremde Gesindel hier noch dulden?«

»Da sind Sie im Irrtum, Freund«, sagte der Spieler. »Ich habe die Wahl vorgeschlagen, um unsere Kräfte erst recht zusammenzuhalten. Hetson ist der Mann, den wir brauchen, um uns in allen amerikanischen Dingen nichts in den Weg zu legen. Wie ich selbst gesonnen bin, will ich gleich an Ort und Stelle beweisen. Wie weit haben die Fremden hier das Recht, ihre Claims auszudehnen?«

»Nach meiner Ansicht überhaupt kein Recht«, antwortete Briars mit einem Fluch. »Nicht einen Fußbreit Boden sollten sie behacken dürfen, wenn es nach mir ginge.«

»Aber wie die Sache nun einmal steht, gibt es doch Gesetze, die die Länge eines Claims regeln?«

»Für einen Mann werden normalerweise dreieinhalb Meter angenommen.«

»Gut«, sagte Siftly. »Gleich hier unten arbeiten Chinesen in zwei Partien. Wären es wirklich zwei verschiedene Abteilungen, so hätten sie vielleicht eine Art Recht, sich so auszubreiten. Die Burschen halten auch alle zusammen, und einer sieht wie der andere aus – wie aber wollen sie es beweisen?«

»Verdammt wenig, was sie da aus dem Boden heraus schaufeln werden!«
brummte Briars.

»Meinen Sie? Ich habe mit eigenen Augen gesehen, dass sie das Gold in großen Stücken aus der Erde stochern. Sie arbeiten da unten nur mit ihren Messern.«

»Das ist hundsgemein!« rief Briars und stampfte mit dem Fuß auf. »Müssen
wir uns das gefallen lassen?«

»Wer sagt das?« lachte Siftly. »Wenn Sie Lust haben, gehen wir einmal zu den
Chinesen hinüber. Gefällt uns der Platz, wer, zum Henker, will uns hindern,
ihn auszubeuten? Die glatzköpfigen, langzopfigen Burschen wirklich nicht!«

»Wie viele sind es?«

»Pah, und wenn es ein Dutzend wären!« lautete die mürrische Antwort. »Diese Kerle sind feige, zwei wie wir sind der sechsfachen Anzahl jederzeit gewachsen. Es kommt nur darauf an, ob Sie ihnen das Gold eher gönnen als
sich selbst.«

»Und der neue Alkalde?«

»Ist noch nicht vom County Court bestätigt. Wenn auch, die Verantwortung
für alles, was Sie Gesetze nennen, übernehme ich.«

»Dann bin ich Ihr Mann!« rief Briars und schlug in die dargebotene Hand.
»Was die Prügelei betrifft, so nehme ich sechs auf mich, wenn Sie mit der anderen Hälfte fertig werden.«

»Haben Sie in Ihrem Claim gar nichts gefunden?«

»Nicht die Spur Gold! Verdammt, nicht so viel, wie ein Glas Brandy kosten
wurde. Drei Tage habe ich wie ein Pferd gearbeitet, nur um so tief zu kommen.«

»Gut, dann können Sie ja da drüben ernten«, lachte Siftly. »Denn die Mühe
haben uns die Burschen wenigstens erspart. Aber jetzt vorwärts, damit uns
nicht ein anderer zuvorkommt.«

Briars ließ sich nicht lange bitten. Siftly lachte vergnügt vor sich hin, als er mit
seinem neu gewonnenen Freund die kurze Strecke zum Arbeitsplatz der Chinesen ging. Die Wahl seines neuen Gefährten war für den Zweck sehr gut
gewesen. Er wusste ganz gut, dass die Amerikaner allgemein den Spielern
nicht besonders freundlich gesinnt waren. Mit diesem wilden Mann zum
Freund hatte er auch die ganze wilde Partei auf seiner Seite. Dass sie den ersten direkten Angriff auf die Fremden wagten, wurde ihnen von vielen hoch
angerechnet, das wusste er. Gab das dann den Anlass, die Mexikaner und
auch die anderen Fremden, die sich auch wenig an den Spieltischen betätig-
ten, aus den Minen zu verjagen, dann blieben die Amerikaner allein die Herren. Was sie leicht aus den eroberten Gruben erbeuteten, floss jedenfalls zum
Teil wieder in die Taschen der Spieler. Briars hatte nicht so weitreichende
Pläne. Er hielt sich aber in seinem ersten Ärger über die Missglückte Arbeit
im Recht. Seiner Meinung nach gehörte der Boden den Amerikanern allein.

Sie hatten ihn mit ihrem Blut von den Mexikanern erobert. Die Fremden waren nur Eindringlinge, die man verjagen musste oder wenigstens in ihrer Ausbreitung einschränken sollte. Niemand konnte ihnen das verwehren, es war vielmehr die Pflicht aller, der Union treu zu dienen.

Die Chinesen hatten inzwischen ruhig weitergearbeitet und sich nicht um den Amerikaner gekümmert, der sie gestört hatte. Es passierte öfter, dass in dieser Art Fremde zu ihnen kamen, besonders seitdem sich das Gerücht verbreitet hatte, dass sie einen reichen Platz gefunden hatten. Dadurch, dass sie sich gar nicht mit ihnen einließen, hatten sie sich auch von ihnen freihalten können. Der Anführer des kleinen Trupps, der auch nur selten bei der schweren Aushubarbeit half, stand meistens an der Waschmaschine. Er war nach Siftlys Verschwinden nach oben gestiegen und zu der etwa dreißig Schritt entfernten Grube gegangen, wo eine andere Abteilung seiner Landsleute arbeitete. Vorsichtigerweise hatte er auch dabei das Gold mitgenommen, das sie an diesem Morgen ausgegraben hatten. Die anderen wühlten inzwischen fleißig in dem ausgeworfenen Loch weiter. Siftly hatte richtig gesehen, der Platz war ausgesprochen reich, und sie wollten ihn so schnell wie möglich ausbeuten. Gerade, als sie damit beschäftigt waren, tauchten die beiden Amerikaner auf. Briars warf einen raschen Blick in die Grube und rief aus:

»Beim Teufel, die Langzöpfe sitzen hier mitten im Gold drin, und wir, denen der Boden gehört, hacken für einen Hungerlohn. Raus da, oder ich will verdammt sein, wenn ich euch nicht Beine mache!«

Die fünf Söhne des Himmlischen Reiches sahen erschrocken zu der rauen Stimme auf, antworteten aber genauso wenig wie vorher. Was sie inzwischen wieder an Gold gefunden hatten, deckten sie zu und arbeiteten still weiter.

»Auf diese Weise kommen wir nicht ans Ziel«, sagte Siftly. »Das Spiel habe ich schon vorhin versucht. Wir könnten eine Stunde auf sie einreden, ohne auch nur eine Silbe aus ihnen herauszubringen. Mit denen müssen wir anders sprechen.« Damit nahm er einen Brocken Erde auf und warf ihn einem Chinesen auf den Rücken. Dazu rief er:

»Hinaus mit euch, habt ihr mich verstanden, oder soll ich noch deutlicher reden?«

Der Getroffene fuhr auf und stieß einen lauten Schrei aus. Die anderen redeten wild und laut in ihrer Sprache durcheinander. Verstehen konnten die Amerikaner natürlich nichts, aber sie machten auch keine Miene heraufzukommen.

»Hol die Kerle der Henker!« rief Briars. »Ich werde ihnen da unten Feuer machen. Dann werden sie wohl verstehen, was wir meinen.« Ohne sich weiter um die Menge der Chinesen zu kümmern oder eine Antwort Siftlys abzuwarten, lehnte er seine Hand auf die etwa 3,50 Meter tiefe und vielleicht genauso breite Grube und sprang dann mitten in die auseinanderstiebenden Chinesen hinein.

Mit Händen und Füßen gestikulierte er hier und packte sogar zwei, die er in eine Ecke schob, in der eine junge Zeder zum Hinausklettern lehnte. Da erschien am oberen Rand der Anführer der Gruppe. Er übersah wohl rasch, was hier vorging, und wandte sich in gebrochenem Englisch an Siftly. Ärgerlich fragte er ihn, was sie hier wollten.

»Was wir hier wollen?« lachte der Spieler und wandte sich gegen den Mann. »Das will ich dir sagen. Der Platz hier gehört uns. Ihr habt kein Recht, hier zu arbeiten, und jetzt macht, dass ihr wegkommt, wenn nicht noch etwas passieren soll!«

»Der Platz mir...«, sagte der Chinese in seinem eigentümlichen Tonfall. »Ich bezahlt zwei Dollar... Alkalde... ich Nummer.«

»Genug geredet! Allons – vamos! Verstanden?« Dabei nahm er den Mann am Kragen, drehte ihn um und wollte ihn zur Seite schieben. Aber der Chinese war kräftig und, wie es schien, nicht so feige wie seine Kameraden. Er fuhr unter dem Arm des Amerikaners hindurch und stieß ihn mit solcher Gewalt von sich, dass er drei, vier Schritte zurücktaumelte. Der Boden war durch die aufgeworfene Erde rau, und Loch lag neben Loch. Siftly blieb an einer Scholle hängen und stürzte rückwärts in ein etwa zweieinhalb Meter tiefes Loch.

Der Chinese kümmerte sich nicht weiter um ihn und sprang wieder an den Rand seiner Grube. Da schrie er hinein:

»Du da – Amerikaner – raus da, schnell, verstanden? Du nichts verloren da unten.«

»Du verdammter kahlköpfiger Schuft!« fluchte aber Briars. »Wünsch du mich nicht hinauf! Wenn ich nach oben komme, schlage ich dir den Schädel so weich, wie dein Hirn ist. Siftly, hallo, Siftly, wo, zum Teufel, sind Sie? Geben Sie doch dem Langzopf in meinem Namen...« Er konnte den Satz nicht zu Ende sprechen. Schäumend vor Wut, von einem verachteten Chinesen so behandelt worden zu sein, schwang sich Siftly gerade wieder aus dem Loch heraus und warf sich auf den Gegner. Er war von der Erde verschmutzt, sein Haar flatterte wild um die Schläfe, die Zähne waren fest zusammengebissen, die kleinen Augen blitzten in Hass und Bosheit.

Als aber der Chinese nur einen Blick auf den förmlich rasenden Amerikaner warf, fühlte er auch, dass er ihm nicht gewachsen war. Trotzdem stemmte er sich fest in den Boden, um dem ersten Ansprung zu begegnen. Dabei stieß er einen schrillen, eigentümlichen Schrei aus. Konnte Briars vorher die Chinesen weder durch Stoßen noch durch Drängen aus ihrem Eigentum entfernen, so vermochte dieser Ruf das blitzschnell. Ohne auch nur einen Blick zu dem Amerikaner zurückzuwerfen, kletterten sie wie die Katzen an ihrem Baum hinauf. Nur der erste gelangte rechtzeitig hinauf, um zu sehen, wie sich der Amerikaner auf ihren Anführer warf und ihn mit einem Schlag seiner Faust zu Boden streckte. Er wollte ihm zwar zu Hilfe kommen, aber ein zweiter Stoß sandte ihn ebenfalls auf die Erde. Als jetzt auch noch Briars nach oben sprang, um dem Gefährten zu Hilfe zu kommen, und auch andere Amerikaner, die den Schrei gehört und den Kampf gesehen hatten, herbeieilten, stoben die armen Chinesen wie ein aufgescheuchtes Volk Rebhühner auseinander. Siftly aber, noch schäumend vor Wut über die erlittene Misshandlung, warf sich auf den noch betäubten Chinesen. Er schlang seinen langen Zopf um seine Hand und schrie dem eben am Hand der Grube auftauchenden Briars zu, ihm einen Stock zu geben.

»Einen Stock?« lachte Briars, als er die komische Gruppe sah. »Da können Sie weit in den Bergen herum klettern, ehe Sie nur einen anständigen Hickory finden, wie sie bei uns zu Hause wachsen. Geben Sie ihm einige Hiebe mit dem eigenen Zopf, das wird ihm nicht besonders schaden.«

»Zum Teufel, Sie haben recht!« schrie der Amerikaner und riss sein Messer aus der Scheide.

»Keinen Mord, Siftly, um Gottes willen!« schrie Briars und sprang erschrocken dazu.

»Keine Angst!« lachte der Spieler. »Nur den Zopf will ich mir bequemer herrichten!« Mit ein paar Schnitten trennte er den Stolz des Chinesen von dem sonst kahlen Kopf, nahm ihn in die rechte Hand und schlug erbarmungslos auf den am Boden Liegenden ein. Andere Amerikaner und einige Franzosen hatten sich um die Gruppe versammelt. Es dauerte aber einige Zeit, bis sich Siftly beruhigte und den Chinesen losließ. Den Zopf warf er ihm zu. Den Männern erzählte er, wie ihn der kahlköpfige Bursche plötzlich gepackt hätte und in das Schlammloch geworfen hätte. Mit den fürchterlichsten Flüchen schwor er dabei, dass er jedem Chinesen, der ihm wieder zu nahe käme, eine Kugel in den Kopf schießen würde. Dann stieg er mit Briars in die eroberte Grube hinab, um ihren Raub auszubeuten.

Die anderen Goldwäscher kümmerten sich nicht darum. Das war eine Sache, die beide Parteien miteinander ausmachen mussten. Als sie sich überzeugt hatten, dass der Chinese nicht tot, sondern nur betäubt war, ließen sie ihn liegen und gingen lachend oder gleichgültig ihrer Wege. Der andere Chinese war schon länger erwacht und hatte sich davongemacht. Nur ein paar Franzosen blieben bei dem Misshandelten Mann und holten Wasser, gossen es ihm ins Gesicht und brachten ihn wieder zu sich. Sie sahen auch, dass ihm nichts weiter geschehen war. Über den abgeschnittenen Zopf lachten sie nur und ließen ihn dann, als er sich langsam wieder aufrichtete, allein. Verstehen konnten sie ihn doch nicht und wollten auch nicht zuviel Zeit mit ihm versäumen.

Der Chinese erholte sich nach und nach wieder. Als er halbwegs zur Besinnung gekommen war und merkte, dass er auf der Erde lag, war sein erster Griff in alter Gewohnheit nach dem heiliggehaltenen Zopf. Als er den für ihn furchtbaren Verlust bemerkte, knirschten seine Zähne zusammen. Der Schaum trat ihm vor den Mund, und fast traten seine Augen aus den Höhlen.

Er ging zur Grube, in der jetzt die Amerikaner arbeiteten. Was er da, außer sich vor Wut, hinunterrief, konnten die beiden nicht verstehen. An den Gebärden des armen Teufels erkannten sie aber, was er ihnen wünschte. Siftly zog ruhig seinen Revolver aus der Tasche, spannte den Hahn und richtete die Waffe auf den Chinesen. Er schwur, dass er im nächsten Augenblick das Tageslicht durch ihn scheinen lassen wolle, wenn er nicht sofort verschwände. Der Chinese blieb trotzdem noch eine volle Minute und trotzte selbst der auf ihn gerichteten Waffe. Dann besann er sich aber. Er drehte sich ab und ergriff den am Boden liegenden Zopf, den er sich wie einen Gürtel um die Hüften band. Dann sah er sich nach seinen Gefährten um. Als er sie alle an der zweiten Grube sah, ging er langsam auf sie zu, blieb eine Weile bei ihnen stehen und verschwand dann, von ihnen gefolgt, am Ausgang des Tales, wo sie ihre Zelte stehen hatten.

19. Don Alonso

Wie es schien, hatten sich die Chinesen zurückgezogen und ihr Eigentum aufgegeben. Nicht weit davon arbeiteten Mexikaner, und schon bald lief unter ihnen das Gerücht von Mund zu Mund, dass die Amerikaner die Fremden vertreiben würden und sie geschworen hätten, alle aus der Flat zu verjagen. Zufälligerweise war gerade in dieser Stunde der lange angedrohte amerikanische Kollektor im Paradies eingetroffen, der die Gebühren von allen Ausländern einsammeln sollte. Einer der Mexikaner war in der Stadt und wollte sich ein neues Brecheisen kaufen. Er brachte die Nachricht mit hinaus. Etwa eine halbe Stunde später hörten alle Mexikaner auf zu arbeiten. Sie versammelten sich in ihrem Lager, das sich östlich zwischen der Flat und den nächsten Hügeln befand. Dann sandten sie Reiter nach verschiedenen Seiten in die Berge hinauf, ohne jedoch eine weitere Demonstration vorzunehmen. Auch die Franzosen zogen sich zusammen. Sie waren nicht durch den Angriff auf die Chinesen beunruhigt, sondern durch das Eintreffen des Kollektors. Bis jetzt hatten sie geglaubt, dass die angedrohte Taxe nur eine Drohung und ein blinder Alarm war, da sich wochenlang kein Kollektor sehen ließ. Sie schienen auch in der Zwischenzeit zu dem Entschluss gekommen zu sein, diese rasend hohe Steuer unter keiner Bedingung zu bezahlen. Jetzt, wo er wirklich eintraf, hielten es doch die meisten für angebracht, sich die Sache noch einmal zu überlegen, ehe sie sich den amerikanischen Autoritäten widersetzten, wenn auch die Hitzköpfigen nichts davon wissen wollten.

Hetson, der neue Alkalde, erfuhr davon mit keinem Wort. Seine Geschäfte bannten ihn heute Nachmittag vollständig an sein Zelt. Der Kollektor musste nämlich, bevor er seine Arbeit beginnen konnte, noch eine Menge Vorarbeiten leisten. Dabei musste ihn Hetson unterstützen. Das neue Gesetz, die neuen Listen waren durchzusehen, Zertifikate mussten ausgefüllt werden. Die neue Steuer bot in der Praxis manche örtlichen Schwierigkeiten, die der Gesetzgeber in San Francisco nicht kannte und deshalb auch nicht berücksichtigen konnte, die aber hier um so schwerer in die Waagschale fielen. Er erklärte sich bereit, das Einkassieren der Taxen selbst zu erledigen. Er wollte die einzelnen Bergwasser aufsuchen und die dort arbeitenden Fremden notieren und besteuern. Dem Alkalden und dem Sheriff sollte es überlassen werden, die Fremden hier zu überwachen.

Hetson kam es so vor, als wollte der Kollektor, ein echter Yankee aus Connecticut, soviel wie möglich von seinen Schultern abwerfen. Mit Nonchalance, die er ›Vertrauen zu Mr. Hetson‹ nannte, überließ er ihm die größere Arbeit. Der Sheriff wurde der eigentliche Steuereintreiber, und er kontrollierte nur die eingegangenen Summen. Dabei hatte er sich aber in seinen Leuten geirrt. Als Hetson merkte, dass sich der Kollektor auf mündlich erhaltene Befehle aus San Francisco berief, ließ er einfach den Sheriff rufen. Hale war gerade von seiner Runde durch die Flat zurückgekehrt und sah erhitzt und aufgeregt aus, als er in das Zelt trat.

»Mr. Hale«, sprach ihn Hetson an. »Hier, Mr. Slocum, der neue Kollektor, hat Ihnen die Ehre zugedacht, die monatliche Zwanzigdollartaxe von den hiesigen Fremden zu erheben, die...«

»Verdammt, wenn ich's tue!« unterbrach ihn der Sheriff ungeniert. »Wenn Sie mich zum Kollektor gemacht hätten und ich hätte es angenommen, dann könnte ich nichts dagegen einwenden. Wie aber die Sache jetzt steht, danke ich herzlich.«

»Ja, Sheriff«, sagte achselzuckend der Kollektor. »Das wird Ihnen nichts helfen. Das Gesetz ist nun einmal verkündet, und uns ziemt es...«

»Das Gesetz ist gegeben«, rief der Sheriff, »dass die Kollektoren das Geld einkassieren sollen, wenn sie es kriegen können. Jetzt löffelt die Suppe auch aus, die ihr uns eingebrockt habt, und seht mal aus der Türe, wie es draußen aussieht. Drüben in San Francisco können sich die Herren gut und breit an einen Tisch setzen und eine Menge verschiedener Geschichten auf das Papier bringen – Papier ist geduldig. Aber dann sollen sie auch selbst heraufkommen und sehen, wie die neue Maschine arbeitet.«

»Ist etwas passiert, Mr. Hale?« rief Hetson. Ihm war nicht entgangen, dass der sonst so ruhige Mann ziemlich aufgeregt war.

»Passiert«, brummte Hale. »Das ganze Nest ist in Aufruhr, und wir werden wohl noch Zustrom aus den Bergen erhalten.«

»Was ist geschehen?« riefen der Kollektor und Hetson gleichzeitig.

»Unsinn, natürlich«, sagte der Sheriff ärgerlich. »Ihr Freund, Mr. Hetson, dieser Siftly mit dem großen Bart und dem kalifornischen Poncho, hat damit angefangen, ein paar Chinesen von ihrem Claim zu verjagen. Das waren arme

224

Teufel, die niemand etwas getan hatten. Ein paar von den rauen Burschen, die schon lange auf so einen Anfang gewartet haben, machen sich jetzt über andere Plätze her, wo vorher Mexikaner gearbeitet hatten. Sie werfen das Werkzeug der anderen heraus, graben in den Löchern und schwören, dass sie jedem Fremden, der sie darin hindern will, eine Kugel durch den Kopf schießen würden.«

Hetson biss sich auf die Lippen.

»Sie sagen, Siftly hat den Anfang gemacht?«

»Der und dieser Briars«, bestätigte der Sheriff. »Jetzt rotten sich die Fremden zusammen, weil sie darin den Anfang gemeinsamer Maßnahmen gegen sie alle sehen. Die Franzosen haben eben in einem ihrer Zelte eine Versammlung. Sie schleppen alles an Waffen zusammen, was sie bekommen können. Die Mexikaner haben sich in ihrem Lager aufgestellt. Aber nicht nur das – sie haben Boten in die Berge geschickt. Die Indianer haben sich ja nicht mehr blicken lassen, seit dieser Smith den alten Mann erstochen hatte und der Häuptling dafür keine Genugtuung bekam. Auf dem nächsten Hügel lagern vielleicht dreihundert Mann. Keine einzige Frau ist bei ihnen, ein sicheres Zeichen, dass sie auf keiner friedlichen Expedition sind und etwas im Schilde führen. Außerdem stecken die Mexikaner mit ihnen unter einer Decke. Wenn sie alle über uns herfallen, können wir das ausbaden, was ein paar Spielerlumpen gesündigt haben.«

»Wie viele Amerikaner sind wir etwa in der Stadt?« sagte der Alkalde nach kurzem Überlegen.

»Höchstens zwanzig, auf die man sich verlassen könnte«, brummte Hale. »Und vielleicht hundert Franzosen und zweihundert Mexikaner, ohne die Deutschen.«

»Glauben Sie, dass die Deutschen sich mit den anderen verbünden?«

»Nein«, sagte der Sheriff. »Eher würde ein Teil von ihnen uns beistehen. Bei einigen bin ich da sicher.«

Mr. Slocum war bei diesem unerwarteten Bericht sehr blass geworden. Jetzt sagte er:

»Wenn sich das Lager im Aufstand befindet, kann ich allerdings meine Aufgabe hier nicht erfüllen. Ich werde lieber gleich wieder zum Golden Bottom zurückkehren und Bericht erstatten und Hilfe suchen.«

Der Sheriff warf ihm einen spöttischen Seitenblick zu, erwiderte aber nichts. Hetson sagte:

»Das werden Sie hoffentlich nicht tun. Als Beamter der Vereinigten Staaten und als Abgesandter aus San Francisco ist es Ihre Pflicht, hier auszuharren und zu sehen, wie sich die Lage gestaltet und ob wir hier nicht in der Lage sind, die Ordnung aufrechtzuerhalten.«

»Aber wenn zweihundert Mexikaner und dreihundert Indianer...«

225

»Noch hat Ihnen gegenüber niemand die Taxe verweigert«, unterbrach ihn Hetson ernst, »denn Sie haben sie noch von niemand verlangt. Wollen Sie deshalb schon Beschwerde führen, wäre das ein unverantwortlicher Leichtsinn und könnte schlimme Folgen haben. Ich bin selbst nicht mit dieser hohen Steuer einverstanden. Was ich während meines kurzen Aufenthaltes hier gehört habe, bestärkt meinen Glauben, dass die Herren in San Francisco nach den übertriebenen Berichten der Händler und nicht nach dem wirklichen Verdienst der Goldsucher gegangen sind. Das Gesetz ist jedoch verabschiedet und muss von allen Amerikanern aufrechterhalten werden, bis eine Revision möglich ist. Wir wollen aber nicht gleich von vornherein mehr tun, als es aufrechtzuhalten, um die Fremden nicht noch mehr zu reizen.«

»Bravo!« sagte der Sheriff und nickte vergnügt mit dem Kopf. »Ganz meine Meinung und genau getroffen. Ich glaube auch, dass keine große Gefahr droht, wenn wir nur unser eigenes Gesindel im Zaum halten können. So übermütig, wie die aber sind und gerade die Fremden noch mehr reizen, kann ich für nichts garantieren. Ich könnte es ihnen auch nicht verdenken, wenn sie losschlagen würden.«

»Aber unter diesen Umständen kann ich doch keine Taxe einkassieren«, sagte Mr. Slocum bestürzt. »Da setze ich mich den größten Unannehmlichkeiten aus!«

»Dass Sie natürlich heute nicht anfangen, versteht sich von selbst«, erwiderte Hetson. »Sie sind ja noch nicht einmal mit Ihrer Einteilung fertig. Machen Sie das erst einmal heute und Morgen, und bis dahin wird sich die Aufregung schon etwas wieder gelegt haben. Spricht man dann vernünftig mit den Leuten, dann glaube ich kaum, dass es für Sie die geringste Schwierigkeit geben wird.«

»Keine weiter, als dass sie ihm weglaufen«, lachte der Sheriff. »Alle, denen die Steuer zu hoch ist, brauchen sich nur in die Berge zu schlagen, und niemand findet sie. Und falls doch, kann sie keiner festhalten. Soviel weiß ich, dass es mit dem friedlichen Leben in unseren Minen vorbei ist. Ich wollte, diese Taxe wäre beim Kuckuck! Wenn Sie nur Ihre Frau nicht hier oben hätten! Die Frauen werden jetzt unsere ganze Unterhaltung gehört haben.«

»Nein«, sagte Hetson. »Die beiden haben einen kleinen Spaziergang in die Stadt gemacht und sollen auch vorläufig nichts erfahren, bis man es nicht mehr verheimlichen kann. Weshalb sie vorzeitig ängstigen! Hoffentlich ist alles nichts weiter als eine Demonstration, die keine schlimmeren Folgen hat. Ich bitte Sie jetzt, Mr. Hale, weitere Erkundigungen einzuziehen, besonders was die Sache mit den Chinesen betrifft. Sie sind ein ruhiger, vernünftiger Mann, und ich weiß, ich kann mich da auf Sie verlassen.«

»Ich glaube, Ihr Freund hat uns da keinen Gefallen getan«, sagte Hale.

»Sich selbst vielleicht auch nicht«, sagte Hetson ernst. »Wenn die Chinesen wirklich in ihrem Recht gefährdet sind, sollen sie sich an mich wenden, und ich werde ihnen dazu verhelfen.«

Hale sah den Richter etwas erstaunt an. Er wusste nicht, wie weit der das ernst meinte. Hetson hatte sich abgewandt, um die verschiedenen Papiere wieder durchzusehen. Der Sheriff wollte eben das Zelt verlassen, um den Auftrag auszufahren, als Hetson ihn noch einmal ansprach.

»Übrigens, Mr. Hale, haben Sie nichts von meinem Mitbewohner, dem Spanier Don Alonso Ronez, gesehen? Ich hoffe doch nicht, dass er sich den Mexikanern angeschlossen hat?«

»Der nicht«, lachte Hale. »Das ist ein stiller Kauz, wie die meisten anderen auch, wenn man sie zufriedenlässt. Er arbeitet schon seit gestern ganz fleißig und allein in einem kleinen Gulch da drüben. Ob er etwas findet, weiß ich natürlich nicht. Aber der Platz sieht nicht schlecht aus.«

»Wenn Sie zufällig da wieder vorbeikommen, bitten Sie ihn doch, dass er heute Abend nicht zu lange wegbleibt. Ich hätte ihm etwas zu sagen.«

Der Sheriff nickte und ließ den Kollektor mit dem Alkalden allein bei ihren Geschäften. Hale hatte übrigens seinen Bericht nicht übertrieben. Auch in Bezug auf die Indianer hatte er recht. Ihr plötzliches Auftauchen schien keineswegs friedlicher Art zu sein. Frauen und Kinder waren irgendwo in den Bergen in einem sicheren Versteck zurückgeblieben. Die Männer waren alle bewaffnet, einige von ihnen bemalt und mit Adlerfedern geschmückt. Sie sahen genauso aus, als wären sie auf einem Kriegszug. Trotzdem war Hale, der einige von ihnen kannte, ganz allein und nur mit einem Revolver bewaffnet zwischen ihnen gewesen. Jeder Indianer hielt aber seinen Bogen und Köcher bereit und hatte einen Pfeil herausgezogen, um sofort davon Gebrauch machen zu können. Auskunft erhielt er von keinem, und den Häuptling sah er nirgends. Die Indianer lagerten auf dem langen Hügelrücken, der das Tal im Norden begrenzte. Sie bildeten Trupps mit vierzig oder fünfzig Mann und lagerten an verschiedenen, kleinen Bergquellen. Sie hatten Boten zu den Mexikanern abgesandt, mit denen sie eine ständige Verbindung unterhielten. Als Hale auch in deren Lager gehen wollte, um zu sehen, was sie trieben, wurde er von einzelnen Mexikanern zurückgewiesen. Die Leute waren nicht gerade unfreundlich gegen ihn, erklärten ihm aber, dass er dort nichts zu suchen habe und seiner Wege gehen sollte. Fast alle hatten aufgehört zu arbeiten, nur hier und da waren noch einzelne in der Flat beschäftigt. Es schien, als wollten sie ihre Claims so schnell wie möglich ausbeuten.

Das alles verriet dem Amerikaner, dass etwas Außergewöhnliches passierte. Die Stimmung der Fremden gegen die Amerikaner war feindselig, und es bedurfte vielleicht nur eines geringen Anlasses, um einen Ausbruch zu verursachen. Hale erfuhr von einigen ruhigeren Amerikanern Einzelheiten über den Angriff von Siftly und Briars auf die Chinesen. Schon bald wurde ihm klar, dass dieser Übergriff die eigentliche Ursache für die ganze Unruhe war. Dazu kam die Ankunft des Kollektors. Dadurch wurden alle, die die englische Sprache nicht beherrschten, unnötig gereizt. Sie wussten ja auch nicht, wie weit die Rechtlosigkeit gegen sie noch getrieben würde. Auf der einen Seite wollte man sie besteuern und auf der anderen Seite unabhängig davon von ihren Claims vertreiben. Diesen Gedanken musste Hale zuvorkommen und entsprechend handeln. Er wusste, dass die meisten Amerikaner zu den besonneneren Menschen gehörten, und denen mussten sich die anderen beugen, ob sie wollten oder nicht. Er wollte deshalb vor allen Dingen die Chinesen finden und war fest entschlossen, ihnen wieder zu ihrem Eigentum zu verhelfen. Aber ihr Lager war abgebrochen. Die in der Nähe arbeitenden Amerikaner hatten sie den Bach hinunterziehen sehen. Als er sich da nach ihnen erkundigte, konnte ihm niemand Auskunft geben. Sie waren wohl vom Weg abgewichen und in die Berge gegangen, wo sie keiner finden konnte.

So brach der Abend an, ohne dass sich die Stellung der verschiedenen Parteien geändert hätte. Um so übermütiger waren aber die Amerikaner geworden, die einzelne Fremde aus ihren Gruben vertrieben und so auf leichte Art reiche Beute gemacht hatten. Schon eine Viertelstunde vor Einbruch der Dunkelheit waren Siftly und Briars mit ihrem Claim fertig geworden. Während Siftly das Gold in Sicherheit brachte, warf sich Briars in das nächste Trinkzelt, um das rasch gewonnene Gold wieder zu verprassen. Dort fand er Menschen seines Schlages, die ihm Gesellschaft leisteten. Eine günstigere Gelegenheit, diese halbbetrunkenen Männer zum Spiel zu verleiten, kam aber nicht so bald wieder. Smith und Siftly, mit allen Schlichen ihres ehrlosen Geschäftes gut vertraut, versäumten sie auch nicht. Kaum war die Sonne in der Zedernwaldung eingetaucht, als schon die Tische hergerichtet wurden und das aufgeschichtete Gold die Spiellustigen herbeilockte. Und welche Gewinnaussichten eröffneten sich nicht auch den streitsüchtigen Kerlen, die jetzt im Bewusstsein ihrer amerikanischen Bürgerschaft das volle Anrecht auf alle Arbeitsplätze der Fremden zu haben glaubten! Die ließen sie jetzt ihre schwere Erdarbeit tun und zu dem Gold hinunter graben. Wenn sie soweit waren – dann sprangen sie hinein und ernteten. Die Leute befanden sich auf dem besten Weg, ein vollständiges Raubsystem mit erlaubtem Totschlag zu organisieren.

Hale, der sich eine Zeitlang in verschiedenen Zelten aufhielt, hörte diese verschiedenen Reden. Ärgerlich darüber und beunruhigt über das Zusammenscharen der Mexikaner, ging er wieder zum Zelt des Alkalden zurück. Er wollte ihn veranlassen, ein ›Meeting‹, eine Versammlung der amerikanischen Bürger, einzuberufen.

»Und wozu, Mr. Hale?« sagte Hetson gelassen.

»Wozu?« rief Hale erstaunt. »Zum Henker, ich dachte, wir hätten Grund genug. Einmal ist es nötig, dass wir diesem Spielergesindel zeigen, dass wir nicht bereit sind, sie bei ihren Raubgeschäften zu unterstützen. Dann wird es sich auch auf die Señores heilsam auswirken, wenn sie erfahren, dass wir uns nicht vor ihnen fürchten.«

»Ich glaube eher das Gegenteil, Mr. Hale«, antwortete ihm aber der Alkalde. »Die Mexikaner könnten annehmen, dass wir ihrem Zusammenrotten eine Bedeutung beimessen. Nur wenn wir sie ganz ignorieren, werden sie stutzig werden. Obwohl ich auch kein Freund des Hasardspiels bin, ist es mir heute Abend gerade recht, wenn sich unsere Leute damit beschäftigen. Sie halten es doch wohl nicht für möglich, dass die Indianer einen nächtlichen Überfall wagen würden?«

»Die denken nicht daran«, brummte Hale. »Solange die Mexikaner nicht beginnen, rühren die Rothäute in den Bergen keinen Finger. Sie wissen ganz gut, dass sie sich auf ihre spanischen Freunde doch nicht verlassen können. Erst wenn die anfangen, dürfen wir auch von ihnen einen Angriff erwarten. So zahm und schüchtern sie auch sonst sind, fürchte ich fast, dass sie in dem Fall wie ein Heuschreckenschwarm über uns hereinbrechen. Jedenfalls ist es besser, darauf vorbereitet zu sein. Sollen dann die Spieler machen dürfen, was sie wollen? Wollen Sie diesem Siftly erlauben, dass er da draußen in der Flat herumläuft und da, wo ihm ein Platz gefällt, den Eigentümer hinausschmeißt oder ihn misshandelt?«

»Nein«, sagte Hetson ruhig. »Bringen Sie mir einen einzigen Menschen, der eine Anklage gegen ihn stellt, und überlassen Sie mir alles Weitere. Aber auf Gerüchte hin kann ich nichts unternehmen. Wenn sich die Leute alles ruhig gefallen lassen, ohne auch nur ein Wort darüber zu verlieren, wenn sie ihrem Angreifer geduldig das Feld räumen, dann kann ich ja noch nicht einmal wissen, ob das nicht alles mit ihrer Einwilligung geschehen ist. Übrigens – haben Sie Don Alonso noch nicht gefunden?«

»Nein«, antwortete der Sheriff kurz.

»Er wird doch nicht in einem der Spielzelte stecken?«

»Möglich«, sagte Hale gleichgültig. »Also mit den Mexikanern wollen Sie ruhig zusehen, bis es zu spät ist?«

»Nicht, bis es zu spät ist, sondern bis es Zeit ist, Mr. Hale. Ich finde es nicht gut, wenn wir die Fremden unnötig reizen.«

»Unnötig? Aber zum Teufel, Sir, nennen Sie das unnötig, wenn wir die vierzigfache Anzahl bewaffnet um uns lagern haben? Dass sie uns Amerikaner nicht aus den Minen treiben können, weiß ich auch. Schlagen sie uns hier tot, würden unsere Landsleute von allen Seiten herbeiströmen und keiner mehr lebend die Flat verlassen. Aber was hilft uns das? Ich bin wirklich nicht ängstlich, aber ich bin auch nicht blind gegen die wirkliche Gefahr. Wird es zu spät, hat kein anderer außer Ihnen die Verantwortung.«

»Die überlassen Sie mir ruhig«, sagte Hetson lächelnd, »Einen Gefallen würden Sie mir aber tun, wenn Sie Ronez finden könnten. Seine Tochter hat Angst um ihn.«

»Das tut mir leid für die Tochter«, brummte der Sheriff, dem jetzt andere Dinge am Herzen lagen. »Wenn ich ihm begegne, werde ich ihn herschicken.« Ohne eine weitere Antwort abzuwarten, verließ er rasch das Zelt.

»Fremde unnötig reizen«, murmelte er mit einem derben Fluch vor sich hin. »Er ist, weiß Gott, wirklich feige. Dass doch diese Federfuchser alle das Herz an der verkehrten Stelle sitzen haben. Es ist fast so, als ob es ihnen bei dem langen Sitzen hinter dem Schreibtisch nach unten rutschen würde. Da hätten wir auch fast unseren alten Major behalten können.« Ärgerlich, wie er war, wollte er direkt in sein Zelt gehen, um sich um nichts mehr zu kümmern. Aber es ließ ihm auch wieder keine Ruhe. So wanderte er noch fast eine Stunde allein um das kleine Zeltstädtchen. Dabei ging er auch ein Stück den Berghang hinauf, an dem die Indianer lagerten. Er konnte einige ihrer Feuer erkennen und passierte dann auch das mexikanische Camp. Auf beiden Seiten war alles ruhig. Außergewöhnlich war nur, dass ein paar Reiter gerade dort eintrafen, und ein einzelner Mann zu Pferde verließ ihn gleichzeitig wieder. Es war zwölf Uhr, als er endlich in das Paradies zurückkehrte und müde sein Lager aufsuchte.

In Kentons Zelt feierten einige Amerikaner ein wüstes Gelage. Besonders Briars war wieder der Mittelpunkt. Vom Alkohol bereits erregt, schwur er, er würde nicht ins Bett gehen, bis er nicht ein paar Mexikaner erschossen und ausgeplündert hätte. Siftly war aber so ruhig und überlegend wie immer. Es gelang ihm, Briars an seinen Tisch zu fesseln, den der junge Mann nicht eher verließ, bis er seinen letzten Dollar an den Spieler verloren hatte. Dann taumelte er fluchend in die nächste Ecke, um da seinen Rausch auf dem nackten Boden auszuschlafen.

Smith und Siftly hatten ihre Bank abwechselnd mit gleichem Glück gehalten. Der andere mischte sich dann immer unter die Trinker, um dort am leichtesten neue Kunden für ihren Tisch zu werben. Siftly war gerade aufgestanden, um ein Glas Brandy mit Wasser zu trinken, als er an einem anderen Tisch seinen alten Bekannten Don Alonso entdeckte. Der Spanier spielte übrigens noch nicht, sondern sah nur erst zu. Aber seine Augen leuchteten schon wieder mit der unheimlichen, wilden Gier, und unwillkürlich zuckte die Hand nach dem mit wenig Gold gefüllten Beutel, den er in der Tasche trug.

Sauer genug hatte er sich das Gold verdient, mühsam hatte er gehackt und gegraben und gewühlt, um dem harten Boden eine Unze abzuringen. Mit guten Vorsätzen war das geschehen, um Dollar für Dollar zusammenzusparen. Er wollte seinem armen Kind eine würdige Existenz erringen. Kaum aber blitzten ihm die gelben Körner entgegen, kaum fühlte er sich im Besitz der kleinen, unbedeutenden Summe, als auch die unselige Leidenschaft wieder Besitz von ihm ergriff. Er schwur sich, es sollte das letzte Mal sein. Wie oft hatte er sich schon im stillen den gleichen Schwur geleistet, und ihn jedes Mal wieder gebrochen. Schlug es diesmal fehl, dann wollte er keine Karte wieder anrühren. Aber es konnte nicht fehlschlagen, die Karten waren ihm im Traum erschienen, die er setzen musste, um das Glück zu bannen.

Schon hatten die zitternden Finger das Gold gefasst, mit dem er den Schatz heben wollte.

»Hallo, Compañero!« sagte da Siftly und legte seine Hand auf die Schulter des Spaniers. »Wir haben uns lange nicht gesehen. Ich denke, das ist ein gutes Zeichen, dass wir uns jetzt im Paradies treffen.«

Der Spanier zuckte bei der Berührung und der bekannten Stimme zusammen, als ob ihn eine Schlange gebissen hätte. Sonst rührte und regte er sich nicht. Nur ein triumphierendes Lächeln spielte um seine Lippen, denn die Worte ›ein gutes Zeichen‹ stimmten mit seinem Traum überein. Wenn Señor Ronez einen Menschen auf der Welt hasste, dann war es dieser Amerikaner, der ihn immer wieder zum Spiel verführt und ausgeplündert hatte. Aber mit unsichtbarer Gewalt zog es ihn wieder in dessen Nähe. An ihm wollte er ja auch Rache für die erlittenen Verluste nehmen. Dass er dann immer wieder unterlag, konnte den Hass nur steigern, verband ihn aber auch noch fester mit dem Spieler. Auf den Knien hatte Manuela ihren Vater gebeten, vor allen anderen diesen Menschen zu meiden. Er versprach es ihr. Aber wie er sich selbst betrog, so betrog er auch seine Tochter. Von der Goldgier und vom Hass gleichermaßen angestachelt und verblendet, trieb es ihn förmlich in das Netz des Feindes.

So war es auch heute gewesen. Er hatte den Amerikaner schon an seinem Tisch gesehen. Aber er dachte an das Versprechen und ging nicht dorthin. Jetzt aber, als der Mann an seine Seite trat und von ›guten Zeichen‹ sprach, da zuckte in dem Spieler die alte Hoffnung wieder auf. Gerade das Gefühl, das ihn warnen sollte, trieb ihn vorwärts. In diesem Augenblick, den er für den günstigen Wendepunkt seines Schicksals hielt, trat ihm der stets lächelnde, tödlich gehasste Amerikaner entgegen. Als ob die Rachegöttin ihm selbst die Waffe in die Hand gegeben hätte, drängte es ihn, den Kampf zu beginnen.

»Mag sein, Señor«, antwortete er deshalb in seinem gebrochenen Englisch. »Für einen von uns vielleicht.«

»Dann für Sie«, lachte Siftly. »Ich habe heute Nacht einen dummen Traum gehabt, und hatte mir eigentlich vorgenommen, heute gar nicht zu spielen. Ihnen, Señor, bin ich aber Revanche schuldig und jeden Augenblick dazu bereit – vorausgesetzt natürlich, dass nicht wieder vollständige Ebbe in Ihrer Kasse ist.« Er sagte die letzten Worte mit einem so höhnisch lächelnden Blick, dass dem alten Spanier das Blut in den Kopf schoss. Das genügte, um ihn dorthin zu locken, wohin ihn Siftly haben wollte.

Don Alonso legte am Anfang nur ganz kleine Sätze auf eine Karte, aber er gewann. Er verdoppelte die Summe und gewann wieder. Vorsichtig zog er das Gold ein, setzte wieder wenig und gewann erneut. Dadurch angefeuert, wollte er sein Glück erzwingen, und – verlor. Mit einem Schlag gingen die

231

wenigen Dollars, die er besaß, in die Hände des Spielers über, der ihn erwartungsvoll ansah.

»Na, Señor? Sie hätten die Zehn nicht verlassen sollen, die Ihnen vorhin so treu war. Seit der Zeit hat sie zweimal wieder gewonnen. Versuchen Sie es noch einmal mit ihr. Wieviel auf die Zehn?«

»Ich habe kein Gold mehr!« murmelte der Spanier. »Jedenfalls nicht bei mir.«

»Kein Gold mehr?« lachte Siftly. »Der Himmel segne Sie, Señor, Sie haben kaum eine halbe Unze verloren. Das war doch wohl nicht Ihr ganzes Kapital, mit dem Sie mich aus dem Sattel heben wollen? Gut, ich tue es eigentlich nie, aber bei Ihnen will ich eine Ausnahme machen. Ich gebe Ihnen sechs Unzen Kredit. Sind Sie damit zufrieden?«

»Ich spiele nicht weiter«, sagte Don Alonso finster und wollte sich von dem Tisch entfernen.

»Halt!« rief da Siftly, der einen Plan hatte und ihn nicht so leicht laufenlassen wollte. »Wenn Sie von mir kein Gold geborgt nehmen wollen, Señor, dann setzte ich ein Pfund Gold gegen ein Wertstück, das sie besitzen.«

»Ich und ein Wertstück?« sagte der Alte kopfschüttelnd. »Ich habe keins mit solchem Wert. Ein Pfund Gold?«

»Zweihundert spanische Dollar, wenn Sie das lieber wollen. Ja, dreihundert auf den einen Satz, um das Violinspiel Ihrer Tochter.«

Der Alte biss sich auf die Unterlippe, aber er zögerte nur einen Moment. Dann antwortete er finster:

»Meine Tochter spielt nicht mehr.«

»Dummheit, Mann«, lachte aber der Spieler. »Das hieße, ein Talent zu ersticken, das ihr der Schöpfer zu ihrem Nutzen und zur Freude anderer gegeben hat. Aber hören Sie mir zu. Hier oben in den Zelten fehlt uns die Musik. Stumm und still rollt das Gold, fallen die Karten. In dieses Nest aus Zelten käme ganz anderes Leben, wenn das Mädchen ihre Violine erklingen ließe. Dreihundert Dollar setze ich gegen den Vertrag, dass sie vier Wochen lang nur zwei Stunden Abends in dem Zelt spielt. Außerdem zahle ich ihr noch vier Dollar jeden Abend extra.

Dreihundert Dollar – die Summe wäre genug gewesen, um ihn und die Tochter aus Kalifornien wegzubringen. Wie lange und wie schwer hätte er arbeiten müssen, ehe er soviel Gold mit Spitzhacke und Schaufel oder Brechstange zusammenbrächte!

»Zwei Stunden Abends?« wiederholte der Spanier, unschlüssig zögernd.

»Zwei Stunden, und auch die nicht hintereinander. Sie kann sich das selbst aussuchen. Alles auf eine Karte, Señor. Im Umschlag können Sie die dreihundert Dollar in der Tasche haben, und ich muss eine zweite gleich hohe Summe gegen die gleiche Bedingung setzen.«

Ronez stand still und bleich, die Arme fest und wie verkrampft vor der Brust gefaltet. Die Umstehenden drängten neugierig heran, um diesem Handel zuzuhören.

»Also gut«, flüsterte der Spanier endlich. »Ich halte Ihr Gebot. Dreihundert Dollar gegen die bestimmte Zeit.«

»Prima – welche Karte – da liegt die Zehn – ein ganz ausgezeichnetes Blatt.«

»Ich halte sie...«

Die Karten fielen. Niemand setzte sich in diesem Augenblick, alles blickte nur gespannt auf die umgedrehten Karten.

»Die Zehn!« riefen sechs, acht Stimmen gleichzeitig.

»Für mich«, sagte mit einem leisen Bedauern im Ton der Spieler.

Der Spanier antwortete nicht. Er hatte die Hand unter seiner Jacke krampfhaft auf dem Herzen geballt und griff das Fleisch blutig, das er dort gefasst hielt. Da fühlte er eine leichte Hand auf seiner Schulter, und als er langsam den Kopf drehte, sah er in das blasse, ruhige Gesicht Hetsons.

»Don Alonso«, flüsterte er in spanischer Sprache. »Ihre Tochter erwartet Sie. Sie hat sich schon Sorgen gemacht.«

Der Spanier zögerte, aber fast unwillkürlich drehte er sich dabei von dem Tisch ab, um dem Ruf zu folgen.

»Hallo, Hetson!« rief in diesem Augenblick Siftly, der ihn bemerkte. »Du bist ein seltener Gast. Komm her, versuch einmal dein Glück!«

Hetson warf ihm einen ernsten Blick zu, antwortete aber keine Silbe auf die Aufforderung. Er winkte Don Alonso mit der Hand, ihm zu folgen.

»Heda, der Alkalde!« tönte es jetzt auch von anderer Seite, als ihn hier und da einige der Männer erkannten. »Einen Schluck Brandy, old fellow? Kommen Sie, wir müssen einmal zusammen trinken. Hol's der Teufel, aber Sie machen sich so rar wie eine Schwalbe im Winter. He, Wirt, eine Flasche von den Bleihälsen!«

»Vielen Dank, Leute, aber ich trinke nie Spirituosen!« sagte Hetson ruhig.

»Guttempler-Mann, was?« lachten fünf, sechs Stimmen um ihn her. »Teufel auch, das paßt nicht nach Kalifornien!«

»Kommen Sie, Señor, es wird Zeit, dass wir gehen.«

»Si, si, Señor.«

»Aber das ist nicht in Ordnung, Hetson«, rief ihm Siftly noch einmal zu. »Du darfst mir meinen besten Kunden nicht entführen. Señor, nicht noch ein einziges Blatt? Acht Wochen oder nichts. Na gut, zum Teufel, wenn Sie nicht wollen, ich hätte Ihnen die Gelegenheit noch geboten. Also Morgen Abend, vergessen Sie es nicht, oder ich muss Sie mahnen.«

Hetson hatte den Arm des Spaniers ergriffen und zog ihn mehr, als er freiwillig ging.

»Was wollte der Mann mit den acht Wochen sagen?« erkundigte er sich, als sie zusammen auf die dunkle Straße traten.

»Er hat falsch gespielt«, flüsterte der Spanier statt einer Antwort halblaut, als würde er mit sich selbst reden. »Ich sah, wie er die Karte unterschlug.«

»Habe ich Sie nicht vor diesen Spielern gewarnt? Haben Sie mir und Ihrer Tochter nicht fest versprochen, sie zu meiden?« sagte der Amerikaner mit leisem, aber nicht unfreundlichem Vorwurf im Ton.

»Ich weiß, ich weiß«, stöhnte der alte Mann. »Aber – ich konnte nicht anders. Es musste sein, das Schicksal wollte es.«

»Und um was haben Sie gespielt?«

»Um meine Seele«, hauchte der Spanier, schlug die Zarape um sich, so dass sein Gesicht bis zu den Augen verdeckt war. Still und düster schritt er neben seinem Führer die Straße entlang.

20. Das Wiedersehen

Ein leichter Nebel lag am nächsten Morgen über dem Tal. Mit dem Sonnenaufgang fiel er aber als leichter Tau und gab der Luft eine eigene Frische. Nur ein leichter, von den Sonnenstrahlen rötlich gefärbter Dunst schwebte noch über dem engen Bergkessel, in dem das dunkle Grün des Zedernlaubes eine fast bläuliche Färbung annahm. Die roten, riesigen Stämme dieser stattlichen Bäume schimmerten wie glänzende Säulen aus dem Waldesschatten. So reizend aber sich auch die Natur bieten mochte, so verschieden war der Mensch, ›das edelste Geschöpf der Erde‹, wie er sich selbst gern nannte. Er stand nicht im Einklang mit diesem Rosenschein, der an den Hängen lag, mit dem leise rauschenden Laub, dem murmelnden Bach. Hass, Neid, Zwietracht, Gier nach Gold – das waren die Leidenschaften, die dieses kleine, geschäftige Volk erfüllten. Mit dem Bewusstsein, dass hier das edle Metall im Boden lag, hätten sie sich selbst ein wirkliches Paradies zur Hölle umgeschaffen.

Hetson, der Alkalde dieser wilden, gemischten Völkerschar, war schon mit Tagesgrauen munter. Durch die Unruhe getrieben, neues aus dem Lager zu hören, war er fertig angezogen, um den Sheriff aufzusuchen. Gern hätte er vorher mit Manuelas Vater gesprochen, der ihm gestern Abend keine Rede stehen wollte. Der alte Spanier schlief aber noch fest, und er verschob es auf später. Jetzt gingen ihm doch wichtigere Dinge im Kopf herum. Seine Frau bat er, mit dem Frühstück nicht auf ihn zu warten, und verließ das Zelt. Mrs. Hetson hatte wohl bemerkt, dass etwas Ungewöhnliches im Lager vorging, wenn sie auch die wahre Ursache nicht ahnte. Sie dachte auch an keine Gefahr. Aber sie fühlte sich auch glücklich, dass Hetson in den letzten Tagen sein schwermütiges Wesen fast ganz verloren hatte. Er war fast schon heiter und fest, und schien sich in der neuen Beschäftigung wohl und zufrieden zu fühlen. Er hatte jedenfalls eine Tätigkeit gefunden, die ihm bis dahin gefehlt hatte. Mit der Verantwortung, die er dabei übernommen hatte, kräftigte sich auch sein Geist wieder. Mehr und mehr wich der düstere Schatten zurück, der bis dahin schon einigemal sein Leben bedroht hatte. Nur Manuela war heute ernst und trübe gestimmt. Seit dem letzten Abend tauchte auch die Sorge um ihren Vater wieder auf. Dass der Amerikaner, den sie mehr als einen anderen Menschen fürchtete, ihre Zuflucht hier gefunden hatte, beunruhigte sie am meisten. Nicht zu Unrecht hatte sie gefürchtet, dass er den schwachen Vater erneut verleiten würde. Der letzte Abend, an dem sie vergeblich auf ihn gewartet hatte, lieferte ihr den Beweis, dass sie sich nicht geirrt hatte. Nur Hetsons Versicherung hatte sie etwas beruhigt. Er wollte Siftly veranlassen, von jetzt an nicht mehr mit Don Alonso zu spielen.

Manuela, die Mrs. Hetson besonders gern mochte, unterzog sich jeder noch so ungewohnten Arbeit mit Freuden. Sie hatte auch heute schon das Frühstück zubereitet, aber vergeblich auf ihren Vater gewartet. Sie und Mrs. Hetson aßen allein. Weder kam Hetson zurück, noch ließ sich Don Alonso sehen, der sich scheute, seiner Tochter unter die Augen zu treten.

»Komm, Manuela«, sagte da Mrs. Hetson. »Die Männer lassen uns heute im Stich, dein Vater und auch mein Mann. Ich denke, wir haben lange genug auf sie gewartet. Wir wollen deshalb ihr Frühstück warmstellen und einen Spaziergang machen. Einen schöneren Morgen haben wir noch nicht gehabt, seit wir in den Bergen sind. Es ist herrlich draußen und wirklich Sünde, diese Zeit im Zelt zu verträumen.«

»Aber, Mr. Hetson...?«

»Der geht seinen Geschäften nach und kümmert sich auch nicht um uns«, lächelte die junge Frau. »Deshalb darf er es uns auch nicht übelnehmen, wenn wir uns in der freien Luft vergnügen. Lieber Gott, was hat man denn anderes in den Bergen als die wirklich schöne Natur?«

»Aber der Lärm, der gestern überall in der Stadt war?« sagte Manuela besorgt.

»Keine Sorge«, sagte freundlich Mrs. Hetson. »Du bist vielleicht in deiner Heimat andere Sitten gewöhnt, Manuela, aber die Frauen sind unter den Amerikanern überall sicher. Sie würden bei jedem, und wenn er noch so roh und ungebildet ist, Schutz finden. Nimm deine Mantille, es ist auch die Frage, ob Mr. Hetson vor dem Mittagessen nach Hause kommen wird. Er sagte mir, dass er viel mit dem Sheriff erledigen müsste. Kehren wir rechtzeitig zurück, um das Essen fertigzumachen, werden wir wohl kaum vermisst werden. Ich habe mich auch schon lange danach gesehnt, einen der benachbarten Hügel zu besteigen. Von da aus wollen wir einmal das sogenannte Paradies überblicken.«

Auf der gleichen Waldlichtung, auf der damals der Sheriff mit dem Häuptling Kesos und den Mexikanern zusammentraf, hielt ein einzelner Reiter. Er war abgestiegen und lehnte mit dem rechten Arm auf dem Sattel und sah auf die vor ihm ausgebreitete Szene. Es war ein noch junger Mann mit offenen, ehrlichen Zügen. Sein Gesicht war stark sonnengebräunt, aber ohne Bart. Er hatte braunes, lockiges Haar und helle, blaue Augen. Nach seiner Kleidung gehörte er aber nicht zu den Amerikanern. Seine braune Jacke war aus englischem, wasserdichtem Stoff. Dazu trug er graue, lederne Hosen und einen Panamahut – alles noch ziemlich neu und wenig mitgenommen durch eine Arbeit. Wohl eine Viertelstunde hatte er hier so gestanden. Das Pferd, das wahrscheinlich hungrig war, begann das Gras zu seinen Füßen abzuweiden. Plötzlich warf es den Kopf hoch und wieherte laut. Ein anderes antwortete nicht weit entfernt. Als sich der Fremde umdrehte, bemerkte er einen alten Mann im blauen Jeansanzug, wie ihn die amerikanischen Hinterwäldler meistens tragen. Ein Stück roten Flanell hatte er als Gamaschen um den unteren Teil der Beine gebunden und einen alten, schokoladenfarbigen Filzhut auf dem Kopf. Er führte sein Pferd im Schritt auf dem schmalen Bergpfad durch den Wald. Auf der linken Schulter trug er eines der langen, amerikanischen Gewehre, die man Rifle nannte. Eine alte, oft gebrauchte Kugeltasche mit einem Pulverhorn dran hing an seiner rechten Seite. Als er den Fremden bemerkte, hielt er an, nickte ihm zu und stieg dann ruhig aus dem Sattel. Er warf dabei nur den Zügel hinunter und überließ das Pferd sich selbst.

»Sehen Sie sich die Aussicht an, Fremder?« sagte er und trat zu dem anderen. Er lehnte sich auf seine lange Büchse und blieb so stehen. »Ja, es ist ein prächtiger Blick und tut kranken Augen gut, ein so liebes Plätzchen hier in die Berge hineingedrückt zu sehen. Ich bin auch ein ganzes Stück auf meinem Weg geritten, nur um hier ein Viertelstündchen halten zu können.«

»Es ist wirklich ein wunderbar schönes Land«, erwiderte der Fremde mit tiefer, klangvoller Stimme. »Jammerschade, dass es nur dazu dient, die Täler durch aufgewühlte Gruben entstellt zu bekommen, um das Gold herauszuwaschen.«

»Hoho«, lachte aber der Alte gutmütig. »Damit sind wir noch nicht fertig, und das ist nur der Anfang. Das Gold war schon sehr gut, um die Leute hierher zu locken und Einwanderer in das Land zu bringen. Aber der Kern der Ackerbauer steckt in den wilden Burschen da unten, die sich jetzt nur die größte Mühe geben, ihren Tagelohn gleich selbst aus der Erde herauszufischen, während sie später ihre Zeit besser anzuwenden wissen.«

»Glauben Sie wirklich, dass hier in Kalifornien jemand sich die Zeit nimmt und einen Acker bestellt?« fragte der junge Mann und schüttelte dabei ungläubig seinen Kopf.

»Da ist von glauben keine Rede, Fremder!« sagte der Alte. »Das ist so sicher wie die Sonne, die da drüben auf die prächtigen Zedern scheint. Wenn auch die ganze Welt ihre Abenteurer hierhergeschickt hat, so blüht doch dem Land hier einmal eine große Zukunft. Das wird einmal der hellste Stern in unserer Fahne – oder sein schlimmster Konkurrent.«

»Wer will sich denn hier niederlassen und Frau und Kinder in dieses wilde Treiben bringen?«

»Jetzt wäre das auch noch zu früh«, lachte der Alte. »Und Frauen würden sich nicht gerade behaglich in diesem Leben fühlen, wenn auch unsere Backwoodsfrauen nicht gerade verwöhnt sind. Aber lassen Sie noch ein Jahr vergehen, und sehen Sie dann einmal, wie sich die Sache geändert hat. Schon jetzt können Sie sehen, wie überall unsere spekulierenden Holzleute an den Ufern der Flüsse ihre Blockhütten aufschlagen. Sie haben sich Stellen ausgesucht, wo Mühlen angelegt werden können, oder an Kreuzwegen, wo der Verkehr vorbeikommen wird. Die Leute sichern sich das Vorkaufsrecht. Wenn sie jetzt auch nur schlechte Lebensmittel und erbärmlichen Brandy für schweres Geld an Reisende verkaufen, werden sie bald genug anfangen, den Acker zu bebauen, oder Mühlen und Sägewerke zu errichten. Wenn der Anfang gemacht ist, glauben Sie gar nicht, wie schnell die Farmen überall wie Pilze aus dem Boden wachsen.«

»Ich glaube allerdings kaum, dass ich das sehen werde«, lächelte der junge Mann. »Ich bin nur hierhergekommen, um das merkwürdige Land einmal zu durchreisen, und vielleicht auch, um wenigstens den Versuch zu machen, hier und da einmal nach Gold zu graben. Aber ich könnte es mir nicht als meine künftige Heimat denken.«

»Sie sind Engländer?«

»Ja.«

»Sie haben etwas Seemännisches an sich. Ich weiß nicht, woran es liegt, ob an Ihrem Halstuch oder Hut oder der ganzen Gestalt, aber Sie sehen aus, als ob Sie mehr an Bord eines Schiffes als auf einem Pferd zu Hause wären. Ihr Pferd scheint übrigens etwas zu haben.«

»Sie haben recht«, erwiderte der Fremde. »Ich bin auch ein Seemann und mit Schiffen besser vertraut als mit Pferden, obwohl ich sie ziemlich gut reiten kann. Das arme Tier hat sich aber, als wir heute Morgen über einen umgestürzten Baumstamm setzten, an einem herausstehenden Ast das Vorderbein beschädigt und eine Fleischwunde davongetragen. Ich führe es jetzt, um es so viel wie möglich zu schonen. Allerdings kam mir der Zufall gerade jetzt sehr ungelegen, denn ich habe einen längeren Ritt vor, den das Pferd so nicht ertragen kann.«

»Na, dann tauschen Sie es doch gegen ein anderes!« sagte der Amerikaner, der die Wunde inzwischen untersucht hatte. »Es ist nichts weiter als ein Fleischriss, und das Pferd sieht sonst brav und tüchtig aus. Wer es ein oder zwei Wochen schonen kann, und die Weide im Wald kostet ja kein Geld, hat dann immer ein gutes Tier. Sie kommen vom Macalome, nicht wahr?«

»Allerdings.«

»Und es gefiel Ihnen da nicht mehr?«

»Liebe Güte, es ist ein Ort nicht schlechter als der andere«, sagte der Engländer. »Ich habe aber die Minen satt und will nach San Francisco zurückkehren, um mich dort wieder einzuschiffen.«

»Dann gefällt Ihnen ganz Kalifornien nicht? Ich denke doch aber, dass es für einen alleinstehenden Mann ein prächtiges Land ist. Ein bisschen wild, ja, aber wer sich so haus- und heimatlos in der Welt herumtreibt, wie ein Seemann, dem sollte es nicht darauf ankommen, es auch einmal ein Jahr an einem solchen Ort zu versuchen. Für einen Junggesellen gibt es kein besseres Land als Kalifornien.«

»Und wie steht es mit Ihnen?« erkundigte sich der Fremde. »Haben Sie keine Familie?«

Ein trauriger Zug zuckte über das wetterharte Gesicht des Alten, und ein tiefer Seufzer hob seine Brust. Endlich sagte er leise:

»Ich hatte Familie, Fremder, und zwei so prächtige Jungen, die so nur je an einem Büchsenrohr entlang gesehen haben. Im letzten mexikanischen Krieg fielen sie aber beide an einem Tag Seite an Seite, und meine Alte – hat den Schlag nicht verwinden können. Sie kränkelte von da an, bis wir sie auch hinausgetragen haben. Jetzt«, setzte er hinzu und kämpfte die alte Erinnerung gewaltsam herunter, »bin ich auch wieder Junggeselle, und wenn ich auch für mich selbst kein Ziel habe, so freue ich mich für unsere Jugend, wenn ich dieses blühende, tatkräftige und lebendige Land betrachte. Wir haben es uns teuer erkauft, denn es ist mit dem Blut unserer Besten bezahlt. Viele, viele Tränen hat es gekostet, aber dafür halten wir es auch und kennen seinen Wert.«

Der Engländer hatte den Alten mit tiefem Mitgefühl betrachtet. Als er ihn aber so ansah, kam ihm das Gesicht bekannt vor.

»Ich denke, wir haben uns schon irgendwo getroffen?« sagte er dabei. »Ich begegne Ihnen heute nicht zum ersten Mal!«

Der alte Mann lächelte.

»Hier in den Minen kümmert sich selten jemand um den Nachbarn. Man läuft wochenlang nebeneinanderher, ohne nur zu fragen, wer es ist, mit dem man zusammentrifft. Allerdings sind wir uns schon begegnet, und zwar die ganze letzte Zeit drüben am Macalome, wo wir keine zweihundert Schritt voneinander am selben Bach gearbeitet haben. Sie haben da mit einem Amerikaner zusammen gewaschen, der nachher krank wurde, während ich mit noch fünf anderen etwas weiter unterhalb den Bach abdämmte.«

»Ich erinnere mich«, sagte der Fremde. »Und Sie wollen jetzt hier Ihr Glück versuchen?«

»Nein«, sagte der Amerikaner. »Ich war nur früher hier und will jetzt am Macalome bleiben, bin auch nur herübergekommen, um noch einige Sachen abzuholen, die hier zurückgeblieben waren. Womöglich kehre ich noch heute Nachmittag zurück. Gehen Sie jetzt mit in die Stadt hinunter?«

»Ich weiß es noch nicht«, erwiderte der Fremde. »Zuerst hatte ich ja die Absicht, mich hier nicht aufzuhalten, nach dem Unfall meines Tieres hängt es aber von ihm ab, denn ich bin ein schlechter Fußgänger.«

»Wie alle Matrosen!« lachte der Alte. »Lassen Sie es aber nicht zu lange ruhen, damit es nicht steif wird, sonst bringt es sie gar nicht weiter. Ich denke aber auch, dass Sie da unten einen Käufer finden.«

»Um so besser, und wenn nicht, arbeite ich so lange hier in der Gegend, bis es sich ausgeheilt hat. Dann muss ich mir aber erst einen Partner suchen, denn ich habe mein Werkzeug am Macalome verkauft.«

Der alte Mann hatte ihm ruhig zugehört. Als der junge Fremde schwieg, sagte er freundlich:

»Darf ich Ihnen einen guten Rat geben?«

»Sehr gern, ich bin Ihnen dankbar dafür.«

»Gut, dann lassen Sie sich nicht zu sehr mit den Leuten da unten ein. Sie werden nur wenige oder gar keine Engländer dort finden und bald erfahren, dass die Amerikaner ein Vorurteil gegen Euch haben.«

»Gegen uns Engländer?«

»Ja. Es gibt ein Gerücht, nach dem von Australien eine Anzahl deponierter Verbrecher von der englischen Regierung herübergeschafft wurden. Ich weiß nicht, ob es wahr ist, und kann es mir auch eigentlich kaum denken. Aber trotzdem gibt es gerade unter meinen Landsleuten eine Menge raues und wildes Volk. Für die sind solche Gerüchte immer ein guter Anlass, ihren ungerechtfertigten Hass gegen die Fremden auslassen zu können. Sie hassen besonders die Engländer, und es ist besser, ihnen aus dem Weg zu gehen, da sie meistens wie die Kletten zusammenhängen. Ein einzelner kommt gegen sie nicht an.«

»Ist denn hier schon etwas vorgefallen?«

»Soweit ich weiß, nicht gegen Engländer, aber wenn das wahr ist, was mir heute Morgen ein Deutscher erzählte, der von hier kam, dann sind einige unangenehme Vorfälle zwischen Amerikanern und Fremden geschehen. Sie dienen nicht gerade dazu, die Leute günstiger gegeneinander zu stimmen.«

»Es scheint Unruhe in dem Lager zu herrschen«, sagte jetzt der Fremde, der eine Weile gedankenvoll hinabgeschaut hatte. »Was für Leute mögen das da drüben am Berghang sein? Von hier aus sieht es fast aus wie Militär.«

»Das sind Mexikaner«, sagte der Alte. »Sie können erkennen, wie sie die Packsättel im weiten Kreis um den Platz gelegt haben. Ich weiß auch nicht, was sie da alle so zusammengedrängt machen, denn für eine Handelskarawane sind es zu viele. Auch die Indianer haben sich hier in größerer Menge zusammengezogen. Sind Sie keinem ihrer Trupps begegnet?«

»Doch, zweimal, es waren etwa vierzig oder fünfzig Mann. Aber sie schienen friedlich zu sein, und mehrere Mexikaner waren bei ihnen.«

»So? Hm, dann wäre doch nicht alles so in Ordnung im Lager, wie es sein sollte.«

»Wie meinen Sie das?«

»Nun, wir werden ja sehen, wenn wir hinunterkommen. So, good-bye, wenn Sie Ihr Pferd noch hier oben rasten lassen wollen. Ich wünsche Ihnen alles Gute.«

Er reichte dem Engländer die Hand, die der herzlich schüttelte und dabei rief: »Vielen Dank für Ihre freundlichen Worte. Wären alle Amerikaner wie Sie, würde es wohl nie Zank zwischen den beiden verwandten Nationen geben.«

»Na ja, Sie wissen doch, Geschwister kabbeln sich gerne miteinander«, lächelte der alte Mann. »Es ist aber selten ernst gemeint, und ich hoffe, dass das auch bei uns der Fall sein wird. Aber ich will machen, dass ich runterkomme.«

Damit stieg er wieder langsam in den Sattel, warf noch einen Blick in das freundliche, vor ihm ausgebreitete Tal, nickte dem Fremden zu und lenkte dann den ziemlich steilen Hang hinunter, der in die Flat führte. Der Engländer nahm jetzt seinem Pferd Zügel und Sattel ab und führte es dann etwas abseits an eine Stelle, wo eine Quelle aus dem Felsen sickerte und ringsum frisches, saftiges Gras wuchs. Dort wusch er ihm die Wunde aus und ließ es dann frei, um sich eine Weile auszuruhen, zu fressen und zu saufen. Er selbst lagerte sich unter einem der dichten Rotbeerbüsche, die den größten Teil des Unterholzes bildeten. Mit dem freundlichen Tal vor sich, den Kopf in die Hand gestützt, überließ er sich seinen Gedanken.

Eine halbe Stunde hatte er wohl so gelegen, als er plötzlich helle Frauenkleider durch die Büsche schimmern sah. Gleich darauf betraten zwei Frauen den offenen Platz und sahen von hier aus auf die Stadt zurück. Erst glaubte er, sie wollten vorübergehen, und wunderte sich, wie die Frauen in diese Wildnis kamen. Am Macalome hatte er aber auch einige Mädchen aus Mexiko und Chile getroffen. Als er hörte, dass die beiden Spanisch sprachen, achtete er nicht weiter darauf und blieb unbemerkt ruhig liegen. Die beiden Frauen hatten kaum den Waldrand erreicht, wo sie die Landschaft frei übersehen konnten, als sie gebannt stehenblieben. Eine schlug die Hände zusammen und rief: »Sieh, Manuela, wie wundervoll und prächtig das hier ist. So viele Tage sind wir schon hier, und der böse Hetson hat uns noch nicht einmal hierhergebracht!«

»Wie still und friedlich liegt die kleine Zeltstadt da unten«, sagte Manuela. »Und doch leben so viele Menschen da unten, die nur die Goldgier kennen.«

»Aber auch viele gute«, lächelte die junge Frau und legte ihre Hand auf den Arm der Begleiterin. »Du musst das alles nicht in so trüben Farben sehen. Nicht jetzt, wo die Sonne den ganzen Raum so erhellt und alles so schön aussieht. Das ist ein Augenblick, wo man dankbar sein sollte, und nicht klagen, dass neben dem Licht auch Schatten existiert. Sieh da unten die Männer mit den bunten Decken und den vielen Pferden. Das müssen Mexikaner sein. Da drüben die einzelnen Arbeiter in der Flat, wenn sie ihr Werkzeug haben, kannst du es in der Sonne blitzen sehen. Die bunten Zelte mit der wehenden Flagge darüber, die schattigen Baumgruppen zwischendrin, und die herrlichen Berge da drüben! Ich könnte stundenlang hier stehen und mir dieses Bild ansehen. Wenn man nur hier bleiben und Ruhe finden könnte!« Sie hatte ihren Arm auf Manuelas Schulter gelegt und sah lange schweigend in das Tal. Manuela störte sie mit keinem Wort. Aber die heitere Stimmung, in die sie dieser herrliche Morgen versetzt hatte, war auch verschwunden. Als Manuela sie ansah, bemerkte sie, wie zwei Tränen an ihren Wimpern hingen.

»Jenny, was ist mit dir? Fehlt dir etwas? Dich bedrücken selbst Sorgen, während ich dir mein Herz ausschütte. Etwas verheimlichst du mir, was dich nicht glücklich macht!«

»Glaub das nicht, Manuela«, flüsterte Jenny. »Das ist nicht zutreffend. In San Francisco hatte ich schweren Kummer, aber da Hetson sich in der frischen Bergluft so gut erholt hat, habe ich auch nicht mehr die Angst, ihn zu verlieren.«

»Und die Tränen?«

»Sind mir die Tropfen in die Augen gekommen?« lächelte die junge Frau und schüttelte die verräterischen Perlen ab. »Ich habe es nicht gemerkt. Aber sie galten nicht meinem Glück, sondern einem Toten. Nur die Erinnerung an vergangenes Leid hatte mich betrübt oder nur weich gestimmt. Es ist schon wieder vorüber, und wir wollen uns an diesem herrlichen Morgen erfreuen.«

»Was war das?« flüsterte da ängstlich Manuela. Ihr scharfes Auge hatte eine dunkle Gestalt erfasst, die durch die Büsche glitt.

»Wo?« sagte Jenny rasch. »Hast du etwas gesehen?«

»Gleich da drüben, keine zwanzig Schritt von uns – da, wieder! Lieber Gott, es sind Indianer, und wir haben uns so weit weggewagt!«

»Lass uns zurückgehen«, flüsterte ihr Jenny erschrocken zu. »Hetson weiß noch nicht einmal, in welche Richtung wir gegangen sind. Vielleicht haben sie uns noch nicht gesehen.«

»Es ist zu spät, sie haben uns bemerkt und kommen herüber.«

Jenny war totenbleich geworden, aber sie erwiderte kein Wort. Krampfhaft hielt sie sich an Manuelas Arm und erwartete die braunen Gestalten, die, wie aus dem Boden auftauchend, von allen Seiten heran glitten. Die ersten wechselten einige Worte und sahen die Frauen an, aber sie hatten nichts Feindseliges gegen sie vor. »Walle-Walle«, sagten sie freundlich grüßend und gingen weiter. »Walle-Walle!« sagten die nächsten, und wenige Minuten später war die ganze Gruppe wieder verschwunden. Noch wagten die Frauen nicht, sich zu bewegen, aus Angst, dass die Indianer zurückkehren würden. Endlich sagte Jenny:

»Komm, wir verlassen lieber den Platz. Wenn diese Waldkinder auch gutmütig sind, so könnte ein zweiter Trupp doch vielleicht weniger freundlich sein.

Wir sind auch zu weit vom Lager weggegangen, und Mr. Hetson wird vielleicht noch böse, wenn er es erfährt.«

»Da kommen noch mehr«, flüsterte Manuela. »Wenn wir doch schon weg wären! Es war auch zu leichtsinnig, ohne Begleitung allein in den Wald zu gehen.«

»Das ist nur ein Pferd«, beruhigte sie Jenny. »Es scheint zu weiden, und dann sind auch Weiße in der Nähe. Da – dort ist sein Reiter. Gott sei Dank, jetzt haben wir nichts mehr zu befürchten. Die Indianer haben doch Angst vor Schusswaffen.«

Es war der junge Engländer, der sich Sorgen um sein Pferd machte, als er die Indianer vorüberkommen sah. Man erzählte sich in den Minen, dass sie Pferde und Maultiere gern mitnahmen, um sich an ihrem Fleisch satt zu essen. Das Tier hatte sich jetzt auch genug erholt, um die kurze Strecke in die Stadt zurücklegen zu können. Er war gerade dabei, es wieder aufzuzäumen. Der raue Boden mit einigen Steilklippen zwang ihn, bei den beiden Frauen vorbeizugehen, um zu seinem Tier zu gelangen. Manuela hatte ihm den Kopf zugedreht, er erkannte auf den ersten Blick, dass es ein Mädchen mit spanischer Herkunft war. Nach dem, was er über diese ›Señoritas‹ in den Macalome-Minen gehört hatte, wollte er keine weitere Notiz von ihnen nehmen. Aber als er näher kam, wunderte er sich über die Schönheit und das kindliche Wesen des jungen Mädchens. Unwillkürlich grüßte er freundlicher, als es seine Absicht war. Im selben Moment fiel sein Blick auch auf die andere, neben ihr stehende Gestalt. Erschrocken hielt er an. Er sah, dass sie blass wurde und sich auf die Freundin stützte. »Jenny!« rief er, und streckte die Arme nach der Frau aus, die fast ohnmächtig wurde.

»Jenny, um Gottes willen, was ist mit dir?« rief Manuela und stützte sie mit beiden Händen.

»Nichts, es ist schon vorüber«, flüsterte die junge Frau und richtete sich gewaltsam auf.

»Jenny!« sagte da der Fremde mit weicher, tiefbewegter Stimme, ging auf sie zu und ergriff ihre Hand. »Hier – so müssen wir uns wiederfinden?«

Jenny Hetson stand aufrecht vor ihm. Sie sprach kein Wort, aber sie hatte Manuelas Arm zurückgeschoben. Sie drehte den Kopf zur Seite und schien einen Fluchtweg zu suchen, um diesem furchtbaren Zusammentreffen zu entgehen. Aber unwillkürlich sah sie den Fremden wieder an. Ihr Blick ruhte auf dem edlen Gesicht mit den gramzerfurchten Zügen, und alle Gefühle, die sie bis dahin gewaltsam zurückgedrängt hatte, brachen plötzlich hervor.

»Charles!« rief sie und drückte die Hände auf ihr Herz, das wild schlug. »Charles!« Weinend und lachend zugleich stürzte sie an die Brust des Mannes und lehnte ihren Kopf an ihn. Minutenlang hielten sie sich in den Armen. Sein Gesicht war totenblass geworden. Er rührte und regte sich nicht, hatte sie nur an sich gepresst. Da endlich richtete sich die Frau wieder auf. Die Arme, die sie umschlossen hatten, ließen sie frei. Sie wandte sich ab und sank betend in die Knie, dabei verdeckte sie ihr Gesicht mit den Händen. Neben ihr kniete Manuela und umarmte sie.

Regungslos stand der Fremde neben den beiden Frauen, er wagte kaum zu atmen. Nur das Rauschen der hohen Baumwipfel unterbrach die feierliche Stille.

»Jenny, meine arme, arme Jenny«, flüsterte Manuela, »fasse dich!«

»Es ist vorbei«, sagte Jenny leise und erhob sich vom Boden. »Keine Sorge wegen mir, Manuela, ich kenne meine Pflicht.« Sie war jetzt wie umgewandelt, als sie ihrem früheren Verlobten gegenüberstand.

»Mr. Golway«, sagte sie mit fester, kaum noch zitternder Stimme, »es wäre besser für uns beide gewesen, hätten Sie uns dieses Wiedersehen erspart. Warum sind Sie uns gefolgt?«

»Gefolgt?« rief mit bitterer Wehmut im Ton der junge Mann. »Gefolgt?« setzte er langsamer hinzu. »Als ich in Chile ankam und die Schreckensnachricht hörte, die alle meine Hoffnungen zerstörte, erfuhr ich von Ihren Eltern, dass Sie mit Ihrem Mann nach Australien gegangen wären. In Chile wollte ich nicht länger bleiben, und da war die wilde Hast, mit der alles nach Kalifornien strebte, gerade passend. Hier konnte ich nicht annehmen, Sie zu finden. Ich hatte keine Ahnung davon, dass Mr. Hetson hierher gefahren ist.«

»Ich dachte es mir«, flüsterte Jenny leise vor sich hin. »Hätte Hetson doch auf meinen Rat gehört!«

»Keine Sorge, Mrs. Hetson, dass ich wieder Ihren Weg kreuze!« sagte der junge Mann. »So schnell ich kann, werde ich mit dem nächsten Schiff Kalifornien verlassen. Ich wäre der letzte, der Ihren Frieden, Ihre Ruhe stören will. Seien Sie mir aber auch nicht böse, dass ich dem Schicksal dafür danke, dass es uns noch einmal zusammengeführt hat. Ich füge mich dem Unabänderlichen. Aber ich nehme doch auch die Überzeugung mit, dass Sie mich noch nicht ganz vergessen haben, so glücklich Sie sich jetzt auch fühlen. Wenn Sie mich auch nicht mehr lieben, so hoffe ich doch, dass Sie mich als Freund in Erinnerung behalten werden. Die See war schon immer meine Heimat, ich wollte sie aufgeben. Gott hat es anders gefügt, und jetzt gehöre ich wieder der See.«

Die Frau erwiderte nichts. Es war, als ob sie reden wollte, aber nicht konnte. Sie brauchte ihre ganze Kraft, um gegen das Gefühl anzukämpfen, das wieder und wieder in ihr aufstieg. Stumm und schweigend stand sie vor ihm und sah wehmütig den jungen Mann an.

»Vielen Dank, Mr. Golway«, sagte sie endlich und streckte ihm langsam die Hand entgegen. »Sie haben so gehandelt, wie ich es von Ihnen erwartet hatte. Ein bitteres Schicksal hat unsere Lebenspfade auseinandergerissen. Sie werden die Einzelheiten von meinen Eltern gehört haben, wie alles zusammenkam, um das zu trennen, was für dieses Leben schien. Wir beide wissen aber auch, dass das Geschehene nicht zu ändern ist, was auch immer unsere Gefühle dazu sagen. Der Mann, mit dem ich verheiratet bin, hat meine ganze Achtung und meine Liebe gewonnen. Ihm gehöre ich an, kein anderer Gedanke darf in mir aufkommen. Ich versichere Ihnen aber...«, setzte sie weicher hinzu, »dass ich den Mann, den ich zuerst geliebt habe, nie vergessen werde. Für diese schöne Zeit soll der Himmel Sie segnen. Ich will Gott bitten, dass er auch Ihren Kummer mildert und Sie glücklich werden lässt. Leben Sie wohl, Charles.«

Der junge Mann hatte, während sie sprach, ihre Hand festgehalten und nicht gewagt, sie zu unterbrechen. Erst bei ihrem Abschiedswort raffte er sich zusammen.

»Leben Sie wohl, Jenny«, flüsterte er leise und hob die Hand, die er noch nicht losgelassen hatte, langsam an seine Lippen. »Gott segne Sie für die freundlichen Worte, die Sie mir gesagt haben. Dieser Augenblick wird mir manche trübe Stunde erhellen. Ich gehe jetzt in die Stadt, um mein lahmes Tier gegen ein anderes Pferd oder Maultier einzutauschen. Noch heute verlasse ich den Ort, um nie wieder hierher zurückzukehren. Leben Sie wohl.«

»Hallo, Fremder!« sagte da eine raue Stimme an seiner Seite. Alle drei fuhren überrascht und erschrocken zusammen. »Haben Sie kein... oh, Mrs. Hetson, ich habe Sie im ersten Augenblick gar nicht erkannt, und unsere kleine Señorita auch. Schön, dass ich Sie hier zusammen finde. Haben Sie kein schwarzes Pferd mit weißem rechtem Vorderfuß und weißem Stern an der Stirn hier gesehen? Das Brandzeichen ist ›H. W.‹«

»Nein, Sir«, sagte der junge Mann und musterte den Störer nicht gerade freundlich. Manuela erkannte mit Schrecken den gefürchteten Siftly wieder.

»Hm, tut mir leid«, sagte Siftly. Es war ihm egal, ob er gerade unwillkommen war. »Weiß der Henker, wo sich das verwünschte Vieh herumtreibt. Bei den vielen Rothäuten hier überall im Busch ist es hier genauso sicher wie drüben in den Schneebergen. Aber... sind wir beiden uns nicht schon einmal begegnet? Sie sind Engländer?«

»Das bin ich«, antwortete Charles Golway trocken und drehte sich von ihm ab.

»Sie heißen...«, fuhr Siftly fort. »Warten Sie... wie war doch der Name... John – nein, Charles Galway oder Golway, nicht?«

»Woher kennen Sie mich?« rief der Engländer verwundert aus. Das Gesicht war ihm vollkommen unbekannt.

»Woher? Lieber Gott, hier in Kalifornien kommt man auf merkwürdige Weise zusammen. Wir haben gleichzeitig in Carsons Flat gearbeitet.«

»Ich war nie an diesem Ort!« sagte der Fremde.

»So? Nicht? Na, dann war es woanders. Wenn man sich ständig in den Minen herumtreibt, verwechselt man manchmal die Plätze. – Ich habe hier doch nicht etwa gestört?« setzte er plötzlich mit einem fragenden Blick auf Mrs. Hetson hinzu.

Niemand antwortete ihm auf die Frage. Der junge Fremde war zum Rand des Abhangs gegangen. Noch einmal drehte er sich um und grüßte zurück, noch einmal begegnete er ihrem Blick, dann verschwand er in dem dichten Buschwerk, das den unteren Rand bedeckte.

Siftly war ein stiller, aber aufmerksamer Zeuge der ganzen Szene gewesen. Ein eigenes, spöttisches Lächeln zuckte dabei um seine Lippen.

»Komm, Manuela«, sagte jetzt Mrs. Hetson und griff den Arm des jungen Mädchens. »Wir wollen gehen, damit sich Mr. Hetson nicht um unsere Sicherheit sorgt.« Sie nickte dem Spieler zu und wandte sich um. Siftly war jedoch nicht gewillt, sich die Gelegenheit entschlüpfen zu lassen. Er rief:

»Dazu hätte Mr. Hetson alle Ursache, denn er konnte ja nicht wissen, dass Sie hier oben männlichen Schutz gefunden haben – ein alter Bekannter vielleicht? Wenn der Herr aber nicht wartet, um mit Ihnen hinunterzugehen, würde ich Sie gern begleiten, Mrs. Hetson. Der Wald wimmelt von Indianern, und diesen Burschen kann man jetzt nicht trauen.«

»Der Herr wird allerdings nicht auf uns warten, Sir«, entgegnete ihm Mrs. Hetson, von der Bemerkung verletzt. »Aber ich habe trotzdem keine Angst. So wie wir allein hinaufgegangen sind, werden wir auch den Rückweg finden. Ein ganzer Indianertrupp kam hier vorbei, aber sie haben uns freundlich begrüßt.«

»Um so besser«, lächelte Siftly. »Ich wollte Ihnen auch nur aus Freundschaft für Hetson meine Begleitung anbieten.«

Mrs. Hetson verneigte sich kurz und wollte an ihm vorbei.

»Ah, Señorita«, rief der Spieler. »Ihr Papa wird Ihnen wahrscheinlich schon gesagt haben, dass wir gestern einen Vertrag gemacht haben.«

»Mein Vater hat mir nichts gesagt«, antwortete das Mädchen abwehrend. »Er muss mir keine Rechenschaft geben.«

»Wie eine brave Tochter gesprochen!« lachte Siftly. »Na ja, die paar Stunden werden für Sie auch nicht weiter schlimm sein.«

»Die paar Stunden?« sagte Manuela, der es unangenehm wurde.

»Also wissen Sie noch gar nichts? Das ist aber nicht richtig von Señor Ronez, denn Ihre Finger brauchen bestimmt wieder einige Übung, um die alte Meisterschaft zu erlangen.«

»Mein Vater?« rief Manuela und konnte kein anderes Wort über die Lippen bringen. Die Angst vor der Enthüllung nahm ihr die Sprache.

»Oh, Sie müssen nicht erschrecken, Señorita«, lächelte Siftly. Ein Zug boshafter Schadenfreude um seine Lippen straften seine freundlichen Worte Lügen. »Es handelt sich bei der ganzen Sache nur um eine unbedeutende Kleinigkeit, eigentlich mehr um eine Unterhaltung für Sie als um eine Arbeit.«

»Er bringt mich um mit seinem kalten Hohn«, flüsterte die Arme leise vor sich hin.

»Ich habe mit ihm vereinbart«, fuhr Siftly fort, »dass Sie nur vorläufig in den nächsten vier Wochen, eigentlich einen Monat, aber das nehmen wir nicht so genau, in meinem neuen Zelt jeden Abend nur zwei Stunden spielen sollen. Da es...«

»Das kann mein Vater nicht abgemacht haben«, unterbrach ihn Manuela in Todesangst. »Das kann, das darf er nicht. Er weiß, dass ich geschworen habe, keinen Fuß wieder in ein solches Spielzelt zu setzen.«

»Man schwört manches in der Welt, schönste Señorita«, sagte der Spieler noch immer lächelnd. »Oft ist man aber nicht imstande, es durchzuführen. Wie oft habe ich schon geschworen, nicht mehr zu spielen. Aber es übt einen so unwiderstehlichen Reiz auf mich aus, dass ich es doch nicht lassen kann. Der Himmel ist sehr nachsichtig mit solchen Schwüren.«

»Niemand, Sir«, sagte da Mrs. Hetson, »wird das junge Mädchen zwingen können, einen solchen Vertrag einzuhalten. Sie müsste erst einwilligen, wenn es so einen Vertrag wirklich gäbe.«

»Man sieht, dass Sie die Frau eines Anwalts sind«, sagte Siftly und lächelte verbindlich. »Auf diese Einwilligung können wir hier aber leicht verzichten, weil Señorita Manuela noch unmündig ist und unter dem Willen ihres Vaters steht. Die Sache ist aber auch wirklich zu unbedeutend, um großes Aufsehen darum zu machen. Zwei Stunden an jedem Abend sind nicht der Rede wert.«

»Ich spiele nicht!« rief Manuela so entschlossen und gereizt, dass sie in diesem Augenblick sogar die Scheu vor dem sonst verhassten Menschen überwand. »Wenn mein Vater sein Kind wieder verkauft hat, da wird mich das Gesetz schützen! Die Hand soll verdorren, die je wieder einen Bogen führt, wenn Sie Ihr falsches, tückisches Spiel spielen!«

Bei den heftigen Worten sah Siftly still lächelnd vor sich auf den Boden. Dann sagte er freundlich:

»Ereifern Sie sich nicht so, Señorita. Das Unabänderliche erscheint uns oft schwer, nicht wahr, Mrs. Hetson? Aber wir lernen doch, dass wir uns fügen müssen, wenn wir einsehen, dass es nicht anders geht.«

»Mr. Hetson wird nie erlauben, dass es geschieht!« sagte die Frau selbst erregt.

»Er wird es nicht verhindern können, beste Frau«, erwiderte Siftly achselzuckend. »Nach unseren in den Minen gültigen Gesetzen müssen vor allen Dingen Spielschulden in Ehren gehalten und eingelöst werden.«

»Also verspielt – auf eine Karte gesetzt – das eigene Kind!« stöhnte Manuela und schlug ihre Hände vor das Gesicht.

»Nein, das soll und darf nicht sein!« rief aber Mrs. Hetson entrüstet aus. »Was auch Ihre Gesetze hier sagen und behaupten mögen, Sir, die Gesetze der Menschlichkeit sagen nein und abermals nein. Manuela steht unter unserem

Schutz, und gegen ihren Willen soll sie nicht gezwungen werden. Hetson wird mir die Bitte nicht abschlagen.«

»Und wenn ich Sie nun bitte«, sagte da Siftly mit derselben lächelnden, frechen Ruhe, »mein Fürsprecher bei Ihrem Mann zu werden? Wenn ich dann dafür dieses angenehme Zusammentreffen mit Ihrem alten Bekannten, Charles Golway, vergessen würde? Manuela wird ihrer Freundin gern dieses Opfer bringen, wenn man es wirklich so bezeichnen kann.«

Mrs. Hetson fühlte, wie ihr das Blut ins Gesicht stieg. Mit der Gewissheit, dass der Mann da vor ihr mehr von ihrem Privatleben wusste, als sie ahnte, und in gerechtem Zorn über diesen Verdacht, rief sie aus:

»Was auch Ihre versteckte Drohung bedeuten soll, will ich Ihnen sagen, dass sie machtlos an mir abprallt. Ich habe kein Geheimnis vor meinem Mann, keines, das ich mit Ihnen teilen möchte. Jetzt komm, Manuela, die roten Kinder dieser Wildnis werden uns weniger beleidigen als dieser Mann, der sich Freund meines Mannes und Amerikaner nennt.« Sie ergriff rasch den Arm des Mädchens und eilte mit ihr den Abhang hinab, um so bald wie möglich das Lager wieder zu erreichen.

Siftly blieb mit untergeschlagenen Armen stehen, die Zähne fest zusammengebissen. Mit einem boshaften Lächeln sah er den beiden nach, aber es war offensichtlich, dass er sich von seiner Drohung mehr Erfolg versprochen hatte.

»Ach, zum Teufel!« murmelte er endlich leise vor sich hin. »Geh du nur und arbeite mir selbst schon vor. Der alte Freund hätte zu keiner günstigeren Zeit hier in den Bergen auftauchen können. Keine Sorge, dass ich seine Nähe ausnutzen werde. Und was das trotzige Mädchen betrifft, verdammt will ich sein, wenn ich mir die Beute wieder aus den Fingern schlüpfen lasse. Ich habe Hetson nicht umsonst zum Alkalden gemacht! Inzwischen werde ich... ha, was ist das?« unterbrach er sich plötzlich. »Die Mexikaner da drüben haben eine Fahne gehisst? Sollten die feigen Señores doch noch Ernst machen wollen? Wenn ich nur mein Pferd hätte! Es fällt den Roten doch noch als Braten in die Hände!«

Unschlüssig, wohin er gehen sollte, blieb er noch einen Augenblick stehen. Aber die Sorge um seine eigene Sicherheit war stärker als die um sein Pferd. Er wusste recht gut, dass er hier am meisten der Gefahr ausgesetzt war, wenn die Feindseligkeiten wirklich ausbrachen. Jedenfalls zeigte ihm die Flagge im mexikanischen Lager, dass die Burschen dort drüben gemeinsames Handeln berieten. Mit einem Fluch warf er den Poncho um sich und ging den Pfad, auf dem die Frauen voraneilten, in das Lager zurück.

21. Die mexikanische Flagge

Charles Golway war schnell zu seinem Pferd geeilt. Das arme Tier lahmte aber stärker als vorher, und er konnte es nicht reiten. Solang es noch im Gang war, war das verletzte Bein gelenkig geblieben. Wie der Amerikaner gesagt hatte, war durch die Rast die Wunde geschwollen, und das kranke Bein konnte es kaum heben.

»Armer Bursche«, sagte der Mann und klopfte ihm den schönen Hals. »Du hast mich wohl das letztemal getragen. Ich darf hier nicht warten, bis du wieder hergestellt bist. Komm wenigstens mit in die Ebene auf den weichen Boden, da kannst du dann ruhig weiden und dich erholen.«

Er legte ihm den Zügel wieder an und führte es den bequemsten Weg, schräg am Hang hinunter. Endlich erreichte er weiter westlich den oberen Teil der Flat, wo ein kleiner Bergbach vorüberrieselte, der von den Goldwäschern gerade erst in Angriff genommen wurde. Er erstreckte sich im Schatten der mächtigen Zedern und Kiefern sowie wilder Kirsch- und Haselnussbüsche. Von hier aus konnte man das Zeltstädtchen nicht mehr sehen. Beim Hinuntergehen war ihm aber nicht entgangen, dass dort eine ungewöhnliche Bewegung stattfand. Er konnte sich auch nicht erklären, weshalb die Mexikaner in ihrem Lager eine Flagge aufgezogen hatten. Zu sehr mit seinen eigenen, schmerzenden Gedanken beschäftigt, gönnte er dem Geschehen kaum weitere Beachtung. Was kümmerte es ihn, ob sich die Leute hier friedlich vertrugen, oder ob sie in Hass und Feindschaft lebten. Sein Ziel war wieder die See, die offene See. Sehnsüchtig trieb es ihn zum Meeresstrand. Im Stürmen der Wogen wollte er seinen Kummer betäuben.

Unten, gleich am Eingang der Flat, durch niedriges Buschwerk von der freien Fläche abgetrennt, arbeiteten einige Goldwäscher. Es war eine kleine Gruppe Neger, die hier den Boden aufgewühlt hatten. Eine kurze Strecke von ihnen entfernt sah er einen einzelnen Amerikaner damit beschäftigt, die Büsche an einer anderen Stelle auszuhauen, um da wahrscheinlich ebenfalls zu graben. Als der den Fremden mit dem lahmen Pferd vorbeikommen sah, hielt er in seiner Arbeit inne, um sich aufmerksam das Pferd anzusehen. Es war ein alter Bekannter von uns, Boyles. Er hatte den geringen, aber doch sicheren Erfolg des Grabens dem unsicheren, wenn auch verlockenden Ertrag des Spiels vorgezogen. Mit abgeworfener Jacke und aufgerollten Ärmeln war er eifrig dabei, dem Boden die Schätze zu entreißen. Der Amerikaner und der Engländer interessieren sich beide sehr für Pferde. Besonders die richtigen Backwoodsmen haben ein erstaunliches Gedächtnis für diese Tiere, die sie an kleinen, unbedeutenden Merkmalen leicht wiedererkennen, wenn sie sie auch nur kurz gesehen haben. Übung bekommen sie genug zu Hause, wo sie ihre Pferde und Rinder frei im Wald mit denen der Nachbarn laufen lassen. Sie sind nicht selten auf solche Zeichen angewiesen, um ihr Eigentum herauszufinden.

Nicht weit von Boyles hielt der Engländer an einer Stelle, wo das kranke Pferd Gras und Wasser finden konnte. Im Schatten der Büsche war es auch den Sonnenstrahlen nicht zu sehr ausgesetzt. Er nahm dem Tier Sattel und Zaum ab, um es frei weiden zu lassen.

»Hallo, Fremder!«, sagte der Amerikaner, warf seine Axt auf die Schulter und schlenderte langsam auf ihn zu. »Was haben Sie mit Ihrem Pferd gemacht? Donnerwetter, das ist ja Jim Roylicks Brauner, haben Sie das Tier schon lange?«

»Etwa vier Wochen.«

»Na ja, so lange ist es etwa her, dass er es verkauft hat. Soll einen guten Preis dafür bekommen haben.«

»Ich gab ihm zehn Unzen.«

»Donnerwetter, das ist viel Geld. Was haben Sie jetzt damit angefangen?«

»Nichts Schlimmes. Es hat sich an einem dürren Ast im Wald die Haut aufgerissen, und durch Hitze und Staub scheint sich das entzündet zu haben.«

Der Amerikaner hatte seine Axt hingelegt und war zu dem Pferd getreten. Er untersuchte die Wunde genau und musterte dann das Pferd mit Kenneraugen. »Was wollen Sie jetzt damit anfangen?« erkundigte er sich dann.

»Ich weiß es selbst noch nicht. Ich möchte gern so rasch wie möglich nach San Francisco. Ehe dieses Pferd mich wieder tragen kann, können acht oder vierzehn Tage vergehen.«

»Das bestimmt«, sagte Boyles, »wenn es überhaupt wieder wird.«

»Es ist nur ein Fleischriss, der rasch wieder heilt.«

»Ja, aber mit den Insekten und der Hitze kann auch leicht eine schlimmere Entzündung dazukommen, wenn die Wunde nicht saubergehalten wird. Sie sollten es lieber verkaufen.«

»Es wird mir wohl nichts anderes übrigbleiben. Vielleicht finde ich hier jemand, der es mir gegen Aufpreis gegen ein anderes Pferd oder Maultier tauscht.«

»Wenn Sie nur nach San Francisco wollen«, sagte da Boyles, »dann brauchen Sie noch nicht einmal ein eigenes Tier kaufen. Rückfahrgelegenheit gibt es fast jeden Tag mit einem leeren Wagen oder Maultiertrupp.«

»Ich möchte aber schneller dahin kommen.«

»Gut, Leute, die Ihnen Tiere verkaufen, finden Sie überall, eher noch als solche, die Ihnen ein lahmes Tier abnehmen. Aber... wenn Sie einen mäßigen Preis verlangen, wäre ich selbst nicht abgeneigt, einen Handel über den Braunen abzuschließen. Nur, weil ich das Tier von früher her kenne!«

»Geben Sie mir drei Unzen und das Tier gehört Ihnen«, sagte der Fremde.

»Drei Unzen, das ist verdammt viel Geld für ein lahmes Pferd, für das ich vielleicht in acht Tagen noch einen Schuss Pulver verschwenden muss«, sagte der Amerikaner. Er war aber innerlich schon entschlossen, sich den guten Handel nicht entgehen zu lassen. »Wenn Sie zwei gesagt hätten!«

»Dann Lass ich es lieber frei, damit es sich sein Futter selbst im Wald sucht.«

»Wie lange, glauben Sie, läuft es da ohne Aufsicht frei herum? Das dauert nicht lange, und einer der gelbhäutigen Señores hat es am Wickel, um ein Packpferd daraus zu machen, bis es zusammenbricht. Oder die roten Halunken schneiden sich Beefsteaks daraus. Sagen Sie zwei und eine halbe Unze, und geben Sie den Sattel dazu.«

»Nein, Freund, den brauche ich selber, um darauf weiterzukommen. Handeln kann ich ebenfalls nicht. Ich verliere an dem Tier genug. Wenn Sie drei Unzen geben, ist es Ihr Eigentum. Was das Pferd wert ist, brauche ich Ihnen nicht zu sagen.«

»Ja, zum Henker. Aber fordern und bieten macht doch den Kaufmann aus. Wer gibt denn jemand das, was er fordert? Da müssten Sie mal unsere Yankee-Krämer hören!«

»Ich bin auch kein Yankee-Krämer, lieber Freund«, lächelte der Engländer. »Wenn Sie aber unbedingt etwas abhandeln wollen, dann denken Sie, ich hätte fünf Unzen gefordert, und Sie haben mir zwei weniger geboten. Kommen Sie mit zum nächsten Zelt und zahlen Sie mir da drei Unzen, und das Tier gehört Ihnen. Oder lassen Sie es mir, und ich will sehen, ob ich es nicht woanders verkaufe.«

Boyles konnte sich noch nicht damit abfinden, dass der Fremde gar nichts von dem geforderten Preis nachlassen wollte. Er kannte aber das Pferd und wusste, dass die Verletzung nicht viel zu bedeuten hatte und bald wieder heilen würde. Nach einer Weile sagte er deshalb:

»Meinetwegen, Fremder, wenn Sie so hartnäckig auf Ihrem Preis beharren, soll es mir auf die paar Dollars auch nicht ankommen. In ein Zelt müssen wir aber deshalb nicht gehen, jeder von uns hat ja wohl seine Waage dabei und kann hier gleich alles erledigen.« Dabei hatte er seinen Goldbeutel und die Waage aus der Jackentasche genommen und wog die drei Unzen in Goldkörnern ab. Der Engländer schüttete sie in seinen eigenen Beutel, ohne sie nachzuwiegen. Mit etwas Übung lernt man mit einem Blick die richtige Menge einzuschätzen. Nur hier und da macht feineres oder grobkörnigeres Gold einen geringen Unterschied. Das Pferd war inzwischen zum nächsten Wasser gehinkt, um seinen Durst zu stillen. Während Golway den Sattel zusammenschnürte, wusch Boyles sorgfältig die Wunde aus und band sein Taschentuch darum.

»Leb wohl, mein alter, braver Bursche!« sagte der junge Mann und klopfte den Nacken des Pferdes. »Halte dich tapfer. Hoffentlich behandelt dich dein neuer Herr so gut, wie ich es getan habe.«

»Keine Sorge«, sagte Boyles. »Ich kann mit Pferden umgehen. Wollen Sie jetzt ins Paradies?«

»Ja, aber ich werde mich da wohl nur so lange aufhalten, bis ich ein neues Reittier gefunden habe. Es scheint da unruhig herzugehen.«

»Ach was«, lachte der Amerikaner. »Die Señores da oben am Hügel haben sich etwas zusammengerottet. Aber das Ende vom Lied wird sein, dass sie aufsatteln und einen anderen Platz suchen.«

»Sie haben ihre Flagge gehisst«, sagte Golway.

»Was?« schrie der Amerikaner und sprang überrascht auf. »Die mexikanische Flagge bei uns?«

»Ich sah es, als ich den Berg herunterstieg.«

»Teufel auch! Nun weiß ich erst, weshalb mein Kamerad, mit dem ich hier das Loch graben wollte, nicht zur Arbeit gekommen ist. Donnerwetter, den Schuften wollen wir die Flagge bald wieder herunterholen! Und ich sitze hier inzwischen und hacke die alten Büsche um!«

Der Mann murmelte wilde Flüche in seinen Bart, sprang zu seinem Arbeitsplatz zurück, zog seine Jacke an, ergriff sein Werkzeug und lief, so schnell er konnte, durch die Büsche zu dem nahen Städtchen. Golway hing sich das Zaumzeug um, nahm den zusammengeschnürten Sattel auf den Rücken und folgte ihm langsam auf dem schmalen Pfad, der von hier in die Ansiedlung führte.

Wie Boyles richtig vermutet hatte, herrschte im Paradies einige Aufregung. Schon am frühen Morgen zeigten die Mexikaner, dass sie ihr bisheriges Verhalten gegen die Amerikaner aufgegeben hatten. Welche Gerüchte sich bei ihnen verbreitet hatten, wusste man natürlich nicht. Aber als Hale, der noch immer hoffte, die Sache in Güte beizulegen, sie aufforderte, ruhig auseinander und an die Arbeit zu gehen, wiesen sie ihn kurz und barsch ab. Er hatte ihnen sogar zugesichert, dass sie nicht weiter belästigt würden, wenn sie die gesetzlich vorgeschriebene Steuer bezahlen würden. Möglich, dass die freundliche Anrede sie in ihrem Widerstand noch bestärkte, denn sie schrieben sie der Furcht vor ihrer Überzahl zu. Aber sie hatten sich geirrt. Hale, der mit höhnischen Bemerkungen nach Hause geschickt wurde, kehrte in das Lager zurück und rief sofort alle Amerikaner zusammen, ohne den Alkalden zu fragen. Die meisten arbeiteten in der Flat. Als er Boten zu ihnen schickte, folgten nur wenige dem Aufruf. Die meisten ließen ihm sagen, dass sie jetzt mehr zu tun hätten, als sich um die lumpigen Mexikaner zu kümmern. Zur Mittagszeit wollten sie kommen. Hale war außer sich. In dieser Stimmung wollte er den Alkalden aufsuchen, um mit ihm die nächsten Schritte zu beraten. Da begegnete er Hetson, der blass und verstört aus seinem Zelt kam.

»Haben Sie meine Frau nicht irgendwo gesehen?« rief er dem Sheriff schon von weitem zu. »Sie ist nicht im Lager.«

»Ihre Frau?« brummte der Sheriff ungeduldig. »Ja, als ob ich jetzt Zeit hätte, mich um die Frauen zu kümmern! Wo soll sie denn sein?«

»Gott weiß es – vielleicht auf einem Spaziergang, vielleicht sogar in den Bergen.«

»Dann hätte sie sich eine prächtige Zeit dafür ausgesucht«, sagte Hale. »In den Bergen schwärmen heute die Indianer aus. Gott weiß, woher diese roten Halunken auf einmal alle kommen. Mr. Hetson, die Sache wird ernst, und so leicht wir sie bislang genommen haben, müssen wir jetzt etwas tun, um den Burschen Respekt einzuflößen. Warten wir, bis sie den Angriff machen, sind wir verloren. Wir können kaum einen Mann gegen zwanzig stellen.«

»Sie haben recht, Hale, vollkommen recht«, sagte Mr. Hetson. Von innerer Aufregung war er völlig blass. »Bringen Sie nur um Gottes willen meine Frau hierher. Wenn wir hier einen Kampf beginnen und die Burschen überall herumlaufen...«

»Das ist gut«, sagte Hale ärgerlich. »Gehört das auch mit zu meinem Amt? Warum, zum Henker, läuft sie auch gerade heute draußen herum, wo der Teufel an allen Ecken und Enden los ist. Ist sie ganz allein unterwegs?«

»Manuela muss bei ihr sein.«

»Und in der Stadt ist sie nicht?«

»Ich habe alle Kaufzelte abgesucht.«

»Na ja, Frauen gehören aber auch nicht in die Minen. Donnerwetter, hier hat ein Mann genug zu tun, um sich oben zu halten. Wir müssen jetzt unsere Landsleute so oder so zusammenbringen. Wenn wir bis Mittag warten, kann mehr verdorben sein, als wir in einer Woche gutmachen können. Die Pest über die Burschen, die nicht einen halben Tageslohn verlieren wollen, während alle anderen Nationen wie Kletten zusammenhängen! Von den Franzosen arbeitet kein einziger, sie sind alle drüben in dem einen Zelt versammelt. Wenn die uns auch noch auf den Hals kommen, bleibt uns nichts anderes übrig, als Fersengeld zu geben!«

»Wir werden nicht fliehen, Sheriff«, rief Hetson. Aber er sprach die Worte zerstreut, und seine Blicke schweiften dabei unruhig die Straße auf und ab. »Sammeln sie inzwischen unsere Landsleute. Ich... bin gleich wieder bei Ihnen.« Ohne sich weiter um den Sheriff zu kümmern, der ihm erstaunt nachsah, eilte er rasch die Straße hinauf und verschwand bald hinter den Zelten.

Hale blieb noch eine ganze Weile an der Stelle stehen, als ob er nicht wisse, was er jetzt tun solle. Endlich brach sein Grimm mit ein paar Flüchen heraus. Er stampfte den Boden und rief hinter dem Alkalden her:

»Wir werden nicht fliehen – bin gleich wieder da – So? Ich will verdammt sein, wenn ich das glaube. Gleich wieder da sein, jawohl, jetzt hat er die beste Ausrede, hinter seiner Frau herzulaufen. Hale kann inzwischen ganz gemütlich die Kastanien aus dem Feuer holen. Aber meinetwegen. Schlagen Sie mich tot, ist es auch kein Unglück. Weder hier noch in den Staaten wird ein Mensch eine Träne wegen mir vergießen. Aber ich will lebendig gebraten sein, wenn es nicht ein Skandal ist, dass man keinen richtigen Alkalden finden kann. Habe ich nicht recht, wenn ich behaupte, dass die Kerle, die richtig schreiben und lesen können, ihr Herz in den Federkielen sitzen haben? Es gibt keinen Mann unter ihnen!« Während er sprach, nahm er sein kleines Fernrohr aus der Tasche und sah nach den Bergen hinüber. Schon mit bloßem Auge konnte man da die dunklen Schwärme der Eingeborenen erkennen. Wo eine der kleinen Waldblößen einen Blick in das Tal freigab, hielt eine Gruppe. Bis in die Flat waren sie schon heruntergestiegen und lagerten da, jetzt natürlich noch ohne ein Zeichen feindlicher Absicht. Hale wusste aber recht gut, wie schnell sich das ändern konnte, sobald sich ein Anlass dafür fand. Wenn diese Männer erst einmal losbrachen, hätten sie auch ohne weiteres das ganze Lager in Brand gesteckt. Langsam schwenkte er sein Glas zu der Stelle, wo die Mexikaner hielten. Plötzlich sprang er mit einem Schrei auf. Er traute dem Glas nicht und wollte mit dem bloßen Auge sehen, was sich ihm da bot: die mexikanische Flagge.

»Da haben wir's!« schrie er dabei und schob sein Glas in die Tasche. »Offener Aufruhr im Lager, und die Amerikaner arbeiten so ruhig das vermaledeite Gold aus dem Boden, als ob sie kein Interesse an der Sache hätten. Kein Alkalde da, kein Pech heiß, um den Teufel zu bezahlen. Ich will verdammt sein, wenn ich mir das gefallen lasse. Und wenn ich allein hingehe, um die Flagge herunterzuholen!«

Wütend über die Frechheit der Fremden sprang er in sein Zelt, um das eigene Gewehr herauszuholen. Was er damit wollte, wusste er selbst noch nicht.

Hetson war inzwischen wirklich in Todesangst die Straße hinaufgeeilt, um zu sehen, ob er die beiden Frauen da fände. Er bereute schwer, sie nicht davor gewarnt zu haben, was ihnen drohte. Aber er wollte sie auch nicht unnötig ängstigen und hatte nicht daran gedacht, dass sie morgens das Lager verlassen könnten, um in den Wald und mitten zwischen die Feinde zu gehen. Als er bei den letzten Zelten ankam, erkundigte er sich vergeblich nach den Vermissten. Nur ein Deutscher wollte sie vor etwa einer Stunde gesehen haben, als sie durch die Flat zu den nächsten Bergen gingen. Gerade dort streiften aber die meisten Indianer umher. Hetson wollte sie da selbst suchen, als ihm die beiden Frauen eilig entgegenkamen.

»Gott sei Dank!« war alles, was Hetson sagen konnte, aber eine Last schien von seiner Seele gewälzt zu sein.

»Sei nicht böse, Frank, dass wir dir heute Morgen weggelaufen sind«, bat seine Frau und nahm seine Hand. »Wir hatten keine Ahnung, dass uns in der Nähe der Zelte eine Gefahr drohen könnte.«

»Du hast mir große Sorgen gemacht, Jenny«, rief ihr Mann. Sie traten sofort gemeinsam den Rückweg an. »Ich wusste nicht einmal, wohin ihr gegangen sein könntet. Die Fremden um das Lager zeigen eine immer bedrohlichere Haltung.«

»Die Mexikaner haben eine Flagge gehisst, ist das ein schlimmes Zeichen?« sagte ängstlich seine Frau.

»Ihre Flagge?« rief Hetson. Von diesem Augenblick an war er wie verwandelt. »Komm schneller, wenn du kannst, ich habe keine Zeit mehr zu verlieren. Bist du auch ganz sicher?«

»Von weiter oben konnte man es ganz genau erkennen«, bestätigte auch Manuela. »Selbst von hier aus, wenn Sie ein Stück hierherkommen, Señor, können Sie das wehende, bunte Tuch da draußen erkennen.«

Hetson folgte der Richtung ihres ausgestreckten Armes mit den Augen. Ein einziger Blick genügte, um die Nachricht zu bestätigen.

»Kinder«, sagte er freundlich zu den beiden Frauen, »ihr habt den weiten Weg von den Bergen herunter allein gefunden, da kann ich euch auch diese kurze Strecke allein gehen lassen. Wir sind hier dicht an den Zelten, und ihr braucht nichts mehr zu fürchten.«

»Hetson, ich möchte dir etwas sagen, ehe du uns wieder verlässt«, bat Jenny.

»Betrifft es das Lager da oben oder die Indianer?« sagte der Mann.

»Nein, uns selber – mich.«

»Dann Lass es bis nachher. Haltet euch nicht auf und geht, so schnell ihr könnt, zu unserem Zelt zurück, da sehen wir uns wieder...« Ohne eine Antwort abzuwarten, lief er rasch den Weg zurück, den er gekommen war, um den Sheriff zu suchen und die nötigen Maßnahmen zu ergreifen.

Hale hatte eilig sein Gewehr gesäubert und geladen. Er kam eben mit ein paar Amerikanern die Straße herauf und ihm entgegen.

»Na, Alkalde, haben Sie Ihre Frau gefunden?« rief er dem Mann eher höhnisch als freundlich zu. »Ich habe nicht geglaubt, dass Sie so schnell zurück sind.«

»Ja, Sheriff, ich habe sie gefunden«, erwiderte Hetson ruhig. Er trat dabei ruhig zu seinem Zelt, vor dem an einer hohen, geschälten Zeder die amerikanische Flagge lustig im Wind flatterte. »Die Frauen sind in Sicherheit, und wir sollten uns ebenfalls absichern.« Mit diesen Worten löste er das Flaggenseil und war im Begriff, die amerikanische Flagge niederzuziehen. Da sprang Hale mit einem Schrei auf ihn zu, die Büchse im Anschlag.

»Sind Sie wahnsinnig? Wollen Sie die Sterne und Streifen vor den mexikanischen Hunden streichen? Verdamm mich, auch wenn Sie der Alkalde sind, aber ziehen Sie die Flagge noch einen Zoll weiter herunter, und ich sende Ihnen eine Kugel durch das verräterische Hirn!«

»Sheriff«, sagte Hetson und hielt mit der Linken das Flaggenfall. Mit der Rechten zog er seinen Revolver aus der Tasche. »Für diese Bemerkung könnte ich Sie jetzt auf der Stelle erschießen wie einen tollen Hund. Ich würde es tun, wenn ich Sie nicht als ehrlichen und braven Mann kennen würde. Aber wir haben nach außen Streit genug, um nicht auch noch im Lager damit zu beginnen. Kennen Sie ein besseres Mittel, um unsere Landsleute herbeizurufen, als durch das Niederholen der Flagge?«

Der Sheriff schwieg und sah ihn noch immer zweifelnd an. Hetson schob seinen Revolver in die Tasche zurück. Ohne weiter auf den noch immer im Anschlag stehenden Mann zu achten, zog er das wehende Banner entschlossen nieder.

»Und was wollen Sie jetzt tun?« fragte da Hale. Er war durch das entschiedene Auftreten des Alkalden, den er bis dahin nur für einen zaghaften, unschlüssigen Mann gehalten hatte, stutzig geworden.

»Allein können wir nichts tun«, sagte Hetson und löste die Flagge, bevor sie den Boden berührte, aus dem Fall. »Aber wenn die gehisste mexikanische und die gesenkte amerikanische Flagge die Burschen nicht ins Lager treibt, dann verdienen sie nicht, Amerikaner genannt zu werden. Sie verdienen dann auch nicht, dass die Sterne und Streifen je wieder über ihrem Kopf wehen.«

»Und dann? Wenn sie kommen?« sagte Hale und schien mit seinem Blick die Gedanken des Alkalden lesen zu wollen.

»Na, dann holen wir uns einfach die mexikanische Flagge hierher und ziehen sie verkehrt unter der amerikanischen auf, ich denke, das wird die Burschen schon zur Vernunft bringen!« sagte Hetson lachend.

»Das wollen Sie wirklich tun?« erkundigte sich Hale noch immer ungläubig.

»Wenn Sie mir dabei helfen, Hale, Gewiss! Aber da kommt meine Frau, sie braucht nicht gerade zu wissen, was wir vorhaben, denn sie würde sich nur unnötig ängstigen. Da sehe ich schon einige von unseren Leuten über die Flat springen. Das Mittel hat geholfen, Sheriff. Ist kein Fahnenstock da?«

Mrs. Hetson war in diesem Augenblick mit Manuela herangekommen und stehengeblieben, als ob sie mit ihrem Mann reden wollte. Der winkte ihr aber nur freundlich zu, in das Zelt zu gehen, und wandte sich dann wieder seinen Landsleuten zu. Hale lief schnell, um einen passenden Stock für die Fahne zu suchen. Nach wenigen Minuten kam er schon mit einer Stange zurück. Von verschiedenen Seiten stürmten jetzt die Amerikaner heran. »Was ist los?« riefen einige im Laufen. »Wer hat die amerikanische Flagge eingeholt?«

»Ich war das!« erwiderte der Alkalde völlig ruhig. »Wenn Euch die aufgezogene mexikanische Flagge nicht an Eure Pflicht erinnert, hat es die eingeholte amerikanische getan.«

»Zum Henker!« rief ein langer Kentuckier dazwischen. »Von uns hat keiner auf die Mexikaner geachtet. Eben erst haben wir den bunten Lappen da oben gesehen. Ich bin gelaufen, dass mir die Puste ausgegangen ist. Hoho, da kommt Boyles und da Briars. Hierher, Jungens, hierher!«

Mehr und mehr Amerikaner sammelten sich auf dem Platz, bis sich so ziemlich alle, die sich dort aufhielten, vor dem Zelt des Alkalden einfanden. Mit zornigen Worten und wilden Flüchen machten sie ihrem Grimm Luft und stießen Drohungen gegen die Mexikaner aus. Ein Jubelruf gellte aus dem mexikanischen Lager herüber und wurde aus Hunderten von Kehlen beantwortet. Er unterbrach die Tobenden, und der Sheriff schrie:

»Bei Gott, sie verhöhnen uns, weil wir unsere Flagge eingezogen haben!«

»Was wollt ihr tun, Männer?« sagte Hetson mit völlig weißem Gesicht. Kein Muskel darin verriet, was in ihm vorging. »Etwa zweihundert Mexikaner sind dort versammelt, und mehr als die doppelte Anzahl Indianer lagert an den Bergen, um sich jeden Augenblick mit ihnen zusammenzuschließen.«

»Schickt Boten an die anderen Minenplätze in der Umgebung!« rief Briars. »Wenn wir noch zwanzig, dreißig entschlossene Männer zusammenbringen, brauchen wir die ganze Bande nicht zu fürchten.«

»In der Zeit haben wir ihnen die amerikanische Flagge zu Füßen gelegt«, knirschte der Sheriff zwischen den zusammengebissenen Zähnen hindurch.

»Ich will nach Golden Bottom hinüberreiten«, sagte da Mr. Smith, der entsetzlich bleich und unruhig aussah. »Ich habe ein sehr gutes Pferd und kann schon Morgen früh mit Verstärkung hier sein!«

»Donnerwetter!« rief Boyles. »Sollen wir uns hier von den Mexikanern verhöhnen und nachher von unseren Landsleuten auslachen lassen, weil wir nicht einmal im eigenen Lager Ordnung halten können?«

»Aber was wollen Sie tun?« rief Smith dagegen. »Wenn der ganze Schwarm Mexikaner und Indianer über uns einbricht, drücken sie uns zusammen tot und plündern das ganze Nest!«

»Dann hätten wir auch nicht die Flagge einholen sollen!« rief ein anderer. »Zum Teufel, Alkalde, binden Sie das Ding nicht hier unten fest, sondern lassen Sie es wenigstens wieder oben an seinem alten Platz wehen, damit die Schufte sehen, dass wir uns nicht vor ihnen fürchten!«

Hetson äußerte kein Wort zu den verschiedenen Vorschlägen. Er hatte die amerikanische Flagge an der Stange befestigt. Dann ergriff er sie, hob sie empor und stieß das untere Ende in die Erde, so dass sie wieder im Wind wehte.

»Amerikaner!« rief er dabei mit seiner hellen, kräftigen Stimme über die Menge. »Ich habe geschworen, dass ich als Alkalde die Rechte unseres Landes vertreten und beschützen will. Keine andere Flagge außer unserer darf auch nur eine Stunde lang ungestraft hier wehen. Wenn Ihr Leute in die Nachbarminen schicken wollt, um da bekanntzumachen, was uns hier droht – gut, ich habe nichts dagegen. Ich fordere euch jetzt aber alle auf, die ein Gewehr haben oder ein Messer schwingen können, mir zu folgen. Mit Gottes Hilfe holen wir die feindliche Flagge herunter, wie sie unsere Landsleute vor wenigen Monaten erst so glorreich unter ihre Füße getreten haben. Wer geht mit mir?«

»Na, ich glaube doch wohl, alle!« rief Boyles. »Fragen Sie lieber, wer hierbleibt?«

»Und wenn die Indianer von den Bergen aus den Mexikanern zu Hilfe kommen?« sagte der Sheriff. »Wir müssen wenigstens darauf gefasst sein!«

»Ich glaube es nicht«, rief Hetson. »Unsere einzige Hoffnung gegen diese Übermacht ist, dass wir die Hauptpartei einfach angreifen. Unterliegen wir, werden uns unsere Landsleute rächen. Ich vertraue aber auf die Macht unserer Schusswaffen und noch mehr auf die Überraschung unseres Angriffs, der die ohnehin feigen Männer einschüchtern wird. So, auf, und holt eure Büchsen, in fünf Minuten brechen wir auf!«

»Hurra!« schrien die Männer, die dem Tod schon oft ins Auge gesehen hatten, wild durcheinander. »Hurra für unseren Alkalden! Die Waffen her, nieder mit den Mexikanern!« Damit stürmten sie in alle Richtungen, um aus ihren Zelten die Waffen zu holen. Den meisten war der tollkühne Angriff völlig recht und aus der Seele gesprochen. Die wenigen, die mit ruhigerer Überlegung vielleicht gern zurückgeblieben wären, wagten es nicht gegenüber den anderen. Nur Smith, der nicht gewillt war, sein erbeutetes Gold oder sogar sein Leben in Gefahr zu bringen, hatte schon rechtzeitig alles zusammengepackt und sein Pferd geholt. Er beschloss jetzt, unter dem Vorwand, Hilfe zu holen, seine eigene Haut in Sicherheit zu bringen. War dann die Sache vorüber, die nur wenige Tage dauern konnte, konnte er noch immer zurückkehren. In den von Fremden gesäuberten Minen würde er dann ein reiches Betätigungsfeld finden. Mit Siftly hatte er sich schon verabredet. Deswegen war der auch so früh losgegangen, um sein Pferd zu suchen. Was interessierte den Spieler der Kampf, wo nur Blei und kein Gold zu holen war. Er selbst wollte dem Streit aus dem Wege gehen.

Nur Hetson und Hale waren bei der Fahne geblieben. Kaum hatten sich die anderen zerstreut, als der Sheriff auf seinen Vorgesetzten zuging, dessen Hand ergriff und sie herzlich schüttelte.

»Mr. Hetson, Gott soll mich strafen, wenn es mir nicht sehr leid tut, Ihnen unrecht getan zu haben...«

»Mein lieber Hale...«

»Nein, wirklich, Sir. Ich – ich habe Sie für eine Memme gehalten, und... jetzt möchte ich mich dafür selbst verprügeln.«

Hetson lachte, aber ein wehmütiger Zug zuckte doch um seine Lippen. Endlich sagte er:

»Es gibt manches, Hale, das mich ernst und vielleicht auch weich gestimmt hat. Dass ich nicht wirklich feige bin, werde ich Ihnen heute beweisen.«

»Aber Ihre Frau, Sir, wenn uns nun doch... etwas Menschliches passieren sollte!«

»Wir stehen alle in Gottes Hand, Hale«, lächelte der junge Mann. »Ich bin in dieser Hinsicht Fatalist.«

»Fata – was?« sagte der Sheriff. Ihm schoss der Gedanke durchs Hirn, dass das vielleicht eine neue Art von Lebensversicherung sein könnte.

»Fatalist«, lächelte Hetson wieder. »Das heißt: Ich glaube, wenn ich heute sterben soll, kann mich der Tod genausogut hier in meinem Zelt treffen.«

»Mit den Frauen ist das aber immer eine böse Sache.«

»Mit meiner nicht, Hale. Sie ist selbständig und würde im schlimmsten Fall ihren Weg nach San Francisco schon finden. Da kennt sie meinen Bankier, und die Rückkehr in die Heimat wäre für sie kein Problem.«

Ein bitteres Gefühl überkam ihn. Er dachte daran, ob es seine Frau überhaupt als Unglück ansehen würde, ob sie nicht vielleicht... Er mochte den Gedanken nicht beenden, und fast unwillkürlich fuhr er sich mit der Hand an die Stirn.

»Es wird schon nicht so schlimm werden, Mr. Hetson«, flüsterte der Sheriff, der die plötzliche Bewegung einer anderen Ursache zuschrieb. »Wenn alle Kugeln träfen, gäbe es längst keine Soldaten mehr. Wollen Sie aber nicht hineingehen, und ihr... und ihr sagen, dass wir – na, zum Teufel, dass wir den Mexikanern die Jacke ausklopfen wollen?«

»Nein, Hale«, erwiderte Hetson. »Ich bin jetzt gerade in der richtigen Stimmung und möchte mich nicht noch unnötig weich machen. Da kommen auch unsere Freunde schon wieder. Die Zeit verfliegt, und die freche Flagge da drüben hat schon viel zu lange geweht. Aber was schleppen die Leute da an? Können Sie erkennen, Hale, was die da vorn tragen?«

Der Sheriff lachte.

»Es ist und bleibt ein verrücktes Volk!« rief er aus. »Diese westlichen Burschen laufen zu einem richtigen Kampf so übermütig, als ob sie nur zu einem Tanz gehen.«

»Aber was tragen sie da?«

»Ein paar Kindertrommeln und einen Gong, wie die Kochzelte sie hier benutzen, um ihre Gäste zu rufen. Es sieht so aus, als wollten sie sich Musik verschaffen.«

»Herrlich!« rief Hetson freudig aus. »Einen besseren Einfall konnten sie nicht haben!«

»Hurra, Squire!« schrie da Boyles. Er kam mit einer kleinen Kindertrommel angelaufen und trug seine lange Büchse, mit dem Kolben nach hinten, auf der Schulter. »Hier bringen wir den richtigen Stoff, um die Ratten auszutreiben. Hurra für Old America, aber ohne Yankeedoodle können wir nicht in den Kampf gehen!«

»Hu – pih!« gellte gleichzeitig ein langer Arkansas-Mann seinen Jagdschrei. Dann setzte er eine kleine Kindertrompete an die Lippen und blies einige sehr merkwürdig klingende Töne. »Zu schade, dass wir über die verdammten Löcher da draußen nicht mit unseren Pferden reiten können. Wenn es aber zu Fuß sein muss, wollen wir ihnen auch etwas bieten!«

»Bang, bang!« schmetterte dabei der dröhnende Schlag des Tamtam dazwischen, und die kleinen Trommeln wirbelten, die Trompeten quietschten, und einer hatte eine Blechkaffeekanne mitgebracht, auf der er mit einem Holzlöffel herumklapperte. Die Leute waren so ausgelassen wie Kinder, die sich überall das Material zusammengesucht haben, um einmal Soldaten zu spielen.

Dabei trugen sie die scharf geladenen Gewehre auf den Schultern und wussten, dass sie zu einem tollkühnen Kampf gegen eine Übermacht antraten, die sie schon beim ersten Ansturm erdrücken konnte. Hetson musterte die wilde Schar mit einem freudigen und zugleich trotzigen Lächeln. Jedes Anzeichen von Unruhe oder Schmerz war aus seinem Gesicht verschwunden. Er zeigte seine feste Entschlossenheit. Jetzt hob er das Banner, ordnete den wilden Trupp zu einem geschlossenen Zug, und Boyles schrie jauchzend:

»Hallo, Jungens, die Musik gehört nach vorn! Hierher, meine Lieben. Wo ist der Pfeifer, wo ist unser Baby?«

»Hier, Sir!« antwortete eine feine Stimme, und ein kleiner Bursche, höchstens dreizehn Jahre, sprang nach vorn. Er trug Hemd und Hosen und einen breitrandigen Hut aus Wachstuch. Aber jedes Stück verriet, dass er von einem Kriegsschiff weggelaufen war, und die blauen Wogen mit den grünen Bergen vertauscht hatte. Der breite, zurückgeschlagene blaue Hemdkragen mit dem weißen Streifen wäre nicht einmal nötig gewesen, um ihn als Schiffsjungen auszuweisen. Er hatte nur das breite Hutband abgelegt, das früher den Namen seines Schiffes trug. Er wollte wohl den Leuten keinen zu genauen Hinweis geben, um nicht wieder eingefangen zu werden.

»Das Kind dürfen wir nicht mitnehmen!« wandte da Hetson ein. »Leute, glaubt doch bloß nicht, dass wir zu einem Spiel aufbrechen! Wir wollen einen Feind angreifen, der uns an Stärke zehnfach, ja, mit den Indianern sogar dreißigfach überlegen ist!«

»So, Sir?« rief der kleine Bursche und sah ihn keck an. »Ich bin dreizehn Jahre alt, wenn Sie's nicht glauben, und ich habe schon im vorigen Jahr geholfen, die Mexikaner zu verprügeln, jawohl! Wenn Sie das Recht haben, unsere Sterne und Streifen in ihre Reihen zu tragen, dann darf ich ihnen auch den Yankee-doodle in die Ohren blasen. Ich will verdammt sein, wenn ich hierbleibe!«

»Hurra für Jim!« schrien die Männer jubelnd um ihn her. Hetson musste sich achselzuckend fügen.

Als sie sich jetzt ordentlich aufstellten, kamen zwei Männer auf sie zu. Es waren offensichtlich Franzosen. Aus einem der französischen Zelte drängten jetzt vierzig oder fünfzig andere heraus und blieben am Eingang stehen, um die Gruppe der Amerikaner zu beobachten.

»Aha, da schicken uns die Franzosen ein paar Gesandte!« flüsterte Hale dem Alkalden zu. »Wenn wir die in den Rücken bekämen, könnte die Geschichte unangenehm werden.«

Hetson erwiderte nichts. Mit der Flagge in der Hand trat er den beiden Leuten entgegen. Sie grüßten ihn freundlich. Hale hatte sich nicht geirrt. Einer von ihnen, der sehr gut Englisch sprach, sagte:

»Sir, wollen Sie uns offen eine Frage beantworten, die vielleicht hilft, weitere Störungen und Unzufriedenheit zu vermeiden?«

»Sehr gern, wenn ich es kann«, antwortete Hetson.

»Es gibt ein Gerücht in den Minen«, fuhr der Franzose fort, »dass die Amerikaner alle Fremden von ihren Claims vertreiben wollen, obwohl die Regierung der Vereinigten Staaten uns schon dadurch das Recht einräumt, hier zu graben, indem sie von uns eine enorme Steuer verlangt. Ist das der Fall?«

»Monsieur«, erwiderte Hetson ruhig, während sich die Amerikaner um ihn drängten. »Das Gerücht ist falsch. Dass sich einige meiner Landsleute strafbare Übergriffe erlaubt haben, ist mir bekannt. Ich versichere Ihnen aber, dass wir die ruhigen Fremden nicht belästigen werden. Wo sich jemand über einen Amerikaner beklagen will, soll er sich getrost an mich wenden. Ich gebe Ihnen mein Ehrenwort, dass ich für sein Recht sorge!«

»Wer hat die Fremden überhaupt hierhergerufen?« schrie Briars dazwischen. »Wir brauchen sie nicht und können...«

»Schweigen Sie, Sir!« donnerte Hetson ihn an. »Was ich gesagt habe, dafür stehe ich ein, solange ich hier Alkalde bin. Wenn es derartiges Gesindel unter meinen Landsleuten gibt, die über Schwache herfallen, um sich durch Raub zu bereichern, so schwöre ich bei Gott, dass sie dafür büßen werden!«

Die schlanke, schmächtige Gestalt des Mannes hob sich dabei unwillkürlich, und sein helles Auge blitzte den sonst so frechen und übermütigen Burschen so zornig an, dass der scheu zurückwich.

»Bravo, bravo!« klang es von der anderen Seite. »Es ist eine Schande für uns gegenüber den Fremden, wenn wir das zulassen!«

»Ich freue mich, das zu hören, Gentlemen«, sagte der Franzose und nahm seinen Hut ab. »Und nun die Steuer, Sir?«

»Das ist ganz einfach«, antwortete Hetson wieder völlig ruhig. »Egal, was wir selbst hier in den Minen über die Taxe denken, ob sie zu hoch oder vielleicht ungerecht ist. Das Gesetz ist nun einmal von der Regierung unserer Staaten gegeben und muss aufrechterhalten werden, unter jeder Bedingung. Wer sich als Fremder weigert, die Taxe zu bezahlen, muss die Minen verlassen. So, wie ich Ihnen mein Wort gegeben habe, dass ich die Fremden gegen jedes Unrecht schützen will, so gebe ich es Ihnen wieder, dass ich das Gesetz aufrechterhalten werde, und wenn es mit meinem eigenen Blut geschehen müsste.«

Der Franzose sah ihm einen Augenblick ernst und nachdenklich ins Auge. Dann reichte er ihm plötzlich die Hand und sagte:

»Sie sind ein Ehrenmann, Sir. Was in meinen Kräften steht, werde ich tun, um Sie bei meinen Landsleuten zu unterstützen. Haben Sie keine Sorge, dass einer von ihnen etwas Feindseliges gegen Sie unternehmen wird. Hüten Sie sich aber davor, mit Ihren wenigen Leuten über die Flat hinauszuziehen. Die Mexikaner sind zum Äußersten entschlossen.«

»Wir wollen ihnen nichts antun und uns nur ihre Flagge hier hereinholen«, sagte Hetson lächelnd. »Übrigens«, setzte er ernster hinzu, »liegt unser Schicksal in Gottes Hand. Jetzt vorwärts, Leute!«

»Hurra!« jubelten die Männer. »Yankee-doodle voran, spiel uns den Yankee-doodle, Jim!«

Ein Pferd kam die Straße herauf galoppiert. Als sich die Leute danach umsahen, sprengte ein alter Mann mit einer langen Büchse auf der Schulter mitten zwischen sie.

»Heda, Männer, wo wollt ihr hin?«

»Hallo, Nolten, hurra, alter Bursche! Der kommt gerade rechtzeitig!« jubelten ihm die Leute entgegen. »Runter von dem alten Bock, wir wollen uns die Fahne da draußen holen!«

»Da geh ich mit, Kinder!« sagte der Alte und war mit einem Sprung aus dem Sattel. »Ich habe zwar nur eine Stunde Zeit, denn meine Leute warten drüben auf mich, aber die kann ich nicht besser verwenden.«

»Binde das Pferd irgendwo fest und leg den Sattel in mein Zelt«, rief ihm Boyles zu.

»Nicht nötig, mein Junge«, lachte der Alte. Er nahm Sattel und Zaumzeug ab und legte es auf die Straße. Das Pferd ließ er frei laufen. »Mein Schimmel geht nicht weg, und das Zeug liegt da genauso sicher wie in einem Zelt. Aber beeilt euch, damit wir bis zum Mittag wieder hier sind! Ich habe noch nichts gegessen!«

Während er sprach, ordnete sich der Zug erneut. Immer vier Mann standen nebeneinander. Hetson überflog die kleine Schar und zählte jetzt fünfundzwanzig Mann.

»Also vorwärts, Männer!« rief er mit leuchtendem Blick. »Aber keiner von euch schießt, bevor die Feinde selbst beginnen! Jeder haftet mit seinem Leben dafür! Der erste Schuss, der erste Schlag von ihrer Seite, und drauf und dran! Dass keiner danebenzielt, muss ich ja wohl nicht sagen. Seid ihr bereit?«

»Hurra!« jubelten alle erneut und schwenkten die Hüte.

»Hetson!« flüsterte da eine Stimme an seiner Seite. Als er sich umsah, stand Jenny neben ihm. Aber sie sah nicht etwa ängstlich aus, sondern sah ihren Mann mit leuchtenden Augen an. Sein energisches Auftreten hatte ihr gefallen.

»Liebes Kind«, sagte Hetson verlegen. »Dies ist nicht der richtige Platz für dich!«

»Willst du böser Mann ohne Abschied von mir gehen?«

»Wir kommen bald zurück, es ist ja nur...«

»Leb wohl, ich nehme dich beim Wort! Komm bald zurück«, sagte seine Frau und reichte ihm die Hand. Dann ging sie schnell zur Seite. »Gott sei mit euch!«

»Hurra!« schrien die Burschen wieder. Jim stimmte in diesem Augenblick auf einer kleinen Flöte in raschen, schrillen Tönen den Yankee-doodle an. Völlig aus dem Takt fielen die anderen mit Kindertrompeten, Trommeln, Blechkannen und Tamtams ein.

Nur Boyles hatte sein Instrument noch nicht richtig bearbeiten können, denn seine Büchse war ihm dabei im Weg. Aber er wusste sich zu helfen.

»Hier, Tom, trag doch mein Gewehr etwas«, rief er seinem Hintermann zu und drückte es ihm in die Hand. »Nur so lange, bis ich das alte Trommelfell hier zerschlagen habe. Bleib aber dicht neben mir, damit ich sie gleich fassen kann, wenn's losgeht!« Jetzt rasselte er mit den anderen im allgemeinen Lärm mit. Die Melodie wurde soweit gehalten, dass man den scharf und grell daraus hervor tönenden Yankee-doodle nicht störte.

22. Der Angriff

Ein merkwürdiger Zug hatte noch nie einen so ernsten Marsch unternommen. Obwohl die Leute ganz genau wussten, welcher Gefahr sie entgegengingen, waren sie förmlich ausgelassen. Sie waren auch nicht besonders stark bewaffnet. Nur zwei Drittel hatten die langen Gewehre, die anderen Revolver. Aber fast alle trugen die langen, schweren Jagd- und Bowiemesser, die bei einem Kampf Mann gegen Mann die furchtbarste Waffe waren. So zog der kleine Trupp im Sturmmarsch schreiend und jubelnd die Straße hinauf, mit ihrer wehenden, für sie heiligen Flagge voran. Dann bog man rechts durch die Zelte ab, quer durch die Flat gerade auf das Lager der Mexikaner zu.

Was gab ihnen die Zuversicht und diesen fröhlichen Mut? Was ließ ihre Herzen zwar rascher, aber nicht zaghafter schlagen, als sich jetzt vor ihnen der weite Schwarm der Mexikaner ausbreitete und die Indianer näher von den Bergen in die Flat herunter rückten, während die in der Stadt zurückgebliebenen Fremden erstaunt dem kleinen, kecken Haufen nachsahen? Es war das Gefühl, das die Flagge vermittelte, das Bewusstsein, einer Nation anzugehören, einer Nation, die ihren Tod rächen würde, wenn sie jetzt unterliegen sollten. Dann würde diese Flagge noch fester als je zuvor in den Boden gerammt werden.

Unter dem blauen Himmel flattert das Sternenbanner. Die grellen Töne der Pfeife spielen das Nationallied, das sein Volk schon zu hundert Schlachten geführt hat. Übermütig springen und laufen die Männer über den rauen Boden, überfliegen die gegrabenen Löcher, klettern über die Erdhaufen, nur vorwärts, vorwärts, ihrem Ziel entgegen.

Die Mexikaner sahen erstaunt auf, als sie den Lärm näher und näher kommen hörten. Zuerst hatten sie geglaubt, die Franzosen kämen von dort, um sich ihnen anzuschließen.

Das Sternenbanner und die grellen Töne des zu gut bekannten Schlachtliedes belehrten sie aber bald eines Besseren. Einige warfen sich auf ihre Pferde und flogen im Galopp auf die Berge zu, wo die Indianer hielten. Die Masse ordnete sich in breiter Reihe und besetzte die freie Stelle, die gleich hinter dem aufgewühlten Boden der Flat begann. Noch unschlüssig drängten sich die Anführer dazwischen, um ihre Leute zu ermutigen und sie aufzufordern, ihren Platz zu halten. Was konnte diese Handvoll Amerikaner gegen sie ausrichten! Aber näher und näher schallten die schrillen Töne des Yankeedoodle. Schon konnten sie die wilden, bärtigen, sonnengebräunten Gesichter erkennen, die trotzigen Augen sie anblitzen sehen. Gerade auf die mexikanische Flagge hielt der Zug. Je näher er kam, desto mehr verdoppelte er seine Eile. Dem kleinen Burschen, der die Pfeife blies, war schon fast der Atem ausgegangen. Aber trotzdem hielt er die Melodie durch und wich nicht von Hetsons Seite. Der übersprang jetzt mit der Fahne in der linken, einem gespannten Revolver in der rechten Hand das letzte Hindernis, das ihn noch von den Gegnern trennte.

»Guarda!« schallte es ihnen hier aus hundert Kehlen gleichzeitig entgegen.

»Passt selbst auf!« schrie sie aber Hetson donnernd in ihrer Sprache an. »Wer eine Waffe hebt, ist des Todes! Sein Fleisch soll an die Kojoten verfüttert werden! Nieder mit der Flagge, ihr Hunde! Ihr habt es gewagt, den Boden hier mit diesen Lügenfarben zu schänden!«

Mehrere Mexikaner liefen mit gezogenen Säbeln herbei, um die Fahne zu verteidigen. Aber Hetson stand schon mit gehobenem Revolver vor der Stange. Er drückte die eigene Fahne dem kleinen Matrosen Jim in die Hand, der sie jubelnd emporhob. Dann griff er den Schaft der feindlichen Fahne mit der linken Hand und riss sie aus der Erde.

»Schlagt ihn zu Boden!« brüllten die Mexikaner um ihn, aber der gespannte Revolver mit seinem sechsfachen Tod hielt doch die nächsten zurück, und die anderen drängten vergeblich von hinten. Im nächsten Moment hob sich der Schaft aus der Erde. Einen Augenblick wehte die mexikanische sogar noch über der amerikanischen Flagge. Aber dann wurde sie gefasst und unter dem Jubelgeschrei der Amerikaner unter die Füße getreten.

Noch war kein Schuss gefallen, aber jeder fühlte, dass der nächste Moment der entscheidende sein musste. So wenig Amerikaner es auch waren, bildeten sie doch eine kompakte Masse, die mit Revolvern und Gewehren fest im Anschlag lag. Die Mexikaner wussten, dass der Tod in den Rohren lauerte, und die Nähe, in der sich die Feinde gegenüberstanden, machte die Gefahr noch furchtbarer. Da, als Hetson die eigene Flagge wieder ergriffen hatte und selbst den tollkühnen Hinterwäldlern das Herz in der Brust lauter klopfte, stimmte auf einmal der kecke Jim mitten zwischen den Mexikanern wieder den Yankee-Doodle an. Das Lied wirkte wie ein Zauber auf beiden Seiten.

Die Amerikaner brachen in ein wildes »Hurra!« aus, während die Mexikaner scheu ihre Waffen senkten und ihre Feinde nur noch trotzig anstarrten.

»Jetzt ist es Zeit!« flüsterte Hale Hetson leise zu. »Einen besseren Augenblick für unseren Rückzug finden wir nicht, und die Fahne ist in unserer Gewalt!«

»Noch nicht, Sheriff«, sagte Hetson mit fester Stimme. Ein wildes Feuer blitzte in seinen Augen. »Diese Burschen haben noch ihre Waffen, und bei Gott! Ich verlasse den Platz nicht, bis sie abgelegt sind!«

»Passen Sie auf!« warnte Hale. »Die Indianer da drüben sind schon auf kaum fünfhundert Schritt Entfernung herangekommen. Wenn wir in die Löcher abgedrängt werden, sind wir verloren!«

»Dann müssen wir eben vorwärts!« lachte der junge Mann trotzig. Wieder in der spanischen Sprache wandte er sich an die Gegner und rief ihnen mit donnernder Stimme entgegen:

»Ihr habt gegen die Autorität unseres Landes die Fahne und eure Waffen erhoben und habt euch strafbar gemacht. Wir könnten euch hier totschießen wie Hunde oder in die Berge jagen. Aber unsere Regierung erlaubt den Fremden, die hier friedlich ihrer Arbeit nachgehen, den Aufenthalt. Nur Bewaffnete sind Feinde und werden bestraft. Also weg mit den Waffen, die ihr Missbraucht habt. Wer sich widersetzt, wird von mir erschossen!«

»Verdammt!« brummte Briars leise seinem Nachbarn zu. »Das nenne ich hoch gepokert!«

Die Mexikaner schwiegen, waren stumm vor dieser Kühnheit. Hetson stieß die amerikanische Flagge in das Loch, in dem noch vor wenigen Minuten die mexikanische geweht hatte. Dann ging er mit erhobenem Revolver auf den nächsten zu, einen riesigen, fast braunen Burschen. Er hielt ihm die Waffe vor die Stirn und griff nach dem Säbel, den der fest in der Faust hielt.

»Sie haben kein Recht, unsere Waffen zu verlangen!« zischte der Mann. Der Blick, den er dem Amerikaner zuwarf, sprühte Gift.

»Es zuckt mir schon im Finger, Mann!« schrie Hetson. »Ich zähle bis drei, und wenn du dann nicht loslässt, bist du eine Leiche. Eins – zwei –« Er fühlte, wie sich der Griff des Mannes lockerte und entriss ihm den Säbel. Neben der Flagge warf er ihn nieder. Schon hatte er den zweiten gefasst, und Hale, selbst zu jeder Tat bereit, war an seiner Seite, um ihn zu unterstützen.

Die Mexikaner wichen jetzt unschlüssig einige Schritte zurück, aber die Amerikaner ließen ihnen keine Zeit, sich zu besinnen. Die Männer mit Gewehren blieben weiter im Anschlag, während die anderen mit vorgehaltenen Pistolen an Waffen wegnahmen, was sie erreichen konnten. Nicht ein Schuss fiel. Die feigen Burschen hatten nicht den Mut, sich dem kleinen Trupp entschlossener Männer zu widersetzen. Von den entfernter stehenden Mexikanern schlichen sich schon einige weg, gingen zu ihren Tieren, sprangen in die Sättel und galoppierten den Bergen zu. Soviel sie erreichen konnten, nahmen die Amerikaner Säbel, Pistolen und Flinten an sich. Drohend flatterte darüber das Sternenbanner, höhnisch schrillten die Töne der unharmonischen Nationalhymne. So zeigte man den näher gekommenen Indianern deutlich genug, wer hier gesiegt, wer das Feld behauptet hatte.

Für die kleine Gruppe der Amerikaner war aber nur der Beginn des Unternehmens, den Gegnern die Waffen abzufordern, gefährlich gewesen. Ein Ausbruch, und sie hätten rettungslos der Übermacht unterliegen müssen, auch wenn sie viele erschossen hätten. Aber diesen Punkt überwunden, und die Anführer der Gruppe mehr durch ihren Mut als durch wirkliche Gewalt eingeschüchtert, und schon dachten auch die anderen nicht mehr an Widerstand. Alle, die sich noch zurückziehen konnten, wichen den Gegnern aus. Hetson war zu klug, um seinen dadurch gewonnenen Vorteil wieder aufs Spiel zu setzen. Er behielt seine Leute zusammen. Was sich zurückzog, blieb unbelästigt. Selbst als sich einige wieder an einem Hügelhang sammelten, nahm er davon keine Notiz. Mit der Waffenabnahme waren sie gedemütigt worden, auch wenn sich nur ein Teil gefügt hatte. Hetson wusste, dass er von ihnen nichts mehr zu befürchten hatte. Leute, die sich unter für sie so günstigen Verhältnissen die Flagge nehmen und vor ihren Augen in den Staub treten ließen, würden nie selbst einen Angriff wagen. Aber eine schlimmere Demütigung war für sie noch aufgespart worden.

»Das ist schon recht«, sagte Hale, der vergnügt die aufgeschichteten Waffen betrachtete. »Wenn wir nur schon mit der Bagage im Lager wären! Werfen wir aber die ganze Bescherung hier in eine der Gruben und schütten sie zu, dann graben sie die Mexikaner in der Nacht wieder aus. Schleppen ist auch unbequem, besonders über den aufgerissenen Boden.«

»Schade, dass wir kein Maultier haben, Hale«, sagte Hetson.

»Wisst ihr was, ich laufe schnell ins Lager und hole mein Pferd«, rief der alte Nolten. »Wenn ich auch den Umweg oben herum nehmen muss, werden mich die Indianer schon ungeschoren lassen. Wenn sie es nicht tun, haben sie selbst schuld.«

»Denen wollen wir noch selbst einen Besuch abstatten, Mr. Nolten«, sagte Hetson lächelnd. »Wenn Sie mich alle begleiten wollen.«

»Begleiten?« rief Nolten und ergriff die Hand des jungen Mannes. Er drückte sie wie in einem Schraubstock zusammen. »Squire, mit Ihnen gehe ich in die Hölle. Sie haben meinem alten Herzen heute eine große Freude bereitet. Wir Amerikaner dürfen stolz auf Sie sein, und ich werde Ihnen das nie im Leben vergessen.«

»Ich habe nicht mehr getan als alle anderen auch«, erwiderte Hetson. »Dass keiner von uns das Maß überschritten hat und keiner schoss, obwohl wir die Büchsen im Anschlag hatten, sicherte uns mehr den Sieg, als wenn wir uns wild in einen verzweifelten Kampf gestürzt hätten. Und doch gehörte mehr Mut dazu, sich hier zurückzuhalten als anzugreifen!«

»Ich weiß nicht«, lachte Nolten. »Wir standen an einer heiklen Stelle. Einmal die Büchsen abgeschossen, wäre es doch sehr fraglich, ob uns die Señores Zeit zum Laden gelassen hätten. Mit der Aussicht ist es keine große Kunst, seinen Schuss zurückzuhalten. So eine Kugel ist verdammt schnell aus dem

Lauf, aber nur sehr langsam wieder hinunter geschoben. Wo will denn der Junge hin?«

Die Frage galt dem kleinen Jim, der sein Instrument in die Tasche geschoben hatte und blitzschnell zu den Mexikanern lief.

»He, Jim«, riefen ihm ein paar Leute nach. »Sei kein Narr und bleib hier!« Der kleine Bursche hörte aber nicht und lief einfach auf ein paar angebundene Maultiere zu. Ohne weiteres machte er eins von seinem Lasso los. Der Eigentümer stand nicht weit entfernt und wollte Einspruch erheben. Aber Jim, der ein paar Worte Spanisch sprach, machte ihm mit lebhaften Gesten klar, dass er das Tier nur ausborgen und zurückbringen wollte. Er ließ sich aber auch nicht zurückhalten. Da Boyles und zwei andere Amerikaner in Sorge um den Jungen näher kamen, fügte sich der Mexikaner. Wenige Minuten später war Jim auch mit dem erbeuteten Maultier bei der Flagge angelangt. Hier begann er, die Waffen zusammenzulegen und ein festes Bündel zu schnüren. Lachend sahen ihm Hetson, Hale und Nolten zu, während andere ihn dabei unterstützten. Bald war der ganze Vorrat auf dem Packsattel des Maultiers so befestigt, dass er transportiert werden konnte. Nur die wenigen geladenen Gewehre hatte man unten gelassen. Eventuelle Selbstentladungen wurden so vermieden und gleichzeitig die Amerikaner ohne Gewehr damit bewaffnet.

»Wohin jetzt?« sagte Hale. »Durch die aufgerissene Flat können wir mit dem bepackten Maultier nicht durch. Unten herum ist es ein weiter Weg und sieht beinahe aus wie ein Rückzug.«

»Der liegt nicht in unserem Plan«, erwiderte Hetson. »Gentlemen, wir haben unsere Arbeit noch nicht beendet. Es bleibt uns noch übrig, die Probe zu machen, wie sie wirken soll. Wir müssen den Indianern da drüben zeigen, was sie von ihren Bundesgenossen, den Mexikanern, zu erwarten haben. Also her mit der Flagge!«

»Was wollen Sie tun, Hetson?«

»Sie verkehrt unter unserer befestigen und damit gegen die Indianer marschieren. Gehen Sie mit?«

»Hurra für Hetson!« schrien die Leute jubelnd auf. Im Nu war die entehrte Flagge von ihrem Stock gerissen und unter die amerikanische gebunden.

»Und jetzt wieder die Musik voran«, lächelte der Alkalde. »Ordnet euch wieder zu einem Zug, aber keinen Schuss gegen die Indianer. Sie werden uns auch nicht belästigen. Sind sie wirklich wahnsinnig genug, uns anzugreifen, ist noch immer Zeit genug, sie zurückzuweisen. Ich will kein indianisches Blut vergossen haben.«

Rasch ordnete sich der Zug, vor dem Jim ganz ausgelassen sprang. Die weggeworfenen Instrumente wurden wiedergeholt. Als sich die amerikanische Flagge wieder hob, fiel der allgemeine Lärm wieder in die Melodie der Flöte ein. Die Indianer hatten sich in einzelnen Gruppen, wahrscheinlich den zusammengehörigen Stämmen, mehr in die Flat hinab gezogen, als die Amerikaner gegen die Mexikaner vorrückten. Es gab keinen Zweifel, dass sie bei einem ausbrechenden Kampf teilgenommen hätten. Da sich die Mexikaner aber so untätig verhielten und ihre Flagge verschwand, ohne dass ein Schuss fiel und sich sogar ein Teil von ihnen zurückzog, wussten sie nicht, ob sie sie noch unterstützen sollten. Erstaunt waren sie, als sich die verhassten Fremden wieder sammelten und auf sie zumarschierten.

Zuerst waren sie unschlüssig, ob sie bleiben oder fliehen sollten. Die kleine Gruppe mit dem wilden, jubelnden Lärm kam aber näher und näher, gerade auf sie zu. Langsam, noch immer zögernd, wichen sie zurück. Möglich, dass sie den Befehl von ihrem Häuptling erhielten, aber mehr und mehr zogen sie sich vor der Schar zu den Hügeln zurück. Erst da hielten sie hinter Büschen und Bäumen und schienen abwarten zu wollen, ob man sie angreifen wollte oder nicht. Eine offene Feindseligkeit gegen sie war aber nicht Hetsons Absicht. Der junge Mann wusste genau, wie sehr diese braunen Söhne der Wildnis von seinen Landsleuten gereizt und unterdrückt wurden. Er konnte ihren Hass gegen sie wohl verstehen. Aber er wollte ihnen zeigen, dass die Amerikaner gegen jeden Angriff gerüstet waren und dass sie bereit wären, jeden Eingriff in ihre nun einmal eroberten und gehaltenen Rechte zu bestrafen. Und das erreichte er mit diesem Zug vollkommen. Die Mexikaner wagten nicht, ihnen zu folgen, die Indianer zogen sich in die Berge zurück. Um die Flat und bis auf PfeilSchussnähe zogen Hetsons Männer, bis sie den breiten, wieder zum Paradies einbiegenden Weg erreichten und jetzt lustig in die kleine Zeltstadt hinein marschierten.

Inzwischen hatten sich fast alle fremden Goldwäscher, die in unmittelbarer Nähe der Zelte arbeiteten und Zeugen des Angriffs wurden, in die Stadt zurückgezogen, um die Amerikaner zu sehen. Besonders die Franzosen waren zahlreich vertreten. Wenn sie sich auch über die Feigheit der Mexikaner ärgerten, konnten sie doch dem kleinen Haufen der Amerikaner ihre Bewunderung nicht versagen. Sie konnten am besten den Wert eines solchen kühnen Angriffs würdigen. Mit lautem Hurraruf kamen jetzt auch die amerikanischen Händler angelaufen, die sich ruhig in ihren Zelten aufgehalten hatten. Fast unwillkürlich stimmten selbst die Fremden mit in den Ruf ein, als die amerikanische Flagge wieder an der alten Stelle emporstieg. Die mexikanische Flagge befand sich noch immer verkehrt darunter. Im selben Augenblick trat Jenny aus ihrem Zelt. Als sie ihren Mann gesund und unverletzt von dem gefährlichen Zug zurückkehren sah, flog ein liebes Lächeln über ihr Gesicht.

»Gott sei Dank, dass du da bist«, flüsterte sie nur leise und streckte ihm die Hand entgegen. Sie konnte nicht mehr sprechen.

»Du hast doch meinetwegen keine Angst gehabt?« erkundigte er sich lächelnd.

»Es gab keine Gefahr, kein Schuss ist gefallen, kein Schlag geführt worden.«

Jenny erwiderte nichts und sah ihn nur fragend an. Der alte Nolten, der neben ihm stand, rief:

»Glauben Sie es Madame, ein Schuss ist wirklich nicht gefallen und niemand verwundet worden, aber einen frecheren Zug hat noch niemand unternommen. Niemand hat mehr Mut dabei gezeigt, als Mr. Hetson heute Morgen in der Flat!«

»Aber Mr. Nolten...«

»Papperlapapp, junger Freund«, fuhr aber der Alte fort. »Ich bin auch nicht von gestern und habe meine Nase schon in manche kitzlige Sache gesteckt. Ich weiß deshalb auch ungefähr, was ein einzelner Mann leisten kann. Und das, Hetson, haben Sie heute Morgen reichlich getan! Sie haben sich tapfer wie ein echter Amerikaner benommen, und ich sehe nicht ein, weshalb Sie das vor Ihrer Frau verheimlichen wollen!«

Hetson errötete bei diesem verdienten Lob. Lächelnd nahm er die Hand seiner Frau und sagte:

»Er will, dass ich eitel werde, Jenny. Glaub ihm nicht die Hälfte von dem, was er da sagt. Wir sind nur den Mexikanern zu Leibe gerückt und haben ihnen die Fahne abgenommen, das war alles.«

Die Augen der Frau leuchteten, als sie ihren Mann ansah. Mit fester, aber herzlicher Stimme sagte sie:

»Du hast dich bestimmt schon meinetwegen in keine unnötige Gefahr gestürzt, Frank. Aber dass du so konsequent gehandelt hast, freut mich sehr. Vielleicht kannst du nun auch mir bald eine halbe Stunde Gehör schenken. Ich muss dir manches sagen, was ich nicht länger aufschieben möchte.«

»Jetzt noch nicht, meine Liebe«, bat sie aber Hetson. »Du siehst, wie ich jetzt in Anspruch genommen bin. Sobald ich kann, komme ich zu dir. Verlass aber bitte nicht das Zelt, denn die Indianer schwärmen noch auf den Bergen herum. Sie werden heute nicht gerade bester Laune sein. Ha, Siftly!« unterbrach er sich plötzlich, als der Spieler auf seinem Pferd die Straße herab geritten und auf ihn zukam. Seine Frau zog sich, als sie ihn erblickte, in ihr Zelt zurück. »Du bist heute Morgen anderweitig beschäftigt gewesen und konntest dich uns nicht anschließen?«

»Wie ich sehe, habt ihr euch die mexikanische Flagge geholt«, sagte der Spieler gleichgültig. »Das ist gut, was sollte auch die Spielerei!«

»Ist die Flagge für Sie eine Spielerei, Sir?« sagte der alte Nolten und sah den Spieler nicht gerade freundlich an.

»Allerdings«, lachte Siftly vollkommen unbekümmert. »Für was denn sonst?«

»Meiner Meinung nach hätten Sie heute unter unsere Flagge gehört«, entgegnete ihm der alte Mann finster. »Wenn Sie sich überhaupt für einen Amerikaner ausgeben!«

»Das bin ich nur durch Geburt«, sagte Siftly. Er stieg lässig von seinem Pferd herunter und nahm es am Zügel. »Sonst bin ich Kosmopolit. Wer mir Abends sein Gold an meinen Tisch bringt, ist mein Freund – solange er eben Gold hat.«

Der alte Amerikaner wandte ihm verächtlich den Rücken zu und sagte laut genug, damit er es verstehen konnte:

»Wenn alle ehrlichen Amerikaner so denken würden wie ich, sollte solches Gesindel bald den Platz hier räumen.«

Siftly hatte die Worte verstanden. Er warf dem Alten nur einen höhnischen Blick nach und sagte dann zu Hetson:

»Ich habe dir auch etwas zu sagen, was dich interessieren wird. Aber erst muss die Bande da mit dem verwünschten Yankee-doodle und ihren Trommeln aufhören. Es ist ja ein Lärm, dass einem die Trommelfelle platzen.«

»Da du an unserer Sache so wenig Anteil nimmst, Freund«, erwiderte Hetson kalt, »ist es vielleicht besser, du gehst dem Yankee-doodle aus dem Weg.«

»Vielen Dank«, lachte Siftly. »Aber noch bin ich mit dem Paradies nicht fertig. Übrigens, Kamerad«, setzte er mit leiserer Stimme hinzu und bog sich zu Hetsons Ohr. »Du solltest der letzte sein, der mir mangelnde Teilnahme vorwirft. Wenn ich heute Morgen im Lager fehlte, geschah es nur in deinem Interesse.«

»In meinem Interesse?« wiederholte Hetson ungläubig. »Was willst du denn da unternommen haben?«

»Er ist da, hier im Ort«, flüsterte ihm Siftly zu, und Hetson wurde blass. Er fühlte, wie seine Knie, sein ganzer Körper zitterte.

»Woher weißt du...?« stammelte er und griff den Arm des Mannes.

»Ich habe ihn gesehen und gesprochen«, sagte Siftly gleichgültig. Er folgte dem Alkalden, der ihn einige Schritte von seinem Zelt fortführte.

»Hier im Ort?«

»Nein, etwa eine halbe Stunde von hier an einem schattigen Waldflecken«, lachte der Spieler. »Da hatte er ein Rendezvous mit einer alten Bekannten und ihrer Freundin.«

»Du lügst, Siftly!« stöhnte Hetson, der die Worte kaum herausbrachte.

»Hör mal, Hetson«, sagte der Spieler ruhig, »ich bin gern bereit, wegen deines Zustandes viel zu verzeihen. Aber du solltest doch vorsichtig mit deinen Bemerkungen sein. Ich sage nichts, was ich nicht beweisen kann.«

»Beweisen? Womit?«

»Mit deiner Frau selbst. Sage es ihr auf den Kopf zu und wenn sie, was ich nicht glaube, nicht rot wird und wirklich leugnet, dann Lass mich meine Worte in ihrer Gegenwart wiederholen.«

Hetson erwiderte nichts, aber seine Hände ballten sich krampfhaft zusammen, und der Schweiß stand ihm in großen Tropfen auf der Stirn.

»Und sie war dort?« stöhnte er endlich.

»Mit dieser Spanierin, der Tochter Don Alonsos, die ihr wahrscheinlich dabei half. Das spanische Blut ist dafür wie geschaffen. Apropos, Hetson, ich habe mit ihrem Vater einen Vertrag abgeschlossen, damit sie jeden Abend in meinem Zelt spielt. Das unverschämte Ding weigert sich aber. Aber ich weiß, dass das Recht auf meiner Seite ist, und werde sie schon zwingen. Übrigens kann ein entschiedenes Wort von dir die ganze Sache leicht und rasch erledigen.«

Hetson hörte gar nicht, was er sagte. Geistesabwesend ging er neben dem Spieler die Straße hinunter. Sein Blick haftete stier auf der Erde oder streifte über die Menschen, ohne sie wahrzunehmen.

»Nimm dir das aber nicht zu sehr zu Herzen«, sagte Siftly nach einer Weile. »Die Sache hat im Grunde nichts zu bedeuten. Es ist eigentlich sogar gut, dass wir den Burschen endlich Auge in Auge haben. Verlass dich dabei auch auf meine Unterstützung. Es ist wirklich ein Glück, dass ich gerade jetzt in das Paradies gekommen hin, besser hätte es sich nicht treffen können.«

»Ist er noch hier?«

»Sicher. Glaubst du, dass der den Platz hier so rasch und allein freiwillig wieder verlässt? Ich glaube aber, dass ich Mittel finde, um ihm Beine zu machen, wenn wir ihm nicht vorher die Füße wegziehen.«

Hetson hatte wie im Traum neben Siftly den Weg verfolgt, bis sie die letzten Zelte hinter sich ließen. Der Spieler frohlockte, dass er jetzt ein Mittel hatte, um Hetson ganz nach seinem Willen gefügsam zu machen. In Hetson ging inzwischen eine Veränderung vor. In den letzten Monaten war Charles Golway für ihn immer ein Phantom, ein Schreckensbild gewesen, das nicht greifbar war und ihn deshalb fast bis zum Wahnsinn trieb. Während er sich Tag und Nacht damit quälte, wie er einmal mit dem Mann zusammentreffen würde und sein Glück zerstört wurde, rieb er sich dabei völlig auf. Jetzt war er plötzlich da und hatte schon, noch bevor er seine Nähe ahnte, seine Hand ausgestreckt, um sein Glück zu zerstören. Aber er war noch da. Das Phantom war zu Fleisch und Blut geworden, die Gefahr war jetzt greifbar geworden. Mit diesem Bewusstsein kam eine eigene Ruhe und Zuversicht über ihn, die er bis dahin nicht für möglich gehalten hatte.

»Er ist da!« flüsterte er nur leise vor sich hin, als wollte er sich selbst die Gewissheit geben, dass er ihm jetzt nicht mehr ausweichen könnte. »Er ist da!«

»Was schadet's?« lachte Siftly, der den Worten eine ganz andere Bedeutung gab. »Ich werde dir beweisen, dass ich dein Freund bin. Schlag dir alle Sorgen aus dem Kopf und verLass dich ganz auf mich. Der Bursche wird bald wünschen, dass sein Schiff, mit dem er dich verfolgt hat. lieber an einem freundlichen Felsen gestrandet wäre als dass er kalifornischen Boden betreten hat. Na, was hast du?«

»Lass mich einen Augenblick allein«, bat ihn Hetson. »Die Nachricht hat mich doch überrascht, und ich muss mich sammeln. Ich gehe in mein Zelt zurück und möchte mir die Sache überlegen.«

»Schön«, sagte Siftly und reichte ihm die Hand. »Sei aber nicht zu hart mit deiner Frau. Meiner Meinung nach ist die Spanierin an der Geschichte mehr schuld als sie. Also bleibt es dabei, was ich dir vorhin sagte?«

»Lass mich jetzt bitte, mir wirbelt der Kopf, und ich weiß nicht, an was ich zuerst denken soll.«

Hetson hatte sich von ihm abgewandt. Siftly lächelte spöttisch vor sich hin und sagte: »Good-bye, wir sehen uns nachher im Lager wieder.« Dann ging er rasch die Straße zurück, die er mit ihm gekommen war.

23. Mr. Smith

Das kleine Minenstädtchen Golden Bottom, in dem das County Court dieses Distrikts abgehalten wurde, lag nicht sehr weit vom Paradies entfernt. In der Nähe hatten sich zahlreiche Amerikaner niedergelassen. Es gab eigentlich nur einen breiten Bergrücken, der auch die Flüsse Calaveres und Stanislaus schied, dazwischen. Trotzdem gab es keinen richtigen Fahrweg. Die von Stieren gezogenen Lastwagen mussten sich, so gut das ging, ihren Weg selbst durch den Wald suchen. Oft hieben die Treiber sich mit der Axt selbst eine Bahn durch Busch und Strauchwerk. In ziemlich gerader Richtung lief aber ein Reitpfad an einem der Nebenflüsse des Teufelswassers hinauf. An einer niedrigen Stelle des Bergrückens überschritt er ihn, und von dort führte ein grasiger, kaum bewaldeter Hang in das andere Tal hinab. An diesem Nebenflüsschen hatte sich bislang noch kein Goldwäscher niedergelassen. Aber seit zwei Tagen arbeiteten dort zwei Deutsche, gute Bekannte von uns. Es waren der junge Graf Beckdorf und sein Kompagnon Fischer, die die Ufer des kleinen, freundlichen Baches einmal untersuchen wollten, ob sie nicht genauso goldhaltig waren wie die anderen Gewässer. Der Platz lag etwas entfernt vom Lager selbst. Um nicht zu viel Zeit mit Hin- und Hergehen zu verlieren, hatten sie sich ihr Frühstück gleich mitgenommen, um es draußen im freien Wald zu essen.

Es war noch ungewiss, ob sie genug Gold fanden, um ihre Mühe und Arbeit zu bezahlen. Heute Morgen wollten sie das im schon gegrabenen Loch ausprobieren. Sie hätten sich für ihre Arbeit kaum ein reizenderes Plätzchen aussuchen können. Rings um sie streckten die herrlichen Zedern und Kiefern die riesigen, vollkommen glatten Schäfte empor. Weit oben bildeten sie einen grünen Dom aus festverschlungenen Zweigen. Nur hier und da gestatten sie einem Sonnenstrahl, sich in dem murmelnden Bach zu spiegeln. Tausend Blumen und Blüten bedeckten trotzdem das ganze Uferbett und schimmerten und blühten in lebendigen, herrlichen Farben. Das Bachufer selbst war mit einer Girlande von grellrotem Löwenmäulchen eingefasst. Nur hier und da sah ein kleines Bukett hellblauer Vergissmeinnicht dazwischen hervor. Zwischen dem Rot und Blau und Violett der verschiedenartigen Blüten steckten die zierlichen gelben Sternblumen ihre Köpfe hervor. Über dem Wasser wölbten sich schlanke Haselnussstauden, die für den Herbst eine reiche Ernte versprachen. Daneben standen wilde Kirschbäume mit ihren süßen, roten Früchten, und ein feines, zartes Schilfgras streckte überall seine zierlichen Halme hoch empor.

Bei der Verfolgung seines Zieles ist dem Goldwäscher aber nichts heilig, und wenn es von der Natur noch so reizvoll gestaltet wurde. Der Busch, der ihm im Weg steht, kann die schönsten Blüten und süßesten Früchte tragen – er wird umgeschlagen. Die prächtigste Zeder, unter deren Wurzeln er angeschwemmte Körner vermutet, trifft seine Axt. Blumen und Blüten werden durch die erbarmungslose Spitzhacke in den Boden geschlagen oder vom Spaten mit Erde bedeckt. Was bedeuten auch Blumen und Blüten! Ja, sie haben Farbe und Duft, aber kein Gewicht und lassen sich nicht verwerten. Deshalb sollen sie eben duften und blühen, wo sie nicht im Weg sind. Auch unsere beiden Freunde hatten schon eine ziemliche Verwüstung unter den Blumen des Tales angerichtet und einen hässlichen Streifen braunroter Erde aufgerissen. Der früher so klare Bach war durch die gelbrote hineingeworfene Erde trübe und schlammig geworden. Trotzdem waren die beiden sehr vergnügt bei ihrer Arbeit und aßen ihr Frühstück, um dann die am Bach aufgestellte Waschmaschine zu probieren. Dann wollten sie sehen, ob sich die bislang schon geleistete Arbeit lohnen würde. Sie wussten von den Ereignissen in der Flat kein Wort und hätten hier auch nicht einmal einen Schuss gehört. Dass sich die Mexikaner gestern Abend aber zusammengerottet hatten, konnte ihnen nicht entgehen. Sie glaubten aber, dass sie gemeinsam die Minen verlassen und andere Plätze aufsuchen wollten, wo sie von den Amerikanern nicht mehr belästigt wurden. Zu ihrem Erstaunen sahen sie die Indianer heute in ungewohnter Bewegung. Mehrere Gruppen waren auch schon durch ihr Tal gekommen, ohne sich jedoch um sie zu kümmern.

Gerade eben, als sie behaglich auf dem weichen Gras ausgestreckt lagen, prasselte es plötzlich dicht bei ihnen in den Büschen. Beide fuhren erschrocken auf. Im selben Moment brach ein Indianer daraus hervor. Er hatte einen Bogen und einen Köcher aus Fuchsfell in der Hand. Kaum zwei Schritt von ihnen entfernt lief er vorbei. Er hatte hier keine Weißen vermutet und sprang erschrocken zur Seite, als er sie entdeckte. Mit einem Blick hatte er aber auch erkannt, dass er von den beiden Männern nichts zu befürchten hatte. So rief er ihnen nur flüchtig ›Walle-walle‹ zu und lief den ziemlich steilen Hang schnell empor. Dann verschwand er kaum drei Minuten später im dichten Wald.

»Was diese Indianer für gute Lungen haben müssen!« sagte lachend Graf Beckdorf und warf die Brechstange ins Gras, die er im ersten Impuls ergriffen hatte. »Ich dachte schon, sonstwas würde da auf uns zukommen!«

»Hol's der Henker, ich dachte, es wäre ein Grizzlybär, der uns einen Besuch abstatten wollte«, lachte Fischer. »Mir ist es eiskalt über den Rücken gelaufen. Mit solchen Bestien ist nicht zu spaßen!«

»Warum der Indianer nur so schnell lief? Er ist übrigens vor uns genauso erschrocken wie wir vor ihm, hahaha, wenn er noch etwas weiter zur Seite gesprungen wäre, wäre er in das Loch gefallen.«

»Ich weiß gar nicht, was die Indianer heute haben. Irgendetwas ist aber los, und ich wollte, wir hätten unsere Gewehre oder wenigstens die Pistolen mitgenommen, um sie uns im Notfall vom Leib zu halten.«

»Ach was!« lachte Beckdorf. »Wir müssen uns nicht vor ihnen fürchten. Ich bin sehr oft ganz allein und unbewaffnet in ihren Lagern gewesen!«

»Aber mit den Amerikanern wollen sie doch nicht viel zu tun haben?«

»Nein, aber sie unterscheiden auch zwischen Amerikanern und Fremden. Mit den ›Alemanes‹ verstehen sie sich sehr gut, weil ihnen von uns selten Unrecht geschieht. Ich glaube nicht, dass es einen gutmütigeren, wilden Volksstamm auf der Welt gibt als diese Indianer.«

»Und doch sollen sie alle Augenblicke Amerikaner überfallen haben.«

»Und wenn sie es tun, wer könnte es ihnen verdenken? Plötzlicher ist noch nie eine indianische Nation seit Cortés und Pizarro vertrieben, Misshandelt und vernichtet worden. In allen anderen Ländern der Welt wurde doch wenigstens noch die Form gewahrt und ihnen das Land, wenn auch für Spielereien, abgekauft. Hier treibt man sie aber rücksichtslos weg, wie man bei uns Spatzen aus einem Feld scheuchen würde.«

»Ja, und wir helfen mit«, lachte Fischer. »Denn an dieser Stelle hätte der Indianer vielleicht einen Hirsch schießen und einen Sonntagsbraten für seine ganze Familie haben können, wenn wir hier nicht seit zwei Tagen gehackt und Lärm gemacht hätten.«

»Wenn er so weiterrennt, fängt er sich vielleicht einen im Laufen«, lachte Beckdorf. »Was können wir tun? Wären wir nicht hergekommen, würden heute oder Morgen andere hier sitzen, und das Resultat bleibt immer gleich. Diese Goldgruben fressen sich tiefer und tiefer in das Land hinein, und die Indianer werden mit jedem Tag, mit jeder Stunde höher in die Schneeberge hinaufgetrieben. Ob sie sich da am Leben erhalten können oder nicht, ist den Amerikanern gleichgültig. Sie sollen sterben, wenn sie nichts besseres tun können.«

»Wenn sie das Land bebauen wollten, könnten sie aber in Frieden leben«, meinte Fischer. »Niemand würde sie belästigen. Ich bin sogar überzeugt, dass die Vereinigten Staaten ihnen jede Unterstützung geben würden.«

»Der alte Unsinn«, sagte Beckdorf, »den sich die Professoren in den Städten ausbrüten. Es ist genauso, als würde man dem Fuchs Vorwürfe machen, dass er ein Fuchs ist, und von ihm verlangen, dass er bei einem Schäfer als Schäferhund arbeiten soll. Gott hat die Menschen so erschaffen, wie sie sind und ihnen das Land gegeben. Wir können unser Verfahren, sie daraus zu vertreiben, nicht einmal damit entschuldigen, dass wir ihnen das Land nur nehmen, um sie zu zivilisieren. Es hat ja kein Mensch Zeit oder Lust dazu, sich damit

273

abzugeben. Aber das ist eine alte, schon hundertmal besprochene und sehr nutzlose, für die Indianer auch sehr traurige Geschichte. Sie haben nur einen Trost in Kalifornien, dass ihnen das Blut nicht wie in anderen Ländern tropfenweise abgezapft wird, sondern dass ihnen hier kaum so viele Jahre, wie ihren Leidensgefährten Jahrzehnte gegeben werden, um sich zu begraben.« Fischer hatte eine Weile nachdenklich vor sich hingesehen. Aber seine nächste Frage bewies, wie wenig er sich das Schicksal der Indianer zu Herzen nahm.

»Ich bin doch sehr neugierig, ob wir richtig fündig werden. Der Boden sieht gut aus, und dass schon im oberen Ton ein paar Körner steckten, ist ein gutes Zeichen.«

Beckdorf lächelte still vor sich hin. »Es ist doch ein seltsames Leben, das wir hier führen«, rief er endlich. »Ich würde etwas dafür geben, wenn sie uns zu Hause einmal so sehen könnten, wie wir im Schweiße unseres Angesichts den Boden aufwühlen, um ein paar Körner des gelben Metalls herauszuwaschen. Manchmal kommt es mir so vor, als würde ich nur im Traum so arbeiten.«

»Na, vielen Dank«, sagte Fischer. »Wenn ich auch noch im Traum so hacken und graben müsste, sollte der Teufel dieses Leben holen. Kein Wunder, dass es uns merkwürdig vorkommt, denn wir sind wohl beide von früher etwas anderes gewöhnt gewesen.«

»Aber lustig ist es doch«, rief Beckdorf aus. »Hol's der Böse, nicht um alles in der Welt möchte ich die Zeit rückgängig machen, die ich hier schon oft nutzlos in dem harten Boden herumgehackt und gewühlt habe wie ein wahnsinniger Maulwurf. Der schöne Wald, die freie, herrliche Luft und die Arbeit selbst mit ihrer Anstrengung!«

»Und Muskelschmerzen!«

»Macht nichts, wenn sich der Körper kräftigt, bleibt auch der Geist frisch. Ich hätte mir keine bessere Lehrzeit wünschen können.«

»Na, wenn Sie das als Lehrzeit betrachten«, lachte Fischer, »dann wünsche ich mir, dass Sie heute Morgen da Ihr Gesellenstück machen und einen tüchtigen, faustdicken Klumpen heraus buddeln. Gebrauchen könnten wir ihn, denn wenn wir nicht bald etwas Ordentliches finden, sieht es mit unserem Kassenbestand erbärmlich dünn aus.«

»Macht nichts«, lachte Beckdorf. »Unseren Lebensunterhalt gewinnen wir immer.«

»So? Na, vielen Dank, ich bin damit aber nicht zufrieden«, rief sein Kompagnon. »Ich habe die Absicht, hier etwas Kapital zusammenzutragen, um damit etwas beginnen zu können.«

»Dann rate ich Ihnen, gleich etwas zu beginnen ›ohne Kapital‹, und nicht die schöne Zeit durch Lochgraberei zu vergeuden. Glauben Sie ernsthaft, dass wir so viel Gold finden, um unsere Mühe damit zu bezahlen?«

»Glauben Sie das nicht?«

»Nein«, lachte der junge Mann.

»Aber um Gottes willen, warum graben Sie denn?« fragte Fischer erstaunt. »Weshalb sind Sie überhaupt nach Kalifornien gekommen?«

»Mit der festen Überzeugung, hier in kurzer Zeit ein bedeutendes Vermögen herauszuholen«, sagte der Graf. »Und Tausende sind in der gleichen Absicht herübergekommen. Ich wollte von meiner Familie in Deutschland unabhängig werden. Diese schönen Phantasien habe ich aber schon nach den ersten vier Wochen verloren. Jetzt bin ich so weit gebessert, dass ich gar nichts mehr erwarte. Finde ich dann wirklich etwas, um so besser, dann freue ich mich wirklich. Für unseren Tageslohn sollte ich aber eigentlich keine Spitzhacke auch nur aufheben.«

»Mit diesem Grundsatz müssen Sie ein äußerst glückliches Leben in Kalifornien führen«, lachte Fischer. »Aber genaugenommen geht es mir auch so gut. Wir müssen zwar unseren Zwieback und Käse vom Boden essen, Kleider haben wir auch nur notdürftig, und nachts schlafen wir auf einer sehr mittelmäßigen Matratze, von einer Legion Flöhe gequält. Aber weiß jemand in diesen Bergen eigentlich, was Sorgen sind? Kümmert man sich auch nur so viel um den nächsten Tag, ausgenommen, man hofft einen Schatz zu finden? Nein, solange der Goldwäscher gesund bleibt, und in dieser Luft kann keiner krank werden, so lange ist er auch glücklich. Ich glaube zwar, dass ich dieses Leben einmal satt haben könnte, aber die Erinnerung wird mir immer angenehm bleiben. Jetzt aber wieder an die Arbeit. Donnerwetter, wir liegen hier, als ob wir vornehme Herren sind und uns nur eben überlegen, womit wir die Zeit totschlagen könnten.«

»Sind wir das nicht?« lachte Beckdorf. »Wer will uns etwas befehlen? Wer uns was vorschreiben? Wir sind freie Menschen, und bei Gott, lieber Fischer, die sogenannten vornehmen Herren können das meistens nicht von sich sagen. Je weniger der Mensch von seinen Mitmenschen abhängig ist, desto freier und vornehmer oder aus der Masse herausgenommen ist er. Wenn man das als Norm aufstellt, sind wir beide souveräne Fürsten. Aber jetzt wieder an die Arbeit, Sie haben recht. Es drängt mich selbst, was wir in der Grube finden werden.«

Die beiden Leute stiegen wieder an ihren Arbeitsplatz herunter. Fischer setzte sich an die Maschine, während Beckdorf vom Grubenrand Erde in einige Eimer füllte und sie hinüber zum Bach trug.

»Was lachen Sie, Fischer?« fragte er, als er seinen Kameraden in äußerst guter Laune bei der Maschine sitzen sah.

»Hm«, sagte der, »ich dachte eben an die beiden komischen Käuze im Paradies, den Justizrat und den Assessor, diese zwei Auswüchse unserer deutschen Jurisprudenz, die das launige Schicksal zusammen an diese Küste geworfen hat.«

»Ja, das sind wirklich ein paar herrliche Exemplare, und der Tenor paßt gut dazu, um das Kleeblatt zu vervollständigen.«

»Schade, dass der Komet durchgebrannt ist«, sagte Fischer. »Der Komet hatte aber immer noch mehr Lebensfähigkeit, denn er verstand zu borgen. Wie diese drei Biedermänner aber hier in den Minen existieren wollen, wenn sie sich das Essen nicht abgewöhnen können, ist mir ein Rätsel.«

»Der Justizrat soll Geld haben«, meinte Beckdorf. »Damit hält er wohl sich und seinen Partner eine Weile über Wasser...« Er sprang auf und sah aufmerksam zum Hang hinüber.

»War da etwas?«

»Ich hörte ein Geräusch, und als ich aufsah, war es mir, als ob ich einen Schatten beim umgefallenen Baum da drüben beim Pfad gesehen hätte.«

»Vielleicht der Schatten eines Raubvogels, der über den Wald strich.«

»Vielleicht«, sagte Beckdorf, ohne den Blick von der Stelle zu nehmen. »Aber es sah auch wieder anders aus. Wenn uns die Indianer vielleicht einen Besuch machen wollen...«

»Ach was, darauf gebe ich nichts. Schütten Sie nur die Erde hinein, so der eine Eimer genügt. Jetzt fahren wir mit dem Wechselwagen. Während sie einen anderen holen, bin ich mit diesem fertig, und die Maschine bleibt in Gang.«

»Da kommt ein Reiter den Pfad herauf«, sagte Beckdorf, der scharf nach allen Seiten gespäht hatte.

»Hm, das ist ein Amerikaner«, sagte Fischer, der der Richtung mit den Augen folgte. »Vielleicht sogar der neue Kollektor, der die Bäche absucht, um von uns armen Teufeln noch die zwanzig Dollar einzukassieren. Bei mir kommt er aber schlecht an, ich gebe mich für einen Bürger der Vereinigten Staaten aus und schicke ihn nach San Francisco, um meine Papiere zu untersuchen.«

»Das ist kein Fremder«, sagte aber Beckdorf, der den Mann im Auge behalten hatte. »Die Gestalt habe ich schon gesehen.«

»Donnerschlag, das ist ja der Spieler, dieser Mr. Smith, wie er wohl heißt!« rief Fischer. »Der hatte doch damals diese Geschichte mit den Indianern! Das wäre auch kein Verlust für das Paradies, wenn er sich woanders seine Residenz sucht. Der Kerl ist durch und durch ein Lump.«

»Er biegt hierher ab.«

»Lassen Sie sich nicht mit ihm ein«, meinte Fischer. »Er kann zum Teufel gehen und sich da seine Unterhaltung suchen.«

Fischer begann, die Maschine zu schaukeln, und Beckdorf ging mit dem leeren Eimer zur Grube zurück, um frische Erde einzufüllen. Als er sie zur Maschine brachte, kam der Reiter eben am Bach herauf und hielt neben den beiden an. Mr. Smith hielt es für geratener, den Botenweg nach Golden Bottom zu reiten, als sein kostbares Leben und sein erbeutetes Gold den Zufällen eines tollkühnen Angriffs auszusetzen. Allerdings war ihm nicht entgangen,

276

dass eine ziemlich große Anzahl Indianer in den Bergen herumzog. Sie hatten sich aber an dem Morgen alle weit östlich gelagert, zu der Stelle, an der die Mexikaner lagerten. Außerdem fürchtete er sie nicht, denn er war mit einem guten Revolver bewaffnet. Sowie er dann den Hügelrücken erreichte, befand er sich schon fast im Bereich von Golden Bottom, in dessen Nähe viele Amerikaner arbeiteten. Ungeniert saß Mr. Smith auf seinem Pferd. Das rechte Bein hatte er nach Damenart über den Sattelknauf geschlagen und pfiff sehr vergnügt und sehr falsch den Yankee-doodle – oder vielleicht ›Washingtons Marsch‹, es konnte sehr gut beides sein. So bog er vom Pfad ab, der durch einen umgebrochenen Baumstamm versperrt war. Dicht kam er bei den Deutschen vorbei, neben deren Maschine er sein Pferd zügelte. Er schien keine besondere Eile zu haben, um seine Landsleute zu Hilfe zu holen.

»Na, Gentlemen, wird Ihre Arbeit gut bezahlt?« sagte er sehr freundlich.

Beckdorf sah ihn von der Seite an, nahm den leeren Eimer in die Hand und ging langsam wieder zur Grube. Fischer fing an zu schaukeln und antwortete ebenfalls nicht.

Mr. Smith klemmte seine schon dünnen Lippen noch etwas fester zusammen und rief dann:

»Meiner Meinung nach, Sir, gehört unter Gentlemen auf eine höfliche Frage auch eine höfliche Antwort.«

»Unter Gentlemen, ja«, sagte Fischer trocken. »Mein Kamerad und ich haben aber, soviel ich weiß, nicht miteinander gesprochen.«

»Halten Sie mich nicht für einen Gentleman, Sir?« rief der Amerikaner, und die kleinen, boshaften Augen verschwanden fast unter den zusammengezogenen Brauen.

»Ich will Ihnen etwas sagen, Mr. Smith«, erwiderte der Deutsche. »Hier arbeiten wir und müssen keinem Menschen Rede stehen oder Rechenschaft geben, es sei denn, vielleicht einem Beamten der Vereinigten Staaten. Zu denen zähle ich aber nicht das Spielergesindel, das sich in den Minen herumtreibt. Sollte einer von denen zu uns kommen und unverschämt werden, dann gebe ich Ihnen mein Wort, dass wir ihm alle Knochen im Leib zerschlagen.«

Der Amerikaner griff langsam mit der Hand in seine Brusttasche, wo er seinen Revolver verborgen hatte. Schon kam aber der andere Deutsche wieder heran, und da Mr. Smith es nicht für möglich hielt, dass jemand im Land herumgehen konnte, ohne eine Schusswaffe bei sich zu tragen, zog er die Hand wieder zurück. Er war sich auch nicht sicher, inwieweit er die Leute einschüchtern konnte. So griff er wieder den Zügel des Pferdes und murmelte etwas, was wie ›Damned Dutchmen‹ klang. Dann bog er langsam wieder in den Pfad ein. Die beiden Deutschen lachten hinter ihm her. Bei diesem Geräusch sah es fast so aus, als wollte er noch einmal sein Tier zügeln. Aber dann besann er sich doch anders und verfolgte den eingeschlagenen Weg.

»Das sind die Pestbeulen der menschlichen Gesellschaft«, sagte Fischer, als sie dem Reiter nachsahen. »Wer die Amerikaner nach diesem Gesindel beurteilt, würde ein trauriges Urteil fällen müssen. Zum Glück denkt aber der Durchschnittsamerikaner genauso wie wir über sie, und nur hier in Kalifornien und den wildesten westlichen Staaten der Union dürfen sie ihr Unwesen treiben.«

»Was wollte denn der Bursche?«

»Ganz herablassend ein Gespräch mit uns anknüpfen«, lachte Fischer. »Vielleicht sogar eine kleine Spielpartie aus freier Hand arrangieren. Es wäre nicht das erste Mal, dass sie einen Goldwäscher gleich um seinen Ertrag aus der Maschine heraus betrogen hätten. Ich ließ ihn aber auflaufen. Er soll zum Teufel gehen, und kommt uns hoffentlich nicht mehr in die Quere.«

Mr. Smith hatte inzwischen in nicht besonders guter Laune den Baumstamm erreicht, über dem der Graf vorhin den Schatten bemerkt hatte. Als er eben mit dem leeren Eimer zur Grube zurückging, blickte er fast unwillkürlich zum Hang hinauf. Da scheute das Pferd plötzlich, und Beckdorf sah, wie eine dunkle Gestalt gerade vor dem Reiter aufsprang. Smith auf seinem bequemen, aber unsicheren Sitz verlor das Gleichgewicht und rollte an der rechten Seite des Pferdes aus dem Sattel. Er hatte zwar dabei die Zügel losgelassen, aber ehe er auf die Füße kam oder seine Lage richtig erkannte, kamen überall aus den Büschen Indianer. Der Weiße war machtlos in ihrer Gewalt, ehe er eine Waffe greifen konnte.

Fischer wurde durch den plötzlichen Lärm ebenfalls aufmerksam und sprang auf, als der gellende Hilfeschrei des Überraschten zu ihnen drang.

»Teufel auch!« rief Beckdorf und ergriff fast unwillkürlich die Brechstange. »Wenn er auch ein Spieler ist, können wir nicht zusehen, wie ihn die Rotfelle da oben abschlachten.«

»Schade wäre es nicht gerade um ihn, aber Sie haben recht«, meinte Fischer. »Wenn wir ihm helfen können, dürfen wir hier nicht herumstehen. Wollen sie ihn aber umbringen, schneiden sie ihm sechsmal den Hals ab, ehe wir hinaufkommen.« Mit diesen Worten hob er den scharfkantigen Spaten auf, und die beiden Männer liefen rasch den steilen Hügel hinauf. Als sie den Reitweg erreichten, kamen sie rascher vorwärts. Während das wilde Geschrei des Amerikaners noch immer durch die Berge drang, hatten sich wohl etwa fünfzig Indianer um ihn versammelt und seine Hände mit Bast fest auf dem Rücken zusammengeschnürt. So war er nicht in der Lage, auch nur die geringste Bewegung zu machen. Aber er hatte die Deutschen entdeckt und rief ihnen flehend zu, sie aus den Händen dieser Mörder zu befreien.

Beckdorf war schneller und Fischer etwa zwanzig Schritt voraus. Mit der erhobenen Brechstange wollte er mitten zwischen die Wilden springen, als sie sich zu ihm wandten und plötzlich fünfzig Pfeile auf der gespannten Sehne seine Brust bedrohten.

»Schnell, Fischer«, rief er, keineswegs eingeschüchtert. »Hol die Pfeile der Henker, wenn wir einem halben Dutzend unser Eisen zu schmecken geben, werden sie schon Vernunft annehmen.«

Fischer hatte von diesen Pfeilen eine ganz andere Meinung, denn aus so großer Nähe wären sie tödlich gewesen, denn die schlecht befestigten Steinspitzen mit Widerhaken bleiben fast immer in der Wunde stecken.

»Halt, Beckdorf!« rief er ihm erschrocken zu. »Setzen Sie sich keiner größeren Gefahr aus, als unbedingt nötig ist. Wir wollen erst versuchen, was sich mit Überredung ausrichten lässt.«

»Hilfe, um Gottes Jesu willen helft mir!« schrie da wieder der Gefangene, als er sah, dass die Weißen zögerten. Vergeblich versuchte er, sich von den Fesseln zu befreien. »Schießt die Hunde ab, ah, wenn ich nur meine Arme frei hätte!«

»Heda, Leute!« rief Fischer, der jetzt keuchend herankam, die Indianer spanisch an. Einige von ihnen verstanden diese Sprache immer, weil sie sie früher durch Missionare gelernt hatten. »Ihr dürft den Mann nicht umbringen!«

Ein wildes Stimmengeschrei antwortete ihm. Wieder gellte der Angstschrei des Gefangenen durch die Luft. Eine Anzahl Indianer hatte ihn gefasst, um ihn den Berg hinauf zu schleifen.

»Das ist eine verdammte Geschichte«, sagte Fischer. »Wir zwei können nichts anfangen ohne Waffen. Wenn einer von uns Hilfe holen würde, kämen wir doch zu spät.«

»Was haben sie gegen den Amerikaner, wenn sie uns in Ruhe lassen? Wir können dem Mord nicht zusehen!«

»Das ist derselbe Lump, der neulich einen von ihnen erstochen hat«, sagte Fischer. »Wahrscheinlich wollen sie sich jetzt an ihm rächen. Sie sind dabei im Recht, das steht fest, aber wir müssen doch versuchen, ihn frei zu bekommen. Mich kennen auch die meisten von ihnen. Ich will mal zwischen sie gehen, bleiben Sie mit dem Stück Eisen in der Nähe. Wenn sie so gereizt sind, möchte ich ihnen nicht zu sehr trauen.«

Fischer schulterte seinen Spaten und stieg jetzt rasch den Hügel hinauf und versuchte, zu dem Gefangenen durchzukommen. Einige wollten ihn daran hindern, andere wehrten diese wieder ab, und so überholte er bald die Burschen, die den Unglücklichen bergauf schleppten. Die Bewaffneten wichen aber nicht von seiner Seite, wenn auch keiner Miene machte, ihm selbst etwas anzutun. Aber sie drängten sich zwischen ihn und den Gefangenen und ließen ihn nicht näher. Beckdorf befürchtete, dass sein Kamerad zwischen den Indianern leicht überwältigt werden konnte, ohne dass er ihm hätte helfen können. Deswegen lief er in raschen Sätzen den Hang hinauf, schnitt den Indianern den Weg ab und blieb dann stehen. Fischer bemerkte das und folgte seinem Beispiel. Die beiden Männer wollten die Indianer unter keiner Bedingung weiterziehen lassen.

Als sie dicht herangekommen waren, rief ihnen Fischer zu: »Ich will euch etwas sagen, und ich weiß, dass ihr mich versteht. Wenn ihr den Mann da jetzt nicht laufenlasst, schlage ich dem ersten, der näherkommt, den Schädel auseinander.«

Oben in den Büschen raschelte und brach es, und als sich die beiden Deutschen umsahen, erkannten sie eine neue Gruppe Indianer, die von dort herunterkämen.

»Na ja, jetzt wird die Geschichte peinlich«, sagte Beckdorf leise. »Ich denke, wir springen einfach los und schneiden die Fesseln durch, dann sind wir drei.«

»Kesos!« rief Fischer laut anstatt einer Antwort. »Gott sei Dank, da kommt der Häuptling gerade rechtzeitig. Das ist der vernünftigste Indianer im Distrikt. Er wird nicht erlauben, dass sie den Burschen da ermorden. Er weiß zu gut, dass ihm die Amerikaner dafür auf den Hacken sitzen würden.«

Es war wirklich der Häuptling, der, von etwa zwanzig anderen Indianern gefolgt, mit langen Sätzen den Hang herunterkam. Er hielt erst an, als er die Weißen sah. Fischer eilte ihm gleich entgegen und bat ihn, um Gottes willen seine Leute von einem Mord abzuhalten. Auch Mr. Smith hatte zu seinem Entsetzen den Häuptling erkannt und wusste, was er von dem zu erwarten hatte. Von dem Augenblick an rief er auch nicht mehr um Hilfe. Aber die Kraft, mit der er vergeblich an den Fesseln riss, verriet nur zu deutlich die Todesangst, die ihn ergriffen hatte. Wenn ihm Recht geschah, dann war er verloren, das fühlte er.

Als die Indianer ihren Häuptling sahen, hielten sie sofort an. Kesos trat zu dem Gefangenen, blieb vor ihm stehen und betrachtete ihn finster, ohne auf Fischers Bitten zu achten. Er war heute wieder ganz Indianer und nur mit dem Lendenschurz bekleidet, der mit Muscheln und Kernschalen verziert war. Ein buntes Tuch war um sein langes Haar gewickelt, in dem die Adlerfedern, das Zeichen seiner Würde, prangten. Über der Schulter trug er die lange, einläufige Flinte. Pulverhorn und Kugeltasche hingen über der rechten Achsel an dem nackten, bemalten Oberkörper. Langsam hob er schließlich den rechten, nackten Fuß und setzte ihn leicht auf die Brust des vor ihm liegenden Mannes, der ihn mit stieren Blicken anstarrte, wobei die Augen fast aus den Höhlen drängten.

»Wer könnte mich daran hindern, diesen Kerl wie einen Wurm zu zertreten?« sagte er dabei in spanischer Sprache.

»Du wirst sein Blut nicht vergießen, Kesos«, unterbrach ihn Fischer in halb warnendem, halb bittendem Ton,

»Und woher weißt du das?« rief der Indianer finster, »Hat er es nicht verdient?«

»Aber du kannst und darfst den Mann nicht kaltblütig ermorden!« rief der Deutsche wieder.

»Kann und darf ich nicht?« sagte der Wilde und lächelte höhnisch. »Willst du mich daran hindern?«

»Kesos«, sagte da Fischer ernst. »Du weißt, wie freundlich ich immer zu dir war, weißt auch, dass ich bei dieser Angelegenheit deine Partei ergriffen hatte. Aber um euer Wohl – vergießt nicht das Blut dieses Mannes. Denk daran, wieviel Unschuldige von deinem Stamm wieder dafür büßen müssen.«

»Ich weiß es«, sagte der Häuptling finster. »Die Amerikaner machen keinen Unterschied zwischen Schuldigen und Unschuldigen. Wären die Mexikaner heute, statt sich wie Hasen zu verkriechen, wie die Wölfe über ihre Feinde hergefallen, dann wäre manche alte Rechnung jetzt beglichen. Aber allein können wir nicht gegen die Feuerwaffen der Weißen kämpfen, wenigstens jetzt noch nicht, bis ich unsere Stämme erst in der Handhabung unterrichtet habe.«

»Und der Amerikaner?«

»Ungestraft verlässt er diese Berge nicht wieder«, sagte der Häuptling. »Er soll uns, solange er lebt, in Erinnerung behalten.«

»Was hast damit ihm vor?«

Der Häuptling antwortete nicht, zog den Fuß zurück und öffnete die Jacke des Mannes. Er fand den Revolver und zog sein Messer, mit dem er den Hahn abschraubte. Dann schleuderte er ihn in dichtes Dornengestrüpp. Die jetzt wertlose Waffe schob er wieder an die alte Stelle und rief einen alten Indianer, dem er etwas in seiner Sprache sagte. Der alte Bursche sah wild und finster genug aus. Hassvoll hingen seine Blicke an dem Gefangenen. Es war der Bruder des Ermordeten. Trotz seines Auftrages schien er mit seiner Rache nicht zufrieden zu sein und antwortete heftig, aber der Häuptling bestand auf dem erteilten Befehl. Der Alte warf die Schnur herum, an der er das Messer lose auf dem Rücken trug. Er knüpfte es los und sprang auf den Gefangenen zu. Mr. Smith hatte mit Zittern die Vorbereitungen beobachtet. Auch wenn er genug Spanisch verstand, um das Gespräch zwischen dem Häuptling und dem Deutschen zu verstehen, schien jetzt alle Hoffnung wieder zusammenzubrechen.

»Wir sollten uns den Häuptling schnappen!« rief Beckdorf auf Deutsch seinem Kameraden zu. »Dann hätten wir eine Geisel, und sie müssen den armen Teufel freigeben.«

Ehe Fischer aber etwas erwidern konnte, war Kesos einen Schritt zurückgetreten und hielt die gespannte Flinte im Anschlag. Er hatte wohl schon etwas geahnt. Ein Überfall war so nicht möglich und hätte auch die verhängte Strafe nicht mehr verhindern können.

»Hilfe! Hilfe! Erbarmen!« schrie der Gefangene in Tönen, die nicht mehr aus einer menschlichen Brust zu kommen schienen. Blitzschnell warf sich der alte Indianer über ihn, während die anderen die Bogen gegen die Weißen spannten. Mit zwei Schnitten hatte er ihm glatt beide Ohren abgetrennt. Dann spie er Smith ins Gesicht und warf die abgeschnittenen Ohren einer Gruppe kleiner, dünner Hunde hin, die sich gierig darauf stürzten.

Auf den Befehl des Häuptlings lösten sie die Fesseln. Das Blut strömte Smith über die Schultern. Kesos sagte den Deutschen, sie sollten dem Mann sagen, dass er frei wäre und in sein Lager zurückkehren könnte. Er solle sich aber hüten, dem Stamm noch einmal in die Hände zu fallen. Die Männer hätten jetzt sein Blut gesehen, und er selbst wäre dann nicht wieder in der Nähe, um sein Leben zu retten.

Als Smith sich frei fühlte, sprang er auf. Er sah leichenblass aus, und das herablaufende Blut in seinem weißen Gesicht machte ihn zu einem Schreckensbild. Er schien nicht glauben zu können, den Händen der Indianer lebend zu entkommen. Ängstlich hafteten seine stieren Blicke noch immer auf den drohenden Bogen der Feinde. Erst als ihm Fischer versicherte, er habe jetzt nichts weiter zu befürchten, schien er neue Hoffnung zu schöpfen. Sein Pferd graste noch an der Stelle, wo es ihn abgeworfen hatte, und taumelnd lief er jetzt zu ihm. Er achtete nicht auf das höhnische Lachen der Indianer oder auf das Blut. In der Satteltasche seines Pferdes befand sich sein Gold. Das und sein Leben wollte er in Sicherheit bringen und lief deshalb, so schnell es ging, den Hang hinunter. Dann ergriff er den Zügel, schwang sich in den Sattel und hielt sich am Kopf, um nicht erneut herabzufallen. So schnell ihn sein schnaubendes Tier trug, eilte er in das verlassene Lager zurück, von Rachegedanken erfüllt.

24. Alte Bekannte

Einen alten Bekannten vom Schiff haben wir lange aus den Augen gelassen: den Doktor Rascher, der schon vor den Hetsons in die Berge gegangen war, um seinen botanischen Forschungen nachzugehen. Später, wenn er in dem blumenreichen Land ›geerntet‹, wo er nicht gesät‹ hatte, wie er meinte, wollte er mit der befreundeten Familie in dem Minenstädtchen wieder zusammentreffen. Er war an einfaches, bescheidenes Leben seit seiner Jugend gewöhnt. So machte es dem alten Mann nichts aus, nachts entweder bei einem einsamen Goldwäscher zu übernachten oder auch einmal unter einem Baum mitten im Walde. Das Maultier, das seine Sammlung, seine Decken und das

Kochgeschirr trug, weidete dann das Gras in seiner Nähe ab. Wenn der Tau am nächsten Morgen abgetrocknet war, zog er fröhlich weiter. Die Goldwäscher, auf die er gelegentlich stieß, wunderten sich freilich, einen Mann in den Bergen herumstreifen zu sehen, der weder Spitzhacke noch Schaufel oder Pfanne bei sich hatte. Er rupfte dafür Pflanzen mit der Wurzel aus und legte sie in eine Blechbüchse oder zwischen Papier. Der alte Mann war aber so freundlich und gewinnend, dass niemand ein spöttisches Wort wagte. Im Gegenteil gaben ihm auch die Amerikaner oft Stellen an, wo sie auffallende Blumen und Pflanzen gesehen hatten.

So war er etwa fünf bis sechs Tage in den Hügeln herumgestiegen und mit der Ausbeute zufrieden. Er beschloss, seinen Kurs jetzt Richtung Paradies zu halten. Dort wollte er eine Zeitlang bei den Hetsons bleiben und die Flora in der Nachbarschaft untersuchen. Dann sollte es weitergehen. Wohin? Das war ziemlich gleich, wenn er nur etwas Neues entdecken konnte. Er hatte sich aber die ganze Zeit so wenig um eine Richtung gekümmert, dass er gar keine Ahnung hatte, ob er sich östlich, westlich, nördlich oder südlich vom sogenannten Paradies befand. Er musste also erst einmal jemand im Wald treffen, der ihm die richtige Richtung angeben konnte. An einer ziemlich offenen Bergwand ging er mit seinem Tier am Zügel langsam entlang. Da entdeckte er unten im Tal einen einzelnen Goldwäscher. Das fiel ihm jedoch nicht besonders auf, denn so viel hatte er schon vom kalifornischen Minenleben mitbekommen: Viele waren mit der Stelle, an der sie bis dahin gearbeitet hatten, nicht zufrieden, nahmen ihr Handwerkszeug und ihre Sachen auf und gingen aufs Geratewohl in die Berge hinein, um an anderen Stellen zu graben und sich einen neuen Arbeitsplatz zu suchen. Hatten sie ihn gefunden, gingen sie zurück, holten ihr Zelt und die anderen Sachen nach und siedelten sich vorübergehend an der neuen Stelle an. Solches Umherstreifen, um einen anderen Arbeitsplatz zu finden, nannten die Leute ›prospektieren‹.

Diese Männer wussten aber meistens auch gut in der Nachbarschaft Bescheid, die sie vielleicht schon wochenlang durchzogen hatten. Doktor Rascher beschloss, hier in das Tal zu gehen und sich bei dem Mann nach dem ›verlorenen Paradies‹, wie er lachend vor sich hinmurmelte, zu erkundigen. An dem schattigen Berghang fand er aber wieder so manche Pflanze, die ihn aufhielt und fesselte. So war es dann Mittag geworden, ehe er das eigentliche Tal und damit auch den Goldwäscher erreichte, der ganz still und heimlich das kleine Bergflüsschen nach seinen Schätzen durchsuchte. Doktor Rascher malte sich in seiner gemütlichen Weise schon ein Bild von dem Mann aus. Es war bestimmt ein abgehärteter Amerikaner, der hier zufällig den reichsten Boden gefunden hatte und das kostbare Metall in Massen aus der Erde wusch. Vielleicht überlegte er schon sorgenvoll, wie er das wertvolle Gewicht unbemerkt von bösen Menschen nach San Francisco bringen sollte. Er brütete vielleicht über seinem kostbaren Schatz, den er wie Argus bewachte, ohne zu wagen, ihn zu verlassen. Möglich, dass der Unglückliche auf diese Weise in der Wildnis verschmachten musste. Der Mann arbeitete auf dem weichen Boden und hatte ihm den Rücken zugedreht. Bei dem Rascheln und Schütteln seiner eigenen Maschine konnte er die Schritte des Doktors nicht hören. So kam er ganz geräuschlos an ihn heran und befürchtete nicht zu Unrecht, dass er ihn mit einem plötzlichen Anruf erschrecken würde. Vielleicht ergriff er dann seine sicher neben ihm liegende, gespannte Büchse oder einen Revolver und sprang in die Höhe? Mit einem Anflug gutmütiger Neckerei freute er sich aber auch wieder auf diesen Moment. Da das Maultier ebenfalls ganz still dicht hinter seinem Herrn hergegangen war, hatten die beiden den Goldwäscher auf kaum fünf Schritt erreicht und ihn so überrumpelt, ohne dass er ihre Nähe auch nur ahnte. Jetzt hatte er ihn, wo er ihn haben wollte, und rief mit ziemlich lauter Stimme:

»Guten Morgen!«

Anstatt aber in panischem Schrecken hochzufahren, wie es sich der Doktor ausgedacht hatte, blieb der Mann ruhig sitzen und drehte noch nicht einmal den Kopf herum. Als ob er einem Bekannten auf der Straße begegnete, sagte er ruhig in deutscher Sprache:

»Guten Morgen!«

»Na, das nenn ich kaltblütig«, sagte Doktor Rascher lächelnd. Er ging an dem vollkommen gleichgültigen Mann dicht vorbei, um das Gesicht dieses merkwürdigen Philosophen zu betrachten. Der Goldwäscher sah kaum von seiner Arbeit auf, als das Maultier an ihm so dicht vorüberkam. Er drehte den Kopf etwas zur Seite und sagte:

»Schlägt der Racker aus?«

»Nein«, lächelte der Doktor. »Es ist ein ganz gutes Tier.«

»So? Die Bestien sind sonst sehr schnell mit den Hinterbeinen. Neulich hat mich eins hierher getroffen, dass ich acht Tage nicht sitzen konnte.«

Er machte dabei eine entsprechende Bewegung, ohne eine Miene zu verziehen. Der Doktor musste laut heraus lachen.

»Ja, Sie haben gut lachen!« sagte der Goldwäscher und arbeitete ruhig weiter.

Als ihn Doktor Rascher näher betrachtete, kam ihm das Gesicht bekannt vor, obgleich es schwer war, in seinem jetzigen Zustand bestimmte Züge herauszufinden. Der Mann hatte sich in den letzten fünf bis sechs Wochen nicht rasiert und sich wahrscheinlich auch genauso lange nicht gewaschen. Allem Anschein nach trug er auch sein Hemd genauso lange. Unter dem alten, zerknitterten Strohhut, den er womöglich nachts als Kopfkissen benutzte, sahen die langen, struppigen blonden Haare sehnsüchtig nach einem Kamm heraus und spreizten sich auch hier und da aus einzelnen Öffnungen der Kopfbedeckung heraus.

Er bot das echte, traurige Bild eines verwahrlosten Menschen, dem die Einwirkung anderer fehlte, um sein Äußeres wieder zu pflegen. Wahrscheinlich fehlte ihm aber auch die Kraft, das von sich aus zu tun, wozu ihn andere vielleicht gezwungen hätten. Ein Europäer, der die schlechten Eigenschaften der Indianer angenommen hatte, ohne eine einzige der besseren dabei mit aufzunehmen. Ein verlorenes Subjekt, wie man es nicht nur in Kalifornien, sondern auch in vielen anderen wilden Ländern findet, in der amerikanischen Wildnis genauso wie im australischen Busch, das sich nur vegetierend am Leben erhielt – und doch dabei nach Gold grub.

»Sagen Sie, sind wir nicht schon irgendwo zusammengetroffen?« sagte endlich der Doktor.

»Nicht dass ich wüsste, Herr Doktor«, antwortete der Miner.

»Nanu, und trotzdem kennen Sie mich?«

»Nun ja«, erwiderte der Mann. »Warum soll ich Sie denn nicht kennen? Wir haben ja die ganze lange Seereise zusammen gemacht.«

»Aha«, lächelte Rascher. »Sie waren im Zwischendeck?«

»Ich war so dumm«, erwiderte der Mann freimütig. »Ich bin in diesem Marterkasten in das verdammte Kalifornien geliefert worden, Passage bezahlt und alles, freier Speck und Erbsenbrühe!«

»Aber hier sind Sie doch hoffentlich für alle Entbehrungen und Beschwerden reichlich entschädigt worden?«

»Wer? Ich? Ich möchte wissen, wo?« brummte der Bursche verdrießlich in den Bart. »Ich wollte nur so viel, dass ich mir den neuen Hof in Hesselbach kaufen konnte. Jetzt rackere ich mich schon fünf Wochen in den Bergen ab, lebe wie ein Hund, arbeite wie ein Pferd und habe noch nicht einmal genug zusammen, um nur die Grenzsteine zu bezahlen. Wenn ich nur die Zeitungsschreiber hier hätte, die ihre verfluchten Lügen in Deutschland verbreitet haben...« In seinem verbissenen Grimm über sein Schicksal schüttelte er die Maschine mit solcher Kraft und Gewalt, als ob er einen der Verantwortlichen am Kragen hätte. Der Doktor lächelte, aber trotzdem tat ihm der Mann leid, der hier mit einem Berg zerstörter Hoffnungen in der Wildnis saß und mit sich, Gott und der Welt grollte. Die Gesellschaft war ihm aber auch nicht besonders angenehm, um sich lange aufzuhalten. Er versuchte deshalb, zunächst den Weg zu erfragen und dann weiterzugehen.

»Kennen Sie sich in der Gegend aus, Freund?« erkundigte er sich nach kurzer Pause.

»Ich? Ich glaube schon«, erwiderte der Mann. »Ich kenne hier jeden Fleck, wo nichts liegt. Sehen Sie, da – dort – da drüben – da oben, diese Löcher habe ich ganz allein gegraben, und Platz genug ist da, dass eine Million hätte drin stecken können.«

»Nein, ich meine in den benachbarten Minen?«

»Was gehen mich die benachbarten Minen an?« knurrte aber der Deutsche, »Ich habe von Kalifornien schon mehr gesehen, als mir lieb ist.«

»Dann können Sie mir also nicht sagen, wo das sogenannte Paradies liegt?«

»Sogenannte Paradies?« wiederholte der Mann und sah den Doktor erstaunt an. Er nahm wohl an, dass der andere ihn aufziehen wollte. »Na, wenn Sie hier in dem vermaledeiten Kalifornien ein Paradies suchen, wünsche ich Ihnen viel Glück. Sollten Sie's aber wirklich finden, lassen Sie's mich bitte wissen, Doktor. Sie brauchen ja nur der Botenfrau ein paar Zeilen mitzugeben. Paradies – ja, schönes Paradies, Eldorado, und wie sie es sonst noch in den Büchern genannt haben. Es soll der Teufel holen, wenn ich erst einmal wieder draußen bin!«

Der Doktor sah ein, dass er von dem Mann, der hartnäckig wie ein Maulwurf das ganze Tal durchwühlt hatte, nichts erfahren konnte. Es interessierte ihn aber doch, wie dieser griesgrämige Geselle hier eigentlich lebte. Er konnte nirgends eine Wohnung, ein Zelt oder eine Hütte entdecken. Dicht neben dem Arbeitsplatz befand sich eine Feuerstelle, bei der ein paar Blechtöpfe und ein kleiner, eiserner Kessel hingen.

»Wo wohnen Sie denn eigentlich?« sagte er endlich. »Verlassen Sie nie den Bach, und bleiben Sie Tag und Nacht hier?«

»Mein Schlafzimmer ist gleich hinter dem Baum«, antwortete der Deutsche, ohne von seinem Sitz aufzustehen. »Wenn Sie es sich einmal ansehen wollen, es lohnt sich wirklich. Es ist nur noch nicht ordentlich eingerichtet.«

Doktor Rascher ging über den Bach auf einem schmalen Damm, sah sich aber auch dort vergeblich nach einem Zelt um und drehte sich deshalb wieder zu dem Mann um.

»Gleich hinter dem Baum, sag ich Ihnen ja«, rief der nur. Der Doktor, der noch ein paar Schritte nach vorn machte, sah sich im nächsten Augenblick der Höhle dieses wild gewordenen deutschen Staatsbürgers gegenüber.

Er hätte den Platz vielleicht selbst jetzt noch übersehen. Der Eingang bestand aus einem etwa 90 Zentimeter großen Loch, über das noch von oben einige Büsche herabhingen. Der sehr primitive Schlafplatz war einfach roh in den Berg gehauen. Rechts und links vom Eingang fielen sofort zwei kleine Holzbrettchen auf. Auf dem einen stand mit Kohle geschrieben: »Hier liegen Selbstschüsse!« und auf dem anderen: »Verbotener Eingang!«

Links davon war der Kleiderschrank. In die Zeder, deren Stamm den Eingang halb verdeckte, hatte der Mann einen Pflock eingeschlagen und daran hing ein früher vielleicht einmal erbsengelb gewesener Mantel mit unzähligen Kragen. Darunter lehnte ein arg verschossener, grüner Baumwollregenschirm lebensmüde mit dem abgebrochenen Griff an der rauen Rinde.

»Und da wohnen Sie wirklich, Freund?« rief der Doktor, der von der Einfachheit überrascht war.

»Allerdings«, sagte der Deutsche und hielt einen Augenblick mit dem Schaukeln inne, um wieder frische Erde in die Maschine zu schütten. »Wenn Sie näher treten möchten, genieren Sie sich nicht. Das mit den Selbstschüssen ist nur so geschrieben, wenn ich einmal weg bin und so ein verwünschter Indianer spioniert hier herum.«

»Vielen Dank«, sagte aber der Doktor. Nach allem, was er von dem Eigentümer draußen gesehen hatte, verspürte er keine besondere Lust mehr, in dieses Loch zu kriechen. »Wenn Sie aber hier, so ganz allein, einmal krank werden?«

»Ach was«, sagte der Mann. »Ich bin in meinem ganzen Leben nicht krank gewesen, noch nicht einmal seekrank.«

Doktor Rascher konnte sich noch immer nicht über den Burschen und sein Leben beruhigen. Er betrachtete abwechselnd ihn und seine Schlafstätte und schüttelte nachdenklich den Kopf. Da der Deutsche aber keine Notiz mehr von ihm nahm, wollte er sich auch nicht weiter hier aufhalten, sondern Menschen suchen, die ihm bessere Auskunft geben konnten.

»Können Sie mir nicht wenigstens sagen«, wandte er sich deshalb noch einmal an ihn, »wo ich die nächsten Goldgräber oder ein Handelszelt finde?«

»Den Bach hinunter«, war die ganze Antwort, die er erhielt.

»Na, dann leben Sie wohl. Ich wünsche ihnen, dass Sie in Zukunft erfolgreicher sind als bisher.«

»Könnt es gebrauchen«, antwortete der Mann und begann wieder, seine Maschine zu schaukeln.

Wie es ihm der Deutsche geraten hatte, setzte der Doktor seinen Weg am Bach entlang fort. Er vermutete, dass der Mann auch von irgendwo seine Verpflegung beziehen musste. Nach zwei Stunden gemütlichen Gehens auf einem ziemlich ausgetretenen Pfad erreichte er auch ein kleines Handelszelt. Dort erfuhr er, dass das Paradies noch etwa fünf Meilen entfernt läge und von dem nächsten Bergrücken ein befahrener Weg hinführe. Für heute war es ihm aber zu spät geworden, da er sich auch etwas müde fühlte. Er blieb also die Nacht über bei dem Yankee, der das Handelszelt errichtet hatte. Er erhielt ein sauberes Bett und ein ziemlich gutes Abendbrot. Früh am anderen Morgen brach er dann in die angegebene Richtung auf. Leute traf er sehr wenig unterwegs. Ein paar Karren brachten vom Paradies Lebensmittel in die benachbarten Berge, und ein paar Goldwäscher waren unterwegs, die eben überall umherstreiften. Erst als er annahm, dass er nahe an seinem Ziel war, kamen ihm einzelne Mexikaner zu Pferd und andere in kleinen Gruppen entgegen. – Alle waren bewaffnet und schienen in großer Eile zu sein. Ein paar von ihnen sprach er an, aber sie antworteten nicht und ritten weiter in den Wald. Einige folgten der Straße weiter, andere verschwanden direkt im Dickicht, einem nur ihnen bekannten Ziel zustrebend.

Er war die letzte halbe Stunde ziemlich stark bergan gestiegen. Der hier offene Wald mit wenig Unterholz gab ihm den Blick auf große Entfernung frei. Zu seiner Genugtuung bemerkte er, dass er sich dem Talkessel näherte, in dem das Paradies liegen sollte. Als er den Kamm des Bergrückens erreichte, öffnete sich auch weit vor ihm das reizende Tal. Der Berg, der es an dieser

Seite einschloss, war an diesem Hang fast völlig kahl. Nur hier und da standen auf der welligen Oberfläche einzelne, kleinere Büsche. Früher hatte hier auch etwas Baumwuchs gestanden. Teilweise war aber das Holz durch einen Waldbrand vernichtet worden, zum Teil hatten die Goldwäscher die noch gesunden, schlanken Stämme zum Hüttenbau ins Tal geholt. Das übrige frische und trockene Holz wurde dann verfeuert. Jetzt hätte man den ganzen Hang absuchen können, ohne auch nur einen einzigen Arm voll Reisig zu finden. Für die Aussicht zum Paradies war das natürlich ein Vorteil, und von dieser Stelle konnte man besser als woanders das ganze Tal mit den zerstreuten Zelten, Büschen und Bäumen und dem ganzen regen Treiben überblicken. Ganz entzückt von dem Anblick blieb der alte Mann stehen und bemerkte nicht, dass noch ein anderer Wanderer kaum zwanzig Schritt von ihm entfernt auf einem Stein saß. Er hatte eine Doppelflinte auf den Knien und sah still in das unbeschreiblich schöne Panorama hinunter. Erst als sein hinter ihm grasendes Pferd beim Nahen des Maultiers wieherte, sah er ihn sitzen, ohne dass der Fremde die geringste Notiz von ihm genommen hätte.

»Das ist etwas, was ich selbst noch nicht fertigbringe«, dachte der Doktor. »Aber in Kalifornien muss ich es mir wohl angewöhnen, denn es scheint hier so üblich zu sein: dass ich von keinem, der mir begegnet, oder den ich treffe, Notiz nehme. Rede ich jemand an, der nicht irgendetwas von mir will, kann ich zehn zu eins wetten, dass ich gar keine oder eine grobe Antwort bekomme. Sehe ich mir andere Leute an, die nur mit sich selbst beschäftigt durch die Welt ziehen, dann muss ich gestehen, dass sie in diesem Land völlig vernünftig handeln. Ich werde also gleich den Anfang machen und mich an diese neue Lebensregel halten.«

Damit nahm er ohne weiteres auf einem anderen Stein, etwas von dem Fremden entfernt, Platz. So schwer es ihm auch wurde, nicht wieder mit einem treuherzigen ›Guten Morgen!‹ herauszuplatzen, brachte er es doch fertig, so zu tun, als ob sein Nachbar gar nicht da wäre, und sah in das Tal hinaus. Der Anblick fesselte ihn bald so sehr, dass er den anderen wirklich vergaß und sich gar nicht satt sehen konnte. Wohl eine gute halbe Stunde hatte er so gesessen, als plötzlich jemand lachend ausrief:

»Doktor!«

Rasch drehte er sich um und sprang im nächsten Augenblick mit einem erstaunten Ausruf empor.

»Emil – Baron – zum Donnerwetter, woher kommen Sie denn?«

»Von San Francisco, Doktor«, lachte der junge Mann und streckte ihm freundlich die Hand entgegen. »Ich freue mich, dass gerade Sie der erste Bekannte sind, den ich hier treffe, das müssen Sie mir glauben. Aber wollen Sie abreisen?« setzte er fast bestürzt hinzu.

»Abreisen?« fragte der Doktor. »Ich komme eben erst an. Aber das ist gut. Gerade habe ich mir vorgenommen, mit keinem Menschen auf der Straße mehr ein Wort zu reden, und dann sind Sie der erste, bei dem ich das ausprobieren will. Ich habe Sie aber nicht erkannt, wie Sie da im Minerhemd auf dem Stein saßen, hielt ich Sie für einen Franzosen.«

»Sie sind noch gar nicht im Paradies gewesen? Wissen gar nichts von dort?« erkundigte sich der junge Mann.

»Ich weiß, dass dieser vor uns liegende Ort Paradies heißt. Ob er aber eins für uns werden wird, müssen wir erst noch ausprobieren!« sagte der Doktor lächelnd.

Während er sprach, blickte er seinen jungen Freund scharf an. Es konnte ihm nicht entgehen, dass der leicht rot wurde. Vielleicht bemerkte das auch Emil, denn er brach das Gespräch kurz ab und sagte leichtherzig wie vorher:

»Sehen Sie, Doktor, was das für ein wirklich himmlisches Land ist. Und das haben sich nun mit all den unermesslichen Schätzen, die gleich bar in den Schubladen liegen, diese glücklichen Amerikaner weggeangelt.«

»Es ist ein freundlicher Anblick, das lässt sich nicht leugnen, Baron«, erwiderte der Doktor. »Ich fühle mich aber im Wald und in der reizenden Flora sehr wohl. Jedes Mal überkommt mich dann ein unbehagliches Gefühl, wenn ich mich einer solchen Niederlassung nähere. Gold, Gold, und immer nur Gold – man hört kein anderes Wort. Die Menschen denken an nichts anderes und reden deshalb auch über nichts anderes. Die Qualität jeder ausgearbeiteten oder begonnenen Grube wird besprochen, die gefundenen Stücke oder Stückchen werden beschrieben, was der oder der erbeutet, wie viel an einem Tag, wie viel in einer Woche er zusammengehackt und gewaschen hat. Kurz und gut, die Geschichte wird jedem, der nicht selbst bis an die Ohren darin sitzt, so unangenehm, dass er lieber wieder packen und davonlaufen möchte.«

»Ja, lieber Gott, bester Doktor«, sagte der junge Mann, »dafür sind wir nun einmal in Kalifornien. Das ist ungefähr genauso, als ob ich in ein Fischerdorf gehe und nichts von Fischen hören will. Später wird das vielleicht einmal anders, aber jetzt müssen wir die Dinge nehmen, wie sie sind. Was mich selbst betrifft, so muss ich gestehen, dass ich meinen Spaß an diesem unternehmungslustigen Land habe. Und, was noch mehr bedeutet, ich bekomme langsam auch vor der Nation Respekt. Nach dem, was ich früher über die Amerikaner gelesen habe, stellte ich sie mir immer nur als rohes, tabakkauendes, spekulierendes Krämervolk vor. Wenn ich aufrichtig bin, bin ich zu dem Entschluss gekommen, sie genauso vorgefunden zu haben – aber allen Respekt vor den Leuten. Natürlich gibt es Gesindel unter ihnen, vielleicht auch nicht mehr als bei uns in Deutschland, nur dass es hier nicht in so feinen Anzügen herumläuft. Aber es steckt ein Unternehmungsgeist in den Leuten, eine Kraft und Ausdauer und Zähigkeit, ihr einmal angefangenes Unternehmen zu beenden, vor dem man wirklich Respekt haben muss. Ich verlange nicht, dass wir ihr ekliges Tabakkauen nachmachen sollen, aber wenn wir uns ein Beispiel an ihrem Nationalstolz nehmen, dann könnte das für uns ein großer Segen werden. Vielleicht gewinnen wir dabei auch einen Platz, auf dem es bei uns wachsen könnte.«

»Aber es gibt doch auch entsetzlich viel und oft sehr bösartiges Gesindel unter ihnen«, sagte der Doktor. »Das finden wir so nie in Deutschland. Nehmen Sie nur allein die Spieler!«

»Nicht so öffentlich und frech bei uns, da gebe ich Ihnen recht. Aber genauso schlecht im geheimen und damit gefährlicher«, sagte der junge Mann. »Diese Spieler sind der Auswurf der ganzen Nation. Man könnte eigentlich sagen, der Auswurf der ganzen Welt, indische Thugs und italienische Banditen nicht ausgenommen. Übrigens, von diesem Siftly habe ich doch seit diesem Tage nichts mehr gesehen! Er war und blieb spurlos verschwunden. Ich hörte nur einmal, dass er seinem durchgegangenen Kompagnon gefolgt war.«

»Möglich, ich sehne mich nicht nach seiner Bekanntschaft!« sagte der Doktor. »Deshalb wünsche ich auch, dass wir uns nicht wieder begegnen. Aber können Sie mir nicht sagen, weshalb da zwei Flaggen an der hohen Stange wehen?«

»Ja, darüber habe ich mir auch schon den Kopf zerbrochen«, sagte Baron Lanzot. »So viel ich erkennen kann, scheint die obere die amerikanische zu sein. Aber was die andere bedeutet, kann ich nicht erkennen.«

»Es ist in der Stadt auch ziemlich unruhig, wenn man diese Zeltstraße überhaupt so nennen kann. Ein sehr ruhiges Leben scheinen die Bewohner des Paradieses nicht zu führen.«

»Wer weiß, was sie haben«, sagte Baron Lanzot. »Wie wär's, wenn wir hinabgehen?«

»Sehr gern. Aber was in aller Welt hat Sie, Baron, jetzt in die Minen geführt? Den Titel Emil haben Sie ja hoffentlich in San Francisco zurückgelassen.«

»Der liegt bei den Servietten«, lachte der. »Aber noch früher, schon vor der Abfahrt aus der alten Heimat, habe ich den Barontitel beiseitegelegt. Deshalb, lieber Doktor, bitte ich Sie herzlich, mich nur einfach Lanzot zu nennen. Nur wenn Sie hartnäckig höflich sein wollen, setzen Sie den ›Mister‹ davor.«

»Na gut, Sie haben recht, Mr. Lanzot, oder Lanzot, wenn Sie das lieber hören«, sagte der alte Mann. »Den Rang mussten Sie zurücklassen, als Sie dieses merkwürdige Land betraten, denn Rang ist eine eigene Sache, die nur in der Masse und in der entsprechenden Umgebung wirkt. Ein einzelner Soldat zwischen Bürgern sieht auch komisch aus, und die grell abstechenden Farben wollen dem Auge nicht gefallen. In Reih und Glied macht er sich dafür um so besser. So lassen Sie also den Namen fallen, bis Sie zu Hause wieder einmal in Reih und Glied einrücken. Die Spitzhacke und die Schaufel sind dann auch weniger auffällig.«

»Ach was«, lachte Lanzot. »Die würden weniger gegen den Barontitel abstechen als Serviette und Teller.«

»Das ist allerdings wahr«, sagte der Doktor. »Was Sie nur bewogen haben kann, diesen Broterwerb auch nur für kurze Zeit auszuüben, wird mir immer ein Rätsel bleiben. Aber Sie haben es jetzt selbst satt bekommen, nicht wahr?« Wieder war es, als ob der junge Mann leicht rot wurde. Aber lachend antwortete er:

»Satt allerdings, ich habe meinem ›Capitaine‹, Sie kennen ja den kleinen, ausgetrockneten Franzosen, neulich einen Satz Teller vor die Füße und ihn selber über den Tisch geworfen. Anschließend habe ich mich in aller Freundschaft von ihm verabschiedet. Ich bin auch überzeugt, dass wir beide froh waren, endlich voneinander los zu sein. Dann bin ich einfach von San Francisco in die Berge gegangen, um mein Glück zu versuchen. Da ich wusste, dass Sie hier in der Nähe stecken, und weil der Name sehr verlockend in meinen Ohren klang, bin ich hierhergekommen.«

»Also meinetwegen«, lächelte der Doktor vergnügt vor sich hin, als ob ihm etwas anderes durch den Kopf schoss. Ernster, aber immer noch freundlich, setzte er hinzu:

»Nehmen Sie sich aber in acht, lieber Lanzot, und lassen Sie sich die Verbindung mit Monsieur Rigault eine Warnung sein. Solche Verhältnisse passen nicht für Sie, wenigstens nicht für die Zukunft, die auf Sie noch in der Heimat wartet. Denken Sie immer an die, und halten Sie sich stets den Rücken so frei, dass Sie ihren Kompagnon mit gutem Gewissen über einen Tisch werfen können. Mehr muss ich Ihnen ja wohl nicht sagen.«

»Nein, lieber Doktor«, lächelte der junge Mann. »Ich werde an Ihren Rat denken. Aber jetzt wollen wir machen, dass wir in das Tal kommen. Ich habe heute Morgen noch nichts gegessen und möchte vor allen Dingen in ein Wirtszelt. Komm, guter, alter Grauschimmel, hier kannst du dich ein paar Tage ausruhen, wenn wir nicht – vielleicht schon Morgen wieder weiterziehen. Also vorwärts dann!«

Der Doktor hatte nichts dagegen, und beide Männer nahmen ihre Tiere am Zügel, um mit ihnen in das Tal hinabzusteigen. Mit Ausnahme der Hauptstraße existierten hier keine ordentlichen Wege, und die Karren mussten sich oft ihren Weg durch den Wald erst brechen. Gar nicht selten passierten dabei Unglücke. So fanden auch unsere Wanderer die Trümmer eines kleinen Karrens, der erst vor kurzem verunglückt sein musste. Das meiste war schon in das Tal gebracht worden, aber das Vorderteil mit einem Rad lag noch dort hinter dem Stumpf eines abgehauenen Stammes. Lanzot ergriff das Rad und drehte sich zu seinem Begleiter.

»Was meinen Sie, Doktor, sollen wir das Ding einmal in Gang bringen?«

»Rollen Sie es nicht weg«, warnte Doktor Rascher. »Der Eigentümer wird sicherlich zurückkommen, um es abzuholen.«

»Dann kommt es ihm vielleicht entgegen«, lachte Lanzot. »Es war überhaupt eine meiner Hauptleidenschaften, Steine einen steilen Hang hinabzurollen. Es sieht herrlich aus, wenn sie ins Tal springen.« Damit gab er dem kleinen Rad einen Schwung und ließ es bergab laufen. Am Anfang rollte es auch ganz prächtig den nicht zu steilen Hang hinab. Durch den wellenförmigen Untergrund kam es aber mehr und mehr in Schwung. Aber statt rechts oder links abzubiegen und sich dann zu überschlagen und liegenzubleiben, sauste es plötzlich in langen und hohen Sätzen ins Tal, sprang über ein paar niedrige Büsche und verschwand hinter ihnen. Die beiden Männer waren von dem unerwarteten Erfolg überrascht stehengeblieben und horchten auf das Poltern des springenden Rades, das noch immer aus der Tiefe zu ihnen herauftönte. Plötzlich gab es einen Schlag, und gleich darauf gellte ein lauter Aufschrei an ihr Ohr.

»Um Gottes willen!« rief Lanzot erschrocken. »Wenn ich mit meiner albernen Spielerei noch ein Unglück angerichtet habe!«

»Das wollen wir nicht hoffen!« sagte der alte Mann bestürzt. »Vielleicht ist nur ein armer Teufel heftig erschrocken. Jedenfalls müssen wir hinunter und nachsehen.«

»Natürlich!« rief der junge Mann rasch. »Ich habe Unsinn gemacht und muss dafür auch büßen. Ein Glück, dass es hier keine Glasgeschäfte gibt, in die das Rad hätte springen können. Für einen Topfmarkt wäre es auch eine Überraschung geworden. Wenn nur kein Mensch zu Schaden gekommen ist!« Ohne noch ein Wort zu wechseln, eilten die beiden hastig den Hang hinab.

An diesem Morgen wollten auch der Justizrat und der Assessor wie gewöhnlich mit ihrer Arbeit am Bergbach beginnen. Schon die Aufregung im Lager ließ sie stutzen. Als sie die Vorbereitungen bemerkten und die Mexikaner mit der Fahne sahen, erhielten sie auch von einem Landsmann, der von den Hügeln kam, die Mitteilung, dass es im Wald nur so von bewaffneten Indianern wimmelte. So beschlossen sie vernünftigerweise, an diesem Tag lieber ruhig in ihrem Zelt zu bleiben und erst einmal abzuwarten, wie sich die Sache erledigen würde. Ihren Händen und Armen schadete es nichts, wenn sie einmal an einem Wochentag rasteten. Der Justizrat drehte ohne weiteres um. Am Zelt angekommen, stopfte er sich seine Pfeife, setzte sich auf seinen gewöhnlichen Platz am Feuer, einen niedrigen Klotz, und lehnte den Rücken an eine junge Eiche.

»Können paar Stück Holz auflegen, Assessor, heute Klöße kochen.«

»Das ist ein guter Gedanke, Herr Justizrat«, rief der gutmütige Assessor. Dann zog er ein schweres Stück Holz in das Feuer, das er gestern mit Mühe aus dem Wald geholt hatte. Der Justizrat rührte keinen Finger, um ihm zu helfen.

»Ein ganz hervorragender Gedanke, und wenn wir uns heute ordentlich ausruhen, können wir Morgen dafür um so härter arbeiten. So haben wir auch keinen Verlust dabei.«

»Bewahre!« sagte der Justizrat, rauchte noch eine Weile und schlief endlich sanft ein. Der Assessor betrieb mit unermüdlichem Fleiß seine Vorbereitungen für das Mittagessen.

Auch die übrigen Deutschen, Lamberg, Binderhof und Hufner, waren heute im Lager geblieben. Die Bewegung der Indianer hatte ihnen genauso wenig gefallen wie dem Justizrat. Trotzdem nahmen die beiden ersten noch Anteil an den Vorgängen im Paradies und interessierten sich für den Erfolg der Amerikaner dieser Menge von Mexikanern gegenüber. Nur an dem Justizrat und dem Assessor gingen die lebendigen Szenen spurlos und vollkommen unbeachtet vorüber. Der Justizrat schlief vollkommen und hörte noch manchmal im halben Traum den Lärm der Gongs und Trommeln und die gellenden Töne des Yankee-doodle, ohne auch nur den Kopf zu drehen. Ebenso wenig beachtete der Assessor das Geschehen, das ihn nach seiner Meinung nicht das Geringste anging. Das war Sache der Beamten. Ja, wäre er selbst hier Assessor gewesen, dann würde er sofort den ganzen Fall untersuchen und protokollieren lassen. Die schuldigen Rädelsführer hätten dann schon gehörig brummen müssen. Aber heute Mittag hatte er Klöße zu kochen, mit einem delikaten Stück Rindfleisch dazu, das der Sheriff Mr. Hale selbst gestern geschlachtet hatte. Es lag ihm besonders daran, den Justizrat mit seiner Kochkunst zufriedenzustellen.

Wer sich auch sehr wenig um die Auseinandersetzung kümmerte, war Hufner. Ihm gingen weit wichtigere Dinge im Kopf herum. Heute konnte die Schwiegermutter vielleicht schon den Brief bekommen, und was würde sie sagen? Er hatte schon den Postmann, der einmal im Monat die Post nach San Francisco brachte, entsprechend unterrichtet. Sollte eine Dame fragen, wie es ihm hier oben ginge, sollte er nur sagen: »Ganz entsetzlich schlecht.« Jetzt saß er, heute unbeschäftigt, vor seinem Zelt und wusste nicht, was er anfangen sollte, um seine trüben Gedanken zu verscheuchen. Was die Amerikaner heute für einen Lärm machten, was sie nur trieben, Binderhof und Lamberg waren hinuntergegangen, um sich die Sache mit anzusehen. Er hatte aber andere Dinge im Kopf. Endlich sprang er auf, er hielt es nicht länger aus. Er beschloß, einmal zum Justizrat zu gehen, um ihn und den Assessor um ihre Meinung zu fragen. Sie sollten ihm raten, was er tun sollte, wenn seine Schwiegermutter doch noch hierherkäme. In ihr Zelt konnte er sie doch nicht aufnehmen, Binderhof ließ ihm schon so den ganzen Tag keine Ruhe, und was sollte dann geschehen? Wie war sie zu beschwichtigen?

Der Justizrat schlief noch, und der Assessor traute sich nicht, ihn zu wecken. Er wollte leise an ihm vorübergehen, blieb aber mit dem Fuß in einem Stück Holz hängen und stolperte so, dass der Justizrat erschrocken auffuhr.

»Bitte tausendmal um Entschuldigung«, sagte der Assessor.

Der Justizrat murmelte etwas zwischen den Zähnen, was sein rücksichtsvoller Partner glücklicherweise nicht verstand, dann zog er an der Pfeife. Die war aber schon vor anderthalb Stunden ausgegangen und kalt geworden und musste wieder frisch angezündet werden. Jetzt machte sich auch Hufner bemerkbar. Nach kurzer Einleitung kam er auf den Zweck seines Besuches. Die Schwiegermutter stand wie ein rächendes Phantom vor seiner Seele, und er war sich doch keiner Schuld bewusst.

»Unsinn«, sagte aber der Justizrat. »Schwiegermutter Pappendeckel, selber herkommen und graben versuchen. Kunst, Gold zu finden. Schwiegermutter ist willkommen, hat vielleicht mehr Glück.«

»Ja, aber denken Sie sich, wenn sie vielleicht wirklich käme!«

»Ja, Herr Justizrat«, stimmte ihm der Assessor bei, der in diesem Augenblick unwillkürlich an Frau Siebert dachte. »Das wäre wirklich schrecklich!«

»Alte Weiber!« brummte jedoch der Mann des Gerichts zwischen einzelnen Dampfwolken durch. »Will nichts wissen davon – Klöße fertig?«

»Jawohl, Herr Justizrat, im Augenblick«, sagte der Assessor, der die größte Mühe mit seiner Brille hatte, die jedes Mal anlief, wenn er sich über den dampfenden Kessel bog, um den Inhalt zu überprüfen. Endlich fischte er einen der Klöße mit einem selbstgefertigten Holzlöffel heraus, prüfte ihn, indem er ein Stück abschnitt, und fand ihn vortrefflich.

»Mitessen?« sagte der Justizrat zu Hufner und stellte die ausgerauchte Pfeife zur Seite.

»Herzlichen Dank, mir ist der Appetit vergangen, und ich habe seit der Nachricht keinen Bissen über die Lippen gebracht.«

»Unsinn!« antwortete der lakonisch. »Anfangen, Assessor.« Er nahm den Blechteller, den ihm sein Kompagnon gab, mit der Gabel auf die Knie und sah erwartungsvoll zu dem dampfenden Topf. Der Assessor wollte ihn mit der bloßen Hand vom Feuer nehmen, aber der dünne Drahthenkel war entsetzlich heiß geworden. Er musste erst ins Zelt, um einen Lappen zu holen. Der Justizrat hätte dafür sein Taschentuch genommen.

»Das da unten ist der neue Alkalde!« sagte in diesem Augenblick Hufner zum Justizrat. »Es sieht so aus, als ob er hier vorbei will. Dann werden Sie ihn deutlich sehen können. Es ist ein Amerikaner, und er soll sehr tüchtig sein.«

»Hm, meinetwegen«, lautete die Antwort des Hungrigen. »Assessor, Donnerwetter, wo bleiben Sie denn?«

»Augenblick!« rief der Assessor. Er kam eifrig mit einem unter seinen Sachen herausgesuchten Wischlappen herbeigelaufen. »Jetzt werden wir gleich sehen, wie sie sich machen, wenn sie nur gar genug sind.«

Er bog sich eben über den Topf, um ihn gut und sicher anfassen zu können, als dicht über ihnen am Berghang ein polterndes Geräusch laut wurde. Alle sahen unwillkürlich hinauf. Hufner und der Assessor behielten aber kaum Zeit, aus dem Weg zu springen. Da kam das Rad herunter, prallte an einem Stein ab, beschrieb einen kurzen Bogen und schlug pfeifend vor Kraft und Schnelle mitten auf den Kessel.

Einen Augenblick war alles verwirrt. Der Assessor schrie laut auf, der Justizrat sprang in die Höhe und ließ Gabel und Teller fallen, und im Feuer zischte die heiße Brühe und warf Funken, Rauch und Asche hoch in die Luft. Das Rad hatte jetzt eine andere Richtung bekommen, schnellte sich noch einmal nach vorn, drehte sich, überschlug sich seitlich mehrfach und rollte dann langsam dicht an dem Alkalden vorbei, bis es von einem kleinen, struppigen Busch aufgefangen wurde und liegenblieb. Hetson befand sich nicht gerade in der Stimmung, über etwas zu lachen. Trotzdem war die ganze Szene mit dem wie aus den Wolken gefallenen Rad so komisch, dass er ein Lächeln kaum unterdrücken konnte. Er stieg ein paar Schritte bergan, um zu sehen, ob noch jemand zu Schaden gekommen wäre. Er hatte den Justizrat und Hufner, beide Kajütpassagiere der ›Leontine‹, erkannt und wusste, dass Hufner etwas Englisch sprach. Er fand Hufner und den Assessor sprachlos vor Schreck vor den Trümmern ihres Mittagessens und den Justizrat im höchsten Grad der Entrüstung. Er stieß dabei eine Menge abgebrochener, selbst seinen Landsleuten unverständlicher Verwünschungen aus. Hetsons scharfe Augen entdeckten am Waldrand nirgends einen Menschen. Er schloss daraus, dass der Schaden nur durch einen Zufall und nicht böswillig verursacht worden sei. Das versuchte er dem Justizrat begreiflich zu machen, aber lieber Gott – er hätte ebenso gut zum Rad selbst reden können. Der Mann hörte und sah nichts, er stampfte mit den Füßen, warf mit den Händen um sich, und nur einzelne Worte wie: »Kriminalprozess«, »Klöße«, »Halunken«, »Kalifornien« und »aufhängen« ließen sich unterscheiden.

Hetson wollte auch gerade aufgeben, sich verständlich zu machen und ihn austoben zu lassen, als er zwei Männer den Hang hinab kommen sah, die ihre Lasttiere am Zaum führten. In ihnen vermutete er die Urheber des Unglücks. Da er eine heftige Szene zwischen den Parteien verhindern wollte, blieb er stehen, um sie zu erwarten. Kaum waren sie aber etwas näher gekommen, als er in dem einen seinen alten Freund, Doktor Rascher, erkannte und ihm mit einem Jubelruf entgegeneilte.

»Doktor!« rief er dabei und streckte die Hand aus. »Sie sendet mir in diesem Augenblick der Himmel. Ich weiß nicht, wessen Gesicht ich gerade jetzt lieber sehen möchte als Ihres!«

»Lieber Mr. Hetson«, rief der alte Mann ebenso freudig aus, »es tut meinen alten Augen wohl, Sie so gesund und frisch zu sehen. Nur sehr blass sind Sie noch, entsetzlich blass, die Bergluft hat noch nicht lange genug auf Sie einwirken können. Aber bald werde ich ja wohl sehen, dass Sie vollkommen hergestellt sind.«

»Doktor, ich muss Ihnen etwas Wichtiges mitteilen.«

»Sofort, ich stehe zu Ihren Diensten. Ihre Frau ist doch wohl munter und gesund?«

»Vollkommen.«

»Gott sei Dank! Dann möchte ich Ihnen vor allen Dingen einen lieben Freund, den Baron von... Ja, so, den Mr. Lanzot vorstellen. Er führt sich nicht gerade auf die beste Weise bei Ihnen ein, denn ich sehe, dass sein mutwillig bergab gerolltes Rad Verwirrung angerichtet hat. Doch hoffentlich nicht in Ihrem Zelt?«

»Nein«, lächelte Hetson. »Aber es sind Schiffsgefährten von uns, denen Sie das Mittagessen verdorben haben. Unter anderem auch dieser komische Kauz mit der langen Pfeife, den sie Jus – wie war der Name gleich, justice?«

»Oh, der Justizrat«, lachte der Doktor. »Wir müssen versuchen, ihn zu besänftigen, was ja wohl nicht so schwer werden wird. Lieber Lanzot, ich habe das Vergnügen, Ihnen hier Mr. Hetson vorzustellen. Sie erinnern sich, dass wir über ihn und seine nette Frau sprachen, als ich ihr damals die junge Spanierin als Begleiterin empfahl.«

»Mr. Hetson«, sagte der junge Mann und verbeugte sich leicht. Dabei schoss ihm wieder das Blut in den Kopf. »Ich freue mich, Sie kennenzulernen und bedaure, dass es auf diese Weise geschieht.«

»Sie werden sich wohl mit Ihren Landsleuten deswegen verständigen können«, sagte freundlich der Amerikaner. »Darf ich Sie bitten, lieber Doktor?«

»Sie scheinen in Eile zu sein, aber erst müssen wir doch hier die Sache regulieren. Mir als altem Schiffskameraden und sonst ruhigem, gesetztem Mann werden sie wohl leichter glauben, dass die Ursache für das Unglück kein bösartiger Mutwille war. Wir sind ja gern bereit, jeden erlittenen Schaden zu ersetzen.«

Hetson musste sich fügen, und die Männer stiegen jetzt gemeinsam zu dem empörten Justizrat hinunter. Der war zuerst nicht einmal bereit, den ruhigen Erklärungen des alten Doktors zuzuhören. Er wollte die Sache unbedingt zu einem »Kriminalprozess« treiben. Die Erklärung, den angerichteten Schaden zu ersetzen, machte ihn dabei noch böser. Erst als er sich in seinem Grimm eine frische Pfeife gestopft hatte, schien sich sein Ärger etwas zu legen. Das Mittagessen war total in die Asche gefallen, und es gab keine Möglichkeit, auch nur einen Teil zu retten. Der Assessor versprach in seiner unverwüstlichen Gutmütigkeit, sofort für etwas anderes zu sorgen. Hufner lief fort, um für den zerstörten Kessel einen neuen zu holen, und der Justizrat wurde endlich dazu gebracht, dem jungen Lanzot die Hand zu geben.

»Schön – Dummheiten – Rad bergunter rollen«, sagte er dabei. »Beinah Pfeife zerbrochen – verdammtes Kalifornien.« Als die drei sie verlassen wollten, setzte er hinzu: »Maulaffe – Kessel zerbrochen – Hand schütteln – Tür hinauswerfen« – und qualmte stärker als je zuvor.

25. Der Gefangene

Lanzot bemerkte, dass der Amerikaner mit seinem alten Freund etwas zu bereden hatte, zu dem sie keinen weiteren Zeugen brauchten. Als sie den Lagerplatz der Deutschen und den zornigen Justizrat verlassen hatten, nahm er sein Tier wieder am Zügel und ging voran in das Paradies, während die beiden im Gespräch zurückblieben. Der alte Mann schüttelte mehrfach bedenklich mit dem Kopf und sprach ein paar beschwichtigende Worte dazwischen, denn Hetson schüttete sein ganzes Herz vor ihm aus und erzählte ihm mit gedämpften Worten alles, was in den letzten, so verhängnisvollen Tagen vorgefallen war. Trotzdem freute sich der alte Arzt aber auch über die gute Veränderung, die im ganzen Wesen seines früheren Patienten vorgegangen war. Das war nicht mehr der schwankende, zaghaft verzweifelnde Mann, wie er ihn an Bord des Schiffes und in San Francisco kannte. Sein ganzes Benehmen, seine Ausdrucksweise und seine Ansichten waren gefestigt. Sogar als er um Rat fragte, war er schon zum Handeln entschlossen. Nur wie ein dünner Schleier lag die Erinnerung an die Vergangenheit noch auf seiner Seele. Nur eines machte ihn noch wankend und nagte innerlich an ihm: der Gedanke, und nach Siftlys Worten die Gewissheit, dass seine Frau vor ihm von der Anwesenheit ihres früheren Verlobten gewusst hatte. Und dass sie, egal zu welchem Zweck, ein heimliches Treffen mit ihm hatte. Das aber leugnete der alte Doktor Rascher. Nach seiner festen Überzeugung konnte sie mit ihm zusammengetroffen sein, aber nie würde sie selbst zu einem Treffen gegangen sein. Die Schilderung, die er dem jungen Amerikaner dabei von Siftly gab, machte das, was er sagte, noch wahrscheinlicher. Hetson erinnerte sich auch, dass seine Frau ihn selbst um eine Unterredung gebeten hatte. So wollte er einen Entschluss hinausschieben, bis er sie gesprochen hatte.

Die beiden Männer waren sich darüber einig, dass der Engländer den Platz auf jeden Fall verlassen musste. Wenn er ein Ehrenmann war, was Rascher fest glaubte, dann würde er das von selbst tun. Weigerte er sich, so mussten entweder Mittel gefunden werden, ihn zu entfernen, oder Hetson musste mit seiner Familie einen anderen Ort aufsuchen. Ins Gespräch vertieft, hatten sie den Mittelpunkt der Stadt schon wieder erreicht, ohne es selbst zu bemerken. Da wurden sie auf wilden Lärm und Gedränge von Menschen aufmerksam. Hetson war sich nicht sicher, ob die gereizten Mexikaner gemeinsam mit den Indianern nicht doch noch einen Überfall wagen würden. Er bat Rascher, auf ihn zu warten, und eilte, so schnell er konnte, zum Mittelpunkt des Aufruhrs. Den bildete kein anderer als unser alter Bekannter, der arg Misshandelte und entstellte Smith. Mit dem geronnenen Blut auf der Schulter und blutigem Gesicht, totenbleich, die Haare wirr um den Kopf hängend, hing er mehr auf seinem Pferd als er saß. Mit gellender, kreischender Stimme rief er die Amerikaner zur Rache gegen die Indianer auf.

Die leicht erregbaren wilden Männer, die noch ihre Waffen in der Hand hatten, waren auch sofort bereit, dem Ruf zu folgen. Alles schrie nach Hetson, vor dem sie nach den Ereignissen dieses Tages großen Respekt hatten. Er sollte sie anführen. Der einzige, der bei dem Lärmen und Toben ruhig und gleichgültig blieb, war der alte Nolten. Schon wieder gerüstet, um zu seinem Arbeitsplatz und seinen Gefährten zurückzukehren, hielt er auf seinem grobknochigen Schimmel mitten zwischen den Leuten. Als Mr. Smith eben seinen kreischenden Aufruf beendet hatte und nun erschöpft innehielt, um Atem zu holen und dann wieder zu beginnen, sagte er:

»Verdammt der Finger, den ich für diesen Kerl rühre. Alle ehrlichen Amerikaner werden sich hoffentlich genauso besinnen. Hätte er nicht neulich den armen indianischen Teufel erschlagen, würde er jetzt so sicher zwischen ihnen hindurch reiten können, wie ich es in der nächsten Viertelstunde tue. So ist ihm aber recht geschehen! Misshandeln und treten wollt Ihr das arme Volk, und wenn sie die Hand aufheben, um sich zu schützen, schreit Ihr alles zusammen und fordert Rache. Dass sie ihm das Leben gelassen haben, begreife ich nicht. Mit dem Abschneiden der Ohren ist ihm aber recht geschehen, das ist meine Meinung. Wenn ihm das nicht passt, kann er es mir sagen.«

Damit lenkte er sein Pferd langsam durch die ihn umringenden Amerikaner und Fremden hin, aus deren Mitte ihm manches zustimmende Wort heraustönte. Im Schritt ritt er die Straße wieder hinauf, den Bergen zu. Hetson wollte sich jetzt in die Menge mischen, als ihm Hale entgegenkam. Er nahm ihn am Arm und führte ihn zurück, während er mit kurzen Worten die damaligen Vorgänge erzählte. Der Spieler hatte unnötiges Blut vergossen, und die Indianer damit so gereizt, dass diese Rache vollkommen entschuldigt war. Hale sprach sich auch ganz entschieden aus, dass er, was seine Person beträfe, fest entschlossen sei, keinen Schritt gegen die Indianer zu unternehmen. Hätten sie sich früher nicht der Sache angenommen, dürften sie auch jetzt nicht den Spieler schützen. Dass der ein Bürger der Vereinigten Staaten sei, wäre ohnehin ein Unglück. Wenn einige der Männer verrückt genug waren, um an den Indianern Rache zu nehmen, könnte er sie nicht halten. Seine Meinung sei aber, dass der Alkalde ihnen ein gerichtliches Einschreiten rundweg abschlagen sollte. Wenn sie sich in ihrem Recht von den Eingeborenen gekränkt glaubten, sollten sie sie verklagen, und eine Jury würde dann entscheiden.

»Hallo, Hetson«, rief da eine raue Stimme. Als er sich umdrehte, kam ihm Siftly mit dem bleichen Smith an der Seite entgegen, gefolgt von einem Haufen lärmender Burschen. »Und Sie stehen noch da und schwatzen und beraten? Sollen wir etwa ruhig zusehen, wie die verdammten Rotfelle uns überfallen und verstümmeln? Eher die ganzen Fremden mit diesen dunkelhäutigen Halunken von der Erde vertilgt, ehe wir einen einzigen Tropfen amerikanisches Blut ungerecht diesen Boden färben lassen!« rief er.

Hetson betrachtete mit Ekel und Mitleid die traurige Gestalt des Verstümmelten und erkundigte sich jetzt nach den Einzelheiten des ganzen Überfalls. Smith trug sie auf seine Weise vor und schmückte sie aus. Als er aber dem

Alkalden erzählte, dass der Häuptling Kesos ihn geplündert und achthundert Dollar abgenommen habe, da rief auf einmal eine laute, kräftige Stimme durch den Lärm:

»Das ist eine Lüge!«

Alles drehte sich rasch und erstaunt nach dem Rufer um. Mitten unter die Männer trat dem Alkalden gegenüber Graf Beckdorf. Er kam, wie er seinen Arbeitsplatz verlassen hatte, im roten Hemd und mit dem Strohhut.

»Wenn dieser Mann da Grund hat, jemand dankbar zu sein, dass ihm wenigstens das Leben geschenkt wurde, dann dem Häuptling. Ich selbst war Zeuge der ganzen Szene, wenn auch mein Kamerad und ich nicht in der Lage waren, den armen Teufel vor seinem Schicksal zu schützen. Dass wir uns dabei alle Mühe gegeben haben, muss er uns bestätigen. Keiner der Indianer hat aber sein Geld angerührt, und er konnte ungehindert sein Pferd besteigen, auf dem die Satteltasche hing.«

»Als sie mich den Berg hinauf schleppten, habe ich es verloren«, stammelte der Spieler, vor Wut die Zähne zusammenbeißend. »Was wissen Sie davon? Setzen sich noch für die roten Verbrecher ein!«

»Ich setze mich nur für den Häuptling ein, der sich wie ein Gentleman benommen hat«, sagte Beckdorf ruhig. »Dass Sie bestraft wurden, ist Ihre Sache, und ich kann kein Urteil darüber fällen. Ein Raub wurde aber nicht verübt, und wenn das Geld nur einfach verloren wäre, müsste es sich wiederfinden. Achthundert Dollar in Gold oder Silber trägt man aber nicht in der Brusttasche bei sich, und Banknoten haben wir hier nicht. Ich dachte mir übrigens, dass der Herr da die Sache hier im Lager nicht so erzählen würde, wie sie wirklich war, und bin deshalb hergekommen, um eine etwaige falsche Aussage zu entkräften.«

»Was, zum Henker, geht Sie die ganze Sache an, dass Sie sich so merkwürdig darum bemühen?« rief Siftly mit ausbrechendem Zorn über den Fremden.

»Halt, Siftly!« sagte der Richter und ergriff seinen Arm. »Ich bin dem Mann dankbar für seine Mitteilung, denn er verhindert, dass wir einen ungerechten Zug unternehmen, der sich kaum vermeiden ließe, wenn dieser Mr. Smith auch von den Indianern ausgeplündert worden wäre. Dass sie Rache für einen verübten Mord oder Totschlag genommen haben, ist eine Sache und gehört vor eine Jury, wenn dein Freund gewillt ist, Klage gegen die Indianer zu erheben. Natürlich werde ich ihn dabei unterstützen.«

»Wirklich?« rief Siftly und musterte ihn höhnisch von Kopf bis Fuß. »Schade nur, dass wir keine Lust haben, darauf zu warten. Wer geht mit, Jungens, um sich ein halbes Dutzend Skalpe da draußen von den roten Kanaillen zu holen?«

»Eine ganze Menge, denk ich«, schrie Briars, stets bereit für einen Kampf. »Ich – wir alle gehen mit.«

»Nein, wir alle gehen nicht mit«, sagte ruhig ein anderer Amerikaner. »Wer sich in den Bergen etwas zuschulden kommen lässt, soll auch die Folgen davon tragen. Mit dem Kerl, der so erbärmlich ohne Ohren aussieht, stimmt auch nicht alles, sonst hätte er nicht gelogen und uns mit den achthundert Dollar locken wollen. Dasselbe haben wir schon einmal in Murphys drüben genauso erlebt. Verdammt die Hand, die ich gegen einen Indianer erhebe!«

»Hat auch keiner von Ihnen verlangt, Mr. Cook«, sagte Siftly trotzig. »Wenn wir ein halbes Dutzend richtige Messer zusammenbringen, hauen wir die ganze Sippschaft in die Pfanne. Vorwärts, Männer, wir wollen den Kanaillen zeigen, was es heißt, sich an einem Weißen zu vergreifen!«

Während sich ein Teil der Amerikaner um ihn versammelte, zog er mit ihnen die Straße hinauf. Die meisten blieben aber zurück, und viele trennten sich noch später von dem Zug. Sie hatten entweder kein Interesse daran oder hielten ihre Sache nicht für so ganz gerecht. Dass die Indianer dem Amerikaner die Ohren abgeschnitten hatten, war eine große Frechheit. Aber sie waren auch gereizt worden. Der Häuptling selbst hatte sich stets freundlich gezeigt, und dann – wimmelten die Berge auch noch von dem roten Gesindel, und man wusste eigentlich nie recht, wie man mit ihnen dran war. Graf Beckdorf stand mit untergeschlagenen Armen neben dem Sheriff und sah dem fortziehenden Schwarm mit finsterem Blick nach. Da fühlte er eine Hand auf seiner Achsel, drehte sich um und blickte in ein Paar braune, lachende Augen. Erstaunt sah er das Gesicht eine ganze Weile an, und es war offensichtlich, dass er den Fremden kannte. Aber zwischen all den wilden Gestalten umher und den vielen fremden Gesichtern, die uns in einem solchen Land begegnen, fand er nicht gleich die richtige Verbindung.

»Entschuldigen Sie, Herr Graf, wenn ich Ihnen...«, sagte lachend der Fremde.

»Emil!« rief Beckdorf, der seinen Augen kaum traute, unter diesen Umständen mit einem alten Freund zusammenzutreffen. »Bist du es denn wirklich?«

»Wie du siehst, lebendig, frisch und gesund«, lachte der junge Mann. »Aber, zum Teufel, Georg, gräbst du denn auch nach Gold? Du siehst wenigstens wie ein richtiger Miner aus, rotes Hemd und Strohhut und rechts ein schiefgetretener Schuh.«

Beckdorf hatte seine Hand ergriffen und schüttelte sie aus Leibeskräften.

»Tausendmal willkommen in den Bergen! Was dich auch hergeführt hat, eine solche Freude hätte ich mir nicht träumen lassen. Bleibst du hier?«

»Zunächst ja. Ich bin gerade auf einem Streifzug, der mich an keinen Platz bindet, wie das in Kalifornien so üblich ist. Wer bindet sich hier?«

»Bist du schon lange im Land?«

»Etwa sechs Monate. In der Zeit war ich Holzhauer, Kaufmann, Bootsmann, Maultiertreiber und Kellner. Aber die gleichen Fragen könnte ich dir stellen. Welcher Wind hat dich aus den deutschen Salons in diese Wildnis geweht?«

»Wahrscheinlich derselbe, der dich herüber fegte«, lachte Beckdorf. »Es war der Äquatorial-Sturm, der im Jahre 1848 in Paris ausbrach und wie ein echter Tauwind von Westen das alte, morsche Eis im Vaterland brach. Besser konnte ich da die Zeit nicht anwenden, als dass ich auf Reisen ging.«

»Und jetzt arbeitest du hier?«

»Mit einem anderen Deutschen zusammen. In den Minen hast du wohl dein Glück noch nicht versucht?«

»Noch nicht.«

»Sehr gut, dann weihe ich dich gleich heute in die Geheimnisse des edlen Goldwaschens ein. Du hast doch Zeit?«

»Ich – hm, ja, allerdings. Welche Beschäftigung sollte ich schon haben?«

»Gut, dann begleitest du mich zu meinem Arbeitsplatz. Mein Partner wird schon schmerzlich auf mich warten, und unterwegs und draußen unterhalten wir uns richtig.«

»Und wann kommen wir wieder zurück?«

»Zum Feierabend«, lachte Beckdorf. »Die Bedeutung dieses Wortes wirst du in diesem Lande schon kennengelernt haben, wenn wir zu Hause auch nicht viel davon wussten.« Ohne eine Antwort abzuwarten, legte er seinen Arm in den seines Freundes und ging mit ihm die Zeltstraße hinauf, der stillen Talschlucht entgegen.

Noch immer finster auf seine Büchse gelehnt stand Cook, ein alter Siedler aus den westlichen Staaten, der dem Spieler seine Meinung gesagt hatte und dadurch viele von dem Zug abhielt. Nur sein Pferd, das er am Zaum hielt, war ungeduldig geworden und scharrte mit den Hufen den Staub auf, was sein Herr aber nicht beachtete. Hale, der den Alkalden eine Strecke zu seinem Pferd begleitet hatte, kam wieder die Straße herauf.

»Na, Cook, was gibt's, Sie stehen ja da, als wollen Sie die Sandkörner auf dem Boden zählen! Was haben Sie?«

»Ich? Verdammt wenig«, lautete die mürrische Antwort. »Ich ärgere mich nur, dass dieses nichtsnutze Volk sich amerikanische Bürger nennen darf. Hol mich der Teufel, wenn wir uns mit denen nicht vor den australischen Sträflingen schämen müssen.«

»Sie meinen diesen Siftly?«

»Ich meine die ganze verbrannte Spielerbande!« sagte der Mann unwirsch. »Sind die Schufte nicht wie die Aasgeier auf einem erlegten Stück Wild sofort da, wenn ein paar Pfund Gold aus der Erde gegraben werden, und arbeiten sie jemals ehrlich? Nur auf die armen Teufel lauern sie, die dumm oder eingebildet genug sind, das, was sie Glück nennen, zu versuchen. Das geht so lange, bis sie vollständig gerupft wieder zu Hacke und Spaten greifen müssen.«

»Aber ist es nicht die eigene Schuld der dummen Leute?«

»Natürlich!« rief Cook. »Und ich gönne es ihnen von Herzen. Aber deswegen hasse ich dieses Gesindel nicht ein Gramm weniger. Warum können wir es hier nicht auch so machen, wie die Goldwäscher am Rich Gulch? Sie einfach hinausjagen mit Schimpf und Schande? Was habt Ihr von ihnen, dass Ihr sie noch immer hier duldet? Hat ein einziger von der ganzen Bande etwa heute Morgen ein Gewehr mit ergriffen?«

»Was ich von ihnen habe?« lachte Hale. »Wenn es nach mir ginge, würden sie lieber heute als Morgen hinausgeworfen. Ich weiß nur nicht, wie unser Alkalde darauf zu sprechen ist, denn dieser Siftly ist ein alter Freund von ihm.«

»Das ist nicht gerade eine Empfehlung für den Alkalden«, brummte Cook. »Aber wozu brauchen wir dabei den Alkalden? Mit den Gesetzen können wir ihnen doch nichts anhaben, das wissen die Halunken recht gut. Das einzige, was wir tun können, ist, dass wir einmal kurzen Prozess mit ihnen machen. Sehen Sie nicht das Unheil, das sie heute wieder anrichten werden, wenn sie mit den Indianern zusammentreffen? Kann man es den von allen Seiten Misshandelten Rothäuten verdenken, wenn sie Rache nehmen, wo sich nur eine Gelegenheit bietet? Was würden wir an ihrer Stelle tun, Hale? Hol's der Teufel, ich glaube, ich würde jeden Weißen erschießen, den ich finde, um das Blut meiner Leute zu sühnen. Kalifornien wird einmal ein großes und mächtiges Land werden, da besteht kein Zweifel. Aber wir werden mehr Arbeit haben, die schlechte Bevölkerung, die schon da ist, auszurotten, als eine gute, ackerbautreibende herüberzuziehen.«

»Kein Wunder«, sagte Hale, »denn die ganze Welt schickt uns ja in diesem Augenblick ihre Abenteurer und nichtsnutzen Subjekte, vielleicht sogar ihre Verbrecher herüber. Man kann wirklich keinem Fremden mehr trauen, denn wer kennt ihre Vergangenheit? Aus San Francisco habe ich gestern Briefe bekommen, dass sie einer Bande Engländer oder Irländern auf der Spur sind, die wahrscheinlich aus Australien hierher geflüchtet sind. Die Gerichte in San Francisco sind zu schwach, um gegen sie einzuschreiten, die Anwälte fast alle käuflich und die Richter auch.«

»Natürlich, sie sind alle herübergekommen, um Gold zu graben – jeder auf seine Weise«, sagte Cook. »Die, die es nicht mit Spaten und Hacke können, versuchen es mit der Feder. Hol die Tintenkleckser der Teufel, wir müssen einmal bei ihnen richtig aufräumen!«

»Unseren Alkalden nehmen Sie aber hoffentlich aus«, lachte Hale. »Alle Wetter, Respekt vor ihm, denn wie er sich heute gegen die Mexikaner benommen hat, macht es ihm kein Hinterwäldler vor. Aber wo wollen Sie mit Ihrem Pferd hin? Weg?«

»Nein«, sagte Cook. »Ich habe es nur vorhin eingefangen und muss sehen, wo ich es hier unterbringe, bis sich die Indianer etwas beruhigt haben oder wieder weitergezogen sind. Sie machen sich sonst noch ein Vergnügen daraus und schießen ihm ein Dutzend Pfeile auf den Pelz oder essen es sogar bei einer ihrer Festlichkeiten, wenn es auch einen verdammt zähen Braten abgeben würde. Wer ist denn der Mann, der da drüben steht und uns schon eine ganze Weile aufmerksam betrachtet?«

Hale drehte den Kopf langsam um. »Ich kenne ihn nicht. Jedenfalls ein Fremder, er sieht aber nicht wie ein Amerikaner aus, eher wie ein Engländer. Ich denke, er will etwas von uns, denn er kommt auf uns zu.«

Der Sheriff hatte recht. Der Fremde hatte eigentlich nicht die Männer angesehen, sondern nur das Pferd betrachtet. Er kam wirklich heran, grüßte die beiden und sagte zu Cook:

»Würden Sie das Pferd verkaufen, Sir?«

»Verkaufen?« antwortete Cook. »Hier in den Minen kann man fast alles kaufen, vorausgesetzt, dass man einen ordentlichen Preis nennt, warum nicht auch das Pferd?«

»Und was wollen Sie dafür haben?«

Cook besann sich einen Moment. So erfreut er gerade jetzt über das Angebot war, überlegte er sich doch erst die Antwort, damit er nicht weniger forderte, als der Käufer bereit war zu geben. Endlich sagte er:

»Ich denke, wenn Sie acht Unzen geben, machen Sie einen brillanten Handel, ohne Sattel und Zaumzeug natürlich.«

»Acht Unzen sind viel Geld für ein altes Pferd. Ich brauche es nur, um nach San Francisco zu reiten.«

»Darunter möchte ich es nicht weggeben«, meinte Cook. »Ich hätte noch eins, das ich billiger abgeben könne. Der Racker grast aber irgendwo in den Hügeln, und wo jetzt so viele Indianer herumstreifen, ist es schlecht, nach ihm zu suchen. Wenn Sie einige Tage warten wollen, kann ich das vielleicht suchen.«

»Ich möchte heute fort, wenn ich ein passendes Tier finden kann«, erwiderte der Fremde. »Würden Sie nicht auch sieben dafür nehmen?«

»Ich will Ihnen was sagen, Fremder. Wenn Sie ein Tier brauchen, ist das für Sie spottbillig. Wenn Sie keins brauchen, ist es um zwei zu teuer. Fordern und bieten macht aber Kaufleute. Wollen Sie sieben und eine halbe geben, ist es Ihrs. Sie bekommen dafür ein gesundes, munteres Pferd, das Sie trotz seines Alters von neun Jahren an einem Tag nach Stockton trägt.«

»Glauben Sie wirklich?«

»Sie dürfen sagen, William Cook hat gelogen, wenn es nicht wahr ist.«

»Gut, dann kommen Sie mit in das nächste Zelt, damit ich das Gold da abwiegen kann.«

»Ist nicht nötig«, meinte der Amerikaner. »Haben Sie Ihre Waage nicht dabei?«

»Doch, natürlich.«

»Gut, ich auch. Wiegen Sie es mir vor, und ich wiege es nach. Wenn wir beiden damit zufrieden sind, geht es die Händler nichts an. Deren Gewichte kann überhaupt der Teufel holen. Wenn sie Ihnen sieben Unzen drauflegen, können Sie sicher sein, dass sie acht herunternehmen, und ich will Sie nicht betrügen.«

Der Fremde betrachtete sich noch einmal das Pferd, mit dessen Aussehen er zufrieden schien. Dann ging er zu einem ziemlich großen Stein, um die verlangte Summe abzuwiegen.

»Das ist jedenfalls ein Engländer, dem es zu warm bei uns wird«, flüsterte Hale dem anderen zu, während sie ihm langsam folgten.

»Kann sein«, antwortete Cook. »Er hat so was in der Aussprache. Ich glaube, er war mehr auf der See als auf dem festen Land zu Hause. Na, mit dem Alten hier bekommt er ein sicheres Tier, das ihn weder abwirft noch mit ihm durchgeht – wenn er ihm die Hacken nicht zu fest in die Seiten drückt.«

Der Fremde hatte inzwischen das Gold auf seiner kleinen Waage abgewogen und auf ein Papier geschüttet, als Cook mit Hale zu dem Stein trat, um es zu übernehmen. Er fand es richtig abgewogen.

»Hübsches, grobes Gold«, sagte er dabei. »Wo haben Sie das gegraben?«

»Drüben am Macalome«, lautete die Antwort, »wenigstens teilweise, denn manches habe ich auch für verkaufte Werkzeuge, Zelt und andere Sachen bekommen. Sie sind so gut und warten hier einen Augenblick mit dem Pferd, bis ich meinen eigenen Sattel und Zaumzeug hergeholt habe. Ich habe die Sachen da drüben in dem Zelt liegen.«

»Gut, Fremder«, sagte Cook, der das Gold in seinen eigenen Beutel schüttete. Ein einzelnes Stück behielt er aber unbemerkt in der Hand. Er sah dabei den Engländer einen Augenblick starr und forschend an und schien noch etwas sagen zu wollen – aber er schwieg. Mit einem leichten Kopfnicken ging der andere zu dem Zelt.

»Also, good-bye, Cook«, sagte Hale und hielt ihm die Hand hin. »Jetzt sind Sie die Sorge um Ihr Pferd los.«

»Ich weiß es noch nicht«, flüsterte der, und der Sheriff sah ihn erstaunt an. Im nächsten Augenblick rief er: »Was, zum Teufel, ist los, Mann? Sie sehen auf einmal käseweiß im Gesicht aus. Sind Sie krank?«

»Hale«, flüsterte Cook und hielt ihm das Goldstück in der Hand entgegen. »Ich weiß, wer das Gold hier ausgegraben hat, wem es gehört und – und wer es nur – nur mit seinem Leben hergegeben hat.«

»Sie wissen das? Und wer?«

»Johns«, flüsterte Cook, als ob er befürchtete, dass der verräterische Luftzug den Namen seinem Mörder zuführen könnte.

»Johns?« rief Hale rasch. »Den wir oben im Wald verscharrt haben?«

»Pst, schreien Sie den Namen nicht so laut, damit der Mann nichts bemerkt! Derselbe. Sie wissen, dass wir beide zusammen arbeiteten. Ich saß an der Maschine, er stand im Loch und hackte, und da fand er dieses Stück, den kleinen Quarzstein umgeben von vier Goldblumen. wie es ein Goldschmied nicht schöner arbeiten konnte. Ich wollte es für mich nehmen, aber er hat mich darum, weil er es seiner Mutter in die Staaten schicken wollte. Ich bin überzeugt, dass er nicht für den doppelten Wert des Goldes es herausgegeben hätte.«

»Und Sie glauben...«

»Dass das sein Mörder ist, den Gott so sichtbar in unsere Hand gegeben hat. Wenn nicht, soll er uns die Beweise bringen, woher er dieses Stück hat.«

»Und Sie kennen es genau, Cook? Bedenken Sie, dass das Leben eines Menschen an der Ähnlichkeit von zwei Stücken hängen kann.«

»Ich will nicht selig werden, Hale, wenn das nicht dasselbe Stück ist«, versicherte aber Cook. »Es ist nicht möglich, dass die Natur in einer Spielerei zwei so ähnliche Stücke schaffen sollte. Und dann noch mehr. Sehen Sie, hier an dem Rückteil ist eine Einhöhlung. In der saß Erde, und Johns kratzte sie mit dem Messer heraus. Hier rutschte es ihm aber aus und ließ die Lücke da zurück, die er nachher wieder mit dem Rücken der Klinge etwas zuklopfte. Noch zwei andere Stücken hatte Johns, die ich genauso leicht und sicher wiedererkennen würde, wie dieses hier.«

»Das ist Beweis genug«, sagte der Sheriff ruhig. »Da kommt er zurück.«

»Was wollen Sie tun?« fragte Cook.

»Natürlich ihn verhaften. Eine Jury kann dann darüber urteilen, ob er schuldig ist oder nicht. Sind Sie bereit, als sein Ankläger aufzutreten?«

»Jederzeit.«

»Gut...«

»Gentlemen, ich habe Sie etwas lange warten lassen«, sagte der Fremde, der mit der Reisetasche und seinem Sattel und Zaumzeug jetzt zu ihnen trat. »Aber ich hatte noch eine kleine Rechnung dort zu bezahlen. Sind Sie so gut, Sir, und nehmen Sie jetzt Ihren Sattel herunter?«

»Gestatten Sie mir eine Frage?« sagte der Sheriff und hielt dem Fremden das Goldstück hin. »Wie kommen Sie zu dem Stück da?«

»Das ist eine merkwürdige Frage«, lächelte der, »besonders in den Minen, wo ein solches Stück seinen Besitzer vielleicht sechsmal an genauso vielen Tagen wechselt. Ich weiß nicht einmal, ob das wirklich mein Stück war.«

»Ich habe es eben aus Ihrer Hand erhalten«, sagte Cook finster.

»Und ist es kein Gold?«

»Allerdings ist es Gold«, erwiderte Hale, »aber ich möchte wissen, wie Sie zu dem Stück gekommen sind. Ob Sie es ausgegraben haben oder von irgend jemand hier erhalten haben.«

»Wer gibt Ihnen ein Recht zu dieser Frage?« sagte der junge Mann finster.

»Ich bin der Sheriff dieses Ortes«, erwiderte Hale.

»Ach, das ist etwas anderes. Dann gehört darauf allerdings auch eine Antwort. Leider werde ich kaum imstande sein, eine befriedigende zu geben.«

»Das wäre schlimm für Sie«, erwiderte Hale ruhig.

»Schlimm für mich?« wiederholte rasch der Engländer. »Wieso? Ich habe allerdings Gold gegraben, in der letzten Zeit aber, als ich nach San Francisco zurückwollte, mein Zelt und mein Handwerkszeug verkauft. Heute Morgen sogar noch mein lahm gewordenes Pferd. Das letzte Gold, das ich erhalten habe, war dafür, aber ich kann nicht sagen, ob gerade dieses Stück dabei war. Ich könnte es wenigstens nicht beschwören, da ich es durcheinandergeschüttelt habe. Was für eine Bewandtnis hat es mit dem Stück Gold, dass Sie so dringend nach dem früheren Eigentümer fragen. Wer war er?«

»Ein armer Teufel«, sagte Hale und betrachtete den Fremden mit scharfem Blick. »Er wurde eines Morgens in unserer Gegend ermordet und eingescharrt gefunden.«

»Ermordet!« rief der Fremde erschrocken. »Das ist ja furchtbar!«

»Ich will Ihnen etwas sagen, mein Freund«, meinte da der Sheriff und ging langsam auf ihn zu, um seine Schulter leicht mit der Hand zu berühren. »Sie sind mein Gefangener, und ich rate Ihnen im Guten, sich nicht zu widersetzen. Es würde nichts helfen und die Sache nur verschlimmern.«

»Gefangener? Und eine Mordanklage? Hier?«

»Sind Sie unschuldig, dann werden Sie Beweise vorbringen können. Sind Sie aber schuldig, dann müssen Sie auch gewusst haben, was Ihnen droht, wenn Sie entdeckt werden. Sie sind geborener Engländer?«

»Das bin ich.«

»Ich dachte es mir. Und von Australien herübergekommen?«

»Nein, von Valparaíso.«

»Aber vorher von Australien?«

»Nein, direkt aus England.«

»Na gut, das wird sich alles finden. Jetzt sind Sie so gut und kommen mit mir. Cook, Sie sind so freundlich und begleiten uns, das andere soll dann der Alkalde bestimmen.«

»Sir«, sagte der Engländer. »Hier liegt ein unglückliches Missverständnis vor, das sich aufklären wird. Ich kann Ihnen aber nicht sagen, wie unangenehm mir der Aufenthalt ist, der mich gerade hier...«

»Ja, das kann ich mir wohl denken«, unterbrach Hale ruhig. »Hilft aber nun nichts. Mr. Hetson wird die Sache inzwischen schon bald in Ordnung bringen.«

»Was? Wer, haben Sie gesagt?« rief wirklich erschrocken der Gefangene.

»Hoho, das sieht nicht gerade nach einem guten Gewissen aus. Kennen Sie den Mann?« rief Cook.

»Ich habe ihn nie gesehen«, erwiderte der Gefangene, der jetzt völlig gefasst war. »Ist er der Alkalde?«

»Ja. Übrigens keine Sorge wegen dem Pferd«, sagte Cook, als er bemerkte, dass der Gefangene einen Blick auf das Tier warf. »Sind Sie unschuldig, so steht es zu Ihrer Verfügung, sobald Sie von der Jury freigesprochen werden. Ich gebe inzwischen gut darauf acht. Sind Sie schuldig, dann brauchen Sie es nicht mehr, denn den kurzen Weg können Sie dann zu Fuß gehen.«

»Hetson«, murmelte der Gefangene leise vor sich hin. Der Blick zum Pferd hatte nicht der Sorge um das Tier, sondern der eigenen Freiheit gegolten. Wenn er in den Sattel sprang und floh – ehe sie ihn überholen konnten, war er im Wald.

Und wer hätte ihn in diesen Bergen wieder auffinden sollen? Sollte er so dem Mann vor die Augen treten, der ihm das Glück seines Lebens geraubt hatte? Aber Flucht war auch unmöglich, denn Cook, der vielleicht so etwas befürchtet hatte, hatte den Sattel des Pferdes locker geschnallt und seine Büchse fest im Griff im linken Arm ruhend. Es war vergeblich, er konnte seinem Schicksal nicht mehr entgehen.

»Haben Sie Waffen bei sich?« erkundigte sich der Sheriff. »Weigern Sie sich nicht, sie abzugeben, ich tue nur meine Pflicht, aber die richtig, darauf können Sie sich verlassen.«

»Hier«, sagte der Gefangene nach kurzem Zögern und nahm einen Revolver aus der Tasche. »Es ist alles, was ich habe, dieses Taschenmesser ausgenommen.«

»Sie haben kein anderes, breiteres Messer bei sich?«

»Nein, untersuchen Sie mich.«

»Es ist gut«, sagte Hale und nahm die Waffen an sich. »Alles andere hören Sie vom Alkalden selbst, kommen Sie.«

26. Die Begegnung

Doktor Rascher hatte sich dem Tumult nicht weiter genähert. Dieses wilde Toben und Wüten der Burschen war ihm unangenehm und passte nicht zu seinem ruhigen, friedlichen Wesen. Er wunderte sich nur, dass die Leute in dem großen und fast noch wilden Land nicht einmal freundschaftlich nebeneinander wohnen konnten. Platz genug gab es doch für jeden, um sich nach Belieben auszubreiten. Er dachte aber gar nicht daran, sich in die Auseinandersetzungen einzumischen, er hatte schon mehr Aufregung gefunden, als ihm lieb war. Hetson kam bald zurück, und mit ihm ging er jetzt zum Zelt des Alkalden. Er wollte nicht nur die ihm lieb gewordenen Menschen begrüßen, sondern auch als Arzt den durch ihn begründeten und jetzt wieder bedrohten Frieden sichern.

Hetson überflog mit einem Blick das Zelt, als sie eintraten. Mrs. Hetson beugte sich tröstend über Manuela, die weinend neben ihr auf dem Boden saß. In der entferntesten Ecke saß Don Alonso, ein Bild der Wut und der Scham. Erschrocken fuhr er auf, als er die Männer erkannte, die ihn so gesehen hatten. Auch Manuela richtete sich rasch empor und wollte schon den Raum verlassen, als sie Doktor Rascher erkannte. Aber auch Mrs. Hetson hatte ihn gesehen, strahlte vor Freude und lief ihm entgegen.

»Sie sendet uns Gott, seien Sie uns tausendmal willkommen!«

»Was ist geschehen?« rief Hetson, dem die Stimmung der Anwesenden nicht entgangen war. Doktor Rascher nahm beide Hände der Frau und schüttelte sie herzlich.

»Lass das doch jetzt«, wehrte Jenny ab, die den auf Manuela gehefteten Blick sah. »Nachher. Du sollst und musst alles erfahren. Vorher aber, Frank, Lass mich dir in Gegenwart dieses Mannes eine Mitteilung machen, für die du nicht unvorbereitet sein kannst, die aber...«

»Ich weiß schon alles«, sagte ihr Mann ruhig. Der forschende, strenge Blick, mit dem er sie ansah, trieb ihr das Blut mit einem Schlag in das Gesicht hinauf.

»Du weißt?« rief sie rasch und erstaunt. Aber ein Gedanke tauchte in ihr auf, und fast erschrocken setzte sie hinzu: »Durch diesen Siftly?«

Hetson wandte den Blick nicht ab, sondern nickte nur schweigend. Seine Frau musste sich erst sammeln. Sie befürchtete in dem wilden Blick ihres Mannes, die Krankheit wieder ausbrechen zu sehen. Aber bald fand sie die nötige Ruhe wieder, und mit leiser, fast vorwurfsvoller Stimme fuhr sie fort:

»Wenn er dir alles mitgeteilt hat, hat er dir da auch gesagt, dass Charles Golway an dieser Küste, die er sonst nie im Leben betreten hätte, nur durch deine eigene Schuld gelandet ist?«

»Durch meine Schuld?« rief Hetson, durch diese Anklage überrascht.

»Durch deine Schuld«, wiederholte seine Frau. »Wie sehr hatte ich dich damals in Chile gebeten, unser Reiseziel nicht zu verheimlichen! Dein Argwohn, leugne es nicht, deine Fieberträume haben mir alles verraten, dein unglückseliger Argwohn sah einen anderen Grund darin. Du hattest Sorge, ich wollte absichtlich meinem früheren Verlobten eine Spur hinterlassen, damit er mir sicher folgen konnte. Nur dein Misstrauen hat ihn hierhergebracht. Nach den Berichten, die er in Valparaíso erhielt, glaubte er uns unterwegs nach Australien. So war er vollkommen sicher, uns in Kalifornien nicht zu begegnen, in diesem Menschenstrom, der sich hier zusammenzog.«

»Sie hören die Bestätigung dessen, was ich Ihnen schon lange vorher gesagt habe, lieber Mr. Hetson«, fiel hier der alte Doktor Rascher ein. »Der Gefahr waren Sie ausgesetzt, wenn Sie es mit einem ehrlichen und aufrichtigen Mann zu tun hatten, und einen Schurken brauchten Sie nicht zu fürchten. Es musste ein anständiger Mann sein, den Mrs. Hetson früher geliebt hatte.«

»Und was soll jetzt geschehen?« flüsterte Hetson, in dem die Gefühle durcheinanderwirbelten. »Was ist zu tun, um das Unheil abzuwenden, das uns durch seine Nähe droht?«

»Zu tun?« sagte seine Frau mit einem wehmütigen Lächeln um die schmerzhaft zusammengezogenen Lippen. »Uns bleibt da nichts zu tun, Frank. Was überhaupt geschehen konnte, hat er selbst schon getan. Er will weg von hier, und wahrscheinlich trägt ihn eben schon sein Pferd weit, weit weg von uns, um nie wieder unseren Pfad zu kreuzen.«

»Das gebe Gott«, flüsterte Hetson leise vor sich hin, »das gebe Gott.«

»Ich habe das nicht anders erwartet«, sagte Rascher ruhig. »Deshalb, Mr. Hetson, waren auch alle Ihre bisherigen Befürchtungen, die zuletzt sogar die Form einer gefährlichen Krankheit annahmen, so grundlos, ja, fast selbstmörderisch. Sie vernichteten unnötigerweise Ihr eigenes Glück, Ihren eigenen Frieden.«

»Und wo hast du ihn getroffen?« flüsterte der Mann jetzt mehr, als er sprach, und sah seine Frau wieder an.

»Auf dem Berg oben. Ich bin mit Manuela dorthin gegangen, um den wundervollen Morgen zu genießen«, antwortete Jenny ruhig.

»Aber du hast früher unser Zelt nie so weit verlassen!«

»Allerdings, aber gerade deshalb lockte uns die reine, frische Luft auf die Höhen, um die Aussicht in das Tal zu genießen. Keiner von uns hatte eine Ahnung, dass die Gegend so unruhig war und so viele Indianer dort umherstreiften.«

Wieder schwieg ihr Mann, doch es war offensichtlich, dass er noch eine andere Frage auf dem Herzen hatte, die er nicht aussprechen wollte. Aber er konnte sie auch nicht zurückhalten, er musste Klarheit in dieser Sache haben. Mit entschlossener, aber doch scheuer Stimme sagte er endlich:

»Und... hattest du... hattest du vorher keine Ahnung, Jenny, dass du... dass du diesen Mann dort oben treffen würdest?«

»Frank, um Gottes willen«, rief die Frau erschrocken aus. »Die Frage kommt nicht aus deinem eigenen Herzen. Den Argwohn hat ein anderer, uns beiden feindlicher Mann gesät. Bin ich denn auch nur ein einziges Mal unaufrichtig zu dir gewesen? Habe ich je ein einziges Geheimnis nur kurze Zeit vor dir gehabt?«

»Auch Manuela wusste nichts von ihm?« fuhr aber Hetson fort, den trüben Becher bis auf den Satz ausleerend.

»Manuela?« sagte Jenny, und ein bitteres Gefühl beschlich sie zum ersten Mal. »Du bist ein Meister der Kunst im Peinigen. Aber ich will auch diese Frage einfach beantworten. Nein – bei meinem Wort –, sie wusste nichts. Bist du jetzt zufrieden?«

Hetson schwieg, und fast unwillkürlich suchte sein Blick Manuela, die zitternd neben der Freundin stand.

»Aber was ist hier vorgegangen?« rief er jetzt, indem sein Blick von dem Mädchen zu ihrem Vater hinüberflog. »Was ist geschehen? Manuela hat geweint, als ich in das Zelt kam.«

»Der Mann«, sagte Jenny mit fester, entschlossener Stimme, »den du deinen Freund nennst, ist ein Schuft.«

»Siftly?«

»Das ist sein Name«, lautete die fest und bestimmt gegebene Antwort. »Auf schlaue, teuflische Weise hat er den alten Mann wieder gelockt. Als er ihm die wenigen Dollars abgenommen hatte, die er sich mit schwerer Arbeit draußen erarbeitet hatte, brachte er ihn soweit, dass er in seiner furchtbaren Spielleidenschaft seine Tochter einsetzte.«

»Manuela?« rief Hetson erschrocken.

»Manuela«, bestätigte seine Frau, während ihr der Zorn die feinen Lippen fester zusammenzog. »Du weißt, wie sie unter der entwürdigenden Behandlung in dieser Spielhölle gelitten hat, wo sie als Lockvogel für die wüste Schar spielen musste. Um dem zu entgehen, zog sie mit uns hierher und fühlte sich glücklich in dem stillen Leben. Jetzt hat ihr eigener Vater das einzige Kind verspielt, damit sie diesem Teufel in Menschengestalt wieder dient.«

»Ich verstehe das nicht...«, rief Hetson erstaunt.

»Sie soll für ihn einen Monat lang jeden Abend zwei Stunden in seinem Zelt spielen. Das verlangt er, und er glaubt, das Recht dazu zu haben.«

»Und Manuela?«

»Will eher sterben, als ihm gehorchen.«

Während sie sprach, war Don Alonso langsam von seinem Sitz aufgestanden. Wenn er auch nur gebrochen Englisch sprach, verstand er doch gut genug. um was es sich handelte. Jetzt trat er an die Seite des Amerikaners, der ihn finster ansah. Er ergriff seinen Arm und sagte mit leiser, bewegter Stimme in seiner eigenen Sprache:

»Señor, Ihre Frau hat Ihnen die Wahrheit gesagt. Aber glauben Sie mir bei allem, was Sie auf und über der Erde für heilig halten, dieser Mann hat falsch gespielt.«

»Ist das eine Entschuldigung, Señor?« sagte der Amerikaner. »Macht das die Tat, mit der Sie Ihre Tochter leichtsinnig wieder in das alte Elend stoßen, weniger verächtlich?«

»Das wollte ich damit nicht sagen«, stöhnte der alte Mann und schlug verzweifelt die Hände zusammen. »Ich wollte nur diesem furchtbaren Land entfliehen. Mit den dreihundert Dollar, die er dagegen setzte, hätte ich meine Heimat mit meinem Kind wieder erreicht.«

»Und jetzt?« fragte Hetson kalt.

»Gott allein weiß es«, stöhnte der Unglückliche und bedeckte das fahle Gesicht mit den Händen.

»Spricht das Gesetz dem Spieler das Mädchen zu?« erkundigte sich besorgt Doktor Rascher, während Manuelas Blicke an den Lippen des Richters hingen, als ob sie von ihm ihr Todesurteil erwarte.

»Wie alt ist Manuela?«

»Achtzehn Jahre.«

Wieder schwieg der Alkalde, und eine peinliche Stille herrschte in dem Raum. Da richtete sich Don Alonso noch einmal auf. Wieder fasste er den Arm des Amerikaners und sagte mit heiserer, von innerer Bewegung fast erstickter Stimme:

»Señor, was ich in dieser Nacht gelitten habe, könnte ich Ihnen nicht schildern, auch wenn ich es versuchen wollte. So, wie ich den Morgen erwartet habe, muss dem Verdammten zumute sein, auf den der Henker mit Sonnenaufgang wartet. Ich habe geweint und gebetet, aber ich habe auch den festen Vorsatz gefasst, von diesem Tag an nie wieder eine Karte zu berühren. Bitten Sie Ihren Landsmann für mich, dass er mir diesmal den Satz erlässt. Ich will vom Morgengrauen bis in die späte Nacht arbeiten, um ihm die dreihundert Dollar zu bezahlen, die er, wenn auch nur zum Schein, gegen mich gewagt hat. Ich weiß, er hat mich betrogen, aber vor den Augen der Welt bin ich sein Schuldner.«

»Vater!« rief die Tochter, flog in seine Arme und barg krampfhaft schluchzend ihren Kopf an seiner Brust. »Vater, mein lieber, lieber Vater!«

Wilder Lärm vor dem Zelt schreckte sie auf, und als sich alle umdrehten, warf Hale plötzlich die Leinwand zurück.

»Tut mir leid, wenn ich störe, Ladies«, sagte er dabei. »Aber die Sache lässt sich nun einmal nicht ändern. Squire, wir bringen einen Mann, den wir im dringenden Verdacht haben, dass er den armen Johns erschlagen und beraubt hat. Hier, Sir, treten Sie vor, und wenn...«

»Charles!« stieß Jenny in einem fast gellenden Schrei aus und musste sich an der Lehne des nächsten Stuhles festhalten, um nicht in die Knie zu sinken.

Hetson zuckte bei dem Namen zusammen, als hätte ihn eine Kugel getroffen. Aber in seinen fast marmorbleichen Gesichtszügen zeigte sich nicht die geringste Veränderung. Nur sein kaltes, dunkles Auge glitt forschend von seiner Frau zu dem Angeklagten und haftete auf ihm, als ob er das Bild für immer in sich aufnehmen wollte. Auch der Gefangene war blass, aber er begegnete fest und ernst, fast traurig dem Blick des Richters, und beide Männer standen sich so eine Zeitlang gegenüber.

Eine Anzahl Miner wollte in ihrer unbekümmerten Art in das Zelt nachdrängen. Hale wies sie aber zurück, konnte jedoch nicht verhindern, dass einige den Zelteingang emporhoben, um einen Blick in das Innere zu werfen. Da endlich wandte sich Hetson an seine Frau und sagte ernst, aber nicht unfreundlich:

»Jenny, du wirst einsehen, dass hier in diesem Augenblick kein Platz für Frauen ist. Sei so gut und zieh dich mit Manuela zurück.«

»Hältst du Charles Golway für einen Mörder, Frank? Kannst du nur annehmen, dass er dazu fähig wäre?« fragte seine Frau, wenn auch mit unterdrückter, doch dringend mahnender Stimme.

»Er wird Gerechtigkeit bekommen«, sagte der Richter kalt. »Ist er wirklich schuldlos, so hat er genauso wenig von uns zu befürchten, als wenn er vor einem Gericht seines Landes stände. Wäre er aber schuldig, dann müsste er die Strafe erleiden, und wenn ich meinem eigenen Bruder gegenüberstände.«

Seine Frau zögerte noch. Es war, als ob sie sich von der Stelle, auf der sie stand, nicht losreißen könnte. Aber sie fühlte auch, dass ihre Gegenwart nicht nur überflüssig war, sondern sogar störend wirken könnte. Sie ergriff Manuelas Hand und verließ mit ihr die vordere Zeltabteilung, ohne sich noch einmal umzusehen.«

»Mr. Hetson«, sagte der Gefangene, der ihnen mit dem Blick folgte, bis die Leinwand hinter ihnen herunterfiel. »Ich brauche Ihnen wohl nicht zu sagen, dass unsere Begegnung unfreiwillig geschieht. Ihr eigener Sheriff wäre dafür mein bester Zeuge. Ich versichere Ihnen aber, dass es mir sehr leid tut, Ihren Frieden hier gestört zu haben, auch wenn das ganz zufällig geschah. Ohne diesen unglückseligen Zufall – ein Zusammentreffen von Umständen – würde ich jetzt auf meinem Pferd nach San Francisco reiten.«

»Das ist wenigstens verdammt ehrlich gesprochen«, sagte Cook. »Es wird die ganze Geschichte nur vereinfachen. Dass er gern ausgekniffen wäre, kann ich beschwören.«

»Mr. Golway – so heißen Sie doch?« sagte ruhig der Richter, der eine eiserne Ruhe zeigte. Der Engländer verbeugte sich leicht.

»Charles Golway«, sagte er fest.

»Charles!« flüsterte Hetson leise vor sich hin. Aber nur für einen Augenblick lenkte ihn der Name von seinem Ziel ab. Mit vollkommen ruhiger Stimme setzte er gleich darauf hinzu:

»Mr. Golway, ich muss Ihnen nicht verhehlen, dass mir nach allem, was geschehen ist, ein solches Zusammentreffen mit Ihnen sehr schmerzhaft ist. Trotzdem bin ich als Alkalde dieses Distrikts gezwungen, meine Pflicht zu tun, und Sie werden erlauben, dass ich dabei dem Geschäftsgang folge.«

Der Gefangene nickte, und der Alkalde wandte sich an Hale.

»Was veranlasste Sie, einen so schweren Verdacht gegen diesen Fremden zu schöpfen, Sheriff, und wer ist sein Ankläger?«

Hale hatte mit einiger Verwunderung die vorherigen Worte gehört, auch wenn er natürlich nicht den Sinn verstand. Jedenfalls mussten sich die beiden von früher kennen, und es entging ihm nicht, dass sich keiner besonders über das Wiedersehen freute. Aber was ging ihn das an? Die Frage des Alkalden war deutlich genug, und so antwortete er bündig:

»Sein Ankläger hier ist James Cook, ein redlicher Farmer aus den Staaten, für dessen Ehrbarkeit ich selbst Bürgschaft leiste.«

»Und was haben Sie gegen den Mann zu sagen, Mr. Cook?«

»Einfach das, Squire, dass ich in seinem Besitz dieses Stück Gold gefunden habe, das ich mit dem vor kurzem hier in der Nähe ermordet aufgefundenen Johns in Carltons Flat zusammen ausgegraben habe. Ich weiß, dass Johns es nie im Leben aus den Händen gegeben hätte, selbst nicht für den doppelten oder dreifachen Wert, denn er wollte es für seine Mutter aufheben oder ihr schicken.«

»Wie sind Sie in den Besitz des Goldes gekommen, Mr. Golway?«

»Die Frage scheint außerordentlich einfach zu sein«, antwortete der Gefangene. »Aber trotzdem fällt es mir schwer, sie zu beantworten. Gehen Sie hier in das Zelt eines Händlers, nehmen sie seinen Geldbeutel, aus dem Sie ein beliebiges Stück heraussuchen, und fragen Sie dann den Mann, von wem er gerade dieses Stück bekommen hat. Mit vollem Recht wird er sagen, dass er das nicht wisse. Ich kann nicht jedes einzelne Stück betrachten, das ich auf die Waage lege.«

»Sie sind kein Händler.«

»Nein, aber ich habe in den letzten Tagen, ehe ich meinen früheren Arbeitsplatz verließ, an verschiedene Leute meine Maschine, mein Handwerkszeug, mein Zelt und mein Bett, ja selbst verschiedene andere Kleinigkeiten verkauft und dafür von allen Gold bekommen. Der Tod dieses unglücklichen Mannes tut mir leid, aber ich selber bin völlig unschuldig daran, und nur ein Missgeschick konnte diesen Verdacht gegen mich erregen. Allerdings verdenke ich es den Leuten nicht, dass sie mich deshalb zur Rede gestellt haben, aber lassen Sie auch die Sache damit abgetan sein. Ich bin weder Räuber noch Mörder, und möchte keine andere Vergünstigung, als meinen Weg so schnell wie möglich nach San Francisco fortsetzen zu können, damit ich mich schnell einschiffen kann.«

»Daran zweifle ich nicht«, nahm Hale jetzt das Wort. »Damit das aber nicht geschieht, haben wir Sie festgehalten, guter Freund. Cook ist bereit zu beschwören, dass dieses Stück Gold dem Ermordeten gehörte und noch vor wenigen Tagen in seinem Besitz war. Bis Sie uns nicht den Mann genannt haben, von dem Sie es bekommen haben, müssen wir Sie eben für den halten, der es ihm abgenommen hat.«

»Es ist auch genug amerikanisches Blut in Kalifornien vergossen worden«, fiel Cook ein. »Es wird Zeit, dass wir euch Fremden etwas schärfer auf die Finger sehen, als das bislang geschah. Selbst die ehrlichen Leute unter euch dürfen uns das nicht verübeln. Wo England und ganz Europa ihre Zuchthäuser nach Amerika ausleeren, haben wir Amerikaner, meine ich, das Recht, in jedem, der von dort kommt, etwas Ähnliches zu vermuten. An der Nase kann man es niemand ansehen, wie es in ihm aussieht. Finden sich dann noch solche Beweise, dann, denke ich, braucht es mehr als nur gute Worte, um einen solchen Vogel wieder fliegen zu lassen.«

»Trauen Sie mir eine solche Tat zu, Mr. Hetson?« fragte da der Gefangene und wandte sich fast unwillig an den Alkalden.

»Meine eigene Meinung kommt hier nicht in Betracht«, erwiderte Hetson. »Egal, ob Sie zu Ihren Gunsten oder Ungunsten ausfiele. Wir stehen hier auf kalifornischem Boden und unter kalifornischen Gesetzen, und denen müssen wir uns beide fügen. Alles, was in meinen Kräften steht, um Ihre Unschuld zu beweisen, will ich tun, wie das auch meine Pflicht ist. Sagen Sie mir also ehrlich, was Sie von dem Goldstück wissen und wen Sie zu Ihren Gunsten als Zeugen nennen können.«

»Alle, die für mich zeugen können, sind am Macalome«, antwortete Golway. »Ich könnte sie aber nicht nennen, denn nur von wenigen kenne ich überhaupt den Vornamen. Einen traf ich allerdings heute Morgen in der Nähe der Stadt oben in den Hügeln. Aber er wollte sich hier nur ganz kurze Zeit aufhalten und ist sicher zu seinem alten Minenplatz zurückgekehrt.«

»Und wie heißt er?«

»Seinen Namen habe ich nie gehört. Ich weiß nur, dass er ein geborener Amerikaner ist.«

»Und Sie sind auch nicht imstande, die Leute genauer zu beschreiben, von denen Sie Gold für Werkzeug oder andere Sachen bekommen haben?«

»Wenn ich sie sähe, ja. Einer davon befindet sich sogar hier im Ort, und ich habe mein lahmes Pferd an ihn verkauft. Ich glaube fest, dass ich von ihm das Stück erhalten habe, denn ich weiß noch, dass er mir grobkörniges Gold gab. Ich war allerdings nicht in der Stimmung, besonders darauf zu achten. Ich konnte ja nicht ahnen, dass es solche Folgen haben würde.«

»Und dessen Namen kennen Sie auch nicht?«

»Nein. Wer fragt hier einen anderen nach dem Namen, wenn man einen Handel abschließt? Hätte der Mann das Gold auf unredliche Weise bekommen, so würde er doch leugnen, und ich wäre nicht in der Lage, meine Aussage zu beschwören.«

»Aber Sie wissen doch ungefähr, wie er aussah und wo er arbeitet?« sagte Hale, der nach diesen so allgemein gehaltenen Antworten nicht mehr daran zweifelte, den wirklichen Mörder vor sich zu haben. Nur die Leute wollte er jetzt auffinden, die der Engländer angab, um mit deren Aussagen ihn um so sicherer zu überführen.

»Er sah aus wie alle Leute, die hier in den Minen herumhacken«, sagte Golway finster, »und arbeitete gleich drüben am Berghang, wo die Büsche noch eine Strecke in das Tal hinablaufen. Ein schmaler Reitpfad führt von da in dieses Camp, und ganz in der Nähe arbeiten auch mehrere Neger.«

»Oh, ich weiß schon. Ihr Pferd war lahm, sagten Sie?«

»Ja, es hatte sich an einem trockenen Ast die Haut und das Fleisch des Vorderbeins aufgerissen. Ein braunes Pferd, das linke Hinterbein über den Fesseln weiß und mit einem weißen Stern auf der Stirn.«

»Na, das ist aufzufinden«, sagte Hale. »So viele lahme Pferde wird es im Paradies nicht geben. Aber wie bekommen wir die Zeugen vom Macalome herüber, wenn Sie nicht in der Lage sind, Ihre Namen zu nennen?«

»Geben Sie mir jemand mit, und ich will selber...«

»Ja, kann ich mir denken!« rief der Sheriff. »jetzt, wo die Gegend von Indianern wimmelt. Ich weiß nicht einmal, ob wir einen Boten finden würden, der hinüberreiten möchte.«

»Was können die auch helfen«, sagte Cook. »Höchstens bezeugen, dass er drüben gearbeitet hat. Denn dass er den Platz nicht einmal für einen halben Tag oder in der Nacht verlassen hat, wird keiner beschwören können.«

»Und wie bewachen wir den Burschen jetzt?« wollte Hale wissen. »Lange können wir ihn nicht halten, und Gefängnisse haben wir auch nicht.«

»Wir können nichts weiter tun, Mr. Hale«, sagte der Alkalde, »als an Ort und Stelle erst den Tatbestand festzustellen und die Zeugen zu vernehmen. Halten wir ihn dann für schuldig, dann müssen wir ihn an das District Court abliefern, die sein Urteil sprechen wird. Mir steht kein Recht über Leben und Tod zu.«

»Aber der Jury steht es zu«, rief Cook wild dazwischen. »Glauben Sie, wir werden den Mörder eines so ehrlichen, anständigen Mannes den Advokaten nach Golden Gate oder San Francisco hinüberschicken, damit sie ihn dort vielleicht wieder laufenlassen?«

»Sie werden tun, Sir«, sagte der Richter ernst, »was Ihnen die Gesetze gebieten.«

»Wenn Sie das glauben, dann kennen Sie die Kalifornier noch nicht. Aber verdammt will ich sein...«, sagte Cook lachend.

»Ruhig, Cook«, unterbrach ihn Hale. »Die Sache geht jetzt ihren Gang, und daran können Sie nichts ändern, ob Sie den lieben Herrgott oder den Teufel zu Hilfe holen. Die Hauptsache ist jetzt, den Burschen so zu bewachen, dass er nicht auskneifen kann.«

»Ich werde nicht fliehen«, antwortete der Gefangene ruhig.

»Das ist sehr schön, aber auf diese Zusicherung möchte ich nicht bauen. Noch etwas zu sagen, Mr. Hetson?« meinte der Sheriff.

»Nein, Sie sorgen dafür, dass dem Gefangenen nichts fehlt.«

»Er soll zu essen und zu trinken haben.«

»Und dass er nicht beleidigt wird...«

»Er steht unter meiner Obhut«, sagte Hale finster. »Solange wir nicht wissen, ob er schuldig ist, werde ich ihm die Burschen schon vom Leibe halten.«

»Und wo wollen Sie ihn bewachen?«

»In meinem eigenen Zelt. Freiwillige Wachen werden sich schon dazu finden.«

»Es ist gut. Noch einmal, Mr. Golway. Es tut mir leid, Sie in solcher Lage zu sehen, aber...«

»Tun Sie Ihre Pflicht«, sagte Golway, »mehr verlange ich von Ihnen nicht.«

»Sonst noch etwas, Squire?« fragte der Sheriff.

Mr. Hetson schüttelte den Kopf, und die beiden Männer führten den Gefangenen weg, um ihn in das Zelt des Sheriffs zu bringen, bis die Jury zusammengerufen wurde.

Doktor Rascher hatte dem Verhör schweigend, aber aufmerksam zugehört. Jetzt erst, als die Männer das Zelt verlassen hatten, wandte er sich an Hetson.

»Mr. Hetson, meine feste Überzeugung sagt mir, dass der Mann unschuldig ist.«

»Und das Gold?«

»Wie leicht kann das bei solchen Verkäufen durch den wirklichen Verbrecher oder die zweite und dritte Hand in seinen Besitz gekommen sein. Halten Sie den Mann, den Ihre Frau einmal heiraten wollte, für fähig, eine solche Tat zu begehen?«

»Die Frage hat er schon selbst an mich gerichtet«, sagte Hetson. »Wer will aber in ein Menschenherz sehen?«

»Sie haben das getan«, sagte der alte Mann überzeugt. »Sie so gut wie ich. Sie sind überzeugt, dass er das Verbrechen nicht begangen hat, nicht begehen konnte, und Sie müssen alles, was in Ihren Kräften steht, tun, um ihm die notwendigen Beweise zu verschaffen, wenn nicht Ihr ganzes späteres Leben ein einziger Vorwurf, ein Leben bitterer Reue werden soll.«

»Er untersteht dem Gesetz«, sagte Hetson finster.

»Das tun wir alle«, erwiderte der Doktor. »Ihnen brauche ich doch wohl kaum zu sagen, wie es mit den Gesetzen hier in Kalifornien steht, und wie die aufgeregte Menge im wilden Aufruhr Gesetz und Ordnung unter die Füße tritt, wenn sie glaubt, dass diese Gesetze ihr störend im Wege sein könnten. Ich erinnere mich zu gut an die langen Jahre in den Staaten, wo ich Zeuge der willkürlichen Lynchgesetze war.«

Hetson hatte sich in einen Stuhl geworfen und stützte sich auf den linken Ellbogen. Dabei sah er finster auf den Tisch. Er hörte nicht, wie seine Frau leise wieder in das Zelt trat und auf ihn zuging. Erst als sie ihre Hand leicht auf seine Achsel legte und seinen Namen flüsterte, hob er langsam seine Hand, die sie ergriff. Aber er drehte nicht seinen Kopf zu ihr um.

»Frank«, sagte seine Frau mit flüsternder, angstbebender Stimme. »Ich habe alles gehört, die dünne Zeltwand ist nur ein schwacher Schutz gegen das laute, zornige Wort der Männer. Sie haben Böses mit dem Unglücklichen im Sinn, und du, du wirst ihn nicht schützen können.«

»Und wenn er den Mord wirklich verübt hätte?« sagte Hetson, ohne sie anzusehen.

»Frank, um Gottes willen, diese Frage meinst du nicht im Ernst«, bat ihn seine Frau in Todesangst.

»Man hat ein Goldstück bei ihm gefunden, das dem Toten gehörte!«

»Und wenn ein Engel vom Himmel käme und sagen würde, er wäre schuldig, ich sage nein, nein, und tausendmal nein«, rief Jenny in wilder Leidenschaft.

»Jenny!« rief Hetson und stand erstaunt auf. »Du bist ja völlig außer dir.«

»Mrs. Hetson, bitte fassen Sie sich!« sagte auch Doktor Rascher.

»Warum?« rief Jenny in ihrer Aufregung. »Musste ich meinem Herzen denn nicht lange genug Gewalt antun all diese langen Jahre? Kannte ich einen anderen Gedanken als den Frieden dieses Mannes, einen anderen Seelenwunsch, als ihn glücklich zu sehen und ihn von der unglücklichen Wahnvorstellung zu heilen, die ihn lähmte? Selbst in diese Wildnis zwischen Menschen, vor deren Roheit sogar die Indianer zurückweichen, bin ich ihm gefolgt. Aber alles hat seine Grenze, auch das Leben. Es gibt einen Punkt, der mich zum Wahnsinn treibt, es gibt eine Stelle in meinem Herzen, die man tödlich treffen kann. Davor warne ich, denn für die Folgen kann ich nichts.«

»Also liebst du deinen früheren Verlobten noch immer?« sagte Hetson, und seine Stimme klang hohl, fast geisterhaft.

»Lieben«, wiederholte leise und matt seine Frau, und der ausgestreckte Arm sank an ihrer Seite herunter. »Lieben? Ja, wie man einen Toten liebt. Aber ich will ihn nicht noch einmal vor meinen Augen ermordet sehen«, setzte sie rascher und heftiger hinzu. »Spiele nicht mit den Gefühlen, Frank, die Gott uns ins Herz gelegt hat. Dieser Mann war meine erste, heiße Liebe. Und wenn ich auch das Gefühl selbst mit der Wurzel aus der eigenen Brust gerissen habe, so blieben doch die feinen Fasern, die es früher genährt haben, darin zurück. Ich habe auf ihn verzichtet und freue mich über deine Liebe, Frank, und nicht der Schatten seines Bildes soll zwischen uns stehen. Aber du kannst nicht verlangen, dass ich ihn vergessen soll, du kannst nicht glauben, dass ich seinem Mörder...«

»Jenny!« schrie Hetson erschrocken und streckte die Hand aus.

»Es ist gut«, sagte seine Frau kurz abbrechend. »Gott will uns nicht mehr auferlegen, als wir tragen können, und tut er es doch, dann liegt ja gerade in der Krankheit auch die Heilung für alles Leid.«

»Beruhigen Sie sich, Mrs. Hetson«, bat Doktor Rascher. »Ist Mr. Golways wirklich unschuldig, woran ich selbst nicht zweifle, dann muss er für sein Leben oder seine Freiheit nichts befürchten. Zufällige Umstände sprechen aber gegen ihn, und von denen muss er, auch der Öffentlichkeit gegenüber, gereinigt werden. Wir können ruhig dem Ende der Untersuchung entgegensehen, und dass alles geschehen soll, um dem Fremden hier gerecht zu werden, dafür lassen Sie mich und Ihren eigenen Mann sorgen.«

Als Jenny nicht mehr sprach, war Hetson in seine alte Stellung zurückgesunken, und Jenny wollte sich noch einmal an ihn wenden. Rascher bat sie aber durch ein Zeichen, ihn jetzt allein und ungestört zu lassen. Mit einem tiefen Seufzer fügte sie sich der Bitte und drückte seine Hand. Langsam verließ sie den vorderen Teil des Zeltes, um sich in ihren eigenen Bereich zurückzuziehen.

»Mein lieber Hetson«, sagte Doktor Rascher, als sie hinter der Leinwand verschwunden war. Hetson unterbrach ihn aber. Nicht unfreundlich streckte er ihm die Hand entgegen und sagte leise:

»Bitte, lassen Sie mich jetzt einen Augenblick allein, lieber Doktor. Ich muss mich erst einmal sammeln und mit mir ins reine kommen, ehe ich mich anderen Eindrücken hingeben kann. Sie nehmen mir das nicht übel, nicht wahr?«

»Ich kann Sie in keiner besseren Gesellschaft lassen«, sagte der alte Mann herzlich. »Das Edle und Gute, das Sie so reichlich in Ihrem Herzen haben, wird bei einer Selbstbetrachtung leicht die Oberhand über die bösen Träume und Gedanken gewinnen. Wenn ich wiederkomme, hoffe ich, dass Sie mir froh entgegentreten können.«

Hetson erwiderte nichts darauf. Als der Doktor das Zelt schon lange verlassen hatte, ja, als schon der Abend seine Dämmerschatten über das Tal warf, saß der Mann noch immer, den Kopf in der Hand, den Ellbogen auf den Tisch gestützt, und starrte still vor sich hin.

27. Der Abend im Lager

Wie ein Lauffeuer hatte sich inzwischen das Gerücht in dem kleinen Ort verbreitet, dass man den Mörder des unglücklichen Johns entdeckt und gefangen habe. Alle Welt wusste sofort, dass er ein Engländer war, der in Australien entsprungen war oder sogar von der englischen Regierung als Deportierter hier herübergeschafft wurde. Dass er nun ohne weiteres an dem nächsten Baum aufgehängt werden müsste, verstand sich von selbst. Außerdem hatten die Leute an dem heutigen, unruhigen Tag nicht gearbeitet, sondern nur in den verschiedenen Zelten ihren Durst gelöscht. Dadurch befanden sie sich schon in einer aufgeregten Stimmung.

Die Rückkehr des Trupps, der gegen die Indianer ausgezogen war, vermehrte nur diese Stimmung. Die Beteiligten waren um so mehr gereizt, weil sie keinen einzigen Indianer, wie sie sich ausdrückten, ›zum Schuss bekommen konnten‹. Aber von überall aus schwer zugänglichen Felsschichten oder aus Büschen heraus waren Pfeile auf sie geflogen, deren Spitzen einige leicht verwundeten, ohne dass sie die Schützen entdecken konnten. Besonders Siftly war wütend, denn sie hatten sein Pferd an drei oder vier Stellen getroffen. Schließlich mussten sie die Verfolgung ohne Resultat aufgeben. Die Indianer zogen sich in die Berge zurück, und es wäre gefährlich für sie gewesen, ihnen in den steilen Schluchten noch länger zu folgen. Herabbröckelnde Steine und Felsblöcke bedrohten sie von allen Seiten und zeigten ihnen, dass der wachsame Feind alle Höhen besetzt hatte und für sie unerreichbar blieb.

Siftly hatte sich am äußersten Ende des Paradieses ein Zelt errichtet, in dem er nur mit Smith ein Spiellokal betreiben wollte. Es war von den letzten Wohnungen nur durch ein paar ausgehobene, aber jetzt nicht mehr bearbeitete Gruben getrennt. Dadurch hatte er sich von der Konkurrenz abgesetzt. Er kannte seine Leute gut genug und wusste, dass sie bei ihm zusammenströmen würden, wenn Manuela dort spielte. Wenn die Männer auch keinen Sinn dafür hatten, hörten sie doch gern Musik, und schon das Neue der Sache hätte sie unwiderstehlich angezogen. Dort beschäftigte er sich jetzt mit seinem Pferd. Er hatte den Sattel abgenommen und wusch ihm die verwundeten Stellen mit Branntwein aus. Dabei fluchte er kräftig vor sich hin. Da kam Boyles die Straße herauf und blieb neben ihm stehen. Zuerst nahm der Spieler keine Notiz von ihm, denn er war ärgerlich, dass gerade Boyles sich nicht seinem Zug angeschlossen hatte. Er war auch ärgerlich über den Missglückten Zug selbst und ärgerlich über die ganze Welt. Boyles ging aber trotzdem nicht von der Stelle, sah ihm eine Weile zu und sagte dann:

»Siftly, ich bin gekommen, um Ihnen mit bestem Dank das neulich geborgte Gold zurückzuzahlen.«

»Den Dank können Sie sich sparen«, brummte der Spieler. »Geben Sie mir das Gold, Sie scheinen doch lieber draußen zu hacken und zu graben, als auf leichtere Art das Glück zu zwingen. Na ja, jeder nach seiner Neigung oder seinen Fähigkeiten.«

»Sie haben recht«, sagte Boyles ruhig. »Ich tauge nicht zum Spieler, das hat mir Smith neulich bewiesen, und deshalb überlasse ich das Geschäft lieber geschickteren Leuten. Hier sind die vier Unzen im Beutel, Sie können es nachwiesen, es wird gerade passen.«

»Schon gut«, sagte Siftly und steckte das Gold gleichgültig in seine Tasche. »Gehen Sie da hinten vom Pferd weg. Der Branntwein brennt in seinen Wunden, und es tritt aus.«

»Sie scheinen also doch mit den Indianern zusammengetroffen zu sein?«

»Gott verdamme die Hunde! Aber was geht Sie das an? Sie hatten ja Ihre Haut in Sicherheit.«

Boyles antwortete nichts darauf und sah eine Weile schweigend dem Mann zu. Endlich nahm er das Gespräch wieder auf. »Hier im Camp ist inzwischen allerlei passiert.«

»Ich weiß«, brummte der andere. »Sie haben Johns Mörder erwischt. Bin nur neugierig, wer die feine Nase gehabt hat.«

»Dieser Cook«, sagte Boyles. »Er hatte mit Johns eine Weile gearbeitet und kannte einen Teil des Goldes, das der Ermordete bei sich hatte. Besonders ein gut erkennbares Stück war darunter, das er im Besitz des Fremden fand. Daraufhin ist der Mann verhaftet worden.«

Siftly hatte mit seiner Arbeit aufgehört. Er stützte seinen rechten Ellbogen auf das Pferd und blickte den Erzähler überrascht und aufmerksam an.

»Ein besonderes Stück?« lachte er endlich. »Das müsste wirklich besonders sein, wenn er da eins von den anderen unterscheiden könnte.«

»Er will darauf schwören.«

»Dann werden sie ihn hängen«, lachte der Spieler gleichgültig. »Was kümmerts mich! Verdamm die Fremden, so ist einer weniger da!«

»Wissen Sie, Siftly«, sagte aber Boyles, während er sich umsah, ob niemand in der Nähe war. »Wissen Sie, was das... ist jemand in Ihrem Zelt?«

»Nein – warum?«

»Wissen Sie, was das für ein Stück Gold war, wegen dem er verhaftet wurde?«

»Ob ich das weiß? Sind Sie verrückt oder betrunken? Wie soll ich das wissen?« höhnte der Spieler.

»Eins von denen, die Sie mir neulich morgens geborgt haben«, fuhr Boyles fort, ohne sich aus der Fassung bringen zu lassen.

»Ich?« rief Siftly und fuhr wütend auf. »Haben Sie Lust, mich in die Geschichte mit hineinzuziehen, nur wegen einer fixen Idee, die sie sich in den Kopf setzen? Verdammt, Boyles, dann wäre es für Sie besser, Sie hätten Kalifornien nie in Ihrem Leben betreten!«

Der Blick, den er dabei dem jungen Mann zuschleuderte, war so drohend und voll wilder Leidenschaft, dass der fast unwillkürlich davor zurückschrak. Aber er musste das loswerden, was ihm seit einer Stunde mit schwerer Sorge auf der Seele lag. Er musste wenigstens für sich selbst Gewissheit haben. Deshalb fuhr er mit ruhiger, aber doch zitternder Stimme fort:

»Missverstehen Sie mich nicht, Siftly. Sie waren immer freundlich zu mir, und ich wäre der letzte, der Sie in eine unangenehme Geschichte verwickeln will. Aber eine Frage müssen Sie mir beantworten, nur mir allein, keinem Menschen sonst. Alles übrige überlassen Sie dann mir.«

»Erst verraten Sie mir, wer Ihnen eine solche fixe Idee in den Kopf gesetzt hat.«

»Welche?«

»Dass Sie das Gold von mir bekommen haben. Und wie kam es später in die Hand des Fremden?«

»Ich kaufte ihm sein lahm gewordenes Pferd ab.«

»Lahm geworden?« fragte Siftly, der aufmerksam wurde. »Der vermeintliche Mörder ist ein Engländer, wie?«

»Ja, ein noch junger Mann.«

»Das Pferd war ein Brauner mit weißem Stern und, wenn ich mich nicht irre, einem weißen Hinterbein.«

»Allerdings, haben Sie es früher schon gesehen?«

Ein boshaftes, höhnisches Lächeln zuckte um Mund und Augen des Mannes, als er vor sich hinbrummte:

»Also der Bursche ist es, dem hätte ich ein ähnliches Ende prophezeit. Aber es geschieht ihm recht, warum kommt er hierher!«

»Also kennen Sie ihn?«

»Nur vom Sehen. Und der hat geschworen, dass er das Gold von Ihnen bekommen hat?«

»Nein, das hat er nicht. Er hat sogar gesagt, er könne es nicht beschwören, da er in der letzten Zeit mehrere Sachen verkauft und das Gold nicht genau angesehen hat. Aber er glaubt, dass es unter dem Gold war, das er von mir erhalten hätte, und der Sheriff stellte mich deshalb zur Rede.«

»Hale? So? Und Sie?«

»Siftly«, sagte der junge Mann und drehte sich halb von dem Spieler ab, denn er schämte sich für sein Rotwerden. »Ich... gab ausweichende Antworten... ich sagte dem Sheriff, dass ich das Stück Gold nicht kenne.«

»Na? Dann ist doch alles in Ordnung«, lachte Siftly. »Was wollen Sie mehr?«

»Was ich mehr will?« sagte Boyles erstaunt. »Sie vergessen, dass sie durch den Beweis des gefundenen Goldes den Unglücklichen hängen können.«

»Das ist ihre und seine Sache«, brummte der Spieler, nahm seinem Tier den Zaum ab und trat zur Seite, um es frei laufen zu lassen.

»Aber der Mann ist unschuldig«, flüsterte Boyles.

»Und woher wissen Sie das?« fragte Siftly kalt.

»Siftly, bei Gott, das Stück Gold habe ich von Ihnen bekommen«, versicherte Boyles fest, wenn auch mit unterdrückter Stimme. »Ich kenne es zu genau, denn es gefiel mir so, dass ich es behalten und später eine Tuchnadel daraus machen wollte. Hätte ich es getan! Heute Morgen dachte ich aber nicht daran, ich dachte nur an das Pferd, mit dem ich einen guten Kauf gemacht habe.«

»Und was wollen Sie jetzt von mir?« unterbrach ihn Siftly, und wieder sah er ihn mit dem drohenden Blick an.

»Sie fragen, woher Sie das Stück Gold bekommen haben.«

»Um mich nachher ebenfalls vor diese langweilige Jury zu bringen, he?«

»Habe ich nicht gesagt, dass ich selbst den Besitz des Goldes verleugnet habe?«

»Ach, ich vergaß!« lachte der Spieler. »Also nur für Ihre eigene Beruhigung wollen Sie die Frage beantwortet haben?«

»Ja.«

»Nun, den Gefallen kann ich Ihnen tun, wenn Sie das beruhigt. Ich glaube doch nicht, dass Sie wahnsinnig genug sind und mich etwa für den Mörder halten. Das Gold, das ich Ihnen an dem Morgen geborgt habe, habe ich am Abend vorher einem Mexikaner drüben im Cedar valley abgenommen.«

»Und kennen Sie den Mann?«

»Kennen? Woher soll ich ihn kennen? Ich habe auf sein Gold und seine Karten und Finger gesehen, nicht auf sein Gesicht. Weiß der Henker, diese Señores sehen sich alle ähnlich.«

»Aber dann«, rief Boyles, dem sich bei der Antwort eine Zentnerlast von der Seele wälzte, »kann man ja auch dem armen Teufel helfen, dem der Strick schon verdammt nahe am Hals sitzt. Wenn ich Hale...«

»Sie sind wohl verrückt«, rief Siftly finster. »Mich wollen Sie in diese Angelegenheit verwickeln, einem der verdammten Fremden herauszuhelfen? Nicht schlecht. Was glauben Sie wohl, wie ich den Mexikaner wieder auffinden soll, von dem ich das Gold bekommen habe? Soll ich mich so lange in Untersuchung herumschleppen lassen? Verdammt will ich sein, wenn ich's tue.«

»Aber Sie können doch nicht wollen, dass der Fremde unschuldig gehängt wird, Siftly?«

»Unschuldig? Wissen Sie, ob es unschuldig geschieht? Er ist doch einer der englischen Verbrecher, Räuber und Mörder, mit denen die Staaten überschwemmt werden. Ob er hier oder in San Francisco gehängt wird, ist egal. Ich versichere Ihnen aber, dass ich nicht bereit bin, für ihn einzutreten. Wenn Sie es wagen, dem Sheriff meinen Namen zu sagen, werden Sie auch die Folgen tragen.«

»Ich?«

»Wie wollen Sie mir beweisen, dass Sie das Gold von mir bekommen haben, he? Oder haben Sie etwa den Mississippi-Sumpf schon ganz vergessen?«

»Siftly, an dem Tod des Mannes war ich unschuldig«, rief Boyles, und sein Gesicht wurde aschfahl. »Sie wissen das auch, Sie müssen das wissen, und hätte ich eine Minute früher von der Absicht des Mannes eine Ahnung gehabt, wäre es nicht geschehen, jedenfalls nicht in meiner Gegenwart.«

»Sie haben also den Tag doch noch nicht ganz vergessen?« lachte Siftly.

»Und wenn ich tausend Jahre alt würde«, stöhnte zusammenschaudernd der junge Mann. »Ich könnte ihn nicht vergessen.«

»Um so besser für Sie«, sagte Siftly trocken. »Der Mann war ein Verräter, und wenn Sie wissen, was für Sie gut ist, halten Sie den Mund und lassen die Welt ihren Gang gehen, den Sie nun doch nicht ändern können. Soviel verspreche ich Ihnen aber: Wenn Sie mit dieser wahnsinnigen Anklage gegen mich auftreten oder anderen nur einen Hinweis deswegen geben, dann fühle ich mich auch nicht länger gebunden zu schweigen. Und mit einem solchen Beweis gegen Sie wollen wir doch einmal sehen, für was sich die Jury entscheiden würde.«

»Aber Siftly, um Gottes willen!«

»Geh zum Teufel!« rief der Spieler. »Das sind Freunde, hahaha! Das Sprichwort stimmt wirklich, dass einer mit seinen Feinden eher fertig werden kann. Machen Sie, was Sie wollen. Dem Sheriff haben Sie schon gesagt, dass Sie das Gold nicht kennen und dass es der Fremde nicht von Ihnen erhalten hat. Jetzt gehen Sie wieder zu ihm und erzählen Sie ihm, es wäre Ihnen gerade eingefallen, dass ich der frühere Besitzer sein könnte, weil ich vor ein paar Tagen dumm genug gewesen war, Ihnen Gold zu borgen. Lassen Sie mich dann gegen Sie auftreten, und wir wollen dann doch einmal sehen, für wen sich die Jury am meisten interessieren wird. Unsere eigene Rechnung machen wir dann später miteinander ab.« Ohne auf eine Antwort des Mannes zu warten, griff er Sattel und Zaumzeug auf und trug alles in sein Zelt.

Boyles wartete noch eine Weile, aber der Spieler kam nicht zurück. So wollte er sich jedoch von dem Mann, den er weit mehr fürchtete als liebte, nicht trennen. Zögernd und unschlüssig, wie er immer war, betrat er endlich nach ihm das Zelt. Eine Viertelstunde blieb er drin, dann kamen die beiden heraus. Siftly hatte seinen linken Arm auf Boyles Schulter gelegt, und langsam gingen sie in die Stadt hinunter.

Überall standen hier einzelne Gruppen zusammen, die die Vorgänge des ereignisreichen Tages besprachen. Zuerst hatte man sich noch für die Mexikaner interessiert. Aber die hatten vielleicht befürchtet, dass die Amerikaner sie noch einmal mit einbrechender Nacht angreifen würden. Oder sie hatten sich auch geschämt und wollten nach ihrer heutigen Niederlage nicht länger hierbleiben. Jedenfalls waren kurz nach Mittag die letzten die Flat hinab in die Berge gezogen und keiner mehr von ihnen zu sehen. Seit sie verschwunden waren, nahm der gefangene Mörder des Amerikaners die Aufmerksamkeit der Leute in Anspruch. Dass er es wirklich war, daran zweifelte kein Mensch. Siftly trennte sich hier von Boyles und blieb bei verschiedenen Gruppen stehen, um zu hören, was über den Fall gesprochen wurde. Die Männer waren alle der Ansicht, dass die Jury am nächsten Morgen zusammentreten würde, und gegen Abend konnte man ihn dann hängen. Was nämlich die Auslieferung an das District Court betraf, so schwor Briars mit seinen Genossen, dass sie verdammt sein wollten, wenn das geschehen sollte. Sie wären hier Manns genug, um mit solch einem australischen Sträfling fertig zu werden. Wenn die Advokaten in dem District Court Futter wollten, sollten sie es sich selbst besorgen. Mit dem, was er hörte, war er ziemlich zufrieden und sogar weit besserer Laune als vorher. Jetzt dachte Siftly auch an seine eigenen Pläne, und für die brauchte er vor allen Dingen Hetson, den er auch ohne weiteres aufsuchte. Die Sonne war schon hinter den waldigen Bergen verschwunden. Als das letzte rosige Licht die höchsten Wipfel der Zedern und Kiefern erreichte und den

Wald grau färbte, legte sich auch die Nacht mit dunklem Schleier auf das Tal. Als Siftly das Zelt des Alkalden betrat, war es im inneren Raum schon fast dunkel. Beim Zurückwerfen der Leinwand erkannte er die noch immer am Tisch sitzende Gestalt des Freundes.

»Hetson, schläfst du?«

»Nein, bist du das, Siftly?«

»Ja, aber weshalb sitzt du hier im Dunkeln und träumst? Zünde ein Licht an, oder noch besser, mach mit mir einen Spaziergang durch die Stadt. Ich möchte etwas mit dir bereden, was die Nachbarzelte nicht zu wissen brauchen.«

Ohne etwas zu erwidern, blieb Hetson noch eine Weile in seiner Stellung. Endlich stand er auf, ergriff seinen Hut und folgte dem vorausgehenden Spieler ins Freie.

Hier schob Siftly ziemlich ungeniert seinen Arm in den des Richters und schlenderte mit ihm die Straße hinab.

»Ich habe schon heute Morgen mit dir über den Vertrag gesprochen, den ich mit deinem alten Spanier wegen Manuelas Spiel abgeschlossen habe. Ich möchte dich jetzt bitten, dem Mädchen zu befehlen, dass sie sich in etwa einer Stunde bereithält. Sie wird hoffentlich keine Umstände machen.«

»Du hast schon mit mir darüber gesprochen?« sagte Hetson und sah ihn erstaunt an.

»Allerdings«, lachte Siftly, »aber du hattest gerade andere Dinge im Kopf und hast es vielleicht überhört. Die Sache ist ganz einfach, denn Señor Ronez...«

»Ich kenne die Einzelheiten«, unterbrach ihn Hetson, »und zwar von Don Alonso selbst. Übrigens ist es gut, dass du das Gespräch darauf bringst, denn auch ich habe eine Bitte an dich.«

»Und die wäre?« sagte Siftly, die Augenbrauen finster zusammenziehend.

»Einfach die. Don Alonso hat mit dir gespielt, obwohl ich dich dringend gebeten hatte, den unglücklichen Mann nicht mehr dazu zu verleiten.«

»Verleiten? Was kümmert mich der Spanier? Wenn er so ein Narr ist, mir sein Geld zu bringen, soll ich es zurückweisen? Hat er nicht dieselbe Chance wie ich, um meins zu gewinnen?«

»Wir wollen darüber jetzt nicht streiten«, entgegnete Hetson ruhig. »Don Alonso konnte auch sein Gold verspielen, soviel er wollte. Aber er hatte etwas auf eine Karte gesetzt, worüber er kein Recht hat: die Freiheit seiner Tochter.«

»Pah, Freiheit!« lachte Siftly. »Keiner will sie ihm abkaufen, es handelt sich nur um ein paar Stunden, die sie Abends in meinem Zelt spielen soll. Übrigens ist Manuela noch nicht mündig, und deshalb steht ihm schon ein Recht über sie zu!«

»Auch das wollen wir hier nicht erörtern«, sagte Hetson. »Meine Bitte an dich ist, dem Spanier seinen Einsatz nachzusehen und dafür das an barem Geld anzunehmen, was du gegen ihn gewagt hast.«

»Verdammt, wenn ich's tue!« rief Siftly und ließ Hetsons Arm los. »Wir sind beide keine Kinder mehr, die um Bohnen oder Pfennige spielen. Wir beide wussten genau, was der Satz bedeutete, ehe die Karten fielen. Dass es ihn jetzt gereut, ist seine Sache, nicht meine.«

»Manuela weigert sich zu spielen.«

»Das habe ich mir so schon gedacht«, lachte Siftly, »die alte Geschichte. Aber das wird ihr hier genausowenig helfen wie in San Francisco. Dafür haben wir die Gesetze, damit für uns Amerikaner das Recht den Fremden gegenüber aufrechtgehalten wird.«

»Du könntest dich in diesem Falle irren«, erwiderte Hetson. »Unsere kalifornischen Gesetze stimmen nicht völlig mit denen der Vereinigten Staaten überein. Zugunsten der spanischen Rasse, den früheren Eigentümern des Bodens, ist manches geändert oder nachsichtig behandelt worden, was in ihre Sitten und Gewohnheiten eingreift. Nimm allein das Glücksspiel selbst, das drüben in den Staaten bei schwerer Strafe verboten ist, während es hier den Gesetzgebern gar nicht einfällt, es zu verhindern.«

»Sie wissen auch, warum«, lachte der Spieler. »Sie sollten es versuchen! Aber was streiten wir uns hier um Spreu. Die Sache ist abgemacht, unter volljährigen, vernünftigen Männern abgemacht und zehn oder zwölf Zeugen außerdem dabei. Es ist unnötig, ein weiteres Wort darüber zu verlieren. Tu mir also den Gefallen und stauch die junge Dame etwas zurecht, damit sie ihr albernes Sträuben aufgibt, ändern kann sie doch nichts mehr.«

»Wenn ich dich aber nun bitte, mir zuliebe von deinem vermeintlichen Recht abzusehen und die Sache in Güte beizulegen? Wir haben jetzt genug Unruhe im Lager, um sie nicht noch unnötig zu vergrößern.«

»Dann tut es mir leid, dir die Bitte abschlagen zu müssen«, sagte Siftly trocken. »Ich befinde mich im Recht, und wenn es nicht anders geht, will ich das stolze Mädchen zwingen, sich zu fügen.«

»Du verweigerst also den Einsatz, den ich dir voll und sofort auszahlen würde?«

»Den Einsatz verweigere ich allerdings«, erwiderte Siftly, »und verlange, dass das Mädchen heute Abend in meinem Zelt spielt.«

»Dann tut es mir leid, dir mitteilen zu müssen, dass das nicht geschehen wird«, sagte Hetson ruhig. »jedenfalls nicht, solange ich hier Alkalde im Paradies bin.«

»Du vergisst dabei, durch wen du es geworden bist«, rief Siftly in rasch aufloderndem Zorn.

»Durch wen? Durch die Wahl der Bürger«, lautete die kalte Antwort.

»Die aber niemals auf dich gefallen wäre, wenn ich sie nicht gelenkt hätte«, zischte Siftly. »Bedenke, dass ich das, was ich aufgerichtet, auch wieder zerstören kann.«

»Ich glaube, du mutest dir da mehr Kräfte zu, als du wirklich besitzt«, lächelte der junge Mann. »Wenn es auch wirklich so wäre, was machts? Solange ich hier diese Ehrenstelle bekleide, werde ich auch ihre Rechte wahren.«

»Etwa damit, dass du die Rechte der Amerikaner unter die Füße treten willst? Eine verdammt pfiffige Auslegung deiner Stelle. Ich befürchte fast, dass du dabei etwas zuviel auf deine Macht und deine eigenen Kräfte vertraust. Sollte dich dein heutiger, unerwarteter Erfolg so übermütig gemacht haben? Denk daran, dass du noch nicht am Ziel bist!«

»Die Mexikaner sind zerstreut«, sagte Hetson gleichgültig. »Sie werden es unterlassen, mit uns noch einen zweiten Versuch zu wagen.«

»Ich rede nicht von dem feigen Gesindel«, sagte finster der Spieler. »Wenn ihr nur ein Gewehr zwischen den Zelten abgefeuert hättet, wäre der Erfolg der gleiche gewesen.«

»Von was sonst?« sagte Hetson, aufmerksam werdend.

»Von deinem glücklichen Fang«, erwiderte Siftly, »zu dem ich dir unter anderen Umständen herzlich gratuliert hätte.«

»Ich weiß nicht, wie ich diesen sogenannten Fang glücklich nennen soll«, sagte Hetson finster. »Ich selbst habe aber damit nichts zu tun. Der Mann untersteht dem Gesetz und wird frei oder bestraft, je nachdem, ob man ihn schuldig findet.«

»Ja, wir kennen das«, lachte der Spieler. »Aber wenn er nun frei ausgeht? Wenn er durch diese ›unschuldige‹ Gefangenschaft und Lebensgefahr für deine Frau noch viel interessanter, viel lieber geworden ist? Bei den Frauen spielt nun einmal das Mitleid fast noch eine größere Rolle als die Liebe...«

»Siftly!«

»Stell dir vor, ich trete selbst auf und bezeuge, dass der Bursche das Gold von mir bekommen hätte! Ich habe doch gerade in der letzten Zeit in den verschiedenen benachbarten Minen von den Mexikanern viele merkwürdig geformte Goldstücke gewonnen. Kann das nicht dabei gewesen sein? Glaubst du, einer würde die Frechheit haben, mich des Mordes zu beschuldigen? Stell dir vor, dass ich das deiner Frau zuliebe täte?«

»Siftly«, sagte Hetson, blieb stehen und ergriff den Arm des Spielers. »Ich weiß nicht, ob du fähig wärst, eine falsche eidliche Aussage zu machen. Ich glaube, du machst dich da in deinem Übermut schlechter, als du bist. Bist du aber imstande, mir den wahren Beweis dafür zu bringen, dass der unglückliche Mann unschuldig ist, dann würde ich dir mit vollem Herzen danken.«

Siftly sah den Mann erstaunt an, als ob er hinter den Worten eine List vermutete. Dann aber rief er plötzlich aus:

»Wahnsinnig genug wärst du, und der Teufel soll aus dir klug werden. Aber jetzt zum letzten Mal: Willst du mir kraft deines Amtes und deiner Autorität zu meinem Recht verhelfen?«

»Nein, das ist mein letztes Wort.«

»Also soll ich mir selber helfen?«

»Versuchs, aber beim ewigen Gott, wer mein Zelt ohne meine Erlaubnis oder gewalttätig betritt, stirbt von meiner Hand!«

»Pah«, lachte der Spieler verächtlich. »So viel für deine Drohung! Aber du verweigerst den Frieden mit mir, also nimm, was du haben willst: Krieg. Aber dass wir noch Männer im Lager haben, will ich dir beweisen!«

Damit schlug er seine Zarape um die Schultern und ließ den Richter allein stehen. Rasch ging er die dunkle Straße hinauf zu Kentons Zelt.

Graf Beckdorf führte inzwischen seinen wieder getroffenen Freund in das Tal hinauf. Hier war Fischer trotz der indianischen Unruhe und dem ganzen wilden Treiben um ihn her ruhig an der Maschine geblieben und hatte weitergearbeitet. Der Streit, den die Indianer mit den Amerikanern hatten, interessierte ihn, aber doch nicht so sehr, dass er deshalb seine Arbeit versäumte. Seine Dienste als Dolmetscher wurden im Paradies auch nicht mehr benötigt, denn der jetzige Alkalde sprach besser Spanisch und Französisch als er selbst. So konnte er getrost die beiden Parteien für sich lassen, ohne sich weiter zu bemühen. Mit einiger Ungeduld hatte er aber die Rückkehr Beckdorfs erwartet. Ohne sein Schaufeln zu unterbrechen, ließ er sich jetzt die Vorgänge im Paradies bis in die kleinsten Details erzählen. Nur als Beckdorf ihm von dem Zug gegen die Indianer erzählte, lachte er und meinte:

»Die können genauso gut versuchen, ihren eigenen Schatten zu fangen. Dafür, dass sie dem Falschspieler die Ohren abgeschnitten haben, mag ich sie jetzt noch lieber als früher!«

Die jungen Männer unterhielten sich, und Lanzot half seinem Freund, die Erde auszugraben und zu der Maschine zu tragen. Das war sein Anfang in der edlen Kunst des Goldgrabens, in dessen Geheimnisse er gleich eingeweiht werden sollte. Da sie nach den Ereignissen einen interessanten Abend im Lager erwarten konnten, beschlossen Fischer und Beckdorf, heute keinen neuen Platz mehr anzufangen, sondern Feierabend zu machen, wenn dieser ziemlich ergiebige Platz ausgewaschen wäre. Abends wollten sie sich wieder im Zelt des Elsässers treffen. Fischer ging dann direkt nach Hause, während Beckdorf mit Lanzot noch einen Spaziergang zum oberen Teil der Flat machte, um erst an der anderen Seite des ›roten Bodens‹ wieder das Paradies zu betreten.

Lanzot hatte inzwischen alles erzählen müssen, was ihm passiert war und was ihn nach Kalifornien getrieben hatte. Dann gab ihm Beckdorf humorvolle Skizzen seines Minerlebens und beschrieb die skurrilen Charaktere, mit denen sie hier zusammentrafen.

»Ein eigenartiges Land bleibt es immer«, sagte Lanzot. »Ich werde nie bereuen, es gerade in dieser Anfangszeit erlebt zu haben. Später wird sich das alles wieder normalisieren, und diese eigenartigen Menschen werden sich mit anderen aus den Staaten vermischen. Aber jetzt erleben wir noch das urwüchsige Kalifornien, wie es ein glücklicher Fund aus der Erde hervorgezaubert hat.

Nimm einmal ein ganzes Land von Männern wer hätte das früher für möglich gehalten, und doch existiert es hier vor unseren Augen!«

»Halt, da nehm ich unser Paradies in Schutz«, rief aber Beckdorf. »Es zeichnet sich nämlich zu seinem Vorteil vor fast allen anderen Minenstädten aus. Neben ein paar sehr anständigen Backwoodsfrauen, die mit ihren Männern über die Felsengebirge gekommen sind, haben wir auch ein paar wirkliche Damen hier, und nicht nur etwa zwielichtige!«

»Wirklich?« sagte Lanzot. Hätte ihn Beckdorf jetzt angesehen, hätte er sich vielleicht eine Erklärung ersparen können. »Ach ja, jetzt erinnere ich mich, Mr. Hetson, ein Amerikaner hat seine junge Frau mit in die Minen gebracht.«

»Und eine sehr liebe Spanierin ist in ihrer Begleitung«, sagte Beckdorf. »Auch sie gehört nicht zu der Sorte, die wir hier öfter antreffen, sondern zu einem höheren Stand. Sie soll außerdem wunderbar schön die Violine spielen. Vor ein paar Minuten ging sie dort drüben mit ihrem Vater in des Zelt des alten Amerikaners, dessen Frau krank ist.«

»Wo?« rief Lanzot rasch. »Ich habe niemand gesehen.«

»Weil du immer zur Stadt siehst. Wenn wir uns hier etwas aufhalten, können wir sie zurückkommen sehen. Soviel ich weiß, bringt sie der alten Frau da drüben manchmal eine Stärkung.«

»Du sagst, sie spielt Violine?«

»Sie soll Violine spielen, gehört habe ich sie noch nicht.«

»Dann ist es vielleicht dieselbe, die ich in San Francisco gekannt habe, und ihr Vater heißt Señor Ronez.«

»Ganz recht«, versicherte Beckdorf. In seiner ahnungslosen Gutmütigkeit gab er die Bestätigung für etwas, was Lanzot viel besser wusste als er selbst. »Tatsächlich, da kommen sie. Bieg hier links ab, Emil, da treffen wir auf dem Fußpfad mit ihnen zusammen.«

Wie Beckdorf gesagt hatte, brachte Manuela der in der Nähe wohnenden kranken Frau einige Erfrischungen. Aus Angst vor dem Spieler musste sie aber ihr Vater begleiten. Sie hielt sich auch nur kurz auf, um die Sachen abzugeben. Auf dem Heimweg zu den etwa zweihundert Schritt entfernten Zelten der Stadt sah sie nicht von ihrem Weg auf, sondern ging rasch und ängstlich an der Seite ihres Vaters. Die beiden näher kommenden Männer hatte sie gehört, wagte aber nicht, zu ihnen aufzusehen. Auch Don Alonso achtete nicht auf sie, bis er durch den Ausruf »Hallo, Señor!« aufschrak. Kaum hatte er jedoch den alten Freund erkannt, als er auch stehenblieb und ihm die Hand entgegenstreckte.

»Don Emilio, welcher gute Stern führt Sie wieder in unsere Nähe?«

»Don Emilio?« flüsterte Manuela leise und wurde dabei rot. Sie durfte aber nicht unfreundlich sein und streckte ihm lächelnd die Hand entgegen und begrüßte ihn herzlich. Und wie viel hatten sich die Leute jetzt zu sagen, von denen Lanzot vorher nur wie von einer flüchtigen Bekanntschaft gesprochen hatte! Alle beide waren rot geworden, und das Mädchen sah ihn mit einem seelenvollen Blick an. Beckdorf verstand leider außer einigen Wörtern kein Spanisch und spielte deshalb bei der Unterhaltung keine sehr geistreiche Rolle. Aber Lanzot hatte seine Existenz völlig vergessen, denn seine Augen hingen an den Lippen Manuelas. Sie erzählte ihm von der Gefangenschaft des Engländers und dem Verdacht, unter dem er ungerechtfertigt stand. Aber was konnte er als vollkommen Fremder dabei tun?

Alles, meinte Manuela, wenn er selbst mit dem Gefangenen sprach, der sonst keinen Freund in der Stadt hatte. Soviel sie gehört hatte, brauchte er Zeugen, und niemand wollte sie herbeischaffen, obwohl schon am nächsten Tag die furchtbare Jury zusammentreten sollte. Er konnte da helfen, hatte er ihnen doch auch so oft geholfen, setzte sie mit einem lieben Lächeln hinzu. In diesem Augenblick war Lanzot fest entschlossen, für sie zu reiten, wohin sie ihn schicken würde. Schon ihre nächsten Worte bannten ihn wieder an ihre Seite. Sie erzählte von Siftly, wie er hierherkam, ihren Vater wieder im Spiel betrogen hatte und sie jetzt gewaltsam zum Spielen zwingen wollte. Sie hoffte nur noch auf den Schutz des Alkalden, wenn der sie schutzlos ließ, war sie verloren.

»Nicht ganz, Manuela«, sagte Lanzot herzlich. »Zuerst wollen wir jetzt den Gefangenen besuchen und sehen, was sich für den armen Teufel tun lässt, und dann...«

»Wenn Sie ihn retten, bin ich Ihnen ewig dankbar!« bat das junge Mädchen. Dann hakte sie sich bei ihrem Vater ein und eilte zu ihrem Zelt zurück.

So süß und lieb ihre letzten Worte auch klangen, hatten sie in Lanzots Brust doch einen bösen Stachel zurückgelassen. Was bedeutete ihr der Fremde, wenn sie so großen Anteil an seinem Schicksal nahm? Sie vergaß ganz ihre frühere Schüchternheit und bat ihn, dass er sich für den Mann einsetzen sollte. Nur einer konnte ihm darüber Auskunft geben – Doktor Rascher. Ihn aufzufinden war jetzt das Wichtigste. Beckdorf, der noch keine Ahnung von der Gefangennahme des Engländers hatte, wollte Lanzot eben wegen seiner genauen Bekanntschaft mit der Dame necken, über die er vorher so gleichgültig gesprochen hatte. Mit wenigen Worten erzählte ihm aber der Freund die Vorgänge des Nachmittags und von dem Interesse, dass die Familie Hetson am Schicksal des Gefangenen hatte. Von Manuela sagte er nichts. Beckdorf war sofort bereit, ihn zu unterstützen. Es dunkelte bereits, und wenn sie heute noch etwas unternehmen wollten, war es höchste Zeit dafür.

Doktor Rascher hatte sich in der Nähe des Platzes, an dem die Deutschen lagerten, in einem Zelt eingemietet. Dahin gingen die beiden jetzt, fanden ihn aber nicht und kehrten deshalb in die Stadt zurück, um in verschiedenen Zelten nachzuforschen. Möglich, dass er ebenfalls von einem der Deutschen zu dem Elsässer eingeladen war, bei dem sie sich Abends oft versammelten. Als sie die Straße hinaufgingen, begegnete ihnen ein Mann, der in eine Zarape gehüllt war. Es war schon zu dunkel geworden, um sein Gesicht deutlich zu erkennen. Aber die Gestalt und der Gang fielen Lanzot auf.

»Den Burschen sollte ich kennen, weißt du, wer es war?«

»Der größte Lump, der je auf amerikanischen Boden aufwuchs«, antwortete er. »Ein Spieler, der sich Siftly nennt.«

»Ich dachte es mir. Aber zum Teufel auch... was war das?«

Eine dunkle Figur kam die jetzt fast leere Straße rasch herunter, rannte fast gegen sie und glitt, als sie die beiden Männer bemerkte, wie eine Schlange zwischen die nächsten Zelte.

»Hm«, murmelte Beckdorf vor sich hin und sah der Gestalt erstaunt nach. »Das kommt einem ja fast so vor, als hätte der Bursche kein ganz reines Gewissen. Er sah fast wie ein Chinese aus. Aber die haben doch unsere Flat schon seit einigen Tagen verlassen und kommen nie nach Dunkelwerden in die Stadt. Wir wollen doch einmal sehen, wo der Bursche geblieben ist, ob er noch zwischen den Zelten steckt oder in die rote Flat gelaufen ist. Bleib du hier, ich gehe drüben herum und treibe ihn zurück.«

Beckdorf kannte sich hier gut aus und glitt um das Zelt herum, um dem Flüchtling vielleicht den Weg abzuschneiden. Wer es auch war, er hatte sich davongemacht, der Raum zwischen den beiden Zelten war leer.

»Ach, Lass ihn laufen«, lachte der junge Mann, als er zu dem Freund zurückkam. »Hat er böse Streiche vor, werden sie ihn schon erwischen. Vielleicht wich er uns aus, um keine neuen Bekanntschaften zu schließen. Darüber brauchen wir uns nicht zu grämen!«

»Und wo ist hier das Zelt des Elsässers?«

»Gleich da drüben.«

»Lass uns hingehen und sehen, ob wir den Doktor da finden.«

»Baron!« rief sie in diesem Augenblick eine Stimme an. »Sind Sie das?«

»Der Doktor, bei allem, was lebt!« rief der junge Mann erfreut aus. »Doktor, wir haben Sie schon wie eine Stecknadel gesucht, Sie sollen uns Auskunft geben.«

»Uns?«

»Mir und einem alten Freund, den ich hier zufällig in den Minen getroffen habe. Wenn wir zum Licht kommen, stelle ich Ihnen Graf Beckdorf vor. Ich habe mit Manuela gesprochen, wo wird der Gefangene bewacht?«

»Im Zelt des Sheriffs.«

»Glauben Sie, dass wir da Zutritt haben?«

»Das kommt auf einen Versuch an. Aber was wollen Sie ihm helfen? Das einzige, was ihn retten oder zumindest aus dieser fatalen Lage bringen könnte, wäre, ein paar Männer vom Macalome herüberzuschaffen, die ihm ein Alibi bestätigen können.«

»Wenn er ihre Namen weiß«, rief Graf Beckdorf, »dann erkläre ich mich gern bereit, sie selbst hierherzubringen. Selbst bei Nacht kann ich den Weg da hinüber finden.«

»Aber die weiß er doch nicht«, sagte der alte Doktor. »Er ist nur in der Lage, sie zu beschreiben.«

»Dann müssen wir ihn sprechen«, rief Beckdorf rasch. »Der Sheriff kennt mich, gehen wir gemeinsam zu ihm. »Ohne eine Antwort abzuwarten, ging er mit den beiden zu Hales nahe gelegenem Zelt.

Hale hatte inzwischen den Gefangenen unter seine Obhut genommen. Das war in einer solchen Zeltstadt nicht einfach. Ein Gefängnis besaß das Paradies natürlich nicht. Es gab noch nicht einmal ein ordentliches Blockhaus, das einen Menschen hätte halten können. So blieb ihm nichts anderes übrig, als ihn ständig zu bewachen, bis man ihn freigab oder an seine Richter ablieferte. Freiwillige Wachen fanden sich genug, aber es war doch unbequem für alle. Brach der Gefangene nämlich aus und kam er nur zwanzig Schritt in die dahinter liegende, dunkle Flat, dann hätten ihn sämtliche Bewohner des kleinen Zeltstädtchens nicht wieder eingefangen. Das wusste Hale genauso gut wie jeder andere, und danach hatte er seine Vorsichtsmaßnahmen getroffen. Wenn er seinen Gefangenen auch gern so mild wie möglich behandelt hätte, musste er ihm doch die Hände auf den Rücken fesseln. Er wurde dabei so hingesetzt, dass er nach Dunkelwerden ein Licht hinter sich und eins vor sich stehen hatte, dadurch waren seine Hände und seine ganze Gestalt hell beleuchtet. Neben dem Licht saßen zwei Posten, die geladenen Gewehre auf den Knien, den Revolver im Gürtel. So war eine Flucht unmöglich. Außerdem stand noch eine dritte Wache vor dem Zelt, um Neugierige zurückzuschicken. Der Sheriff wollte nicht, dass der Angeklagte belästigt wurde. Es gab genug Leute im Ort, die sich stundenlang zu ihm gesetzt und ihn angestarrt hätten. Diese Wache wies auch unsere drei Freunde ohne weiteres ab. Beckdorf bestand aber darauf, wenigstens den Sheriff zu sprechen. Als der endlich vor dem Zelt erschien, erlaubte er ihnen einzutreten, allerdings unter der Bedingung, sich dem Gefangenen nicht auf Armlänge zu nähern.

Im Zelt selbst sah es wild und malerisch genug aus. Die beiden Hinterwäldler mit ihren langen Büchsen vor dem flackernden Kerzenlicht neben sich boten ein eigenartiges Bild. Der Gefangene saß in finsterem Schweigen auf einer Holzbank und starrte vor sich nieder. Eine Matratze lag neben ihm auf dem Boden, auf der er wohl schlafen sollte. Aber er dachte noch nicht an Schlaf. Ein zertretenes Leben lang hinter ihm. Mit dem bitteren Gefühl, durch nichts die Schicksalsschläge verdient zu haben, sog er seinen Groll nur noch tiefer in sich hinein. Er fand sogar eine selbstmörderische Freude daran, sich die letzten trüben Szenen immer wieder auszumalen. Die drei Deutschen kamen freundlich auf ihn zu, aber es dauerte eine ganze Zeit, ehe der Unglückliche das Misstrauen beseitigte, das er gegen alle Fremden hegte. Erst als sich Doktor Rascher als Freund von Mrs. Hetson vorstellte, wurde er aufmerksam. Doktor Rascher bat ihn in ihrem Auftrag, er sollte ihnen mitteilen, wie er Mittel für seine Rechtfertigung finden könnte.

Die Angaben, die er machen konnte, waren aber so dürftig, dass Doktor Rascher nur traurig mit dem Kopf schüttelte. Der Sheriff, der sich wieder auf sein Bett geworfen hatte, sagte:

»Wenn Sie Morgen nichts Besseres zu Ihrer Verteidigung sagen können, dann sieht es schlecht aus. Es genügt nicht, dass Sie sagen, Sie wären woanders gewesen, ohne das jedoch beweisen zu können! Ich möchte nicht in Ihrer Haut stecken.«

Beckdorf hatte aufgefasst, was er von dem alten Mann erzählte, den er oben auf dem Berg getroffen haben wollte, und der auch ins Paradies geritten war, um hier irgendetwas zu erledigen. So gut er sich erinnerte, musste er sein Äußeres beschreiben. Das passte allerdings auch auf einige andere. Hale hörte ebenfalls aufmerksam zu. Bis jetzt war der Sheriff ziemlich fest davon überzeugt gewesen, dass der Engländer den Mord wirklich begangen hatte. Der ungebildete Amerikaner, auch wenn er sonst ein guter Mensch ist, hegt noch immer den Gedanken, dass England über Amerika herrschen möchte und hasst deshalb alle Engländer. Ja, er würde sogar einen Krieg mit England für den größten Segen für das Land betrachten. Das niedergeschlagene Benehmen des Fremden, das allerdings eine ganz andere Ursache hatte, bestärkte ihn noch in seinem Verdacht. Jetzt aber, wo sich der junge Beckdorf, den er als rechtschaffenen Mann kannte, so sehr für den Engländer interessierte, wankte sein Verdacht wieder. Vor ihm tauchte die Möglichkeit auf, dass der Gefangene am Ende doch unschuldig sein könnte. Aber weshalb hatte er es so eilig gehabt, von hier wegzukommen? Hale überlegte, wen er wohl mit dem alten Amerikaner meinen konnte. Der heutige Tag hatte allerdings seine Aufmerksamkeit zu sehr in Anspruch genommen, um sich an einzelne erinnern zu können.

»Wenn ich nicht irre«, sagte da Golway endlich, »dann sprach er davon, dass er seine beiden Söhne im letzten mexikanischen Krieg verloren hat.«

»Lieber Gott, wenn Sie nur wenigstens einen Vornamen als Anhaltspunkt wüssten!« sagte Beckdorf.

»Teufel auch«, rief Hale und sprang von seinem Bett auf. »Das ist genug Anhaltspunkt! Jetzt weiß ich, wen er meint – den alten Nolten!«

»Haben Sie den Namen nie gehört?« fragte Beckdorf rasch den Engländer.

»Nein, ich erinnere mich nur, dass er mir das erzählte.«

»Und der ist in Macalome? Schon wieder zurückgeritten?« erkundigte sich der Sheriff.

»Dahin wollte er zurückreiten.«

»Dann hol ich ihn«, rief Beckdorf entschlossen. »In sechs Stunden reite ich hinüber, und bis Morgen Mittag kann ich mit ihm zurück sein.«

»Ach was«, sagte Hale. »Sie können jetzt nicht bei Nacht und Nebel über die Berge, wo unsere Leute die Indianer so gereizt haben!«

»Die muss ich nicht fürchten. Sie kennen mich und wissen, dass ich ihnen freundlich gesonnen bin.«

»Bei Nacht sind alle Katzen grau, und sie spicken Sie und das Pferd mit Pfeilen, ehe Sie nur ›Walle-Walle‹ sagen können!« rief Hale.

»Glauben Sie, dass Noltens Aussage ihm nützen würde?«

»Ich denke schon«, antwortete Hale. »Nolten ist ein Ehrenmann durch und durch. Wenn der hier vor Gericht beschwört, dass er den Engländer die letzten acht Tage in Macalome jeden Tag gesehen hat, wird das einen großen Unterschied in der Sache machen. Ich glaube es nur noch nicht recht.«

»Wann sollte die Jury zusammenberufen werden?«

»Morgen früh. Wenn Sie aber mit Sicherheit einen Entlastungszeugen bringen, nehme ich es auf mich, das Verhör bis Morgen Abend aufzuschieben. Mit wem haben Sie denn da zusammengearbeitet?«

»Zuerst mit einem Landsmann...«

»Der nutzt uns nichts«, sagte Hale kopfschüttelnd.

»Er ist auch nicht mehr in Macalome. Später arbeitete ich mit einem Amerikaner namens Robins zusammen. Wenn der noch in Macalome wäre, brauchte ich keinen anderen Zeugen. Er war lange Zeit krank, und wir schliefen im gleichen Zelt. Aber er hat leider vor ein paar Tagen, als es ihm besser ging, auch die Minen verlassen. Wohin er ging, weiß nur Gott. Der alte Amerikaner, den sie Nolten nennen, bleibt deshalb meine einzige Hoffnung. Er ist mir, glaube ich, auch freundlich gesinnt. Wäre ich seinem Rat gefolgt, hätte ich diesen Unglücksplatz nie betreten. Vielleicht bringt er noch einen seiner Bekannten mit, die mich auch da gesehen haben.«

»Ja, glauben Sie denn, dass die Goldwäscher nichts anderes zu tun haben, als in der Welt herumzureiten?« lachte Hale. »Der alte Nolten tut es vielleicht, wenn er jemand damit helfen kann. Und Sie wollen wirklich heute Abend noch los, Beckdorf?«

»Sofort, wenn ich nur wüsste, wo ich jetzt im Dunkeln mein Pferd finde.«

»Ich würde dir meins geben, wenn ich dich nicht begleiten würde«, sagte Lanzot.

»Dann gib es mir, denn ich kann dich dabei nicht gebrauchen. Du hältst mich nur auf, und ich habe nichts zu befürchten. Also, auf Wiedersehen, Sir, und – nur Mut! Bis Morgen Mittag bringe ich hoffentlich Hilfe.«

Golway nickte ihm wehmütig lächelnd zu, und die drei Deutschen verließen ihn, um keine Zeit mehr zu versäumen.

»Die Fremden hängen zusammen wie ein Sack voller Nägel«, sagte der eine Amerikaner, der kopfschüttelnd dem Gespräch zugehört hatte.

Der Sheriff erwiderte nichts. Aber er ging zu dem Gefangenen und band ihm die Hände los.

»So, weg kann er nicht, weil ihm die Füße noch gebunden sind. Aber er sitzt etwas bequemer. Paß gut auf, Bill, dass er sich nicht danach bückt.«

Als ihm Golway danken wollte, drehte er sich von ihm ab und legte sich auf sein Bett.

28. Die Jury

Am nächsten Morgen lag dichter Nebel über der Flat, der das ganze Tal in seinen undurchdringlichen Schleier hüllte. Er trug nicht gerade dazu bei, die erregten Gemüter zu beruhigen. Gerüchte liefen durch das Lager, dass sich die Indianer und Mexikaner wieder in den Bergen gesammelt hätten, um einen gemeinsamen Angriff auf die Stadt zu machen und dabei den Engländer zu befreien. Keiner der Amerikaner ging an seine Arbeit. Mit den Gewehren auf der Schulter gingen die Männer im Lager umher oder standen in einzelnen Gruppen zusammen, um die vielleicht notwendigen Maßnahmen zu besprechen. Da man kaum zehn Schritte weit sehen konnte, ließ sich auch nicht feststellen, ob die Nachrichten vielleicht übertrieben waren. Ein paar in den Bergen abgefeuerte Schüsse dienten dazu, die Leute noch unruhiger zu stimmen. Man hielt sie nämlich für Signale der Gegner. Ein paar der Mutigsten gingen auf Kundschaft. Selbst Hetson hatte allein, nur mit Büchse und Revolver bewaffnet, eine Runde um die ganze Flat gemacht. Dass er dabei nichts entdecken konnte, beruhigte die anderen nicht. Sie verlangten jetzt von dem Alkalden das Zusammenrufen der Jury, um über den Gefangenen zu urteilen.

Die Stimmung gegen den war auch unter den Amerikanern nur feindselig. Selbst die ruhigen unter ihnen wollten sich nicht von dem Gedanken trennen, dass ihnen England seine Verbrecher herüberschickte. Deshalb war es auch nötig, denen zu zeigen, was sie hier zu erwarten hatten. Hale versuchte vergeblich, ihnen zu erklären, dass ihnen hier im Ort keineswegs ein Urteil über Leben und Tod eines Menschen zustände, und wenn sie den Verbrecher bei der Tat ertappt hätten. Die Leute waren nicht in der Stimmung, das einzusehen und sich zu fügen. Der Sheriff teilte dem Alkalden seine Besorgnis mit, dass die Männer, wenn die Jury ihn schuldig spräche, wahrscheinlich ›einen dummen Streich‹ machen würden. Unter diesen Umständen hielt es Hetson für besser, ihn gleich unter sicherer Bewachung nach Golden Bottom zum District Court zu schicken. Aber schon die Andeutung dieser Ansicht brachte die Leute außer sich. Sie fühlten sich um ihr Opfer betrogen und erklärten dem Alkalden, dass der Engländer einen von ihnen hier ermordet hätte, und dass er deshalb auch hier büßen müsse, und wenn sich das District Court auf den Kopf stellen würde. Wollte er ihn keiner Jury zum Urteil überlassen, gut, dann würden sie ihn bis zum nächsten Baum bringen und da selbst Gericht über ihn halten. Das sei wahrscheinlich auch das beste und kürzeste.

Hetson versuchte, seiner Frau die gereizte Stimmung zu verbergen. Aber die dünne Zeltleinwand konnte die draußen geführten zornigen Reden nicht dämpfen. Doktor Rascher war die ganze Zeit bei ihr, und Emil Lanzot, der vorher eine lange Unterhaltung mit dem Doktor hatte, sondierte inzwischen die Stimmung seiner Landsleute. Er wollte erfahren, ob sie im Falle eines Gewaltverfahrens auf Seiten der Amerikaner waren oder dem Richter beistehen würden. Aber wie sah er sich da getäuscht! Fischer erklärte sich dazu sofort bereit. Alle anderen verweigerten jede auch nur einer Demonstration ähnliche Bewegung. Nur der Justizrat sicherte seine Gegenwart zu, natürlich ohne Waffen. Es war möglich, dass er annahm, er könne die Amerikaner durch sein gewöhnliches, barsches Anfahren zur Vernunft bringen. So sehr ihm aber sonst der alte, komische Kauz Spaß gemacht hatte, nahm er sein Angebot nicht an und versuchte jetzt sein Glück bei den Franzosen, mit demselben Erfolg. Wäre es einer ihrer Landsleute gewesen, dann allerdings, so aber wollten sie sich nicht in amerikanische und englische Streitigkeiten mischen, die die Leute lieber unter sich selbst ausmachten. Sie waren entschlossen, ihre eigenen Rechte in den Minen zu wahren, und wollten deshalb den Amerikanern keinen vielleicht willkommenen Grund geben, mit ihnen anzubinden.

Hale hatte übrigens dem Alkalden mitgeteilt, dass ein Deutscher noch in der Nacht nach Macalome hinübergeritten sei, um den alten Nolten als Zeugen für den Gefangenen zu holen. Danach war Hetson fest entschlossen, die Jury nicht vor dem späten Nachmittag zusammenzurufen. Außerdem hatte er noch einen Boten nach Golden Gate geschickt. Das war der kleine Schiffsjunge, der sich beim Angriff auf die Mexikaner so mutig benommen hatte. Der kleine Bursche schwor, dass er sich die Indianer und Señores schon vom Leib halten wolle. Da Fischer ihm sein Pferd borgte, ritt er keck in den Nebel hinein, um den Brief dort an der Judge des District Court abzugeben und ihm von dem Fall zu erzählen. Mehr konnte Hetson nicht tun, aber damit war auch eine Last von seiner Seele genommen. Was auch geschah, er brauchte sich selbst wenigstens keine Vorwürfe mehr zu machen.

So verging der Vormittag im Camp, und schwül und bleiern, wie die Luft über dem Tal lag, war auch die ganze Stimmung. Das kochte und gärte in den unruhigen Köpfen. Die von gestern noch aufgereizten Männer verlangten nach einem Gegenstand, an dem sie sich Luft machen konnten. Wehe dem Unglücklichen, der dann einem Pöbelhaufen preisgegeben war!

Mit großer Ungeduld hatte inzwischen Doktor Rascher die Stunden schwinden sehen, und noch immer kam der junge Deutsche mit dem versprochenen Zeugen nicht zurück. Es war zwölf, ein, zwei Uhr geworden, und noch immer ließ er sich nicht blicken. Hatte er sich vielleicht im Nebel verirrt? Lagen doch die düsteren Schwaden heute so zäh wie noch nie über Berg und Tal und wankten und wichen nicht. Aber auch die Amerikaner fingen an zu murren, als sich der Tag mehr und mehr neigte, ohne dass Anstalten gemacht wurden, mit dem Verhör zu beginnen. Mit Cook an der Spitze erklärten sie endlich dem Alkalden, dass sie die Jury unter keiner Bedingung mehr länger als bis vier Uhr hinausschieben wollten. Die Jury war inzwischen schon gewählt. Es lag dann später nur noch an dem Gefangenen, einen Teil von ihnen zu verweigern, für die dann andere eintreten mussten. Aber wie konnte der Fremde unter ihnen wählen, wo er keinen von ihnen kannte!

Vier Uhr kam, und die Jury wollte sich, wie üblich, im Zelt des Alkalden versammeln. Hetson hatte aber den Sheriff gebeten, ihnen diesmal sein eigenes Zelt zu überlassen, und Hale ging gern darauf ein. Siftly hatte sich inzwischen nicht mehr blicken lassen, aber er war für seine Zwecke die ganze Zeit tätig gewesen. Dadurch war die Stimmung bei einigen Amerikanern für den Alkalden nicht mehr sehr günstig, trotz seines gestrigen Verhaltens. Die besseren unter ihnen hielten sich aber von dem Spieler fern. Sie ärgerten sich nur, dass der Alkalde den Engländer nicht preisgeben wollte. So duldeten sie stillschweigend, dass der wilde Haufen mit Briars an der Spitze damit drohte, Gewalt anzuwenden, wenn es nicht im guten ging.

Siftly verstand nicht, wie Hetson dazu kam, die Befreiung seines Todfeindes zu wünschen, vor dem er früher so große Angst hatte. Aber es durchkreuzte seine Pläne. Hatte der sonst so schwankende, charakterlose Mann nie gewagt, ihm zu trotzen, ihm, der ihm doch zu diesem Amt verholfen hatte, damit er ein willenloses Werkzeug in der Hand hatte, um Recht und Gesetz so zu drehen, wie er es brauchte? Weg also mit ihm, wenn er sich nicht mehr gebrauchen ließ. Dazu gab es keinen günstigeren Zeitpunkt als jetzt. Dass er die Spanierin nicht mitnehmen konnte, ehe die ihren Vertrag erfüllt hatte, dafür wollte er schon sorgen. Wenn sie von Hetson getrennt und in seiner Gewalt war, gehörten sie und ihr Vater ganz ihm. Der Verbrecher knirschte wild in grimmiger Freude mit den Zähnen, als er sich die Zukunft in lockenden Bildern ausmalte. Erst der Ruf der Jury weckte ihn aus seinen Träumen.

Im Lager waren inzwischen auch andere Amerikaner aus den benachbarten Minen eingetroffen, die von der Erhebung der Mexikaner gehört hatten. Sie waren gekommen, um ihren Landsleuten zu helfen. Alle trugen Gewehre, und manche wilde, sonnenverbrannte Gestalt war unter ihnen, von Jagd- und Indianerkämpfen in der Heimat abgehärtet. Hale kannte auch mehrere von ihnen und hoffte, dass sie eher dem Gesetz als den rauflustigen Gesellen beistehen würden, falls es zum Äußersten kommen sollte. Hales kleines Zelt konnte die Menge nicht aufnehmen, und man beschloss, die Jury in der offenen Flat, dem ›roten Boden‹, zu versammeln. Zwanzig eifrige Hände waren auch sofort dabei, ein paar der Gruben zuzuwerfen, um einen größeren Platz einzuebnen. Auf einen der Erdhaufen wurde dann etwas erhöht ein Stuhl für den Alkalden gestellt, rasch Pfosten eingeschlagen und Bretter darübergelegt, um Bänke für die gewählte Jury herzustellen.

Trotzdem Siftly alles versucht hatte, um mit zu dieser Jury zu kommen, hatte man keinen der bekannten Spieler dabeihaben wollen. Die Amerikaner spielten wohl und verschleuderten ihr Gold dabei, aber sie kannten auch die Männer, die ein Geschäft daraus machten. Sie hielten sie für ein solches Ehrenamt für unwürdig. Niemand sprach darüber, aber die Spieler erhielten nur wenige Stimmen, die sie sich gegenseitig gaben. So stand Siftly, die Zarape fest um sich geschlagen, den breitrandigen Hut in die Stirn gedrückt, nicht weit von Hetsons Stuhl, um den Gang der Verhandlung von dort zu beobachten.

Es war halb fünf geworden, und während der Angeklagte von seinen Wächtern vorgeführt wurde, erschien auch Hetson zwischen den Männern. Aber es wäre schwer gewesen, den Schuldigen unter den beiden herauszusuchen, so ernst und totenbleich sahen beide aus. Von Hale hatten einige der Neuankömmlinge gehört, wie tapfer sich der Richter gestern benommen hatte, und sie begrüßten ihn. Seine Siegestrophäe, die mexikanische Flagge, wehte noch immer unter der amerikanischen, allen Feinden zum Trotz. Sie schüttelten ihm die Hand und bedauerten nur, dass sie den Spaß nicht mitmachen konnten.

Der Himmel hatte sich etwas aufgeklärt. Während die Leute ihre Plätze einnahmen, brach sich in den oberen Luftschichten die Sonne Bahn und zeigte etwas blauen Himmel. Dadurch drückte sie aber den zähen Nebel noch fester auf den Boden.

Der für die Jury bestimmte Platz war jetzt hergestellt und alles versammelt. Nur Hetson zögerte noch immer, zu beginnen. Er hoffte, dass der Deutsche doch noch mit seinem Entlastungszeugen eintreffen könnte.

Aber die Jury wurde unruhig, und die Amerikaner wollten die ›Ausflüchte‹ nicht länger gelten lassen. Die festgesetzte Zeit war verstrichen, der Abend vor der Tür, und das vergossene, amerikanische Blut schrie nach Rache. Hetson konnte es nicht entgehen, dass sich die meisten seiner Leute in einer fieberhaften Aufregung befanden. Das Resultat der Verhandlung konnte kaum noch bezweifelt werden. Golway war verloren, wenn diese Leute sein Urteil sprechen durften. Lauter und dringender verlangten sie den Verhandlungsbeginn, sie wollten nicht länger hingehalten werden, und die nächste Stunde musste das Schicksal des Gefangenen entscheiden. Hetson gab endlich das Zeichen zur Eröffnung des Court.

Auf Hales Rat wies Golway nur Briars von den Geschworenen zurück, obwohl er zu Beginn die Jury überhaupt nicht anerkennen und gegen das ganze Verfahren protestieren wollte. Hale bewog ihn aber, das nicht zu tun, weil es an der Sache nichts ändern würde und die schon gegen ihn herrschende Stimmung nur verschlimmern konnte.

Cook trat jetzt als Ankläger vor und erzählte so einfach wie möglich den ganzen Tatbestand. Wie Johns, mit dem er zusammen gearbeitet hatte, ermordet und verscharrt im Wald gefunden wurde, wie er sein Pferd an den Mann da verkauft habe und von ihm ein Stück Gold bekam, das Johns Eigentum gewesen war, was er beschwören könnte. Freiwillig hätte der sich davon nie getrennt. Er beschrieb dann, wie sie dieses und noch zwei andere auffallende Stücke zusammen ausgegraben hatten, von denen sich aber nur das eine bei dem Gefangenen gefunden hätte. Johns hätte sich damals sehr darüber gefreut und es seiner Mutter schicken oder bringen wollen. Jetzt läge er in seinem blutigen Grabe, während die arme Frau vergeblich auf Nachricht von ihrem Sohn warte. Könne der Fremde beweisen, von wem er das Stück habe, so sei damit auch seine Unschuld bewiesen. Könne er das nicht, so meine er wenigstens, müsse man ihn deswegen zur Rechenschaft ziehen.

Wildes Gemurmel drohender Stimmen durchlief die Versammlung, als Cook schwieg. Das Bild, das er vielleicht ganz unabsichtlich heraufbeschworen hatte, verfehlte seine Wirkung nicht. Mitleid mit der armen Mutter und Abscheu gegen den feigen Mörder erfüllten ihre Herzen. In dieser gegen ihn arbeitenden Stimmung erhob sich jetzt der Angeklagte. Wenn sein Gesicht auch noch blass war und seine Stimme zuerst zitterte, sammelte er sich bald. Sein Blick wurde lebhaft, als er der drohenden Gefahr die Zähne zeigte. Entrüstet wies er die Anklage von sich ab. Mit kurzen Worten erzählte er, wie er am Macalome gearbeitet hatte, bis er dieses Leben leid war. Er sei ein Seemann und auf dem Meer daheim, und dahin wollte er zurück, als ein unglückliches Missverständnis ihn hier aufgehalten hatte. Das Gold, das er durch den Verkauf seines Zeltes und seines Werkzeuges bekam, hatte er nicht genau genug betrachtet, um die einzelnen Stücke zu kennen. Je mehr er aber darüber nachdachte, desto mehr sei er davon überzeugt, dass er das fragliche Stück von dem Mann erhalten habe, dem er sein lahm gewordenes Pferd verkauft habe, auch wenn der, wie ihm der Sheriff sagte, das leugnen würde. Übrigens könne er den Mord nicht verübt haben, da er erst vorgestern Abend spät vom Macalome aufgebrochen wäre. Das würde er beweisen, wenn man ihm Zeit und Gelegenheit gäbe, um die Zeugen dafür zu bringen. Ein junger Deutscher habe das versucht, sich jedoch wahrscheinlich im Nebel verirrt. Sie dürften aber über keinen Mann richten, dem sie nicht die volle Gelegenheit geboten hätten, sich zu rechtfertigen, und deshalb verlange er, nach Macalome gebracht zu werden, um seine Unschuld zu beweisen.

»Das glaubt dir der Teufel!« schrie Briars auf. »Damit du uns unterwegs im Dickicht und Nebel durch die Lappen gehst, nicht wahr? Warum nicht lieber die Zeugen aus England holen?«

»Ruhe in dem Court!« rief da der Sheriff. »Briars, Sie haben hier kein Wort mitzureden!«

338

»Habe ich nicht?« höhnte er. »Dann wollen wir doch sehen, wer hier das letzte Wort hat, wir oder die Tintenkleckser! Er soll beweisen, von wem er das Goldstück hat, und da er das nicht kann, soll er hängen!«

»Ich will verdammt sein!« rief Hale und wollte auf den Mann zuspringen, um die Würde seines Sheriffsamtes hier zu wahren.

»Halt, Halt!« rief ihm der Alkalde zu. »Lassen Sie jetzt den Mann mit seiner Drohung zufrieden und rufen Sie Boyles hierher, um sich gegen die Anklage zu verteidigen.«

»Boyles, Boyles! Wo, zum Henker, steckt der denn, er war doch noch da?« rief es von mehreren Stimmen.

Einzelne gingen in die Zeltstraße, um nach ihm zu suchen, andere wurden zu seinem und Kentons Zelt geschickt, aber er war nirgends zu finden. Nach etwa einer Viertelstunde kehrten alle wieder zurück.

»Wozu, zum Henker, brauchen wir auch Boyles?« rief wieder Briars. »Vereidigt mich für ihn als Zeugen, denn ich war dabei, als ihn Hale nach dem Stück fragte. Er weiß nichts davon und hat es nie im Leben gesehen. Das sind doch alles nur Ausflüchte, die der Bursche machen will!«

»Ich danke Ihnen, Sir«, antwortete Hetson ruhig, dem der Aufenthalt erwünscht kam. »Sie können wir für einen anderen nicht als Zeugen gebrauchen. Bis Boyles nicht gefunden wird, müssen wir die Verhandlung aussetzen.«

»Ich denke doch, dass der Sheriff, der mit dem Mann schon gesprochen hat, am besten für ihn eintreten kann«, sagte da Siftly. »Wir Amerikaner sind fest entschlossen, dass die Sache vorwärtsgeht, und unter uns ist wohl keiner, der Boyles einen Mord zutraut.«

»Ich werde nicht für Boyles eintreten«, sagte Hale. »Ich habe ihn zwar gefragt und ihm das Stück, gezeigt, und er hat mir gesagt, dass er nichts davon wisse.«

»Na, was wollen wir denn mehr?« rief Briars.

»Sein ganzes Benehmen dabei gefiel mir aber nicht«, fuhr Hale ruhig fort. »Er schien selbst nicht so ganz sicher zu sein. Jedenfalls soll er seine Antwort auch hier selbst abgeben. Übrigens habe ich ihm gesagt, dass er in dem Court erscheinen soll.«

»Gentlemen of the jury«, sagte da Hetson, »die ganze Anklage dieses Mannes, gegen den sonst nicht das geringste Verdächtige vorliegt, beruht auf diesem einen Goldstück. Gerade der Mann, von dem er glaubt, es erhalten zu haben, ist trotz erhaltener Vorladung hier nicht anwesend. Ich bin deshalb der Meinung, dass es in Ordnung wäre, die Jury wenigstens so lange zu verschieben, bis er aufgefunden ist.«

»Und wenn Boyles nicht erscheint?« sagte Siftly. »Wenn er vielleicht an das langweilige Gericht gar nicht denkt und in die Berge gegangen ist, um zu prospektieren?«

»Dann werde ich den Gefangenen mangels Beweise entlassen«, sagte ruhig der Richter.

»Ist das auch eure Meinung, ihr Männer von Kalifornien?« schrie da Briars. »Sollen wir diese australischen Verbrecher hier mit Pistole und Dolch unter uns herumlaufen und unser Blut vergießen lassen, um nachher zuzusehen, wie sie von einem schwachköpfigen Richter freigegeben werden und uns auslachen?«

»Der Mann ist überführt!« riefen jetzt auch Siftly und einige andere. »Was kümmert uns Boyles, mit dem haben wir nichts zu tun.«

»Dann wollen wir auch keine Umstände mehr machen«, rief Boyles und sprang vor. »Wer echtes amerikanisches Blut in den Adern hat, folgt mir!« Damit eilte er auf den Gefangenen zu, während Siftly mit acht oder zehn anderen sich um ihn drängten.

»Briars, ich warne Sie!« schrie Hale. »Sie greifen in mein Amt, und ich will verdammt sein, wenn Sie dem Mann ein Haar krümmen ohne meinen Willen!«

»So sei es, mein Bursche!« lachte Siftly, griff den Gefangenen an der Schulter, um ihn hochzureißen. Eine raue Hand packte ihn aber an der Brust und warf ihn so von da zurück, dass er sich kaum auf den Füßen halten konnte.

»Hölle und Teufel!« schrie da der Spieler in voller Wut. »Tritt mir das Breigesicht wieder in den Weg? Du kommst mir gerade recht!« Mit diesen Worten riss er seinen Revolver aus der Tasche. Ehe er ihn aber spannen oder richten konnte, hatte ihn Lanzot unterlaufen und fasste ihn an der Kehle, während einer der Geschworenen kam, um die in dieser Menge gefährliche Schusswaffe unschädlich zu machen. Nicht so harmlos lief der ebenso rasch geführte Kampf zwischen Hale und Briars ab. Als der Sheriff neben Lanzot vor den Gefangenen sprang, stieß der fast rasende Mann mit dem scharfen, ausgezackten und mit Messing beschlagenen Kolben seiner Büchse nach dem Gesicht des Sheriffs. Hätte er es richtig getroffen, wäre es zerschmettert. Hale behielt auch kaum Zeit, den Kopf zu drehen, und selbst da noch riss ihm die untere Kante die Backe auf. Hale war aber mit seinem Revolver schneller als Siftly. Ehe Briars den Schlag wiederholen konnte, warf ihn der gerade in sein Gesicht abgefeuerte Schuss tot auf den Boden.

Merkwürdig ruhig hatten sich bei diesem kaum Sekunden dauernden Kampf die frisch eingetroffenen Amerikaner benommen. Keiner von ihnen redete auch nur ein Wort hinein und hob eine Hand, solange der Wortstreit dauerte. Kaum hatte aber der wilde Briars seinen Angriff gemacht und Siftly die Waffe gezogen, als sie fast alle ihre Büchsen in die Höhe warfen und über Briars' Leiche vor den Gefangenen und den verwundeten Sheriff traten. Ein alter Mann mit kleinem, aber zähem Körperbau und schneeweißen langen, flatternden Haaren schien ihr Anführer zu sein. Er trug ein ledernes Jagdhemd,

Leggins und Mokassins. Er war als der ›kleine Teufel‹ überall in den Minen gut bekannt.

»Seid ihr Amerikaner?« schrie er jetzt die Raufbolde wütend an und nahm seine lange Büchse in den Anschlag. Die Mündung richtete er direkt auf sie. »Pfui über euch Gesindel! Gott soll mich strafen, wenn ich nicht dem nächsten, der die Hand hebt, die Sonne durchs Gehirn scheinen lasse!«

»Lasst mich los!« schrie Siftly, der die Drohung nicht hörte oder beachtete. »Ich will sein Blut haben!«

»Hinter ihm weg da!« rief aber jetzt der Sheriff, der, ebenfalls gereizt, mit gespanntem Revolver Siftly gegenüberstand. »Einen Schritt vorwärts, mein Junge, und du kannst dich mit dem da begraben lassen!«

»Feige Hunde!« tobte der Spieler völlig außer sich. »Alle auf einen, um eine Bande von Fremden zu schützen. Ist denn kein Mann unter euch, der es wagt, sich mir zu stellen?«

»Hier nicht! Verdammt will ich sein, wenn hier in dem Court noch einer eine Hand aufhebt!«

»Wenn Sie einen Wunsch haben, Sir«, sagte da Lanzot kalt, »dann stehe ich Ihnen Morgen früh mit Vergnügen zu Diensten. Ich habe schon einmal vergeblich auf Sie gewartet!«

»Gut! Beim Teufel, ich nehme dich beim Wort, mein Bursche!« jubelte Siftly. »Da drüben am Hügel Morgen früh um sieben...«

Lanzot nickte leicht, als klappernde Hufschläge die Straße entlang tönten.

»Nolten, bei Gott!« rief der Sheriff, als aus dem Nebel die Gestalten von drei Männern auftauchten, die quer durch die Zelte herüber sprengten. »Nolten und Beckdorf.«

»Zu spät?« schrie der alte Mann erschrocken, als er die Leiche vor sich auf dem Boden liegen sah.

»Wenn Sie dem Lumpen da helfen wollten, allerdings«, lachte der alte Jäger. »Aber für den Gefangenen nicht. Kommen Sie als Zeuge für oder gegen ihn?«

»Für ihn, Mac Kinney, für ihn!« rief da der alte Nolten. Er sprang von seinem Pferd und ließ es frei laufen. Wie ich sehe, Gott sei Dank noch rechtzeitig.«

»Robins!« rief jetzt auch Golway jubelnd aus, als er den Mann erkannte, der den alten Nolten begleitete. »Das ist nett von dir, dass du mich nicht im Stich gelassen hast!« —

»Im Stich gelassen?« rief der junge Amerikaner, sprang aus dem Sattel und lief auf den Gefangenen zu, um ihm die Hand zu schütteln. Da sah er die Fesseln, zog sein Messer aus der Scheide und schnitt sie durch.

»Landsleute!« rief er dabei und drehte sich zu den Männern um. »Den Mann hier habt ihr als Mörder verdächtigt, und dabei gibt es keinen besseren Menschen auf der Erde. Als ich krank wurde, hat er mich gepflegt wie einen Bruder. Ich kann mit heiligem Eid beschwören, dass er Macalome auch für keine Viertelstunde verlassen hat bis vorgestern Abend, wo wir beide uns trennten.«

»Wenn ihr noch einen anderen Zeugen haben wollt, dann stehe ich hier«, sagte der alte Nolten. »Dass ich nicht lüge, ist wohl allgemein bekannt. Hat er Gold bei sich gehabt, das dem Ermordeten gehörte, so klebt deswegen nicht sein Blut an seinen Händen.«

»So?« rief Hale. »Dann bleibt uns jetzt nichts anderes übrig, als diesen Mr. Boyles irgendwo aufzuspüren, denn ich habe eine Ahnung, dass wir durch den auf eine andere Fährte kommen. Hurra, Jungens, hat noch einer von euch etwas dagegen, dass wir den Engländer ziehen lassen? Na? Wo, zum Teufel, ist denn die Jury?«

»Oh, eben beim Teufel, Hale!« lachte einer der Leute. »Kann man denn den Leuten eine Ordnung beibringen?«

Hetson war vielleicht der einzige, der an dem Aufruhr keinen Anteil genommen hatte, ja, sich überhaupt nicht rührte. Nur seine Hand fasste den Revolver, die gefährliche Schusswaffe, die er wie jeder andere trug. Aber er schien erst den Moment abzuwarten, wo er selbst einschreiten wollte. Als die fremden Amerikaner dazwischen sprangen und den Gefangenen schützten, ließ auch seine Hand die Waffe wieder los.

Jetzt kam er langsam von seinem Sitz und trat zu Golway. Er fasste seinen Arm und sagte mit fester, aber bewegter Stimme:

»Sir – Sie sind frei. So leid es mir tut, dass Sie solche Schwierigkeiten hatten, so freue ich mich doch jetzt, Ihnen volle Sicherheit versprechen zu können – solange Sie hier bei uns bleiben wollen.«

»Mr. Hetson...«

»Kommen Sie mit mir«, erwiderte der Mann, während er ihm fest ins Auge sah. »Jenny hat sich sehr um Sie geängstigt.«

Golway schwieg und begegnete dem Blick. Dann sagte er leise:

»Ich glaube, es ist besser, Sie lassen mich ziehen, Sir. Hätten mich die Leute nicht gewaltsam zurückgehalten, wäre ich jetzt weit von hier entfernt.«

»War es wirklich Ihre Absicht, die Minen zu verlassen?« erkundigte sich Hetson. Wieder zuckte, wie vor langer Zeit, ein unheimliches, banges Gefühl durch sein Herz.

»Zweifeln Sie daran?« sagte Golway und sah ihn ruhig an.

Hetson erwiderte nichts, aber er ergriff seine Hand und drückte sie fest.

Robins hatte inzwischen den Männern, unter denen er mehrere Bekannte traf, erzählt, wie er mit dem Engländer zusammen gearbeitet hatte und krank wurde, und wie der sich um ihn gekümmert hatte. In dieser Zeit teilte er sogar trotz seines Sträubens den Gewinn mit ihm. Jetzt hatte er Macalome verlassen und war nur durch einen Zufall in der Nachbarschaft aufgehalten worden, wo er heute Nolten und dem jungen Deutschen begegnete. Nolten kannte ihn aber und wusste, dass er der Kompagnon des Engländers war. Als er die Anklage hörte, hatte er sich sofort auf sein Pferd geworfen, um als Zeuge für ihn aufzutreten. Cook hörte das alles mit an, und es war ihm dabei ein unbehagliches Gefühl, dass er eigentlich die Ursache gewesen war, die den Unschuldigen in eine so gefährliche Lage gebracht hatte. Derb und geradeaus aber, wie er war, ging er jetzt auch ohne weiteres auf den Engländer zu, schüttelte ihm die Hand und sagte:

»Fremder, es tut mir verdammt leid, dass ich Sie so in die Patsche gebracht habe. Aber Nolten und Robins sind Ehrenmänner, und nach ihnen sind Sie auch ein ehrlicher Kerl. Also nichts für ungut – aber ich gäbe meinen kleinen Finger drum, wenn wir den richtigen Mörder fänden. Wollen Sie übrigens einen Rat von mir annehmen?«

»Und der wäre?«

Cook schwieg einen Augenblick und sah finster hinter den Spielern und ihren Freunden her, die Briars' Leiche gerade wegtrugen. Dann murmelte er:

»Hüten Sie sich vor den Männern da. Menschenleben gelten ihnen wenig, sie taxieren alle nur nach dem Wert ihres eigenen.«

»Ich glaube nicht, dass ich ihren Weg so schnell wieder kreuze«, erwiderte Golway mit einem trüben Lächeln. »Ich werde Kalifornien verlassen.«

»Sie haben genug davon gesehen?« lachte Cook. »Ja, es ist ein schlechter Platz für Engländer«, setzte er dann treuherzig hinzu. »Weil man eigentlich nie weiß, woran man mit ihnen ist, und doch sollte man da ein bisschen vorsichtiger sein. Es fehlte bei Gott nicht wenig, und wir hätten Sie aufgehängt.«

Hetson nahm den Arm des Engländers und führte ihn wortlos zu den Zelten.

»Hallo, Sir!« rief ihm Cook nach. »Ihr Pferd können Sie bekommen, wann Sie wollen. Es ist sicher aufgehoben.«

Golway nickte ihm zu und folgte dann dem Alkalden eine kurze Strecke zu dessen Zelt. Er war noch unschlüssig, was er tun und wie er handeln sollte. Endlich, als sie die übrigen Männer weit genug hinter sich gelassen hatten, um nicht mehr von ihnen gehört zu werden, blieb er stehen und sagte freundlich, aber mit fester und ruhiger Stimme:

»Mr. Hetson, ich erkenne Ihre freundliche und ehrenhafte Absicht, mich in Ihr Zelt zu bringen, obwohl Sie mich noch immer für Ihren Nebenbuhler halten müssen. Aber, wir täuschen uns beide nicht über unsere Gefühle. Reißen Sie die alten Wunden nicht mutwillig auf, die noch fast bluten. Was geschehen, ist geschehen, und Gott hat es so gefügt. Wir Menschen können nichts mehr daran ändern. Ich habe dafür gebetet, dass Jenny – verzeihen Sie den Namen –, dass Mrs. Hetson mit Ihnen glücklich wird. Sie werden ihr die Nachricht von meiner Rettung bringen, ich bin überzeugt, es wird sie freuen – lassen Sie es damit genug sein. Wider meinen Willen hat uns das Schicksal hier zusammengeführt, vielleicht ist es aber auch gut so. Es kann und wird ein Abschluss der Gefühle sein, die uns beiden noch bis jetzt das Herz bedrückten. Ein längeres Zusammensein würde uns nur unnötig quälen.«

»Aber Sie dürfen so nicht gehen!« drängte Hetson.

»Nein, die Sonne versinkt bald, und ich bin nicht sicher, ob ich den Weg im Dunkeln nach Stockton finde. Ich werde bis Morgen früh hier bleiben. Wenn Sie es dann erlauben, komme ich Morgen früh zu Ihrem Zelt, um Abschied von Ihnen – von ihr zu nehmen.«

Hetson schwieg und sah eine Weile nachdenklich zu Boden. Dann schlug er in die Hand des Mannes ein und sagte mit freundlicher, ja herzlicher Stimme: »Golway, Sie sind ein Ehrenmann. So glücklich mich die Liebe Jennys macht, um so mehr fühle ich Ihren Verlust, teile Ihren Schmerz. Sie haben auch hierbei recht, handeln Sie, wie es Ihnen richtig erscheint, tun Sie, was Sie für das Beste halten. Ich darf Sie aber nicht der Gefahr aussetzen, dass Sie hier noch beleidigt oder gestört werden. Wir haben genug wilde Burschen im Ort, und deshalb empfehle ich Ihnen, die Nacht beim Sheriff zu verbringen.«

»Ich habe seine Gastfreundschaft schon in Anspruch genommen«, lächelte Golway.

»Leider«, seufzte Hetson. »Aber jetzt geschieht das unter anderen Umständen. Wollen Sie nicht zu mir herüberkommen, dann folgen Sie wenigstens meinem Rat, und verlassen Sie sein Zelt heute Abend nicht, obwohl wir das ›Gesindel‹ nicht aus den Augen verlieren werden. Es ist besser, ihnen nicht in den Weg zu kommen. Dass heute einer von ihnen erschossen wurde, hat sie jedenfalls noch mehr erbittert. Da kommt Hale, nur wenige Worte, und ich weiß Sie sicher aufgehoben.« –

Die Sonne war untergegangen und in Kentons Zelt hatte man eine Versammlung ›amerikanischer Bürger‹ einberufen. Mit viel Lärm begannen sie ihr Gelage. Wilde, flammende Reden wurden dabei gehalten, als ob die Wütenden alles mit Blei und Messer ausrotten wollten, was sich ihnen in den Weg stellte. Während sie dort noch tobten und rasten, dröhnte das kleine Zeltstädtchen von donnernden Hufen einer Reiterschar. Von dem kleinen Matrosen angeführt, kamen die Männer von Golden Bottom, die meisten mit Jagdhemden bekleidet, die langen Büchsen auf der Schulter. Sie donnerten die Straße entlang und hielten vor dem Zelt des Alkalden. Die Spieler, von dem Hufschlag aufgestört, versuchten sofort Bundesgenossen unter den Neuankömmlingen zu gewinnen. Die Schar bestand aber nicht aus einem zusammengelaufenen Trupp, sondern wurde von dem Richter des Golden Bottom selbst angeführt. Er hatte sie für diesen Streifzug organisiert und vereidigt, um die Gesetze aufrechtzuhalten. Die Leute waren deshalb schon misstrauisch gegen die Halbtrunkenen und wiesen die angebotenen Gläser ab. Sie hielten ihre Tiere am Zügel und blieben in einer Reihe stehen, bis ihr Anführer sich mit dem Richter und dem Sheriff unterhalten hatte. Hale besorgte ihnen dann Leute, die ihre Tiere zu einem sicheren und guten Weideplatz führten. Die Männer selbst wurden in einem amerikanischen Trinkzelt untergebracht, dessen Wirt kein Spiel erlaubte. Die Raufbolde fühlten sich durch dieses zurückhaltende Wesen der Neuangekommenen eingeschüchtert. Zwar traten noch ein paar

Redner auf, aber sie fanden nicht mehr die finsteren Reden und auch nicht mehr die begeisterten Zuhörer wie vorher. Noch vor zehn Uhr gingen die meisten in ihre Betten. Nur diejenigen, die sowieso immer um die Spieltische standen, blieben. Keiner war dem Vorschlag gefolgt, einen Angriff auf die Zelte des Alkalden und des Sheriffs zu unternehmen oder die Wohnungen der Fremden niederzubrennen.

Es mochte zwölf Uhr sein, als Smith und Siftly die Straße zu ihrem Zelt hinaufgingen, das sie beide jetzt gemeinsam bewohnten. Sie gingen schweigend nebeneinander, jeder war nur mit seinen finsteren Gedanken beschäftigt, keiner wollte ein Gespräch anknüpfen. Sie hatten etwa die Hälfte der Wegstrecke zurückgelegt, als plötzlich ein schriller, nicht sehr lauter Schrei dicht neben ihnen vom Boden zu kommen schien.

»Ha – was war das?« rief Siftly, blieb stehen und sah sich um.

»Eine Nachteule«, sagte Smith gleichgültig.

»Es kam dort von der Erde her.«

»Das Zeug fängt Mäuse – jetzt ist sie vor uns – hören Sie?«

Derselbe Ruf erklang in diesem Augenblick etwa hundert Schritt voraus, und Siftly horchte noch einmal in die Richtung, wo er den ersten Laut gehört hatte. Aber alles blieb totenstill. Nur das Laub einzelner Bäume rauschte über ihnen, und die Grillen zirpten. Sehen ließ sich nicht sehr viel, denn die Nacht war dunkel, und der Nebel lag seit Sonnenuntergang noch dichter und fester auf der feuchten Erde. Die beiden Männer gingen weiter, aber kaum vier Schritt von der Stelle, an der sie stehengeblieben waren, erhob sich vorsichtig eine dunkle Gestalt vom Boden und glitt zwischen die Zelte.

»Und wie wird es mit dem grünen Burschen Morgen, mit dem Sie sich schießen wollen?« sagte Smith nach einer Weile. »Ihr Plan war ja ganz gut, bis die Hilfstruppen kamen. Jetzt möchte ich meinen Hals aber nicht dafür hergeben.«

»Der ist allerdings mehr dabei gefährdet als Ihre Ohren«, lachte Siftly höhnisch vor sich hin.

»Sie haben gut reden, Siftly«, antwortete mürrisch der verstümmelte Spieler. »Das sag ich Ihnen aber, der Platz wird mir zu warm, wenn wir die Einquartierung behalten. Ich sehe mich lieber nach einem anderen Lokal um, das näher zur Hauptstadt liegt.«

»Sie fürchten sich doch wohl nicht vor den Männern?« rief Siftly. »Zum Teufel, für mich sind das nur neue Kunden, die uns Morgen Abend schon ihr Gold ins Zelt tragen werden. Was können sie weiter schaden?«

Vor ihnen über den Weg glitt langsam ein dunkler Körper schlangengleich über den Boden hin, zog sich zusammen, als die beiden späten Wanderer ihm plötzlich nahe kamen, und blieb regungslos liegen. Smith ging gerade darauf zu. Als er aber schon den Fuß dagegen hob, fuhr er rasch zurück und bog zur Seite.

»Was gibts?« fragte sein Begleiter.

»Hier liegt einer dieser Baumstümpfe mitten im Weg, so dass man sich Hals und Beine brechen kann«, sagte Smith. »Ich wäre beinahe darüber gestürzt.«

Als die beiden vorüber waren, hob sich das, was Smith für einen Baumstamm gehalten hatte, vom Boden empor. Es war die nicht große, aber gedrungene und kräftige Gestalt eines Mannes, der jetzt hinter den beiden herschlich und gleichen Abstand zu ihnen hielt. Eine andere schloss sich an, und ein leiser, zischender Laut, den der eine der beiden Verfolger ausstieß, wurde nicht weit davon beantwortet.

»Das weiß der Teufel, was das für Bestien sind, die heute Nacht hier herumschwärmen«, brummte Smith. »Ob es wirklich Eulen sind?«

»Ich bin doch entschlossen, die Sache mit dem Mädchen bis zum Äußersten zu treiben, Smith«, sagte Siftly, der schon nicht mehr auf die Töne achtete und die Bemerkung gar nicht gehört hatte. »Spielschulden müssen bezahlt werden, das Mädchen ist noch nicht mündig, und kein Gerichtshof Kaliforniens kann sie davor retten. Der Distriktsrichter wird deshalb auch, besonders nach den Vorfällen mit den Mexikanern, diesen charakterlosen Hetson zurechtweisen. Zum Henker, ich will sie haben, und es wäre das erste Mal, dass ich etwas nicht durchsetze, was ich will.«

»Nehmen Sie sich in acht, Siftly«, warnte ihn aber Smith. »Die Schufte hier im Camp sind nicht besonders gut auf uns Spieler zu sprechen und munkeln viel.«

»Pah, was können sie tun?« lachte Siftly. »Wenn sie ihr Gold verloren haben, sind sie wütend, aber nur so lange, bis sie wieder neues haben, um es dann genauso sicher wieder an unsere Tische zu bringen. Sie können uns eben nicht entbehren und würden vor Langeweile sterben, wenn wir weg wären.«

Die beiden hatten inzwischen ihr Zelt erreicht. Sie hätten es nicht so ruhig betreten, wenn sie die dunklen Gestalten gesehen hätten, die es kurz vorher belebten und an dem Eingang horchten. Jetzt war alles ruhig. Gleich am Eingang stand ein Feuerzeug, mit dem Siftly Licht machte. Im Zelt selbst waren zwei rohe Bettstellen aufgeschlagen. Auf eingerammte Pfähle hatten sie nur genagelte Bretter gelegt. Eine ziemlich harte Matratze und eine darüber geworfene Wolldecke waren das Bettzeug. Die Zarape, die jetzt beide um die Schultern trugen, diente als Decke. Vor den Betten war noch bei jedem ein niedriges Tischchen befestigt, auf das die Spieler nach ihrem Eintritt die Revolver und Messer legten. Sein Geld nahm jeder mit in das Bett, um es immer gleich zur Hand zu haben.

Smith schmerzten seine Wunden, und er wickelte sich fest in seine Wolldecke ein. Siftly, auf dessen kleinem Tisch das Licht brannte, lag noch eine ganze Weile wach auf seinem Lager und sah finster, die Zähne fest zusammengebissen, vor sich nieder.

Die Wolldecke, die über seiner Matratze lag, bewegte sich einmal. Der untere Rand hob sich langsam und vorsichtig empor, und ein dunkles Auge wurde sichtbar – aber das Licht brannte noch.

»Smith«, sagte Siftly nach einer ganzen Weile, in der kein Laut die Totenstille unterbrochen hatte. »Oh, Smith!«

Der Mann antwortete nicht, und sein regelmäßiges Atmen verriet, dass er eingeschlafen war. Siftly murmelte einen Fluch zwischen den Zähnen durch, löschte dann das Licht, wickelte sich in seine Zarape und warf sich auf die Seite.

29. Der Abschied

Das Wetter hatte sich am anderen Morgen nicht verändert. Derselbe Nebel lag noch auf dem Tal, und die Luft war feucht und kalt. Nur mühsam rang sich der Tag eine Bahn durch die zähen Schwaden, während der Himmel in trübes Grau gekleidet blieb. Gerade ließen sich die ersten Anzeichen des nahenden Tages erkennen, als Hales Zeltleinwand zurückgeschoben wurde und ein Mann eintrat. Gedämpft sagte er: »Hallo, Hale!«

»Hallo, wer ist da?« rief der Sheriff, der zwar die Gestalt sah, aber nichts weiter erkennen konnte. Unwillkürlich griff er dabei nach seinem Revolver und richtete sich halb im Bett auf.

»Ich muss Sie sprechen«, lautete die halblaut gegebene Antwort.

»Sie haben's ja höllisch eilig, wenn Sie nicht einmal den Morgen abwarten können«, brummte Hale verdrießlich. »Wer sind Sie?«

»Boyles.«

»Alle Teufel!« rief Hale und sprang mit beiden Füßen gleichzeitig aus seinem Bett. »Was treibt Sie hierher? Doch nicht etwa das Gewissen?«

»Ja«, hauchte der Mann mehr, als er sprach. »Ich wollte weg von hier, aber... ich... ich konnte nicht.«

»Haben Sie Johns erschlagen?« fragte Hale fast erschrocken, denn er hatte den Mann zwar für leichtsinnig, aber nie für wirklich schlecht gehalten.

»Davor behüte mich Gott!« rief aber Boyles und schauderte zusammen. »Nein, Menschenblut klebt Gott sei Dank nicht an meinen Händen – seit der arme Engländer gestern glücklich dem Strang entgangen ist.«

»Aber Sie kennen den Mörder?«

»Ich vermute es – ja!« flüsterte Boyles.

»Und er heißt?«

»Siftly«, hauchte Boyles und drehte sich scheu um, als ob er Angst hätte, dass der Mann hinter ihm stände.

»Haben Sie das gehört, Sir?« sagte der Sheriff zur anderen Seite des Zeltes hinüber.

»Ja«, lautete die Antwort.

»Um Gottes willen, wen haben Sie noch hier?« fragte Boyles und sank fast in die Knie.

»Denselben Mann, den die Geschworenen oder die würdigen Bürger des Paradieses gestern fast wegen des Mordes gehängt hätten«, sagte der Sheriff finster. »Also hat er auch das Gold von Ihnen erhalten?«

»Ja«, stöhnte der junge Bursche. »Weil ich aber Angst hatte, dass mich Siftly auch erschießen würde, wenn ich es zugebe, leugnete ich. Aber jetzt – jetzt halte ich es nicht mehr länger aus. Dieser Mann ist unschuldig. Am Tag, bevor die Leiche gefunden wurde, kam Siftly in das Lager. Ich kannte ihn von früher und erzählte ihm, dass Smith hier sei, mit dem er jetzt wieder so eng befreundet ist. Aus Freude darüber borgte er mir einige Unzen Gold...«

»Er schien auf diesen Mr. Smith nicht besonders gut zu sprechen.«

»Es kam mir so vor, als wäre er sehr gegen ihn aufgebracht. Deshalb wunderte ich mich sehr, dass sie am anderen Morgen wieder Freunde waren.«

»Bemerkten Sie damals noch etwas Außergewöhnliches an Siftly?«

»Ja«, sagte Boyles leise, »was mir aber erst später auffiel. Als er mir das Gold gab, sah ich Blut an seiner Hand. Er wollte sich an Dornen gerissen haben.«

»Haben Sie mit ihm schon darüber gesprochen?«

»Ja, nicht über das Blut, aber über das Goldstück. Er sagte, er habe es von einem Mexikaner im Spiel gewonnen, wollte aber nicht mit in die Geschichte verwickelt werden und drohte mir, wenn ich ein Wort davon sagte, mit dem Tod. Jetzt ist es heraus – jetzt wissen Sie alles – ich habe mein Gewissen frei gemacht, jetzt lassen Sie mich weg. Wenn mich Siftly wiederfindet, schießt er mich so sicher nieder, wie Sie hier vor mir stehen. Sie kennen ihn nicht, und ich – ich wäre nicht der erste.«

»Nein, mein Bursche«, sagte aber Hale, der sich inzwischen vollständig angezogen hatte. »Weglassen kann ich Sie nicht, denn ohne Sie fiele unsere ganze Anklage zusammen. Aber darauf können Sie sich verlassen, dass Ihnen der Schuft nicht mehr schaden kann. Für Ihre Sicherheit bürge ich. Zu Ihrer eigenen Rechtfertigung müssen Sie aber auch jetzt hierbleiben. Nach dem Geständnis, dass der Engländer das Gold wirklich von Ihnen erhalten hat, würde man Sie sofort für den Mörder halten, sobald Sie sich aus dem Staub machen. Siftly wäre der erste, der es auf Sie abwälzen würde. Ich sorge dafür, dass er unschädlich gemacht wird, bevor Sie mit ihm zusammentreffen. Später haben Sie immer noch Zeit, Ihre Wege zu gehen. Jetzt bleiben Sie einen Augenblick bei Golway, ich bin in fünf Minuten wieder da. Sie gehen nicht weg, versprechen Sie mir das?«

»Ich will hierbleiben«, sagte der junge Mann und sank zitternd auf den nächsten Stuhl. Hale flüsterte etwas dem Engländer zu und verließ rasch das Zelt.

Er schien aber Boyles trotzdem nicht zu trauen und war nach kaum zwei Minuten wieder da. Ungeduldig ging er in seinem Zelt auf und ab. Er hatte nur kurz den im Nachbarzelt schlafenden Cook geweckt und ihm gesagt, dass er sofort den Alkalden holen sollte. Zehn Minuten später traten die beiden Männer in das Zeit des Sheriffs. Rasch wurden sie mit dem Geständnis vertraut gemacht. Dann ging Hetson, um den Distriktsrichter von Golden Bottom und dessen Leute zu wecken. Gemeinsam wollten sie Siftlys Zelt umstellen und den Mörder verhaften.

Es dauerte nur kurze Zeit, bis die Männer von Golden Bottom mit ihren Büchsen auf der Schulter vor dem Zelt des Sheriffs erschienen. Zwei von ihnen wurden bei Boyles als Wache zurückgelassen, um eine mögliche Flucht zu verhindern. Die anderen gingen rasch und geräuschlos die Straße hinauf, bis sie das Zelt erreichten, das ihnen der Sheriff zeigte. Es war jetzt gerade Tag geworden, und die Flat lag totenstill vor ihnen. Hier und da hatte wohl der eine oder andere Händler überrascht aus seinem Zelt herausgesehen, als er den gleichmäßigen Schritt der Männer draußen hörte, aber keiner antwortete auf Fragen. Siftlys Zelt wurde von den Bewaffneten umzingelt, ehe die Bewohner nur eine Ahnung davon haben konnten. Unterwegs war vereinbart worden, wie sie handeln wollten. Man erwartete von dem Spieler einen verzweifelten Widerstand, wenn er sich wirklich schuldig fühlte. Entkommen konnte er trotzdem nicht, denn der Platz war völlig umzingelt und an der einen Seite außerdem von einer breiten, tiefen Grube begrenzt.

Jetzt ging Hale mit zwei jungen, kräftigen Männern auf den Eingang zu. Alle drei hatten ihre Revolver Schussbereit in der Hand. Kein Laut war aus dem Inneren zu hören, ausgenommen ein leises, krampfhaftes Stöhnen. Sie horchten – jetzt war alles wieder ruhig. Der Sheriff hielt die Waffe mit der rechten Hand vor und warf mit der anderen Hand die Leinwand vom Eingang zurück.

»Siftly – im Namen des...« Er kam nicht weiter. Starr vor Entsetzen blieb er vor dem furchtbaren Schauspiel stehen, das sich seinen Augen bot. Er war nicht einmal imstande, einen Laut auszustoßen. Nur mit der Hand winkte er zurück als Zeichen, dass die anderen kommen sollten.

Über den Spieler hatten sie die Macht verloren, seine Seele stand in diesem Augenblick vor einem anderen Richter. Sein Körper war so entstellt, dass selbst die sonst nicht zartfühlenden und abgehärteten Amerikaner sich vor Entsetzen grauten. Halb aufgerichtet hing die zerfetzte Leiche über dem Bett, auf dem ihn die Mörder überrascht hatten. Jede der an die hundert Wunden wäre tödlich gewesen. Mit einem langen Haarzopf war ihm die Kehle zugeschnürt. Der Zopf selbst war an einen Nagel im Pfosten gebunden und hielt den Toten aufrecht. Auf dem anderen Bett lag sein Kompagnon Smith mit zusammengeschnürten Händen und Füßen, fest geknebelt und so an die in den Boden gerammten Pfähle gebunden, dass er kein Glied rühren oder einen

Laut ausstoßen konnte. Sonst schien er aber völlig unverletzt zu sein. Als sich die Männer von ihrem ersten Schrecken erholt hatten, befreiten sie den Mann von den Fesseln.

Trotzdem er unmittelbarer Zeuge des Ganzen war, konnte er nicht das geringste über die Täter angeben. Mitten in der Nacht hatten ihn raue Fäuste gepackt und geknebelt, als er um Hilfe rufen wollte. Er meinte, das ganze Zelt wäre voll von dunklen Gestalten gewesen, und er möchte beschwören, dass es Chinesen waren. Man hatte ihm aber ein Tuch über den Kopf geworfen, so dass er nichts weiter sehen konnte, als sie Licht anmachten. Dann habe er das Stöhnen und Ächzen Siftlys gehört, und dann war plötzlich alles ruhig geworden. Das Licht verlöschte wieder, und die Feinde verschwanden so geräuschlos, wie sie gekommen waren. Die Amerikaner sollten übrigens nicht lange im Zweifel bleiben, wer die Tat verübt hatte und warum. Es schien auch gar nicht ihre Absicht zu sein, ihre Tat zu verheimlichen, denn mit dem von ihm selbst abgeschnittenen Zopf war Siftly erwürgt und dann daran halb aufgehängt worden.

Ein Teil der Amerikaner wollte jetzt gleich den Mördern nach. Hale hielt sie aber noch zurück, um erst die Untersuchung im Zelt vorzunehmen. Dabei erzählte er ihnen, wie die Chinesen von Siftly und Briars überfallen und beraubt wurden. Dass sie hier nichts weiter als Rache gewollt hatten, bewies auch das zurückgelassene Gold der Spieler, das sie nicht angerührt hatten. Als Hale, Hetson und Cook jetzt den Beutel Siftlys untersuchten, fanden sie tatsächlich Boyles Verdacht bestätigt. Noch zwei Stücke, die Cook sofort als Eigentum von Johns erkannte, waren darunter. Eines war ein kleines, kreuzförmiges, ein anderes mit drei Quarzstücken, die ein regelmäßiges Dreieck bildeten.

Smith war losgebunden, aber noch nicht freigelassen. Man wollte noch mehr über seinen früheren Kompagnon erfahren. Es bedurfte dazu kaum einer besonderen Aufforderung, denn der arme Teufel war körperlich und geistig gebrochen. Bleich, nicht in der Lage, aufrecht zu stehen, saß er zusammengeknickt auf seinem Bett. Wenn er auch von dem Mord Siftlys keine Ahnung hatte, gestand er doch freiwillig, dass der das frühere Feuer in San Francisco angelegt hatte, um dabei das im Parkerhaus aufbewahrte Gold seiner Mitspieler beiseite zu schaffen. Er verschwieg allerdings seine Rolle dabei und bat dann die Männer flehentlich, ihn gehen zu lassen. Er wolle die Minen verlassen und heilig versprechen, nie wieder hierher zurückzukehren. Gegen Smith lagen kein weiterer Verdacht und keine Anklage vor. Gegenüber den anderen Amerikanern vermied man es auch am liebsten, gegen Landsleute, wenn es nicht dringend erforderlich wurde, zu feindlich aufzutreten. Nach kurzer Beratung nahm man ihn deshalb beim Wort. Sein Pferd wurde ihm gebracht, und eine Viertelstunde später saß er im Sattel und trabte, so schnell ihn sein Tier wegbringen konnte, in Richtung Stockton und San Francisco.

350

Man beschloss einstimmig, das bei Siftly gefundene Gold der Mutter des ermordeten Johns nach Missouri zu senden. Hetson wurde die Ausführung des Auftrages übergeben.

Durch den grausamen Mord empört, brachen allerdings einige der jüngeren Amerikaner auf, um die Chinesen irgendwo zu überholen. Hale hatte ihnen aber versichert, er wäre ihnen sehr dankbar, dass sie das Richteramt übernommen hatten. In dem Nebel war aber an eine richtige Verfolgung nicht zu denken. Mit dem Vorsprung, den sie hatten, kam man ihnen nicht wieder auf die Spur. Die Verfolger kehrten nach drei Tagen unverrichteter Dinge zurück. Niemand war den Chinesen dankbarer für die genommene Rache als Boyles, der dadurch keine Sorgen mehr haben musste. Mit dessen Tod erledigte sich auch die ganze Klage. Aber die besseren Amerikaner sahen doch jetzt auch ein, was sie von diesem Spielergesindel zu erwarten hätten, wenn sie es zwischen sich duldeten. Smith' rasche Flucht, die kein besonders reines Gewissen verriet, bestärkte sie noch mehr darin. An dem gleichen Morgen beschloß man in einer ruhig abgehaltenen Versammlung, sämtliche Spieler aus dem Paradies und Golden Bottom auszuweisen. Den Trinkzelten sollte verboten werden, in Zukunft Glücksspiel zu erlauben. Die meisten der Leute warteten gar nicht erst die Aufforderung ab. Briars' und Siftlys Tod sowie Smith' schnelles Verschwinden hatte sie so eingeschüchtert, dass sie hastig ihre Habseligkeiten auf ihr Pferd warfen, kaum dass sie von dem Ergebnis der Versammlung gehört hatten. Dann verließen sie den Platz. Es gab noch genug Minenplätze, wo sie ungestraft ihr Geschäft betreiben konnten.

Baron Lanzot und sein Sekundant Graf Beckdorf hatten inzwischen ihre Vorbereitungen für den Zweikampf getroffen, ohne etwas von den Ereignissen zu wissen. Sie wollten zu dem Kampfplatz, als sie von Siftlys Ermordung hörten.

»Gott sei Dank«, rief Beckdorf, »dann musst du dich wenigstens mit dem Schuft nicht mehr duellieren. Es wäre mir widerlich gewesen, wenn dieser Mensch dir gleichwertig gegenübergestanden hätte.«

»Ich hätte es nicht vermeiden können«, sagte Lanzot.

»Unsere Ansicht über ein ehrliches Duell würde hier in den Minen wohl kaum Geltung finden. Man hätte das für Feigheit gehalten, was nur Ekel vor einem Menschen gewesen wäre. Jetzt ist er tot und unschädlich, und ich glaube fast, dass die Chinesen mir eine schwierige und schmutzige Arbeit erspart haben – die verschiedenen Pläne dieses Verbrechers zu vereiteln. Aber da kommt Doktor Rascher. Was? Schon wieder reisefertig? Doktor, wo wollen Sie hin?«

»Haben Sie schon von den Vorfällen der letzten Nacht gehört?«

»Alles, was die beiden amerikanischen Spieler betrifft. Aber das treibt Sie doch nicht etwa von hier weg?«

»Ja und nein«, sagte der alte Mann. »Ich bin nicht mehr in dem Alter, um mich an einem solchen wilden, abenteuerlichen Treiben zu erfreuen. Ich sehne mich vielmehr nach einem ruhigen Leben, soweit sich das mit meinen Forschungen vereinen lässt. Aber jetzt mit den herum schweifenden Mexikanern, Indianern und vertriebenen Spielern kann ich mich in den Bergen nicht vollkommen sicher fühlen. Da will ich lieber eine Weile wieder eine Zeitlang an den unteren Calaveres zurück, wo ein reizender, noch lange nicht ausgebeuteter Blumenflor steht.«

»Und Sie wollen tatsächlich schon heute weiter?«

»Da ich einen so guten Reisegefährten gefunden habe, ja. Ich werde mit Mr. Golway reiten, und wir warten nur auf Mr. Hetsons Rückkehr, der noch in Siftlys Zelt einige Anordnungen treffen muss. Wie wär's, lieber Baron, wenn Sie uns begleiten?«

»Ich?« rief Lanzot erschrocken.

»Na? Haben Sie mir nicht gestern Abend gesagt, dass Sie die Minen verlassen würden, sobald sie den Burschen abgefertigt hätten, den heute sein Geschick auf unerwartete und furchtbare Weise ereilt hat?«

»Ja, allerdings«, stotterte Lanzot. »Ich... hatte die Absicht, aber... ich hin doch erst so kurze Zeit hier oben und möchte mich lieber länger umsehen.«

»Ich glaube fast, Sie sind schon zu lange hiergeblieben«, sagte der Doktor.

Lanzot wurde rot, aber er erwiderte kein Wort, sondern sah nur schweigend zu Boden.

»Haben Sie auch daran gedacht, lieber Lanzot, dass Sie nach diesem Minenleben auch wieder einmal in die Heimat zu Ihrer Familie zurückkehren wollen?« fuhr der alte Mann freundlich, ja herzlich fort. »Ich bin überzeugt, Sie werden nie etwas tun, wofür Sie sich später Vorwürfe machen würden. Sie kennen aber auch besser als ich es Ihnen sagen könnte die Vorurteile der alten Welt und ihre alten Sitten, in denen Sie doch einmal Ihr Leben beschließen wollen. Haben Sie sich das auch alles gut überlegt?«

»Noch nicht, lieber Doktor«, erwiderte Lanzot und streckte ihm die Hand entgegen. »Aber ich – werde es tun.«

»Schön. Aber glauben Sie mir, dafür ist im Moment kein Platz unpassender als das Paradies. Kommen Sie mit mir nach San Francisco zurück. Wenn es Ihnen an Reisegeld fehlt, steht Ihnen meine Kasse zur Verfügung.«

Aus einem der nächsten Zelte ertönte in diesem Augenblick der leise zitternde Ton einer Violine. Er war so leise, dass er von den kaum berührten Saiten nur wie ein Hauch zu ihnen herüberdrang. Aber der Doktor fühlte, wie schon bei dem ersten Klang der Melodie die Finger des jungen Mannes seine Hand krampfhaft umspannten, während er mit angehaltenem Atem lauschte. Höher und voller schwollen die Töne an und gossen dann in einem schönen Lied den ganzen Schmelz von Leidenschaft und Schmerz über die Hörer aus. Keiner der Männer wagte einen Laut, selbst der alte Mann stand regungslos. Dann verschwamm alles, wie es begann, in einem leisen Hauch.

»Wer war das?« sagte endlich Beckdorf, der in staunender Bewunderung dem Instrument gelauscht hatte. »Etwas Ähnliches habe ich in meinem Leben noch nicht gehört.«

»Manuela«, flüsterte Lanzot. »Wollen Sie noch immer, Doktor, dass ich das Paradies verlassen soll?«

Der Doktor seufzte tief auf.

»Ich sehe schon, da ist nicht mehr viel zu raten und zu helfen. Und wenn Sie nun mit Don Alonso in Ihrer Begleitung nach Hause kommen?«

»Ich gebe Ihnen mein Wort, Doktor, dass ich nicht leichtsinnig handeln werde«, sagte der junge Mann ernst. »Ich weiß, Sie nehmen an meinem Schicksal Anteil. Sie wissen aber vielleicht nicht, dass ich vollkommen unabhängig bin und keinem Rechenschaft geben muss. Lassen Sie mir also Zeit, um mit mir selber einig zu werden, lassen Sie mir Zeit, erst das Mädchen noch näher kennenzulernen. Don Alonso stammt außerdem von einem, wenn auch heruntergekommenen, edlen Geschlecht ab. Er würde selbst unseren alten Vorurteilen genügen und alle Einwände beseitigen. Und außerdem, zum Henker, weiß ich ja noch nicht einmal, ob das Mädchen mich will!«

»Da habe ich meine Zeit schön verschwendet«, lächelte der Doktor gutmütig. »Ja, mein lieber Baron, wenn Sie erst einmal so weit mit sich sind, dann ist auch bei Ihnen Hopfen und Malz verloren, und ich kann nichts weiter tun, als Ihnen alles Gute zu dem Unabänderlichen zu wünschen.«

»Aber, Herr Doktor...!«

»Wir werden uns wieder sprechen!« sagte der alte Mann.

»Das ist nicht schlecht«, lachte Beckdorf. »Gestern Abend hätte nicht viel gefehlt, und er hätte sich die junge Dame von mir vorstellen lassen!«

Draußen und im Nachbarzelt wurden Stimmen laut. Hetson war zurückgekehrt, und Doktor Rascher rüstete sich zum Gehen.

»Wir sehen uns doch noch?« sagte er freundlich.

»Vor dem Zelt verabschieden wir uns noch, und hoffentlich kann ich Sie bald in San Francisco aufsuchen.«

Der Doktor winkte den beiden jungen Leuten noch freundlich zu, dann verließ er rasch das Zelt, um sein eigenes Maultier zu holen.

»Ich habe Sie lange warten lassen, Sir«, sagte Hetson, als er die Wohnung des Sheriffs betrat und Golway die Hand entgegenstreckte. »Aber was mich abhielt, wird Sie auch beruhigen. Es zerstreut nämlich den letzten Verdacht gegen Sie, den vielleicht noch jemand hegen könnte.«

»Wie ich höre, haben Sie den wirklichen Mörder entdeckt?«

»Ja, und in einem Zustand, der eine Bestrafung von unserer Seite nutzlos macht«, sagte Hetson schaudernd. »Der Verbrecher steht jetzt vor Gottes Richterstuhl und wartet auf sein Urteil. Nach den heutigen Vorfällen würde auch Ihrem längeren Aufenthalt hier nichts im Wege stehen. Ich garantiere Ihnen, dass...«

»Mein Pferd ist gesattelt«, unterbrach ihn Golway. »Schon in der nächsten Stunde bin ich weit weg von hier. Glauben Sie mir, Sir, es ist für uns beide besser, wenn wir Ruhe und Frieden wiederfinden.«

»Das gebe Gott«, sagte Hetson leise. »Trifft es zu, dass Sie Doktor Rascher begleiten will?«

»Ich freue mich schon auf seine Gesellschaft. Er sucht eine ruhigere Nachbarschaft, als ihm das Paradies bieten kann, um seiner Studien nachgehen zu können. Aber wenn es Ihnen recht ist, begleite ich Sie jetzt in Ihre Wohnung, um... mich von Ihrer Frau zu verabschieden.«

Hetson erwiderte kein Wort, aber er nahm den Arm des Mannes, und beide gingen schweigend zum Zelt des Alkalden. Als sie den inneren Raum betraten, saß Jenny allein am Tisch. Wusste sie, dass Golway kam, um sich zu verabschieden? Sie sah blass und angegriffen aus und ging den Männern entgegen.

»Jenny«, sagte Hetson, und ein merkwürdiges Lächeln spielte um seine Lippen. »Hier bringe ich dir den Mann, der mir monatelang den Schlaf geraubt hat und mich fast zum Wahnsinn getrieben hat, wenn ich daran dachte, dass ihr beide euch noch einmal begegnet. Dass ich mich dabei schwer an dir versündigt habe, sehe ich jetzt ein, spät, aber vielleicht noch nicht zu spät für uns beide.«

»Mr. Golway...«

»Er kommt, um sich zu verabschieden«, fuhr Hetson fort. »Sag ihm auch ein freundliches Wort für mich mit, damit er an uns nicht immer mit Groll denkt. Ich muss ja lebenslang sein Schuldner bleiben.« Ehe einer von ihnen ein Wort erwidern konnte, wandte er sich ab und verließ das Zelt.

Jenny sah ihm ängstlich nach, aber sie konnte keine Silbe über ihre Lippen bringen und auch nicht den Arm nach ihm ausstrecken. Schweigend standen sich die beiden wohl eine Minute lang gegenüber.

Golway sammelte sich zuerst. Mit leiser Stimme sagte er:

»Mrs. Hetson, ich bin Ihrem Mann wirklich dankbar, dass er mir erlaubt hat, Sie noch einmal zu sehen, ehe ich wieder ans Meer, meine Heimat, zurückkehre. Ich hatte mich vor einem Zusammentreffen mit Ihnen... gefürchtet, doch jetzt bin ich für den Zufall dankbar, wenn wir überhaupt auf dieser wunderbaren Welt einen Zufall gelten lassen wollen, der mich zu Ihnen geführt hat. Ich gehe beruhigter von hier weg, denn ich sehe Sie an der Seite eines guten Mannes, eines Mannes, der das Glück zu schätzen weiß, das er mit Ihrer Liebe empfinden muss. Unsere Wege gehen von jetzt an getrennt, wer weiß, ob sie sich jemals im Leben wieder kreuzen. Ich versichere Ihnen aber, dass ich diese Stunde und Sie nie vergessen werde, leben Sie wohl!«

Er nahm ihre Hand, die sie ihm willenlos überließ, und zog sie an seine Lippen.

»Leben Sie wohl, Charles«, flüsterte da Jenny. »Gott segne Sie für Ihre treue Liebe, und nehmen Sie auch von mir die Überzeugung mit, dass ich Sie immer in guter Erinnerung behalten werde. Gott schütze Sie und gebe Ihrer Seele Frieden! Die Zeit lindert ja den Schmerz, sie wird auch Ihren lindern. Wie ich Sie kenne, wird es Sie beruhigen, dass ich mich an Hetsons Seite glücklich fühle. Er gewann zuerst meine Achtung, später lernte ich auch, ihn zu lieben. Mit Ihrem Erscheinen ist der Schatten von seiner Seele verschwunden, der ständig auf ihm lastete. Ihnen danke ich dafür, und für so manches Liebe und Gute aus früherer Zeit. Ich werde es nie vergessen – leben Sie wohl!«

Vor dem Zelt scharrte das Pferd, das Cook selbst für den Fremden geholt und gesattelt hatte. Noch einmal berührten seine Lippen ihre Hand, und im nächsten Augenblick war er draußen vor dem Zelt im Sattel. Hetson stand dort und reichte ihm noch einmal die Hand zum Abschied. Der feste Druck war die einzige Sprache, kein Wort wurde mehr zwischen ihnen gewechselt. Auch Doktor Rascher saß schon im Sattel und nahm Abschied von seinem Freund. Da kam Lanzot mit Schaufel und Spitzhacke auf der Schulter gemeinsam mit Don Alonso und Beckdorf aus seinem Zelt. Der Doktor schüttelte lächelnd den Kopf, als er ihn sah.

»Also bleiben Sie wirklich hier?«

»Ja, als eifriger Goldwäscher«, lachte der junge Mann und legte seine Hand auf die Schulter des Spaniers. »Don Alonso und ich wollen es gemeinsam versuchen. Wenn wir unser Reisegeld zusammen haben, packen wir und ziehen nach Deutschland, an den schönen Rhein.«

»Reisegeld? Sie wissen doch, was ich Ihnen gestern angeboten habe, und es würde mir sehr leid tun...«

»Es muss selbst verdient werden, Doktor!« lachte aber der junge Mann. »Sonst habe ich keine Freude daran. Selbstverdientes Brot schmeckt am besten, das habe ich gelernt, seit ich in Kalifornien bin. Lassen Sie mir also die Freude. Aber wo finde ich Sie, wenn ich nach San Francisco komme?«

»Im United States Hotel. Also, Gott befohlen, und lassen Sie bald etwas Gutes von sich hören.« Noch einmal winkten sich die Männer grüßend zu, dann trabten die Tiere die kleine Zeltstraße entlang, zu den Bergen hinüber.

Als Hetson in sein Zelt zurückkehrte, fand er Jenny noch allein. Langsam drehte sie den Kopf, um eine verräterische Träne zu verbergen. Da ging ihr Mann auf sie zu, legte seinen Arm um sie, und sie warf sich an seine Brust und umschlang ihn fest. Er küßte ihre Stirn und drückte ihren Kopf fester an sich und sagte zu ihr leise: »Wein dich aus, mein armes Kind, ich fühle wohl in diesem Augenblick stärker als jemals zuvor, wie unrecht ich gehandelt habe, wie weh ich dir tat, statt dich zu erleichtern, habe ich deine Last noch fast mutwillig erschwert. Das ist vorbei, von jetzt an soll kein Schatten mehr zwischen uns stehen. Weine dich aus und trauere um deinen früheren Verlobten, schütte deinen Schmerz aus, ich will ihn gemeinsam mit dir tragen. Aber dann Lass mich auch wieder deine Augen klar und heiter dem Leben entgegen lachen sehen. Ich will versuchen, ihn dir zu ersetzen, hilf mir dabei.«

»Frank... mein lieber, lieber Frank«, rief die Frau. »Was ich auch verloren habe – du gibst es mir reichlich mit diesen Worten wieder.«

»Ich will dir noch viel mehr geben«, antwortete er. »Es war eine Sünde von mir, dich in dieses wilde, raue Land zu bringen. Später kann es wohl einmal Familien aufnehmen, aber jetzt muss es für Frauen die Hölle sein, auch wenn es die Natur so verschwenderisch mit ihren reichen Gaben ausgestattet hat. Harre noch kurze Zeit mit mir hier aus, wenige Wochen, bis ich für die Leute, die mich gewählt haben, meine Pflicht erfüllt habe. Dann kehren wir in unsere schöne Heimat zurück, an das Ufer des Ohio, zu meinen Angehörigen, die dich mit offenen Armen empfangen werden. Da wirst du allen Kummer vergessen, und die ganze Reise wird wie ein schwerer Traum später für uns sein.«

»Es war ein Traum, Frank«, sagte seine Frau leise. »Es war ein böser Traum, der dich Gott sei Dank erwachen ließ. Jetzt fürchte ich nichts mehr. Erfülle deine Pflicht und zieh dann mit mir in deine Heimat. Meine Eltern haben versprochen, uns zu folgen, und ich sehe von jetzt an die Sonne über unserem Weg scheinen.«

30. Schluss

Vier Wochen waren etwa seit diesen Vorfällen vergangen, und die bunte Färbung des Waldes, die fallenden Blätter kündigten schon den nahenden Herbst an. Auch der Himmel zeigte sich nicht mehr so rein und blau, wie er fast den ganzen heißen Sommer über war. Dichte Wolkenmassen zogen sich schon hier und da zusammen. Alle Anzeichen verrieten, dass die ›Regenzeit‹ hier bald beginnen würde. Im Paradies war inzwischen Ruhe und Sicherheit vollkommen hergestellt. Hetson hatte, unterstützt von Hale und einigen besser gesinnten Amerikanern, durchgesetzt, dass kein Spieltisch mehr im Camp geduldet wurde. Es gab zwar Widerstände, aber sie konnten sich dagegen durchsetzen. Dadurch verschwanden die Spieler, die ihre kostbare Zeit nicht an einem unnützen Platz vergeuden wollten. Auch von den Indianern wurden sie nicht weiter belästigt. Einzelne Trupps hatten sich gelegentlich in der Nähe gezeigt, ohne jedoch auch nur mit einem der Weißen zu sprechen, denen sie überall aus dem Weg gingen. Die Frauen suchten Eicheln, Haselnüsse und andere wilde Waldfrüchte, um davon Wintervorräte anzulegen. Die Männer bildeten ihren Begleitschutz, denn das Wild in den Bergen war schon längst getötet oder vertrieben. Einige der Mexikaner fanden sich wieder ein, doch sie mieden den Platz wieder, als die jetzt streng eingehaltene Taxe monatlich von ihnen gefordert wurde. Sie dachten aber auch nicht mehr daran, Widerstand zu leisten. Sie zogen sich in Täler zurück, wo es keine oder nur wenige Amerikaner gab, um der unbequemen Steuer so lange wie möglich zu entgehen.

In Hetsons Zelt gab es eine Veränderung, die Manuela traurig stimmte. Ihr Vater, der an die harte Minenarbeit nicht gewöhnt war, bekam heftiges Fieber, das ohne ärztliche Hilfe bald gefährlich wurde. Die Tochter wich nicht von seiner Seite und pflegte ihn mit aufopfernder Liebe Tag und Nacht, aber sie konnte ihm nicht helfen. Neun Tage, nachdem er sich auf das Krankenbett gelegt hatte, gruben ihm die Freunde ein stilles Grab unter einem der schattigen Waldbäume am Fuße der Hügel. – Der alte Mann hatte sein Wort gehalten und keine Karte wieder angerührt. Aber der Gram, dem er seinen Kind zugefügt hatte, mochte viel mit dazu beigetragen haben, seine Kräfte zu lähmen und sein Herz zu brechen. Schon im Sterben, hatte er aber noch die Freude, seine Tochter von einer treuen Hand beschützt zu sehen. Emil Lanzot war fest entschlossen, sich nicht mehr von Manuela zu trennen. Er bat ihren Vater um seine Zustimmung, und mit seiner letzten Kraft legte der alte Spanier ihre Hände ineinander und segnete sie.

Damit war aber auch ausgesprochen, dass Manuela mit Lanzot Kalifornien verlassen würde. Das trieb nun auch Hetson an, diesem Beispiel zu folgen. Häusliches Familienglück war hier ja nicht denkbar. Gold – Gold war die Losung, und das übertriebene ›Go ahead!‹-System der Amerikaner warf alles andere rücksichtslos zur Seite. Gold! Kein anderes Gespräch, kein anderer Gedanke war möglich. Wenn auch die Männer zuerst von dem Abenteuerlichen dieses Lebens gefesselt waren, machten sich doch bald wichtigere Dinge geltend. Hetson und Lanzot beschlossen deshalb, die Minen in den nächsten Tagen zu verlassen und nach San Francisco zurückzukehren. Mit der nächsten Schiffsgelegenheit wollten sie Kalifornien für immer verlassen. Besonders Hale schien aber damit nicht einverstanden zu sein. Er hatte seinen Alkalden nicht nur achten gelernt, sondern er mochte ihn auch wirklich gern. Aber er sah doch ein, dass dies kein Aufenthaltsort für die Frauen war, auch wenn ihre persönliche Sicherheit nicht mehr gefährdet war. Sie konnten sich hier nicht wohl fühlen, und er redete deshalb auch nicht dagegen. Die notwendigen Vorbereitungen wurden jetzt getroffen, und für den nächsten Sonntagmorgen, an dem einer der Güterwagen leer nach San Francisco ging, die Reise festgesetzt.

Auch unter unseren deutschen Bekannten waren einige Veränderungen vorgegangen. Die sogenannte Deutsche Kompagnie von Lamberg, Binderhof und Hufner hatte sich völlig aufgelöst. Hufner schien es satt zu bekommen, für die beiden faulen Burschen zu arbeiten. Da er austrat, sahen Binderhof und Lamberg ein, dass sie ohne einen solchen Partner wie Hufner nicht mehr zusammen bestehen konnten. Einer hätte da arbeiten müssen, nur um die Küche zu besorgen. Nachdem sie Hufner als undankbaren Menschen be-

zeichnet hatten und ihm noch einmal ein böses Schicksal in Kalifornien prophezeit hatten, trennten sie sich ebenfalls. Jeder wollte sein Glück auf eigene
Hand versuchen. Dass sie dabei Kalifornien für das nichtswürdigste Land
erklärten, das von Gottes Sonne beschienen wurde, verstand sich von selbst.
Auch die Firma ›Justizrat und Kompagnie‹ hatte sich aufgelöst. Der alte Assessor konnte die schwere Erdarbeit und die Plackerei im Zelt nicht ertragen.
Der Justizrat rührte im Zelt nichts weiter an als seine Pfeife und den Tabaksbeutel. Der Assessor befürchtete, er würde krank werden und wandte sich
deshalb einem anderen Geschäft zu. Er trat bei einem der Händler als Verkäufer ein und beteiligte sich gleichzeitig mit seinem kleinen Kapital am Geschäft. Der Händler war ein deutscher Jude, ein braver, ordentlicher Mann. Er
achtete zwar auf seinen Vorteil, aber wahrte auch den seines unermüdlich
tätigen Gehilfens. Der Assessor fühlte sich auch sehr wohl bei dieser neuen
Beschäftigung, die ihm viel besser zusagte, als das vollkommen erfolglose
Goldgraben mit seinem früheren Kompagnon, dem Justizrat.
Der Justizrat fand allerdings das Benehmen des Assessors unverantwortlich
und schien große Lust zu haben, seine ›Bergarbeiten‹ wieder zu beginnen.
Aber ein Versuch, Herrn Hufner zur Partnerschaft zu verlocken, Misslang.
Hufner hatte schon genug bittere Erfahrungen in dieser Art gemacht und
kannte den Mann. Da außerdem auch sein Tabak aufgeraucht war, den er hier
oben nicht ersetzen konnte, fasste er auch den Entschluss, nach San Francisco zurückzukehren. Er hatte von der Absicht Hetsons gehört und wollte ihn
begleiten. Allein fürchtete er sich nämlich, diese Reise zu machen. Beckdorf,
dem er seinen Entschluss mitteilte, bestärkte ihn auch darin. Aber auf dem
Wagen gab es keinen Platz mehr, höchstens seinen Koffer konnte er noch
unterbringen. Es blieb dem Justizrat nichts anderes übrig, als sich dem Rücken eines Maultieres anzuvertrauen, das eigens dafür gekauft wurde. Beckdorf und Lanzot waren ebenfalls beritten, und die drei wollten so eine Eskor-
te zum Schutz der Damen bilden. Um zehn Uhr wollte man aufbrechen, und
mit Tagesanbruch hatte der Justizrat schon den Assessor zu sich bestellt, um
ihm beim Packen zu helfen. Der überaus gefällige Mann hätte das auch unter
keinen Umständen abgeschlagen. Der Justizrat verstand darunter natürlich,
dass der Assessor packte, während er dabeisaß und rauchte. Zelt und Geräte
hatte er schon vorher an Hufner verkauft, der sich ebenfalls eingefunden hatte, um die Sachen nach der Abreise des Mannes aufzuladen und in die Nähe
seines neuen Minenplatzes zu bringen.
Der Assessor arbeitete, dass ihm die Brille beschlug. Hufner kochte inzwischen Kaffee und bereitete das Frühstück zu. Aus den letzten Resten Mehl
und Zucker wurden Pfannkuchen gebacken, und verschiedene Beefsteaks
schmorten auf dem Rost. Auch seine letzte Flasche Brandy hatte der Justizrat
geopfert, um die Abschiedsstunde so würdig wie möglich zu feiern.

»Ich muss Ihnen gestehen, Herr Justizrat«, brach endlich der Assessor das Schweigen, richtete sich auf und wischte seine Brille ab, »dass ich beim Packen selbst Lust bekomme, mit nach San Francisco aufzubrechen.«

»Na – brechen Sie«, sagte der Justizrat. »Hundeleben hier.«

»Es kann nicht geleugnet werden, dass dieses Leben noch so manches zu wünschen übriglässt. Meine an geschlossene Räume gewöhnte Konstitution verträgt die viele freie Luft und nachts die kalte Luft im Zelt nicht. Aber ich weiß nicht – San Francisco...«

»Frau Siebert unmenschlich freuen«, meinte der Justizrat.

Der Assessor seufzte, erwiderte aber kein Wort. Der Justizrat hatte ihm aus der Seele gesprochen, und damit waren seine Einwände gegen eine mögliche Rückkehr erschöpft. Der Assessor hatte sich sogar schon die Zeit ausgemalt, wo er in der Lage war, nach Europa zurückzukehren. Dann sah er sich wie einen Verbrecher durch San Francisco schleichen, um dieser entsetzlichen Frau zu entgehen. Während er aber noch dastand und sich die Sache überlegte, hatte die Erinnerung an San Francisco auch in Hufners Seele eine schmerzliche Saite angeschlagen. Mit leiser, ängstlicher Stimme sagte er:

»Herr Justizrat, ich habe diese Nacht einen furchtbaren Traum gehabt.«

»Indianer? Hals abschneiden?« riet der Justizrat.

»Nein«, sagte Hufner. »Ich träumte, dass Madame Schneidmüller hier heraufkäme und...«

»Schneidmüller? Schwiegermutter?«

»Ja, und Sie hat sich aus Verzweiflung hier ins Wasser gestürzt.«

»Unsinn«, brummte aber der Justizrat. »Haben einmal gehört, irgendeine Schwiegermutter ins Wasser gestürzt? Praxis noch nicht vorgekommen. Apropos! Noch nichts gefunden?«

»Nein«, stöhnte Hufner und goss dabei etwas kaltes Wasser in die rasch vom Feuer genommene Kaffeekanne, um den Satz zum Sinken zu bringen. »Wenigstens noch nicht so viel, dass ich ans Heiraten denken könnte. Ich hin der unglücklichste Mensch auf der Erde, und doch auch wieder unschuldig. Lieber Gott, ich arbeite ja wie ein Pferd, aber kann ich etwas dafür, dass ich nichts finde?«

»Hallo, kommt jemand?« sagte der Justizrat, der eben bemerkte, wie ein Fremder unten von der Straße durch einen Mann heraufgeschickt wurde und jetzt gerade auf sie zukam.

Der Assessor und Hufner sahen jetzt hinüber und bemerkten auch einen Reisenden, der mit einem Maultier am Zügel langsam auf sie zuging und erst bei dem Feuer anhielt. Dann nahm er seinen Hut ab und sagte in deutscher Sprache:

»Können Sie mir vielleicht sagen, ob der Herr Justizrat zu Hause ist?«

Hufner hatte den Fremden, der ihm bekannt vorkam, aufmerksam betrachtet. Aber er wusste nicht gleich, wo er das Gesicht hintun sollte. Der Justizrat sagte:

»Jawohl – hier – bin ich selbst.«

»Ich freue mich, Ihre Bekanntschaft zu machen«, erwiderte der Fremde. »Wie ich sehe, ist auch der Kaffee gerade fertig. Bitte, Herr Hufner, sagen Sie doch dem Mädchen, dass es noch eine Tasse bringt.«

»Herr Ohlers, bei allem, was lebt!« rief Hufner erstaunt aus. Jetzt hatte er den früheren Reisegefährten an der Stimme erkannt.«

»Ohlers? Tatsächlich!« sagte auch der Justizrat erstaunt. »Hm, großen Bart jetzt, nicht wiedererkannt.«

»Hallo, Herr Ohlers!« rief jetzt auch der Assessor, der den alten Bekannten eine ganze Weile verdutzt ansah. »Das freut mich wirklich, Sie einmal wieder begrüßen zu können. Sie kommen gerade rechtzeitig zu unserer hihihi – Henkersmahlzeit, wie man so sagt. Der Herr Justizrat will heute Morgen die Minen verlassen.«

»Aha«, sagte Ohlers und schüttelte den Männern die Hand. Sein Tier überließ er sich selbst und setzte sich ans Feuer. »Der Herr Justizrat hat sicherlich seinen Haufen Gold sauber gewaschen im Beutel und will jetzt nach Deutschland zurückkehren, um dort an irgendeinem Hof Minister für auswärtige Angelegenheiten werden, was? Empfehle mich in diesem Fall als Obervergifter bei einer der medizinischen Fakultäten. Ich bin auch gern dazu bereit, gegen ein entsprechendes Honorar als irgendein Ehrenmitglied bei den verschiedenen gelehrten Gesellschaften zu fungieren.«

»Haufen Gold«, brummte der Justizrat und blies den blauen Dampf in dicken Wolken von sich. »Bald was gesagt. Hundeleben, gar nichts finden, nirgends.«

»Gar nichts finden?« sagte Ohlers erstaunt. »Eigentlich wäre das auch nicht so verwunderlich, denn der Herr Justizrat hat hier auch nichts verloren. Im Ganzen herrscht aber doch die vielleicht irrige Meinung, dass in Kalifornien Gold läge.«

»Selber graben, versuchen«, knurrte der Mann des Gerichts an der fest zwischen die Zähne gebissenen Pfeifenspitze vorbei.

»Vielen Dank«, sagte Ohlers. »Ich bin nicht in die Minen gekommen, um den Erdboden zu belästigen. Ich suche vielmehr kranke Menschen, denen ich mit meiner schlechten Medizin ihr gutes Gold ablocken will. Wie es scheint, habe ich hier keine guten Aussichten, denn alle Welt erfreut sich einer zweckwidrigen Gesundheit. Etwas gelbes Fieber, Cholera oder Blattern wäre da besser am Platze.«

»Ja, das fehlte uns noch«, sagte der Assessor, »dass man hier in Kalifornien auch noch krank würde. Nur der Gedanke ist schon furchtbar. Was sollte man da anfangen?«

»Ach, lieber Herr Assessor, ich soll Ihnen ja noch tausend herzliche Grüße von Frau Siebert ausrichten«, unterbrach ihn plötzlich Ohlers.

»Ich... danke Ihnen«, stotterte der Assessor. »Es geht ihr und den Kindern hoffentlich gut? Sollte mich freuen.«

»Vortrefflich, wirklich vortrefflich. Sie verdient gutes Geld mit Waschen und Plätten, sehr hübsches Geld und scheint ihren Mann nicht besonders zu vermissen. Sie hat mir aber noch besonders aufgetragen, ihr ja gleich Ihre Adresse zu schreiben, wenn ich Ihnen zufällig in den Minen begegne. Ich hatte ja keine Ahnung, dass ich Sie hier finden würde, und habe eigentlich nur den Abstecher gemacht, um Herrn Hufner aufzusuchen und ihm einige wichtige Familiennachrichten zu bringen.«

»Mir?« rief Hufner erschrocken und wurde blass. Aber auch dem Assessor hatten die Worte des kleinen, boshaften Apothekers einen Stich gegeben. Wenn Frau Siebert erfuhr, dass er hier für die nächste Zeit seinen Wohnsitz aufgeschlagen hatte – die Frau war zu allem fähig! Dasselbe glaubte Hufner auch von seiner Schwiegermutter. Ohlers, der seine Leute kannte, hatte sogleich zwei Fliegen mit einer Klappe geschlagen. Während er sich innerlich vor Lachen hätte ausschütten können, sah er äußerlich vollkommen kalt und ruhig aus. Er nahm einen Blechbecher auf und hielt ihn dem Assessor zum Einschenken hin.

»Lieber Herr Ohlers«, sagte der Assessor dabei und schenkte mit zittriger Hand ein. »Ich möchte Sie doch... ich möchte Ihnen nur sagen, dass ich mich heute Morgen fest entschlossen habe, diesen Platz wieder zu verlassen. Es ist völlig unbestimmt, wohin ich von hier aus gehe. Sie wissen wohl selbst, wie unsicher das dann ist, jemand in den Bergen aufzufinden. Selbst Briefe gehen so häufig verloren.«

»Aber einige Zeit bleiben Sie doch noch hier?« sagte Ohlers teilnehmend und warf sich Zucker in den Becher. »Frau Siebert würde sich bestimmt unendlich freuen...«

»Es ist möglich, dass ich den Platz in den nächsten Tagen verlasse«, unterbrach ihn der Assessor schnell. »Ich werde dann Frau Siebert selbst meinen Aufenthaltsort schreiben. Bemühen Sie sich also deshalb nicht.«

»Oh, bester Assessor, gar keine Mühe«, sagte Ohlers. »Aber tun Sie das, Sie werden der armen Frau dadurch eine große Freude machen, und die braucht sie wirklich, denn mit den Kindern hat sie in der letzten Zeit viel Sorge und Ärger gehabt.«

»Sie wollten mir etwas mitteilen, Herr Ohlers?« sagte jetzt Hufner, der wie auf Kohlen saß. »Sie sprachen von Familienangelegenheiten, wenn ich mich nicht irre.«

»Ich? Ja, so, Sie wissen wohl noch gar nicht«, rief Ohlers mit freudigem Ton, »dass Ihre Braut glücklich in San Francisco gelandet ist und kaum die Zeit erwarten kann, in Ihre Arme zu eilen?«

»Doch, doch, Herr Ohlers. Ich hatte schon früher von dem... glücklichen Ereignis gehört, aber ich war noch nicht imstande...«

»Sie glauben gar nicht, wie sie sich nach Ihnen gesehnt hat«, sagte der Apotheker. »Und es ist ein so liebes Mädchen, so sanft, so unschuldig, und die Mutter... Donnerwetter, das ist eine prächtige Frau, so resolut.«

»Schwiegermutter«, sagte der Justizrat. »Resolut? Hm. So?«

»Ja, die zukünftige, Herr Justizrat«, versicherte Ohlers. »Sie glauben es gar nicht, ein wahres Prachtexemplar von Schwiegermutter, die ich selbst heiraten würde, wenn sie mich wollte. Ich beabsichtige überhaupt, den Stand eines ledigen Apothekers mit dem eines verheirateten Mannes zu vertauschen.«

»Hübsches Mädchen?« erkundigte sich der Justizrat.

»Wer? Fräulein Schneidmüller? Prächtig. So zart, so sanft. Ich sage Ihnen, sie hat Aufsehen in San Francisco erregt. Sie ist fast zu zart für irgendeine Arbeit.«

»Mein Gott, ja!« seufzte der arme Hufner aus vollem Herzen, während es ihm wie mit einem zweischneidigen Schwert durch die Seele zog. »Viel zu zart. Aber was kann ich unglückliches Menschenkind denn dafür, dass ich kein Glück habe und dass... dass sie so entsetzlich früh nach Kalifornien gekommen ist. Ich will arbeiten, arbeiten wie ein Pferd, ich halte es für meine Pflicht, aber um Gottes willen, was soll aus ihr werden?«

»Aus der Schwiegermutter?« sagte Ohlers.

»Nein, aus Leonore.«

»Tja, was soll man sagen?« meinte achselzuckend der Apotheker. »Es ist aber für ein junges Mädchen ein ungeeignetes Land, dieses ›Kolofonium‹, wie es Ballenstedt immer nannte. Apropos, weiß jemand, was aus dem geworden ist? Hm, das war ein komischer Kauz. Ja, was ich noch sagen wollte, für ein junges Mädchen ist es ein schlechtes Land, aber eine verheiratete Frau hat nichts zu befürchten, und darin muss ich der Schwiegermutter recht geben.«

»Aber ich kann mich selbst nur mit großer Mühe ernähren!« stöhnte Hufner.

»Das gebe ich zu«, sagte Ohlers und hielt dem Assessor den Becher wieder hin. »Darum hat auch wahrscheinlich Fräulein Schneidmüller einen anderen geheiratet.«

Der Assessor schenkte nicht ein – der Justizrat rauchte nicht mehr, und Hufner sprang von seinem Sitz in die Höhe, als ob er auf heißem Blei gesessen hätte.

»Einen anderen geheiratet?« rief er dabei aus und traute seinen eignen Ohren kaum.

»Ja«, sagte Ohlers so ruhig, als ob er eine ganz gewöhnliche Geschichte erzählte. »Bitte, noch einen Becher, Herr Assessor, Ihr Kaffee ist ganz ausgezeichnet! Einen jungen, sehr hübschen Amerikaner, der sich in sie verguckt hat, noch dazu, ohne die Schwiegermutter kennenzulernen, denn die lag im Bett und war krank.«

»Aber das ist doch gar nicht möglich, Herr Ohlers«, rief jetzt auch der Assessor aus. »Soviel ich weiß, ist die junge Dame höchstens fünf Wochen in San Francisco, um auf ihren Verlobten zu warten.«

»Ihre Berechnung trifft zu, Herr Assessor«, sagte Ohlers. »Nach ihren Erkundigungen konnte aber ihr Verlobter – bitte, geben Sie mir einmal den Zucker herüber – in spätestens sechs Tagen bei ihr in San Francisco sein. Sie hat das Außerordentliche geleistet und volle vierzehn Tage auf ihn gewartet. Nach dieser Zeit hielt sie sich an nichts mehr gebunden und gab dem jungen Amerikaner ihre Hand.«

Hufner war auf seinen Sitz zurückgesunken, faltete die Hände auf den Knien und sah still eine Weile vor sich nieder.

»Ach, lieber Herr Hufner«, sagte da der Assessor teilnehmend, »ich weiß wohl, dass das ein harter Schlag für Sie ist, aber – was geschehen ist, ist geschehen. Am Ende ist es doch auch ein Glück für das arme Mädchen und für Sie selbst.«

Hufner erwiderte nichts, aber er stand langsam auf und ging zum Zelt, dessen Leinwand er hinter sich herunterfallen ließ.

»Sie haben doch da nicht etwa Messer oder Revolver herumliegen?« fragte Ohlers besorgt.

»Um Gottes willen!« rief der Assessor. »Der unglückliche Mann...«

»Pst!« winkte Ohlers den beiden zu, damit sie ruhig waren. Auf den Zehen schlich er zum Zelt, um den ›Unglücklichen‹ zu beobachten, und wurde dafür reichlich belohnt.

Ohne einen Laut auszustoßen, aber mit vor Freude leuchtendem Gesicht suchte Hufner keineswegs nach einer Waffe, sondern tanzte! Zu seiner Schande muss ich es gestehen, er tanzte auf einem Bein, rieb sich die Hände, schnalzte mit den Fingern und machte eine Menge anderer Kapriolen, um seiner inneren Freude heimlich Luft zu gönnen. Ohlers, vollständig beruhigt, dass sich der Mann kein Leid antun würde, hätte sich unbemerkt zurückziehen können. Daran lag ihm aber nichts. Im Gegenteil schob er die Leinwand noch etwas weiter auseinander und den Kopf hinein und sagte:

»Aber, lieber Herr Hufner, Sie müssen sich die Sache nicht so zu Herzen nehmen. Es ist nun nicht mehr zu ändern, und auch vielleicht am besten für...«

»Pst, um Gottes willen«, rief aber Hufner, der wie mit einem Zauberschlag wieder steif und ernst vor ihm stand und ein möglichst trauriges Gesicht machte. »Herr Ohlers, ich bitte Sie um alles in der Welt...«

»Tut mir leid«, sagte Ohlers, »das können Sie nicht bekommen.«

»Verraten Sie mich nicht«, hat Hufner. »Bitte, kommen Sie herein, sehen Sie, Sie werden mir zustimmen, wenn ich...«

»Froh bin...«, fuhr Ohlers fort.

»Leonore«, sagte Hufner.

»Los zu sein«, sagte Ohlers.

»Versorgt zu wissen«, rief aber der frühere Verlobte. »Ich habe hier keine Aussicht, um sie und die…«

»Schwiegermutter«, half ihm der Apotheker.

»Ja«, seufzte Hufner. »Sie und die Schwiegermutter zu ernähren. Bis jetzt habe ich mir die bittersten Vorwürfe gemacht, dass ich das arme Mädchen in dieses unselige Land gelockt habe. Ich glaubte aber, dass sie so an mir hing, dass sie sich unglücklich und elend fühlte, wenn sie ohne mich leben sollte. Aber ich sehe, dass ich mich geirrt habe. O diese Weiber, diese Weiber!«

»Na, nun tun Sie mir den Gefallen, und werden Sie nicht sentimental«, sagte Ohlers. »Das wäre gegen die Vereinbarung. Die Sache ist abgemacht, und der Kaffee wird kalt.«

»Aber Sie verraten nicht, dass…«

»Kein Sterbenswort, auf Ehre!« sagte Ohlers und ohne ihm weiter Zeit zu lassen, schob er seinen Arm in den des unglücklichen, jungen Bräutigams und führte ihn zum Feuer zurück.

»So, meine Herren, er hat sich jetzt gesammelt, der erste Schmerz ist vorüber. Geben Sie ihm eine Tasse Kaffee, Herr Assessor, und das wird den letzten Rest Verzweiflung herunterspülen.«

Der Justizrat, der inzwischen die Zeit zum Frühstück genutzt hatte, wollte etwas erwidern. Er hob den Becher, als ein Reiter den Hang herauf sprengte und gleich darauf Graf Beckdorf neben ihrem Lagerplatz hielt.

»Hallo, Justizrat«, rief er. »In den Sattel, der Wagen wird gleich vorbeikommen, und Ihr Gepäck muss unten an die Straße gebracht werden.«

»Alle Wetter!« rief der Justizrat und sprang auf, um nach seiner Pfeife zu greifen. »So früh? Gar nicht gedacht.«

»Wo ist Ihr Maultier?« lachte Beckdorf über die Eilfertigkeit des Mannes, der dabei nicht von der Stelle kam.

»Maultier? Weiß nicht. Im Busch.«

»Na, das ist ja prima. Sie werden zurückgelassen, oder die Damen müssen eine Stunde auf Sie warten – eins so schlimm wie das andere. Nach welcher Richtung ist es ungefähr?«

Der Justizrat beschrieb mit seiner Pfeifenspitze einen Bogen, der etwa ein Viertel der Erde umfasste, und Beckdorf lachte laut auf.

»Ist es ein Maultier, dem das halbe linke Ohr fehlt?« mischte sich da Ohlers in das Gespräch.

»Jawohl«, rief der Justizrat.

»Sehr schön. Das lehnt gleich da drüben am Weg, etwa fünfhundert Schritt von hier an einer Eiche und schläft«, versicherte der Apotheker. »Ich dachte erst, es wäre ein ausgestopftes, das da hingestellt und halb umgefallen wäre.«

Beckdorf schüttelte den Kopf und rief:

»Also gut, Justizrat, dann raffen Sie Ihre Habseligkeiten zusammen, und schaffen Sie die Sachen an den Weg hinunter. Die Herren helfen Ihnen vielleicht dabei. Ich will inzwischen hinreiten und Ihr Tier holen.« Mit diesen Worten warf er sein Pferd herum und sprengte am Abhang entlang, um weiter oben wieder auf den Pfad zu treffen und so das Maultier aufzufinden.

Das Gespräch der Deutschen war dadurch natürlich völlig abgebrochen. Der Justizrat suchte nach verschiedenen Gegenständen, die er alle nicht finden konnte: seinen Tabaksbeutel, sein Feuerzeug, seinen Hut, sein Halstuch, sein Zaumzeug, sein Taschentuch, seine Brieftasche – kurz, alles, was nicht niet- und nagelfest an ihm war. Während der Assessor und Hufner ihm verzweifelt halfen, blieb Ohlers ruhig am Feuer sitzen und aß die Pfannkuchen. Endlich war alles glücklich gefunden und in die Satteltasche gepackt worden. Nur die Pfeife fehlte auf einmal, die der Justizrat beim Suchen ganz in Gedanken hinten an das Zelt gelehnt und dort vergessen hatte. Zuletzt wurde auch sie wieder aufgetrieben, und Hufner sowie der Assessor trugen keuchend seinen Koffer auf den Weg hinunter, froh, ihren Freund endlich loszuwerden.

Als Graf Beckdorf mit dem glücklich gefundenen Maultier eintraf, stellte der Justizrat wirklich für einen Augenblick seine Pfeife weg, um den Sattel aufzulegen, aber er kam nicht damit zurecht. Nach allen Seiten probierte er das Stück, aber es wollte nirgends passen. Endlich musste es Graf Beckdorf für ihn in Ordnung bringen. Ohlers, der recht gut damit umgehen konnte, rührte keine Hand. Er saß dabei und amüsierte sich köstlich. Der Assessor und Hufner waren wieder zum Feuer zurückgekommen. Besonders der Assessor fühlte sich in einer ungewöhnlich weichen Stimmung, als er von dem Mann Abschied nehmen sollte, mit dem er doch eine ganze Zeit zusammen gelebt hatte. Der Justizrat wollte nach Deutschland zurückkehren, und wer wusste, ob sich ihre Wege in diesem Leben wieder kreuzten. Der Justizrat rauchte ruhig weiter. Ob er etwas Ähnliches fühlte, ließ sich durch die dicken Dampfwolken nicht erkennen.

Jetzt rollte der Wagen heran. Ein gewöhnlicher Leiterwagen, von zwei starken Pferden gezogen. Durch Matratzen und Betten war er so bequem wie möglich gemacht worden, im hinteren Teil lag das Gepäck. Hetson selbst hatte mit auf dem Wagen Platz genommen, da er sich für die kurze Strecke kein Pferd kaufen wollte. Lanzot ritt an der Seite, an der Manuela saß, nebenher. Sie hatte sich nur schwer vom Grab des Vaters getrennt und an dem Morgen viel geweint. Sie wusste, dass sie es nie wieder sehen würde. Jetzt war sie jedoch gefasster. Der heitere, herrliche Herbstmorgen trug viel dazu bei, ihr Gemüt zu beruhigen und sie für das Gefühl empfänglicher zu machen, dass sie dieses entsetzliche Land verlassen konnte und einem neuen, sorgenfreien Leben entgegensah.

Noch einige Schwierigkeiten gab es, um den Justizrat in den Sattel zu bringen. Dann konnte er den rechten Steigbügel nicht finden. Aber auch das wurde bewerkstelligt, und es war nichts weiter nötig, als den Koffer auf den Wagen zu heben, was natürlich wieder auf dem Assessor und Hufner hängenblieb. Jetzt war alles fertig, die Pferde zogen an, und der Wagen rollte die Straße entlang.

»Also, lieber Herr Justizrat«, begann der Assessor mit vollem Herzen von dem Mann Abschied zu nehmen. Ob sich der Justizrat aber das Herz nicht schwermachen wollte oder auch alle für überflüssig hielt, er gab kurz seinem Maultier die Hacken, sagte einfach »Guten Morgen!« und hielt sich dann schnell mit der rechten Hand – links trug er die Pfeife – am Sattelknopf fest. Das Maultier setzte sich in Bewegung, und seine Freunde blieben etwas verdutzt über den kaltblütigen Abschied mitten auf der Straße stehen. Sie sahen ihm noch eine ganze Weile schweigend nach. So schied der Justizrat aus den Minen und von seinen Freunden, die ihm wirklich aufopfernd gedient hatten, und weshalb? Weil er einen etwas hochtrabenden Titel besaß, und sie als biedere Deutsche den alten Unsinn des Vaterlandes noch nicht so weit abschütteln konnten, um sich von diesem Einfluss frei zu machen. Diese ›gemalten Lichter‹ sind in Deutschland gut bekannt, die immer so aussehen, als würden sie wirklich leuchten. Nur wenn man etwas an ihnen anzünden will, wenn man sie einmal gebrauchen will, entdeckt man die Täuschung und sieht, dass sie nur für einen etwas wunderlichen Staat da sind. Sie selber halten sich natürlich für Sonnen, die nichts weiter können als strahlen.

Nur im Sattel wurde der Justizrat in diesem festen Bewusstsein seines inneren Wertes, der ihn bis dahin noch keinen Augenblick verlassen hatte, schwankend, denn er fühlte sich da oben nicht gerade behaglich. Es genierte ihn schon, dass er selbst den Zügel halten musste. Er war es nicht gewohnt, etwas selbst zu machen. Und dann hielt das Maultier auch keinen gleichmäßigen Schritt, sondern richtete sich vollkommen nach seinen Begleitern, die mal langsamer oder schneller ritten. Niemand kümmerte sich weiter um ihn, er musste also versuchen, sich festzuhalten und mitzukommen. Der Justizrat verfluchte im stillen den Assessor, der ihm zu dem Ritt noch geraten hatte. Dabei hatte es dieser würdige Mann in voller Überzeugung getan, weil er glaubte, dass der Justizrat alles könne, also natürlich auch reiten. Das Wetter war herrlich, ein wunderbar frischer, duftiger Herbstmorgen lag auf dem grünen Wald. Mit dem murmelnden Bergstrom zu ihren Füßen, von dem das Klappern der dort arbeitenden Maschinen zu ihnen heraufdrang, mit dem Rauschen der mächtigen Wipfel über sich, zogen die Wanderer fröhlich und leicht ihre Straße entlang.

Ein paar Wegstunden hatten sie hinter sich, als sie einen einzelnen Wanderer überholten. Er war dicht vor ihnen von einem Seitenpfad aus den Bergen gekommen und schien mit ihnen das gleiche Ziel zu haben. Einzelne Fußgänger gab es nun allerdings genug auf dem Weg. Einige zogen schwer bepackt in die Minen, andere marschierten wieder in die Stadt. Deshalb fiel ihnen der

Mann auch nicht weiter auf. Graf Beckdorf kam es aber so vor, als hätte er diesen schlenkernden Gang schon einmal gesehen, so wie ihm die ganze Gestalt bekannt vorkam. Außerdem trug der Mann kein Gepäck auf dem Rücken, nicht einmal eine Wolldecke und keine Jacke. Die Mütze saß ihm auf dem Ohr, beide Hände steckten in den Hosentaschen, und so schlenderte er behaglich und unbekümmert auf der Straße dahin. Endlich hatten sie ihn überholt, und Beckdorf, der jetzt sein Pferd herumwarf, rief lachend aus:

»Herr Erbe! Wo, zum Henker, haben Sie die ganze Zeit gesteckt?«

Der Wagen fuhr inzwischen vorüber und weiter, und Lanzot sah sich auch nicht nach dem ihm völlig unbekannten und schmutzig genug aussehenden Mann um. Das Maultier des Justizrates glaubte aber, hier genügend Grund zu finden, um einen Augenblick auszuruhen. Es hielt so plötzlich neben Beckdorfs Pferd an, dass der darauf nicht vorbereitete Reiter fast nach vorn gefallen wäre.

»Hallo, Herr Graf«, sagte der Fußwanderer, ohne die Hände aus den Taschen zu nehmen und nickte nur mit dem dicken, roten Kopf. »How do you do? In den Hills oben war ich und habe gediggt und gewaschen.«

»Hatten Sie Glück dabei?«

»Pah, was die Leute Glück nennen, soll der Teufel hier in den Mines holen. Erst habe ich einen bösen Cold gekätscht und bin ill gewesen, und da war es so, als ob ich nichts finden sollte. Jetzt habe ich mich entschlossen, nach San Francisco zu trawlen.«

»Sträfliches Deutsch«, murmelte der Justizrat vor sich hin. »Verstehe kein Wort.«

»Und was wollen Sie da, Herr Erbe?« fragte Beckdorf, der sich über den Mann amüsierte.

»Ich weiß es noch nicht, vielleicht einen Barbershop aufmachen und die Leute shaven.«

»Ihr altes Geschäft?«

»Yes.«

»Na, dann wünsche ich Ihnen viel Glück«, sagte Beckdorf und nahm seine Zügel wieder auf. »Kommen Sie bald nach.«

»Oh, ich habe plenty Zeit«, meinte Erbe vergnügt. »Man muss hier nie etwas hurry tun. Und wo wollen Sie hin?«

»Auch nach San Francisco.«

»Hm«, meinte Erbe. »Da könnten wir ja...« Es fiel ihm eben ein, ob er nicht mit dem Deutschen, der jedenfalls Geld hatte, gemeinsam einen Friseurladen aufmachen könnte. Aber der verstand bestimmt nichts vom Geschäft, er hätte deshalb die Arbeit allein übernehmen müssen, und das passte ihm auch nicht. Er brach also wieder ab.

»Wo haben Sie Ihr Gepäck, Herr Erbe?«

»Die Bagage?« sagte der Unverbesserliche und warf einen Blick über seine Schulter, als ob er sich erst überzeugen müsste, dass er nichts trug. »Hm, I have sold out. In San Francisco gibts mehr.«

»Allerdings«, lachte Beckdorf. »Und Sie gehen so leichter. Also, guten Tag, Herr Erbe.«

»Morning«, nickte der Mann zurück, und Beckdorf sprengte die Straße entlang, dicht gefolgt vom Maultier des Justizrats, um den Wagen wieder einzuholen.

»Brr, Donnerwetter«, schrie der Justizrat. »Verfluchtes Tier!« Unter Missachtung der Pfeife griffen beide Hände an den Sattelknopf, aber das Maultier dachte gar nicht daran, langsamer zu gehen, bis es das Pferd erreicht hatte. Es hielt auch erst wieder, als es mit seinem durchgeschüttelten Reiter den Wagen überholt hatte. Erbe lächelte, als er ihn davonsprengen sah.

Die kleine Kolonne setzte ihren Weg bis zum Mittag fort, ohne dass ihnen ein weiterer Bekannter oder sonst etwas Außergewöhnliches begegnet wäre. Sie brauchten auch keine Gefahr zu befürchten, denn gerade in dieser Zeit waren die Straßen von Fuhrwerken und Maultierzügen sehr stark belebt. Sie sollten alle noch vor Eintritt der Regenzeit genug Proviant in die Minen schaffen. Mittags mussten die Tiere natürlich etwas rasten und in der Nähe weiden. Deshalb lagerte man dicht am Ufer des Calaveres, der hier zu einem kleinen Fluss angewachsen war. In der Nähe wuchs unter dem kühlen Schatten der Uferbäume herrliches Gras. Die Reisenden aßen ihren mitgebrachten Proviant und brachen gegen zwei Uhr wieder auf. Sie wollten Stockton noch an diesem Abend, wenn auch spät erreichen. Dann konnten sie das am nächsten Morgen nach San Francisco abgehende Dampfboot noch erreichen.

Sie hatten ihren Weg noch nicht lange fortgesetzt, als ein Streit auf der Straße ihre Aufmerksamkeit auf sich zog. Er wurde zwischen einem Reiter und einem Fußgänger geführt. Eine Biegung und ein dichtes Buschwerk mussten sie umreiten und kamen dicht vor die Streitenden, ehe die sie bemerkten. Es schien, als ob der Fußgänger den Reiter angegriffen hätte und ihn vom Pferd ziehen wollte. Beckdorf und Lanzot, die gerade nebeneinander ritten, glaubten schon, sie seien gerade rechtzeitig gekommen, um einen Raubüberfall zu vereiteln. Sie griffen zu den Waffen, gaben den Pferden die Sporen und sprengten, vom unglücklichen Justizrat wider Willen gefolgt, auf die Kämpfenden zu. Trotzdem schien der Angreifer nicht von seiner Beute ablassen zu wollen. Da er den im Sattel Sitzenden fest an einem Bein gefasst hatte und nicht losließ, während das Maultier einen Sprung nach vorn machte, musste der arme Teufel wohl oder übel herunter und auf die Erde. Der deutsche Fluch ›Heiliges Kreuzdonnerwetter!‹, den er dabei ausstieß, überzeugte die beiden jungen Leute aber bald, dass sie es hier nicht mit einem Raubüberfall, sondern mit einer gewöhnlichen Prügelei zu tun hatten. Zu seinem Erstaunen erkannte Beckdorf jetzt auch in dem Angreifer einen der friedfertigsten und höflichsten Menschen, denen er in seinem ganzen Leben begegnet war – dem Tenor Bublioni.

»Was, zum Teufel, treiben Sie denn hier für Geschichten, bester Freund?« rief er ihm lachend zu, als sie heransprengten. »Was hat Ihnen denn der unglückliche Mann getan?«

»Der?« rief Bublioni, ohne nur einen Augenblick zu versäumen, und die Zügel ergriff und selbst in den Sattel sprang. »Das ist der größte Betrüger unter der Sonne, der sogenannte Aktuar Korbel, der mich um alles gebracht hat, was mein Eigentum war. Jetzt wollte er stolz an mir vorbereiten, während ich laufen musste.«

»Geben Sie mir mein Maultier wieder, Herr Bublioni«, schrie jetzt der Aktuar, der sich wieder aufgerafft hatte. »Meine Herren, erlauben Sie nicht, dass ich hier auf offener Straße bestohlen werde!«

»Bestohlen? Sie Bösewicht!« rief der Tenor. »Alles, was ich hatte – elf Unzen Gold –, hat er mir weggeschleppt, um angeblich dafür Proviant zu kaufen...«

»Aber ich war ja eben unterwegs...«

»Gut, dann geben Sie mir mein Gold wieder, und Sie erhalten das Maultier sofort zurück.«

»Das Gold ist schon in San Francisco«, sagte der Aktuar.

»Ja, das glaube ich«, rief der Tenor. »Aber in wessen Beutel? Und ich habe mir inzwischen meine Stimme vollkommen ruiniert. Was habe ich jetzt von meiner Goldgräberei? Schulden und einen ewigen Stockschnupfen.«

»Aber wo wollen Sie jetzt hin?« fragte Beckdorf.

»Nach San Francisco«, lautete die Antwort. »Wie ich höre, ist da ein Theater eingerichtet worden, und ich will sehen, ob ich da ein Engagement bekommen kann.«

»Aber nicht auf meinem Maultier«, schrie der Aktuar, der in diesem Augenblick einen verzweifelten Satz auf den Mann zu machte, um sein Eigentum wiederzubekommen. Bublioni konnte aber sehr gut reiten und warf das Maultier rasch herum. Dann setzte er ihm beide Hacken in die Seiten und sprengte mit dem erbeuteten Tier in voller Flucht die Straße hinunter.

»Sollen wir dabei zusehen?« sagte Lanzot, der kopfschüttelnd dem Streit zugesehen hatte.

»Natürlich«, lachte Beckdorf. »Denn dem Burschen da geschieht völlig recht. Er schuldet uns allen Geld und hat damit getrunken und gespielt, während dieser arme Teufel fleißig arbeitete. Aber komm, da ist der Wagen, und wir wollen uns mit dem Lump nicht länger aufhalten.«

Der Wagen fuhr vorbei, ohne anzuhalten, und der Justizrat war die ganze Zeit auf seinem Maultier unbarmherzig herumgeworfen worden. Es wollte nämlich dem Wagen nach, und sein Reiter hätte es auch nicht halten können, wenn Beckdorf und Lanzot ihm nicht mit ihren Pferden den Weg verlegt hätten. Mit großer Mühe beruhigte es sich wieder, und der Justizrat, der bis dahin genug mit sich selbst zu tun gehabt hatte, erkannte zu seinem Erstaunen seinen alten Freund, den Kometen. Korbel stand nämlich noch mit einem dicken, roten Kopf dicht am Weg und schien vollkommen unschlüssig, in welche Richtung er gehen sollte. Beckdorf und Lanzot ritten weiter. Aber der Justizrat zügelte sein Maultier mit Gewalt und rief:

»He – Aktuar –, sehr gut, treffe Sie hier, gehn weg aus den Minen, meine halbe Unze.«

Der Aktuar sah den Mann verächtlich über die Schulter an und brummte sehr unhöflich: »Holzkopf!«

»Donnerwetter!« rief der Justizrat, aber sein Maultier schnitt die so interessant begonnene Unterhaltung ab. Die Pferde waren voraus, und denen folgte es jetzt, mochte sein Reiter auch noch so an den Zügeln reißen, wie er wollte. Der diesmal geprellte Komet blieb in düsterem Schweigen und mit untergeschlagenen Armen auf der Straße zurück.

Der Justizrat wäre jetzt gern wütend geworden, wenn ihm das Tier nur Zeit gelassen hätte. Aber von hier ab ging der Weg eine ganze Strecke bergab, und der Wagen fuhr so schnell, dass die Reiter ihm im scharfen Galopp folgen mussten. Da blieb ihm nichts weiter übrig, als die halbe Unze im Stich und den ›Holzkopf‹ auf sich sitzenzulassen, denn zügeln konnte er nicht mehr.

Mehr und mehr belebte sich die Straße, und hier und da fanden sie schon Stellen, wo die Amerikaner ihre kleinen Blockhütten mit einem Stück eingezäuntem Feld erbauten.

Mit Sonnenuntergang trafen sie auf mehrere Trupps lagernde Maultiere, bis sie endlich die weißen Zeltdächer Stocktons erkennen konnten. Lanzot freute sich besonders wegen der armen Frauen, dass sie das Ziel ihrer mühseligen und nicht bequemen Fahrt erreicht hatten. Er sah sich auch nach dem Justizrat um, der mit merkwürdigen Verrenkungen auf seinem Tier saß und nicht richtig fortzukommen schien.

Er wendete sein Pferd, ritt zu ihm und rief:

»Was ist denn, Herr Justizrat, will Ihr Klepper nicht mehr von der Stelle? Jetzt sind Sie bald erlöst, sehen Sie, da drüben liegt schon Stockton, und in einer oder anderthalb Stunden können wir es erreichen. Was hatten Sie denn eben?«

»Gott sei Dank!« brummte der Justizrat zwischen den Zähnen durch. »Verdammte Bestie! Wolf!«

»Ein Wolf? Hier?« rief der junge Mann erstaunt und sah sich vergeblich um.

»Das wird wahrscheinlich ein kleiner Coyote gewesen sein, die gibt es sehr viel hier, und mit der Dämmerung kommen sie hervor. Vor denen müssen Sie sich aber nicht fürchten!«

»Unsinn, Coyote!« brummte der Justizrat noch verdrießlicher als vorher. »Wolf – Wolf geritten!«

Da musste Lanzot doch laut auflachen. Aber da mit dem ohnehin nicht gemütlichen Menschen in dieser Stimmung nichts anzufangen war, ließ er ihn eben reiten, so gut er konnte, und schloss sich dem Wagen wieder an. In Stockton mussten sie übernachten, aber mit Tagesanbruch ging ein Dampfer nach San Francisco. Die Fahrt dauerte höchstens zwölf Stunden. Dort begrüßte sie Doktor Rascher, der sie schon erwartete und ihnen sogar schon Plätze auf dem nach Panama abgehenden Dampfer besorgt hatte. Der ging aber erst am dritten Tag in See, und Lanzot nutzte die Zeit, um Manuela zu heiraten. Der alte Doktor schüttelte zwar noch immer den Kopf, betrieb aber alle Vorbereitungen eifrig und schien sich über das Glück der jungen Leute innig zu freuen.

Die Trauung war um drei Uhr am letzten Tag, und um sechs Uhr mussten sie an Bord des Dampfers ›Mohican‹ sein, der mit qualmenden Schornsteinen draußen in der Bai vor Anker lag. Der Justizrat wollte sich mit ihnen einschiffen, es war ihnen aber lieb, dass er mit seinen Vorbereitungen nicht fertig wurde. Hier fehlte ihm der Assessor, der seine Sachen packte. Auch Graf Beckdorf blieb zurück, um, wie er lachend sagte, sein Glück noch einmal in den Minen zu probieren. Aber er begleitete die Freunde noch nach der Hochzeit, bei der er Trauzeuge war, bis an die Landung. Der Justizrat ging auch mit, da er doch nichts weiter zu tun hatte.

Durch das Lärmen und Treiben der neuentstandenen Weltstadt, durch das Drängen nach Gold, durch ein Gewühl lebendiger Spekulationen gingen die glücklichen Menschen, die hier in Kalifornien das schönste Gold, den Frieden ihrer Seele gefunden hatten, zum Landungsplatz. Von hier aus sollten sie mit einem Boot zum Dampfer hinübergeschafft werden. Sie folgten dem langen Steg, der in die Bai hinaus gebaut war, um bei hoher Flut eine direkte Landverbindung zu den Schiffen zu erhalten. Dort rannte der Justizrat, der stets seine Augen woanders hatte, gegen eine riesige Menschengestalt, die mit Feuerzangen, Schaufeln, Waffen und Handwerkszeug behängt war. Sie sah aus wie ein wanderndes Eisenlager, das mitten im Weg stand und die Waren anbot.

»Donnerwetter«, sagte der Mann und sah im nächsten Augenblick erstaunt, dann bestürzt zu dem dicken, gemütlichen Gesicht des Giganten auf, den man, einmal gesehen, nie wieder vergessen konnte. »Hm, alte Bekannte«. Es war derselbe Mann, der ihn damals spät Abends an seiner Verschanzung im Paradies verhaften ließ. Keineswegs erinnerte sich jedoch der Riese noch an den unbedeutenden Justizrat.

»Kaufen Sie nichts von den Eisenwaren, lieber Herr?« sagte er freundlich. »Keinen Revolver, Hirschfänger, Bajonette, Feuerschaufeln, Zangen, Messer, Gabeln, Löffel, Briefbeschwerer?«

»Hm, sonderbar!« murmelte der Justizrat zwischen den Zähnen durch, antwortete aber nicht und ging langsam an dem Verkäufer vorüber, zum Ende des Stegs.

Er kam da gerade rechtzeitig, um zu sehen, wie die Boote mit den Passagieren von der Landung abstießen und zum Dampfer eilten, von dem schon die dritte Glocke läutete.

»Hallo – mitfahren!« schrie er allerdings hinterher, aber die Bootsleute hatten keine Zeit mehr, umzukehren. Hetsons erkannten ihn aber, und sie und Lanzot winkten ihm noch ein Lebewohl zu, das er jedoch nicht erwiderte.

»Können zum Teufel gehen«, brummte er vor sich hin, drehte sich um und kehrte in die Stadt zurück.

Doktor Rascher und Graf Beckdorf waren mit im Boot. Nach herzlichem Abschied und dem Versprechen, sie einmal an ihren verschiedenen Wohnorten aufzusuchen, trennten sie sich von ihnen. Die Damen stiegen die breite Schiffstreppe hinauf, von Hetson und Lanzot dabei unterstützt. Das Gepäck wurde durch eine Menge geschäftiger Hände nachgereicht, die Treppe selbst hob sich – die Räder begannen zu arbeiten, die Boote wichen dem keuchenden Koloss aus – der Anker kam unter dem Singen und Jubeln der Matrosen nach oben. Wenige Minuten später schäumte die klare Flut des Baiwassers unter dem scharfen Bug der ›Mohican‹, und auf den zurückgeworfenen Radwellen schaukelten die Boote. Vom Heck des Dampfers, gerade unter dem lustig in der frischen Brise wehenden Sternenbanner, winkten ein paar weiße Taschentücher grüßend herüber.

»Lebt wohl! Gott segne euch!« rief der alte Doktor Rascher hinüber. Die klaren Tränen standen ihm im Auge, und über die Bai, dem Goldenen Tor entgegen, schäumte das Fahrzeug dem Ozean – der Heimat entgegen.

Friedrich Gerstäcker

Gold

Ver. 211212 CS

www.tmp-distribution.de